I0631000

PROFANATION

Paru dans Le Livre de Poche :

MISÉRICORDE

JUSSI ADLER-OLSEN

Profanation

La deuxième enquête du département V

ROMAN TRADUIT DU DANOIS PAR CAROLINE BERG

ALBIN MICHEL

Titre original :

FASANDRÆBERNE
Politikens Forlag, Copenhague, 2008.

Je dédie ce livre à mes trois dames de fer :
Anne, Lene et Charlotte.

Prologue

Un nouveau coup de feu éclate au-dessus des arbres.

Les cris des rabatteurs sont tout près à présent. Son pouls bat plus fort dans ses tympans, et l'air humide remplit ses poumons si vite et avec tant de violence qu'ils lui font mal.

Courir, courir, surtout ne pas tomber. Si je tombe, je ne me relèverai plus. Merde, merde, pourquoi je n'arrive pas à me détacher les mains ? Courir, courir, il ne faut pas qu'ils m'entendent. Ils m'ont entendu ? Je suis mort ! Alors c'est comme ça que je dois crever ?

Les branches fouettent son visage et laissent des zébrures sanguinolentes, le sang se mélange à sa sueur.

Maintenant les cris des hommes viennent de tous les côtés en même temps. C'est la première fois qu'il a vraiment peur de mourir.

Encore quelques détonations. Le sifflement des balles dans l'air glacé est si proche maintenant que sa transpiration fait comme une compresse de gaze froide sous ses vêtements.

Dans une minute, deux tout au plus, ils seront là. Pourquoi les mains dans son dos refusent-elles de lui obéir ? Comment ce ruban adhésif peut-il être aussi résistant ?

Des oiseaux effrayés s'envolent tout à coup dans les branches. Les ombres qui dansent derrière le front serré des sapins sont plus nettes à présent. Ils doivent être à cent mètres à peine, en contrebas. Tout devient palpable. Les voix des chasseurs, leur soif de sang.

Comment vont-ils s'y prendre ? Un coup de fusil, un trait d'arbalète et ce sera terminé ? Fin de l'histoire ?

Non, pourquoi se contenteraient-ils de si peu ? Pourquoi devraient-ils faire preuve d'une telle clémence, ces salauds ? Ce n'est pas leur genre. Les canons de leurs fusils sont encore chauds, les lames de leurs couteaux sont souillées par le sang des bêtes qu'ils ont tuées et ils n'ont plus besoin de se prouver la précision de leurs arbalètes.

Je dois me cacher. Il doit bien y avoir un trou quelque part ! Je n'ai pas le temps de retourner là-bas. Ou peut-être que si ?

Son regard scrute le sous-bois, de tous les côtés, malgré le chatterton qui recouvre partiellement ses yeux. Ses jambes continuent leur course à la limite de la chute.

C'est mon tour de subir leur violence. Je ne vais pas y couper. Il n'y a que ça qui les fasse jouir. Ça ne peut pas se terminer autrement.

Son cœur bat si fort à présent qu'il lui fait mal.

1

Elle était comme en équilibre sur le fil d'un rasoir, quand elle trouva le courage de s'aventurer dans la rue piétonne. Le visage à moitié dissimulé sous un châle d'un vert sale, elle rasait les vitrines éclairées, examinant la rue de ses yeux attentifs. Il s'agissait de voir sans être vue. De vivre en paix avec ses propres démons et de ne pas s'occuper des gens stressés qui croisaient son chemin. D'ignorer à la fois les monstres ignobles qui lui voulaient du mal et les passants qui l'évitaient, avec leurs regards vides.

Kimmie leva les yeux vers les lampadaires dont la lumière froide flottait sur Vesterbrogade. Ses narines humaient l'air. Bientôt les nuits seraient plus fraîches. Elle allait devoir préparer son nid pour affronter l'hiver.

Elle était au milieu d'une bande de piétons frigorifiés qui sortaient du parc d'attractions de Tivoli et patientaient au feu rouge en face de la gare quand elle remarqua une femme à côté d'elle, vêtue d'un manteau de tweed. Ses yeux sévères étaient fixés sur elle; son nez se fronça imperceptiblement et elle fit un pas de côté pour s'éloigner de Kimmie. Juste quelques centimètres, mais c'était suffisant.

« Tu as vu ça, Kimmie ! » l'avertit une voix à l'arrière de son cerveau, tandis qu'elle sentait les vagues de violence monter en elle.

Elle jaugea la femme des pieds à la tête, s'arrêta sur ses mollets. Ses collants scintillaient légèrement et ses chevilles se tendaient dans une paire d'escarpins à talons. Kimmie eut un sourire sournois. D'un coup de pied énergique, elle pourrait briser ces talons-là. La femme serait fauchée net. Elle apprendrait que même un tailleur Lacroix peut se salir sur un trottoir humide. Et surtout elle apprendrait à s'occuper de ses affaires.

Kimmie releva les yeux et fixa le visage de sa voisine. Des yeux maquillés d'un trait d'eye-liner précis, de la poudre sur le nez, une coupe de cheveux sculptée mèche par mèche. Un regard froid et méprisant. Elle connaissait ce genre de femme mieux que quiconque. Elle avait été ce genre de femme jadis. Elle avait vécu parmi ces bourgeois arrogants à l'âme désespérément vide. Elle avait eu des amies semblables à cette femme. Elle avait eu une belle-mère qui ressemblait à cette femme.

Elle les haïssait.

« Réagis, bon Dieu », la tançait la voix dans sa tête. « Ne te laisse pas faire. Montre-lui qui tu es. Maintenant ! »

Puis elle remarqua un groupe de garçons à la peau sombre de l'autre côté de la rue. S'ils n'avaient pas été là, elle aurait poussé cette femme sous les roues du 47 qui passait au même moment. Elle s'imagina la scène : quelle magnifique mélasse écarlate le bus laisserait derrière lui ! Quelle délicieuse onde de choc traverserait la foule quand ils verraient le corps broyé de cette prétentieuse ! Quel merveilleux sentiment de justice cela lui procurerait à elle !

Kimmie ne la poussa pas. Il y avait toujours au moins une personne alerte dans un troupeau, et puis il y avait ce truc en elle, qui l'empêchait désormais de faire ce type de choses. Ce terrible écho d'un passé qu'elle voulait oublier.

Elle leva sa manche à la hauteur de ses narines et respira un grand coup. La femme qui s'était à présent éloignée d'elle n'avait pas tort. Ses vêtements puaient abominablement.

Quand le feu passa au vert, elle traversa la rue, tirant derrière elle sa valise qui sautillait à droite, à gauche, sur ses roulettes tordues. Ce serait son dernier voyage, il était temps de se débarrasser de toutes ces vieilles frusques, et de la valise en même temps.

Planté au milieu de la salle des pas perdus, devant le kiosque à journaux de la gare, un grand panneau affichant la une des quotidiens s'évertuait à pourrir la vie aux gens pressés et aux aveugles. Elle avait déjà vu les gros titres de la presse à divers endroits en traversant la ville, et ils lui donnaient la nausée.

« Sales porcs », grommela-t-elle en passant, le regard braqué droit devant. Mais cette fois elle ne put s'empêcher de tourner les yeux et d'apercevoir son visage sur la manchette du *Berlingske Tidende*.

Le simple fait de voir sa photo la fit trembler de tous ses membres.

Dessous, on lisait :

DITLEV PRAM RACHÈTE DES HÔPITAUX PRIVÉS EN POLOGNE
POUR 12 MILLIARDS DE COURONNES.

Elle cracha par terre et cessa de marcher, le temps que le malaise se dissipe. Elle haïssait Ditlev Pram. Elle les haïssait tous les trois, lui, Torsten et Ulrik. Mais un jour ils payeraient pour ce qu'ils avaient fait. Un jour elle aurait leur peau, d'une façon ou d'une autre. Un jour.

Elle sourit pour elle-même et un inconnu lui rendit son sourire. Encore un imbécile plein de bons sentiments qui croyait savoir ce qui se passait dans la tête des gens.

Elle aperçut Tine la rate à son poste habituel. Penchée en avant, tenant à peine sur ses jambes, les mains sales et les paupières lourdes, elle tendait le bras avec ferveur vers l'hypothétique bon Samaritain, au milieu de cette fourmilière, qui aurait envie de se débarrasser d'un billet de dix. Il n'y avait que les junkies pour s'infliger un truc pareil à longueur de journée. Les pauvres.

Kimmie passa discrètement dans son dos et bifurqua vers la sortie qui menait à Reventlowsgade, mais Tine l'avait vue.

« Salut ! Putain ! Salut, Kimmie. » Tine l'interpellait de sa voix nasillarde mais Kimmie choisit de ne pas l'entendre. Tine la Rate déjantait toujours un peu quand elle était au milieu des gens. Son cerveau ne se mettait à fonctionner à peu près normalement que lorsqu'elle était sur son banc.

Tine était la seule personne au monde que Kimmie pouvait encore supporter.

14

Le vent qui s'engouffrait dans les rues était incroyablement froid ce jour-là et les gens étaient impatients de rentrer chez eux. Sans doute pour cette raison, cinq gros taxis Mercedes attendaient, moteur allumé, devant la station de l'Istedgade, au pied de l'escalier de la gare centrale. Il en resterait peut-être encore un au moment où elle en aurait besoin. C'était ce dont elle voulait s'assurer.

Elle traversa la rue avec sa valise et la posa devant la vitrine au pied de l'escalier qui descendait à la boutique thaïe en dessous du niveau de la rue. Elle s'était fait voler son bagage une seule fois, en le posant à cet endroit, mais il n'y avait aucun risque qu'on la lui fauche, vu le temps qu'il faisait aujourd'hui. Même les voleurs étaient rentrés se mettre au chaud. De toute façon, cela n'avait aucune importance. Elle se fichait de ce qu'il y avait à l'intérieur.

Ensuite elle attendit à peu près dix minutes sur la place devant la gare avant de repérer sa victime. Une jeune femme furieusement belle en manteau de vison avec une valise à roulettes de caoutchouc et un corps souple qui ne devait pas dépasser une taille 38. Elle sortait d'un véhicule de louage. Il y a quelques années encore, Kimmie ne s'occupait que des femmes qui portaient du 40. Rien de tel que la vie de SDF pour garder la ligne…

Elle vola la valise pendant que la femme demandait un renseignement au guichet, sortit par une autre issue et fut devant la station de taxis de Reventlowsgade en un rien de temps.

L'entraînement mène à l'excellence.

Elle chargea le bagage volé dans la malle du premier taxi de la file et demanda au chauffeur de l'emmener faire un tour.

Elle sortit une grosse liasse de billets de cent couronnes de la poche de son manteau. « Je te donnerai une rallonge si tu fais exactement ce que je te dis », lui dit-elle, décidant d'ignorer ses regards suspicieux et ses narines frémissantes.

Dans une heure environ, ils reviendraient chercher sa vieille valise. A ce moment-là, elle porterait des nouveaux vêtements et le parfum d'une autre femme.

A ce moment-là les narines du chauffeur de taxi frémiraient différemment.

2

Ditlev Pram était bel homme, et il le savait. Quand il prenait l'avion en classe affaires, nombreuses étaient les femmes qui ne répugnaient pas à l'entendre se vanter de sa Lamborghini et de l'allure à laquelle elle le ramenait à son domicile de Rungsted.

Cette fois, il avait jeté son dévolu sur une femme coiffée d'un chignon souple dans la nuque et le nez chaussé d'une paire de lunettes à grosse monture noire qui lui donnait un air inaccessible. Il la trouvait très excitante.

Il l'aborda sans succès, lui proposa son journal, *The Economist,* avec une centrale atomique photographiée à contre-jour sur la couverture, qu'elle refusa d'un geste de la main. Il lui fit servir un verre, mais elle ne le but pas. Et quand l'avion de Stettin se posa exactement à l'heure prévue à Kastrup, il comprit qu'il venait de gaspiller quatre-vingt-dix minutes de son précieux temps.

C'était le genre de choses qui le rendaient agressif.

Il traversa les couloirs vitrés du terminal n° 3 au pas de course et trouva un exutoire en arrivant au tapis roulant. Il s'agissait d'un homme à mobilité réduite, qui était sur le point de s'engager sur le tapis mécanique.

Ditlev accéléra l'allure et le rattrapa au moment où il posait un pied sur le tapis. Ditlev s'imagina la scène. D'un croche-pied discret, il enverrait l'infirme valser contre la vitre. Sa figure de binoclard irait s'écraser contre le plexiglas, tandis qu'il gesticulerait pour retrouver son équilibre.

Il aurait adoré faire ça, parce qu'il était comme ça, tout simplement. C'était ainsi qu'ils se distrayaient depuis toujours, lui et ses amis. Sans l'ombre d'un remords. D'ailleurs, s'il était allé au bout de son projet, ça n'aurait pas été sa faute mais celle de cette garce. Elle n'avait qu'à accepter ses avances, et dans une heure, ils auraient été chez lui sous la couette.

Tant pis pour elle.

L'auberge de Strandmølle disparaissait dans son rétroviseur et l'océan s'étendait, éblouissant, devant ses yeux, quand son portable sonna. « Oui », dit-il, jetant rapidement un coup d'œil sur l'écran. C'était Ulrik.

« Quelqu'un l'a vue il y a quelques jours », dit-il, « au passage clouté de la gare centrale à Bernstorffsgade. »

Ditlev éteignit le lecteur MP3. « OK. Quand exactement ?

— Lundi. Le 10 septembre, vers neuf heures du soir.

— Et alors ?

— Nous sommes allés y faire un tour, Torsten et moi, mais nous ne l'avons pas repérée.

— Torsten est venu avec toi ?

— Oui, mais tu sais dans quel état. Il ne m'a pas été d'une grande utilité.

— Qui s'en occupe ?

— Aalbæk.

— Parfait. De quoi avait-elle l'air ?

— Il paraît qu'elle était assez bien habillée, d'après ce qu'on m'a dit. Mais plus maigre qu'avant. Par contre elle puait.

— Ah bon ?

— Oui elle sentait la pisse et la transpiration. »

C'était le problème avec Kimmie. Elle disparaissait pendant des mois, plusieurs années parfois. Et ils ne pouvaient jamais savoir sous quelle identité elle allait réapparaître. Un jour elle n'était nulle part et le jour suivant elle était partout et terriblement encombrante. Elle était l'élément le plus dangereux de leur vie. La seule à constituer une véritable menace pour eux.

« Il faut qu'on la trouve cette fois-ci, tu m'entends, Ulrik ? »

3

Carl Mørck ne prit conscience que l'été et surtout les vacances étaient définitivement terminés qu'en arrivant dans la cave de la préfecture, devant les bureaux désertés du département V. Il alluma la lumière et regarda sa table de travail, jonchée de piles chancelantes d'épais dossiers, et l'envie de claquer la porte et de tourner les talons fut presque irrépressible. Qu'Assad ait posé au milieu du chaos un énorme vase contenant un bouquet de glaïeuls qui auraient pu à eux seuls bloquer la circulation d'une avenue ne le consola pas le moins du monde.

« Bienvenue, Chef ! » entendit-il derrière lui.

Il se retourna et vit son assistant qui l'observait de ses petits yeux rieurs, bruns et brillants comme des châtaignes en automne. Ses rares cheveux noirs dressés sur sa tête lui donnaient l'air d'un sympathique hérisson. Il était visiblement fin prêt à communier à nouveau devant l'autel de la police judiciaire. Alléluia !

« Eh bien ! » dit Assad en voyant le regard lugubre de son supérieur, « on ne croirait pas que vous rentrez de vacances, Chef !

— Ah, parce que tu crois que j'étais en vacances ? » répliqua Carl en secouant la tête.

Au deuxième étage, ils avaient encore tout déménagé. Putain de réforme de la police. Bientôt Carl aurait besoin d'un GPS pour trouver le bureau du chef de la brigade criminelle. Il était resté absent trois semaines à peine, et depuis qu'il était de retour, il avait déjà croisé cinq nouveaux visages qui l'avaient regardé comme s'il débarquait d'une autre planète.

Et eux, ils venaient d'où ?

« Carl, j'ai une bonne nouvelle pour toi », lui annonça Marcus Jacobsen, le chef de la Crim, pendant que Carl examinait le nouveau bureau. Les murs étaient d'un vert qui évoquait à la fois une salle d'opération et la cellule de crise dans un film policier. De tous côtés, des cadavres laissaient peser sur lui leur regard glauque et à jamais perdu. Cartes, diagrammes et plannings se disputaient la place restante en une pagaille bariolée. Et pourtant l'ensemble évoquait une déprimante efficacité.

« Une bonne nouvelle ? Tu me fais peur, là », répondit Carl en s'écroulant sur le siège en face de son boss.

« Mon cher Carl, tu vas bientôt avoir de la visite. »

Carl le regarda d'un air morne.

« Il paraît qu'on va nous envoyer de Norvège une délégation de cinq personnes qui viennent du commissariat central d'Oslo pour voir comment tu travailles au département V. Ils arrivent vendredi en huit à dix heures, tu te rappelleras ! » Marcus sourit et lui fit un clin d'œil taquin. « Ah, au fait, ils m'ont chargé de te dire qu'ils étaient très impatients de te rencontrer. »

Ce n'était pas réciproque.

« Pour la circonstance, j'ai décidé de renforcer un peu ton équipe. Elle s'appelle Rose. »

Carl se redressa un peu sur sa chaise.

L'entretien terminé, Carl passa un moment à déglutir devant la porte du patron pour avaler toutes ces couleuvres. Une mauvaise nouvelle n'arrive jamais seule, dit-on. Il devait y avoir du vrai là-dedans. Il n'y avait pas cinq minutes qu'il avait repris le boulot et voilà qu'on lui collait une aspirante secrétaire à former et une bande de primates des hauts plateaux à balader. Il avait volontairement oublié cette corvée, brièvement évoquée avant son départ.

« Je peux savoir où se cache la nouvelle qui vient bosser en bas ? » demanda-t-il à Mme Sørensen, assise derrière le comptoir de l'administration.

La harpie ne daigna même pas lever les yeux de son clavier.

Il frappa légèrement le guichet du poing, comme si cela pouvait asseoir son autorité.

Quelqu'un lui tapota l'épaule.

« J'ai l'honneur de te présenter M. Carl Mørck en personne, Rose », entendit-il dans son dos.

Il se retourna et se trouva face à deux visages incroyablement similaires, et se dit que l'inventeur de la teinture noire aurait mieux fait de se casser une jambe. Une coiffure ébouriffée ultra-courte et noire, des yeux de jais et des vêtements plus sombres que sombres. La créature qu'il avait devant lui était effarante.

« Lis, bon Dieu, mais qu'est-ce que tu as foutu ? »

La secrétaire la plus efficace du service passa la main dans ce qui avait été jadis une douce chevelure blonde et lui décocha un sourire éblouissant. « Sympa, non ? »

Il hocha la tête par politesse.

Puis il regarda l'autre femme qui le dévorait des yeux avec un sourire à se damner, perchée sur des talons vertigineux, et de nouveau Lis qui, étrangement, lui ressemblait à s'y méprendre. Il se demanda qui avait bien pu mettre à la mode ce nouveau look.

« Comme je te le disais, voici Rose qui travaille avec nous au secrétariat et nous fait profiter depuis quinze jours de ses merveilleuses ondes positives. A présent je te la confie, Carl. Je compte sur toi pour prendre soin d'elle. »

Carl entra en trombe dans le bureau de Marcus. Il avait bien préparé ses arguments mais, au bout de vingt minutes, il dut se rendre à l'évidence, la partie était jouée d'avance. Il obtint un délai d'une semaine, mais ensuite il devrait embarquer la fille. Marcus Jacobsen informa Carl que la pièce située à côté de son bureau, dans laquelle on entreposait les cordons de sécurité et tout le matériel utilisé pour protéger les scènes de crime, avait d'ores et déjà été débarrassée et meublée. Rose Knudsen faisait désormais partie de l'équipe du département V, point final.

Les explications de Marcus glissèrent sur Carl comme de l'eau sur les plumes d'un canard.

« Elle est sortie de l'école de police avec d'excellentes notes, mais sans avoir réussi à passer son permis de conduire. L'épreuve étant éliminatoire, c'en était fini pour elle, malgré ses qualités indéniables. Elle était peut-être également un peu trop sensible pour travailler sur le terrain. Comme elle voulait absolument entrer dans la police, elle a fait une école de secrétariat et a ensuite passé un an au commissariat du centre-ville à Copenhague. Ces dernières semaines, elle a assuré l'intérim pour Mme Sørensen mais, comme tu vois, notre chère Mme Sørensen est maintenant de retour à son poste », conclut Marcus Jacobsen en faisant faire une énième culbute à son paquet de cigarettes.

« Et on peut savoir pourquoi tu ne l'as pas renvoyée au commissariat central, la petite nouvelle ?

— Eh bien, parce qu'il y avait un binz administratif là-bas, je n'ai pas bien compris. Un problème qui n'a rien à voir avec nous.

— Je vois le topo. » Le mot *binz* dans la bouche du patron ne lui disait rien qui vaille.

« Enfin en tout cas, tu y as gagné une secrétaire, Carl, et en plus elle est très compétente. »

Il disait cela de tout le monde.

« Je trouve qu'elle est gentille », lui dit Assad pour lui remonter le moral, quand ils furent en tête à tête sous la lumière crue des néons du département V.

« Il paraît qu'elle a fichu le binz au commissariat central. Ça m'étonnerait beaucoup qu'elle soit gentille.

— Le binz ? Je ne comprends pas très bien, Chef.

— Laisse tomber, Assad. »

Son assistant hocha la tête et avala une gorgée de la décoction à la menthe dont il venait de se verser une tasse. « Dites, Chef, l'affaire sur laquelle vous m'avez mis pendant que vous étiez en vacances, j'ai pas réussi à avancer. J'ai regardé par-ci par-là et de tous les côtés, mais tous les rapports ont l'air d'avoir disparu dans le déménagement là-haut. »

Carl regarda le plafond. Disparu, épatant ! Finalement, cette journée apportait quand même son lot de bonnes nouvelles.

« Alors j'ai fouillé un peu dans les piles de dossiers sur votre bureau et je suis tombé sur ça. C'est une affaire très intéressante. »

Assad lui tendit une chemise cartonnée vert clair et se planta devant lui, aussi immobile qu'une statue de sel et beaucoup plus attentif.

« Tu vas rester là pendant que je lis ?

— Oui, je veux bien », répondit-il, posant son verre sur le bureau de Carl.

Carl inspira profondément et expira très lentement, puis il ouvrit le dossier.

C'était une vieille affaire. Vraiment très vieille. Elle datait de l'été 1987, pour être précis. L'année où il était venu en train à Copenhague avec un de ses copains pour assister au carnaval, l'année où il avait appris à danser la samba avec une belle rousse, qui bougeait aussi bien les hanches sur la piste que sur la couverture qu'ils avaient étalée sur l'herbe derrière un buisson dans le Kongens Have où ils avaient fini la nuit. Il avait vingt-deux ans, et s'il n'était pas puceau avant cette nuit-là, il l'était encore moins après.

C'était un bon été, l'été de 1987. C'était aussi celui où il avait été muté du commissariat de Vejle à celui d'Antonigade à Copenhague.

Les meurtres avaient été perpétrés environ huit à dix semaines après le carnaval, et à peu près en même temps, la rouquine avait décidé d'aller enrouler son anatomie autour d'un autre petit gars du Jutland. En fait les crimes avaient eu lieu exactement au moment où il faisait ses premières rondes de nuit dans les rues étroites de Copenhague. Etrange qu'il ne s'en souvienne pas mieux. C'était pourtant une affaire peu commune.

On avait trouvé les deux jeunes gens, un frère et une sœur, âgés respectivement de dix-sept et de dix-huit ans, tabassés à mort, méconnaissables, dans une maison de campagne près du lac Dybesø, à Rørvig, dans le nord du Sjælland. La jeune fille avait été particulièrement maltraitée et elle avait dû souffrir beaucoup, si l'on en croyait les blessures « de défense » qu'elle présentait sur le corps.

Il avança un peu dans le rapport. Pas de trace de viol ni de vol.

Il relut le compte rendu d'autopsie et feuilleta les coupures de journaux. Il y en avait peu, mais les titres étaient aussi gros qu'ils pouvaient l'être.

Battus à mort, disait la manchette du *Berlingske Tidende*. Suivait une description de la scène de crime étonnamment détaillée de la part de ce vieux journal conservateur.

Les deux corps avaient été trouvés dans le salon. La fille était en bikini. Le garçon, complètement nu, avait une main crispée sur le goulot d'une bouteille de cognac. Il était mort d'un unique coup sur la nuque, administré avec un objet contondant qu'on avait identifié plus tard comme étant un marteau de charpentier. L'arme du crime avait été retrouvée dans un parterre de bruyère entre le lac de Flyndersø et celui de Dybesø.

26

Le mobile restait mystérieux mais les soupçons étaient rapidement tombés sur un groupe d'élèves pensionnaires dans une école privée, qui passaient leurs vacances dans la gigantesque résidence estivale des parents de l'un d'entre eux. Une propriété qui se trouvait à proximité du lac de Flynderso. Les jeunes estivants avaient à plusieurs reprises semé la pagaille dans la boîte de nuit locale, Den Runde, et sérieusement blessé quelques petites frappes du village.

« Vous êtes arrivé au passage où on parle des suspects ? »

Carl leva un regard noir en direction d'Assad, ce qui lui paraissait être une réponse suffisante, mais ce dernier ne se laissa pas démonter :

« J'en étais sûr, alors. Le rapport dit aussi que les pères de tous ces jeunes gens gagnaient beaucoup d'argent. Alors, je crois qu'il y avait plein de gens qui gagnaient du fric pendant les *Golden years* ! Ce n'est pas comme ça qu'on les appelait ? »

Carl confirma. Il venait de parvenir au passage dont parlait Assad.

Effectivement, les pères de ces gamins sont tous des gens notoirement connus aujourd'hui encore.

Il survola les noms des membres de la clique une ou deux fois. C'était vraiment troublant, car il n'y avait pas que les pères qui avaient fait fortune et dont les noms étaient célèbres. Certains des fils s'étaient eux aussi fait une place au soleil au fil des années. Ils étaient nés avec une cuillère en argent dans la bouche et ils l'avaient transformée en une cuillère en or. Ditlev Pram, fondateur de plusieurs cliniques privées, Torsten Florin, designer mondialement connu, ou encore le célèbre analyste financier Ulrik Dybbøl-

Jensen. Ils étaient tous au sommet de l'échelle sociale danoise, comme l'était feu l'armateur Kristian Wolf. Les deux derniers de la bande sortaient du lot. Kirsten-Marie Lassen avait elle aussi fait partie de la jet-set, mais plus personne aujourd'hui ne savait où elle se trouvait. Bjarne Thøgersen, qui avait avoué être l'auteur du crime et purgeait sa peine en prison, venait d'un milieu beaucoup plus modeste.

Quand il eut achevé sa lecture, il jeta les rapports sur la table.

« En fait, je ne comprends pas pourquoi ce dossier a atterri chez nous », dit Assad. Carl pensa que son assistant plaisantait, mais pas du tout.

Carl secoua la tête. « Je ne comprends pas non plus. Il y a un type en prison qui purge sa peine pour ces meurtres. Il paraît qu'il a avoué. Il a pris perpète et il est toujours enfermé. Il est venu se constituer prisonnier, je ne vois pas où est le problème. Affaire classée !

— Je sais mais c'est quand même bizarre… » Assad se mordilla la lèvre. « Il n'est venu se dénoncer que neuf ans après les deux assassinats.

— Et alors ? Il a avoué son crime, non ? Il avait dix-huit ans quand c'est arrivé. Il a peut-être compris que ses remords ne s'estomperaient pas avec le temps, au contraire.

— Ils ne s'estomperaient pas ?

— S'estomper, partir, disparaître. Quand on n'a pas la conscience tranquille, c'est pour toujours, Assad. »

Il voyait à l'expression de son assistant qu'il réfléchissait. « C'est la police de Nykøbing et celle de Holbæk qui ont travaillé ensemble sur cette affaire. Et la brigade mobile a donné un coup de main aussi. Mais pourquoi c'est arrivé chez nous, Chef. Je ne comprends pas. Vous avez une idée ? »

Carl regarda la couverture du dossier. « Non, ce n'est inscrit nulle part. Tu as raison. Ce n'est pas normal. » Si l'affaire ne lui avait été transmise par aucun des deux commissariats, d'où venait-elle ? Et quel était l'intérêt de rouvrir l'enquête si elle avait déjà mené à une condamnation ?

« Est-ce que ça pourrait avoir un rapport avec ça ? » demanda Assad. Il feuilleta le dossier et en sortit une chemise sur laquelle figurait le tampon des impôts. Il la tendit à Carl. Le premier document portait l'en-tête *Bilan annuel.* Il avait été adressé à Bjarne Thøgersen, aux bons soins de la prison d'Etat de Vridsløselille, commune d'Albertslund. Le type qui avait avoué avoir tué les deux jeunes gens.

« Regardez ! » Assad montrait une somme astronomique qui figurait dans la colonne intitulée : *Cession de produits mobiliers.* « Qu'est-ce que vous en pensez, Chef ?

— J'en pense que ce type vient d'une famille de rupins, et que là où il est, il a tout son temps pour faire joujou avec son fric. Et apparemment, il s'en sort plutôt bien. Où est-ce que tu veux en venir, Assad ?

— Alors je vous signale, Chef, qu'il ne vient pas du tout d'une famille de rupins, comme vous dites. Il était le seul dans cette école privée à avoir une bourse d'études. Il n'était pas du tout comme les autres. Regardez. » Il revint en arrière dans le dossier.

Carl s'appuya la tête dans une main.

Le mauvais côté des vacances, c'est qu'un jour elles se terminent.

4

Automne 1986

Ils étaient tous très différents, mais il y avait une chose que les six élèves de cette classe de première avaient en commun. Après les cours, ils se retrouvaient dans les bois ou sur un chemin de campagne pour fumer des joints, même s'il pleuvait comme vache qui pisse. C'était le rôle de Bjarne de veiller à ce qu'il y ait tout ce qu'il faut, caché dans le tronc d'un arbre mort. Des cigarettes de marque Cecil, des allumettes, du papier d'aluminium et la meilleure came qu'on puisse s'offrir sur le marché de Næstved, à condition d'avoir du blé.

Tous ensemble, ils prenaient quelques taffes rapides, mélangeant l'air frais à la drogue, en faisant attention de ne pas dépasser le stade où ils seraient assez défoncés pour que leurs pupilles dilatées les trahissent.

Ce n'était pas l'ivresse qu'ils recherchaient. C'était le défi. Ils voulaient juste cracher à la gueule de l'autorité sous toutes ses formes en faisant ce qu'ils imaginaient de pire. Fumer du hasch juste derrière l'établissement scolaire très strict dans lequel ils étaient pensionnaires était sans doute la plus grave des transgressions.

Alors ils faisaient tourner le chilom en se moquant de leurs professeurs et en surenchérissant sur les outrages qu'ils leur feraient subir aussitôt que l'occasion se présenterait.

Ce petit jeu continua tout l'automne jusqu'à ce que Kristian et Torsten soient à deux doigts de se faire choper à cause d'une haleine de cannabis si puissante que dix gousses d'ail n'auraient pas suffi à la cacher. Après cet épisode, ils décidèrent d'ingérer le haschich, au moins, ils ne seraient pas trahis par l'odeur.

Ce n'est qu'un peu plus tard qu'ils passèrent aux choses sérieuses.

Le jour où ils furent pris en flagrant délit, ils s'étaient réunis dans un fourré à proximité de l'étang. Ils étaient complètement stone et se demandaient quelle nouvelle connerie ils allaient inventer. Le givre fondait et tombait des feuilles, goutte après goutte. Tout à coup un élève d'une classe en dessous de la leur était tombé sur eux par hasard. Un gamin blond et ambitieux, un sale petit fayot, une tête à claques, qui cherchait un scarabée pour le rapporter en cours de biologie.

Il avait vu Kristian en train de cacher le shit dans l'arbre creux, Torsten, Ulrik et Bjarne pris de fou rire et Ditlev occupé à peloter Kimmie. Elle aussi se marrait comme une folle. C'était de la bonne came.

« Je vais le dire au directeur », avait annoncé le môme sans s'apercevoir que plus personne ne riait. C'était un petit garçon très vif, qui avait l'habitude de taquiner les grands, et normalement, défoncés comme ils l'étaient, il aurait dû leur échapper facilement. Sauf que le fourré était épais, et le danger auquel il les exposait beaucoup trop grand.

Bjarne était celui qui avait le plus à perdre en cas de renvoi, et ce fut lui que Kristian poussa vers l'enfant quand ils l'eurent rattrapé. Lui aussi qui donna le premier coup.

« Mon père peut écraser la boîte de ton père, s'il veut, alors, fous le camp, Bjarne le fauché, ou tu vas avoir des problèmes. Lâche-moi, sale connard », hurla le gamin.

Ils hésitèrent un court instant. Ce gosse avait causé pas mal de soucis à plusieurs de ses camarades. Avant lui, son père, son oncle et sa grande sœur avaient fréquenté le bahut. On disait que sa famille faisait régulièrement des dons à la fondation de l'école. Et c'était précisément à ce type de donation que Bjarne devait d'être élève dans cet établissement.

Kristian s'avança. Lui n'avait aucun souci d'argent. « On te file 20 000 couronnes si tu la fermes », proposa-t-il le plus sérieusement du monde.

« Vingt mille ! Je rigole. Si j'appelle mon père, il m'en donnera le double pour que j'aille cafter. » Puis il cracha à la figure de Kristian.

« Putain de merde ! Petit salopard, si tu parles, on te tue. » Il le frappa et le garçon bascula en arrière sur une souche. Deux de ses côtes se cassèrent et la douleur lui arracha un gémissement, mais son regard les défiait toujours. Ditlev s'approcha de lui.

« On peut t'étrangler tout de suite, ça ne nous pose aucun problème. Sinon on peut aussi te tenir la tête sous l'eau dans l'étang. Ou alors, on te laisse partir et tu acceptes les 20 000 couronnes pour fermer ta gueule. Si tu rentres chez toi maintenant et que tu dis que tu es tombé, ils te croiront. Qu'en penses-tu, petit cafard ? »

Le garçon ne répondit pas.

Ditlev s'approcha du gamin, qui était allongé par terre. Il le regardait avec curiosité. La réaction de ce sale gosse le fascinait. Il leva brusquement la main comme s'il voulait le taper, mais l'enfant ne réagit toujours pas. Ditlev lui assena une violente gifle sur la tête. Le gamin se recroquevilla, surpris, et Ditlev le frappa à nouveau. C'était une sensation merveilleuse. Ditlev souriait.

« Je peux essayer », dit Ulrich en rigolant. Il s'avança jusqu'à l'enfant, qui était en état de choc. Il était le plus grand des trois et son coup de poing laissa une vilaine marque sur la pommette du garçon.

Kimmie essaya mollement de s'interposer mais elle fut soudain prise d'un fou rire qui fit s'envoler tous les oiseaux alentour.

Des années après, Ditlev avait raconté que frapper ce garçon l'avait fait jouir pour la première fois de sa vie.

Ils avaient eux-mêmes ramené le gosse à l'école et appelé une ambulance. Certains d'entre eux s'inquiétaient mais l'enfant ne parla pas. D'ailleurs il ne revint plus jamais à l'école. D'après la rumeur, son père l'avait fait venir à Hong Kong, mais peut-être que ce n'était pas vrai.

Quelques jours après cet épisode, ils capturèrent un chien dans la forêt et le battirent à mort. Et ensuite, ils ne purent plus jamais s'arrêter.

5

Sur le fronton de la bâtisse, au-dessus des trois fenêtres du premier étage, était écrit le nom *Caracas*. La maison avait été construite pour une somme d'argent phénoménale amassée grâce au commerce du café.

Ditlev Pram avait tout de suite entrevu le potentiel de cette maison. Quelques colonnes par-ci par-là. D'immenses baies vitrées vert pâle s'élevant à plusieurs mètres. Des bassins aux lignes pures, où se déversait l'eau des fontaines et, descendant en pente douce vers le détroit, de grandes pelouses semées de gazon anglais et ornées de sculptures futuristes. Le décor était l'écrin idéal pour la toute nouvelle clinique privée de la côte de Rungsted, une clinique spécialisée dans la chirurgie plastique et dentaire. Un projet qui n'avait rien d'original, mais qui allait rapporter beaucoup d'argent à Ditlev et aux nombreux médecins et dentistes venant d'Inde et d'Europe de l'Est qu'il avait embauchés.

Lui, son grand frère et deux sœurs plus jeunes avaient hérité de l'immense fortune que leur père avait accumulée en Bourse et en OPA agressives dans les années quatre-vingt. Ditlev avait su gérer son héritage avec discernement. Son empire se montait actuellement à seize cliniques, et il y en avait encore quatre en projet. Le pari ambitieux de verser sur son propre compte 15 % au moins de ce que l'ensemble des prothèses mammaires et des liftings rapportaient dans toute l'Europe du Nord était pratiquement atteint. Il n'y avait pas une femme nantie au nord de la Forêt-Noire qui ne soit passée faire corriger les caprices de la nature sur un billard appartenant à Ditlev Pram.

Autrement dit, il s'en mettait plein les poches.

Son unique souci dans la vie s'appelait Kimmie. Il y avait dix ans maintenant qu'il vivait avec l'image obsédante de la clocharde qu'elle était devenue, et il en avait assez.

Il redressa son Mont Blanc qui était posé légèrement de travers sur son bureau, et jeta un nouveau coup d'œil sur sa Breitling.

Il était dans les temps. Aalbæk ne devait arriver que dans vingt minutes, Ulrik serait là cinq minutes plus tard, et peut-être Torsten, mais ça, Dieu seul le savait.

Il se leva et, traversant plusieurs corridors habillés de boiseries, passa devant l'unité médicale et les salles d'opération, sourit avec amabilité aux personnes qu'il croisa et qui pour la plupart n'ignoraient pas qu'il était le seigneur incontesté des lieux, et poussa enfin le tourniquet conduisant aux cuisines, situées dans les derniers bâtiments et jouissant d'une vue dégagée sur l'eau, dans laquelle se reflétait le ciel d'un bleu glacé.

Il serra la main au chef qui officiait ce jour-là et le complimenta jusqu'à le faire rougir de plaisir. Il tapa amicalement sur l'épaule de chacun de ses aides-cuisiniers, puis il se rendit dans la laverie.

Après avoir étudié longuement la question, il avait calculé qu'il était plus rentable et plus rapide de confier le linge de la clinique à la société Berendsen Textil Service, mais il avait des raisons personnelles pour vouloir sa propre blanchisserie. Il n'avait pas seulement accès au linge, mais aussi aux six ouvrières philippines qui s'en occupaient. Alors au diable les calculs d'apothicaire !

Il nota la réaction effrayée des jeunes filles quand il entra, et comme chaque fois cela l'enchanta. Il s'empara de celle qui se trouvait le plus près et l'attira dans la laverie. Elle avait peur mais elle connaissait son boulot. Il était tombé sur celle qui avait les hanches les plus étroites et les plus petits seins, mais aussi sur la plus expérimentée. Elle avait appris son métier dans les bordels de Manille, et elle était bien mieux lotie ici que là-bas.

Elle lui enleva son pantalon et fourra sans préliminaires son sexe dans sa bouche. Pendant qu'elle lui caressait le ventre d'une main et que de l'autre elle le branlait, il lui frappait les épaules et les avant-bras.

Il n'arrivait jamais à éjaculer avec celle-là. Son orgasme se diffusait dans son organisme d'une manière différente. L'adrénaline envahissait ses tissus au fur et à mesure que ses coups pleuvaient sur elle, et au bout de quelques minutes, il se sentait gonflé à bloc.

Il s'écarta de la fille et la releva en la tirant par les cheveux. Il mit sa langue dans sa bouche avec violence, descendit sa culotte et enfonça deux doigts dans son vagin. Quand il la jeta au sol, ils en avaient plus qu'assez l'un et l'autre.

Il rajusta ses vêtements, glissa un billet de 1 000 couronnes entre ses lèvres et quitta la laverie en saluant toutes ses employées d'un signe de tête courtois. Elles eurent l'air soulagé mais elles avaient tort. Il avait prévu de passer toute la semaine suivante à la clinique Caracas. Elles allaient comprendre qui était le patron.

Le détective privé avait une sale gueule ce matin-là. Il faisait tache dans le bureau impeccable de Ditlev. L'homme dégingandé avait sans doute passé la nuit dans les rues de Copenhague, mais Ditlev n'en avait rien à foutre. Il était payé pour ça, non ?

« Alors ? » grogna Ulrik à l'intention d'Aalbæk, tendant les jambes sous la table de conférence de Ditlev, à côté de qui il s'était assis. « Vous avez du nouveau à propos de Kirsten-Marie Lassen ? » Pourquoi fallait-il toujours qu'il commence ses entretiens avec Aalbaek par la même phrase ? pensa Ditlev, regardant d'un air agacé le flux et le reflux des vagues grises derrière les baies vitrées.

Il avait tellement hâte que cette affaire soit terminée. Que Kimmie sorte de sa tête une bonne fois pour toutes. Quand ils auraient réussi à lui mettre la main dessus, elle disparaîtrait pour de bon. D'une façon ou d'une autre.

Le détective privé fit quelques mouvements de tête pour détendre sa nuque et réprima un bâillement.

« Kimmie a été vue plusieurs fois par le cordonnier de la gare centrale. Elle a une valise à roulettes qu'elle tire toujours derrière elle. La dernière fois qu'il l'a aperçue, elle portait une jupe écossaise. La même tenue d'ailleurs que nous a décrite la femme qui l'a remarquée près du parc d'attractions de Tivoli. D'après mes informations, Kimmie ne vient pas régulièrement à la gare centrale. Rien dans sa vie ne semble obéir à un schéma précis. J'ai questionné tous ceux qui y travaillent. Les contrôleurs, les vigiles, les mendiants, les commerçants de la galerie marchande. Plusieurs d'entre eux savaient de qui je parlais, mais aucun ne savait où elle habitait, ni qui elle était.

— Il va falloir mettre en place une équipe qui surveillera la gare jour et nuit, jusqu'à ce qu'elle y retourne. » Ulrik se leva. C'était un homme de grande taille, mais quand ils parlaient de Kimmie, on aurait dit qu'il rapetissait. Il était peut-être le seul qui ait réellement été amoureux d'elle. Ditlev se demanda en ricanant intérieurement s'il était encore contrarié d'avoir été le seul à ne jamais l'avoir baisée.

« Une planque H24 ? Mais ça va vous coûter un max ! » s'exclama Aalbæk. Il s'apprêtait à sortir une calculette de son ridicule sac en bandoulière, mais Ditlev le stoppa net :

« Range ça », hurla-t-il, résistant de justesse à l'impulsion de lui jeter quelque chose à la tête. Il s'adossa à nouveau au dossier de son fauteuil. « Faismoi plaisir, ne parle pas de ce que tu ne connais pas. Laisse-moi deviner. Ça irait chercher dans les… 2 000 couronnes ? Environ ? A ton avis on gagne combien, Ulrik, Torsten et moi, assis sur notre cul, à discuter de tes taux horaires pathétiques ? » Cette fois il lui balança son stylo à encre à la figure. Il avait visé les yeux mais il n'atteignit pas sa cible.

Un peu plus tard, quand la carcasse maigrichonne d'Aalbæk eut quitté la pièce en claquant la porte, Ulrik ramassa le Mont Blanc et le glissa dans sa poche.

« Quand on trouve une chose par terre, on a le droit de la garder, n'est-ce pas ? » dit-il en riant.

Ditlev ne releva pas. Il lui ferait payer ça un jour ou l'autre.

« Tu as eu des nouvelles de Torsten ? » demanda-t-il.

. Ulrik se rembrunit. « Oui, il est parti à la campagne ce matin, dans la propriété de Gribskov.

— Dis-moi, il se fout complètement de ce qui se passe ici, ou quoi ? »

Ulrik haussa ses épaules grassouillettes. Il avait encore grossi depuis qu'il avait embauché un cuisinier spécialisé dans la préparation du foie gras.

« Il ne tient pas la grande forme en ce moment, Ditlev.

— Tant pis, on se débrouillera sans lui, voilà tout ! » Ditlev serra les mâchoires. Un jour, Torsten allait faire une dépression nerveuse, c'était inévitable. Et il deviendrait aussi dangereux pour eux que Kimmie.

Ulrik l'observait. Ditlev le sentait.

« Tu ne vas pas t'en prendre à Torsten, n'est-ce pas, Ditlev ?

— Bien sûr que non, mon vieux. Torsten, c'est Torsten. »

Ils se jaugèrent un instant comme deux fauves. La tête baissée et le regard perçant. Ditlev savait qu'il était incapable de battre Ulrik Dybbøl-Jensen en matière d'entêtement. C'était le père d'Ulrik qui avait créé le bureau d'analyse boursière dirigé par le consortium familial, mais c'est Ulrik qui lui avait donné son incontestable crédibilité. Quand il voulait quelque chose, il l'obtenait toujours. Il parvenait à ses fins en toutes circonstances et quel qu'en soit le prix.

« Ecoute, Ulrik, on va laisser Aalbæk faire son boulot et on verra bien ! » proposa Ditlev pour mettre fin à leur joute silencieuse.

Le visage d'Ulrik se détendit. « On est prêts pour la prochaine chasse ? » demanda-t-il, impatient comme un môme.

« Oui, Bent Krum a rassemblé toute l'équipe. Le rendez-vous est à six heures, jeudi matin à l'auberge de Tranekær. Il a fallu inviter les péquenots du coin, mais c'est la dernière fois. »

Ulrik éclata de rire. « Il va y avoir du sport ! »

Ditlev hocha la tête. « Il y a des chances. Nous vous avons réservé une petite surprise. »

Les maxillaires d'Ulrik se mirent à jouer sous la peau de ses joues. Il était excité et impatient, deux adjectifs qui le caractérisaient à la perfection.

« Dis donc, Ulrik, si on allait faire un tour à la laverie pour voir ce que fabriquent les petites Philippines ? »

Ulrik plissa les paupières, ce qui pouvait vouloir dire oui, mais également non. On ne pouvait jamais être fixé avec lui. Il avait trop d'appétits contradictoires.

6

« Lis, est-ce que tu sais comment cette affaire est arrivée sur mon bureau ? »

Lis jeta un coup d'œil au dossier que lui tendait Carl, tout en arrangeant sa nouvelle coupe de cheveux. Il supposa que l'expression boudeuse de ses lèvres signifiait qu'elle l'ignorait.

Carl montra ensuite la chemise cartonnée à Mme Sørensen. « Et vous, vous avez une idée ? » La secrétaire regarda la couverture du dossier pendant cinq secondes et répondit : « Non, je regrette. » Il y avait une lueur de triomphe dans son regard, comme chaque fois que Carl rencontrait un problème. Cela faisait partie des petites joies de son existence.

Ni l'adjoint Lars Bjørn, ni le chef de la Crim, ni aucun des inspecteurs ne put éclairer sa lanterne. L'affaire semblait être arrivée sur son bureau par l'opération du Saint-Esprit.

« J'ai téléphoné à la police de Holbæk, Chef ! » cria Assad depuis le fond de la boîte à chaussures qui lui servait de bureau. « D'après eux, le dossier est toujours dans leurs archives, et ils ont promis d'aller s'en assurer dès qu'ils auront une minute. »

Carl posa ses chaussures bon marché taille 45 sur sa table de travail et demanda : « Et à Nykøbing, qu'est-ce qu'ils disent ?

— Attendez, je les appelle tout de suite. » Assad sifflota un air typique de son pays tout en composant le numéro. On aurait dit qu'il sifflait à l'envers. En tout cas ce n'était pas beau à entendre.

Carl leva les yeux vers le tableau d'affichage accroché au mur. Quatre articles unanimes faisaient un éloge touchant du travail de Carl Mørck à la tête du tout nouveau département V, unité d'investigation spécialisée dans les affaires nécessitant une attention particulière. L'affaire Lynggaard[1] résolue avec bravoure ! Succès total pour le département V !

Il regarda ses mains. Il était si fatigué qu'il parvenait à peine à soulever un dossier d'une épaisseur de trois centimètres, arrivé là sans qu'il sache comment.

Le mot *succès* sonnait faux dans sa tête.

Il soupira et reprit sa lecture. Deux jeunes gens assassinés. Un crime atroce. Plusieurs fils de famille soupçonnés, et l'un d'entre eux, comme par hasard le seul fauché de la bande, qui se constitue prisonnier neuf ans après. Thøgersen serait sorti dans trois ans, soudain plein aux as grâce à de judicieux placements boursiers effectués du fond de sa cellule. Est-ce qu'on était vraiment autorisé à boursicoter en prison ? Effrayant quand on y pensait !

---

1. Voir Jussi Adler-Olsen, *Miséricorde*, Albin Michel, 2011, Le Livre de Poche, n° 32817. *(Les notes sont de la traductrice.)*

Il lut attentivement les copies des interrogatoires et survola pour la troisième fois le compte rendu de l'affaire Bjarne Thøgersen dans son intégralité. Apparemment l'assassin n'avait jamais rencontré ses victimes. Bien que l'inculpé ait prétendu les avoir vues à plusieurs reprises, ça n'avait pas pu être prouvé. Le rapport semblait plutôt indiquer l'inverse.

Il regarda à nouveau la couverture de la chemise cartonnée. Commissariat de police de Holbæk ! Et pourquoi pas de Nykøbing ? Pourquoi la brigade mobile n'avait-elle pas travaillé avec les flics du commissariat le plus proche ? Parce qu'ils étaient trop proches justement ? Ou simplement trop incompétents ?

« Hé, Assad », cria-t-il à son assistant à travers le couloir à l'éclairage blafard. « Demande-leur, à Nykøbing, si quelqu'un du commissariat connaissait personnellement les victimes. »

Aucune réponse ne lui parvint du réduit d'Assad. Il perçut le son à peine audible d'une conversation téléphonique.

Carl se leva et traversa le couloir. « Assad, demande si quelqu'un du commissariat… »

Assad l'interrompit d'un geste. « Oui, oui, oui », disait-il dans le combiné, et encore une bonne dizaine de *oui*.

Carl soupira et se mit à inspecter le bureau. Assad avait posé de nouveaux cadres sur son étagère. Une photo représentant deux dames âgées était venue rejoindre celles du reste de sa famille. L'une d'entre elles avait un duvet noir sur la lèvre supérieure, l'autre était obèse et arborait une tignasse volumineuse qui faisait penser à un casque de moto. Probablement deux de ses tantes.

« Ce sont mes deux tantes de Hannah. Celle qui a beaucoup de cheveux est morte. » Carl hocha la tête. Le contraire l'eût étonné, vu sa surcharge pondérale.

« Qu'est-ce qu'ils ont dit à Nykøbing ?

— C'est pas eux, Chef. Et pour cause, ils ne se sont jamais occupés de cette enquête.

— Voyez-vous ça ! Pourtant le rapport dit que Holbæk, Nykøbing et la brigade mobile ont collaboré sur cette affaire.

— Ils disent que Nykøbing a simplement constaté les décès et qu'ensuite les autres ont repris l'affaire en main.

— Je vois. C'est quand même bizarre, je trouve. Est-ce que quelqu'un à Nykøbing avait un lien avec les victimes ?

— Oui et non.

— Comment ça, oui et non ?

— Parce que l'un des inspecteurs était le père des deux jeunes gens qui ont été tués. Il s'appelait Henning. Henning P. Jørgensen. »

Carl se remémora le corps supplicié de la jeune fille. Le pire cauchemar d'un inspecteur de police : se trouver soudain confronté au cadavre mutilé de son propre enfant.

« Ah bon ? C'est horrible. Mais cela expliquerait pourquoi l'affaire est revenue à l'ordre du jour. Il peut y avoir des motivations d'ordre privé là-dessous. Mais tu as dit oui et non, explique-toi. »

Assad s'appuya au dossier de sa chaise. « J'ai dit oui et non, parce que maintenant, plus personne dans ce commissariat n'a de liens familiaux avec les victimes. Le jour où le père a retrouvé ses deux enfants morts, il est revenu au commissariat de Nykøbing dans le Sjælland, il a salué le gardien, et ensuite il est entré directement dans l'armurerie, il a pris son arme de service et il s'est tiré une balle juste ici. » Assad désigna sa tempe avec deux de ses doigts gros et courts.

La réforme avait apporté d'étranges changements au sein de la police. Les districts avaient changé de nom, les individus avaient de nouveaux titres et les archives avaient été déplacées. Bref, tout le monde était perdu, et des tas de gens en avaient profité pour rendre leur tablier et opter pour la retraite anticipée.

Il fut un temps où prendre sa retraite n'était pas la panacée pour un policier. D'ailleurs, l'espérance de vie d'un flic à la retraite, après une carrière pénible, dépassait rarement dix ans. Il n'y avait que les journalistes qui puissent se targuer d'être plus mal lotis. Mais il faut dire qu'ils avaient ingurgité beaucoup plus de bières au cours de leur existence professionnelle. Il faut bien mourir de quelque chose.

Carl connaissait des inspecteurs de police qui n'avaient même pas survécu un an après avoir cédé leur place à d'autres forçats de l'uniforme. Cette époque était heureusement révolue. Aujourd'hui, même les flics voulaient avoir le temps de découvrir le monde et de voir leurs enfants grandir. Résultat, ils étaient nombreux à avoir abandonné le métier, à l'instar de Klaes Thomasen, retraité de la police de Nykøbing dans le Sjælland. Lequel était justement assis en face de Carl et d'Assad, en train de hocher son triple menton au-dessus de sa bouée Carlsberg. Trente-cinq ans en bleu marine et noir, il avait fait son temps, disait-il. A présent il préférait rester tranquillement chez lui avec sa bourgeoise. L'entendre parler de son épouse touchait chez Carl une corde sensible. Sur le papier, il en avait toujours une, même s'il y avait un bail qu'elle l'avait laissé tomber. Les petits gigolos à barbichette avec qui elle couchait ces temps-ci ne seraient probablement pas d'accord s'il insistait pour la récupérer.

Comme si ça pouvait lui venir à l'idée !

« C'est beau chez toi », dit Assad en admirant à travers la baie vitrée les champs qui entouraient Stenløse et la pelouse impeccablement tondue de Klaes Thomasen.

« Merci de nous recevoir, Thomasen », ajouta Carl. « Il n'y a plus grand monde à part vous qui se souvienne du policier Henning Jørgensen. »

Klaes Thomasen remballa son sourire. « Il était le meilleur ami et le meilleur collègue qu'on puisse imaginer. On était voisins à l'époque. C'est pour ça qu'on a préféré déménager avec ma femme. Quand sa veuve est tombée malade et qu'elle a perdu la boule à cause de cette histoire, on n'a plus voulu rester dans le quartier. Trop de mauvais souvenirs !

— Si j'ai bien compris, Henning Jørgensen n'avait pas été informé qu'il allait trouver ses propres enfants morts à l'intérieur de la maison ? »

Il secoua la tête. « C'est le type qui habitait la maison d'à côté qui nous a prévenus. Il venait dire bonjour et il est tombé sur les cadavres des deux jeunes. C'est moi qui ai pris l'appel. Jørgensen était de congé ce jour-là. Il a vu un attroupement de policiers devant sa maison de campagne. Il venait chercher ses gosses. C'était la fin des vacances. Ils rentraient en terminale le lendemain.

— Vous étiez là quand il est arrivé ?

— Oui, avec les techniciens de la police scientifique et l'inspecteur. » Il secoua la tête. « Lui aussi est mort depuis, accident de voiture ! »

Assad sortit un bloc et nota l'information. Son assistant n'allait pas tarder à faire son boulot à sa place. Carl attendait ce jour avec impatience.

« Pouvez-vous me raconter dans les grandes lignes ce que vous avez trouvé à l'intérieur de la maison ?

— Les portes, les fenêtres, tout était grand ouvert. Beaucoup d'empreintes. On n'a jamais pu découvrir les chaussures correspondantes, mais devant la terrasse de la maison d'un des suspects, on a retrouvé le même sable que celui du lieu du crime. Les deux corps étaient allongés par terre dans la pièce principale. » Il s'assit autour de la table basse et invita les deux autres à l'imiter.

« Je voudrais pouvoir effacer un jour de ma mémoire l'image de cette gamine. Et en plus je la connaissais », précisa-t-il tandis que sa femme aux cheveux gris leur servait le café. Assad dit non merci, mais elle fit comme si elle ne l'avait pas entendu.

« Je n'avais encore jamais vu un corps tabassé à ce point », poursuivit-il. « Elle était si petite et si fluette. Je ne comprends même pas comment elle a pu survivre aussi longtemps à un tel traitement.

— Qu'est-ce que vous voulez dire ?

— L'autopsie a prouvé qu'elle était encore vivante quand ils l'ont laissée. Elle a dû agoniser pendant près d'une heure. L'hémorragie du foie s'est propagée dans la cavité abdominale, et en fin de compte elle a perdu trop de sang pour s'en tirer.

— Ses assassins ont pris un sacré risque.

— Pas si grand que ça. Son cerveau était si endommagé qu'elle n'aurait jamais été capable de témoigner, même si elle avait survécu. On l'a compris tout de suite. » Il tourna le visage vers les champs à l'évocation de ce souvenir. Carl connaissait ce sentiment. Quand les images qui défilent dans votre tête vous donnaient envie de regarder vers l'horizon et au-delà.

« Et vous pensez que ses meurtriers le savaient ?

— Oui, avec une fracture ouverte de la boîte crânienne, elle n'avait pas une chance. En plein milieu du front. Très inhabituel, et très visible.

— Et le jeune homme ?

— Il était allongé par terre à côté d'elle avec une expression étonnée mais paisible. C'était un très gentil garçon. Je l'avais rencontré plusieurs fois, chez lui et au commissariat. Il voulait être policier, comme son père. » Il se tourna à nouveau vers Carl. Ce n'était pas tous les jours qu'on voyait un vieux flic aguerri avec un regard aussi triste.

« Et le père est entré dans la maison et il a tout vu ?

— Malheureusement oui. » Il secoua la tête. « Il voulait emporter les corps de ses enfants tout de suite. Il courait partout sur la scène de crime, complètement sonné. Il a vraisemblablement effacé beaucoup d'indices. Nous avons été obligés de le sortir de la maison *manu militari*. Je me sens mal aujourd'hui encore de l'avoir fait.

— Et après vous avez laissé le commissariat de Holbæk reprendre l'enquête ?

— Non, on nous l'a retirée. » Il fit un signe de tête à sa femme. Il y avait de tout sur la table à présent, et à profusion. « Un biscuit ? » proposa-t-il avec l'air de les supplier de dire non merci et de s'en aller.

« Alors c'est vous qui nous avez fait passer l'affaire ?

— Non, ce n'est pas moi. » Il but une gorgée de café et jeta un coup d'œil aux notes d'Assad. « Mais je suis content que vous repreniez l'enquête. Chaque fois que je vois ces porcs à la télé, Ditlev Pram, Torsten Florin et l'autre type de la Bourse, je ne décolère pas de la journée.

— Vous avez votre intime conviction en ce qui concerne les coupables, apparemment ?

— Et comment !

— Et qu'en est-il du type qui purge sa peine en ce moment ? Bjarne Thøgersen ? »

Le pied du policier à la retraite traçait des cercles sur le parquet sous la table mais son visage était calme. « Toute cette bande de sales gosses de riches ! Ils ont fait le coup tous ensemble, vous pouvez me croire, Ditlev Pram, Torsten Florin, le gars de la Bourse et la fille qui traînait tout le temps avec eux. Ce petit con de Bjarne y était sûrement aussi. Il y avait aussi Kristian Wolf, le sixième larron. Ça m'étonnerait beaucoup qu'il soit mort d'une crise cardiaque. Si vous voulez mon avis, ils l'ont éliminé parce qu'il a dû commencer à avoir la trouille à un moment donné. Là aussi c'était un meurtre.

— Je croyais qu'il avait été victime d'un accident de chasse ? L'enquête dit qu'il s'est tiré une balle dans la cuisse par mégarde et qu'il a eu le temps de perdre tout son sang avant que les autres chasseurs le retrouvent.

— Foutaises. C'était un assassinat.

— Et qu'est-ce qui vous fait dire ça ? » interrogea Assad en se penchant pour attraper un biscuit, les yeux rivés sur Thomasen.

Ce dernier haussa les épaules. Il se demandait sans doute ce que ce type pouvait savoir de l'intuition policière.

« Vous n'auriez pas quelque chose à nous dire sur les crimes de Rørvig que nous ne pourrions trouver nulle part ailleurs ? »

Klaes Thomasen poussa l'assiette de biscuits vers Assad.

« Non, je ne crois pas.

— Une autre personne alors ? » insista Assad en repoussant l'assiette. « Il doit bien y avoir quelqu'un qui puisse nous mettre sur une piste ? Sinon l'affaire va retourner dans la pile, ce serait dommage. »

Une remarque qui prouvait à quel point il était devenu autonome.

« Je vais voir si je peux joindre la femme de Henning, Martha Jørgensen. Peut-être qu'elle pourra vous renseigner. Elle a harcelé les enquêteurs pendant les mois qui ont suivi les meurtres et le suicide de son mari. Oui, c'est ça, il faut que vous rencontriez Martha. »

7

La lumière qui éclairait les voies était aussi grise que le ballast dans la brume matinale. Au-delà du réseau arachnéen des câbles ferroviaires, les camionnettes jaunes de la gare de triage tournaient déjà au ralenti depuis des heures. Les gens partaient travailler et les trains de banlieue qui faisaient vibrer le logement de Kimmie étaient pleins à craquer.

C'était un jour comme un autre à part qu'aujourd'hui, les démons étaient lâchés. Elle les sentait en elle comme une fièvre qui la faisait délirer. Incontrôlables, malvenus et de sinistre augure.

Elle se mit à genoux et pria pour que les voix la laissent tranquille mais, ce jour-là comme les autres, les instances supérieures étaient en vacances. Alors elle prit la bouteille posée à côté de son lit de fortune et but à grandes gorgées.

Quand la moitié du whisky se fut propagé, brûlant, dans son organisme, elle partit, laissant exceptionnellement sur place son éternelle valise. Son fardeau de haine, de dégoût et de colère était bien assez lourd.

Torsten Florin était le premier de la liste, depuis la mort de Kristian Wolf. Elle y pensait souvent.

Elle avait vu sa tête de fouine dans un magazine. Il posait fièrement devant son palais de la mode tout en verre, récemment réhabilité et primé pour son architecture, sur l'Indiakaj, au milieu du quartier de l'ancien port franc. C'est là qu'elle viendrait l'affronter.

Elle descendit péniblement de sa banquette inconfortable, le corps meurtri, et respira ses aisselles. L'odeur n'était pas encore trop rance, la douche dans les sanitaires des cheminots attendrait.

Elle se frotta les genoux, glissa la main sous le banc et en sortit un petit coffre qu'elle ouvrit.

« Tu as bien dormi mon trésor ? » demanda-t-elle en caressant la petite tête du bout de son index. Comme ses cheveux sont doux et comme ses cils sont longs ! pensa-t-elle, ainsi qu'elle le faisait chaque matin. Elle sourit tendrement à son enfant et referma doucement le couvercle avant de remettre le coffret à sa place. C'était le meilleur moment de sa journée.

Elle souleva sa modeste pile de vêtements et en extirpa le collant le plus chaud. Elle voyait aux taches de moisissure qui envahissaient déjà le plafond en aggloméré que cette année l'automne serait capricieux.

Quand elle eut fini de s'habiller, elle ouvrit la porte de sa maison de brique, qui donnait directement sur la voie ferrée. Il n'y avait pas un mètre de distance entre elle et les trains qui défilaient à longueur de journée.

La voie était libre.

Elle sortit, ferma sa porte, boutonna son manteau, marcha une vingtaine de mètres pour contourner le gros transformateur gris acier, dont les cheminots venaient très rarement vérifier le fonctionnement, remonta le petit chemin goudronné menant jusqu'à la grille, qui débouchait sur Ingerslevsgade, et l'ouvrit.

Il fut un temps où son plus grand rêve avait été de posséder une clé de cette grille. C'était à l'époque où elle ne pouvait atteindre la maison sur les voies qu'en marchant sur les traverses le long de la clôture à partir de la gare de Dybbølsbro. Elle devait faire le trajet à la nuit tombée, pour ne pas qu'on la voie. Du coup, elle ne dormait jamais plus de trois ou quatre heures avant d'être obligée de quitter sa petite maison. Elle savait que si on la surprenait, on la délogerait immédiatement. La nuit devint sa meilleure alliée, et le resta jusqu'au matin où elle découvrit la pancarte accrochée à la grille donnant sur Ingerslevsgade. CLÔTURES LØGSTRUP, disait le panneau.

Elle appela l'usine et se présenta sous le nom de Lily Carstensen, responsable du matériel auprès de la compagnie des chemins de fer. Elle prit rendez-vous avec le serrurier de l'usine sur le trottoir devant la grille. Pour l'occasion, elle mit un tailleur-pantalon bleu marine de bonne coupe qui lui donnait l'allure d'une cadre de la compagnie. On lui remit deux jeux de clés ainsi qu'une facture, qu'elle paya comptant. Enfin, elle pouvait aller et venir comme bon lui semblait.

Il fallait juste qu'elle surveille les alentours et que les voix lui fichent la paix. Tout irait bien désormais.

Elle prit l'autobus vers Østerport, sentant les regards des gens peser sur elle. Elle savait bien qu'elle parlait toute seule. *Arrête ça, Kimmie*, se disait-elle en son for intérieur, mais sa bouche refusait d'obéir.

Quelquefois elle s'écoutait parler, comme s'il s'était agi d'une autre personne. C'était le cas ce jour-là. Elle fit un sourire à une petite fille mais celle-ci lui répondit par une grimace.

Ça n'allait pas bien du tout.

Elle descendit deux stations plus tôt que prévu, dix mille regards lui transperçant le dos. Elle se promit que plus jamais elle ne prendrait le bus. Les voyageurs étaient trop serrés les uns contre les autres. Elle préférait le train.

« C'est bien mieux », dit-elle à haute voix en s'engageant dans Store Kongensgade. La rue était presque déserte. Peu de voitures, presque aucun passant. Et à l'intérieur de sa tête, les voix s'étaient tues.

Elle arriva devant l'immeuble sur l'Indiakaj juste après la pause déjeuner et constata sur le parking de Brand Nation que la place réservée à Torsten Florin, marquée à son nom sur une plaque émaillée, était vide.

Elle ouvrit son sac à main et regarda à l'intérieur. Elle avait piqué ce sac dans le hall d'entrée du cinéma Le Palace à une fille qui, un miroir à la main, était perdue dans la contemplation de sa propre image. D'après sa carte de Sécurité sociale, la bimbo s'appelait Lise-Maja Petterson. Elle déplaça la grenade et sortit de son paquet une des délicieuses cigarettes Peter Jackson de Lise-Maja Petersson. *Fumer provoque des maladies cardio-vasculaires.*

Elle l'alluma en ricanant et avala une grande bouffée de fumée qu'elle fit descendre tout au fond de ses poumons. Elle fumait depuis qu'elle avait été virée de son pensionnat, et son cœur battait toujours comme une horloge. Il y avait peu de chances qu'elle meure d'une crise cardiaque.

Quand elle eut vidé le paquet et écrasé tous les mégots par terre, elle attrapa par la manche une des nombreuses jeunes filles qui entraient et sortaient par la porte vitrée de Brand Nation.

« Tu sais à quelle heure Torsten Florin doit arriver ? » demanda-t-elle, obtenant pour toute réponse un silence obstiné et un regard courroucé.

« Alors, tu le sais, oui ou non ? » insista-t-elle en secouant la fille comme un prunier.

« Lâchez-moi ! » cria la fille, tordant le bras de Kimmie de toutes ses forces.

Les yeux de celle-ci devinrent deux fentes étroites. Elle ne supportait pas qu'on la touche, et encore moins qu'on refuse de lui répondre. Elle ne supportait pas qu'on la regarde non plus. Elle projeta son bras libre, et son poing atterrit sur la joue de la fille qui s'affaissa comme une poupée de chiffon. Cela la soulagea, mais moins que prévu ; elle savait bien qu'elle n'était pas supposée faire ce genre de choses.

« Allez, réponds », dit-elle en se penchant au-dessus de sa victime en état de choc. « Je veux savoir quand Torsten Florin doit arriver. »

Lorsque la femme lui eut dit non pour la troisième fois en bégayant, Kimmie finit par tourner les talons. Elle allait devoir attendre un bout de temps avant de se pointer à nouveau dans le secteur.

Elle tomba sur Tine la Rate devant l'angle de la façade délabrée de Jacob's Full House dans Skelbækgade. Elle était appuyée, son éternel sac en plastique à la main, sous une pancarte qui disait : *Champignons de saison*. Son maquillage avait coulé. Les premiers clients à qui elle suçait la queue dans les ruelles avaient le loisir d'admirer ses yeux écarquillés par le rimmel et ses joues rougies au blush, mais les derniers devaient se contenter des restes. A cette heure-ci elle hélait le chaland avec le menton barbouillé de rouge à lèvres et de sperme essuyé à la hâte dans sa manche. Les clients de Tine ne mettaient jamais de capote. Il y avait bien des années qu'elle ne pouvait plus se permettre de l'exiger. Il y avait longtemps qu'elle n'exigeait plus rien de personne.

« Salut, Kimmie ! Salut, ma chérie ! Ça m'fait vachement plaisir de t'voir », bafouilla-t-elle en titubant dans sa direction, perchée sur ses maigres guibolles qui la faisaient ressembler à une sauterelle.

« J't'ai cherchée partout, ma chérie », ajouta-t-elle en agitant la clope qu'elle venait d'allumer. « Y a des gens qui posent plein de questions sur toi à la gare, tu l'savais ? »

Elle s'agrippa au bras de Kimmie et la tira de l'autre côté de la rue vers les bancs qui se trouvaient devant le Café Yrsa.

« T'étais passée où ces temps-ci, tu m'as vachement manqué ! » pleurnicha Tine en extirpant deux bières de son sac en plastique.

Kimmie jeta un coup d'œil du côté de Fisketorvet, pendant que Tine décapsulait les bières.

« Qui pose des questions sur moi ? » demanda-t-elle en repoussant la bière que Tine lui tendait. La bière était une boisson de prolétaire. C'est ce qu'on lui avait appris dans le monde dans lequel elle avait grandi.

« Oh, juste des types. » Tine posa la deuxième bière à ses pieds sous le banc. Elle était contente d'être assise là, Kimmie le savait. C'était son endroit. Une bière à la main, des sous dans la poche et une cigarette toute neuve entre ses doigts jaunis.

« Raconte-moi en détail, Tine.

— Tu sais, Kimmie, j'me rappelle plus. Avec l'héro, ça marche plus trop bien là-haut. » Elle se tapota le front. « Mais j'ai rien dit. J'ai dit que je savais pas qui t'étais. » Elle se mit à rire. « Ils m'ont montré une photo de toi, Kimmie. » Elle hocha la tête avec frénésie. « Putain, que t'étais belle, à c't'époque-là, ma Kimmie chérie. »

Elle tira une grande bouffée de sa cigarette. « Moi aussi j'étais belle, dans le temps. Y a un type qui me l'a dit, comment il s'appelait déjà ? » Son regard se perdit dans le vide. Ça aussi, elle l'avait oublié.

Kimmie lui demanda : « Ils étaient plusieurs à me chercher ? »

Tine hocha la tête et but une gorgée de bière. « Ils étaient deux, mais ils sont pas v'nus ensemble. Y en a un qui est v'nu la nuit, juste avant la fermeture de la gare, il devait être quatre heures. C'est à c't'heure-là qu'elle ferme, non ? »

Kimmie haussa les épaules. Quelle importance ? Il y avait donc deux hommes à ses trousses.

« C'est combien ? » dit une voix au-dessus de leurs têtes. Une silhouette se découpait juste devant Kimmie, mais elle ne réagit pas. C'était le domaine de Tine.

« Alors, la pipe, c'est combien ? » répéta la voix.

Elle sentit le coude de Tine dans ses côtes. « C'est toi qu'il veut, Kimmie », lui dit-elle avec indifférence. Elle avait déjà gagné ce qu'il lui fallait pour vivre aujourd'hui.

Kimmie leva la tête et vit un homme tout ce qu'il y avait de plus ordinaire, les mains enfoncées dans les poches de son manteau, une expression pitoyable sur le visage.

« Casse-toi ! » lui dit-elle en lui décochant un regard assassin. « Casse-toi vite avant que je t'en mette une ! »

Il recula et se redressa. Puis il eut un sourire étrange, comme si la menace à elle seule lui avait fait prendre son pied.

« Cinq cents, je te file cinq cents couronnes si tu te rinces la bouche avant. Je n'ai pas envie d'avoir ta salive sur ma queue, OK ? »

Il sortit l'argent et l'agita sous son nez pendant que les voix enflaient dans la tête de Kimmie. « Allez, vas-y », disait l'une d'elles. « Il l'a bien cherché », enchaînaient les autres. Elle attrapa la bouteille sous le banc et porta le goulot à sa bouche, pendant que l'homme essayait de capter son attention.

Il fit un bond en arrière avec un air stupéfait quand elle rejeta la nuque en arrière et lui cracha la bière au visage. Il regarda son manteau trempé avant de revenir sur elle. Elle savait qu'à présent, il était dangereux. Les agressions sur Skelbækgade étaient monnaie courante. Le Tamoul qui distribuait ses gratuits au coin de la rue ne lèverait pas le petit doigt pour l'aider.

Elle se leva et cassa la bouteille sur la tête du gars avec une telle violence que les morceaux de verre jaillirent jusqu'au pied de la boîte aux lettres tordue qui se trouvait sur le trottoir d'en face. Une rigole de sang coula lentement d'une de ses oreilles vers le col de son manteau. L'homme gardait les yeux fixés sur la bouteille cassée qu'elle tenait par le col, la brandissant vers lui. Il pensait probablement avec inquiétude à ce qu'il allait raconter à sa femme, à ses enfants et à ses collègues. Soudain, il prit ses jambes à son cou en direction de la gare, conscient qu'il aurait besoin d'un docteur et d'un nouveau manteau pour que sa vie revienne à la normale.

« J'l'ai déjà vu, ce débile », grommela Tine à côté d'elle, les yeux braqués sur la mare de bière qui coulait vers le caniveau. « Ça fait chier, Kimmie, maintenant il va falloir que j'aille acheter une autre bière chez Aldi ! C'est pitié d'gaspiller d'la si bonne bière. Pourquoi il a fallu que ce crétin vienne nous emmerder alors qu'on était si bien toutes les deux ? »

Kimmie lâcha la bouteille et effaça aussi sec l'image de l'importun qui avait déjà disparu à l'angle de la rue. Elle glissa la main dans sa culotte d'où elle sortit une bourse en peau de chamois qu'elle ouvrit. Les coupures de journaux étaient assez récentes. Elle les changeait de temps en temps pour savoir constamment à quoi ils ressemblaient. Elle déplia les pages et les colla sous le nez de Tine.

« Les hommes qui me cherchent, ils ressemblent à un de ceux-là ? » Elle posa l'index sur une photo de presse. L'article était intitulé :

ULRIK DYBBØL-JENSEN, P-DG DE L'INSTITUT UDJ,
SPÉCIALISÉ DANS L'ANALYSE BOURSIÈRE,
REFUSE DE COLLABORER AVEC LA CELLULE
DE RÉFLEXION DU PARTI LIBÉRAL.

Ulrik était devenu un homme important. Dans tous les sens du terme.

Tine regarda la photo à travers les volutes bleutées de sa cigarette et secoua la tête. « Non, aucun des deux n'était aussi gros que ça.

— Celui-ci ? » Elle lui montrait un article qu'elle avait découpé dans un magazine féminin, trouvé dans une poubelle sur l'Øster Farimagsgade. Torsten Florin aurait pu être pris pour un homosexuel avec ses cheveux longs et sa peau de bébé, mais il était tout ce qu'il y a de plus hétéro, elle pouvait en témoigner.

« Celui-là, je l'ai déjà vu. A la télé ou un truc comme ça. Il est dans la mode, non ?

— C'est lui qui me cherche, Tine ? »

Elle pouffa de rire, comme si c'était un jeu. Ce n'était pas Torsten non plus.

Quand Tine donna la même réponse devant la photo de Ditlev Pram, Kimmie remit les coupures de journaux dans sa culotte.

« Qu'est-ce que ces hommes ont dit sur moi ?

— Ils voulaient seulement savoir où t'étais, ma chérie !

— Tu es capable de les montrer si nous allons faire un tour à la gare toutes les deux ? »

Elle haussa les épaules. « Ils ne viennent pas tous les jours, tu sais, Kimmie. »

Kimmie se mordit la lèvre. Elle allait devoir redoubler de prudence. Ils étaient tout près.

« Si jamais tu les revois, tu me préviens, d'accord ? Tu regarderas bien à quoi ils ressemblent. Tu noteras tout sur un papier pour t'en souvenir, tu me promets ? » Elle posa la main sur le genou de Tine, qui pointait comme une lame sous son jean usé jusqu'à la corde. « Si tu as des renseignements à me communiquer, tu les cacheras derrière la pancarte jaune, là-bas. » Elle montrait une enseigne qui disait : VOITURES DE LOCATION – DISCOUNT.

Tine toussa et hocha la tête en même temps.

« Je te donnerai cent couronnes pour ton rat chaque fois que tu me rapporteras des renseignements intéressants. Qu'est-ce que tu en penses, Tine ? Comme ça tu pourras lui payer une nouvelle cage. Tu l'as toujours, ton rat, non ? »

Kimmie s'attarda près de cinq minutes devant le célèbre pignon de l'ancienne fonderie de suif CE Bast, afin de s'assurer que Tine ne la suivait pas.

Personne ne savait où elle habitait, et il ne fallait pas que cela change.

Elle traversa la rue jusqu'à la porte grillagée avec un début de migraine et une sensation de picotement sous la peau. Elle était en colère et agacée en même temps. Les voix dans sa tête détestaient ça.

Assise sur sa banquette étroite, la bouteille de whisky à la main, laissant son regard flotter dans la petite pièce peu éclairée, elle retrouva son calme peu à peu. Ici elle était chez elle. Ici elle se sentait en sécurité, ici elle avait tout ce dont elle avait besoin : caché sous la banquette, le coffret contenant son trésor le plus cher, au mur le poster avec les enfants en train de jouer et le portrait d'une petite fille et enfin les pages de quotidiens en guise de papier peint pour l'isoler du froid. Ses vêtements en tas dans un coin, sa plante verte posée sur le sol, le tas de journaux empilés derrière, deux petits néons alimentés par une pile, et une paire de chaussures de rechange sur une étagère. Tous ces objets lui appartenaient et elle pouvait en disposer comme bon lui semblait, et si elle en voulait d'autres, elle savait comment se les procurer.

Quand le whisky commença à faire effet, elle se mit à rire et à inventorier les trois cachettes qu'elle avait aménagées derrière les briques dans le mur. Elle les vérifiait presque systématiquement quand elle rentrait dans sa tanière. D'abord celle qui contenait ses cartes de crédit et les tickets de retrait. Ensuite celle où elle cachait son argent liquide.

Chaque jour, elle faisait le compte de ce qui lui restait. Elle vivait dans la rue depuis onze ans, et il lui restait encore un million trois cent quarante-quatre mille couronnes. Si elle continuait comme ça, l'argent ne serait jamais dépensé. Rien qu'avec le fruit de ses petits larcins, elle parvenait à couvrir ses besoins quotidiens. Elle volait ses vêtements. Elle ne mangeait pas beaucoup, et le gouvernement, soucieux de la santé publique, avait fait en sorte que l'alcool ne coûte presque plus rien. Aujourd'hui on pouvait se saouler à mort pour moitié moins qu'avant dans ce pays de cocagne. Elle rit à nouveau, et sortit la grenade de son sac. Elle la rangea dans la troisième niche avec les autres et remit les briques en place si soigneusement qu'on ne distinguait presque plus les joints.

Cette fois, la crise d'angoisse s'empara d'elle sans prévenir. Cela n'arrivait jamais en temps normal. D'habitude, elle commençait par avoir des hallucinations. Elle voyait des mains prêtes à la frapper. Parfois, elle voyait du sang et des corps mutilés. A d'autres moments, c'était le souvenir lointain et fugitif d'un éclat de rire ; ou des promesses chuchotées et trahies ensuite. Mais ce jour-là, les voix n'eurent pas le temps de la mettre en garde.

Déjà elle tremblait et les crampes dans son bas-ventre lui tordaient les entrailles. Ensuite vinrent l'inévitable nausée puis les larmes. Elle avait souvent essayé de noyer son chagrin dans l'alcool, mais il ne faisait qu'augmenter sa souffrance.

Alors elle se contenta d'attendre dans le noir, heure après heure, jusqu'à ce que ça passe.

Quand sa tête se remettrait à fonctionner normalement, elle se lèverait. Elle irait à la station de Dybbølsbro. Elle prendrait l'ascenseur jusqu'au quai n° 3, au bout duquel elle attendrait le passage tonitruant d'un direct. Elle tendrait les bras, debout tout au bord de la voie, et elle jurerait tout bas :

« J'aurai votre peau, ordures. »

Et ensuite, elle laisserait les voix faire d'elle ce qu'elles voudraient.

8

Carl venait d'entrer dans la pièce quand il aperçut la chemise plastifiée posée au beau milieu de la table.

Qu'est-ce que c'est que ça encore ? se demanda-t-il. Il appela Assad.

Quand il apparut sur le seuil, il lui montra le dossier. « Tu as une idée d'où ça vient ? » Assad secoua la tête. « On ne touche à rien, tu m'entends ? Il y a peut-être des empreintes dessus. »

Ils regardèrent tous les deux, incrédules, la première feuille visible sous la couverture plastifiée. *La bande de l'internat : Agressions.* L'intitulé était imprimé au laser.

Il s'agissait d'une liste d'agressions avec dates, lieux et noms des victimes. Apparemment les faits s'étendaient sur une assez longue période. Un jeune homme sur une plage à Nyborg. Des jumeaux tabassés en plein jour sur un terrain de foot. Un couple sur l'île de Langeland. Au moins une vingtaine de personnes en tout.

« Il faut vraiment qu'on trouve qui nous apporte ça, Assad. Appelle les gars de la technique scientifique. Si c'est quelqu'un de la maison, on n'aura pas de mal à identifier les empreintes digitales.

— Personne ne m'a pris mes empreintes, à moi », dit Assad d'un air déçu.

Carl secoua la tête. Il se demandait bien pourquoi Assad était passé au travers. Il y avait vraiment beaucoup de choses pas claires autour de l'embauche de son assistant.

« Trouve-nous l'adresse de la mère des deux victimes de Rørvig, Assad. Elle a déménagé plusieurs fois ces dernières années, et elle n'habite plus non plus à Tisvilde, son dernier domicile connu par l'état civil. Fais preuve d'imagination ! Appelle ses anciens voisins, je t'ai préparé une liste de numéros de téléphone. Ils savent peut-être quelque chose. » Il désigna une pile de papiers froissés qu'il venait de sortir du fond de sa poche.

Puis il prit un bloc-notes et se fit un pense-bête. Il avait enfin l'impression d'avoir démarré une nouvelle enquête.

« Franchement, Carl. Tu ne vas pas perdre ton temps avec une affaire qui a déjà été jugée. » Le chef de la Crim, Marcus Jacobsen, secouait la tête en tripotant les piles de notes qui s'amoncelaient sur son bureau. Quatre nouvelles grosses affaires en quarante-huit heures, trois demandes de congés, deux arrêts maladie, dont un sans doute définitif. Carl savait très bien à quoi Marcus pensait en ce moment : *Qui vais-je déplacer ?* Dieu soit loué, cela ne le concernait plus.

« Concentre-toi plutôt sur la visite des Norvégiens, Carl. Ils ont tous entendu parler de l'affaire Lynggaard là-bas et ils voudraient bien savoir comment tu t'organises et de quelle façon tu détermines tes priorités dans ce type d'investigation. Je crois qu'ils ont un tas de vieilles affaires qu'ils aimeraient bien classer. Si tu pouvais aménager ton bureau pour les recevoir et leur donner une bonne leçon de travail policier à la danoise, cela leur fournirait un sujet de conversation avec le ministre, chez qui ils doivent se rendre ensuite. »

Carl se sentit soudain très abattu. En sortant de chez lui ses invités iraient faire des ronds de jambe chez Môssieur le ministre de l'Intérieur et faire des remarques sur son département V ? Franchement, il y avait de quoi faire la gueule.

« Il faut d'abord que je découvre qui me fait passer des documents dès que j'ai le dos tourné. Ensuite j'aviserai.

— Fais comme tu le sens, Carl. Mais si tu t'occupes de ces meurtres à Rørvig, je ne veux pas en entendre parler. Je n'ai pas un gars en trop ces temps-ci.

— Ne t'inquiète pas », répondit Carl en se levant.

Marcus se baissa vers son interphone : « Lis, tu peux venir une minute, s'il te plaît, je ne trouve plus mon agenda. »

Baissant les yeux, Carl vit l'agenda à ses pieds, il avait dû tomber au moment où le patron avait déplacé ses dossiers tout à l'heure.

Il le poussa discrètement du bout du pied pour qu'il aille se coincer sous les tiroirs du bureau. Avec un peu de chance, le rendez-vous avec les Norvégiens disparaîtrait par la même occasion.

Il jeta à Lis un regard langoureux en sortant. Il la préférait avec ses cheveux d'avant, mais tant pis ! Lis restait Lis.

D'un sourire plein de fossettes, Rose Knudsen lui fit comprendre, quand il passa devant l'accueil, qu'elle avait hâte de venir travailler avec lui.

Il ne lui rendit pas son sourire, mais il est vrai que lui n'avait pas de fossettes.

En bas, Assad était dans les starting-blocks. Il avait terminé sa prière du matin et il attendait, K-way sur le dos et attaché-case en cuir sous le bras.

« La mère des deux victimes habite chez une de ses amies de longue date à Roskilde », dit-il, ajoutant qu'ils pouvaient y être en moins d'une demi-heure s'ils mettaient le turbo. « Il y a aussi eu un coup de fil de Hornbæk et les nouvelles ne sont pas très bonnes. »

Carl vit son ami Hardy en pensée. Deux mètres zéro sept de carcasse immobile, les yeux tournés vers l'Øresund et ses plaisanciers en train de profiter de la belle saison. « Que se passe-t-il ? » demanda-t-il, au bord du malaise.

Il y avait plus d'un mois qu'il n'avait pas rendu visite à son ancien collègue.

« Il paraît qu'il pleure tout le temps. Ils lui donnent plein de médicaments, mais il pleure quand même. »

C'était une maison contemporaine tout ce qu'il y a de plus ordinaire située au bout de Fasanvej. La plaque de laiton indiquait qu'un Arnold et une Yvette Larsen vivaient là, et en dessous de la plaque on avait fixé un petit sticker avec le nom de MARTHA JØRGENSEN en gros caractères d'imprimerie.

Une mince personne à l'allure évanescente, qui avait depuis longtemps dépassé l'âge de la retraite, les accueillit sur le seuil. C'était une si belle vieille dame que Carl ne put retenir un sourire attendri.

« Effectivement, Martha habite chez moi. Elle est venue vivre ici après la mort de mon mari. Je dois vous prévenir qu'elle ne va pas bien aujourd'hui », chuchota-t-elle quand ils furent entrés. « Le médecin dit qu'elle n'en a plus pour longtemps. »

Ils entendirent son amie tousser quand ils entrèrent dans le salon d'été. Elle les regarda fixement depuis son fauteuil, les yeux profondément enfoncés dans leurs orbites et une armée de flacons de médicaments sur la table devant elle. « Qui êtes-vous ? » demanda-t-elle en faisant tomber la cendre de son cigarillo d'une main tremblante.

Assad s'assit tranquillement sur une chaise recouverte d'une vieille tapisserie fanée et de feuilles mortes tombées des pots qui garnissaient le rebord de la fenêtre. Sans préambule, il s'empara de la main de Martha Jørgensen. « Je peux vous dire une chose, Martha. J'ai vu ma mère exactement dans l'état où vous êtes aujourd'hui, et ce n'était pas drôle du tout. »

S'il s'était agi de la mère de Carl, elle aurait tout de suite repris sa main, mais Martha Jørgensen la lui laissa. *Où Assad a-t-il appris à faire ce genre de choses ?* se demanda Carl, cherchant quel rôle il allait bien pouvoir tenir dans la scène qui se jouait sous ses yeux.

« Nous avons tout juste le temps de boire une tasse de thé avant l'arrivée de l'infirmière », dit Yvette avec un petit sourire insistant. Martha se mit à pleurer doucement quand Assad lui expliqua la raison de leur visite.

Ils avaient bu le thé et même mangé les petits gâteaux avant que la vieille dame trouve la force de parler.

« Mon mari était policier, dit-elle enfin.

— Oui, nous le savons, madame Jørgensen. » Ce furent les premiers mots que Carl lui adressa.

« L'un de ses anciens collègues m'a donné des photocopies des rapports de police.

— Klaes Thomasen, je suppose ?

— Non, un autre. » Elle se mit à tousser et prit une grosse bouffée de son cigarillo pour faire passer la crise. « Il s'appelait Arne, il est mort maintenant. Il avait réuni toutes les pièces dans un dossier.

— Nous autoriseriez-vous à consulter ce dossier, madame Jørgensen ? »

Elle leva une main presque transparente jusqu'à son visage, et ses lèvres se mirent à trembler. « Malheureusement, c'est impossible. Je ne l'ai plus. » Elle resta un moment immobile, les paupières serrées, comme si elle avait soudain la migraine. « Je ne sais plus à qui je l'ai prêté en dernier. Plusieurs personnes l'ont consulté.

— Est-ce que par hasard, il s'agirait de ce dossier-là ? » Carl lui tendit la chemise cartonnée vert pâle.

« Non il était plus volumineux », dit-elle en secouant la tête. « Il était gris et beaucoup plus épais. On ne pouvait pas le tenir d'une seule main.

— Vous avez peut-être d'autres choses à nous montrer ? Des documents que vous pourriez nous prêter ? »

Elle regarda son amie. « Tu crois qu'on peut leur dire, Yvette ?

— Je ne sais pas, Martha. Est-ce bien raisonnable ? »

La vieille femme malade dirigea son regard bleu vers un cadre contenant deux photographies posé sur une étagère entre un vieil arrosoir rouillé et une statuette en grès de saint François d'Assise. « Regarde-les, Yvette.

Qu'ont-ils fait pour mériter cela ? » Ses yeux se mouillèrent de larmes. « Mes petits enfants. Est-ce qu'on ne peut pas au moins faire cela pour eux ? »

Yvette posa une boîte d'After Eight sur la table. « Tu as raison », répondit-elle avec un soupir. Elle se dirigea vers l'angle de la pièce où une pile de cartons d'emballage réutilisables et de papiers cadeau usagés constituait une sorte de mausolée à une époque révolue où économiser n'était pas un vain mot.

« Tenez », déclara-t-elle en extirpant du tas une boîte en carton pleine à craquer provenant de la boutique Peter Hahn.

« Ces dix dernières années, Martha et moi avons complété ce dossier régulièrement avec diverses coupures de journaux. Depuis la mort de mon mari, nous avons eu tout le temps de nous occuper l'une de l'autre, vous comprenez ? »

Assad prit la boîte et l'ouvrit.

« Ce sont des articles de journaux sur des agressions dont les coupables n'ont jamais été arrêtés », poursuivit Yvette. « Et aussi des coupures de presse concernant des tueurs de faisans.

— Des tueurs de faisans ? répéta Carl.

— Oui, vous les appelleriez comment, vous ? » dit la vieille dame. Elle fouilla dans la boîte et en sortit une photo.

Effectivement, le nom leur allait bien. Ils avaient été photographiés tous ensemble pour un article qu'elle avait découpé dans un hebdomadaire. Quelques têtes couronnées, quelques membres de la grande bourgeoisie, Ulrik Dybbøl-Jensen, Ditlev Pram et Torsten Florin. Tous avec leur fusil cassé sous le bras et un pied

70

triomphant planté au sol devant un long cordon de faisans et de perdreaux morts.

« Merde ! » s'exclama Assad, et effectivement, il était difficile de trouver commentaire mieux approprié. Ils perçurent soudain un mouvement venant de l'endroit où se trouvait Martha, se tournèrent vers elle et furent surpris par la violence de ce qui suivit.

« Ils ne s'en tireront pas comme ça », hurla-t-elle tout à coup. « Je veux qu'ils crèvent, tous autant qu'ils sont ! Ils ont tué mes enfants et mon mari. Qu'ils aillent pourrir en enfer. »

Elle essaya de se lever mais, emportée par son propre poids, elle vint heurter violemment l'angle de la table. Elle ne sembla même pas s'en apercevoir.

« Il faut qu'ils payent pour ce qu'ils ont fait ! » vociféra-t-elle, la joue collée sur la nappe, balayant de ses deux bras toutes les tasses à thé.

« Calme-toi, Martha, je t'en prie », lui conseilla doucement Yvette en réinstallant son amie suffoquant de rage impuissante contre la pile d'oreillers.

Quand Martha eut retrouvé son souffle et qu'elle fut de nouveau tranquillement assise à téter son cigarillo, Yvette entraîna Carl et Assad dans la salle à manger. Elle leur expliqua que la tumeur au cerveau de la vieille dame était désormais si grosse qu'on ne pouvait jamais prévoir ses réactions. Elle ne s'était pas toujours comportée ainsi.

Comme s'ils avaient été en droit d'attendre des excuses !

« Un homme est venu un jour. Il prétendait avoir bien connu Lisbet à l'époque. » Leur hôtesse leva ses sourcils presque inexistants. « Lisbet était la fille de Martha, son fils s'appelait Søren. Mais ça, vous le

saviez, n'est-ce pas ? » Ils acquiescèrent tous les deux.
« C'est peut-être l'ami de Lisbet qui a emporté le rapport de police, je n'en sais rien. » Son regard se tourna vers la véranda. « Il avait promis à Martha de le lui rapporter. » Elle les regarda d'un air si triste qu'on avait envie de la prendre dans ses bras. « J'ai bien peur qu'il ne revienne pas à temps.

— Cet homme qui a emprunté le dossier, vous vous rappelez son nom, Yvette ? » lui demanda Assad.

« Non, malheureusement pas. Je n'étais pas là le jour où elle le lui a prêté, et elle n'a plus toute sa tête, à cause de la tumeur, vous savez ! » Elle se tapota la tempe.

« Vous souvenez-vous s'il s'agissait d'un policier ? » ajouta Carl.

« Je ne crois pas, mais c'est possible. Je ne sais pas.

— Alors pourquoi n'a-t-il pas emporté ça en même temps ? » demanda Assad en faisant référence au carton de chez Peter Hahn qu'il avait sous le bras.

« Oh, ça ! Ce n'est pas important, c'est juste une lubie de Martha. On a déjà trouvé le coupable, n'est-ce pas ? Et il a avoué son crime. Je l'ai aidée à rassembler ces coupures de journaux parce que cela lui faisait du bien. L'homme qui a emprunté le rapport ne devait pas leur trouver grand intérêt. Et elles n'en ont sans doute pas, d'ailleurs. »

Ils lui posèrent quelques questions à propos de la clé de la maison de campagne et des jours qui avaient suivi le meurtre, mais, ainsi que l'exprima Yvette, il y avait vingt ans que tout cela était arrivé, et ce n'était pas le genre de souvenirs qu'on avait envie de ruminer.

Quand l'infirmière arriva, ils prirent congé.

Il y avait une photo du fils de Hardy sur sa table de nuit, et c'était là l'unique preuve que cette silhouette immobile avec sa sonde urinaire et ses cheveux gras plaqués sur le crâne avait un jour eu une vie différente de celle que la télévision, le respirateur artificiel et les infirmières débordées étaient capables de lui offrir.

« Tu en as mis un temps à traîner ton cul jusqu'ici », dit-il à Carl, les yeux fixés sur un point situé à environ un kilomètre au-dessus du service orthopédique et neurologique de Hornbæk, un point à partir duquel il pourrait contempler l'infini ou bien, si l'envie l'en prenait, plonger à pic pour disparaître à jamais.

A défaut de trouver une excuse valable, Carl s'empara du portrait de Mads et dit :

« Alors, il paraît que ton fils est entré à l'université ?

— De qui tu tiens ça ? Tu sautes ma femme ? » Il dit cela sans même accompagner sa question d'un clin d'œil complice.

« Bien sûr que non, Hardy, comment peux-tu dire des conneries pareilles ? Je le sais parce que quelqu'un m'en a parlé. Je ne me souviens plus qui. Quelqu'un de chez nous en tout cas.

— Qu'est-ce que tu as fait de ton petit Syrien ? Ils l'ont renvoyé jouer dans son bac à sable ? »

Carl connaissait bien Hardy, il avait quelque chose sur le cœur, ses provocations étaient juste un préambule.

« Bon, allez, dis-moi ce que tu as à me dire puisque je suis là. » Carl inspira profondément : « Excuse-moi », ajouta-t-il. « Je te promets de venir te voir plus souvent à partir de maintenant, mon vieux. J'étais en vacances, tu comprends ?

— Tu vois les ciseaux, sur la table ?

— Oui, bien sûr que je les vois.

— Les infirmières les posent toujours là. Elles s'en servent pour couper les compresses de gaze et le ruban adhésif avec lequel elles font tenir mes sondes et mes cathéters. Ils sont vachement pointus, tu ne trouves pas ? »

Carl regarda la paire de ciseaux plus attentivement. « Oui, effectivement.

— Puis-je te demander d'enfoncer ces ciseaux dans ma jugulaire, s'il te plaît, Carl, ce serait gentil de ta part. » Il éclata d'un rire bref. Marqua un temps. « Il y a quelque chose qui vibre dans mon bras, juste en dessous de l'épaule, je crois », dit-il tout à coup.

Carl fronça les sourcils. Hardy sentait quelque chose. Le pauvre. Si seulement cela pouvait être vrai. « Tu veux que je te gratte le bras ? » Il souleva la couverture et se demanda s'il allait remonter la manche du pyjama ou gratter à travers le tissu.

« Mais putain, tu n'entends pas ce que je te dis ? Il y a comme un tremblement. Est-ce que ça se voit ? » Carl releva la manche du pyjama. Hardy avait toujours été un homme soucieux de son apparence. Elégant et bronzé. A présent, hormis les fines veinules bleues qui la parcouraient, sa peau était aussi livide que celle d'un asticot.

Carl posa la main sur son bras. Ses muscles avaient complètement fondu. Il avait l'impression de toucher une pièce de bœuf qu'on aurait longuement martelée à l'attendrisseur à viande. En revanche, il ne percevait pas le moindre tremblement.

« Je sens le contact de ta main un tout petit peu à un endroit, Carl. Prends les ciseaux et pique-moi un peu dans cette zone. Pas trop vite, je te dirai quand tu toucheras le point sensible. »

Pathétique ! Hardy était entièrement paralysé depuis le cou jusqu'aux orteils. Il avait seulement une légère sensibilité au niveau de l'épaule, et rien d'autre. Pour le reste il ne s'agissait que des fantasmes d'un homme désespéré.

Carl piqua, comme son ami le lui demandait. Il partit du milieu du bras en remontant consciencieusement tout autour. Quand il eut presque atteint la partie postérieure de l'aisselle, Hardy eut un sursaut.

« C'est là, Carl. Trouve un stylo et fais une croix. »

Carl obtempéra. On est un ami ou on ne l'est pas.

« Recommence à piquer maintenant. Essaye de me surprendre. Je te dirai quand je pense que tu piques sur la croix. Je ferme les yeux. »

Il rit, ou peut-être était-ce un gémissement, au moment où Carl toucha à nouveau l'emplacement de la marque. « C'est là ! » cria-t-il. Incroyable. C'était à vous donner la chair de poule.

« Tu n'en parles pas aux infirmières, tu m'entends, Carl ?

— Et pourquoi pas, Hardy ? C'est fantastique ce qui se passe. Il y a peut-être un espoir. C'est un début, au moins.

— Justement, je voudrais travailler à agrandir la zone réactive. Je veux retrouver l'usage d'un de mes bras, tu piges ? » Carl leva les yeux sur son ancien collègue.

« Et à quoi ce bras va me servir ne regarde personne, OK ? »

Carl hocha la tête. Si Hardy retrouvait le moral, il était content. Son unique but dans la vie était apparemment de pouvoir attraper lui-même la paire de ciseaux qui se trouvait sur sa table de nuit pour se l'enfoncer dans la gorge.

Ce point sensible sous son bras ne l'était-il pas depuis le début ? On pouvait se poser la question. Mais il valait peut-être mieux laisser tomber. Il y avait peu de chances pour que la situation d'Hardy évolue, dans un sens comme dans l'autre.

Carl remit la manche en place et remonta la couverture. « Dis-moi, Hardy, tu vois toujours cette psychologue ? » Carl vit le corps de rêve de Mona Ibsen se profiler dans sa tête. Du baume au cœur.

« Oui.

— Super ! Et vous parlez de quoi ? » demanda-t-il, espérant que son nom avait été cité à un moment donné.

« Elle continue à piétiner dans l'épisode de la fusillade d'Amager. Je ne vois pas où elle veut en venir, mais en tout cas, chaque fois qu'elle vient, c'est cette putain d'histoire de pistolet à clous qui l'intéresse.

— Forcément.

— Mais tu sais quoi, Carl ?

— Non, quoi ?

— Finalement, à cause d'elle, j'y pense quand même de temps en temps. Je ne peux pas m'empêcher de me dire que ça ne sert à rien, et pourtant, il y a un truc là-dedans qui me turlupine.

— Vas-y, je t'écoute. »

Il regarda Carl droit dans les yeux. Avec ce regard qu'il avait toujours quand il fixait un suspect. Pas un regard accusateur, mais pas non plus l'inverse. Juste un regard déstabilisant.

« On est allés dans cette maison, Anker, toi et moi, dix jours après que le gars a été buté, d'accord ?

— Oui, et alors ?

— Les assassins avaient eu tout le temps d'effacer leurs traces. Plus de temps qu'il n'en fallait, même. Tu peux me dire pourquoi ils ne l'ont pas fait ? Pourquoi ils ont attendu ? Ils n'avaient qu'à foutre le feu, sortir le cadavre et brûler le reste. C'était terminé, on n'en parlait plus.

— Tu as raison, c'est bizarre. Je me suis posé la question moi aussi.

— Et comment se fait-il qu'ils soient revenus justement le jour où on y était ?

— On peut se le demander.

— Tu sais quoi, Carl ? Je ne me pose plus tellement de questions. » Il essaya de s'éclaircir la gorge mais n'y parvint pas.

« Peut-être qu'Anker aurait pu éclairer notre lanterne s'il avait été là », dit-il enfin.

« Pourquoi tu dis ça ? » Il y avait des semaines que Carl n'avait pas pensé à Anker. A peine neuf mois après que leur super-équipier s'était fait descendre sous leurs yeux dans cette maison à moitié délabrée, il l'avait déjà relégué à la périphérie de ses préoccupations. Il se demanda combien de temps on mettrait à l'oublier s'il lui arrivait la même chose.

« Quelqu'un nous attendait là-bas, Carl. Sinon ça n'a pas de sens. Cette affaire n'était pas une affaire classique. L'un d'entre nous était directement impliqué, et ce n'est pas moi. C'est toi, Carl ? »

9

Six 4 × 4 étaient stationnés devant la façade jaune de l'auberge de Tranekær, quand Ditlev passa la tête par la fenêtre et fit signe aux autres conducteurs de le suivre.

Lorsqu'ils atteignirent la forêt, le soleil pointait tout juste au-dessus de la ligne d'horizon, et les rabatteurs disparaissaient derrière le relais de chasse. Les passagers des véhicules connaissaient la procédure, et en quelques minutes ils se rangèrent en ligne devant Ditlev, le fusil cassé sur l'épaule et leurs vestes de chasse boutonnées. Certains d'entre eux avaient amené leur chien.

Le dernier arrivé fut comme d'habitude Torsten Florin. Sa tenue du jour était composée d'une veste cintrée dessinée par lui-même et de knickers écossais en tissu prince de galles. Il aurait aussi bien pu se rendre au bal.

Ditlev jeta un coup d'œil réprobateur à un chien d'arrêt que quelqu'un venait de faire descendre en ouvrant à la dernière minute le hayon d'un des 4 × 4. Il regarda les chasseurs un à un. L'un d'entre eux au moins n'avait pas été invité. Pas par lui en tout cas.

Il prit Bent Krum à part : « Qui l'a invitée, celle-là, Krum ? » chuchota-t-il. En sa qualité d'avocat de Ditlev Pram, de Torsten Florin et d'Ulrik Dybbøl-Jensen, Bent s'était vu confier le rôle de coordinateur de leurs parties de chasse. C'était un homme polyvalent qui leur avait sorti le cul des ronces un nombre incalculable de fois ces dernières années et qui était maintenant totalement dépendant de la somme substantielle qu'ils versaient sur son compte chaque mois.

« Ta femme, Ditlev », répondit l'avocat à voix basse. « Elle a permis à Lissan Hjorth d'accompagner son mari. Il paraît d'ailleurs qu'elle tire mieux que lui. »

Qu'est-ce qu'il en avait à foutre qu'elle tire bien ou pas ? Diltlev ne tolérait aucune femme dans ses parties de chasse, et Krum savait parfaitement pourquoi. Thelma commençait à le faire sérieusement chier.

Ditlev posa la main sur l'épaule de Hjorth : « Je suis désolé, vieux frère, mais on ne peut pas emmener ta femme aujourd'hui. » Il le pria de donner à celle-ci les clés de la voiture, sans se soucier des problèmes diplomatiques que cela poserait au sein du couple. « Elle n'a qu'à aller à l'auberge, je vais les appeler pour leur demander d'ouvrir exceptionnellement. Et je veux qu'elle embarque le chien avec elle. C'est une battue un peu particulière aujourd'hui, Hjorth. »

Quelques invités tentèrent mollement de s'insurger. Des vieux cons avec de l'argent de famille, pas si riches que ça de surcroît. Comme s'ils avaient leur mot à dire. Mais peut-être n'avaient-ils jamais eu l'occasion de voir ce satané chien au travail.

Il frappa le sol du talon de sa botte et répéta : « Je ne veux pas de femmes dans mes parties de chasse. Lissan, tu t'en vas. »

Ditlev distribua un foulard orange fluorescent à chacun, évitant de croiser le regard de Lissan quand il passa devant elle. « Pense à embarquer ta bestiole », se contenta-t-il de lui rappeler. De quel droit discutaient-ils le règlement ? Ce n'était pas une chasse comme les autres, merde !

« Si ma femme ne peut pas participer, Ditlev, alors je ne viens pas non plus », tenta Hjorth à tout hasard. Minable petit homme avec son minable Barbour élimé. Il était pourtant bien placé pour savoir ce qu'il en coûtait de s'opposer à Ditlev Pram ! Il avait bien vu l'impact sur ses affaires quand Ditlev Pram décidait soudain d'effectuer ses achats de granit en Chine au lieu de se fournir chez lui. Il avait frôlé la faillite ! S'il avait envie de goûter encore une fois à la colère de Ditlev Pram, libre à lui.

« Comme tu veux. » Il tourna le dos au couple et regarda les autres. « Vous connaissez les règles. Tout ce que vous verrez aujourd'hui restera entre nous, d'accord ? » Tous hochèrent la tête en silence. Il n'en attendait pas moins d'eux. « Nous avons lâché deux cents faisans et perdreaux, aussi bien coqs que poules. Il y en a largement assez pour tout le monde. C'est un peu tôt dans la saison pour lâcher les poules, mais ça ne regarde personne, nous sommes d'accord ? » Il regarda dans les yeux les membres de la chasse communale locale. Ils ne diraient rien. Ils travaillaient tous pour lui ou avec lui dans un secteur ou dans un autre. « Bon, mais assez parlé de volaille. Parlons plutôt de l'autre pièce de gibier que nous vous avons apportée aujourd'hui. Je ne vous dirai pas ce que c'est. Vous le découvrirez en temps voulu. »

Des regards pleins d'expectative suivaient tous ses gestes quand il se tourna vers Ulrik pour lui prendre des mains un fagot de baguettes en bois. « La plupart d'entre vous savent comment ça marche. Deux d'entre vous vont tirer un bâtonnet plus court que les autres. Ceux qui auront cette chance iront échanger leurs fusils contre des carabines. Ceux-là ne chasseront pas à la plume mais ils auront l'opportunité de rapporter la proie très spéciale du jour. Vous êtes prêts ? »

Deux ou trois des invités jetèrent leurs cigares et les écrasèrent sous le talon de leurs bottes. Chacun avait sa façon à lui de se préparer mentalement à la chasse.

Ditlev sourit. Ces chasseurs représentaient l'essence même des hommes de pouvoir. Egocentriques et sans scrupules.

« En temps normal les deux tireurs à la carabine se partagent le butin », dit-il, « mais cette fois ce sera à celui qui tuera de décider s'il souhaite partager ou pas. Nous savons tous ce qui se passera si c'est Ulrik qui emporte le trophée. » Tout le monde rit, sauf Ulrik. Qu'il s'agisse d'actions en Bourse, de femmes ou de sangliers, Ulrik ne partageait jamais. Sa réputation était faite.

Ditlev se baissa et ramassa deux housses de carabines posées à ses pieds. « Regardez ça : j'ai rendu les deux vieux Sauer Classic à Hunters' House pour que nous puissions essayer ces deux bijoux. » Il brandit une carabine de modèle Sauer Elegance au-dessus de sa tête.

« Elles sont rodées et plus douces au toucher que le cul d'une femme. Vous allez vous régaler ! »

Il tendit la liasse de baguettes, ignorant la conversation orageuse entre le mari et la femme Hjorth, et remit les carabines aux deux vainqueurs.

Torsten fut l'un des veinards. Il semblait surexcité mais Ditlev savait que ce n'était pas à cause de la chasse. Il fallait qu'il lui parle, mais cela attendrait.

« Torsten a déjà vécu cette expérience, mais pour Saxenholdt c'est la première fois, alors toutes nos félicitations. » Il salua le jeune homme de la tête et tous levèrent leur couteau de poche à son intention. Petit bandana en soie autour du cou et cheveux plaqués au gel. Fraîchement émoulu de quelque école privée sans doute, et condamné à vie à en conserver l'uniforme. « Vous seuls avez le droit de tirer le gibier très spécial que nous avons lâché aujourd'hui, et il vous appartient de le faire dans les règles de l'art. Vous devrez continuer à tirer jusqu'à ce que la bête soit morte. N'oubliez pas que le tueur remportera le grand prix de la journée. »

Il fit un pas en arrière et sortit une enveloppe de la poche intérieure de sa veste : « Le titre de propriété d'un charmant T3 à Berlin avec vue sur les pistes d'atterrissage de l'aéroport de Tegel. Mais soyez sans crainte, l'aéroport étant sur le point d'être désaffecté, très bientôt vous n'aurez plus qu'un ponton d'amerrissage sous vos fenêtres. » Tout le monde applaudit et il sourit. Sa femme l'avait tanné pendant six mois pour qu'il lui achète cet appartement, et elle n'y avait jamais mis les pieds. Elle n'y emmenait même pas son putain d'amant. Alors bon débarras.

« Ma femme se retire, Ditlev », entendit-il derrière lui, « mais je garde mon chien. » Ditlev se retourna et vit l'expression déterminée de Hjorth. L'homme avait choisi ce compromis pour ne pas perdre la face.

Ditlev échangea un regard rapide avec Torsten par-dessus l'épaule de Hjorth. Personne n'avait le droit de contrarier Ditlev Pram. S'il lui interdisait d'amener son chien et qu'il décidait de transgresser cette interdiction, tant pis pour lui.

« Donc tu t'obstines à vouloir amener ce chien ? OK », dit Ditlev, évitant le regard de Mme Hjorth.

Il n'avait aucune envie de se disputer avec la bonne femme. Il réglerait cette affaire avec Thelma.

L'odeur d'humus du sous-bois s'estompa quand ils atteignirent le sommet de la colline et la clairière. A cinquante mètres en contrebas, un petit bosquet se profilait dans la brume, et derrière lui un maquis de broussailles bordait la forêt qui s'étendait à perte de vue comme un océan. Le panorama était grandiose.

« Dispersez-vous un peu », ordonna-t-il, souriant de satisfaction quand ils furent à une distance de huit mètres les uns des autres.

Le bruit des rabatteurs de l'autre côté de l'étang n'était pas assez fort à son goût. Quelques rares faisans d'élevage s'envolèrent au-dessus des ronces pour s'y reposer aussitôt. Le pas sourd des chasseurs marchant de part et d'autre de Ditlev se fit plus volontaire. Certains d'entre eux avaient un besoin vital de ce petit shoot d'adrénaline qu'ils venaient chercher dans la brume matinale. Une seule pression sur la gâchette de leur fusil avait le pouvoir de les rendre heureux pendant plusieurs jours. Ils gagnaient des millions mais n'étaient réellement satisfaits que lorsqu'ils avaient l'occasion d'anéantir un être vivant.

A côté de Ditlev se tenait le jeune Saxenholdt. Il était pâle d'excitation, comme l'était son père à l'époque où c'était lui qui prenait part à leurs matinées de chasse. Le jeune homme avançait à pas prudents, le regard braqué sur le petit bois et le maquis qui le prolongeait, et jusqu'à la lisière de la forêt une centaine de mètres plus loin. Il rêvait du coup bien ajusté qui lui vaudrait la garçonnière de ses rêves, loin du regard de ses géniteurs.

Ditlev leva le bras et tous s'immobilisèrent. Le chien de Hjorth se mit à geindre et à faire des tours sur lui-même pendant que son imbécile de maître tentait de le calmer. Comme il fallait s'y attendre.

Les premiers faisans sortirent du bosquet. Le bruit mat des corps touchant le sol succéda à une salve de coups de feu rapprochés. Hjorth ne parvenait plus à maîtriser son chien. Quand son voisin de gauche cria : *Rapporte !* il détala, la langue pendante. Au même instant une centaine d'oiseaux s'envolèrent et l'équipe de chasse au complet se déchaîna. Le bruit des coups de feu et l'écho montant du vallon étaient assourdissants.

Ditlev adorait ça. Des coups de feu à n'en plus finir. Le ciel griffé par une nuée d'oiseaux stoppés net en un kaléidoscope de plumes bariolées. La pluie de cadavres. La frénésie des hommes rechargeant leurs armes. Il sentit la frustration de Saxenholdt qui ne pouvait pas décharger sa carabine comme les autres leur fusil. Son regard devint plus vague, oscillant du bosquet à la forêt pour revenir au terrain broussailleux entre les deux. D'où sa proie allait-elle déboucher ? Il l'ignorait. Et plus la folie meurtrière s'emparait des chasseurs, plus il serrait la crosse de sa carabine.

Soudain le chien de Hjorth se jeta à la gorge de l'un des autres chiens, qui lâcha sa proie et s'enfuit en jappant. Tout le monde le vit, sauf son maître qui continuait à charger et tirer et charger encore sans toucher le moindre perdreau.

Quand son chien d'arrêt rapporta dans sa gueule un troisième oiseau, après avoir menacé de mordre l'un des autres chiens, Ditlev fit un signe de la tête à Torsten, qui observait déjà son manège depuis un moment. Agressif, instinctif et mal élevé : trois défauts rédhibitoires chez un chien de chasse.

Et il arriva ce que Ditlev avait prévu. Les autres chiens, qui avaient repéré le mauvais sujet, lui barrèrent la route de la clairière où tombaient les oiseaux, et le chien de Hjorth dut pousser plus loin sa recherche dans les broussailles.

« Maintenant vous allez faire bien attention », cria Ditlev aux deux porteurs de carabine. « N'oubliez pas qu'il y a un appartement meublé dans la belle ville de Berlin à la clé. » Il éclata de rire et tira une salve de plombs en direction d'un nouveau vol de faisans qui venaient d'être lâchés. « Le meilleur tireur remporte le trophée. »

Le chien de Hjorth sortait de la pénombre du sous-bois à cet instant, un oiseau dans la gueule. Un unique coup de feu partit, tiré par Torsten. Le chien tomba avant d'être passé de l'ombre à la lumière. Seuls Torsten et Ditlev savaient ce qui s'était vraiment passé, car les réactions des autres furent un léger soupir venant de Saxenholdt et un rire moqueur et collégial du reste de l'équipe, Hjorth en tête, parce qu'ils crurent à un raté.

Dans quelques instants, quand Hjorth trouverait son chien, le crâne défoncé, il rirait beaucoup moins et en tirerait peut-être une leçon. On n'emmenait pas de

chiens mal dressés dans les parties de chasse de Ditlev. Qu'il se le tienne pour dit.

Lorsqu'un nouveau bruit se fit entendre derrière les
arbres, Ditlev tourna les yeux et vit le mouvement de
tête désapprobateur de Krum. L'avocat avait vu Torsten tuer le chien.

« Personne ne tire tant qu'il n'est pas certain que la
cible est dégagée, d'accord ? » dit-il à voix basse aux
hommes qui l'entouraient. « Les rabatteurs sont derrière le petit bois, je pense qu'ils vont pousser le gibier
dans ce carré de broussailles. » Il désigna des buissons
de genévrier en contrebas. « Visez un mètre au-dessus
du sol, directement au cœur de la cible. Si vous la
manquez, vos tirs s'enfonceront dans la terre »

« Qu'est-ce que c'est que ça ? » chuchota Saxenholdt en voyant un gros buisson s'agiter subitement.
On entendit craquer des branches, d'abord loin et puis
plus près. Les cris des rabatteurs qui faisaient fuir la
proie vers les chasseurs devinrent plus aigus.

Et l'animal de chasse sauta.

Les balles de Torsten et de Saxenholdt partirent en
même temps ; la silhouette sombre bascula légèrement
sur le côté et fit ensuite quelques bonds désarticulés.
Ce ne fut que lorsqu'elle se trouva complètement à
découvert qu'on vit de quoi il s'agissait. Tous les
chasseurs poussèrent des cris enthousiastes tandis que
Torsten et Saxenholdt ajustaient leur deuxième tir.

« Attendez », hurla Ditlev, voyant que l'oiseau,
complètement désorienté, s'était arrêté à une centaine
de mètres d'eux. « Cette fois vous visez la tête »,
ordonna-t-il. « Chacun votre tour. Tu commences,
Saxenholdt. »

Tous retinrent leur souffle avec le tireur tandis qu'il épaulait son arme et appuyait sur la gâchette. Il tira un peu bas, ce qui rompit le cou de la bête et la décapita. L'ensemble des chasseurs hurlèrent de joie quand même, y compris Torsten. Qu'est-ce qu'il irait foutre dans un trois-pièces à Berlin de toute manière !

Ditlev souriait. Il pensait que l'animal tomberait raide mort, mais il continua à courir sans sa tête pendant quelques secondes avant que son cadavre ne trébuche sur le sol inégal. Un spectacle désopilant.

« Merde alors ! » s'exclama le jeune chasseur qui n'en revenait pas, tandis que les autres recommençaient à massacrer des perdreaux d'élevage. « C'était une autruche ! Je n'arrive pas à le croire ! J'ai descendu une putain d'autruche ! Je vais aller bouffer de la chatte chez Victor ce soir pour fêter ça. Je sais déjà laquelle je vais tringler. »

Après la chasse, ils se retrouvèrent tous les trois au bar de l'auberge pour une tournée offerte par Ditlev. Torsten avait l'air d'en avoir bien besoin.

« Qu'est-ce qui t'arrive, Torsten ? Tu as une sale gueule », lui dit Ulrik en buvant son Jägermeister cul sec. « Tu es triste d'avoir perdu ? Tu as déjà eu plusieurs fois l'occasion de tuer une autruche, toi ! »

Torsten continua à faire tourner son verre dans sa main pendant un petit moment. « C'est à cause de Kimmie. Ça commence à m'inquiéter. » Il vida son verre d'un seul trait.

Ulrik s'en versa un deuxième et porta un toast. « Aalbæk est sur le coup. On va l'avoir. Sois tranquille, Torsten. »

Torsten Florin sortit une boîte d'allumettes de sa poche et alluma la bougie qui se trouvait sur la table. Il disait toujours qu'il n'y avait rien de plus triste qu'une bougie éteinte. « J'espère que tu ne fais pas l'erreur de prendre Kimmie pour une petite bonne femme affublée de vieilles fringues dégueulasses qui se promène dans les rues en attendant tranquillement de se faire épingler par votre crétin de détective. Parce qu'il ne l'aura pas, Ulrik. On parle de Kimmie, là, je te signale ! Vous la connaissez. Il ne la trouvera pas, et moi je vous prédis qu'on va le payer très cher ! »

Ditlev leva les yeux vers les poutres du plafond. « Qu'est-ce que tu veux dire ? » Il détestait quand Torsten était de cette humeur-là.

« Elle a agressé une de mes mannequins devant chez moi hier. Elle a attendu des heures devant l'immeuble. Elle avait écrasé dix-huit mégots de cigarettes sur le parking. A votre avis, elle attendait son bus ?

— Quand tu dis *agressé,* ça veut dire quoi au juste ? » Ulrik avait l'air soucieux tout à coup.

Torsten secoua la tête. « En fait, ce n'était pas trop méchant. Elle l'a juste frappée. La police n'est même pas intervenue. J'ai donné à la fille une semaine de congé et deux billets pour aller passer le week-end à Cracovie.

— Tu es certain que c'était elle ?

— Oui, j'ai montré à la fille une vieille photo de Kimmie.

— Et elle l'a reconnue formellement ?

— Evidemment. » Torsten avait l'air agacé à présent.

« Il ne faudrait pas non plus qu'elle se fasse arrêter par la police », poursuivit Ulrik.

« Ce serait une catastrophe. Et il ne faut surtout pas qu'elle nous approche, elle est capable de tout.

— Vous croyez qu'elle a encore de l'argent ? » dit Ulrik au moment où un serveur venait leur demander s'ils désiraient autre chose.

Ditlev congédia le garçon d'un signe de tête : « Merci, nous avons tout ce qu'il faut. »

Ils attendirent qu'il soit sorti de la salle en faisant une courbette pour parler à nouveau.

« Tu te fous de moi, Ulrik ! » dit Torsten en ricanant. « Rappelle-moi combien elle nous a piqué déjà ? Ah oui, je me souviens, un peu moins de deux millions de couronnes. A ton avis, combien elle dépense en vivant comme une clocharde ? Pas un sou. Ce qui signifie qu'il lui en reste assez pour acheter tout ce qu'elle veut. Y compris des armes. Il suffit qu'elle passe le pont de pierre à Copenhague, elle n'aura que l'embarras du choix, et je sais de quoi je parle. »

La grande carcasse d'Ulrik trembla. « On devrait peut-être renforcer l'équipe d'Aalbæk, non ? »

10

« A qui voulez-vous parler ? A l'assistant de police judiciaire El-Assad ? J'ai bien entendu ? » Carl regarda le combiné, incrédule. Assistant de police judiciaire ! Voyez-vous ça ! ! ? Il y en a qui ont eu de l'avancement apparemment.

Il transféra l'appel et entendit le téléphone sonner sur le bureau d'Assad.

« Oui », répondit ce dernier du fond de son placard à balais.

Carl leva les sourcils, secouant la tête. Assistant de police judiciaire El-Assad, il était gonflé !

« C'était le commissariat de Holbæk. Ils ont cherché le dossier concernant les assassinats de Rørvig toute la matinée. » Assad gratta ses joues mal rasées. Il y avait deux jours qu'il épluchait des dossiers sans interruption, et il avait l'air crevé. « Et vous savez quoi ? Eh bien, ils ne l'ont plus. Il s'est tout simplement envolé. »

Carl poussa un soupir. « Nous devons donc supposer que quelqu'un l'a pris ? Et si ça se trouve, il s'agit de ce fameux Arne, qui a apporté à Martha Jørgensen une chemise cartonnée grise contenant les procès-verbaux des meurtres. Tu as pensé à leur demander de quelle couleur était le dossier ? Est-ce qu'il était gris ? »

Assad secoua la tête. « Je n'ai pas demandé, Chef.

— Ce n'est pas grave. De toute façon, si l'on en croit Martha, l'homme qui l'a fait disparaître est mort, et on ne pourra plus lui poser la question. »

Carl marqua un temps : « Et au fait, je voulais te poser une question ? Quand as-tu été promu assistant de police judiciaire ? Tu devrais faire attention quand tu t'autoproclames assistant de police à tort et à travers. Il y a un paragraphe dans le Code civil qui condamne cela assez sévèrement, en fait. Il s'agit du paragraphe 131, si tu veux savoir. Tu risques six mois de prison. »

Assad eut l'air surpris. « Assistant de police ? » s'exclama-t-il, le souffle coupé par l'indignation. Il mit les deux mains sur sa poitrine, comme s'il devait contenir le sentiment d'émotion que cette injustice provoquait en lui. Carl n'avait vu personne incarner à ce point l'innocence outragée depuis la réaction du Premier ministre quand la presse avait accusé le gouvernement d'être indirectement impliqué dans les tortures en Afghanistan.

« Je n'ai jamais dit ça », dit Assad. « Au contraire, je me suis toujours présenté comme l'assistant de l'assistant de police. Les gens n'écoutent jamais ce qu'on leur dit, Chef », ajouta-t-il d'un air désolé en haussant les épaules. « Est-ce ma faute à moi ? »

Assistant de l'assistant de police ! Bon Dieu de merde ! Il y avait de quoi réveiller son ulcère.

« Tu ferais peut-être mieux de te présenter comme *assistant d'inspecteur de la PJ* ou mieux encore, *assis-*

tant du vice-commissaire de police. Cela dit, si tu veux continuer à te présenter comme tu l'as fait tout à l'heure, personnellement, je m'en fous. Et maintenant, va préparer la poubelle qui nous sert de voiture. Nous allons à Rørvig. »

Le chalet de vacances se trouvait au milieu d'une pinède et, avec les années, il semblait s'être enfoncé dans le sol sableux. A en croire l'état des vitres, il devait être inhabité depuis le meurtre. De grands carrés opaques insérés dans des encadrements vermoulus. Une désolation.

Ils cherchèrent en vain des traces de roues récentes sur le chemin longeant les maisons. Il devait n'y avoir personne à des kilomètres à la ronde en cette fin de mois de septembre.

Assad mit les mains en visière et essaya de voir quelque chose à travers la plus grande des fenêtres.

« Viens, Assad », dit Carl, « la clé doit être par là. »

Il regarda sous l'avant-toit et effectivement, elle était là, parfaitement visible, depuis vingt ans. Elle était suspendue à un clou, au-dessus de la fenêtre de la cuisine, exactement à l'endroit que lui avait indiqué Yvette, l'amie de Martha Jørgensen. Qui l'aurait changée de place, d'ailleurs ? Personne ne devait avoir envie d'entrer là-dedans. Quant aux cambrioleurs qui chaque année visitaient les résidences secondaires aussitôt que la saison était terminée, ils devaient se douter qu'ils n'y trouveraient rien d'intéressant. Cette maison avait sa façon à elle de vous faire passer votre chemin.

Il décrocha la clé et ouvrit. Il fut étonné de la facilité avec laquelle la clé tourna dans la serrure, sans émettre le moindre grincement.

Il passa la tête à l'intérieur. Cela sentait l'humidité, le renfermé et l'abandon. La même odeur que celle qui règne dans les chambres des vieux.

Il chercha un interrupteur en tâtonnant, le trouva enfin, et constata que le courant était coupé.

« Tenez », lui dit Assad en lui collant une lampe à halogène sous le nez.

« Range cette torche, Assad, nous n'en avons pas besoin. »

Assad garda la lampe et fit un pas dans le passé. Le faisceau lumineux sortit de l'ombre alcôves anciennes en bois cérusé et casseroles en émail bleu.

L'obscurité n'était pas totale. La lumière du soleil, grise et ténue, filtrée par la poussière des vitres, éclairait vaguement la pièce principale, comme une scène de nuit dans un vieux film en noir et blanc. Ils découvrirent une grande cheminée en pierre de taille, un sol recouvert d'un plancher à larges lattes, des tapis suédois un peu partout. Il y avait même un jeu de Trivial Pursuit posé sur le sol.

« Exactement comme dans le rapport », dit Assad, en poussant doucement la boîte ouverte avec le pied. Elle était bleu marine. Le plateau était sale, mais on distinguait parfaitement la couleur des deux pions. Ils avaient été un peu déplacés dans la bagarre, mais pas tant que cela. Le camembert rose contenait quatre pions. Le marron n'en avait aucun. Carl était sûr que le camembert rose avec ses quatre bonnes réponses était celui de la fille. Elle devait avoir l'esprit plus éveillé que son frère ce jour-là. Il avait peut-être bu un peu trop de cognac. C'est ce que suggérait le rapport d'autopsie en tout cas.

« Ce jeu est là depuis 1987. Je ne pensais pas qu'il existait depuis si longtemps, Chef.

— Il a peut-être mis quelques années de plus à arriver en Syrie, Assad. Au fait, on joue au Trivial Pursuit en Syrie ? »

Il nota l'absence de commentaire de la part d'Assad, puis baissa les yeux vers les petites boîtes qui contenaient les questions. Il y avait une carte posée devant chacune des boîtes. Sur ces cartes étaient inscrites les dernières questions que s'étaient posées le frère et la sœur avant de quitter ce monde. C'était quand même drôlement triste de penser à ça.

Son regard parcourut le plancher.

Il remarqua plusieurs traces évidentes du meurtre. Des taches sombres à l'endroit où le corps de la jeune fille avait été retrouvé. Il ne faisait aucun doute que c'était du sang, tout comme les marques brunes sur le plateau du jeu de société. Ici et là, on pouvait encore distinguer les cercles que la police scientifique avait tracés autour des empreintes, mais les chiffres étaient effacés. La poudre utilisée par les techniciens avait quasiment disparu, ce qui n'avait rien d'étonnant.

« Ils n'ont rien trouvé », dit Carl, se parlant à lui-même.

« Pardon ?

— Ils n'ont trouvé aucune empreinte qui ne corresponde pas à celles du frère, de la sœur ou des parents. » Il regarda le jeu à nouveau. « C'est quand même bizarre que ce jeu soit encore là. Normalement les techniciens auraient dû l'emporter pour faire des analyses plus poussées au labo.

— C'est vrai, ça. » Assad hocha la tête et porta l'index à sa tempe. « Vous avez raison, Chef, je viens de m'en souvenir. Le jeu a été utilisé comme pièce à conviction dans le procès de Bjarne Thøgersen, ils l'ont forcément emporté. »

Ils se perdirent tous les deux dans la contemplation du jeu de société.

Qui n'aurait pas dû se trouver là.

Carl fronça les sourcils. Il sortit son mobile et appela la préfecture de police.

Lis ne parut pas franchement enchantée de l'entendre. « Ecoute, Carl, nous avons reçu la consigne de ne plus être à ta disposition. Est-ce que tu imagines à quel point nous sommes débordés ? Tu as entendu parler de la réforme de la police, au moins, ou tu veux que je te rafraîchisse la mémoire ? Et maintenant, en plus, tu vas nous piquer Rose. »

Celle-là, ils n'avaient qu'à la garder, si ça pouvait leur faire plaisir.

« Oh, tout doux, bijou, c'est moi, c'est Carl ! Calme-toi, OK ?

— Maintenant que tu as ton petit coolie personnel, tu n'as qu'à te débrouiller avec elle. Je te la passe. »

Carl regarda son mobile d'un air contrarié et ne le porta à son oreille que lorsqu'une voix facilement reconnaissable se fit entendre.

« Oui, Chef, que puis-je faire pour vous ? »

Il fronça les sourcils. « Euh, qui est à l'appareil ? Rose Knudsen ? »

Le rire un peu rauque de la fille avait de quoi donner à Carl quelque inquiétude pour l'avenir.

Il lui demanda de vérifier s'il se trouvait, parmi les pièces à conviction qu'on avait gardées dans l'affaire de Rørvig, un Trivial Pursuit bleu. Non, il n'avait aucune idée de l'endroit où elle devait chercher. Oui, il y avait de nombreuses possibilités. Où elle était supposée s'adresser en premier ? C'était son problème, et elle avait intérêt à faire fissa.

« C'était qui, Chef ? » demanda Assad.

« Ta rivale, Assad. Fais gaffe qu'elle ne te renvoie pas à tes seaux et à tes gants de caoutchouc. »

Assad ne l'écoutait pas, il s'était accroupi devant le jeu et observait les taches de sang avec attention.

« Vous ne trouvez pas bizarre qu'il n'y ait pas plus de sang sur le jeu, Chef ? Elle a été battue à mort exactement à cet endroit-là. » Il montra la tache sur le tapis à côté de lui.

Carl revit en pensée les photos de la scène de crime et des cadavres. Elle avait tellement saigné. Comment le plateau du jeu pouvait-il avoir été épargné ? Quelle connerie d'avoir oublié d'emporter le dossier ! Ils auraient pu comparer les photos et ce qu'ils avaient sous les yeux.

« Moi, je me rappelle qu'il y avait plein de sang sur le jeu », dit Assad en désignant la partie jaune au centre du plateau.

Carl vint s'accroupir à côté de lui, glissa doucement un doigt sous le plateau de carton et le souleva. Il avait été légèrement déplacé. Il y avait plusieurs taches de sang en dessous à un ou deux centimètres du bord. Ce qui défiait les lois de la nature.

« Ce n'est pas le bon jeu, Assad.

— Non, ce n'est pas le bon jeu. »

Carl fit délicatement retomber le plateau et tourna les yeux vers la boîte avec ses vagues traces de poudre à empreintes. Une boîte lisse. Vingt années écoulées. Il pouvait s'agir de n'importe quoi. De la fécule de pomme de terre, du nitrate d'argent. N'importe quoi.

« Je me demande qui a mis cette boîte ici, alors », dit Assad. « Vous savez y jouer, Chef ? »

Carl ne répondit pas.

Il était en train de regarder les rayonnages tout autour des murs, sous le plafond. Ils lui rappelaient une époque où on ne pouvait pas partir en voyage sans rapporter une tour Eiffel en métal argenté de Paris ou une chope à couvercle d'étain de Bavière. Il y avait au moins une centaine de *souvenirs* posés sur ces étagères, ils racontaient l'histoire d'une famille avec camping-car, incollable sur le col du Brenner et les forêts ancestrales du Harz. Carl pensa à son père. Il aurait sombré dans la nostalgie s'il avait été là.

« Qu'est-ce que vous cherchez, Chef ?

— Je ne sais pas. » Il marqua un temps. « Quelque chose me dit qu'il y a un truc à découvrir ici pour qui sait regarder. Ouvre les fenêtres, Assad, s'il te plaît. Il nous faut plus de lumière. »

Carl se releva et examina le sol encore une fois, tout en sortant son paquet de cigarettes de sa poche de poitrine. Assad donnait des coups sur les fenêtres pour tenter de les débloquer.

Hormis l'absence des cadavres et le fait que quelqu'un ait fait un tour de passe-passe avec le jeu de Trivial Pursuit, tout semblait être resté exactement comme le jour du crime.

Il alluma sa cigarette et son téléphone sonna. C'était Rose.

Le jeu se trouvait toujours dans les archives du commissariat de Holbæk. Le dossier avait disparu mais le jeu n'avait pas bougé.

Bon, elle n'était pas si nulle que ça finalement.

« Rappelle-les », dit Carl en faisant descendre une grande bouffée de nicotine dans ses poumons. « Interroge-les sur les camemberts et sur les pions.

— Les camemberts ?

— C'est comme ça qu'on appelle les petits bidules dans lesquels on met les pions qu'on gagne quand on donne une bonne réponse. Demande-leur en détail les couleurs des parts de gâteau qu'il y a dans les camemberts avec lesquels le frère et la sœur jouaient. N'oublie pas de tout noter.

— Les parts de gâteau ?

— Mais oui, putain. On appelle les pions comme ça aussi. Des parts de camembert, des pions ou des parts de gâteau, c'est pareil. Ce sont de petits triangles en plastique. Tu ne connais pas le Trivial Pursuit ou quoi ? »

Elle éclata à nouveau de ce rire qui n'augurait rien de bon pour l'avenir de leurs relations. « Trivial ? Au Danemark on appelle ça le *Besserwisser* de nos jours, papi ! » Et elle raccrocha.

Il y avait peu de chances que ce soit le début d'une grande histoire d'amour.

Il avala encore une grosse bouffée de sa cigarette pour se calmer. Il pourrait peut-être demander qu'on lui envoie Lis à la place de Rose. Lis apprécierait peut-être de lever un peu le pied. En tout cas, elle serait vachement plus décorative au sous-sol que les tantes d'Assad. Avec ou sans sa nouvelle coiffure punk.

Il entendit un bruit désagréable de bois qui craque et de vitre qui se casse, suivi d'une série de mots étrangers proférés par Assad sur un ton qui n'évoquait pas l'*Icha*. L'effet produit par la fenêtre pulvérisée fut en revanche spectaculaire, car le soleil vint inonder chaque recoin de la pièce, ne laissant aucun doute sur le fait que les araignées y avaient résolument élu domicile. Leurs toiles formaient de grandes guirlandes sous le plafond. La poussière qui s'était accumulée sur les étagères et les bibelots était si épaisse que toutes les couleurs se fondaient en une seule.

Carl et Assad se remémorèrent la succession des événements tels qu'ils les avaient lus dans les rapports de police.

Quelqu'un était entré dans cette maison en début d'après-midi. Il ou elle était passé par la porte de la cuisine et avait tué le garçon d'un coup de marteau. On avait retrouvé l'outil à quelques centaines de mètres de là. Il n'avait probablement pas eu le temps de réaliser ce qui lui arrivait. Le certificat de décès et l'autopsie s'accordaient pour affirmer qu'il était mort sur le coup. Sa main crispée autour du goulot de la bouteille de cognac confirmait cette hypothèse.

La jeune fille avait peut-être essayé de se relever, mais son ou ses agresseurs lui étaient tombés dessus immédiatement. Elle avait été tabassée à mort, à l'endroit où l'on distinguait encore la tache sombre sur le tapis, où l'on avait aussi retrouvé des morceaux de cervelle, de l'urine, de la salive et du sang appartenant à la victime.

On supposait que les meurtriers avaient ensuite enlevé son caleçon de bain au jeune homme pour lui faire subir une ultime humiliation. On n'avait jamais retrouvé le maillot, mais l'idée que le frère et la sœur aient pu jouer au Trivial Pursuit ensemble, lui tout nu et elle en bikini, n'avait paru plausible à personne. Une relation incestueuse entre les deux était également impensable. Il avait une copine et elle un amoureux et ils menaient une vie normale. Leurs deux petits amis avaient d'ailleurs dormi dans la maison la veille des meurtres, mais ils étaient partis le matin pour Holbæk où ils allaient au lycée. Tous les deux avaient un alibi et s'étaient montrés complètement bouleversés en apprenant la nouvelle du double assassinat.

Le téléphone de Carl sonna à nouveau. Carl vérifia le numéro sur son écran avant de répondre et prit une bouffée de sa cigarette, de manière préventive.

« Oui, Rose, je t'écoute.

— Ils ont trouvé étrange que je leur pose des questions sur des camemberts et des parts de gâteau.

— Et ?

— Ils ont dû aller vérifier.

— Et ?

— Le camembert rose contenait quatre pions. Un jaune, un rose, un vert et un bleu. »

Carl regarda le camembert qu'il avait sous les yeux. C'était exactement ça.

« Les camemberts bleu, vert et orange n'avaient pas été utilisés. Ils étaient encore dans la boîte. Ils étaient vides.

— Et le camembert marron ?

— Le camembert marron contenait un pion marron et un pion rose, vous suivez toujours ? »

Carl ne répondit pas. Il regarda le camembert marron et vide sur le plateau devant lui. Très, très bizarre.

« Merci, Rose », dit-il. « C'est parfait. »

« Alors, Chef, qu'est-ce qu'elle vous a raconté ?

— Il devrait y avoir un truc marron et un truc rose dans le camembert marron, Assad. Et celui-là est vide. »

Ils s'abîmèrent tous les deux dans la contemplation du camembert vide.

« Vous pensez que nous devrions chercher ces deux petits bidules qui manquent, alors ? » demanda Assad, s'allongeant par terre pour regarder sous un vaisselier en chêne posé le long du mur.

Carl prit une autre bouffée de sa cigarette. Pourquoi quelqu'un avait-il remplacé le jeu de Trivial Pursuit original par celui-ci ? Il y avait quelque chose de louche là-dessous. Pourquoi la serrure de la porte de la cuisine fonctionnait-elle aussi bien ? Pourquoi cette affaire s'était-elle tout à coup retrouvée sur son bureau dans la cave de l'hôtel de police ? Qui se cachait derrière tout ça ?

« Ils ont passé Noël ici une fois, ils n'ont pas dû avoir chaud », dit Assad en sortant une guirlande oubliée sous le buffet.

Carl acquiesça, tout en se disant qu'il n'avait jamais dû faire plus froid dans cette maison qu'aujourd'hui. Tout ici puait le malheur. Qui restait-il aujourd'hui de ce temps-là ? Une vieille femme qui mourrait bientôt d'une tumeur au cerveau, c'était tout.

Il regarda les trois portes moulurées qui menaient aux chambres à coucher. Une, deux, trois, les deux enfants et les parents. Il inspecta les chambres l'une après l'autre. Il y trouva les lits en bois blanc auxquels il s'attendait et les tables de chevet recouvertes de ce qui avait dû jadis être des nappes à carreaux. La chambre de la fille décorée de posters de Duran Duran et du groupe Wham, celle du garçon d'une grande affiche représentant Suzy Quatro dans une combinaison de cuir ultramoulante. Entre les draps de ces lits, ils avaient rêvé d'une vie longue et pleine de promesses. Et dans la pièce qui était derrière le dos de Carl leur avenir leur avait été brutalement arraché. Il se fit la réflexion que l'axe de leur destin se trouvait exactement sous ses pieds.

Le pas qui menait de ce qu'ils souhaitaient à ce qui les attendait.

« Il y a encore de l'alcool dans les placards de la cuisine, Chef », cria Assad. Une preuve supplémentaire qu'aucun cambrioleur n'était entré dans cette maison depuis vingt ans.

Quand ils furent sortis, ils s'arrêtèrent un moment pour contempler la bâtisse du dehors. Carl avait un sentiment de malaise. Cette affaire était comme une goutte de mercure. Dangereuse et insaisissable. Floue et terriblement réelle à la fois. Toutes ces années passées, cet homme qui était venu se rendre. Ces gosses de riches qui tenaient encore aujourd'hui le haut du pavé.

Par quel bout la prendre ? A quoi bon continuer ? se demandait-il en se tournant vers son compagnon. « Je crois que j'ai besoin de laisser tout cela décanter un peu, Assad. Allez, on rentre ! » Il déracina une touffe d'herbe d'un coup de pied dans le sable et sortit les clés de voiture de sa poche. Autrement dit : on ne discute pas. Mais Assad restait planté là. Il regardait la fenêtre du séjour, dont il venait de briser la vitre, comme si soudain il avait trouvé le chemin de la sainteté.

« Je ne sais pas trop, Chef », dit-il. « Est-ce que vous vous rendez compte que nous sommes les seuls maintenant à pouvoir faire quelque chose pour le meurtre de ces deux jeunes gens ? »

Faire quelque chose pour eux, avait dit Assad, comme si ce petit homme venu du Moyen-Orient disposait d'une ligne privée avec l'au-delà.

« Je ne crois pas que nous puissions faire grand-chose de plus ici, mais si tu veux on peut aller faire un tour dans le quartier », dit Carl en allumant une nouvelle cigarette. Il ne connaissait rien de mieux que l'air frais mélangé à la clope.

Ils marchèrent quelques minutes. Une brise légère leur soufflait au visage les derniers parfums de l'été. Ils arrivèrent à la hauteur d'une maison que les estivants ne devaient pas encore avoir quittée pour rejoindre leurs quartiers d'hiver. En se laissant guider par le bruit, ils trouvèrent le propriétaire dans son jardin à l'arrière.

« Il n'y a pas grand monde ici en ce moment, mais on est seulement vendredi », leur dit un bonhomme rougeaud qui portait une ceinture serrée juste en dessous de sa poitrine. « Si vous revenez demain, ce ne sera pas la même musique. Le samedi et le dimanche, il y a plein de monde partout. Et ça va durer encore au moins un mois. »

Quand il aperçut l'insigne de policier de Carl, il devint encore plus bavard. Pour chaque sujet abordé, il avait une anecdote. Les cambriolages, les Allemands qui se noyaient, les chauffards du côté de Vig.

Carl se dit que ce type devait souffrir d'un manque de communication pire que celui de Robinson Crusoé.

Soudain, Assad attrapa l'homme par le bras. « C'est toi qui as tué les deux gosses qui habitaient dans le chemin appelé Ved Hegnet ? »

L'homme n'était pas de prime jeunesse. Soudain, tout s'arrêta. Ses paupières s'immobilisèrent et ses yeux prirent l'opacité glauque de ceux d'un macchabée. Ses lèvres s'entrouvrirent et bleuirent, il n'eut même pas le temps de porter les mains à sa poitrine avant de basculer en arrière. Carl se précipita.

« Mais bon Dieu, Assad, qu'est-ce qui t'a pris ? » vociféra-t-il avant de dénouer la ceinture et le bouton de col du gars.

Il se passa au moins dix minutes avant que le vieux ne reprenne ses esprits, et sa femme, qui se trouvait dans le cellier et qui était accourue dans l'intervalle, ne dit pas un mot pendant tout ce temps. Ce furent dix minutes extrêmement longues.

« Je vous supplie de bien vouloir excuser mon collègue », dit Carl au vieillard encore sous le choc. « Il fait partie d'un programme d'échanges entre la police danoise et la police syrienne et il ne comprend pas encore toutes les nuances de la langue danoise. Quelquefois, nos méthodes et celles de son pays ont tendance à se télescoper dans sa tête. »

Assad ne réagit pas. C'était peut-être l'expression *se télescoper* qui lui avait coupé le sifflet.

« Je me rappelle cette histoire », dit le vieil homme après avoir passé trois longues minutes à reprendre son souffle. « C'était horrible. Mais si vous voulez interroger quelqu'un là-dessus vous feriez mieux d'aller voir Valdemar Florin. Il habite tout près, sur Flyndersøvej. Il vous suffit de tourner à droite dans une cinquantaine de mètres. Vous ne pouvez pas louper la pancarte. »

« Pourquoi vous avez dit ce truc sur la police syrienne, Chef ? » demanda Assad en lançant un caillou dans l'eau.

Carl ne répondit pas. Il contemplait la résidence de Valdemar Florin, qui se dressait fièrement au sommet d'un léger promontoire dominant l'océan. On l'avait si souvent vue en photo dans les journaux à la fin des années quatre-vingt. C'était là que la jet-set venait s'éclater. On y faisait des fêtes si débridées qu'elles défrayaient la chronique. La rumeur prétendait qu'essayer de rivaliser avec les fêtes organisées chez Valdemar Florin équivalait à s'en faire un ennemi mortel.

Il avait toujours été un homme intransigeant. Ses affaires frisaient souvent l'illégalité, mais pour une raison ou pour une autre, il n'avait jamais eu de problème avec la justice. Une fois ou deux il avait dû verser des dommages et intérêts à des clients, et quelques jeunes femmes de son entreprise l'avaient accusé de harcèlement sexuel, mais rien de très grave. Florin était un génie des affaires. L'immobilier, l'armement, d'énormes lots de nourriture destinés aux pays du tiers monde, quelques transactions éclair sur le pétrole à Rotterdam ; il savait tout faire.

Mais cette époque était révolue à présent. La cote de Valdemar Florin auprès de la bonne société était brusquement tombée quand sa femme Beate s'était donné la mort. Du jour au lendemain, sa maison de Rørvig et celle de Vedbæk s'étaient transformées en camps retranchés où plus personne ne mettait les pieds. Le fait qu'il ait été collectionneur de très jeunes filles et qu'il ait fini par pousser sa femme au suicide n'était un secret pour personne. Et on ne pardonnait pas ce genre de choses, même dans ces milieux-là.

« Pourquoi, Chef ? Pourquoi vous avez dit ce truc sur la police syrienne ? »

Il regarda son petit équipier. Sous sa peau brune, ses joues étaient écarlates. Restait à déterminer si c'était à cause de la colère ou du vent frais venant du large.

« Franchement, Assad, on ne menace pas les gens avec ce genre de questions. Qu'est-ce qui t'a pris d'accuser ce vieil homme d'un crime qu'il n'a de toute évidence pas commis ? Où voulais-tu en venir avec cette question ?

— Vous n'avez jamais fait ça, Chef ?

— Bon, laisse tomber, on n'en parle plus.

— Et la police syrienne alors ?

— Oublie ça, j'ai dit ça comme ça. C'est juste la première idée qui m'est venue », répondit Carl. Il sentait le regard d'Assad dans sa nuque, quand on les introduisit dans le salon de Valdemar Florin, et il prit bonne note de sa réaction dans son petit carnet mental.

Valdemar Florin était assis devant le bow-window donnant sur Flyndersøvej, à travers lequel on pouvait admirer le panorama grandiose de la baie de Hesselø Bugt à perte de vue. Derrière lui une large porte-fenêtre divisée en quatre panneaux coulissants ouvrait sur une terrasse en pierre naturelle et sur la piscine, plantée au milieu du jardin tel un réservoir vide en plein désert. Jadis cet endroit regorgeait de vie. On y recevait jusqu'aux membres de la famille royale.

Florin était tranquillement plongé dans un livre. Ses pieds reposaient sur un tabouret, le feu crépitait dans la cheminée, et un verre d'alcool était posé sur une table en marbre, à portée de main. Le tableau aurait pu paraître idyllique s'il n'y avait eu toutes ces pages de roman dispersées un peu partout autour de lui.

Carl se racla la gorge à plusieurs reprises, mais le vieux financier ne leva pas le nez de son livre. Il ne daigna se retourner que lorsqu'il fut arrivé au bas de la page qu'il était en train de lire, et qu'il l'eut arrachée et envoyée rejoindre les autres sur le parquet.

« Comme ça on sait exactement où on en est », expliqua-t-il. « A qui ai-je l'honneur ? »

Assad jeta un coup d'œil à Carl qui eut l'impression de voir ses sourcils vibrer. Il y avait encore des façons de parler qui le désarçonnaient.

Le sourire de Valdemar Florin s'évanouit quand Carl lui montra son insigne. Lorsqu'il ajouta qu'il faisait partie de la police de Copenhague et lui donna le motif de sa visite, leur hôte les pria de déguerpir.

Il avait soixante-quinze ans bien sonnés, mais il avait gardé son air de fouine et l'attitude hautaine dont il usait pour tenir les gens à distance. Derrière ses yeux clairs, on devinait un caractère irritable, qui brûlait de s'extérioriser. Il suffisait sans doute de le provoquer un peu pour faire exploser sa hargne.

« Nous sommes désolés de ne pas avoir annoncé notre visite, monsieur Florin, et nous partirons sur-le-champ si tel est votre souhait. J'ai une grande admiration pour vous et je vous respecte trop pour aller contre votre désir. Nous pouvons revenir demain dans la matinée si cela vous convient mieux. »

La colère continuait de gronder quelque part sous la carapace blindée mais Carl venait de lui donner ce que tout le monde attend réellement. Au diable les caresses, la flagornerie et les gages d'amitié quand la seule chose que les gens espèrent est le respect. Respecte tes concitoyens et ils te mangeront dans la main, disait toujours son professeur à l'école de police. Et c'était une putain de vérité.

« "Tout flatteur vit aux dépens de celui qui l'écoute" », dit l'homme, en l'écoutant tout de même.

« Pouvons-nous nous asseoir, monsieur Florin ? Quelques minutes seulement.

— De quoi s'agit-il ?

— Pensez-vous que Bjarne Thøgersen ait agi seul quand il a assassiné le frère et la sœur Jørgensen en 1987 ? Il faut que vous sachiez que nous avons rencontré quelqu'un qui pense le contraire. Votre fils ne fait pas partie des suspects, mais certains de ses camarades, oui. »

L'une des narines de Florin se crispa comme si un juron cherchait à se frayer un passage jusqu'à la commissure de ses lèvres. Il se contenta de jeter ce qui restait du livre sur la table.

« Helen », cria-t-il par-dessus son épaule. « Apporte-moi un autre verre ! » Puis il alluma une cigarette égyptienne sans leur en proposer.

« Qui ? Qui prétend quoi ? » dit-il avec une surprenante tension dans la voix.

« Nous ne pouvons malheureusement pas répondre à cette question. Mais quoi qu'il en soit, il est à peu près établi que Bjarne Thøgersen avait un ou plusieurs complices.

— Pff ! Un minable ! » Le ton était méprisant mais sans plus.

Une jeune fille d'une vingtaine d'années, vêtue d'une robe noire et d'un tablier blanc, entra dans la pièce. Elle versa le whisky et l'eau gazeuse avec les gestes précis de l'habitude, et ne leur accorda pas un regard. Elle passa la main dans les cheveux gris et fins de Florin en repartant. Elle avait été bien dressée.

« Honnêtement », dit Florin en sirotant son malt, « j'aimerais pouvoir vous aider, mais il y a si longtemps que tout cela est arrivé. Revenir sur cette affaire n'a aucun intérêt. »

Carl n'était pas de cet avis. « Vous connaissiez les amis de votre fils, monsieur Florin ? »

Son interlocuteur fit un sourire en coin. « Vous êtes si jeune que vous ne pouvez pas le savoir, mais je dois vous dire qu'à cette époque j'étais un homme très occupé. Je ne connaissais donc pas les amis de mon fils. C'était juste des copains avec qui Torsten allait à l'école.

— Cela vous avait-il surpris que les soupçons se portent sur eux ? Ce que je veux dire, c'est qu'ils étaient tous de charmants jeunes gens, et issus de très bonnes familles.

— Que voulez-vous que je vous dise ? Surpris, pas surpris ? Je n'en sais rien. » Il regarda Carl par-dessus le bord de son verre, les yeux à moitié fermés. Des yeux qui en avaient vu d'autres. Et qui avaient affronté des adversaires plus dangereux que Carl Mørck.

Il posa son verre. « Je trouvais qu'il y en avait un ou deux qui sortaient du lot lors de l'enquête qui fut menée en 1987.

— Que voulez-vous dire ?

— Eh bien, mon avocat et moi étions bien entendu présents à l'interrogatoire de ces jeunes gens au commissariat de Holbæk. Mon avocat les a assistés tous les six d'un bout à l'autre.

— Il s'appelait Bent Krum, n'est-ce pas ? »

C'était Assad qui avait posé la question mais Valdemar Florin l'ignora.

Carl félicita Assad du regard. Bien joué. « Quand vous dites *sortir du lot,* qu'entendez-vous par là et à qui faites-vous référence ? dit-il.

— Peut-être devriez-vous poser cette question à mon avocat puisque vous savez qui il est. Il a encore une excellente mémoire, me suis-je laissé dire.

— Ah oui, et de qui tenez-vous cette information ?

— Il est toujours l'avocat de mon fils, ainsi que celui d'Ulrik et de Ditlev Pram.

— Ne venez-vous pas de me dire que vous ne connaissiez pas les amis de votre fils, monsieur Florin ? Pourtant il me semble que vous parlez de Ditlev Pram et d'Ulrik Dybbøl-Jensen comme si vous les connaissiez. »

Il eut un mouvement brusque de la tête. « Je connaissais leurs pères. C'est tout.

— Vous connaissiez également le père de Kristian Wolf, et celui de Kirsten-Marie Lassen ?

— Vaguement.

— Et le père de Bjarne Thøgersen, vous le connaissiez ?

— Un personnage insignifiant. Non, je ne le connaissais pas.

— Il était charpentier et habitait la région », rappela Assad.

Carl acquiesça. Même lui avait retenu cette information.

« Ecoutez-moi bien », dit Valdemar Florin en levant les yeux vers le velux, et en gardant le regard fixé sur le bleu limpide du ciel. « Kristian Wolf est décédé, OK ? Kimmie a disparu de la circulation depuis des années. Mon fils prétend qu'elle erre dans les rues de Copenhague avec une valise à la main. Bjarne Thøgersen est en prison. De quoi est-ce qu'on parle, là ?

— Kimmie ? Vous parlez de Kirsten-Marie Lassen ? C'est son surnom ? »

Il ne répondit pas, but une gorgée de whisky et reprit son livre. L'audience était terminée.

Quand ils furent sortis, ils virent à travers les grandes vitres de la véranda Valdemar Florin qui jetait son livre déjà très maltraité sur la table et décrochait son téléphone. Il avait l'air fâché. Peut-être était-il en train de prévenir l'avocat que la police risquait de venir lui poser des questions. Peut-être appelait-il une agence de sécurité afin de commander un système d'alarme à même d'interdire l'accès de sa propriété à ce type de visiteurs.

« Il savait des choses, Chef », dit Assad.

« C'est possible. Difficile à affirmer avec ce genre d'individus. Ils ont passé leur vie à faire attention à ce qu'ils disent. Tu le savais, toi, que Kimmie vivait dans la rue ?

— Non, ce n'est écrit nulle part.

— Il va falloir qu'on la retrouve.

— Oui, mais on devrait peut-être aller parler aux autres avant.

— Peut-être. » Carl laissa son regard flotter sur l'océan. Bien sûr qu'ils allaient tous les interroger, les uns après les autres. « Mais tu sais, Assad, quand une femme comme Kimmie Lassen tourne le dos à son milieu de nantis pour aller vivre dans la rue, il y a forcément une raison. Pour en arriver là, il faut qu'elle ait une blessure particulièrement profonde à cacher, et je voudrais bien savoir laquelle. C'est pour ça que nous devons d'abord la trouver, elle. »

Quand ils furent revenus à la voiture, garée devant la maison des victimes, Assad s'arrêta un instant pour réfléchir à la situation. « Je ne comprends pas cette histoire de Trivial Pursuit, Chef. »

Il m'a enlevé ça de la bouche, se dit Carl. « On va retourner à l'intérieur, Assad. J'allais te le proposer. De toute façon, il faut qu'on rapporte ce jeu de société au labo pour une analyse d'empreintes. »

Cette fois, ils firent une inspection complète des lieux. Les remises, la pelouse qui poussait à plus d'un mètre de hauteur à l'arrière de la maison, le local dans lequel étaient entreposées les bouteilles de gaz.

Revenus dans le salon, ils n'étaient pas plus avancés.

Pendant qu'Assad reprenait à quatre pattes la recherche des deux parts de camembert manquantes, les yeux de Carl effectuèrent un lent panoramique sur l'étagère aux souvenirs et sur le mobilier.

Mais son regard revenait sans cesse sur les camemberts et sur le jeu de Trivial Pursuit.

Il ne pouvait pas détacher les yeux de ces deux gâteaux en plastique posés sur le centre jaune vif du plateau de jeu. Deux points lumineux se détachant sur le fond gris de la pièce. Un camembert contenant les parts qu'il était supposé contenir et l'autre dans lequel il en manquait deux. Une rose et une marron.

Enfin une idée lui traversa la tête.

« J'ai trouvé une autre guirlande », déclara Assad en la sortant de dessous un tapis.

Carl ne réagit pas. Il se pencha lentement et prit les deux cartes posées devant les boîtes. Deux cartes comportant six questions chacune, chaque question ayant une couleur représentant celle de la part de camembert correspondante.

Il se concentra sur les questions roses et les questions marron. Il retourna les cartes et lut les réponses.

La certitude d'avoir fait un pas de géant lui fit pousser un profond soupir. « Ça y est, j'ai quelque chose, Assad », dit-il en faisant un effort surhumain pour garder son calme. « Regarde. »

Assad se releva, la guirlande à la main, et observa les cartes par-dessus l'épaule de Carl.

« Quoi ?

— Il manquait un pion rose et un pion marron, tu te souviens ? » Il tendit d'abord la première carte à Assad, puis la seconde. « Lis la réponse à la question rose sur cette carte et ensuite la réponse à la question marron sur l'autre. Qu'est-ce qui est écrit ?

— Je lis : Arne Jacobsen sur celle-ci et Johan Jacobsen sur celle-là. »

Ils échangèrent un long regard.

« Arne ? C'est le prénom du policier qui a pris le dossier à Holbæk et l'a apporté à Martha Jørgensen, n'est-ce pas ? Tu te souviens de son nom de famille ? »

Assad haussa les sourcils. Il sortit le bloc-notes de sa poche de poitrine et le feuilleta jusqu'à ce qu'il retrouve la page sur laquelle il avait retranscrit l'interrogatoire de Martha Jørgensen.

Il murmura quelques mots dans sa langue incompréhensible et leva les yeux.

« Vous aviez raison, il s'appelait Arne, c'est écrit là. Mais Martha Jørgensen n'a pas dit son nom de famille. »

Il chuchota encore quelques mots en arabe et regarda le jeu de société : « Si Arne Jacobsen est le policier, l'autre c'est qui ? »

Carl attrapa son téléphone portable et appela le commissariat de Holbæk.

« Arne Jacobsen ? » répondit l'agent de service. « Il va falloir que je vous passe quelqu'un qui est là depuis plus longtemps que moi. Une seconde, je transfère votre appel. »

Trois minutes plus tard, Carl refermait le clapet de son mobile.

11

Cela se produit généralement le jour où on atteint ses quarante ans. Ou bien le jour où on gagne son premier million de couronnes. Ou encore le jour où votre père prend sa retraite et n'a plus d'autre perspective d'avenir qu'une longue succession de grilles de mots croisés. Ce jour-là, la plupart des hommes ont le sentiment de se débarrasser tout à coup du mépris patriarcal, des remarques suffisantes et des regards critiques.

Torsten Florin n'eut pas cette chance.

Il était devenu plus riche que son père, il avait laissé loin derrière lui ses quatre frères et sœurs qui ne pouvaient en rien rivaliser avec sa réussite professionnelle. Il avait attiré l'attention des médias bien plus souvent que ne l'avait fait son géniteur. Le Danemark entier connaissait son nom et son visage. On l'admirait, et tout particulièrement les très jeunes femmes qui attiraient tant son père.

Et pourtant, chaque fois qu'il entendait la voix de l'homme à qui il devait la vie, il se sentait comme un sale gosse, inférieur et indigne. Il avait toujours ce nœud dans le ventre, qui ne disparaissait qu'au moment où il raccrochait brutalement le téléphone.

Mais Torsten ne raccrochait jamais au nez de son père. Et après lui avoir parlé, même si leur conversation n'avait duré que quelques instants, il ne parvenait pas à évacuer sa colère et le sentiment de frustration qui l'envahissait.

« *C'est le lot des aînés* », lui avait dit le seul bon prof qu'il ait eu pendant toutes les années qu'il avait passées dans son école privée, et Torsten le haïssait encore aujourd'hui pour ces mots-là. Car si c'était vrai, cela ne changerait jamais, n'est-ce pas ? Cette pensée le hantait depuis toujours et il savait qu'Ulrik et Kristian ressentaient la même chose.

C'était la haine farouche et douloureuse qu'ils vouaient tous les trois à leurs pères qui les avait réunis. Et quand Torsten tabassait une pauvre victime innocente, ou tordait le cou aux chers pigeons voyageurs de son gentil professeur, ou, plus tard dans son existence, quand ses concurrents anéantis lisaient dans son regard fixe qu'il les avait une fois de plus écrasés de sa supériorité, c'était à son père qu'il pensait.

« Sale con », dit-il d'une voix vibrante quand celui-ci raccrocha. « Sale con », siffla-t-il en direction des nombreux diplômes et des trophées de chasse qui ornaient les murs. Si ses stylistes et ses chefs de produit, si les quatre cinquièmes de ses meilleurs clients ainsi qu'une partie de ses concurrents ne s'étaient pas justement trouvés dans le salon d'à côté, il aurait hurlé de rage. Pour calmer ses nerfs, il se contenta d'attraper le vieux mètre en bois de tailleur qui lui avait été offert pour le cinquième anniversaire de la création de son entreprise et frappa de toutes ses forces une tête de cerf empaillée qui était suspendue au mur.

« Connard, connard, connard ! » chuchota-t-il entre ses dents, frappant encore et encore.

Quand il sentit la sueur dégouliner dans sa nuque, il s'arrêta et essaya de rassembler ses pensées. La voix de son père, et surtout ce que cette voix lui avait révélé, prenait trop de place dans sa tête.

Torsten leva les yeux. Dehors, au fond du parc, à la lisière de la forêt, quelques corbeaux affamés voletaient. Ils criaient gaiement en attaquant du bec les cadavres des oiseaux sur lesquels il avait déversé son dernier accès de colère.

Saloperies de volatiles, pensa-t-il, conscient qu'il venait de trouver un exutoire à sa haine. Il décrocha son arc de chasse, sortit quelques flèches du carquois posé contre le pied de son bureau, ouvrit la porte-fenêtre donnant sur la terrasse et tira sur les charognards.

Quand leurs cris se furent éteints, la colère avait cessé de bouillonner dans sa tête. Ça marchait à tous les coups.

Il traversa la pelouse, extirpa ses flèches des corps des oiseaux, envoya leurs dépouilles rejoindre les autres dans le sous-bois avec la pointe de sa chaussure, retourna à son bureau, écouta le brouhaha tranquille de ses invités, raccrocha l'arc sur le mur et remit les flèches dans leur housse. Ensuite seulement il appela Ditlev.

« Deux gars de la brigade criminelle sont venus à Rørvig pour interroger mon père », dit-il sans préambule quand Ditlev Pram décrocha.

Un long silence suivit. « D'accoord », finit par dire Ditlev, tirant un peu sur la dernière syllabe. « Et qu'est-ce qu'ils voulaient ? »

Torsten inspira profondément. « Ils ont posé des questions sur le frère et la sœur de la maison de Dybesø. Rien de très précis. Si le vieux ne s'est pas trompé, quelqu'un aurait contacté la police et émis des doutes sur la culpabilité de Bjarne.

— Kimmie ?

— Je ne sais pas, Ditlev. Apparemment ils n'ont pas mentionné de nom.

— Tu préviens Ulrik, OK ? Aujourd'hui ! Rien d'autre ?

— Mon père leur a suggéré de se mettre en rapport avec Krum. »

Le rire de Ditlev à l'autre bout du fil était typique. Totalement dénué d'affect.

« Rien à craindre de ce côté-là.

— Bien entendu. Mais ils ont quand même repris l'enquête et ce n'est pas bon.

— Ils venaient de Holbæk ? » demanda Ditlev.

« Je ne pense pas. D'après le vieux, ils faisaient partie de la police criminelle de Copenhague.

— Merde ! Ton père a retenu leurs noms ?

— Non. Ce sale con arrogant n'a pas écouté, comme d'habitude. Krum nous les donnera.

— Laisse tomber. J'appelle Aalbæk. Il connaît du monde à l'hôtel de police. »

Après cette conversation téléphonique, Torsten resta un moment les yeux dans le vague, prit le temps de se calmer. Sa tête était pleine de cris d'hommes et de femmes aux visages tordus par la terreur, suppliant qu'on épargne leur vie, hurlant à l'aide. Il entendait les rires de ses compagnons et sentait l'odeur du sang dans ses narines. Il se souvenait de leurs conversations quand c'était fini. Il se souvenait de l'album photo composé par Kristian. Des joints qu'ils fumaient jusqu'à l'hébétement et des amphétamines dont ils se bourraient. Il se souvenait et adorait ces souvenirs, et il se haïssait en même temps de les adorer.

Il se ressaisit et revint à la réalité. Il avait toujours besoin d'un peu de temps pour éliminer l'ivresse démente qui affluait dans ses veines quand il se rappelait tout cela. Quand il redescendait sur terre, l'excitation sexuelle, elle, restait.

Il posa la main sur son sexe. Il bandait.

Merde ! Pourquoi était-il incapable de contrôler ses pulsions ? Pourquoi ne parvenait-il pas à se débarrasser de ce vice ?

Il alla verrouiller la porte de communication derrière laquelle bavardaient la moitié des princes et des reines de la mode de ce pays.

Il soupira et tomba à genoux.

Il joignit les mains et inclina la tête. Il le fallait, absolument. « Notre Père qui êtes aux cieux », répéta-t-il plusieurs fois. « Pardonnez-moi, mon Dieu, car je ne peux pas m'en empêcher. »

12

Ditlev Pram mit Aalbæk au courant de la situation en quelques secondes, ignorant les doléances du crétin quand ce dernier se mit à lui parler de manque d'effectifs et de nuits blanches. Il n'avait qu'à fermer sa gueule et faire ce qu'on attendait de lui, aussi longtemps qu'il toucherait l'argent qu'on lui donnait pour faire ce boulot.

Puis il pivota sur son fauteuil de bureau, et fit un signe courtois de la tête à ses proches collaborateurs, assis autour de la table de conférence.

« *I'm sorry* », dit-il dans la langue de Shakespeare. « J'ai quelques soucis avec ma vieille tante, qui fait fugue sur fugue. En cette saison, avec la nuit qui tombe de bonne heure, il faut que nous la retrouvions rapidement. »

Ils sourirent, pleins de compréhension. La famille avant tout. C'était comme ça dans leur pays aussi.

« Je vous remercie d'être tous venus à cette réunion », dit-il. « Je suis si heureux que nous ayons réussi à constituer cette équipe. Les meilleurs praticiens d'Europe du Nord réunis en un seul et même endroit. Que rêver de mieux ? » Il posa brusquement les deux mains à plat sur la table. « On démarre ? Stanislav, tu as la parole. »

Le chef du service de chirurgie plastique hocha la tête et démarra le rétroprojecteur. La première photographie montrait un visage d'homme strié de lignes. « Voici les emplacements des incisions que je vais effectuer », expliqua-t-il. « Je l'ai déjà fait. Cinq fois en Roumanie et deux fois en Ukraine. La sensibilité faciale est revenue chaque fois au bout de très peu de temps, sauf dans un seul cas. » A l'entendre, ce cas isolé n'était qu'un détail. « Il est donc, à mon avis, tout à fait possible d'effectuer un lifting en n'incisant pas plus que ce que vous avez devant les yeux. « Regardez bien », dit-il, « on enlève un tout petit triangle de peau juste au-dessus des pattes, on tire cette zone vers le haut et on suture. Une technique simple et réalisable en ambulatoire. »

Le chef de clinique intervint : « Nous avons envoyé une description de cette opération aux revues spécialisées. » Il présenta à l'assemblée un journal médical américain et quatre parutions européennes. Pas les plus prestigieuses, mais quand même ! « Le grand public sera informé avant Noël. Nous appellerons cette nouvelle méthode : *The Stanislav Facial Correction.* »

Ditlev se taisait. Cette histoire lui aurait sûrement rapporté une fortune. Ces gens étaient extrêmement compétents. Des virtuoses du bistouri. Ils gagnaient tous les mois l'équivalent de ce qu'un médecin dans leur pays d'origine gagnait en un an. Ils n'avaient pas de problèmes avec leur conscience, et tous étaient logés à la même enseigne. Ditlev gagnait de l'argent sur leur dos à tous, et eux gagnaient leur vie sur le dos des patients. C'était parfait, surtout pour celui qui était au sommet. Mais malheureusement pour eux, Ditlev Pram, tout en haut de la pyramide, considérait qu'une opération ratée sur sept était un pourcentage tout à fait inacceptable. Il n'était pas homme à prendre des risques inutiles. Les années qu'il avait passées à la tête de la bande du pensionnat lui avaient enseigné la prudence. Quand on allait droit dans le mur, il fallait freiner. Dans quelques secondes, il allait opposer son veto au projet, et renvoyer son chef de clinique pour avoir divulgué des informations sans l'avoir consulté auparavant. C'est pourquoi il avait cessé de les écouter depuis un moment pour réfléchir au coup de fil de Torsten.

Un son strident sortit de l'interphone derrière lui. Il tendit le bras et appuya sur le bouton. « Oui, Birgitte », dit-il.

« Votre femme est en route. »

Tant pis, les reproches attendraient, il demanderait à sa secrétaire d'intercepter les articles.

« Dites à Thelma de rester où elle est. Je viendrai la rejoindre dans la partie privée. Nous avons fini. »

Entre la clinique et la villa, un couloir en verre d'une centaine de mètres courait à travers le jardin, ce qui permettait de garder les pieds secs tout en profitant de la vue sur l'océan et sur la forêt de hêtres. Il avait piqué l'idée au musée de Louisiana. Il ne manquait que les tableaux.

Thelma était sur le sentier de la guerre. Ditlev ne tenait pas à ce qu'elle fasse une scène dans son bureau. Quand il la rejoignit, ses yeux brillaient de haine.

« J'ai eu Lissan Hjorth au téléphone », dit-elle d'une voix glaciale.

« Qu'est-ce que tu fais là ? Tu ne devrais pas être avec ta sœur à Aalborg en ce moment ?

— Je ne suis pas allée à Aalborg, je suis allée à Gøteborg, et pas avec ma sœur. Lissan dit que vous avez tué son chien.

— Qui, vous ? Le chien a été touché par une balle perdue. Il était désobéissant. Sans cesse en train de cavaler au milieu du gibier. J'avais prévenu Hjorth. Rappelle-moi ce que tu es allée faire à Gøteborg ?

— C'est Torsten qui a tiré sur le chien.

— C'est exact, et il est désolé. Veux-tu que nous achetions un nouveau toutou à ton amie Lissan ? Mais avant je veux savoir ce que tu es allée faire à Gøteborg. »

Un nuage passa sur le front de sa femme. Seule une terrible colère pouvait donner des rides à un visage dont la peau était tendue par cinq liftings. Et Thelma Pram était capable d'une telle colère. « Tu as donné mon appartement de Berlin à ce petit larbin de Saxenholdt. *Mon* appartement, Ditlev. » Elle tendit vers lui un index menaçant. « Ce sera votre dernière partie de chasse, je te préviens ! »

Il vint se coller à elle. C'était l'unique moyen de la faire battre en retraite. « Tu n'y allais jamais, de toute façon ! Je me trompe ? Ton amant ne voulait plus t'y accompagner ? Il commence à te trouver trop vieille pour lui ? »

Elle leva le menton, accusant le coup avec un calme remarquable.

« Tu ne sais vraiment pas ? Tu as oublié de me faire filer par Aalbæk, pour ne pas savoir avec qui je couche en ce moment ? C'est vrai, Ditlev, tu ne m'as pas fait

123

suivre ? Tu ignores réellement avec qui j'étais à Gøteborg ? » Elle éclata de rire.

Ditlev stoppa net. Il ne s'attendait pas à cela.

« Ce divorce va te coûter très cher, Ditlev. Tu fais des choses tellement bizarres. Et quand mes avocats viendront mettre leur nez dedans, tu vas casquer. Tu crois vraiment que je vais continuer à fermer les yeux sur tes jeux pervers avec Ulrik et les autres sans en tirer quelque chose ? »

Il sourit. Elle bluffait.

« Tu ne crois pas que je sais ce à quoi tu penses en ce moment, Ditlev ? Tu te dis : *Elle n'osera pas !* Voilà ce que tu te dis. *Elle a une vie trop confortable.* Mais tu te trompes, Ditlev, je me suis détachée de toi. Tu m'indiffères. Cela ne me ferait ni chaud ni froid de te voir pourrir en prison. Comment feras-tu si tu es obligé de te passer de tes esclaves sexuelles à la laverie ? Tu vois, je sais tout, Ditlev. »

Il baissa les yeux vers son cou. Il connaissait sa force. Et il savait où frapper.

Telle une mangouste, elle sentit le danger et recula.

Il allait devoir l'anéantir par la ruse. Personne n'était invulnérable.

« Tu es cinglé, Ditlev », dit-elle. « Je l'ai toujours su. Mais quand je t'ai rencontré, tu étais un fou sympathique. Tu as beaucoup changé.

— Alors je te conseille d'engager un bon avocat, Thelma.

— Pour avoir Bent Krum en face ! Non, je ne ferai pas cette bêtise, Ditlev. J'ai un autre plan. J'attends juste le bon moment pour agir.

— C'est une menace ? »

Elle détacha ses cheveux. Mit la tête en arrière, exposant sa gorge. Elle lui montrait qu'elle n'avait pas peur. Elle se moquait ouvertement de lui.

« Tu penses que je vais me contenter de te menacer ? » Ses yeux envoyaient des éclairs. « Alors tu te trompes une fois encore. Je peux faire ma valise n'importe quand. L'homme que j'ai trouvé m'attend. Un homme d'âge mûr ! Ça te surprend, n'est-ce pas, Ditlev ? Il est même plus vieux que toi. Je connais mes besoins. Il faut plus qu'un gamin pour les satisfaire.

— Je vois. Et c'est qui ? »

Elle le gratifia d'un sourire railleur. « Frank Helmond. Ça t'en bouche un coin, non ? »

Plusieurs choses se bousculaient dans la tête de Ditlev. Kimmie, les flics, Thelma et maintenant Frank Helmond.

Fais attention où tu mets les pieds, mon vieux Ditlev, se dit-il tout en se demandant laquelle des petites Philippines était de garde à la laverie ce jour-là.

Mais il n'était décidément pas d'humeur. Frank Helmond. Sa femme couchait avec Frank Helmond. Comme c'était humiliant ! Un politicien grassouillet. Un minable issu de la basse caste. Un être inférieur.

Il chercha Helmond dans l'annuaire bien qu'il connaisse déjà son adresse. Une adresse qui sentait le nouveau riche à plein nez. Typique de Helmond, et personne n'était dupe. Il était de notoriété publique que l'homme vivait dans une propriété au-dessus de ses moyens, dans un quartier où personne ne s'abaisserait à voter pour son ridicule parti de minus.

125

Ditlev se dirigea vers la bibliothèque. Il y prit un épais volume et l'ouvrit. Le livre était creux à l'intérieur. Il contenait plusieurs petits sachets de cocaïne.

Le premier rail eut pour effet de dissoudre dans son esprit l'image des petits jeux adultères de Thelma. Le deuxième lui fit gonfler la poitrine, jeter un coup d'œil au téléphone, et oublier qu'il avait pour devise de ne jamais prendre de risques. Il voulait arrêter ça coûte que coûte. Alors pourquoi ne pas le faire de la façon la plus simple ? De nuit, avec son ami Ulrik.

« On va voir un film tous les deux, ce soir ? » demanda-t-il quand Ulrik décrocha.

Son interlocuteur soupira de contentement à l'autre bout du fil.

« Tu parles sérieusement ?

— Tu es seul ?

— Bien sûr que je suis seul, ce n'est pas une blague alors ? » Il était déjà tout excité. Ils allaient passer une bonne soirée.

Ils avaient déjà vu le film un nombre incalculable de fois. Mais il faisait partie du rituel.

Quand ils avaient découvert *Orange mécanique*, ils étaient encore à l'école. C'était au début de leur année de seconde. Un jeune enseignant, qui n'avait pas bien assimilé la politique d'« ouverture culturelle » dont leur école privée se targuait, avait organisé une projection du chef-d'œuvre de Stanley Kubrik et d'un autre film, intitulé *If*, qui racontait l'histoire d'une révolte au sein d'un collège anglais. Il pensait illustrer « le cinéma britannique des années soixante », un thème qui lui paraissait adapté dans un établissement prônant une méthode d'éducation à l'anglaise. Quand le comité directeur eut visionné les films en question, ils déclarèrent que le choix fort intéressant de ce professeur leur semblait également fort déplacé. Il ne fit pas long feu.

Mais le mal était fait, Kimmie et un nouvel élève qui s'appelait Kristian Wolf prirent le message délivré par ces films pour argent comptant. Ces deux histoires leur ouvrirent de nouveaux horizons dans leur quête de liberté et de vengeance.

Kristian fonda le groupe. Il avait deux ans de plus que ses camarades, il ne respectait personne et tous l'admiraient. Il avait toujours de l'argent sur lui, bien que ce fût contraire au règlement du lycée. Il était loin d'être bête, et ce ne fut pas par hasard qu'il choisit Ditlev, Ulrik et Bjarne pour faire partie de sa bande. Ils étaient comme lui. Inadaptés. Ils haïssaient l'école et toute forme d'autorité. Ces points communs les réunirent et le film *Orange mécanique* souda leur bande.

Ils se le procurèrent en vidéo et le regardèrent souvent en cachette dans la minuscule chambre que partageaient Kristian et Ulrik. Fascinés par les images du film, ils conclurent un pacte. Ils allaient désormais devenir une version danoise des personnages d'*Orange mécanique*. Se foutant royalement de leur entourage, ils seraient en permanence à l'affût de toute transgression à même de leur procurer des sensations fortes. Ils allaient devenir je-m'en-foutistes et sans pitié.

Le jour où ils agressèrent le garçon qui les avait surpris en train de fumer du haschich, ils passèrent à la vitesse supérieure. Ce ne fut que plus tard qu'ils se mirent à porter des gants et des masques, à cause du goût prononcé qu'avait Torsten pour la mise en scène.

Ditlev et Ulrik prirent la route de Fredensborg le pied au plancher et le nez plein de cocaïne. Ils portaient de longs manteaux bon marché et des lunettes noires, des chapeaux sur la tête et des gants. Ils avaient l'esprit clair et le cœur glacé. La panoplie parfaite pour passer incognito une soirée épatante.

« On s'en prend à qui ? » demanda Ulrik quand ils furent devant la façade ocre jaune du café JFK sur la place centrale de Hillerød.

« Tu verras bien », répondit Ditlev, ouvrant la porte de l'établissement sur le vacarme caractéristique d'un vendredi soir. Il y avait des gens qui braillaient dans tous les coins. Un bon lieu de rendez-vous si on aimait le jazz et les rencontres de hasard. Ditlev avait les deux en horreur.

Ils dénichèrent Helmond dans une salle au fond. Tout rond et la tête luisante, il gesticulait sous un lustre en compagnie d'une petite clique de politiciens encore plus ringards que lui, menant leur médiocre croisade dans l'indifférence générale.

Ditlev désigna l'homme à Ulrik : « Il risque de rester là un moment. Viens, je t'offre une bière en attendant », dit-il en se dirigeant vers un autre coin du bar.

Mais Ulrik resta figé, observant la proie, les pupilles dilatées derrière ses verres teintés. Il était content. Les muscles de ses mâchoires étaient déjà en pleine activité.

Il avait reconnu la cible.

La soirée était douce et il y avait du brouillard. Frank Helmond discuta longuement avec la personne qui l'accompagnait avant qu'ils ne partent chacun de leur côté. Frank s'en alla tranquillement par Helsin-gørgade et ils le suivirent à une quinzaine de mètres de distance, bien conscients que le commissariat de police se trouvait à quelques mètres à peine. Un paramètre qui ne faisait qu'augmenter l'excitation d'Ulrik.

« On attend la ruelle », chuchota-t-il. « Il y a une boutique à l'angle, la nuit c'est désert. »

Un couple de personnes âgées marchait un peu plus loin devant eux, leurs silhouettes à peine visibles, leur pas traînant. Ils auraient dû être au lit depuis long-temps.

Ditlev se fichait complètement qu'ils soient là ou pas ; l'une des nombreuses vertus de la cocaïne. A part ces deux vieux, la rue était déserte, et les conditions parfaites. Le trottoir était sec, malgré une brise humide qui soufflait doucement sur les façades des immeubles et sur les trois hommes qui joueraient bientôt chacun leur rôle dans une chorégraphie parfaitement bien mise en scène et souvent répétée.

A quelques mètres de Frank Helmond, Ulrik tendit son masque à Ditlev. Quand ils l'eurent rejoint, les masques étaient en place. A un bal costumé, ils auraient été ridicules. Ulrik gardait chez lui un carton de déménagement rempli de toutes sortes de masques. Il aimait avoir le choix. Cette fois il avait sélectionné les modèles 20027 et 20048. On pouvait les acheter sur Internet, mais Ulrik préférait les rapporter de ses voyages à l'étranger. Jamais les mêmes masques, jamais les mêmes numéros. Impossibles à tracer. Ce soir ils étaient métamorphosés en vieillards, le visage creusé des profondes rides laissées par la vie. Très crédibles et très différents des hommes qui se cachaient sous les masques.

Comme toujours ce fut Ditlev qui frappa le premier. Son coup fit tomber la victime sur le côté avec un soupir presque inaudible. Ulrik l'attrapa sous les aisselles et le traîna dans la ruelle.

Puis il se mit à cogner. Trois coups au front et un à la gorge. En temps normal, à ce stade, leurs victimes étaient déjà évanouies. Mais Ditlev lui avait demandé de frapper moins fort cette fois.

Ils charrièrent le corps tout mou du politicien derrière eux, ses jambes traînant sur le trottoir de la ruelle. Lorsqu'ils parvinrent au lac Slotsø, à dix mètres de là, la séance reprit de plus belle. D'abord doucement, un peu partout sur le corps, comme si c'était un jeu, puis violemment. Quand l'homme à moitié inconscient comprit qu'ils étaient en train de l'assassiner, une série de sons inarticulés sortirent de sa bouche. Il n'y avait rien à dire de toute façon, en général les victimes préféraient se taire. Mais leur regard était délicieusement éloquent.

C'était ce regard-là qui déclenchait chez Ditlev les longues pulsations de bien-être, comparable à celui qu'il ressentait quand il était un tout petit enfant, allongé dans le jardin de ses parents, et que le monde qui l'entourait était encore composé uniquement de gens qui l'aimaient. Lorsqu'il était envahi par ce sentiment, Ditlev trouvait parfois la force de retenir son bras et de laisser la vie sauve à sa victime.

Pour Ulrik, c'était différent. La mort ne l'intéressait pas. Lui trouvait son adrénaline dans le no man's land qui précédait l'état d'impuissance et de renoncement chez le condamné. Précisément l'état dans lequel Frank Helmond se trouvait en ce moment.

Ulrik se mit debout, jambes écartées de part et d'autre du corps immobile, et, à travers son masque, il regarda l'homme couché droit dans les yeux. Puis il sortit sa lame Stanley de sa poche. Le cutter était presque invisible dans son énorme main. L'espace d'un instant, il sembla débattre avec lui-même s'il allait suivre les consignes de Ditlev ou finir le travail. Leurs regards se croisèrent.

Est-ce que j'ai l'air aussi dément que lui ? se demanda Ditlev.

Ulrik abaissa brusquement l'arme vers la gorge de l'homme. Il fit glisser lentement le côté non affûté sur sa jugulaire. Il remonta lentement vers son visage, le long de son nez, sur ses paupières frémissantes, tandis que sa victime, prise de panique, s'étouffait presque.

C'était encore pire que le jeu du chat avec la souris. Ici, la souris n'envisageait même pas de s'enfuir.

Elle était déjà résignée au sort qui l'attendait.

Ditlev fit un signe de tête à Ulrik et baissa les yeux vers les jambes de l'homme. C'est là qu'Ulrik trancherait la chair. Les jambes se recroquevilleraient par réaction.

Maintenant.

Les jambes de Helmond eurent un soubresaut. Cette extraordinaire contraction musculaire, qui plus que n'importe quel autre signe, trahissait l'impuissance de la victime. Ce spasme provoquait chez Ulrik une jouissance à nulle autre pareille.

Le sang coulait dans le gravier et plus un son ne passait les lèvres de Helmond. Il jouait son rôle à la perfection. Il fallait lui reconnaître ça.

Quand ils l'abandonnèrent sur la rive du lac, ils savaient qu'ils avaient fait du bon boulot. L'homme survivrait, mais seulement physiquement. Intérieurement, il était mort. Il se passerait des années avant qu'il n'ose marcher dans la rue à nouveau.

Les deux Mister Hyde pouvaient céder la place aux Docteurs Jekyll.

Quand il arriva chez lui à Rungsted, la nuit était déjà bien avancée, et son état d'euphorie à peu près retombé. Ulrik et lui s'étaient lavés, ils avaient jeté les chapeaux, les gants, les manteaux et les lunettes de soleil dans le poêle à bois. Le cutter était bien caché sous une pierre dans le jardin. Ils avaient appelé Torsten et s'étaient mis d'accord avec lui sur le programme officiel de la soirée. Il avait bien sûr piqué une colère terrible, hurlant que ce n'était vraiment pas le moment de faire ce genre de choses, et ils ne pouvaient pas lui donner tort. Mais Ditlev n'avait pas besoin de s'excuser auprès de Torsten, et il n'avait pas besoin non plus de le supplier de leur fournir un alibi. Torsten savait qu'ils étaient dans le même bateau. Si l'un d'eux tombait, ils tombaient tous avec lui. Et si la brigade criminelle devenait trop curieuse, ils avaient tous intérêt à avoir une bonne histoire à leur raconter.

Torsten écouta le scénario qu'ils avaient ficelé : Ditlev et Ulrik s'étaient rencontrés en fin de soirée au JFK à Hillerød. Après avoir bu quelques bières, ils étaient allés retrouver Torsten à Ejlstup. Ils étaient arrivés chez lui à vingt-trois heures. Soit une demi-heure avant l'agression. Personne ne pourrait prouver le contraire. Quelqu'un les avait peut-être remarqués dans le bar, mais qui peut se rappeler qui il a vu, où il l'a vu et à quelle heure ? Là-haut à Gribskov, trois vieux amis avaient bu du cognac ensemble. Parlé de l'ancien temps. Rien fait de spécial. Juste passé un vendredi soir tranquille entre vieux copains de pensionnat. Voilà ce qu'ils diraient. Voilà ce qu'ils soutiendraient.

Ditlev pénétra dans le hall d'entrée et constata avec satisfaction que la maison était plongée dans l'obscurité, et Thelma montée se coucher. Il but trois brandys de Chypre cul sec pour se calmer, et faire retomber l'ivresse de la vengeance accomplie.

Il se rendit dans la cuisine avec l'intention d'ouvrir une boîte de caviar, qu'il voulait déguster pendant que le visage terrifié de Helmond était encore imprimé sur sa rétine. Le carrelage de cette cuisine était le talon d'Achille de la femme de ménage. Quand Thelma venait vérifier son état de propreté, cela se terminait systématiquement par des remontrances. La pauvre employée de maison pouvait faire tous les efforts de la terre, ce n'était jamais suffisant pour contenter Thelma. Y avait-il quelque chose en ce bas monde qui puisse la contenter d'ailleurs ?

C'est pour cela qu'il vit tout de suite que quelque chose n'allait pas. Les traces de pas sur le motif en damier lui sautèrent aux yeux instantanément. Les pieds qui les avaient laissées n'étaient pas grands, mais ce n'était pas non plus des souliers d'enfant. Des chaussures sales en tout cas.

Ditlev grimaça. S'immobilisa, tous les sens en éveil. Il ne perçut rien. Pas d'odeur, pas de bruit. Il fit un pas de côté et choisit le plus gros couteau qu'il put trouver dans la série Misono sur le rack magnétique. Un couteau capable de trancher des filets de poisson à la perfection. Celui qui goûterait à sa lame finirait en sashimi.

Il poussa doucement la porte vitrée qui séparait la cuisine du jardin d'hiver et remarqua tout de suite le courant d'air en provenance des baies vitrées pourtant fermées. Puis il vit le trou dans le panneau coulissant. Un petit trou, certes, mais un trou quand même.

Il balaya du regard le sol du jardin d'hiver. Il aperçut d'autres traces de pas et de désordre. Les bouts de verre dispersés un peu partout évoquaient un simple cambriolage. Le fait que l'alarme ne se soit pas déclenchée laissait à penser qu'il avait eu lieu avant que Thelma se mette au lit.

Il sentit la panique monter en lui.

En traversant la cuisine pour retourner dans le hall d'entrée, il s'empara d'un deuxième couteau. La sensation de tenir un manche dans chaque main avait quelque chose de rassurant. Ce n'était pas tant la violence de l'agression qu'il redoutait que l'effet de surprise, et il marchait en tenant les deux lames brandies de part et d'autre de son corps, regardant derrière lui à chaque pas.

Il monta l'escalier et arriva devant la chambre de sa femme.

Un faible rai de lumière filtrait sous la porte.

Quelqu'un se cachait-il à l'intérieur ? Guettant son arrivée !

Ses mains se crispèrent sur les manches des couteaux et il poussa la porte. La lumière bondit hors de la pièce. Thelma était là, bien vivante, assise sur son lit, vêtue d'une nuisette, les yeux grands ouverts et furibonds.

« Tu es venu m'assassiner ? » lui demanda-t-elle avec un regard d'intense mépris. « C'est ça ? »

Elle sortit un revolver caché sous la couette et le braqua sur lui.

Ce ne fut pas l'arme mais le ton glacial sur lequel elle s'était adressée à lui qui le stoppa net et lui fit lâcher les couteaux.

Il connaissait Thelma. S'il s'était agi de qui que ce soit d'autre, il aurait pu croire à une plaisanterie. Mais Thelma ne plaisantait jamais. Elle n'avait pas le sens de l'humour. Et c'est pourquoi il ne fit plus un geste.

« Qu'est-ce qui se passe ? » dit-il en désignant le revolver. Il avait l'air d'un vrai et il était si gros qu'il aurait fait taire n'importe qui.

« Apparemment, quelqu'un est entré dans la maison par effraction, mais je n'ai vu personne nulle part. Tu peux poser ce truc », dit-il, sentant les derniers flashs de la cocaïne patiner dans ses veines. Le cocktail adrénaline-substances euphorisantes était jouissif en temps normal, mais pas à cet instant précis.

« Où as-tu trouvé ce flingue, au fait ? Allez, sois gentille, Thelma, pose ça. Et dis-moi ce qui s'est passé. » Mais Thelma ne bougea pas.

Il la trouvait assez appétissante. Plus appétissante qu'elle ne l'avait été à ses yeux depuis des années.

Il tenta une approche mais elle l'en empêcha en serrant la main plus fort sur la crosse du revolver. « Tu as agressé Frank, Ditlev », dit-elle. « C'était plus fort que toi, hein, ignoble salopard que tu es ? »

Comment pouvait-elle être déjà au courant ?

« De quoi est-ce que tu parles ? » dit-il. Il avait du mal à soutenir son regard.

« Il va s'en tirer, si tu veux savoir. Et ce n'est pas bon du tout pour toi, tu comprends ? »

Il baissa les yeux et chercha les couteaux par terre. Il n'aurait pas dû les lâcher.

« Je n'ai pas la moindre idée de ce dont tu me parles. J'ai passé la soirée chez Torsten. Tu peux l'appeler, il te le confirmera.

— On t'a vu avec Ulrik au JFK ce soir, je n'ai pas besoin d'en savoir plus, vois-tu ? »

Jadis, son instinct de survie lui aurait soufflé une parade, mais là il était complètement sec. Tout mensonge eût été inutile. Elle l'avait poussé dans les cordes.

« C'est exact, nous y étions, jusqu'au moment où nous sommes allés chez Torsten, et alors, c'est interdit ?

— Tais-toi, tu me fatigues, Ditlev. Viens là. Signe ça ou je te tue. »

Elle désigna une pile de documents posés au pied du lit, puis tira un coup de feu. La balle alla se ficher dans le mur derrière Ditlev avec un son mat. Il se retourna pour constater l'étendue des dégâts. Le trou était gros comme la paume d'une main d'homme.

Alors il jeta un coup d'œil à la première feuille. La facture était salée. S'il acceptait de signer, la compensation de Thelma pour les douze années qu'ils avaient passées à se jauger comme deux bêtes fauves, s'élevait à trente-cinq millions de couronnes par an.

« Nous n'avons pas l'intention de te dénoncer. Pas si tu signes. Alors fais-le.

— Si vous me dénoncez, tu n'auras rien du tout, Thelma. Tu y as pensé ? La boîte coulera si je suis derrière les barreaux.

— Tu as déjà décidé de signer, tu ne crois pas que je te connais ? » Elle éclata d'un rire diabolique. « Tu

136

sais comme moi qu'on ne fait pas faillite du jour au lendemain. J'aurai bouffé ma part avant que tu déposes le bilan. Elle ne sera peut-être pas aussi importante qu'elle aurait pu l'être, mais je te connais, mon cher. Tu n'es pas stupide. Pourquoi dilapider ton entreprise et aller moisir en prison si tu peux te débarrasser de ta femme plus simplement ? C'est pour ça que tu vas signer ce papier. Et demain, tu vas trouver un lit pour Frank dans ta chère clinique, d'accord ? Je veux qu'il soit remis à neuf avant un mois. Je t'autorise même à l'arranger un peu. »

Il secoua la tête. Elle avait toujours été redoutable. « Qui se ressemble s'assemble », comme disait sa mère.

« D'où vient le flingue, Thelma ? » lui demanda-t-il tranquillement en prenant les papiers sur le lit et en apposant sa signature sur les deux premiers. « Que s'est-il passé ici ? »

Elle garda les yeux fixés sur le contrat et ne lui répondit que lorsqu'elle l'eut récupéré, paraphé et signé en bonne et due forme.

« Dommage que tu n'aies pas été là ce soir, Ditlev. Je n'aurais pas eu besoin de te faire signer ces documents.

— Ah bon, et pourquoi ?

— Une femme absolument répugnante de saleté est entrée ici par effraction et m'a menacée avec cette chose. » Elle agita l'arme sous ses yeux. « Elle voulait te voir, Ditlev. »

Elle se mit à rire de nouveau et son déshabillé glissa sur son épaule. « Je lui ai promis que la prochaine fois qu'elle viendrait, elle n'aurait qu'à frapper à la porte, et que je lui ouvrirais pour qu'elle puisse faire ce qu'elle a à faire sans se compliquer la vie à casser des vitres. »

Ditlev sentit son sang se glacer dans ses veines.

Kimmie, ici, après toutes ces années.

« Elle m'a donné le revolver avec une petite tape amicale sur la joue, comme si j'étais une petite fille. Elle a bredouillé quelque chose et elle est ressortie par la porte d'entrée. » Thelma rit à nouveau. « Mais ne t'inquiète pas, Ditlev. Ton amie m'a dit de te dire qu'elle reviendrait te voir très bientôt. »

13

Le chef de la brigade criminelle Marcus Jacobsen se passa la main sur le front. Il avait eu une semaine épouvantable. Il venait de recevoir la quatrième demande de congé en quatre jours. Deux inspecteurs de son équipe la plus performante étaient en arrêt maladie, et voilà maintenant que cette violente agression au milieu de la rue, en plein centre-ville, lui tombait sur le paletot. Une femme avait été tabassée au point d'en devenir méconnaissable et ensuite elle avait été jetée dans un container à ordures. Les actes de violence sur la voie publique devenaient de jour en jour plus nombreux et évidemment tout le monde voulait savoir pourquoi, et sans tarder. Les médias, les habitants de Copenhague et Mme le préfet. Si cette femme retrouvée dans un container ne survivait pas à ses blessures, ça serait un tollé général. On avait rarement vu autant de meurtres en pleine rue que cette année. Il fallait remonter au moins à dix ans pour trouver l'équivalent. Pour cette raison, et aussi parce que de plus en plus de policiers démissionnaient, la direction générale de la police organisait réunion sur réunion.

Bref, le chef de la Crim croulait sous les soucis et maintenant, voilà que l'inspecteur Bak avait lui aussi besoin de vacances. Bak, l'un de ses meilleurs inspecteurs, il ne manquait plus que ça.

Il fut un temps où ils seraient descendus tous les deux fumer une cigarette dans la cour, et le problème aurait été résolu en dix minutes, il en était persuadé. Il n'avait tout simplement plus assez d'arguments pour garder ses hommes. Ils touchaient un salaire de misère et faisaient trop d'heures. Ils étaient crevés et on leur demandait de faire leur boulot dans des conditions de plus en plus frustrantes. Et maintenant ils ne pouvaient même plus se calmer en fumant une petite clope sur leur lieu de travail. La situation était merdique.

« Il faut que tu fasses bouger le ministère de l'Intérieur, Marcus », lui dit son adjoint Lars Bjørn, élevant la voix pour couvrir le bruit que faisaient les décorateurs dans le couloir. La réforme de la police exigeait entre autres que les locaux respirent l'efficacité et l'harmonie. Stuc et camouflage.

Marcus regarda l'air désespéré de l'homme qui était son bras droit. Il y avait des mois que Lars Bjørn affichait cette expression chaque fois qu'il posait le regard sur lui.

« Et toi, Lars, quand est-ce que tu vas me donner ta démission ? Tu es encore relativement jeune. Tu ne rêves pas de changer de métier ? Ta femme n'a pas envie de te voir un peu plus souvent à la maison ?

— Tu plaisantes, là, Marcus. Le seul poste qui me plairait en dehors du mien, c'est celui que tu occupes. » Il avait dit cela avec un tel sérieux qu'il y aurait presque eu lieu de s'inquiéter.

Marcus hocha la tête. « D'accord. Mais j'espère que tu as tout ton temps, parce que je n'ai pas l'intention de partir avant l'heure. Ce n'est pas mon genre.

— Ecoute, je te demande simplement d'aller voir la directrice de la police judiciaire pour qu'elle obtienne des politiques qu'ils nous permettent de travailler de manière décente. »

On frappa à la porte et avant que Marcus ait eu le temps de réagir, Carl Mørck était dans son bureau. Est-ce qu'un jour ce type apprendrait à se conformer au règlement ?

« Pas maintenant, Carl », dit-il, sachant pertinemment que l'ouïe de Carl Mørck pouvait parfois être étonnamment sélective.

« J'en ai pour une minute. » Carl salua Lars Bjørn d'un signe de tête imperceptible. « C'est à propos de cette affaire sur laquelle je travaille.

— Les assassinats de Rørvig ? Si tu as une idée de l'identité de celui qui a pratiquement tué une femme hier soir en pleine rue sur Store Kannikestræde, tu m'intéresses. Sinon, tu te débrouilles. Tu sais ce que j'en pense. Il y a eu un jugement et une condamnation. Trouve une affaire dans laquelle les criminels courent toujours.

— Quelqu'un de chez nous est mêlé à cette histoire. »

Renonçant à lutter, Marcus laissa tomber son menton sur sa poitrine : « Ah ? Et on peut savoir qui ?

— Un inspecteur de la PJ répondant au nom d'Arne Jacobsen a volé le dossier dans les archives du commissariat de Holbæk il y a dix ou quinze ans. Tu étais au courant ?

— Joli patronyme ! Mais je ne suis pas au courant, non.

— Il était personnellement impliqué. Son fils était le petit ami de la fille qui a été assassinée.

— Et alors ?

— Et alors, le fils en question travaille encore dans la maison aujourd'hui. Je vais l'interroger. Je voulais juste t'en informer.

— C'est qui ?

— Johan.

— Johan Jacobsen ? Notre homme à tout faire ? Tu plaisantes ?

— Ecoute-moi bien, Carl, si tu as des problèmes avec un de nos employés, tu le dis sans tourner autour du pot », les interrompit Lars Bjørn. « Et c'est à moi de traiter avec les syndicats s'il y a un problème. »

Marcus sentait la prise de bec arriver. « Ça suffit tous les deux ! » Il se tourna vers Carl : « Qu'est-ce que c'est que cette histoire ?

— Que veux-tu savoir, en dehors du fait qu'un vieux flic a subtilisé un dossier au commissariat de Holbæk ? » Carl redressa le dos, cherchant à occuper 25 cm^2 d'espace supplémentaire dans la pièce. « Eh bien, c'est l'histoire du fils de ce flic, qui est venu un jour à mon insu poser ce dossier sur ma table de travail au sous-sol. Le même Johan Jacobsen s'est rendu sur la scène du crime pour y semer des indices conduisant inéluctablement à lui. Et je ne serais pas surpris que le Johan Jacobsen en question ait encore un tas de cartes dans sa manche. Il sait plus de choses sur cette affaire, Marcus, que n'en peut rêver notre philosophie, si tu me permets de paraphraser ainsi *Hamlet*.

— Mais bon Dieu, Carl. L'affaire remonte à plus de vingt ans. Tu ne veux pas redescendre dans ta cave préparer ton show pour nos amis norvégiens, bien tranquillement ? Je suis sûr que tu trouveras un autre dossier plus intéressant que celui-là en cherchant bien.

— Tu as raison, c'est une très vieille affaire. Et c'est précisément cette très vieille affaire que je vais mettre en avant quand je ferai mon show, comme tu dis, devant la bande de pisse-froid qui vont débarquer du pays du *brunost*. Alors si tu voulais bien avoir la gentillesse de m'envoyer Johan Jacobsen dans mon bureau dans dix minutes au maximum, je t'en serais très reconnaissant.

— C'est impossible.

— Et on peut savoir pourquoi ?

— Eh bien, parce que, à ma connaissance, Johan Jacobsen est en congé maladie. » Il regarda Carl droit dans les yeux au-dessus de ses demi-lunes. Il fallait qu'il comprenne une bonne fois pour toutes. « Et tu ne vas pas le voir chez lui, tu m'entends ? Il fait une dépression nerveuse. Nous l'avons appris hier. Et je ne veux pas d'histoires !

— Comment peux-tu être sûr que c'est lui qui a mis ce dossier sur ton bureau ? » demanda Lars Bjørn. « Tu as trouvé ses empreintes digitales sur les documents ?

— Non, j'ai reçu le rapport du labo aujourd'hui, et il n'y avait pas d'empreintes. Mais je sais ce que je dis, OK ? Johan est notre homme. S'il n'est pas rentré lundi, j'irai lui rendre visite, avec ou sans votre accord. »

14

Johan Jacobsen habitait dans un immeuble en copropriété sur Vesterbrogade, juste en face du théâtre Le Cheval Noir et de l'ancien musée de la Musique mécanique. En fait il habitait très exactement à l'endroit où avait eu lieu en 1990 le combat décisif entre le mouvement pour la légalisation du squat et la police. Carl se rappelait très bien ce temps-là. Il s'était si souvent retrouvé en uniforme dans des endroits comme celui-là à taper à bras raccourcis sur des jeunes de son âge.

Cela ne faisait pas partie de ses meilleurs souvenirs.

Ils durent appuyer plusieurs fois sur le bouton de l'interphone avant que Johan Jacobsen ne les fasse entrer.

« Je ne pensais pas que vous viendriez aussi vite », dit-il d'une voix douce en les menant dans son salon.

De sa fenêtre on voyait la toiture en tuiles rouges du Cheval Noir et de la fameuse auberge du même nom. Exactement comme Carl se l'était imaginé.

La pièce de séjour était vaste, mais peu chaleureuse. Visiblement, il y avait longtemps qu'elle n'avait pas bénéficié des mains expertes et de l'œil averti d'une femme. Des assiettes portant des traces de sauce figée s'empilaient sur le buffet, des bouteilles de Coca renversées jonchaient le sol. La pièce était poussiéreuse, sale et désordonnée.

« Ah oui, excusez-moi », s'exclama leur hôte en ramassant du linge sale sur le canapé et la table basse. « Ma femme m'a quitté il y a un mois », ajouta-t-il avec le rictus nerveux qu'ils avaient déjà remarqué à plusieurs reprises à l'hôtel de police. Comme si on lui envoyait du sable dans la figure et qu'il évitait de justesse d'en recevoir dans les yeux.

Carl hocha la tête. Il lui dit qu'il était désolé pour lui au sujet de sa femme. Il savait ce qu'il ressentait.

« Vous savez pourquoi nous sommes là ?

— Oui.

— Donc vous nous confirmez que c'est vous qui avez posé le dossier concernant les meurtres de Rørvig sur mon bureau ?

— Oui.

— Pourquoi vous ne nous l'avez pas simplement donné, alors ? » demanda Assad, en avançant la lèvre inférieure.

« Vous l'auriez pris ? »

Carl secoua la tête. « Non, une affaire vieille de vingt ans pour laquelle un homme avait déjà été jugé et condamné, non, probablement pas.

— Vous n'auriez pas pris le temps de me demander comment ce dossier était arrivé entre mes mains. Vous ne m'auriez pas demandé pourquoi cette affaire m'intéresse. Vous savez, Carl, j'ai vu les piles d'affaires qui s'entassent sur votre bureau.

— Alors vous avez eu l'idée d'installer un Trivial Pursuit sur la scène du crime pour nous mettre sur la voie. Il n'y a pas très longtemps, si j'en juge par la souplesse de la serrure quand nous avons ouvert la porte de la cuisine. Je me trompe ? »

Johan secoua la tête.

Carl avait saisi. « OK. Vous vouliez savoir si on avait l'intention de s'occuper sérieusement de cette affaire. Mais est-ce que ce n'était pas un peu risqué ? Imaginez qu'on ne se soit pas du tout intéressés à ce Trivial Pursuit ! Et qu'on n'ait pas eu l'idée de lire les cartes ! »

Il haussa les épaules. « Vous êtes là, non ?

— Je ne comprends pas. » Assad s'était posté devant une fenêtre donnant sur Vesterbrogade. Son visage paraissait encore plus sombre à cause du contre-jour. « Ça ne vous suffit pas que Bjarne Thøgersen ait avoué le crime, alors ?

— Si vous aviez été là au moment de l'audience, ça ne vous aurait pas suffi non plus. Tout était joué d'avance.

— Bien sûr puisque le coupable avait avoué », fit remarquer Assad.

« Qu'est-ce qui ne vous a pas semblé normal dans ce procès, Johan ? » s'enquit Carl.

Johan Jacobsen évita le regard de Carl Mørck et se perdit dans la contemplation du ciel de plomb, comme s'il avait eu le pouvoir d'apaiser la tempête qui grondait en lui.

« Ils étaient tous en train de sourire », dit-il. « Bjarne Thøgersen, l'avocat, ces trois salauds arrogants qui étaient assis dans le public.

— Vous parlez de Torsten Florin, Ditlev Pram et Ulrik Dybbøl-Jensen ? »

Jacobsen hocha lentement la tête, frottant ses lèvres pour en atténuer le tremblement.

« Vous dites qu'ils souriaient. Cela vous paraît-il être une raison suffisante pour rouvrir l'enquête, Johan ?

— Oui, et aujourd'hui j'en sais beaucoup plus.

— Votre père, Arne Jacobsen, a travaillé sur cette affaire, n'est-ce pas ? dit Carl.

— Oui.

— Et vous, où étiez-vous à l'époque ?

— Je faisais mes études au lycée technologique de Holbæk.

— Holbæk ? Et vous connaissiez les deux victimes ?

— Oui », répondit-il d'une voix presque inaudible.

« Vous connaissiez Søren aussi ? »

Il hocha la tête. « Oui, mais pas aussi bien que Lisbet.

— Et pourtant je vois à votre figure que Lisbet vous avait dit qu'elle n'était plus amoureuse de vous ! » lança subitement Assad. « Elle avait changé d'avis. Elle ne voulait plus de vous. Ce n'est pas vrai, Johan ? » Jacobsen fronça les sourcils. « Et comme vous ne pouviez pas l'avoir, vous l'avez tuée, et maintenant vous voulez qu'on le découvre tout seuls, et qu'on vous arrête pour que vous ne soyez pas forcé de vous suicider. C'est ça ? »

Jacobsen cligna rapidement des yeux deux ou trois fois de suite, puis son regard devint dur. « Est-ce que ce type est vraiment obligé d'être là, Carl ? » dit-il d'une voix contrôlée.

Carl secoua la tête. Les sorties intempestives d'Assad étaient en passe de devenir une mauvaise habitude. « Tu peux aller m'attendre dans la pièce d'à côté, Assad, s'il te plaît ? J'en ai pour cinq minutes », lui dit-il en désignant une porte à deux battants qui se trouvait derrière Johan.

Celui-ci bondit comme un diable de sa boîte. Les mécanismes de la peur sont innombrables et Carl les connaissait presque tous.

Il regarda la porte avec un regard suspicieux.

« Non, pas là-dedans, il y a trop de désordre », dit Johan en se mettant devant la porte fermée. « Allez vous asseoir dans la salle à manger si vous voulez, Assad. Et servez-vous un café. Il y en a dans la cuisine. »

Mais Assad avait senti le malaise. « C'est gentil, je préfère le thé », déclara-t-il, passant derrière lui et ouvrant grand les deux battants.

La pièce de derrière était aussi haute de plafond que celle dans laquelle ils se trouvaient. L'un des murs était entièrement occupé par une planche de travail posée sur des tréteaux. Sur cette immense table s'amoncelaient des piles de dossiers et de documents. Le détail le plus intéressant était le portrait accroché au mur qui les contemplait d'un air mélancolique. Il s'agissait d'un poster d'un mètre de haut représentant une jeune fille. Celle qui avait été assassinée à Rørvig, Lisbet Jørgensen. Ses cheveux flottant librement sur ses épaules se détachaient sur un ciel sans nuages. C'était une photo de vacances tout ce qu'il y a de plus classique, avec de grandes ombres portées sur le visage. Si l'on oubliait l'expression des yeux, la taille de la photo et la place prédominante qu'on lui avait attribuée, elle n'avait rien de remarquable. Mais en l'occurrence, on ne voyait qu'elle.

Ils entrèrent dans la pièce interdite pour découvrir qu'il s'agissait d'un véritable temple. Tout dans cette pièce était en relation avec Lisbet. Un vase rempli de fleurs fraîches était posé sous un collage d'articles de journaux parlant du meurtre. Sur le mur d'en face étaient accrochés pêle-mêle des polaroïds de la jeune fille, dont les couleurs s'étaient fanées avec le temps, une chemisette, quelques lettres et des cartes postales. Les temps heureux et le drame juxtaposés.

Johan ne fit pas de commentaire. Il se planta simplement devant le poster et se laissa absorber par le regard de sa bien-aimée.

« Pourquoi avez-vous essayé de nous empêcher de voir cette pièce, Johan ? » lui demanda Carl.

Jacobsen haussa les épaules sans répondre mais c'était une réponse en soi. Ce lieu était trop intime. Il avait exposé sur ces murs son âme, sa vie, et ses illusions perdues.

« Elle a rompu avec vous cette nuit-là, pourquoi ne pas l'avouer, Johan ? Vous vous sentirez mieux après », dit Assad à nouveau.

Johan se tourna vers lui et le fixa d'un regard dur. « Tout ce que j'ai à dire, c'est que la femme que j'ai aimée plus que tout au monde a été massacrée par des gens pleins aux as qui sont encore aujourd'hui en train de se la couler douce et de se foutre de notre gueule. Qu'un petit minus comme Bjarne Thøgersen porte le chapeau pour eux tous n'est que le résultat d'un simple arrangement financier. De l'argent de Judas, de l'argent sale qu'il a pris pour couvrir leur crime. Rien d'autre.

— Et maintenant, vous voulez que la vérité éclate ? demanda Carl. Mais pourquoi seulement maintenant ?

— Parce que je suis seul à nouveau et que ça m'obsède. Vous êtes capables de comprendre ça ? »

Johan Jacobsen n'avait que vingt ans quand Lisbet avait accepté de devenir sa femme. Leurs pères étaient amis. Leurs familles se fréquentaient depuis des années, et Johan avait toujours été amoureux de Lisbet, d'aussi loin qu'il s'en souvienne.

Il avait passé la nuit dans sa chambre pendant que son frère faisait l'amour avec sa fiancée dans la chambre à côté. Ils avaient eu une longue discussion et puis ils avaient fait l'amour, mais pour elle ç'avait été une façon de lui faire ses adieux. Il était parti en pleurant au lever du jour et un peu plus tard dans la même journée, elle était morte. En dix heures de temps à peine il était passé du bonheur le plus total au plus terrible chagrin d'amour, pour finir en enfer. Il ne s'était jamais remis de cette nuit-là et de la matinée qui l'avait suivie. Plus tard il avait eu une autre fiancée, qu'il avait épousée et avec qui il avait eu deux enfants, mais il n'avait jamais cessé d'aimer Lisbet.

Quand son père lui avait raconté sur son lit de mort qu'il avait subtilisé les procès-verbaux du meurtre pour les donner à la mère de Lisbet, dès le lendemain Johan était allé lui rendre visite afin de les lui demander.

Depuis lors, ces documents étaient devenus son bien le plus précieux, et à dater de ce moment, Lisbet avait pris de jour en jour plus de place dans son existence.

« Elle avait fini par tout envahir, et ma femme m'a quitté.

— Qu'est-ce que vous voulez dire par *prendre trop de place* ? demanda Assad.

— J'en parlais sans arrêt. J'y pensais jour et nuit. Toutes ces photos et tous ces articles. Je ne pouvais pas m'empêcher de les lire à longueur de temps.

— Et maintenant, vous voudriez sortir tout ça de votre tête et c'est pour ça que vous nous avez mis au boulot ? suggéra Carl.

— C'est ça.

— Et comment comptez-vous nous aider ? Avec tout ça ? » Carl écarta les mains, montrant les piles de papiers.

Il acquiesça. « Si vous lisez tout ça attentivement, vous saurez que c'est la bande du pensionnat qui les a tués.

— Vous avez fait une liste sur laquelle vous décrivez une série d'agressions. Nous l'avons vue. C'est à ça que vous pensez ?

— La liste dont vous parlez n'est pas complète. J'en ai une ici qui l'est. » Il se pencha au-dessus de la table, souleva une pile de coupures de journaux et extirpa une feuille de format A4 qui se trouvait en dessous.

« Ça a commencé avec ça. C'était avant le double meurtre de Rørvig. Le gars dont il est question était en pension avec eux. C'est écrit dans l'article. » Il montrait le gros titre d'une coupure de presse datant du 15 juin 1987 :

ACCIDENT TRAGIQUE À BELLAHØJ.
UN JEUNE HOMME DE DIX-NEUF ANS SE TUE
EN SAUTANT DU PLONGEOIR DE DIX MÈTRES.

Il raconta les épisodes les uns après les autres. Carl en connaissait déjà un certain nombre. Il y en avait qui faisaient partie de la liste des crimes non élucidés qui lui avaient été confiés au département V. Il se passait chaque fois cinq ou six mois entre deux agressions. Dans certains cas, l'issue avait été fatale.

« Et pourquoi ce ne serait pas un accident à chaque fois ? » demanda Assad. « Quel rapport avec les élèves de la pension privée ? Je ne comprends pas. Ces agressions n'ont peut-être rien à voir les unes avec les autres. Vous avez des preuves de ce que vous dites ?

— Non, mais je compte sur vous pour en trouver. »

Assad secoua la tête et tourna le dos à Johan. « A mon avis, il n'y a rien du tout là-dedans. Cette histoire vous a juste rendu à moitié cinglé, et je vous plains. Vous devriez vous faire aider par un psychiatre. Vous n'avez qu'à aller voir cette Mona Ibsen à l'hôtel de police au lieu de nous faire perdre notre temps. »

Carl et Assad ne s'adressèrent pas la parole pendant le trajet du retour. Chacun était perdu dans ses pensées, le cerveau tournant à plein régime.

« Fais-nous une tasse de thé, Assad », dit Carl quand ils furent revenus dans leur sous-sol. Il déposa dans un coin du bureau les sacs de supermarché dans lesquels ils avaient entassé tous les éléments que leur avait fournis Johan Jacobsen.

« Pas trop de sucre, hein ? »

Il posa les jambes sur la table, alluma TV2 pour regarder les infos, débrancha ses neurones et décida que sa journée était terminée.

Les cinq minutes qui suivirent en décidèrent autrement.

Il prit le téléphone dès la première sonnerie et leva les yeux au ciel en reconnaissant la voix grave du chef de la brigade criminelle.

« J'ai parlé à la directrice de la PJ. Elle trouve inutile de te voir creuser plus avant cette affaire. »

Carl commença par protester mollement, mais quand il comprit que Marcus Jacobsen n'avait l'intention de lui fournir aucune explication, il sentit comme un picotement dans sa nuque.

« Excusez-moi d'insister, patron, mais puis-je vous demander pourquoi ?

— Parce que c'est comme ça. Tu dois donner la priorité aux affaires qui n'ont pas fait l'objet d'une condamnation. Les autres, tu peux les classer sur les étagères métalliques aux archives.

— Je croyais que c'était à moi de décider de quelles affaires je voulais m'occuper.

— C'est le cas, sauf quand la directrice en décide autrement. »

Fin de la discussion.

« Un bon petit thé à la menthe sans trop de sucre », lui annonça Assad un instant plus tard en lui tendant une tasse dans laquelle la cuillère semblait pouvoir tenir à la verticale tant le mélange était sirupeux.

Carl accepta la décoction bouillante et écœurante et l'avala d'un trait. Il commençait à s'habituer à l'étrange breuvage.

« Ne faites pas la tête, Chef. On peut laisser cette affaire de côté pendant quelques semaines, le temps que ce Johan revienne de son congé maladie. Ensuite on lui met la pression, comme ça tout doucement, jour après jour, jusqu'à ce qu'il avoue tout. »

Carl regarda la mine réjouie de son assistant. On aurait dit le masque de Jean qui rit. Qui eût cru qu'il y avait une heure à peine, et à propos du même sujet, il avait arboré celui de Jean qui pleure ?

« Qu'il avoue quoi, Assad ? Qu'est-ce que tu racontes ?

— Lisbet Jørgensen lui a déclaré cette nuit-là qu'elle ne voulait plus de lui. Elle lui a sûrement dit qu'elle s'était trouvé quelqu'un d'autre, et il est revenu dans la matinée pour les tuer tous les deux. Si on cherche un peu, on va sûrement découvrir qu'il y avait une histoire entre le frère de Lisbet et Johan. Il a peut-être perdu la tête ce jour-là.

— Laisse tomber, Assad. On nous a retiré l'affaire. Et d'ailleurs ta théorie ne tient pas debout. C'est trop tiré par les cheveux.

— Tiré par quels cheveux ?

— Oh, merde, j'en ai marre. Je ne te parle pas de ta calvitie. Ça veut dire trop compliqué. Si c'était Johan qui les avait tués, il aurait craqué depuis au moins cent ans !

— Pas s'il est toc-toc ! » Il pianota avec l'index sur son crâne dégarni.

« Un fou n'aurait pas eu l'idée de laisser les cartes de Trivial Pursuit comme indice. Il te balance l'arme du crime à la figure et croit pouvoir s'en tirer quand même. Et d'ailleurs, je crois que tu n'écoutes pas quand je parle. Je répète : nous ne nous occupons plus de cette affaire. »

Assad regarda d'un air absent l'écran plat sur le mur, sur lequel défilait un reportage sur l'agression de Store Kannikestræde. « Non, je n'écoute pas quand je n'ai pas envie d'écouter, Chef. Qui est-ce qui nous a retiré cette affaire, alors ? »

Ils sentirent le parfum de Rose avant de la voir. Elle se matérialisa devant eux les bras pleins d'articles de bureau et de sachets de boulangerie décorés de Pères Noël.

154

« Toc, toc ! » claironna-t-elle, heurtant le cadre de la porte ouverte. « Les renforts arrivent, Tahtahhh ! Et il y a des beignets pour tout le monde. »

Carl et Assad échangèrent un regard. Celui de Carl, tragique. Celui d'Assad, enchanté.

« Bonjour, Rose, et bienvenue au département V. J'ai tout préparé pour que tu te sentes bien chez nous », lui annonça le petit traître.

Quand Assad l'entraîna dans la pièce d'à côté, elle décocha à Carl un sourire plein de sous-entendus. Il signifiait clairement : *Vous n'allez pas vous débarrasser de moi comme ça !* Elle n'avait visiblement pas compris à qui elle avait affaire. Comme s'il était homme à se laisser embobiner avec un beignet et un sourire !

Il jeta un coup d'œil aux sacs de supermarché entassés dans l'angle et sortit de son bureau une feuille de papier machine sur laquelle il écrivit :

Suspects :
– Bjarne Thøgersen ?
– Un ou plusieurs membres de la bande du pensionnat ?
– Johan Jacobsen ?
– Une personne extérieure qui serait en relation avec un membre du pensionnat ?

Il fronça les sourcils, frustré par la pauvreté de sa liste. Si Marcus l'avait laissé tranquille, il aurait sans doute déchiré cette feuille de lui-même. Mais il se sentait maintenant obligé de poursuivre ses investigations justement parce qu'on lui avait ordonné d'arrêter l'enquête !

Quand il était petit, un jour, son père l'avait piégé. Il lui avait expressément interdit de labourer le champ, et du coup il l'avait fait. Il lui avait vivement conseillé de se tenir loin de l'armée, et Carl avait immédiatement décidé de s'engager. Son père avait même essayé de l'empêcher de fréquenter certaines filles. La fille de tel ou tel fermier ne valait rien du tout, et Carl allait aussi sec faire le pied de grue devant sa porte. Carl était comme ça et il l'avait toujours été. Personne n'avait le droit de le commander, et c'est ce qui le rendait si facile à manipuler. Il en avait bien conscience. Mais la directrice de la PJ le savait-elle ? Bonne question.

D'ailleurs, en y réfléchissant, il y avait tout de même quelque chose de bizarre là-dessous. Comment savait-elle qu'il travaillait sur cette affaire ? Presque personne n'était au courant.

Il tenta de se remémorer qui l'était. Marcus Jacobsen, Lars Bjørn, Assad, les flics de Holbæk, Valdemar Florin, le type de la résidence secondaire, la mère des deux victimes…

Il réfléchit. Oui, bien sûr, tous ces gens-là étaient au courant, et sans doute pas mal d'autres, finalement.

Déjà à ce stade, n'importe qui avait pu vouloir mettre un frein à ses investigations, et pour toutes sortes de raisons. Quand des noms comme ceux de Florin, Dybbøl-Jensen ou Pram étaient cités en connexion avec un meurtre, on arrivait vite dans une zone où il fallait savoir nager sans avoir pied.

Carl secoua la tête. Il n'en avait rien à foutre du nom que portait Pierre, Paul ou Jacques, et de ce qui pouvait chiffonner la directrice de la PJ. Il avait commencé cette enquête et rien ne l'arrêterait.

Il fut tiré de ses pensées par un vacarme inhabituel venant du bureau d'en face. L'étrange rire de gorge de Rose, des éclats de voix, son paisible assistant complètement survolté. Ils avaient organisé une rave-party dans la cave, ou quoi ?

Il sortit une cigarette de son paquet, l'alluma et contempla pendant un moment les volutes qui montaient au-dessus de la feuille qu'il avait sous les yeux. Il se remit à écrire.

Vérifier :
– Crimes similaires perpétrés à la même période. En Suède ? En Allemagne ?
– Inspecteurs de l'équipe de 1987 encore en service aujourd'hui.
– Bjarne Thøgersen/Vridsløselille.
– Plongeon mortel de l'élève de l'école privée à la piscine de Bellahøj. Accident ?
– Trouver quelqu'un qui fréquentait l'établissement pendant ces années-là.
– Rencontrer l'avocat Bent Krum
– Torsten Florin, Ditlev Pram et Ulrik Dybbøl-Jensen : inquiétés récemment ? Mains courantes ou plaintes les concernant émanant de leurs employés ? Profils psychologiques ?
– Rechercher Kimmie, alias Kirsten-Marie Lassen. Famille proche que nous pourrions interroger ?
– Circonstances de la mort de Kristian Wolf.

Il pianota deux, trois fois sur la feuille avec le bout de son crayon et ajouta d'une main plus légère :

– Hardy.

– Envoyer Rose au diable.

– Baiser Mona Ibsen par tous les bouts.

Il relut ce qu'il venait d'écrire et se sentit comme un adolescent boutonneux en train de graver des insanités sur son pupitre. Il poussa deux gros soupirs et il sortait une gomme du tiroir pour effacer les deux dernières lignes quand une voix à la porte de son bureau l'interrompit :

« Carl Mørck ? Je vous dérange ? » Il eut l'impression que son sang se mettait à bouillir et gelait en même temps. Cinq ordres contradictoires partirent de sa moelle épinière et se répandirent dans sa structure moléculaire : fais tomber ta gomme, efface le dernier point de la liste, éteins ta cigarette, efface l'expression débile que tu as sur la figure, ferme la bouche.

« Je vous dérange ? » répéta Mona Ibsen pendant qu'il la fixait avec de grands yeux.

Son regard à elle avait toujours la même profondeur. Mona Ibsen, Le Retour… Il était mort de trouille.

« Qu'est-ce qu'elle voulait ? » demanda Rose avec un sourire en coin. Qu'est-ce que ça pouvait lui foutre !

Elle était debout sur le seuil, mâchant tranquillement son beignet à la crème, tandis que Carl tentait de redescendre sur terre.

« Alors elle est venue pour quoi ? » insista Assad, la bouche pleine. Carl n'avait jamais vu personne capable de se salir autant la barbe avec aussi peu de crème pâtissière.

« Je te raconterai ça tout à l'heure. » Il se tourna vers Rose et espéra qu'elle ne remarquait pas le rouge qui lui montait aux joues. Son palpitant battait la chamade. « Alors tu trouves tes marques dans ton nouveau bureau ?

— Ciel ! Une marque d'attention de votre part ? Oui, merci beaucoup. Si on déteste la lumière du jour, les couleurs gaies sur les murs et la compagnie de collègues souriants et aimables, c'est un endroit merveilleux que vous m'avez trouvé là. » Elle donna un coup de coude à Assad : « Je plaisante, Assad, toi tu es sympa. »

Ils allaient décidément bien s'entendre.

Carl se leva et recopia consciencieusement sur le tableau blanc la liste des suspects et les tâches à effectuer.

Puis il se planta devant sa nouvelle recrue. Si elle pensait qu'elle avait déjà des raisons de se plaindre, elle allait avoir des surprises. Il lui donnerait tellement de travail qu'elle considérerait bientôt un job de plieuse d'emballages carton dans une usine de margarine comme une sinécure.

« L'affaire sur laquelle nous travaillons en ce moment est un peu sensible à cause de certaines personnalités qui y sont peut-être directement impliquées », dit-il en regardant les viennoiseries qu'elle grignotait avec les incisives, comme si elle avait été un petit lapin. « Assad te mettra au courant tout à l'heure. Ensuite je te demanderai de trier les documents contenus dans les sacs en plastique qui sont là-bas, de les classer par ordre chronologique et de les jumeler avec ceux qui se trouvent sur ce bureau. Tu photocopieras le tout en deux exemplaires. Un pour toi, un pour

Assad. Enfin tout, sauf ça. Pour ce dossier-là on verra plus tard. » Il écarta la chemise grise de Johan Jacobsen et Martha Jørgensen. « Quand tu auras fini, je veux que tu déniches tout ce que tu peux là-dessus. » Il montrait le point n° 4 sur le tableau blanc, l'accident sur le plongeoir de dix mètres à la piscine de Bellahøj. « On est un peu pressés, alors si tu pouvais te dépêcher... Tu trouveras la date exacte de l'accident sur la première feuille au sommet de la pile, dans le sac rouge. C'est arrivé au début de l'été 1987, avant le double meurtre de Rørvig. Probablement en juin. »

Il s'était attendu à ce qu'elle renâcle un peu. Juste un petit grognement ou une remarque acide qui lui aurait valu une ou deux tâches supplémentaires, mais elle resta étonnamment cool. Elle se contenta de regarder le beignet à moitié mangé qu'elle tenait encore à la main. Quand Carl eut fini de parler, elle l'enfourna d'un seul coup dans une bouche qui semblait capable d'avaler à peu près n'importe quoi.

Il se tourna vers Assad : « Que dirais-tu si je te proposais de sortir de cette cave pendant un jour ou deux ?

— Pour aller voir Hardy ?

— Non, je voudrais que tu retrouves Kimmie. Il faut qu'on commence à se faire notre propre idée de la bande du pensionnat. Moi, j'irai voir les autres. »

Assad se représenta la scène. Lui en train d'écumer les rues de Copenhague à la recherche d'une SDF pendant que Carl se prélasserait, bien au chaud, sur les canapés des rupins, à s'enfiler du café et du cognac. C'était aussi comme ça que Carl l'entendait.

« Vous pouvez m'expliquer, Chef ? On continue cette enquête quand même, alors ? Je croyais qu'on nous avait ordonné de laisser tomber ! »

Carl fronça les sourcils. Assad avait peut-être eu tort de dire ça devant Rose. Comment savoir si elle était loyale ? Qu'est-ce qu'elle foutait au département V, d'ailleurs ? Il n'avait rien demandé à personne !

« Ça tombe bien que tu parles de ça, Assad ! En fin de compte la directrice de la PJ nous a donné carte blanche sur cette affaire. Ça te pose un problème, Rose ? »

Elle haussa les épaules. « Aucun ! Par contre c'est toi qui payes la prochaine tournée de beignets », dit-elle en s'en allant, attrapant au passage les tas de sacs de supermarché.

Armé des consignes de son supérieur, Assad s'éclipsa. Il avait l'ordre d'appeler Carl deux fois par jour pour l'informer de ses progrès. Sur sa liste figurait une visite au service de l'état civil, à la brigade des mœurs du commissariat du centre-ville et que tout le monde appelait La City, aux services sociaux de la mairie, au refuge de l'Armée du Salut de Hillerød-gade, ainsi qu'à d'autres endroits que Carl avait sélectionnés. C'était une gageure pour un bleu comme Assad, sachant que les seules informations qu'ils avaient sur les faits et gestes de Kimmie provenaient de Valdemar Florin. D'après lui, elle se promenait depuis des années dans les rues de Copenhague une valise à la main. Un peu vague, même si l'on décidait d'y ajouter foi. Si l'on prenait en compte la sombre réputation de la bande du pensionnat, il y avait tout lieu de douter du fait qu'elle fût encore en vie.

Carl ouvrit le dossier vert pâle et releva le numéro de Sécurité sociale de Kirsten-Marie Lassen. Puis il se leva et sortit dans le couloir, où il s'agaça de trouver

Rose en train de bourrer énergiquement la photocopieuse de montagnes de documents.

« Il nous faudrait des tables dans le couloir pour déposer les papiers et les trier », dit-elle sans lever la tête.

« Ah oui, et il y a une marque de mobilier que tu préfères ? » lui demanda-t-il avec un sourire hypocrite en lui tendant le numéro de Sécu de Kimmie. « Il me faut un maximum de renseignements sur cette femme. Dernier domicile connu, éventuels séjours hospitaliers, pensions ou aides qu'elle aurait pu percevoir, niveau d'études, lieu de résidence des parents, s'ils sont toujours en vie. Laisse tomber les photocopies pour l'instant. Il me faut cela rapidement. Et essaye de ne rien oublier. »

Elle se redressa de toute la hauteur de ses talons aiguilles. Le regard qu'elle fixait sur la carotide de Carl n'avait rien de gentil. « Tu auras le bon de commande pour les tables sur ton bureau dans dix minutes. Je pense les choisir dans le catalogue de Malling Beck. Ils ont des modèles adaptables en hauteur qui coûtent entre cinq et six mille couronnes l'unité. »

A moitié K-O, il remplissait son caddie de supermarché au hasard, l'image de Mona Ibsen flottant toujours devant ses yeux. Elle ne portait pas son alliance. C'était la première chose qu'il avait remarquée. Ça, et puis le fait que sa gorge s'était serrée quand elle l'avait regardé. Encore un signe flagrant du désert affectif dans lequel il vivait.

Merde !

Il tenta de se ressaisir et de retrouver son chemin dans le labyrinthe du nouvel agrandissement qu'avait subi son supermarché Kvickly, à l'instar des autres clients qui erraient comme des âmes en peine à la recherche du papier hygiénique dans le rayon où se trouvaient désormais les articles de cuisine. Il y avait de quoi devenir fou.

En bas de la rue, les travaux de démolition de l'ancienne mercerie étaient presque terminés. Son quartier d'Allerød n'avait plus rien à voir avec le Korsbæk qu'il avait connu, mais Carl s'en fichait. S'il ne parvenait pas à mettre Mona Ibsen dans son lit, ils pouvaient bien raser l'église et construire une grande surface de plus à la place.

« Mais qu'est-ce que c'est que ces courses que tu as faites, Carl ? » s'écria Morten Holland, son locataire, en vidant les cabas. Lui aussi avait eu une rude journée, raconta-t-il. Deux heures de cours magistral en politologie, et trois heures de permanence au vidéoclub. Effectivement, cela avait dû être épuisant. Carl compatit.

« Je me suis dit que tu aurais pu nous faire du chili con carne. » Morten lui répondit que dans ce cas, il aurait dû acheter des haricots rouges et de la viande hachée. Carl préféra faire semblant de ne pas entendre.

Il laissa son locataire planté au milieu de la cuisine, en train de se gratter la tête devant le plan de travail, et monta au premier où la nostalgie du rock des *seventies* semblait être sur le point de souffler la porte de Jesper hors de ses gonds.

Dans la chambre, il savait que son beau-fils exterminait des soldats sur sa Nintendo, bercé par les hurlements de Led Zeppelin, pendant que la zombie qui lui tenait lieu de petite amie, assise sur son lit, criait

163

au monde sa soif de contacts humains en pianotant des SMS sur le clavier de son téléphone.

Carl poussa un soupir, essayant de se rappeler s'il s'était montré plus entreprenant quand il était en tête à tête avec Belinda dans sa mansarde de Brønderslev. Vive l'électronique. Du moment que lui n'était pas obligé de s'en servir.

Il tituba jusqu'à sa chambre, entra et regarda son lit, l'œil hagard. Si Morten ne l'appelait pas à table avant une petite vingtaine de minutes, Morphée risquait de le coiffer au poteau.

Il s'allongea, les bras derrière la nuque, et contempla le plafond, imaginant Mona Ibsen en train de se glisser toute nue sous sa couette. S'il ne se dépêchait pas de conclure, ses couilles allaient se flétrir comme de vieilles pommes. Avec Mona Ibsen ou avec n'importe quelle fille d'un soir draguée dans un bar, mais il fallait qu'il s'envoie en l'air. Sinon, autant s'enrôler comme agent de police anti-émeute en Afghanistan. S'il devait perdre les deux balles qu'il avait dans sa culotte faute d'exercice, autant aller en prendre une dans la tête là-bas.

Un horrible son hybride entre gangsta rap et destruction d'un bidonville traversa soudain le mur entre sa chambre et celle de Jesper. Il ne savait même plus s'il devait gueuler pour réclamer le silence ou s'enfoncer des boules Quies dans les oreilles.

Il resta allongé sur son lit, l'oreiller serré de part et d'autre de sa tête. C'est sans doute ce qui lui fit penser à Hardy.

Hardy qui ne pouvait plus bouger de son lit. Hardy qui ne pouvait même plus se gratter le front s'il en avait envie. Hardy qui ne pouvait plus faire qu'une seule et unique chose : penser. A sa place, il serait devenu fou depuis longtemps.

Carl regarda la photo de Hardy, Anker et lui se tenant par les épaules. Ils faisaient une sacrément bonne équipe de policiers tous les trois. Il se demanda pourquoi Hardy voyait les choses différemment la dernière fois qu'il lui avait rendu visite. Il ne comprenait pas ce qu'il avait voulu dire quand il avait prétendu qu'on les attendait dans cette maison à Amager.

Anker. Il était le plus petit des trois, mais aussi celui qui avait le regard le plus intense. Il y avait plus de neuf mois qu'il était mort mais Carl se rappelait son regard comme s'il l'avait croisé hier. Comment Hardy pouvait-il s'imaginer qu'Anker ait été de mèche avec ses propres meurtriers ?

Carl secoua la tête. Non, c'était impensable. Il quitta la photo des yeux et les tourna vers une série de clichés rappelant une période heureuse et révolue. Des images d'un temps où sa femme Vigga adorait chatouiller son nombril, d'autres représentant la ferme qu'ils partageaient à Brønderslev et enfin une photo qu'elle avait prise de lui le jour où il était rentré à la maison vêtu de son premier véritable uniforme de parade.

Il plissa les yeux. Le coin où étaient suspendus ces cadres était un peu plus sombre que le reste de la chambre, mais il remarqua tout de même quelque chose d'anormal.

Il jeta l'oreiller au pied du lit et se leva, tandis que Jesper lançait une nouvelle offensive sonore de l'autre côté du mur. Il s'approcha de la photographie. De loin on aurait pu penser qu'il s'agissait d'une ombre, mais de près, il n'y avait plus aucun doute.

Les taches de sang étaient toutes fraîches et en ayant le nez dessus, il distingua clairement les fines rigoles rouges dégoulinant sur l'image. Comment avait-il pu ne pas les remarquer immédiatement ? Et qu'est-ce que c'était que ce merdier ?

Il appela Morten, arracha Jesper à son état comateux devant l'écran plat, et leur montra les taches. Le premier les regarda d'un air dégoûté tandis que l'autre arborait une mine courroucée par tant d'injustice.

Bien sûr que Morten n'avait rien à voir avec cette horreur. Comment Carl pouvait-il s'imaginer une chose pareille ?

Et Jesper non plus, putain ! Et encore moins sa copine, si c'était ce qu'il s'était mis dans la tête. Il avait de la merde dans le cerveau ou quoi ?

Carl observa les taches de sang à nouveau en hochant la tête.

Avec les outils adéquats, il avait sans doute fallu moins de trois minutes pour entrer dans la maison, trouver un objet sur lequel Carl posait les yeux régulièrement, maculer de sang d'animal l'objet en question et repartir, ni vu ni connu. Et pour quelqu'un qui serait assez motivé pour avoir envie de faire ce genre de chose, les trois minutes requises étaient on ne peut plus faciles à trouver, sachant que la ruelle des Magnolias comme d'ailleurs la totalité de la résidence Rønneparken étaient pratiquement désertes entre huit heures du matin et seize-heures-zéro-minute-zéro-seconde-bip...

Mais si ce *quelqu'un* pensait lui faire lâcher l'enquête en ayant recours à ce type d'enfantillage, ce *quelqu'un* n'était pas seulement très stupide, il était probablement aussi très coupable.

15

Elle ne faisait de beaux rêves que lorsqu'elle se saoulait. C'était principalement pour cela qu'elle buvait.

Si elle n'avalait pas de grandes rasades de whisky avant d'aller se coucher, cela se terminait invariablement de la même façon. Après quelques heures passées à demi assoupie à écouter les voix, le poster représentant des enfants en train de jouer qu'elle avait punaisé à sa porte devenait flou, et elle s'engageait dans le dédale des images atroces qui peuplaient ses cauchemars. Ces fichues images semblaient faire la queue à l'entrée de sa tête, attendant le moment où elle s'endormirait. La douce chevelure de sa mère et son visage de pierre. La petite fille qui tâchait de se rendre invisible dans les coins sombres de la somptueuse villa familiale. Le chagrin. L'image floue de sa maman qui l'abandonnait. Les étreintes dures, si dures, des femmes qui prenaient sa place.

En général elle se réveillait, le front couvert de sueur et le reste du corps glacé, au moment de ses rêves où elle tournait le dos aux appétits insatiables de ces salopards de bourgeois et au vernis qu'ils faisaient passer pour de la vertu. Toutes ces choses qu'elle aurait préféré oublier. Celles-là et aussi tout ce qui était arrivé après.

La veille, elle avait beaucoup bu, cette nuit elle avait bien dormi et ce matin le réveil avait été facile. Le froid, la toux et la gueule de bois ne lui posaient pas de problème, du moment qu'elle échappait à ses souvenirs et aux voix qui la poursuivaient sans relâche.

Elle s'étira, passa la main sous sa couchette et sortit la petite boîte en carton. C'était là-dedans qu'elle entreposait sa nourriture. Le système était simple. Elle devait manger en premier ce qui se trouvait à droite de la boîte. Quand il n'y avait plus rien de ce côté-là, elle faisait pivoter la boîte à 180° et mangeait de nouveau la nourriture qui se trouvait du côté droit. Elle remplissait toujours la partie vide, celle de gauche, avec des aliments frais et des articles d'épicerie achetés à la supérette Aldi. Elle procédait toujours ainsi et elle faisait les courses tous les deux ou trois jours pour que sa nourriture n'ait pas le temps de s'avarier, en particulier quand le soleil tapait sur le toit de sa bicoque.

Elle engloutit le yaourt sans faire de manières. Il y avait des années que personne ne lui avait reproché sa façon de manger.

Quand elle eut terminé, elle repoussa le carton sous le lit, tâtonna un peu jusqu'à ce que sa main trouve le petit coffre. Elle le caressa doucement et dit en chuchotant : « A tout à l'heure, mon petit ange, maman va faire des courses, elle sera de retour bientôt. »

Elle renifla ses aisselles et décida qu'il était bientôt temps d'aller prendre un bain. Avant elle se lavait dans les toilettes de la gare, mais plus maintenant. Depuis que Tine l'avait prévenue que des gens la cherchaient, elle n'osait plus y aller. Et si vraiment elle y était obligée, elle prenait d'immenses précautions.

Elle lécha sa cuillère et jeta le pot de plastique dans la poubelle en dessous du lit, tout en réfléchissant à la phase suivante.

Hier elle était allée rendre visite à Ditlev. Elle était restée un long moment dehors sur Strandvejen à observer la mosaïque brillante des fenêtres de son hôtel particulier. Enfin, les voix lui avaient donné le feu vert. C'était une maison bien entretenue mais elle était froide et sans âme comme son propriétaire, ce qui n'avait rien d'étonnant. Elle avait cassé une fenêtre et elle surveillait attentivement les alentours quand elle s'était tout à coup retrouvée nez à nez avec une femme en déshabillé qui avait poussé un hurlement lorsqu'elle avait vu son arme. Kimmie l'avait rapidement calmée en lui expliquant que c'était à son mari qu'elle en voulait. Elle lui avait même fait cadeau de son revolver en lui disant d'en faire l'usage qui lui plairait. La femme avait regardé l'arme, l'avait soupesée et son visage s'était fendu en un large sourire. Oh oui, elle savait parfaitement ce qu'elle allait en faire. Exactement comme les voix de Kimmie l'avaient prévu.

Kimmie était retournée en ville le cœur léger, certaine que son message serait transmis. Elle était sur leurs traces. Aucun d'entre eux ne pourrait se sentir en sécurité désormais. Elle les surveillait.

Les connaissant, elle devinait qu'ils mettraient encore plus de monde à ses trousses, et cette idée l'amusait. Cela voulait dire qu'ils étaient en alerte.

Elle avait l'intention de leur faire tellement peur qu'ils ne pourraient plus penser à quoi que ce soit d'autre.

Ce que Kimmie détestait le plus quand elle prenait sa douche avec d'autres femmes n'était pas leur curiosité. Même le regard choqué des petites filles sur les longues cicatrices qui zébraient son ventre et son dos ne la dérangeait pas. Elle ne souffrait pas non plus de voir la joie évidente des mères à partager ce moment avec leurs enfants, ni le vacarme plein d'insouciance et les rires venant du bassin.

Non, ce que Kimmie avait du mal à supporter, c'était le corps des autres femmes, et l'impression de fertilité qui en émanait. Les alliances dorées sur ces mains qui avaient des peaux à caresser. Les seins nourriciers, les ventres rebondis prêts à donner la vie. C'était toutes ces choses-là qui réveillaient les voix et lui faisaient mal.

Alors Kimmie enlevait ses vêtements à toute vitesse et les jetait au-dessus des casiers sans regarder personne. Elle laissait les sacs contenant les vêtements propres sur le sol. Il fallait faire vite, avant que ses yeux ne soient tentés de regarder.

Elle devait garder le contrôle.

Vingt minutes plus tard, elle était déjà appuyée au parapet du pont de Tietgens et elle regardait les voies s'engouffrant dans la gare centrale. Elle était vêtue d'un manteau cintré à la taille, elle avait relevé ses cheveux en un chignon souple, et s'était enveloppée d'un parfum de luxe. Il y avait longtemps qu'elle n'avait pas été aussi bien habillée, et elle détestait ça. Elle était l'image vivante de tout ce qu'elle avait rejeté, mais malheureusement il fallait en passer par là. Elle allait descendre l'escalier, marcher tranquillement sur le quai, prendre l'escalier roulant et traverser la gare le plus naturellement du monde, comme n'importe quelle autre femme. Si elle ne remarquait rien de spécial lors de sa première ronde, elle irait s'asseoir à la terrasse du Train Fast-Food devant une tasse de café et regarderait l'horloge de temps en temps. Elle aurait juste l'air de quelqu'un qui s'apprête à partir. Mince et élégante, les sourcils bien épilés au-dessus d'une paire de lunettes discrètement teintées. L'archétype des femmes qui savent ce qu'elles veulent.

Elle était assise depuis une heure quand elle vit Tine la Rate passer en trébuchant devant elle, la tête inclinée sur le côté, le regard vide et braqué sur le sol à un demi-mètre devant elle. Elle était maigre comme un clou et souriait distraitement à tout et à rien. Elle venait sûrement de se faire un shoot d'héro. Tine n'avait jamais eu l'air plus fragile, mais Kimmie ne bougea pas d'un pouce. Elle la suivit des yeux jusqu'à ce qu'elle disparaisse derrière le McDonald's.

C'est ce long regard attentif qui capta la silhouette mince d'un homme adossé au mur, en pleine conversation avec deux autres individus. Tous les trois portaient des manteaux de couleur claire. Voir trois hommes en train de discuter dans un hall de gare n'avait rien d'exceptionnel. Ce qui attira son attention, c'est qu'ils se parlaient sans se regarder et en ayant l'air de surveiller toute la gare en même temps. Ses signaux d'alarme se déclenchèrent.

Elle se leva lentement, repoussa les lunettes sur son nez et s'approcha d'une démarche fluide, perchée sur ses talons de huit centimètres. Ils avaient tous la quarantaine. Les rides autour de leurs bouches trahissaient un métier pénible, mais leurs visages ne ressemblaient pas à ceux des hommes d'affaires qui brassent des piles de papiers sous un plafonnier livide jusqu'à une heure avancée de la nuit. Ils avaient des figures burinées, des rides creusées par de longues heures d'ennui, passées n'importe où et par tous les temps. Ces hommes étaient payés pour attendre et observer.

Quand elle fut à quelques mètres, ils la remarquèrent tous les trois en même temps. Elle leur sourit, évitant de montrer ses dents. Elle les dépassa à moins d'un mètre de distance et sentit le bloc silencieux qu'ils formaient dans son dos. Ils reprirent leur discussion quand elle se fut éloignée de quelques mètres. Elle s'arrêta, faisant mine de chercher quelque chose dans son sac. Elle entendit que l'un d'entre eux s'appelait Kim. Un nom en K, évidemment.

Ils parlaient de lieux et d'heures et ne s'intéressaient pas à elle. Elle pouvait donc circuler à sa guise. Le signalement qu'ils avaient ne correspondait pas à son apparence actuelle. Forcément.

Elle traversa la salle des pas perdus, guidée par ses voix intérieures. Elle acheta un magazine au kiosque à journaux qui se trouvait dans l'angle opposé, puis revint s'asseoir à la table d'où elle était partie. A présent il ne restait plus qu'un homme sur les trois, et il n'avait pas bougé de place. Il s'appuyait au mur de brique et semblait disposé à y passer un long moment. Tous ses gestes étaient mesurés, seuls ses yeux étaient mobiles. C'était typiquement le genre de types dont Ulrik et Ditlev aimaient à s'entourer. Des exécutants, froids et efficaces. Des mercenaires.

Capables de faire des choses qu'on ne mentionnait pas dans les annonces d'offres d'emploi.

Plus elle le regardait, plus elle avait l'impression d'approcher ceux dont elle voulait se venger. L'adrénaline montait tandis que les voix dans sa tête se disputaient.

« Arrête ça », s'ordonna-t-elle à voix basse. Elle baissa les yeux. Elle sentit plus qu'elle ne vit l'homme assis à la table voisine lever le nez de son journal. Il devait se demander contre qui elle était en colère.

C'était son problème.

« Arrête », répéta la voix en elle. Elle s'était mise à gribouiller sur la couverture du magazine. « PERDRE DES KILOS POUR SAUVER SON MARIAGE », disait un gros titre. Elle avait entouré le *k* de *kilo*, et écrit toute une série de K partout où il restait un espace.

Au lycée on l'appelait juste K. Il s'appelait Kåre. Toutes les classes de terminale avaient voté pour lui quand il s'était présenté pour être délégué. C'était un dieu. Kåre, dont toutes les filles parlaient en chuchotant dans les couloirs et dans les dortoirs. Mais c'était Kimmie qui l'avait eu. Il avait dansé avec trois filles au bal de l'école et puis ça avait été son tour. Elle l'avait tripoté à des endroits où aucune autre fille n'avait osé s'aventurer. Car Kimmie connaissait son corps, et celui des garçons n'avait aucun secret pour elle. Kristian avait fait son éducation.

Kåre était tombé dans ses filets.

On raconta que c'est à partir de ce moment que les notes du gentil délégué de classe s'étaient mises à dégringoler, et on se demanda comment un élève aussi brillant et ambitieux avait pu soudain perdre pied à ce point. Kimmie buvait du petit-lait. C'était son œuvre. Avec son corps, elle avait ébranlé les fondations de ce modèle de vertu. Juste avec son corps.

Le destin de Kåre était tracé d'avance. Ses parents avaient décidé qui il serait sans jamais se demander qui il était réellement. Ils pensaient qu'il suffisait de garder leur fils sur la voie royale pour qu'il fasse honneur à son clan. Du moment qu'il contentait sa famille et réussissait dans ses études, sa vie avait du sens. Et ils n'avaient reculé devant aucun frais pour atteindre ce but.

Les imbéciles !

Kåre fut la première victime de Kimmie parce que tout ce que Kåre représentait la faisait vomir. Toujours premier au tableau d'honneur. Meilleur tireur, champion d'athlétisme. Merveilleux orateur. Une coupe de cheveux parfaite, des vêtements bien repassés. Kimmie voulait gommer tout cela. Gratter le vernis pour voir ce qu'il y avait en dessous.

Et quand elle en eut fini avec lui, elle s'attaqua à des proies plus difficiles. Elle n'avait que l'embarras du choix. Elle n'avait peur de rien ni de personne.

Kimmie n'avait pas besoin de lever la tête. Elle savait qu'elle le sentirait si l'homme à l'imperméable abandonnait son poste. Dix ans dans la rue, ça vous aiguise l'instinct.

Ce fut précisément ce sixième sens qui une heure plus tard attira son attention sur un homme qui marchait dans le hall avec cette démarche de qui n'a pas de but précis, où le corps se meut sur des jambes qui semblent marcher d'elles-mêmes, alors que les yeux se concentrent sur tout à la fois. Il ne s'agissait pas d'un voleur à la tire à l'affût d'un sac à main accessible ou d'un manteau à la coupe fluide. Ce n'était pas non plus un arnaqueur dont le rôle aurait été de distraire les victimes pendant qu'un autre les délestait de leur portefeuille. Elle connaissait les pickpockets mieux que quiconque, et celui-là n'en était pas un.

C'était un homme petit et trapu vêtu d'un costume élimé. Il portait un épais manteau avec de grandes poches. Enveloppé dans son vaste pardessus, on aurait pu le prendre pour un clochard, alors qu'il n'en était pas un. Kimmie en était convaincue. Les hommes qui portaient l'uniforme des laissés-pour-compte, ceux qui avaient lâché prise, ne regardaient personne. Ils inspectaient le contenu des poubelles, ils surveillaient le pavé devant eux, les recoins sombres où se cachait peut-être une bouteille vide dont ils pourraient récupérer la consigne. Ils pouvaient à la rigueur se perdre dans la contemplation d'une quelconque vitrine de magasin ou de la promo du jour à la porte d'un supermarché. Mais ils ne s'intéressaient jamais aux autres, ni à leurs faits et gestes comme le faisait celui-là à l'abri de ses sourcils en broussaille. Qui plus est, ce gars-là avait la peau foncée d'un Turc ou d'un Iranien. Avait-on jamais vu un Turc ou un Iranien lâcher la rampe au point de se retrouver dans la rue ? Dans un pays d'accueil comme le Danemark ?

Elle le suivit des yeux jusqu'à ce qu'il dépasse l'autre homme, toujours adossé au mur. Elle s'attendait à ce qu'ils échangent un signe, mais ce ne fut pas le cas.

Elle se figea, les yeux dépassant tout juste le haut du magazine, suppliant ses voix intérieures de ne pas se mêler de ça, jusqu'à ce que le petit homme soit revenu à son point de départ, toujours sans établir de contact avec l'homme à l'imperméable.

Alors seulement, elle se leva lentement, remit sa chaise en place sans faire de bruit et suivit à distance le petit homme brun.

Il prenait son temps. Parfois, il sortait de la gare et faisait quelques pas dans Istedgade, mais jamais si loin qu'elle ne puisse pas le suivre des yeux depuis l'escalier menant à la salle des pas perdus.

Il ne faisait aucun doute qu'il cherchait quelqu'un, et comme elle se disait que ce quelqu'un pouvait être elle, Kimmie restait cachée derrière les angles des murs et les panneaux de signalisation.

Il venait de faire son dixième aller-retour devant le bureau de poste quand il se retourna tout à coup et la regarda droit dans les yeux. Elle ne s'y attendait pas et fit brusquement volte-face sur ses hauts talons, se dirigeant précipitamment vers la station de taxis. Elle allait sauter dans la première voiture et filer. Il n'aurait pas le temps de l'en empêcher.

Malheureusement elle se retrouva nez à nez avec Tine.

« Salut, Kimmie », s'écria la junkie de sa voix aiguë. « J'étais sûre que c'était toi, ma chérie ! T'es vachement chic aujourd'hui, dis donc ? Qu'est-ce qui t'arrive ? »

Ses yeux fanés la fixaient avec surprise, et elle tendit les bras vers son amie comme pour s'assurer qu'elle ne rêvait pas. Kimmie fit un rapide pas de côté et la planta là, les bras ballants.

Derrière elle, le petit homme s'était mis à courir.

16

Le téléphone avait sonné à trois reprises cette nuit-là, mais chaque fois que Carl avait décroché, il n'y avait personne à l'autre bout de la ligne.

Au petit-déjeuner il demanda à Jesper et à Morten Holland s'ils avaient remarqué quelque chose d'inhabituel dans la maison, mais en guise de réponse il n'eut droit qu'à des regards torves et mal réveillés.

« Vous avez peut-être oublié de fermer une porte ou laissé une fenêtre ouverte hier ? » suggéra-t-il. Il ne désespérait pas de trouver une petite brèche à travers laquelle atteindre leur cerveau malgré leur coma matinal.

Jesper haussa les épaules. On avait autant de chances de communiquer avec lui à cette heure de la journée que de gagner à la Loterie nationale. Morten, au moins, lui accorda un semblant de réponse sous la forme d'un grognement.

Carl partit en tournée d'inspection dans la maison, et ne remarqua rien de particulier. La serrure de la porte d'entrée ne portait aucune marque d'effraction. Les fenêtres non plus. Les gars qui étaient entrés chez lui connaissaient leur boulot.

Après avoir tout vérifié pendant une bonne dizaine de minutes, il alla s'asseoir dans sa voiture de fonction et constata qu'elle puait l'essence.

« Merde ! » cria-t-il. Il mit moins d'une demi-seconde à ouvrir la porte côté conducteur et à plonger sur le parking. Il fit un ou deux roulés-boulés avant de s'abriter derrière une fourgonnette où il attendit, convaincu qu'il allait voir l'allée des Magnolias se transformer en fournaise après une explosion à faire péter toutes les vitres du quartier.

« Que se passe-t-il, Carl ? » demanda calmement une voix dans son dos. Il se retourna et vit son voisin Kenn, l'expert en barbecue, qui semblait parfaitement réchauffé alors qu'il ne portait qu'un simple tee-shirt malgré le froid matinal.

« Ne bouge surtout pas, Kenn », lui ordonna-t-il tout en inspectant Rønneholdt Parkvej derrière lui. Il n'y avait pas le moindre mouvement alentour, à l'exception des sourcils particulièrement agités de son voisin. Quelqu'un allait peut-être actionner une télé-commande à la seconde où il s'approcherait de son véhicule ? Ou alors était-ce l'étincelle de l'allumage qui devait faire exploser la charge ?

« Quelqu'un a trafiqué ma voiture », dit-il, quittant un instant des yeux les toits des maisons et les centaines de fenêtres.

Il envisagea de faire venir ses collègues de la police scientifique, mais y renonça. Ceux qui cherchaient à l'effrayer n'étaient pas du genre à laisser traîner des empreintes digitales ou autres indices. Il n'avait pas d'autre option que d'accepter la situation et de prendre le train.

Etait-il le chasseur ou bien la proie ? Pour l'instant, la question restait posée.

Il n'avait pas encore retiré son manteau quand Rose débarqua dans son bureau, sourcils soulignés et regard charbonneux.

« Les mécanos de la police ont appelé d'Allerød. Il paraît que votre voiture n'a rien du tout. Juste une durite qui fuit légèrement. Intéressant, non ? »

Elle baissa les paupières au ralenti avec une expression légèrement condescendante, que Carl choisit de ne pas relever. Il fallait marquer le coup s'il voulait se faire respecter.

« Vous m'avez donné plein de trucs à faire, hier. Vous voulez qu'on en parle tout de suite, ou vous préférez attendre que le brouillard d'essence se lève dans votre cerveau ? »

Il alluma une cigarette et s'appuya au dossier de son fauteuil. « Je t'écoute », dit-il tout en se demandant si les mécaniciens auraient la présence d'esprit de lui ramener la voiture.

« OK, alors, pour ce qui est de l'accident à la piscine de Bellahøj, il n'y a pas grand-chose à en dire. Le garçon avait dix-neuf ans et il s'appelait Kåre Bruno. » Elle le regarda d'une mine réjouie, les joues creusées de fossettes. « Bruno, d'accord, et alors ? » Elle eut l'air de se retenir de pouffer de rire. « C'était un excellent nageur, d'ailleurs il était bon dans tous les sports qu'il pratiquait. Ses parents habitaient Istanbul, mais ses grands-parents vivaient à Emdrup, pas loin de la piscine découverte de Bellahøj. Il passait généralement les week-ends chez eux. » Elle feuilleta la liasse de papiers qu'elle tenait à la main. « Le procès-verbal parle d'accident, et considère Kåre Bruno lui-même comme responsable. Il paraît qu'il vaut mieux être prudent quand on saute d'un plongeoir de dix mètres de hauteur. » Elle essaya de faire tenir son stylo dans sa coiffure. Carl se dit qu'il n'y resterait pas long-temps.

« Il avait plu toute la matinée, et le type a dû glisser sur le plongeoir. Moi, je crois surtout qu'il voulait fri-mer devant quelqu'un. Personne n'a vu ce qui s'est passé exactement. Pas avant qu'on le retrouve sur le carrelage tout en bas, le cou tordu à 180°. »

Carl était sur le point de poser une question quand elle lui coupa l'herbe sous le pied : « Oui, il était élève dans la même école que Kirsten-Marie Lassen et tous les autres de la bande du pensionnat. Il était en termi-nale quand les autres étaient en première. Je n'ai encore vu personne de l'école mais je pourrais y aller si vous voulez. » Elle s'arrêta aussi brusquement qu'une boule de pétanque sur une traverse de chemin de fer. Il allait mettre du temps à s'habituer à son style.

« D'accord, on fera un point plus tard. Et Kimmie, tu as pu savoir quelque chose sur elle ?

— Vous pensez vraiment qu'elle était un person-nage important dans cette bande ? » dit-elle, d'un air sceptique. « Qu'est-ce qui peut bien vous faire croire ça ? »

Carl s'obligea à compter jusqu'à dix avant de répondre.

« Il y avait combien de filles parmi eux, à ton avis ? » lui demanda-t-il enfin. « Et combien d'entre elles ont subitement disparu sans laisser d'adresse ? Une seule, n'est-ce pas ? Eh bien, moi, je crois que la fille en question aimerait bien changer de façon de vivre.

C'est pour cela que je m'intéresse à elle. Si Kimmie est encore de ce monde, je pense qu'elle peut nous fournir de précieuses informations. Qu'en penses-tu ?

— Et pourquoi voudrait-elle changer de vie ? Il y a des tas de SDF qui freinent des quatre fers quand on veut les réinsérer, vous savez ? »

Elle allait le rendre fou si elle n'arrêtait pas d'avoir réponse à tout.

« Je te repose la question, Rose : As-tu pu avoir des renseignements sur Kimmie, oui ou non ?

— Bon, il y a un sujet que nous devons aborder, Carl, avant d'aller plus loin. Si vous voulez qu'on vienne vous faire notre rapport, Assad ou moi, il faut que vous nous trouviez un siège confortable. On va finir par se faire mal au dos, si on est supposés entrer dans les moindres détails en restant plantés à la porte. »

Mais va donc te planter ailleurs si ça ne te plaît pas ! faillit-il lui dire. Il aspira une grande bouffée de sa cigarette et persifla : « J'imagine que tu as justement vu la chaise qu'il te faut dans je ne sais quel catalogue ! »

Elle ne répondit pas et il en conclut qu'il y aurait une nouvelle chaise dans son bureau dès le lendemain.

« L'administration ne sait pas grand-chose sur Kirsten-Marie Lassen. En tout cas, elle n'a jamais fait de demande d'aide sociale d'aucune sorte. Elle a été renvoyée de sa pension en terminale et a fini ses études en Suisse, mais je n'ai rien pu savoir d'autre. Sa dernière adresse connue est chez Bjarne Thøgersen, Arnevangen, Brønshøj. Je ne sais pas à quel moment elle a quitté cette adresse, mais je suppose que c'était peu de temps avant que Bjarne Thøgersen se rende à la police. C'est à dire mai-juin 1996. Avant ça, elle était domiciliée chez sa belle-mère, qui habite Kirkevej, à Ordrup.

— Sois gentille de me trouver le nom et l'adresse exacte de cette dame, s'il te plaît. »

Il n'avait pas fini sa phrase qu'elle lui tendait déjà un Post-it avec les renseignements demandés.

La bonne femme s'appelait Kassandra. Il connaissait le pont de Kassandra, mais il ne savait pas qu'on pouvait aussi s'appeler comme ça.

« Et le père de Kimmie, il vit toujours ?

— Absolument », répondit-elle. « Willy K. Lassen, concepteur de logiciels informatiques. Il vit à Monte-Carlo, avec sa nouvelle femme et un ou deux enfants nés assez récemment, j'ai leurs dates de naissance quelque part dans le bureau d'à côté. Il est né en 1930, il doit avoir encore de sacrées cartouches dans le fusil, ou alors sa nouvelle femme est une chaude. » Elle ponctua cette remarque d'un sourire qui lui bouffait les quatre cinquièmes du visage, accompagné de ce rire de gorge qui tôt ou tard ferait perdre à Carl le contrôle de lui-même.

Elle finit de rire et reprit : « Je pense que Kirsten-Marie Lassen n'a séjourné dans aucun des refuges que nous connaissons à Copenhague, mais elle peut avoir loué une chambre ou je ne sais quel logement qui aurait échappé à l'œil vigilant de Papa Fisc. Franchement elle aurait bien raison, c'est comme ça que ma frangine arrive à s'en sortir depuis des lustres ! Elle a quatre sous-locataires à la fois. Il faut du fric pour élever trois enfants et quatre chats, quand son connard de mari se barre !

182

— Tu devrais peut-être éviter de me donner trop de détails, Rose. Je suis tout de même un représentant de la loi, au cas où tu l'aurais oublié. »

Elle tendit ses deux paumes ouvertes en direction de Carl. Son regard disait : *Notre sort est entre vos mains.*

« J'ai aussi appris que Kirsten-Marie Lassen avait été hospitalisée dans le courant de l'été 1996 à Bispebjerg. Je n'ai pas pu récupérer son compte rendu d'hospitalisation, parce qu'ils sont complètement nuls là-bas. Ils seraient capables d'égarer des dossiers archivés l'avant-veille. Je n'ai pu avoir que sa date d'admission et celle de sa disparition.

— Elle a disparu de l'hôpital pendant qu'elle était encore sous traitement ?

— Je n'ai rien pu savoir de précis. Juste qu'elle a quitté l'hôpital contre l'avis des médecins.

— Elle a passé combien de temps à l'hôpital ?

— Neuf ou dix jours. » Rose feuilleta ses petits papiers jaunes. « Ah, voilà, elle est entrée le 24 juillet 1996 et sortie le 2 août 1996.

— Le 2 août, tu es sûre ?

— Oui, ça vous étonne ?

— C'est la même date que les assassinats de Rørvig. Neuf ans plus tard. »

Rose fit la moue. Agacée sans doute de ne pas avoir remarqué ce détail elle-même.

« Elle était hospitalisée dans quel service, psychiatrie ?

— Non, gynécologie. »

Il pianota sur le bord de la table. « OK, essaye de remettre la main sur ce dossier médical. Vas-y et propose-leur ton aide pour chercher s'il le faut. »

Elle acquiesça d'un bref mouvement de tête.

« Et les archives des journaux, tu es allée les consulter, Rose ?

— Oui, mais il n'y a rien d'intéressant. En 1987, il n'y avait que des audiences à huis clos, et au moment de l'arrestation de Bjarne Thøgersen le nom de Kimmie n'a pas été cité. »

Carl inspira profondément. Il venait tout juste de se rendre compte qu'aucun membre de la bande du pensionnat n'avait jamais été cité par son nom dans les médias de l'époque. Ils avaient tranquillement continué leur ascension vers les hautes sphères de la société sans que rien ne vienne entacher leur réputation. Pas étonnant qu'ils cherchent à préserver leur impunité.

Mais pourquoi diable avaient-ils essayé de l'effrayer d'une façon aussi grotesque ? Ils n'avaient qu'à venir lui parler d'homme à homme et lui dire leur manière de penser puisqu'ils savaient que c'était lui qui avait repris l'enquête. Leur attitude n'avait eu pour effet que d'éveiller les soupçons.

« Elle a disparu en 1996 », dit-il. « Personne n'a lancé d'avis de recherche ?

— Non, personne, même pas la police. Elle a simplement disparu. Sa famille n'a pas levé le petit doigt pour la retrouver. »

Carl hocha la tête. Sympa la famille !

« Tu n'as rien trouvé sur Kimmie dans les journaux, alors ? Même pas dans la presse people ? Elle devait aller à des réceptions ou des trucs comme ça, non ? Dans ce milieu-là on aime bien se montrer, je crois !

— Je ne sais pas.

— Alors tâche de savoir. Va interroger les journalistes des hebdos. Va voir à *Gossip*. Ils ont le roi et son cousin dans leurs archives. Tu dois bien être capable de trouver un article avec une photo d'elle quelque part. »

Elle lui lança un regard qui signifiait probablement qu'elle allait bientôt l'envoyer promener. « Je pense que ça prendra un peu de temps pour retrouver son dossier médical. Vous voulez que je commence par quoi ?

— Par l'hôpital. Mais occupe-toi quand même des journaux people. Les gens comme elle sont pain bénit pour ces rapaces. Tu as son état civil complet ? »

Elle lui tendit une feuille de papier. Il ne lut rien qu'il ne sût déjà. Née en Ouganda. Fille unique. Enfant, elle avait changé de maison tous les deux ans en moyenne. Elle avait vécu en Angleterre, aux Etats-Unis et au Danemark. Ses parents avaient divorcé quand elle avait sept ans et, étrangement, c'est son père qui avait obtenu la garde. Elle était née le soir du réveillon de Noël.

« Il y a deux choses dont vous avez oublié de me parler, Carl. Et franchement je suis déçue ! »

Il leva les yeux vers Rose. En contre-plongée, elle ressemblait à une version grassouillette de Cruella d'Enfer juste avant qu'elle kidnappe les 101 Dalmatiens. C'était peut-être une bonne idée d'acheter une chaise finalement. Ne serait-ce que pour la voir sous une autre perspective.

« Je suis toute ouïe ? » dit-il, bien qu'il n'ait aucune envie de connaître la réponse.

« Vous ne m'avez rien dit sur les tables ! Elles sont déjà arrivées. Mais elles sont en kit dans le couloir et il faut les monter. J'aimerais bien qu'Assad me donne un coup de main.

— Pas de problème, si tu crois qu'il en est capable. Mais comme tu vois, il n'est pas là. Il est sur le terrain. Il joue au chat et à la souris.

— Vous ne pourriez pas m'aider, vous ? »

Il secoua lentement la tête. Lui, assembler des tables avec elle ? Même pas en rêve !

« Et la deuxième chose ? »

Ignorant sa question, elle déclara : « Ecoutez, si vous ne m'aidez pas à assembler ces tables, je refuse de continuer à faire vos photocopies à la con. C'est donnant-donnant. »

Carl déglutit péniblement. Dans une semaine, il allait la foutre dehors. Il fallait d'abord qu'elle fasse la baby-sitter pour ces fichus mangeurs de morue qui débarquaient vendredi, mais ensuite elle ficherait le camp avec un coup de pied au cul !

« Sinon, je suis aussi allée voir les impôts. Ils m'ont dit que Kirsten-Marie Lassen a été salariée entre 1993 et 1996. »

Il allait prendre une bouffée de sa cigarette mais il suspendit son geste. « Ah bon, où ça ?

— Deux de ses employeurs ont déposé le bilan mais le troisième existe encore. C'est là qu'elle a travaillé le plus longtemps, d'ailleurs. C'est une animalerie.

— Une animalerie ? Elle a été vendeuse dans une animalerie ?

— Je ne sais pas, mais vous pouvez aller poser la question. Le magasin se trouve toujours à la même adresse, au 62 Ørbækgade à Amager. La société s'appelle la SA Nautilus Trading. »

Carl nota le nom. Il s'occuperait de ça plus tard.

Rose se pencha vers lui en levant les sourcils. « Voilà, c'est tout pour aujourd'hui… » Elle inclina la tête et ajouta : « Mais de rien, ce fut un plaisir ! »

17

« J'aimerais bien savoir qui s'amuse à freiner mon enquête, Marcus. »

Le chef de la brigade criminelle lui lança un regard au-dessus de ses demi-lunes. Il n'avait pas du tout envie de répondre à cette question.

« A ce propos, je voudrais te signaler que j'ai eu de la visite chez moi. Tiens, regarde. »

Il sortit la vieille photo de lui en uniforme de parade et montra les coulures de sang. « C'est une photo que j'ai décrochée ce matin du mur de ma chambre à coucher. Hier soir, les taches que tu vois là étaient fraîches. »

Le chef de la Crim s'appuya au dossier de son siège et regarda son interlocuteur. Il était visiblement mécontent.

« Et qu'est-ce que tu en déduis, Carl ? » lui demanda-t-il après avoir marqué un petit temps.

« Je ne vois pas ce que je devrais en déduire, à part que quelqu'un cherche à me faire peur.

— Tous les flics se font des ennemis à un moment ou un autre de leur carrière. Qu'est-ce qui te fait croire que cela a quelque chose à voir avec l'affaire sur laquelle tu travailles en ce moment ? Tu ne penses pas qu'il peut y avoir des petits plaisantins parmi tes amis, ou les membres de ta famille ? »

Carl gratifia son chef d'un sourire ironique. « On m'a téléphoné trois fois cette nuit-là. Et je te le donne en mille… il n'y avait personne au bout de la ligne !

— Ah, vraiment ? Et qu'attends-tu de moi ?

— J'attends que tu me dises qui cherche à me mettre des bâtons dans les roues. Mais tu préfères peut-être que je m'adresse directement à la directrice de la PJ.

— Elle sera dans mon bureau cet après-midi. J'en discuterai avec elle.

— Tu me le promets ?

— Je vais y réfléchir. »

Carl claqua la porte du bureau du chef de la Criminelle un peu plus fort que d'habitude et se trouva nez à nez avec la figure au teint cireux de l'inspecteur Bak qui avait l'air d'être tombé du lit. Le vieux blouson de cuir noir qu'il ne quittait jamais était aujourd'hui jeté négligemment sur son épaule. Un jour à marquer d'une pierre blanche !

« Alors, Bak ? Il paraît que tu nous quittes ? Tu as fait un héritage ou quoi ? » L'inspecteur mit quelques secondes à répondre, comme s'il prenait le temps de se remémorer les bons et les mauvais moments de leur longue collaboration. Enfin, il salua son collègue d'un signe du menton et répondit : « Tu sais ce que c'est. Soit on est un super-bon flic, soit on est un super-bon père de famille. Il y a un moment dans la vie où il faut choisir. »

Carl faillit lui poser une main sur l'épaule mais se contenta finalement de lui tendre une main amicale.

« Alors c'est ton dernier jour ? Eh bien, je te souhaite bonne chance avec ta famille. Et même si je pense toujours que tu es un pauvre naze, s'il te prenait l'idée de revenir un jour, je préférerais te revoir toi plutôt que certains autres. »

L'homme las eut l'air surpris. Presque bouleversé. La sobriété des expressions émotionnelles de Børge Bak laissait toujours la place au doute.

« On ne peut pas dire que tu sois quelqu'un de très gentil, Carl », dit-il en secouant la tête. « Mais tu n'es peut-être pas un mauvais bougre après tout. »

Entre ces deux-là, l'échange équivalait à un déluge de compliments.

Carl s'éloigna et salua Lis d'un regard. Elle s'affairait derrière le comptoir d'accueil avec une montagne de documents. Ils étaient presque aussi nombreux que ceux qui traînaient par terre au sous-sol, en instance d'être classés sur les tables en attente d'être montées. De guerre lasse, Rose s'était débrouillée seule pour en assembler une.

« Carl », le rappela Bak, la main posée sur la poignée de la porte du patron. « Ce n'est pas Marcus qui freine ton enquête, si c'est ce que tu crois. C'est Lars Bjørn. » Il leva un index en l'air. « Et ce n'est pas moi qui te l'ai dit. »

Carl jeta un coup d'œil vers le bureau de l'adjoint de Marcus. Comme d'habitude, les fenêtres donnant sur le couloir avaient les stores baissés. Sa porte était ouverte.

« Il sera de retour à quinze heures. Ils ont une réunion avec la directrice de la PJ si j'ai bien compris », ajouta Bak avant de fermer la porte derrière lui.

Il trouva Rose à quatre pattes dans le couloir du sous-sol. On aurait dit un ours blanc de taille adulte en train de glisser sur la banquise. Elle avait les jambes écartées et les coudes en appui sur un carton déplié. Autour d'elle étaient dispersés divers pieds de table, équerres d'assemblage, clés Allen et autres outils. Sous son nez s'entassaient des plans de montage apparemment incompréhensibles.

Elle avait commandé quatre tables pliantes modulables en hauteur. En la voyant à l'œuvre, Carl ne put qu'espérer qu'il y aurait bien quatre tables à l'arrivée.

« Tu n'étais pas supposée aller à Bispebjerg, Rose ? »

Elle ne se retourna même pas vers lui, se contenta de pointer du doigt la porte de son bureau. « J'ai posé une copie sur ta table », dit-elle avant de se replonger dans ses schémas d'assemblage.

L'hôpital de Bispebjerg leur avait faxé trois pages qu'il trouva sur sa table de travail. Les copies étaient datées et tamponnées et les documents contenaient les renseignements qu'il avait demandés. Kirsten-Marie Lassen. Hospitalisée du 24/07 au 02/08/1996. La plupart des mots étaient en latin mais ils étaient sans équivoque.

« Tu peux venir une minute, Rose ? » cria-t-il.

Il entendit une série de jurons en provenance du couloir, mais elle obtempéra.

« Oui », dit-elle, le front couvert de sueur et le visage barbouillé de mascara.

« Ils ont trouvé le dossier médical de Kimmie finalement ? »

Elle acquiesça.

« Tu l'as lu ? »

Elle hocha la tête une deuxième fois.

« Kimmie était enceinte et elle a été admise à l'hôpital parce qu'elle saignait abondamment, suite à une chute violente dans un escalier », lut-il. « Elle a été rapidement prise en charge, et s'est correctement remise, mais elle a perdu son bébé quand même. Elle avait des marques de contusions récentes qui ne semblaient pas provenir de sa chute. Tu as lu ça aussi ?

— Oui.

— Il n'est question ni du père de l'enfant, ni d'aucun membre de sa famille dans ce dossier.

— Ils ne savent rien de plus.

— Je comprends. » Il consulta les documents à nouveau. « Elle était enceinte de quatre mois quand elle est entrée à l'hôpital. Au bout de quarante-huit heures, ils ont considéré que le risque de fausse couche était écarté mais elle a quand même perdu l'enfant au neuvième jour d'hospitalisation. Lors d'un examen ultérieur on a constaté des traces de coups sur son bas-ventre. Kimmie a expliqué aux médecins qu'elle était tombée de son lit d'hôpital. » Carl chercha à tâtons une cigarette dans sa poche. « C'est quand même difficile à croire, non ? »

Rose fit plusieurs pas en arrière en agitant nerveusement la main. Parfait, la fumée la dérangeait. Il avait enfin découvert un bon moyen de se débarrasser d'elle.

« Il n'y a pas eu de plainte », dit-elle, « je n'ai rien trouvé dans les archives.

— On ne parle pas de curetage, c'est étrange. En revanche, il est question du placenta. » Il montrait un passage quelques lignes plus bas dans le compte rendu.

« J'ai rappelé le service. Après avoir lu le dossier. Il semblerait qu'elle n'ait pas éliminé tout le placenta en avortant.

— C'est gros comment, un placenta, chez une femme enceinte de quatre mois ? »

Rose haussa les épaules. Visiblement, on ne lui avait pas appris ce genre de choses à l'école de commerce.

« Donc, elle s'est enfuie sans avoir eu de curetage de l'utérus.

— Oui.

— Il paraît que ça peut avoir des conséquences graves. Je crois qu'il ne faut pas plaisanter avec les infections gynécologiques. En plus elle devait souffrir des coups qu'elle avait reçus. Elle devait même souffrir beaucoup.

— C'est pour ça qu'ils ne voulaient pas la laisser partir. » Rose montra à Carl un petit morceau de papier jaune sur son bureau. « Vous l'avez vu, celui-là ? »

Il s'agissait d'un minuscule Post-it. Comment voulait-elle qu'il remarque un truc aussi petit dans le désordre qui régnait sur sa table de travail. Autant chercher une aiguille dans une botte de foin.

Le message disait : *Appeler Assad*.

« Il a téléphoné il y a une demi-heure. Il pense avoir vu Kimmie. »

Carl sentit l'excitation contracter son ventre. « Où ça ?

— A la gare. Il veut que vous le rappeliez. »

Il arracha sa veste du portemanteau. « J'y vais. »

Dans la rue les passants étaient en manches de chemise. Leurs ombres sur les trottoirs étaient longues et nettes. Les gens souriaient. On était fin septembre et il faisait plus de 20°. Il n'y avait franchement pas de quoi sourire. Ils auraient tous dû avoir le nez en l'air, l'œil braqué sur la couche d'ozone et la peur au ventre. Il retira sa veste et la jeta sur son épaule. Bientôt on allait se balader en sandales en janvier. Merci, les gaz à effet de serre.

Il prit son portable, voulut composer le numéro d'Assad et vit que la batterie était à plat. C'était la deuxième fois en l'espace de quelques jours. Saloperie de technologie moderne.

Il entra dans le hall de la gare centrale et observa la foule avec attention. C'était voué à l'échec, mais il fit tout de même une traversée, se frayant un chemin entre les voyageurs et leurs valises.

« Et merde ! » finit-il par dire tout fort avant de prendre la tangente vers le commissariat de la gare, en face de la sortie côté Reventlowsgade.

Il allait devoir appeler Rose pour lui demander le numéro de mobile d'Assad. Il entendait déjà son rire de gorge et le sarcasme dans sa voix.

Les policiers à l'accueil ne le connaissaient pas et il dut leur présenter sa carte. « Salut, je suis Carl Mørck. La batterie de mon téléphone est déchargée. Je peux passer un coup de fil d'ici ? »

Un jeune agent lui désigna un vieux téléphone derrière le guichet tout en continuant à rassurer une pré-adolescente qui avait perdu sa grande sœur. Il fut un temps où lui aussi consolait les enfants perdus quand il patrouillait en ville dans son uniforme de policier de rue. Il se sentit tout nostalgique.

Il était en train de composer le numéro quand il aperçut Assad, à travers les lames des persiennes, descendant dans les toilettes publiques. Il était noyé dans une foule de lycéens surexcités équipés de sacs à dos, et il n'avait pas bonne mine, affublé de son grand manteau et son regard partant dans toutes les directions à la fois.

« Merci », dit Carl en raccrochant.

Assad était à cinq mètres de lui et Carl était sur le point de le héler quand un individu l'aborda par-derrière en lui posant une main sur l'épaule. L'inconnu était basané, âgé de trente ans ou un peu plus, et il n'avait pas l'air gentil. D'un geste brutal, il retourna Assad vers lui et se mit à l'insulter copieusement. Carl avait du mal à comprendre ce qui se passait, mais une chose était certaine : ces deux-là ne s'aimaient pas.

Quelques-unes des jeunes filles dans le groupe les observaient, l'air indigné. Le mépris inscrit sur leurs visages parlait pour elles. Sales métèques, lisait-on dans leurs yeux.

Soudain le type frappa Assad et Assad riposta. Son coup fut d'une rapidité et d'une précision qui clouèrent l'autre homme sur place. Il chancela quelques secondes pendant que les jeunes gens s'interrogeaient pour décider s'il fallait s'en mêler.

Assad ne s'occupait pas d'eux. Il attrapa l'autre par le col et le maintint fermement sur ses pieds jusqu'à ce que l'homme se remette à l'injurier.

Assad ne remarqua la présence de Carl que lorsque les lycéens eurent finalement décidé de s'éloigner. Il réagit avec une rapidité surprenante. Il repoussa brusquement son adversaire et lui fit un signe. L'homme s'enfuit. Carl eut juste le temps de voir son visage une seconde avant qu'il ne disparaisse dans l'escalier qui menait vers les voies. Des rouflaquettes taillées au rasoir et des cheveux luisants. Un bel homme avec un regard plein de haine. Pas le genre de type qu'on avait envie de revoir.

« C'est quoi cette embrouille ? » questionna Carl.

Assad haussa les épaules. « Désolé, Chef, c'était juste un idiot.

— Il avait l'air de t'en vouloir, qu'est-ce que tu lui avais fait ?

— Rien, je vous jure, oubliez ça, c'était juste un idiot, je vous dis. »

Les yeux d'Assad étaient partout. Ils allaient de l'entrée de la gare à Carl, de Carl aux lycéens, pour revenir à Carl avant de se diriger vers un point derrière son dos. Cet Assad-là n'avait plus rien à voir avec celui qui faisait du thé à la menthe dans la cave. Ce gars-là avait de sérieux ennuis.

« Tu m'en parles quand tu veux, d'accord ?

— C'était rien du tout. Un type qui habite mon quartier. » Il sourit. Son sourire n'était pas très convaincant, mais il sourit. « Vous avez eu mon message, alors ? Vous savez que votre portable est complètement mort, oui ? »

Carl acquiesça. « Comment sais-tu que c'était Kimmie ?

— Il y a une pute junkie qui l'a appelée par son nom.

— Et elle est où maintenant ?

— Je ne sais pas, elle a réussi à s'échapper en prenant un taxi.

— Nom de Dieu, Assad, tu ne l'as pas suivie ?

— Si, Chef. Mon taxi était juste derrière, mais quand on est arrivés à Gasværksvej, le sien a tourné à l'angle de la rue et s'est garé contre le trottoir. Quand le mien a tourné, elle avait disparu. Je suis arrivé une seconde après et elle n'était déjà plus là. »

Merde !

« Le chauffeur de son taxi m'a dit qu'elle lui avait donné cinq cents couronnes. Elle a sauté dans sa voiture et lui a montré le billet en criant : Fonce à Gasværksvej le plus vite possible et le billet est à toi. »

Cinq cents couronnes pour faire cinq cents mètres. De la folie ! Elle devait vraiment être aux abois.

« Je l'ai cherchée, bien sûr. J'ai demandé dans plusieurs boutiques si on l'avait vue. J'ai fait du porte-à-porte.

— Tu as pris le numéro du chauffeur de taxi ?

— Oui.

— Tu le feras venir au bureau. Il faut qu'on l'interroge. Il y a quelque chose de louche dans cette histoire. »

Assad hocha la tête. « Je connais l'identité et l'adresse de la prostituée. »

Il lui tendit un morceau de papier. « On me les a données au commissariat tout à l'heure. Elle s'appelle Tine Karlsen. Elle a une chambre de bonne dans Gammel Kongevej.

— C'est bien, Assad. Mais je ne comprends pas comment tu as fait pour convaincre les flics de te renseigner. Tu t'es fait passer pour qui encore ?

— Je leur ai montré ma carte d'employé de l'hôtel de police.

— Cela ne te donne pas accès à ces renseignements, Assad. Tu es un civil.

— Ils me les ont donnés malgré tout. Mais ce serait quand même bien que vous me donniez une carte de police si vous avez l'intention de m'envoyer aussi souvent sur le terrain, Chef.

— Je suis désolé, Assad, ça ne va pas être possible. » Il secoua la tête. « Tu dis qu'ils connaissent cette Tine Karlsen au commissariat. Elle a déjà été arrêtée ?

— Oui, plein de fois. Ils en ont un peu marre d'elle. Elle est presque toujours en train de racoler devant l'entrée principale de la gare. »

Carl leva les yeux vers un vieil immeuble ocre jaune situé à l'angle de Gammel Kongevej et de la ruelle appelée Teaterpassagen. Les quatre étages inférieurs étaient composés d'une longue suite d'appartements en enfilade, et sous les combles se trouvaient une série de chambres mansardées. Carl n'eut aucun mal à deviner où Tine Karlsen avait élu domicile.

Au cinquième étage, un homme à l'aspect brutal, vêtu d'un peignoir usé qui avait été bleu, leur ouvrit la porte. « Tine Karlsen ? Je ne sais pas si elle est là. Allez voir vous-même. » L'homme le conduisit de l'autre côté du palier où se trouvait un corridor. Il y avait cinq portes. Le tôlier lui désigna la première, en se grattant la barbe. « On n'aime pas trop voir la police ici », dit-il. « Qu'est-ce qu'elle a fait ? »

Carl plissa les yeux et lui répondit de son sourire le plus sibyllin. Ce type devait toucher un pactole en louant ses petites chambres minables. Et il avait intérêt à traiter ses locataires avec les égards qu'ils méritaient.

« Elle est témoin dans une affaire très importante, qui devrait faire du bruit. Et je vais te demander de lui apporter toute la protection dont elle aura besoin. Tu vois ce que je veux dire ? »

L'homme lâcha sa barbe. S'il voyait ce que Carl voulait dire ? Il n'en avait pas la moindre idée. Mais cela n'avait aucune importance. L'essentiel était qu'il s'en souvienne.

Tine ouvrit la porte après qu'ils eurent tambouriné dessus pendant une éternité. Son visage était incroyablement marqué.

Son taudis sentait la cage d'animal domestique quand on ne change pas régulièrement la litière. Carl gardait des souvenirs douloureux de l'époque de la vie de son beau-fils où ses hamsters copulaient jour et nuit sur son bureau. Leur nombre avait quadruplé en un temps record, et cette multiplication aurait sans doute continué au même rythme si Jesper ne s'était pas désintéressé du sujet au moment où les rongeurs avaient commencé à se dévorer mutuellement. Pendant les mois qui précédèrent le jour où Carl fit cadeau des survivants au centre aéré du quartier, la puanteur avait fait partie intégrante de l'atmosphère de sa maison.

« Je vois que tu as un rat », dit-il en se penchant sur le monstre.

« Il s'appelle Lasso et il est apprivoisé. Tu veux que je le sorte de sa cage pour que tu puisses le caresser ? »

Il fit un gros effort pour sourire. Le caresser. Ce mini-cochon à la queue pelée ? Il préférait encore manger ses graines.

Le moment lui parut bien choisi pour lui montrer sa carte de police.

Elle y jeta un coup d'œil distrait et alla en titubant cacher discrètement sous un journal, avec l'adresse que donnent des années d'expérience, une seringue et un morceau de papier d'aluminium. Si on le lui avait demandé, Carl aurait parié sur l'héroïne.

« Alors, tu connais Kimmie à ce qu'il paraît ? »

Si elle avait été prise en flagrant délit avec une seringue plantée dans la veine du bras, ou en train de voler dans un magasin ou de tailler une pipe à un client en pleine rue, elle s'en serait tirée haut la main. Mais elle ne s'attendait pas à cette question et sursauta malgré elle.

Carl alla se planter devant la lucarne et contempla les arbres presque nus qui entouraient le lac Saint-Jørgen. Le taudis de cette pute bénéficiait quand même d'une sacrée vue.

« C'est ta meilleure amie, Tine ? On m'a dit que vous vous entendiez bien toutes les deux. »

Il colla son front à la vitre et observa les sentiers de promenade qui longeaient le lac. Une fille normale habitant à cet endroit aurait probablement fait son jogging deux fois par semaine avec les gens qu'il voyait courir là-bas.

Il tourna les yeux vers l'arrêt de bus de Gammel Kongevej, où un homme vêtu d'un imperméable beige regardait justement dans sa direction. Au cours de sa longue carrière, Carl avait souvent eu l'occasion de croiser cet homme. Il s'appelait Finn Aalbæk. C'était un grand type efflanqué qui venait régulièrement frapper à sa porte ou à celle de ses collègues à l'époque où il travaillait au commissariat d'Antonigade, afin de grappiller quelque information pour son bureau de détective privé. Il y avait plus de cinq ans qu'il ne l'avait pas vu, et il ne s'était pas arrangé entre-temps.

« Tu connais le gars en imperméable qui est en bas ? » demanda-t-il à Tine. « Tu l'as déjà vu quelque part ? »

Elle s'approcha de la fenêtre, poussa un soupir et essaya de distinguer les traits de l'homme. « J'ai vu un type à la gare qui avait le même manteau. Mais celui-là est trop loin pour que je puisse voir à quoi il ressemble. »

Il vit ses pupilles terriblement dilatées et se dit qu'elle ne le reconnaîtrait pas, même s'il était en train de lui marcher sur les pieds.

« Et celui que tu as vu à la gare, c'était quel genre ? »

Elle s'écarta de la vitre et trébucha sur la table basse, obligeant Carl à la rattraper. « Je ne sais pas si j'ai envie de te parler », marmonna-t-elle. « Qu'est-ce qu'elle a fait, Kimmie ? »

Il l'accompagna jusqu'à son lit et la laissa s'écrouler sur le matelas beaucoup trop mince.

Il va falloir que je m'y prenne autrement, se dit Carl en regardant autour de lui. La pièce, totalement impersonnelle, faisait dix mètres carrés. Hormis la cage du rat et quelques vêtements entassés dans les angles, il n'y avait presque rien. Quelques magazines aux pages collées sur la table. Des tas de poches plastique puant la bière venant du supermarché Irma. Un lit recouvert d'une grossière couverture de laine. Il y avait aussi un évier et un vieux réfrigérateur sur lequel étaient posées une soucoupe sale avec une savonnette, une serviette de toilette qui avait connu des jours meilleurs, une bouteille de shampoing renversée de marque Matas et une petite poignée de barrettes pour les cheveux. Les murs étaient nus et Tine n'avait certainement jamais décoré le rebord de la fenêtre avec une plante verte en pot.

Il la regarda et lui dit : « Tu veux te faire pousser les cheveux ? C'est une bonne idée. Ça devrait bien t'aller. »

Par réflexe elle se passa la main dans la nuque. Il avait tapé dans le mille. Elle avait acheté les barrettes dans ce but.

« J'aime bien tes cheveux mi-longs mais avec les cheveux vraiment longs, tu serais très jolie. Tu as de beaux cheveux, Tine. »

Elle ne sourit pas, mais il sentit qu'intérieurement elle était contente. Cela ne dura pas longtemps.

« J'aurais bien aimé prendre ton rat dans les mains, mais figure-toi que je suis devenu allergique aux rongeurs et autres bêtes à poil. Je ne peux même plus caresser le petit chat que j'ai à la maison. »

C'était gagné.

« J'adore ce rat. Je l'ai appelé Lasso. » Elle fit un sourire avec ce qui avait peut-être un jour été une dentition blanche et complète. « Quelquefois j'l'appelle Kimmie, mais il faut pas lui dire. C'est à cause du rat qu'on m'a baptisée Tine la Rate. C'est vachement mignon d'avoir un surnom à cause de son animal familier, j'trouve. »

Carl fit de son mieux pour avoir l'air d'être de cet avis.

« Kimmie n'a rien fait de mal, Tine », dit-il. « On la cherche simplement parce que quelqu'un à qui elle manque voudrait savoir où elle est. »

Elle se mordit la joue. « Je sais pas où elle habite, mais si je la vois, t'as qu'à me donner ton nom et je lui passerai le message. »

Bien sûr. Des années de bagarre avec les autorités lui avaient enseigné la prudence. Complètement abrutie par la came et quand même sur ses gardes. Impressionnant et exaspérant en même temps. Il ne fallait pas non plus qu'elle fasse fuir Kimmie. Elle pouvait disparaître en moins de temps qu'il n'en faut pour le dire. Elle l'avait prouvé en échappant à Assad. Avec une décennie dans la rue, elle avait été à bonne école.

« Bon, je vais être franc avec toi, Tine. Le papa de Kimmie est gravement malade, et si elle apprend que la police la recherche, elle risque de se cacher et son père mourra sans l'avoir revue, tu ne trouves pas que ce serait triste ? Je voudrais simplement que tu lui dises d'appeler ce numéro. Et tu ne lui parles ni de maladie, ni de police. Tu lui dis juste d'appeler. »

Il inscrivit son numéro de mobile sur son bloc-notes et lui tendit la feuille. Il avait intérêt à se dépêcher d'aller le mettre en charge.

« Et si elle demande qui t'es ?

— Tu lui réponds que tu n'en sais rien, mais que je ne lui veux pas de mal. »

Les paupières de Tine se fermaient petit à petit. Ses mains reposaient, toutes molles, sur ses genoux trop maigres.

« Tu as entendu ce que je t'ai dit, Tine ? »

Elle acquiesça sans ouvrir les yeux. « D'accord.

— C'est très bien. Je suis content. Je vais m'en aller maintenant. Je sais qu'il y a quelqu'un qui cherche Kimmie à la gare. Tu as une idée de qui ça peut être ? »

Elle leva les yeux vers lui sans bouger. « C'est juste un type qui m'a d'mandé si j'la connaissais. C'était peut-être quelqu'un qui voulait qu'elle appelle son père. Tu crois pas ? »

Il descendit sur Gammel Kongevej et s'approcha d'Aalbæk par-derrière. « Tiens, tiens, une vieille connaissance ! » dit-il en posant une lourde main sur son épaule. « Qu'est-ce que tu fais dans le quartier, vieille branche ? Ça fait un sacré bail ! »

Aalbæk lui jeta par-dessus son épaule un regard qui n'exprimait nullement le plaisir des retrouvailles.

« J'attends le bus », dit-il sans se retourner.

« D'accord. » Carl l'observa en silence pendant quelques secondes. Quelle drôle de réaction ! Pourquoi mentait-il ? Pourquoi ne répondait-il pas tout bêtement : « Je bosse, je suis en filature. » C'était son métier, et ils le savaient tous les deux. On ne l'accusait de rien. Rien ne l'obligeait à dire pour qui il travaillait.

Le problème, c'est que sans le vouloir, il venait de l'avouer. Cela ne faisait pas le moindre doute, et il n'était visiblement pas surpris de trouver Carl sur son chemin.

Il avait dit : *J'attends le bus.* Comment pouvait-on être aussi con ?

« On peut dire que tu vois du pays, avec le métier que tu fais ! Tu n'aurais pas par hasard eu l'occasion de visiter Allerød, dans la journée d'hier, et de dégueulasser une photo de moi pendant que tu y étais ? Hein, Aalbæk ? J'ai raison ou pas ? »

Aalbæk se tourna vers Carl et le regarda tranquillement dans les yeux. C'était le genre de type à qui on pouvait donner des coups de pied en pleine gueule sans qu'il réagisse. Carl avait connu un gars comme ça. Né avec un lobe frontal atrophié, il était tout simplement incapable de se mettre en colère. Si le cerveau humain était doté d'une région qui était le siège des émotions et du stress, chez Aalbæk elle devait avoir l'apparence d'un trou noir.

Carl revint à l'attaque. Après tout il n'avait rien à perdre :

« Alors, Aalbæk, qu'est-ce que tu fais ici ? Tu ne veux pas me le dire ? Tu ne devrais pas être à Allerød en train de peindre des croix gammées sur les montants de mon plumard ? Tu ne vas tout de même pas me dire que les affaires sur lesquelles nous travaillons tous les deux n'ont rien à voir l'une avec l'autre ? »

L'expression de son visage n'avait rien d'avenant. « Décidément, Mørck, tu ne changes pas. Tu es toujours un vieux râleur ! Je ne comprends rien à ce que tu dis.

— Alors, peux-tu m'expliquer ce que tu fous ici à lorgner les fenêtres du cinquième étage ? Ce ne serait pas par hasard parce que tu espères que Kirsten-Marie Lassen va avoir la bonne idée de venir faire un petit coucou à sa copine Tine ? C'est bien toi qui interroges les gens sur Kimmie à la gare centrale ? » Il vint se coller à quelques centimètres du nez d'Aalbæk. « Tu viens tout juste de faire le lien entre Kimmie et Tine la Rate aujourd'hui, je me trompe ? »

Les mâchoires du maigre individu jouaient sous sa peau. « Je ne sais ni de qui, ni de quoi tu parles, Mørck. Je suis ici pour aider un père et une mère à comprendre ce que leur fils fabrique avec les membres de la secte Moon, qui occupe le premier étage de cet immeuble. »

Carl hocha la tête. Il connaissait le talent d'Aalbæk pour faire l'anguille. Il ne fut pas étonné qu'il ait été capable de se fabriquer une couverture au pied levé.

« Je pense qu'il serait édifiant de jeter un coup d'œil aux dossiers sur lesquels tu travailles ces jours-ci. Je ne serais pas surpris de constater que l'un de tes employeurs cherche à retrouver Kimmie. Ce que je ne sais pas, c'est pour quelle raison. Tu veux me l'expliquer ou tu préfères que je fasse saisir tes classeurs ?

— Viens saisir ce que tu veux. Mais n'oublie pas d'apporter un mandat.

— Aalbæk, vieux frère. » Il lui donna un coup si énergique dans le dos que ses omoplates vinrent claquer l'une contre l'autre. « Tu vas transmettre un message de ma part à tes employeurs. Dis-leur que plus ils viendront m'emmerder dans ma vie privée, plus je les marquerai à la culotte. Je me suis bien fait comprendre ? »

Aalbæk fit un effort admirable pour ne pas montrer qu'il avait le souffle coupé. Il ne céderait à la douleur que lorsque Carl aurait le dos tourné. Typique. « Ce que je comprends, Mørck, c'est que tu dérailles complètement. Fous-moi la paix. »

Carl hocha longuement la tête. C'était l'inconvénient d'être le chef du plus petit département de police du pays. S'il avait eu quelques hommes en plus dans sa brigade, il aurait pu coller un ou deux aimants aux fesses de Finn Aalbæk. Quelque chose lui disait que ce ne serait pas du temps perdu. Mais à qui dans son équipe pouvait-il confier la tâche de filer le maigrichon ? A Rose ?

« A bientôt », dit Carl en partant par Vodroffsvej.

Dès qu'il fut hors de la vue d'Aalbæk, il se mit à courir aussi vite qu'il put, prit Tværgade, fit le tour de l'immeuble Codan et revint sur Gammel Kongevej à la hauteur de Værnedamsvej. En deux foulées et légèrement hors d'haleine, il se retrouva de l'autre côté de la route à temps pour surprendre Aalbæk près du lac, en pleine conversation animée sur son mobile.

Il n'était pas facile à déstabiliser, mais là, il n'avait pas l'air content du tout.

18

A l'époque où Ulrik était analyste financier à la Bourse, il avait fait la fortune de plus d'investisseurs que n'importe qui d'autre dans sa branche. Son secret était de se tenir constamment informé. Dans ce métier, pour s'enrichir, il ne faut compter ni sur le hasard ni sur la chance.

Il avait des relations dans tous les milieux, et des informateurs dans tous les groupes de presse. Il était prudent et fiable et examinait avec soin et sous toutes les coutures chaque société cotée en Bourse avant d'évaluer l'éventuelle rentabilité de ses actions. Il arrivait d'ailleurs qu'il y mette tant d'acharnement que lesdites sociétés lui demandaient la plupart du temps d'oublier ce qu'il avait appris. Il excellait dans l'art de découvrir les secrets honteux des gens. Il rencontrait une personne et immanquablement cette personne connaissait quelqu'un qui avait justement un ami dont il fallait d'urgence sortir le cul des ronces. Ce réseau de retours d'ascenseur finissait par créer une dynamique comparable à celle de la rivière qui se jette dans le fleuve qui lui-même arrive à l'océan dans lequel nagent les plus gros poissons.

Dans un pays moins riche, Ulrik eût été un homme extrêmement dangereux, et ses alliés auraient eu tout intérêt à lui faire couper la tête, mais au Danemark les choses ne se passaient pas comme ça. Quand un homme avait un dossier sur un autre, cet autre avait le plus souvent dans sa manche de quoi détruire la réputation du premier, et tant qu'il en serait ainsi, tout irait pour le mieux dans le meilleur des mondes. Les crimes des uns déteignaient sur les autres, à moins de ne pas en parler. Un principe assez simple finalement, qui amenait les gens à se taire sur les agissements de leurs concitoyens, même quand ceux-ci se faisaient prendre la main dans le sac.

Personne n'avait envie de se retrouver en prison pendant six ans pour délit d'initié. Et il aurait fallu être idiot pour couper la branche sur laquelle on était assis.

Tout en haut de cet arbre à fric à croissance lente, Ulrik tissait progressivement cette toile d'araignée que dans le beau monde on appelle un réseau. Système merveilleux et paradoxal qui ne fonctionne que si le filtre élimine plus d'éléments qu'il n'en garde.

Et il faut avouer qu'Ulrik avait la main heureuse. Il attrapait dans ses filets les gens dont on parlait. Ceux qu'on respectait. Le gratin. Il savait attirer tous ces parvenus qui après s'être détachés de leur milieu se prélassaient sur le pont des riches où on peut bronzer tranquille sans avoir à partager la lumière du soleil avec la plèbe.

C'est avec ces gens-là qu'il allait à la chasse. Avec eux qu'il se rendait, bras dessus, bras dessous, à ses agapes de loge. Qui se ressemble s'assemble.

Les qualités d'Ulrik avaient fait de lui un élément essentiel de la bande du pensionnat. Il était le bon camarade, apprécié de tous. A ses côtés se tenaient toujours les deux autres mousquetaires, Ditlev Pram et Torsten Florin. Ensemble, ils formaient un groupe puissant mais aussi très éclectique, et on accueillait leur triumvirat partout où il était de bon ton d'être reçu.

La soirée avait été précédée dès l'après-midi par une réception dans une galerie du centre-ville. Leurs hôtes avaient des accointances avec le monde du théâtre aussi bien qu'avec la famille royale. Ulrik, Ditlev et Torsten s'étaient trouvés entourés de militaires en uniforme de parade, bardés de médailles et de Légions d'honneur dans une soirée fastueuse. Ils avaient écouté des discours, probablement rédigés par d'obscures secrétaires qui n'étaient pas conviées à la fête, récités sur un fond de musique de Brahms dont un orchestre à cordes tentait de faire comprendre le génie à une foule indifférente buvant du champagne en se berçant mutuellement de congratulations flagorneuses.

« Suis-je bien informé, mon cher Ulrik ? » demanda un ministre sur son flanc gauche, tout en essayant d'un regard troublé par l'alcool d'évaluer la distance de son verre à sa bouche. « Je me suis laissé dire que Torsten avait tué deux chevaux à l'arbalète au cours d'une partie de chasse cet été ? Comme ça, en pleine nature ? » Le politicien essaya maladroitement de se servir du whisky, en versant à côté comme si son verre avait changé de forme depuis le dernier remplissage.

Ulrik lui donna un coup de main pour tenir la bouteille à la bonne hauteur. « Vous savez, il ne faut pas croire tout ce qu'on raconte. Mais j'y pense, pourquoi ne pas vous joindre à nous à l'occasion ? Cela vous intéresserait ? »

Le ministre accepta sur-le-champ. Il en rêvait, et il allait adorer ça. Ulrik avait un sixième sens pour les sélectionner. Il venait d'attraper un homme important de plus dans ses filets.

Il se tourna vers sa voisine de table qui depuis un moment déjà cherchait à croiser son regard.

« Tu es ravissante ce soir, Isabel », lui susurra-t-il en posant une main sur son avant-bras. Dans une heure elle saurait ce qu'il allait lui en coûter de l'avoir allumé.

C'était Ditlev qui lui avait confié cette mission. Cela ne marchait pas à chaque fois, mais cette fois-ci il savait qu'il jouait sur du velours. Isabel ferait tout ce qu'on lui demanderait, elle n'avait pas l'air farouche. Elle pleurnicherait sûrement un peu, mais des années d'ennui et de frustration sexuelle la rendraient conciliante. Elle aurait peut-être un peu de mal à supporter les sévices que Torsten allait infliger à son corps, et le traitement que les deux autres lui feraient subir allait lui paraître délicieux en comparaison, mais il était aussi arrivé que ce soit justement à Torsten qu'elles deviennent accros. Torsten était un expert en matière de libido féminine. Quoi qu'il en soit, Ulrik était sûr qu'elle fermerait sa gueule ensuite. Violée ou pas, elle se tairait. Elle n'était pas femme à courir le risque de voir s'envoler les millions de son impuissant de mari.

Il lui caressa le bras, glissant la main sous la soie de sa robe. Il adorait cette matière fraîche, portée le plus souvent par les femmes les plus chaudes.

210

Il hocha la tête en direction de Ditlev, assis à une autre table. C'était le signal convenu, mais au même instant son voisin de droite se penchait vers lui et lui chuchotait quelque chose à l'oreille. Ditlev sembla soudain se désintéresser de tout ce qui l'entourait. Il se figea, la fourchette de mousse de saumon à mi-chemin entre son assiette et sa bouche, le regard vide, et son front se plissa de rides. Des signes qui ne trompaient pas.

Ulrik se leva de table, trouvant une excuse acceptable. Il prévint Torsten d'une légère tape sur l'épaule en passant derrière lui.

La mal baisée allait devoir patienter encore un peu.

Il entendit Torsten qui, derrière, demandait à sa voisine de table de l'excuser. Dans une seconde il se pencherait pour lui baiser la main. C'était le genre de chose qu'on attendait d'un homme comme Torsten Florin. Un hétérosexuel qui savait habiller les femmes devait aussi exceller dans l'art de les déshabiller.

Ils se retrouvèrent tous les trois dans le hall.

« Avec qui parlais-tu ? » lui demanda Ulrik.

Ditlev porta la main à son nœud papillon. Il ne s'était pas encore tout à fait remis de la nouvelle qu'il venait d'apprendre. « Un type de la clinique, il travaille pour moi. Il paraît que Frank Helmond a dit à plusieurs infirmières que c'était toi et moi qui l'avions tabassé. »

Ulrik avait horreur de ce genre de problèmes. Ditlev avait pourtant affirmé qu'il contrôlait la situation. Thelma avait soi-disant promis que Helmond et elle ne révéleraient rien si le divorce et l'intervention de chirurgie plastique se déroulaient sans encombre.

« Merde ! » s'exclama Torsten.

Ditlev les regarda à tour de rôle. « Helmond était à moitié abruti par l'anesthésie. Personne ne prendra ça au sérieux. » Il regarda le bout de ses souliers. « Ça va s'arranger. Mais ce n'est pas tout. Il m'a aussi transmis un message qu'Aalbæk a déposé à la clinique parce qu'il n'arrivait pas à nous joindre. Lisez ça. »

Torsten lut par-dessus l'épaule d'Ulrik.

« Je ne comprends pas la fin », dit Ulrik. « Qu'est-ce que ça veut dire ?

— Tu es vraiment bouché quelquefois, Ulrik ! » Torsten le regardait d'un air affligé, et Ulrik avait horreur de ça.

« Kimmie est là quelque part », expliqua Ditlev. « On ne te l'a pas dit, Torsten, mais on l'a vue à la gare centrale de Copenhague aujourd'hui. L'un des collaborateurs d'Aalbæk a entendu une pute junkie l'appeler par son nom. Il ne l'a vue que de dos, mais il l'avait déjà remarquée plus tôt dans la journée. Elle était belle et habillée haute couture. Elle avait passé plus d'une heure assise à une table dans un café. Il a cru que c'était une femme qui attendait son train. Elle est même passée juste à côté d'eux à un moment où Aalbæk donnait des consignes à ses gars.

« Bordel de merde ! » jura Torsten.

Ulrik n'était pas au courant non plus de ces dernières nouvelles. C'était très ennuyeux. Elle avait peut-être compris qu'ils étaient à ses trousses.

Putain ! Evidemment qu'elle avait tout compris. C'était Kimmie.

« Elle va encore nous échapper, j'en suis certain », pensa-t-il à haute voix.

Ils pensaient tous les trois la même chose.

La figure de fouine de Torsten rétrécit encore plus. « Aalbæk sait où elle habite, cette junkie ? »

Ditlev acquiesça.

« Il s'en occupe ?

— En principe oui, si ce n'est pas déjà trop tard. La police est venue la voir aussi. »

Ulrik posa une main sur sa nuque et la massa, l'air préoccupé. Enfin, Ditlev avait probablement raison. « N'empêche que je ne comprends toujours pas la dernière ligne de ce message. Est-ce qu'elle signifie que le flic qui enquête sur l'affaire sait où se trouve Kimmie ? »

Ditlev secoua la tête. « Aalbæk connaît ce flic depuis longtemps. S'il l'avait su, il aurait embarqué la droguée au poste quand il est venu chez elle. Bien sûr, il peut revenir. Il va falloir suivre ça de près. Occupe-toi plutôt de la ligne qui est au-dessus, Ulrik. Tu en déduis quoi, toi ?

— Que Carl Mørck nous a dans le collimateur. Mais ça, on le sait depuis un moment, non ?

— Relis-la encore une fois, Ulrik. Aalbæk a écrit : "Mørck m'a vu. Il enquête sur nous."

— Oui. Et où est le problème ?

— Mørck met Aalbæk et nous et Kimmie et la vieille affaire dans le même panier, voilà le problème. Tu n'aurais pas une idée de ce qui a pu lui faire faire l'amalgame, Ulrik ? Comment se fait-il qu'il s'intéresse à Aalbæk tout à coup ? Tu as vu Aalbæk hier, on peut savoir de quoi vous avez parlé ?

— Ecoute, j'ai juste mis en place la procédure habituelle quand quelqu'un se met à nous chier dans les bottes. Je lui ai demandé d'aller donner une petite leçon à cet inspecteur.

— Mais quel con ! » s'écria Torsten.

« Et quand avais-tu prévu de venir nous parler de cette *petite leçon* ? »

Ulrik regarda Ditlev. Depuis l'épisode avec Frank Helmond, il avait du mal à redescendre sur terre. Quand il était allé travailler le lendemain, il se sentait invulnérable. La vision de cet homme perdant son sang et mort de peur l'avait galvanisé tel un élixir de jouvence. Il était euphorique, tout lui réussissait depuis ce jour-là. Rien ne pouvait l'arrêter, surtout pas un sale flic qui fourrait son nez dans ce qui ne le regardait pas.

« J'ai simplement dit à Aalbæk de lui mettre un peu la pression », dit-il. « De disposer quelques avertissements ici et là, pour lui faire peur. »

Torsten tourna le dos vers le grand escalier de marbre qui coupait le foyer en deux. Rien qu'à voir son dos, on savait ce qu'il pensait.

Ulrik s'éclaircit la voix et leur expliqua ce qui s'était passé. Pas grand-chose en fait. Quelques appels anonymes et un peu de sang de poulet sur une vieille photo. Un peu de vaudou haïtien. Rien de spécial.

Quand il eut terminé, deux regards sévères se tournèrent vers lui.

« Va chercher Visby, Ulrik », lui ordonna Ditlev entre ses dents.

« Il est ici ?

— La moitié du ministère est ici. Qu'est-ce que tu crois ? »

Il y avait longtemps que l'adjoint au chef de cabinet du ministre de la Justice aspirait à une meilleure situation. Il avait compris qu'en dépit de ses diplômes il ne deviendrait jamais lui-même chef de cabinet du garde des Sceaux. Son parcours l'avait éloigné des chemins balisés d'une carrière dans la magistrature, et il s'était fermé la porte d'une nomination à un quelconque poste de juge des cours supérieures. Il cherchait désormais une porte de sortie acceptable, avant que l'âge et ses mauvaises actions ne le rattrapent.

Il avait rencontré Ditlev lors d'une partie de chasse et ils étaient convenus qu'en échange de quelques menus services d'ici là, il prendrait la place de l'avocat Bent Krum dès que celui-ci aurait décidé de se consacrer aux plaisirs simples de la retraite et de sa cave à vins. Il ne pourrait pas se prévaloir de titres ronflants mais en revanche il verrait ses heures de travail diminuer considérablement et ses appointements augmenter de façon spectaculaire.

Et depuis, Visby s'était avéré l'homme de la situation à plus d'une occasion.

« Nous allons avoir besoin de toi encore une fois », lui annonça Ditlev quand Ulrik l'eut ramené dans le hall.

Le chef de service jeta un regard inquiet autour de lui comme si le lustre avait des yeux et les tapisseries murales des oreilles.

« Tout de suite ? » demanda-t-il.

« Carl Mørck enquête toujours sur l'affaire dont nous avons déjà parlé. Il faut l'arrêter, tu m'entends ? » lui dit Ditlev.

Visby tripota nerveusement sa cravate bleu marine ornée de coquilles Saint-Jacques, l'emblème de leur ancienne école, son regard affolé scannant le foyer en continu. « J'ai déjà fait tout ce qui était en mon pouvoir. Je ne peux pas écrire d'autres circulaires sous des noms d'emprunt sans que le garde des Sceaux s'en aperçoive. Jusqu'à maintenant, ça pouvait encore passer pour une erreur administrative.

— Tu es obligé d'avoir recours à la directrice de la PJ ? »

Il acquiesça. « Indirectement, oui, vraiment je ne peux plus t'aider sur ce coup-là, Ditlev.

— Tu sais ce que cela implique, n'est-ce pas ? »

Visby pinça les lèvres. Il avait déjà réorganisé toute sa vie. Ulrik le lut sur son visage. Sa femme faisait des plans sur la comète. Du temps, des voyages. Tout ce dont tout le monde rêve.

« Je pourrai peut-être me débrouiller pour que Mørck soit mis à pied, au moins quelque temps. Ce ne sera pas facile après le bruit qu'a fait son succès dans la résolution de l'affaire Lynggaard, mais il a fait une grosse dépression après une fusillade qui s'est produite il y a moins d'un an. Il peut avoir une rechute. Au moins sur le papier. Je vais voir ce que je peux faire.

— Je peux demander à Aalbæk de porter plainte pour agression sur la voie publique », suggéra Ditlev. « Qu'en penses-tu ? »

Visby hocha la tête à plusieurs reprises. « Une agression ? Pas mal du tout ! Mais il nous faut des témoins. »

19

« Je ne suis pas certain que ce soit Aalbæk qui s'est introduit chez moi avant-hier, Marcus », dit Carl. « A qui est-ce que je peux demander un mandat pour consulter ses fiches d'honoraires ? »

Le chef de la brigade criminelle garda les yeux baissés sur les photos sanglantes qu'il avait sous les yeux. La victime du tabassage de Store Kannikestræde n'était vraiment pas belle à voir. Son visage était marbré de traces de coups bleutées et la région autour de ses yeux était monstrueusement tuméfiée. « Je me trompe ou tu penses que cet acte de vandalisme a un rapport avec les meurtres de Rørvig, Carl ?

— Je veux juste savoir qui a embauché Aalbæk, c'est tout.

— Tu ne travailles plus sur cette affaire, Carl. Nous en avons déjà parlé. »

Qui ça, *nous* ? Il avait bien entendu : *Nous*. Le patron ne savait plus s'exprimer à la première personne du singulier à présent ? Pourquoi est-ce qu'on ne le laissait pas travailler tranquillement ?

Il respira profondément. « C'est la raison de ma présence ici. Que se passera-t-il si on découvre que les commanditaires d'Aalbæk font partie des suspects dans l'affaire de Rørvig ? Est-ce que cela te ferait réfléchir ? »

Marcus Jacobsen posa ses demi-lunes sur la table. « Carl ! Tu vas commencer par te plier aux directives. L'affaire a été jugée, elle est considérée comme classée. Ensuite tu vas arrêter de te faire plus bête que tu n'es. Est-ce que tu crois vraiment que des gens comme Pram, Florin et cet analyste boursier seraient assez stupides pour engager un type comme Aalbæk officiellement ? S'ils l'ont fait, et je dis bien *s'ils l'ont fait*. Allez, fiche-moi la paix maintenant, j'ai rendez-vous avec la directrice dans deux heures.

— Ah bon ? Je croyais que c'était hier.

— Je l'ai vue hier, et je la revois aujourd'hui. Fais-moi plaisir, va-t'en Carl. »

« Nom de Dieu, Chef, venez voir ! » cria Assad depuis son bureau.

Carl s'extirpa de son fauteuil. Bien que son assistant fasse comme si rien ne s'était passé, Carl ne pouvait pas effacer de sa mémoire le regard glacial que lui avait jeté l'homme qui l'avait agressé à la gare. Un regard chargé d'une haine accumulée depuis de nombreuses années. Comment Assad osait-il prétendre à la face d'un vieux briscard de la Criminelle comme lui que ce n'était rien du tout !

Il traversa le couloir, se frayant un chemin entre les tables à moitié montées de Rose qui jonchaient toujours le sol comme autant de baleines échouées. Il allait falloir qu'elle range son bordel bientôt. En tout cas, Carl déclinait toute responsabilité si quelqu'un de l'étage descendait au sous-sol et se blessait en trébuchant sur ce merdier.

Assad le reçut avec un sourire triomphant.

« Oui, quoi ? » demanda Carl d'un ton rogue.

« On a une photo. Je vous assure alors, on a une photo, Chef.

— Une photo de quoi ? »

Il appuya sur la touche « espace » du clavier et une image apparut sur l'écran. Elle n'était pas de face, elle n'était pas très nette, mais c'était bien Kimmie Lassen. Carl la reconnut immédiatement d'après les anciennes photos qu'il avait vues d'elle. Kimmie avec son apparence actuelle. Un instantané de profil d'une femme d'à peine quarante ans, en train de se détourner de l'objectif d'un appareil photo. Elle avait un profil très caractéristique. Un nez droit dont la pointe remontait légèrement. Une lèvre inférieure très épaisse. Des joues creuses et de fines rides qui apparaissaient clairement malgré le fond de teint. En ajoutant ces détails, ils n'auraient aucun mal à vieillir ses photos de jeunesse pour établir un portrait d'elle qui corresponde à la réalité. Elle était toujours belle, mais c'était une femme usée. S'il demandait aux informaticiens de s'amuser un peu avec *Age transformer*, ils disposeraient d'un support de recherche incomparable.

Le problème était que pour l'instant, ils n'avaient aucune raison valable de la rechercher. Peut-être quelqu'un de sa famille pourrait-il avoir envie de la retrouver. Cela valait la peine de vérifier.

« J'ai un nouveau téléphone portable, et je n'étais pas sûr d'avoir réussi à prendre la photo. J'ai appuyé au hasard quand Kimmie s'est enfuie hier. Par réflexe, vous voyez. J'avais déjà essayé de la télécharger dans la foulée mais j'ai dû faire une fausse manipulation. »

Il n'était pas infaillible, alors !

« Qu'en pensez-vous, Chef ? C'est fantastique, non ? »

« Rose ! » hurla Carl en renversant la tête en arrière en direction du corridor.

« Elle n'est pas là. Elle est allée à Vigerslev Allé.

— Vigerslev Allé ? » Carl secoua la tête, incrédule. « Qu'est-ce qu'elle est allée foutre là-bas ?

— Vous ne lui avez pas demandé de trouver des articles sur Kimmie dans la presse people ? »

Carl tourna les yeux vers le cadre contenant la photo des vieilles tantes grincheuses d'Assad. Bientôt il allait leur ressembler.

« Quand elle rentrera, tu lui donneras cette photo pour qu'elle aille faire modifier les portraits de Kimmie jeune à l'aide de celle-ci. C'est bien que tu aies réussi à la prendre, Assad, c'est du beau travail. » Il donna à son assistant une tape sur l'épaule, espérant que ce dernier ne lui refilerait pas en échange un morceau de l'immonde friandise à la pistache qu'il était en train de mâchouiller. « On a rendez-vous à la prison de Vridsløselille dans une demi-heure. On est partis ? »

Carl sentit le malaise de son compagnon dès qu'ils arrivèrent à Egon Olsensvej, comme on avait baptisé l'ancienne rue de la prison. Il ne transpirait pas et ne donnait pas non plus l'impression de faire cette visite à contrecœur mais il était anormalement silencieux et gardait les yeux braqués sur les piliers de l'immense porte d'entrée du pénitencier comme s'ils allaient lui tomber dessus et le broyer.

Carl, à l'inverse, aimait bien cet endroit. Pour lui, la prison d'Etat de Vridsløselille était un placard bien pratique dans lequel on pouvait fourrer toute la racaille du pays et claquer violemment la porte ensuite. En additionnant les peines que les deux cent cinquante pensionnaires de l'établissement purgeaient, on arrivait à plus de deux mille années d'une existence d'homme. Un révoltant gaspillage de main-d'œuvre pour la nation, mais tant pis. C'était probablement le dernier endroit au monde où une personne sensée aurait envie de se réveiller le matin, mais la plupart des gens qui s'y trouvaient méritaient d'y être. Il en était intimement convaincu.

« On va là, à droite », indiqua Carl quand ils eurent rempli les formalités. Assad n'avait pas ouvert la bouche depuis qu'ils étaient entrés dans l'enceinte de la prison. Il avait vidé ses poches sans même qu'on le lui demande. Il avait obéi aux consignes comme par automatisme. Il connaissait apparemment la procédure.

Carl lui montra la pancarte blanche marquée Visiteurs, au-dessus de la porte d'un bâtiment gris qui se trouvait de l'autre côté de la cour.

Bjarne Thøgersen les attendait. Visiblement déterminé à ne rien leur dire. Il sortait dans deux ou trois ans. Il n'avait aucun intérêt à remuer la vase.

Carl lui trouva bonne mine. Onze ans de tôle laissent normalement des traces. Un pli amer au coin des lèvres, un regard vague, un sentiment d'inutilité qui modifie le maintien. Au lieu de cela, ils avaient devant eux un homme à l'œil mutin et clair. Il était certes assez maigre et semblait sur ses gardes, mais globalement, vu sa situation, il était tout de même très en forme.

Il se leva et tendit la main à Carl. Il ne posa aucune question et ne leur demanda pas pourquoi ils étaient là. Quelqu'un avait dû le prévenir de cette visite. Carl sentait ces choses-là.

« Carl Mørck, inspecteur de police », se présenta-t-il malgré tout.

« Votre visite va me coûter dix couronnes de l'heure », lui répondit Bjarne Thøgersen avec un sourire en coin. « J'espère que vous ne me dérangez pas pour rien ! »

Il ne se donna pas la peine de dire bonjour à Assad, qui ne se montrait pas particulièrement avenant non plus, il faut bien le dire. Il prit une chaise et alla s'asseoir un peu en retrait.

« Vous travaillez à l'atelier ? » Carl jeta un coup d'œil à sa montre. Dix heures quarante-cinq. Effectivement, il aurait dû être au boulot.

« Que puis-je faire pour vous ? » demanda Thøgersen, en s'asseyant un peu trop lentement sur une chaise. Un autre signe qui ne trompait pas. Il était un peu nerveux quand même. Tant mieux.

« Je ne fréquente pas les autres prisonniers », dit-il sans qu'on lui ait posé la question. « Alors si ce sont des tuyaux que vous voulez, je ne vous serai pas d'une grande utilité. J'en suis navré, d'ailleurs. Je ne serais pas contre un petit arrangement qui me ferait sortir d'ici un peu plus tôt. » Il eut un rire bref accompagné d'un regard qui semblait sonder ce qui se cachait derrière l'attitude impénétrable de Carl.

« Vous avez tué deux jeunes gens il y a vingt et un ans, Bjarne. Vous avez avoué ce crime, et il n'y a donc aucune raison de revenir là-dessus. En revanche, il y a une personne disparue dont j'aimerais bien que nous parlions. »

Le prisonnier hocha la tête tout en levant légèrement les sourcils. Un habile cocktail de bonne volonté et d'étonnement.

« Je parle de Kimmie. Une bonne amie à vous, je crois ?

— Absolument. Nous étions en pension ensemble, et nous avons également eu une liaison. » Il sourit. « Un canon. » Une appréciation qui pouvait s'appliquer à toute personne de sexe féminin après douze ans d'abstinence. Le gardien avait révélé à Carl que Bjarne Thøgersen ne recevait jamais de visite. Ils étaient les premiers à venir le voir depuis des années.

« Je propose qu'on reprenne les choses au commencement. Ça ne vous dérange pas ? »

Il haussa les épaules et baissa les yeux. Evidemment que ça le dérangeait.

« Vous souvenez-vous pourquoi Kimmie a été renvoyée de l'école ? »

Il leva les yeux au plafond, la tête penchée en arrière. « Je crois me rappeler qu'elle était sortie avec un prof. Ce sont des choses qui ne se font pas, vous comprenez ?

— Et ensuite, qu'est-elle devenue ?

— Après elle a vécu en sous-location dans un appartement à Næstved. Elle travaillait dans un fast-food. » Il s'esclaffa. « Au début, ses parents n'étaient pas au courant. Ils croyaient qu'elle était encore au lycée. Mais bien sûr, ils ont fini par l'apprendre.

— Et ils l'ont envoyée en pension en Suisse ?

— Exact. Elle y est restée quatre ou cinq ans. Elle y a passé son bac, et ensuite elle y a passé quelques années encore. Elle est allée à l'université là-bas également. Je ne me rappelle plus comment s'appelait la ville. » Il secoua la tête. « Bref, on s'en fout. Enfin, ce que je sais, c'est qu'elle faisait des études pour devenir véto. Ah, ça y est, je me rappelle. Berne. L'université de Berne.

— Du coup, elle parlait couramment français !

— Non, allemand. Les cours avaient lieu en allemand.

— Elle est allée jusqu'au bout ?

— Non, pas tout à fait. Je ne sais pas pourquoi, mais elle a été obligée d'arrêter en cours de route. »

Carl jeta un coup d'œil à Assad. Il prenait des notes dans son calepin.

« Bon. Et après ça, elle a vécu où ?

— Elle est rentrée au Danemark. Pendant un moment elle a habité chez ses parents à Ordrup. Chez son père et sa belle-mère en fait. Et après elle est venue vivre avec moi.

— Nous savons qu'elle a travaillé à une époque dans une animalerie. Est-ce que ce n'était pas indigne d'elle ?

— Non, je ne vois pas pourquoi. Elle n'a jamais fini ses études vétérinaires.

— Et vous, à cette époque, vous viviez de quoi ?

— Je travaillais dans la scierie de mon père. Tout cela figure dans mon dossier. Vous devriez le savoir.

— Il paraît que vous avez hérité de l'entreprise en 1995 et que, comme par hasard, elle a brûlé peu de temps après ? Du coup vous vous êtes inscrit au chômage, c'est ça ? »

Apparemment Bjarne Thøgersen pouvait aussi avoir l'air blessé. Un ancien collègue de Carl, Kurt Jensen, qui siégeait maintenant au Parlement, disait toujours qu'un enfant mal aimé a mille visages.

« C'est n'importe quoi », protesta-t-il. « Je n'ai jamais été accusé d'avoir mis le feu. D'ailleurs je ne vois pas quel intérêt j'aurais eu à le faire. La scierie de mon père n'était pas assurée. »

Carl songea qu'il aurait dû vérifier ce point. Il passa un petit moment à suivre le vol d'une mouche. Il avait été assis dans cette pièce un nombre incalculable de fois auparavant. Ces murs avaient entendu des tombereaux de mensonges de toutes sortes. Prétextes et alibis auxquels personne ne croyait.

« Savez-vous comment Kimmie s'entendait avec ses parents ? »

Bjarne s'étira. Il était déjà beaucoup plus détendu que tout à l'heure. L'interrogatoire avait pris une tournure de conversation de salon. Il n'était plus concerné directement, ce qui le mettait à l'aise. Il ne se sentait plus menacé.

« Ils se détestaient », dit-il. « Ses vieux étaient des ordures. Son père n'était quasiment jamais à la maison. Et la bonne femme avec qui il était marié était une vraie pute.

— Vous pouvez être plus précis ?

— Oh, vous savez, le genre de nana qui ne pense qu'à la thune. Une croqueuse de diamants. » Il avait l'air fier d'avoir trouvé la formule.

« Et ils se disputaient souvent ?

— Oui, d'après Kimmie, ils passaient leur temps à s'engueuler.

— Où se trouvait Kimmie pendant que vous assassiniez le frère et la sœur ? »

Ce brusque retour à l'affaire qui l'avait conduit où il était eut pour effet de figer le regard du prisonnier sur le nœud de cravate de Carl Mørck. S'il y avait eu des électrodes branchées sur Bjarne Thøgersen, il aurait fait sauter tous les potentiomètres.

Il resta un long moment silencieux, apparemment peu disposé à répondre à cette question. Finalement il dit : « Elle était avec les autres dans la résidence secondaire du père de Torsten. Pourquoi ?

— Ils ne vous ont pas trouvé bizarre quand vous êtes revenu ? Vous deviez être couvert de sang, non ? »

Carl regretta cette dernière question. Il n'avait pas prévu de se montrer aussi abrupt. Maintenant ils risquaient de tourner en rond. Thøgersen raconterait qu'il avait fait croire à ses amis qu'il était venu en aide à un chien qui s'était fait renverser sur la route. C'était l'explication qui figurait dans le dossier. Merde !

« Et elle a trouvé ça excitant, tout ce sang ? » demanda soudain Assad dans son coin avant que Bjarne Thøgersen ait eu le temps de répondre.

Il regarda le petit homme d'un air complètement paniqué. Un simple regard de reproche aurait été logique, mais cette réaction épidermique fut plus révélatrice que n'importe quel aveu. Assad avait tapé dans le mille. C'était aussi simple que ça. Que son histoire tienne la route ou pas, maintenant ils savaient que Kimmie était excitée par la vue du sang. Une drôle de perversion pour quelqu'un qui avait eu l'ambition de consacrer sa vie aux animaux.

226

Carl fit un petit signe de tête à l'intention d'Assad, entre autres pour signifier à Thøgersen que sa réaction n'était pas passée inaperçue.

« Excitée ? Oh, non, je ne pense pas », dit Thøgersen. Mais le mal était fait.

« Elle est donc venue s'installer chez vous ? » poursuivit Carl. « Nous sommes en 1995, c'est bien cela, Assad ? »

Il hocha la tête dans son coin.

« Oui, le 29 septembre 1995. Cela faisait déjà un moment que nous étions ensemble. C'était un vrai canon. » Il l'avait déjà dit, ça.

« Comment se fait-il que vous vous souveniez aussi précisément de la date ? Cela remonte à un certain nombre d'années pourtant ?

— Oui, c'est vrai, mais vous voyez ce que j'ai fait de ma vie depuis ? » dit-il en écartant les mains d'un air désolé. « C'est la dernière chose importante qui me soit arrivée avant que j'atterrisse ici.

— Je vois. » Carl prit un air compatissant. Mais tout à coup il changea d'expression. « Vous étiez le père de son enfant ? »

Thøgersen ne put s'empêcher de jeter un coup d'œil à l'horloge. Et de rougir un peu. Une heure lui semblait à présent un laps de temps interminable.

« Je ne sais pas. »

Carl avait prévu de monter le ton à ce stade de son interrogatoire, mais il changea de tactique : « Vous ne savez pas ? dit-il insidieusement. Et ça veut dire quoi ça, Bjarne ? Elle voyait d'autres hommes tout en vivant sous votre toit, c'est ça ?

— Bien sûr que non ! » répliqua-t-il en détournant les yeux.

« C'est donc bien vous qui l'aviez mise enceinte ?

— Elle avait déménagé. Comment voulez-vous que je sache avec qui elle couchait ?

— D'après les informations que nous avons pu avoir, elle a avorté d'un fœtus d'environ dix-huit semaines. Sa grossesse avait donc commencé quand elle vivait encore avec vous. »

Il se leva brusquement et retourna sa chaise à 180°. Un des codes classiques que la vie carcérale ne tardait pas à vous apprendre. Il y en avait des tas : marcher avec nonchalance dans les couloirs de la prison. Agiter ses membres d'une façon décontractée pour marquer son indifférence. Garder sa cigarette collée au coin des lèvres pendant les parties de ballon, et cette façon de se mettre debout derrière sa chaise, les jambes bien écartées et les bras posés sur le dossier, pour attendre la question suivante. Une attitude qui disait clairement : vas-y, pose-moi tes questions à la con, je n'en ai rien à foutre et tu ne tireras plus rien de moi, sale flic.

« Qu'est-ce qu'on en a à cirer de savoir qui était le père ! Le gosse est mort de toute façon ! »

Dix contre un qu'il savait que l'enfant n'était pas de lui.

« Et ensuite elle a disparu ?

— Oui. Elle s'est enfuie de l'hôpital. C'était complètement débile comme réaction.

— Est-ce qu'elle réagissait comme ça d'habitude ? »

Il haussa les épaules. « Comment voulez-vous que je le sache ? C'était son premier avortement, à ma connaissance.

— Vous avez essayé de la retrouver ? » demanda Assad.

Bjarne Thøgersen le regarda d'un air de dire : De quoi je me mêle !

« Alors, vous avez essayé ou pas ? » répéta Carl.

« Ça faisait un moment qu'on ne se voyait plus. Non, je n'ai rien fait pour la retrouver.

— Pourquoi est-ce que vous ne vous voyiez plus ?

— On ne se voyait plus, c'est tout. Ça n'avait pas marché entre nous.

— Elle vous trompait ? »

Thøgersen regarda l'horloge à nouveau. Il ne s'était passé qu'une minute.

« Pourquoi pensez-vous que c'était elle qui me trompait ? » demanda-t-il en faisant quelques mouvements d'assouplissement de la nuque.

Ils continuèrent à l'interroger sur sa relation avec Kimmie pendant cinq minutes mais cela ne donna rien. Il était devenu aussi insaisissable qu'une anguille.

Pendant ce temps-là, Assad avait progressivement rapproché sa chaise. Chaque fois qu'il posait une question, il l'avançait de quelques centimètres. Il était tout près de la table à présent. Ce qui agaçait Thøgersen prodigieusement.

« Vous avez eu quelques bonnes fortunes avec vos placements en Bourse, d'après ce que nous savons », dit Carl. « Si l'on en croit vos avis d'imposition, vous êtes devenu un homme riche ? »

Il fit une moue satisfaite. Voilà un sujet qu'il abordait volontiers. « Je n'ai pas à me plaindre », dit-il.

« Qui vous a donné le capital de départ ?

— Vous n'avez qu'à consulter mes déclarations fiscales.

— Comme je n'ai pas sur moi l'ensemble de vos déclarations d'impôts sur une période de douze ans, je voudrais bien que vous me le disiez vous-même, Bjarne.

— J'ai emprunté.

— Bravo. Surtout quand on pense que vous étiez en prison. Il y a des prêteurs drôlement courageux, je trouve. Peut-être quelque gros trafiquant de drogue rencontré ici ?

— J'ai emprunté de l'argent à Torsten Florin. »

Bingo ! se dit Carl. Il aurait bien aimé voir l'expression d'Assad à cet instant, mais il avait les yeux fixés sur Thøgersen.

« Ah, très bien. Alors il ne vous en a pas voulu d'avoir caché le fait que vous aviez tué ces deux jeunes gens. Un horrible crime dont Torsten lui-même avait failli être accusé. Belle preuve d'amitié, je dois dire. Mais il avait peut-être une dette envers vous ? »

Bjarne comprit où Carl voulait en venir et se tut.

« Vous vous y connaissez dans la Bourse, alors ? » demanda Assad, dont la chaise était maintenant collée à la table. Tel un reptile, il s'était glissé jusqu'à sa proie.

Thøgersen haussa les épaules. « Mieux que la plupart des gens, je suppose.

— Vous avez quand même gagné quinze millions de couronnes. » Assad prit un air rêveur. « Et ce capital continue d'augmenter. On devrait peut-être vous demander conseil. Vous donnez des tuyaux quelquefois ?

— Comment vous tenez-vous au courant des marchés, Bjarne ? » ajouta Carl. « Vos contacts avec le monde extérieur sont assez restreints, je crois.

— Je lis les journaux et je reçois des lettres.

— Vous connaissez la stratégie du Buy & Hold ou alors vous jouez à court terme sur les cours de la Trans Alta ? C'est ça ? » s'enquit posément Assad.

Carl tourna lentement la tête vers lui, se demandant où il voulait en venir.

Thøgersen eut un petit sourire. « Non, je me fie à mon instinct et à nos bonnes actions danoises KFX. C'est plus sûr. » Il sourit à nouveau. « Et la tendance est à la hausse en ce moment.

— Vous savez quoi, Bjarne Thøgersen ? » dit Assad. « Vous devriez rencontrer mon cousin. Il a commencé avec cinquante mille couronnes il y a trois ans, et il a *toujours* cinquante mille couronnes aujourd'hui. Je crois qu'il serait content de parler un peu avec vous.

— Et moi je pense que votre cousin devrait arrêter de jouer en Bourse », dit-il d'un ton agacé. Il se tourna vers Carl. « Dites-moi, nous n'étions pas supposés parler de Kimmie ? Qu'est-ce que mes actions en Bourse viennent faire là-dedans ?

— Vous avez raison, excusez-moi. Mais juste une dernière question pour mon cousin », insista Assad. « Grundfos, c'est bien ou pas comme valeur KFX ?

— C'est pas mal.

— OK, merci. Je n'étais pas sûr que Grundfos soit coté en Bourse, mais vous êtes forcément mieux informé que moi. »

Touché, se dit Carl, tandis qu'Assad lui faisait ouvertement un gros clin d'œil. Il n'était pas très difficile de s'imaginer comment Bjarne Thøgersen se sentait à cet instant précis. C'était de toute évidence Ulrik Dybbøl-Jensen qui s'occupait de ses placements.

Bjarne Thøgersen ne connaissait rien à la Bourse, mais il aurait largement de quoi vivre quand il sortirait de prison. Un prêté pour un rendu.

Ils savaient ce qu'ils voulaient savoir.

« Nous avons une photo que nous aimerions vous montrer », dit Carl. Il posa sur la table un tirage de la photo qu'Assad avait prise de Kimmie. Elle était maintenant parfaitement nette ; après avoir été un peu retouchée.

Ils observaient tous deux le visage de Thøgersen pendant qu'il la regardait. Ils s'attendaient bien sûr à voir dans ses yeux une certaine curiosité. C'est toujours intéressant de constater comment une ancienne petite amie a évolué au bout de tant d'années. Ce qu'ils n'avaient pas imaginé, c'est l'intensité avec laquelle il regarda cette photo. Cet homme qui avait passé une partie de sa vie parmi les criminels les plus endurcis du pays. Qui avait connu toutes les humiliations. Vécu tous les jours au sein de la lie de la société danoise. Qui avait dû se soumettre à une hiérarchie carcérale implacable, à l'homosexualité, à la violence, aux menaces, au racket. Cet homme qui avait réussi à survivre à tout cela et néanmoins paraître cinq ans plus jeune que ses congénères avait viré au gris en quelques secondes. Ses yeux allaient du visage de Kimmie au vide pour revenir au visage de Kimmie. Comme quelqu'un qui assisterait à une mise à mort, ayant du mal à supporter le spectacle mais sans pouvoir en détacher les yeux. Cet homme était totalement bouleversé et Carl aurait donné cher pour comprendre pourquoi.

« Tu n'as pas l'air heureux de la revoir. Elle est belle pourtant », dit-il, provocateur. « Tu ne trouves pas ? »

Bjarne hocha la tête lentement, tandis que sa pomme d'Adam trahissait de pénibles efforts de déglutition. « C'est juste un peu bizarre », dit-il.

Il afficha un sourire contraint, comme s'il voulait leur faire croire que c'était de la tristesse qu'il ressentait, mais ça n'en était pas.

« Comment pouvez-vous avoir une photo d'elle si vous ne savez pas où elle est ? »

La question pouvait sembler légitime, mais ses mains tremblaient. Sa voix manquait d'assurance. Son regard vacillait.

L'homme avait peur, tout simplement.

Kimmie le terrifiait. Cela ne faisait pas le moindre doute.

« Le patron veut te voir », dirent en chœur les deux policiers en faction à Carl quand Assad et lui arrivèrent à l'hôtel de police.

« La directrice de la PJ est là aussi », ajouta l'un d'eux.

Carl monta l'escalier, fourbissant son argumentaire. Il n'avait pas l'intention de se laisser faire. Tout le monde connaissait la directrice de la police judiciaire, et après tout elle n'était rien d'autre qu'une simple avocate, en train de gravir peu à peu les échelons de la magistrature vers un poste de juge !

Derrière son comptoir, Mme Sørensen émit un petit ricanement sur son passage. Il allait lui apprendre à ricaner, à cette vieille pie, de quoi est-ce qu'elle se mêlait !

« C'est bien que tu sois là, Carl. Nous venons de parler de ton affaire », dit le Chef de la Crim quand il entra dans le bureau. Il lui désigna une chaise libre. « Ça ne sent pas très bon, je dois dire. »

Carl fronça les sourcils. Il trouvait que le patron en faisait un peu beaucoup. Il salua de la tête la directrice de la PJ, en grande tenue, en train de siroter du thé avec Lars Bjørn. Du thé, je vous demande un peu !

« Tu sais pourquoi on t'a fait venir, bien sûr », dit Marcus Jacobsen. « Comment se fait-il que tu ne m'en aies pas parlé quand nous nous sommes vus ce matin ?

— Vous parler de quoi ? Du fait que je continue mon enquête sur les meurtres de Rørvig ? Ce n'est pas ce que je suis supposé faire ? Choisir les affaires dont je souhaite m'occuper ? Je propose que vous me laissiez faire mon boulot et que vous me fichiez la paix.

— Carl, nom de Dieu ! Comporte-toi en homme, et arrête de noyer le poisson. » Lars Bjørn redressa son corps mince dans son fauteuil, pour ne pas se sentir écrasé par l'imposante stature de la directrice. « Nous faisons allusion à Finn Aalbæk, responsable de l'agence Détecto, à qui tu as cassé la figure sur Gammel Kongevej hier. Nous avons sous les yeux le compte rendu de l'épisode, transmis par son avocat. Je t'invite à le parcourir, ainsi tu comprendras mieux de quoi il s'agit. »

L'épisode ? Quel épisode ? De quoi parlaient-ils ? Carl prit la lettre et la parcourut rapidement. Qu'est-ce qu'Aalbæk avait encore inventé ? Il était écrit noir sur blanc que Carl l'avait physiquement agressé. Est-ce qu'ils croyaient vraiment à ce tissu de mensonges ?

Le courrier portait l'en-tête du cabinet d'avocats Sjølund & Virksund. Une sacrée paire de bavards pour gens de la haute qu'ils avaient choisis là, pour étayer les attaques mensongères de ce demi-sel.

Le jour et l'heure étaient exacts. Ils correspondaient au moment où Carl avait abordé Aalbæk devant l'arrêt de bus. Le dialogue rapporté dans la plainte correspondait à peu près à celui qu'ils avaient eu. En revanche, la claque dans le dos avait été transformée en coups de poing violents assenés en divers endroits du visage de la victime. Il lui aurait également arraché ses vêtements. Il y avait des photos à l'appui. Aalbæk était sérieusement amoché.

« Cette tête à claques transformée en chair à pâté a été payée par Pram, Dybbøl-Jensen et Florin », se défendit-il. « Ils lui ont demandé de se laisser tabasser pour m'éloigner de l'affaire, j'en mettrais ma main à couper.

— C'est votre version des faits, Mørck, mais quoi que vous en pensiez, nous devons réagir à cette assignation. Vous connaissez la procédure quand un policier est accusé de violences dans l'exercice de ses fonctions. » La directrice de la PJ fixa sur lui le fameux regard qui avait contribué à la propulser dans ces sphères d'où l'on pouvait à sa guise regarder les gens de haut. Ses yeux réussirent à le neutraliser lui aussi, l'espace de quelques secondes.

« Nous n'allons pas vous suspendre de vos fonctions, Carl », poursuivit-elle. « Vous n'avez jamais commis de brutalités policières auparavant, n'est-ce pas ? Mais vous avez vécu au printemps une expérience tragique et traumatisante. Elle vous a sans doute affecté beaucoup plus que vous ne le pensez. Ne croyez surtout pas que nous l'ignorions. »

Carl lui fit un sourire hypocrite. *Jamais commis de brutalités policières auparavant.* Il croyait rêver !

Le chef de la brigade criminelle le regarda d'un air grave. « Il y aura une enquête, évidemment. Et en attendant, nous allons te faire suivre une thérapie intensive qui t'aidera à dénouer tout ce que tu as tra-

235

versé ces six derniers mois. Jusqu'à la fin de cette thérapie, tu accompliras exclusivement des tâches administratives. Tu peux aller et venir à ta guise, mais nous devons te prier, et crois bien que je le regrette, de nous remettre ta plaque et ton arme. » Il tendit la main. C'était une mise à pied en bonne et due forme.

« Tu trouveras mon pistolet dans l'armurerie », dit Carl en rendant sa plaque. Comme si le fait de ne pas l'avoir allait l'empêcher de quoi que ce soit. Ils devaient le savoir. Mais c'était peut-être justement ce qu'ils attendaient. Qu'il commette une erreur. Une faute professionnelle. C'était ça qu'ils voulaient ? Le pousser à la faute pour se débarrasser de lui ?

« Maître Tim Virksund est un de mes amis. Je lui dirai que vous ne vous occupez plus de cette affaire, Mørck. Il jettera l'éponge. Il connaît parfaitement le caractère provocateur de son client, et personne n'a intérêt à ce que cette histoire aille devant un tribunal », dit la directrice. « Vous avez un sérieux problème avec l'autorité, monsieur Mørck. » Elle tendit vers lui un index accusateur. « Pour une fois, vous allez devoir vous plier aux règles, mon cher. Et je veux que vous vous mettiez dans la tête une bonne fois pour toutes que je ne tolérerai plus que vous ignoriez un ordre venant d'un de vos supérieurs. Cette affaire a été jugée, nous vous avons demandé d'employer vos talents à en résoudre une autre. Combien de fois faudra-t-il vous le dire ? »

Il tourna les yeux vers la fenêtre en hochant la tête. Il ne pouvait plus supporter leur hypocrisie. S'ils décidaient tout à coup de se jeter tous les trois par cette fenêtre, il ne les retiendrait pas.

« Serait-ce très indiscret de ma part de vous demander la véritable raison pour laquelle cette enquête doit à tout prix être stoppée ? » demanda-t-il finalement. « Qui en a donné l'ordre ? Le gouvernement ? Et si oui, sous quel prétexte ? Je pensais que la loi était la même pour tout le monde dans ce pays. Cela concerne aussi les gens que nous suspectons, non ? Mais il y a peut-être quelque chose qui m'échappe dans tout cela. »

Il se trouva brusquement sous le feu de trois regards sévères. On se serait cru devant un tribunal de l'Inquisition.

Ils finiraient par le jeter dans l'eau du port pour vérifier s'il flottait et si par hasard il ne serait pas l'Antéchrist.

« Vous ne devinerez jamais ce que j'ai fait pour vous », annonça Rose, ravie. Il jeta un regard au couloir du sous-sol. Elle n'avait pas fini d'assembler les tables en tout cas.

« Tu as donné ta démission ? » dit-il sèchement en s'écroulant dans le fauteuil derrière sa table de travail.

Sa remarque sembla doubler le poids du mascara qui noircissait les cils de Rose. « J'ai récupéré deux chaises supplémentaires. » Il regarda les dix centimètres carrés qui restaient devant son bureau et se demanda comment on pouvait espérer y loger non pas une, mais deux chaises.

« Ça attendra », dit-il. « Et à part ça ? »

— A part ça, j'ai quelques photos publiées dans *Gossip* et dans *Hendes Liv* », répondit-elle sans changer de ton mais en jetant les coupures de magazine sur la table avec un peu plus de brusquerie que nécessaire.

Carl y jeta un coup d'œil indifférent. En quoi cela le concernait-il puisqu'on lui avait retiré l'affaire ? Il aurait dû lui dire de remballer tout ça et de se mettre en quête d'une bonne âme qui voudrait bien lui assembler ses foutues tables pour un sourire et une bise.

Il prit les photos.

La première datait du temps où Kimmie était enfant. C'était le magazine *Hendes Liv* qui avait fait un sujet sur la vie au quotidien chez les Lassen. Le titre disait : PAS DE RÉUSSITE SANS L'HARMONIE D'UN FOYER. Suivait un panégyrique de la ravissante épouse de Willy K. Lassen, Kassandra Lassen. La photo qui illustrait l'article n'évoquait pourtant en rien la félicité familiale. On y voyait le père dans un costume gris avec pantalon étroit, et la belle-mère outrageusement maquillée à la mode des années soixante-dix et vêtue d'une tenue aux couleurs explosives. Des trentenaires sans aucun souci de fin de mois. Leurs visages exprimaient la dureté et l'autosatisfaction. Que la petite Kirsten-Marie soit à moitié écrasée entre eux ne les affectait pas le moins du monde. Mais la petite Kimmie avait l'air beaucoup moins à son aise. Pauvre petite fille aux grands yeux effrayés. Elle était là. Et elle n'intéressait personne.

Sur la photo de *Gossip*, dix-sept ans plus tard, elle était métamorphosée.

Le journal datait de 1996. L'année où elle avait disparu.

La photo avait été prise lors de l'une de ses tournées des grands-ducs. Sans doute devant *Det Electriske Hjørne,* ou peut-être le Café Sommersko, ou encore le Café Victor. On y voyait une Kimmie épanouie. Elle était moulée dans un jean, un boa autour du cou et

238

elle était complètement stone. Malgré la neige sur le trottoir, elle portait un décolleté vertigineux. Le photographe l'avait immortalisée en train de rire aux éclats, entourée de célébrités telles que Kristian Wolf et Ditlev Pram, enveloppés dans de grands manteaux. La légende disait simplement :

LA JET-SET S'AMUSE.
LES ROIS MAGES ONT CHOISI LEUR REINE.
KRISTIAN WOLF, VINGT-NEUF ANS,
LE CÉLIBATAIRE LE PLUS CONVOITÉ DU ROYAUME,
A-T-IL ENFIN TROUVÉ SA MOITIÉ ?

« Ils ont été vachement sympas à *Gossip* », dit Rose. « Ils vont essayer de nous en trouver d'autres. »

Il acquiesça brièvement. Si ces vautours de chez *Gossip* étaient « sympas », elle était vraiment très naïve. « D'ici deux jours, je veux que les tables qui traînent en pièces détachées dans le couloir soient fonctionnelles. Tu m'entends, Rose ? Ensuite, tu poseras sur ces tables tout ce que tu dénicheras sur cette affaire, et j'irai moi-même chercher ce dont j'ai besoin. D'accord ? »

A en juger par son expression, elle ne l'était pas du tout.

« Comment ça s'est passé chez Jacobsen, Chef ? » demanda Assad sur le seuil de la pièce.

« Mal ! Je suis démis de mes fonctions mais ils veulent tout de même que je vienne faire acte de présence. Alors si vous avez quelque chose à me rapporter sur cette affaire, vous le notez et vous le déposez sur une table devant la porte de mon bureau. Si vous venez m'en parler, ils me foutront à la porte. Et Assad, je t'en supplie, aide Rose à monter ces fichues tables. » Il tendit l'index vers le couloir encombré. « Et maintenant, ouvrez grandes vos écoutilles. A partir d'aujourd'hui, si je veux vous dire quelque chose sur l'enquête, ou vous confier une mission qui la concerne, je vous l'écrirai sur des feuilles de ce type. » Il désigna le bloc sur lequel il inscrivait ses notes de frais. « Figurez-vous que je n'ai le droit de m'occuper que de questions administratives pendant mes heures de boulot.

— Règlement de merde », grommela Assad. Il pouvait difficilement trouver formulation plus exacte.

« Et au fait, je vais devoir suivre une thérapie. Alors je ne serai peut-être pas dans mon bureau tout le temps. Je me demande à quelle crétine ils vont soumettre mon cas cette fois-ci ?

— Effectivement, c'est une bonne question », dit une voix dans le couloir.

Il tourna les yeux vers la porte avec appréhension.

Comme il le craignait, c'était Mona Ibsen qui venait de s'immiscer dans la conversation. Fidèle au poste, opérationnelle dès que la première sirène d'alarme retentissait, et comme par hasard toujours au rendez-vous quand il s'agissait de le faire passer pour un con.

« A présent, on est partis pour faire un travail de fond tous les deux, Carl », dit-elle en entrant dans le bureau, bousculant doucement Assad au passage.

Elle tendit la main à Carl. Une main chaude et difficile à lâcher. Une main lisse et sans alliance.

20

Comme convenu elle trouva le message de Tine sous la pancarte dépourvue d'imagination de la société LOCATION DE VÉHICULES DISCOUNT dans Skelbækgade. Il était coincé au-dessus du dernier boulon, et l'humidité avait déjà fait couler l'encre à moitié.

La jeune femme sans éducation avait eu du mal à caser toutes les lettres d'imprimerie sur le petit bout de papier, mais Kimmie avait l'habitude de déchiffrer les mots qu'elle trouvait dans la rue.

SALUT. LA POLICE EST VENUE HIER CHEZ MOI. L'INSPECTEUR S'APPELAIT CARL MØRCK. IL Y A UN AUTRE TYPE DANS MA RUE QUI TE CHERCHE AUSSI. LE MÊME QU'À LA GARE. JE NE SAIS PAS QUI C'EST. SOIS PRUDENTE. ON SE VERRA SUR LE BANC. T.K.

Elle lut le message deux fois de suite et se demanda à quoi correspondait le K. La lettre s'imprimait, brûlante, sur sa rétine. Qu'est-ce que ce K faisait là ?

Le flic s'appelait Carl avec un C. Un brave C inoffensif. Pas comme le K, même si parfois les deux avaient le même son. Le flic ne lui faisait pas peur.

Elle s'appuya à la Nissan rouge qui était stationnée sous la pancarte depuis une éternité. Le message de Tine l'avait plongée dans un état de fatigue incommensurable. C'était comme si son corps était soudainement envahi par une horde de petits démons qui absorbaient toute son énergie.

Je ne quitterai pas ma maison, se disait-elle. *Ils ne m'auront pas.*

Mais comment pouvait-elle en être aussi sûre ? Tine avait parlé à plusieurs personnes, et toutes étaient à sa recherche. Tine savait des choses sur Kimmie qu'elle était la seule à connaître. Et à cause de ces choses-là, Tine n'était plus seulement Tine la Rate qui détruisait sa propre vie. Elle était aussi devenue un danger pour Kimmie.

Il ne faut plus qu'elle parle de moi à qui que ce soit. Il faut qu'elle comprenne ça. Je vais lui donner mille couronnes et elle se taira.

Elle se retourna instinctivement en percevant la présence du gars qui distribuait des journaux gratuits avec sa veste en nylon bleu ciel.

Est-ce que lui aussi a été engagé pour me surveiller ? Ce n'était pas impossible. Ces types connaissaient l'adresse de Tine. Ils les avaient vues ensemble de temps en temps. Pourquoi ne l'auraient-ils pas suivie jusqu'à la pancarte où elle lui avait laissé le message ? Ceux qui étaient à ses trousses pouvaient très bien avoir lu ce message eux aussi.

Elle réfléchit. S'ils l'avaient trouvé, ils l'auraient pris, non ? Ou peut-être pas.

Elle regarda à nouveau l'homme aux journaux. Pourquoi ce type à la peau sombre, qui luttait pour joindre les deux bouts en distribuant des journaux pour un salaire de misère à des voyageurs pressés et indifférents, refuserait-il un petit supplément ? Tout ce qu'on lui demandait, c'était de la suivre des yeux le long d'Ingerslevsgade et de la ligne de chemin de fer. C'était facile pour lui. Il n'avait qu'à se poster un peu plus près de la sortie Dybbølsbro. Il n'y avait pas de meilleur emplacement. Quelqu'un qui la surveillerait depuis cet endroit-là connaîtrait précisément son itinéraire et sa destination finale. Sa grille d'entrée et sa petite maison se trouvaient à cinq cents mètres à peine.

Elle se mordit la lèvre supérieure et se pelotonna dans son manteau de laine.

Puis elle s'approcha de l'homme et lui tendit quinze billets de mille couronnes. « Avec ça, tu peux rentrer chez toi, non ? » Il n'y a pas que dans les vieux films muets qu'on voit des personnages tout noirs avec des yeux tout blancs, grands comme des soucoupes. Cette main de femme lui tendant une liasse de billets de banque était comme la matérialisation d'un fantasme. L'apport pour louer un appartement ; ou le petit commerce dont il avait toujours rêvé ; ou le billet d'avion pour rentrer au pays et retrouver d'autres hommes aussi noirs que lui sous un soleil brûlant.

« Aujourd'hui nous sommes mercredi. Tu vas appeler ton boulot et dire que tu ne reviendras travailler qu'à la fin du mois. Tu as compris ce que je t'ai dit ? »

Un brouillard épais noyait peu à peu le parc d'Enghave et l'âme de Kimmie. Les contours des choses disparaissaient dans un flou livide. D'abord les encadrements de fenêtre de la brasserie *Kongens*

Bryghus, puis les piliers devant l'entrée, le kiosque à musique à un bout du parc et enfin la fontaine en son centre. La bruine charriait avec elle des parfums d'automne.

Ces hommes doivent mourir, disaient les voix dans sa tête.

Ce matin-là elle avait ouvert la niche dans le mur et sorti les grenades. Elle s'était abandonnée à la contemplation de ces monstrueux engins de mort et tout à coup elle avait su ce qu'elle avait à faire. Ils devaient mourir. L'un après l'autre, afin que les survivants connaissent le remords et l'angoisse en attendant leur tour.

Elle ricana. Serra ses poings fermés et glacés au fond des poches de son manteau. Ils avaient déjà peur d'elle. Ils l'avaient prouvé. Et maintenant ces porcs tentaient par tous les moyens de la retrouver. Ils n'étaient plus très loin. Ils feraient n'importe quoi pour se débarrasser d'elle. Ils étaient si lâches.

Son rire mourut dans sa gorge. Elle avait oublié ce détail. Ils étaient lâches. C'était un fait avéré. Et les gens lâches n'attendent pas que l'ennemi frappe le premier. Ils s'enfuient pendant qu'il en est encore temps.

« Je dois les éliminer tous à la fois », conclut-elle à voix haute. « Il faut que je trouve un moyen pour les tuer tous en même temps, sinon ils vont m'échapper. » Elle s'en savait capable, mais les voix n'étaient pas d'accord. Les voix étaient têtues et ne voulaient rien entendre. Elles allaient la rendre folle avec leur obstination.

Elle se leva du banc et dispersa les mouettes qui s'étaient rassemblées autour d'elle.

Elle ne savait plus où aller.

Mille, Mille, petite Mille, chantait en boucle une petite voix dans sa tête tel un mantra hindouiste. Mauvaise journée ! Trop de soucis en même temps.

Elle baissa les yeux et vit la bruine recouvrir ses souliers d'une fine pellicule d'humidité. Elle pensa à nouveau aux lettres en bas du message de Tine. T.K. D'où venait ce K ?

C'était juste avant les révisions, à la fin de l'année de première, quelques semaines après qu'elle eut plaqué Kåre Bruno en lui faisant comprendre qu'à ses yeux, il était peu intelligent et totalement dépourvu de charme. Le pauvre garçon avait sombré sous ses yeux, sans qu'elle lève le petit doigt pour le relever.

Kristian lui avait lancé un nouveau défi quelques jours plus tard.

« T'es pas cap, Kimmie », lui chuchotait-il à l'oreille chaque matin après le psaume. Ensuite, dans la journée, quand toute la bande les regardait, il répétait en lui tapant sur l'épaule : « T'es pas cap, Kimmie ! »

Mais Kimmie en était capable et ils le savaient tous. Alors ils suivaient attentivement tous ses faits et gestes. L'enthousiasme avec lequel elle se mettait à participer en cours. La façon dont elle allongeait les jambes sous son pupitre pour faire remonter sa jupe sur ses cuisses. Ses fossettes qui n'étaient jamais aussi craquantes que lorsqu'elle était appelée au tableau. Ils notaient la transparence de ses chemisiers et l'intonation câline de sa voix quand elle parlait au seul professeur du lycée qui fît l'unanimité parmi les élèves. Il mit moins de deux semaines à tomber dans ses filets et il était si amoureux qu'il en devenait ridicule.

Il n'y avait pas longtemps qu'il avait intégré le staff des enseignants. Il était imberbe mais c'était un homme, un vrai. Selon la rumeur, il était sorti de l'université de Copenhague avec les meilleures notes de sa promotion en littérature danoise. Il n'avait pas du tout le profil pour enseigner dans une pension privée. Ses discours leur faisaient découvrir l'existence d'un monde plein de nuances, loin du milieu sclérosé de l'école. Il leur faisait lire des textes visant à leur ouvrir l'esprit.

Kimmie alla lui demander s'il pouvait l'aider à préparer son examen de fin d'année. Avant le terme du tout premier cours de soutien, il était perdu. Il avait succombé aux formes charmantes que sa fine robe de coton révélait si généreusement.

Il s'appelait Horace, un prénom qu'il imputait à la passion qu'avait son père pour les personnages de Walt Disney.

En cachette, les élèves l'avaient baptisé Horace le garagiste, comme le fiancé de Clarabelle, et Kimmie sut vite réveiller l'étalon en lui. Au bout de trois leçons particulières au sein de l'établissement, il l'invita à poursuivre les cours de rattrapage à son domicile où il l'accueillit à moitié nu, le chauffage monté à fond. Il la couvrit de baisers passionnés et ses mains coururent partout sur son corps avec frénésie. Insatiable dans son désir, il perdit la tête. Incapable de lui résister, faisant fi des oreilles indiscrètes, des regards jaloux, des règlements et des sanctions, il lui fit l'amour comme un fou.

Elle avait prévu de faire croire au proviseur qu'il l'avait violée, juste pour voir ce qui se passerait. Juste pour évaluer l'étendue de son pouvoir.

Elle n'en eut pas le loisir.

Il les convoqua tous les deux ensemble, les fit attendre dans le couloir, côte à côte, inquiets du sort qui les attendait, sous la garde d'une surveillante qui faisait office de chaperon et les obligeait par sa présence à garder le silence.

Horace et Kimmie ne se parlèrent d'ailleurs plus jamais.

Et elle ne chercha pas non plus à savoir ce qu'il était devenu.

Dans le bureau du directeur, on lui annonça qu'elle pouvait aller chercher toutes ses affaires et que le car pour Copenhague partait une demi-heure plus tard. On lui demanda de se changer. Le chef d'établissement ne souhaitait pas qu'elle voyage avec son uniforme. Elle était renvoyée.

Kimmie regarda longuement les joues couperosées du proviseur avant de le fixer droit dans les yeux.

« Il est possible que *toi*… » Elle fit une pause qui eut pour effet de souligner l'inadmissible tutoiement qu'elle avait utilisé, « … tu ne veuilles pas croire qu'il m'a violée. Mais es-tu bien certain que les journalistes seront de ton avis ? Je te laisse imaginer le scandale ! Un enseignant viole son élève à… Tu vois le topo ? »

Elle mettait une condition simple à son silence. Elle allait partir sans faire d'histoires. Boucler ses valises et s'en aller. Elle s'en fichait complètement, du moment que l'école n'informait pas ses parents. C'était le deal.

Il protesta. Dit qu'il ne pouvait décemment pas percevoir des frais de scolarité pour une élève qui ne fréquentait plus son établissement. Kimmie arracha sans vergogne une page à un livre posé sur la table, et y inscrivit une série de chiffres.

« Tiens », dit-elle, « voici mon numéro de compte en banque. « Tu n'auras qu'à me virer l'argent là-dessus. »

Le proviseur soupira. Prit le morceau de papier qui annulait à lui seul des années d'autorité incontestée.

Kimmie sentit qu'elle retrouvait son calme. Elle entendit des voix claires se disputant gaiement. Elles venaient de l'aire de jeux.

Elle ne trouva dans le parc que deux enfants et leur baby-sitter. Deux gamins aux gestes maladroits qui jouaient à s'attraper entre les tourniquets, les toboggans et les balançoires désertés en cette triste journée d'automne.

Elle s'approcha dans la brume et les regarda sans rien dire. La petite fille avait à la main un objet dont le garçon voulait s'emparer.

Jadis elle aussi avait eu une petite fille.

Elle vit la baby-sitter se lever, les yeux braqués sur elle. Les gens avaient toujours peur quand Kimmie sortait des buissons dans ses vêtements sales, les cheveux en broussaille.

« Hier, j'étais vachement bien sapée ! J'aurais voulu que tu me voies ! » cria-t-elle à la jeune femme.

Si elle avait été habillée comme elle l'était hier à la gare, ç'aurait été une tout autre histoire. Oui, une tout autre histoire. Peut-être même que la baby-sitter aurait engagé la conversation avec elle.

Qu'elle l'aurait écoutée.

Mais la baby-sitter n'écoutait pas. Elle bondit, coupa la route entre les enfants et Kimmie, et leur ordonna de venir près d'elle. Mais ils n'en avaient nulle envie. Les petits bouts de cet âge-là n'étaient pas toujours très obéissants. Elle ne savait même pas ça, cette idiote ! Cela fit bien rire Kimmie.

Elle rigola à gorge déployée juste sous le nez de la baby-sitter.

« Venez ici tout de suite », hurla la jeune fille d'une voix complètement hystérique, tout en regardant Kimmie comme si elle n'était qu'un étron répugnant.

Kimmie fit un pas de plus vers elle et la gifla. Elle n'avait pas à la traiter comme de la merde.

La jeune fille était maintenant allongée par terre et hurlait à Kimmie qu'elle n'avait aucun droit de la frapper, qu'elle allait lui casser la gueule, qu'elle connaissait des tas de gens qui seraient contents de le faire à sa place.

Alors Kimmie lui donna un coup de pied dans les flancs, et puis un deuxième, pour la faire taire.

« Tu viens me montrer ce que tu as dans la main, petite fille ? » dit-elle, enjôleuse. « C'est un petit bâton que tu as là ? »

Mais les enfants étaient pétrifiés de peur. Ils s'étaient mis à brailler et à appeler cette idiote de Camilla de toute la force de leurs poumons.

Kimmie s'avança vers eux. Elle était bien mignonne, cette petite fille avec ses longs cheveux. Des cheveux châtains comme ceux qu'aurait eus sa petite Mille.

« Viens, ma chérie, viens me montrer ce que tu as dans la main », dit-elle à nouveau, approchant prudemment.

Elle entendit une sorte de sifflement dans son dos, se retourna rapidement mais ne parvint pas à esquiver le coup violent et désespéré que l'autre lui assenait à la hauteur de la gorge. Elle s'écroula au sol, le nez dans le gravier, et sentit son aine heurter la bordure en pierre d'une plate-bande.

En une seconde la jeune fille l'avait contournée sans un mot et avait pris un enfant sous chaque bras. Une vraie gosse de Vesterbro. Jean serré et cheveux longs.

Kimmie leva la tête et vit les visages noyés de larmes des bambins disparaître au coin d'un buisson dans les bras de leur baby-sitter, et sortir de l'aire de jeux.

Elle avait eu une petite fille comme celle-là jadis. A présent elle reposait dans le petit coffre sous sa couchette à la maison. Elle l'attendait. Patiemment.

Bientôt elles allaient se retrouver.

21

« J'aimerais bien que nous allions vraiment au fond des choses tous les deux », déclara Mona Ibsen. « Ce que nous n'avons pas fait la dernière fois à mon avis. »

Carl examina le décor dans lequel elle évoluait. Des posters représentant divers paysages paradisiaques, palmiers, montagnes, etc. Des couleurs claires dans une pièce lumineuse. Quelques chaises en bois précieux, des plantes d'intérieur légères comme du duvet. Et tout cela était tellement en ordre. Rien n'était laissé au hasard. Pas la moindre fantaisie susceptible de distraire le patient. Et pourtant, quand on se trouvait là, allongé sur son divan, l'âme à nu, sa seule présence rendait impossible toute autre pensée que celle de lui arracher tous ses vêtements sur-le-champ.

« Je ferai de mon mieux », dit-il. Et il avait bien l'intention d'obéir à tout ce qu'elle lui demanderait. Il avait tout son temps.

« Tu as molesté un type dans la rue, hier. Peux-tu me dire pourquoi ? »

Il éleva les protestations d'usage, clama son innocence. Elle le regarda comme s'il mentait.

« Je pense que je vais devoir revenir un peu en arrière si je veux arriver à quelque chose avec toi. Ce ne sera pas très agréable, mais cela me paraît indispensable.

— Pas de problème », dit-il en gardant les yeux juste assez ouverts pour pouvoir suivre les mouvements que la respiration imprimait à sa généreuse poitrine.

« Tu as été impliqué dans une fusillade à Amager en janvier dernier, nous en avons déjà parlé. Tu te rappelles quand cet épisode a eu lieu exactement ?

— C'était le 26 janvier. »

Elle hocha la tête, satisfaite. Comme si cette date avait quoi que ce soit de satisfaisant. « Tu t'en es tiré à bon compte alors que l'un de tes coéquipiers, Anker, est mort et l'autre couché dans un lit d'hôpital, complètement paralysé. Comment gères-tu cette situation huit mois après, Carl ? »

Il leva les yeux au plafond. Comment il gérait cette situation ? Il n'en avait aucune idée. Cela n'aurait pas dû arriver, voilà tout.

« Je voudrais que ce ne soit pas arrivé. » Il vit en pensée son ami Hardy allongé dans sa chambre à la clinique. Ses yeux immobiles et pleins de tristesse. Ses cent vingt kilos de poids inutile.

« Ça te fait de la peine ?

— Oui. » Il essaya de lui sourire mais elle avait baissé les yeux vers ses papiers.

« Hardy m'a dit qu'il pensait que les types qui vous ont tiré dessus vous attendaient là-bas, à Amager. Il t'en a parlé ? »

Carl acquiesça.

« Il m'a dit aussi qu'il soupçonnait l'un de vous, Anker ou toi, de les avoir prévenus de votre arrivée.

— Je sais.

— Et qu'est-ce que ça te fait de savoir ça ? »

A présent, elle l'observait. Et il trouvait son regard insistant terriblement érotique. Il se demanda si elle s'en rendait compte, et si elle réalisait qu'il avait un mal fou à se concentrer.

« Je me dis qu'il a peut-être raison », répondit-il.

« Ce n'est pas toi qui les as prévenus, je le lis sur ton visage. J'ai raison, non ? »

Dans le cas contraire, elle ne s'attendait tout de même pas à ce qu'il le lui avoue ? Est-ce qu'elle le croyait stupide ? Et s'imaginait-elle vraiment pouvoir tout lire dans la tête des gens ?

« Ce n'est pas moi qui les ai prévenus.

— Mais si c'était Anker, les choses ne se sont pas passées comme il avait prévu, si ? »

Ecoute ma petite. C'est vrai que je suis fou de toi. Mais il va falloir que tu trouves des questions un peu moins débiles, si tu veux qu'on continue ce petit jeu, pensa-t-il.

« De toute évidence », répondit-il, et sa voix lui fit l'effet d'un murmure. « Hardy et moi allons réfléchir sérieusement à cette question. Dès que je n'aurai plus à me défendre des accusations mensongères de ce petit détective de mes deux, et que les grosses légumes qui prennent un malin plaisir à me mettre des bâtons dans les roues me laisseront travailler en paix, nous nous occuperons de ce problème.

— A l'hôtel de police, ils appellent ça l'affaire du pistolet à clous à cause de l'arme du crime. La victime a été tuée à bout portant, dans la tête. On dirait une exécution, non ?

— C'est possible. Vu les circonstances, je n'ai pas eu le temps de voir grand-chose sur place et je ne me suis pas replongé dans l'affaire depuis. Il semble qu'elle ne se soit pas arrêtée là, d'ailleurs, tu es peut-être au courant ? Deux types se sont fait buter de la même façon à Sorø. On pense qu'il s'agit des mêmes meurtriers. »

Elle hocha la tête. Bien sûr qu'elle le savait. « Cette histoire te tracasse, n'est-ce pas, Carl ?

— Non, je ne dirais pas ça.

— Alors, dis-moi ce qui te tracasse, Carl. »

Il attrapa des deux mains les côtés du divan en cuir. Bingo ! C'était maintenant ou jamais : « Ce qui me tracasse, c'est que tu refuses chaque fois que je te demande de sortir avec moi. *Ça,* ça me tracasse vachement, tu vois ? »

Quand il quitta le cabinet de Mona Ibsen, Carl se sentait euphorique. Elle l'avait engueulé, et elle l'avait noyé sous une avalanche de questions teintées d'accusations et de doute. Il avait cent fois eu envie de se lever de ce divan, furieux, et de lui hurler qu'il disait la vérité. Mais il était resté sagement allongé et il avait répondu à tout ce qu'elle lui demandait et sans se révolter. Et en fin de compte, elle avait accepté, avec un rapide sourire, de déjeuner avec lui à l'occasion, quand il ne serait plus son patient.

Peut-être avait-elle vu dans ce rendez-vous à long terme une sorte d'échappatoire. Peut-être prétexterait-elle *ad vitam aeternam* que son analyse n'était pas encore terminée, mais Carl s'en contenta. Il se faisait fort de lui faire honorer sa promesse, tôt ou tard.

Il jeta un coup d'œil dans Jægersborg Allé et contempla le centre-ville défiguré de Charlottenlund. Il avait cinq minutes de marche jusqu'à la gare et ensuite une demi-heure de transports en commun avant de se retrouver assis à ne rien faire sur son fauteuil adaptable dans le fond du sous-sol. Cette idée s'accommodait mal avec son soudain regain d'optimisme.

Il lui fallait de l'action, et là-bas il ne fallait pas y compter.

Arrivé à l'angle de Lindegaardsvej, il tourna la tête vers le haut de la rue. Il savait qu'à l'autre bout, Charlottenlund devenait Ordrup, et il eut tout à coup très envie d'aller y faire un tour.

Il composa le numéro d'Assad sur son portable. Par automatisme, il vérifia la charge de la batterie. Il venait tout juste de la recharger à bloc et elle était déjà presque vide. Agaçant.

Assad parut surpris de l'entendre. Avaient-ils seulement le droit de se parler au téléphone ?

« Ne dis pas de bêtises, Assad. Il faut juste éviter de claironner dans la maison qu'on travaille toujours sur l'affaire. Ecoute, tu ne veux pas essayer de trouver quelqu'un de l'école avec qui on pourrait parler ? Il y a un exemplaire des annales dans le dossier noir. Regarde qui était dans leur classe cette année-là. Ou essaye de retrouver la trace d'un prof qui aurait enseigné là-bas entre 1985 et 1987.

— C'est déjà fait », répondit-il. Il fallait s'en douter.

« J'ai une liste de noms mais je voudrais continuer mes recherches, alors.

— OK, merci. Tu peux me passer Rose, s'il te plaît ? »

Il dut attendre au moins une minute, mais finalement une Rose essoufflée prit le téléphone. « Ouais ! » Inutile d'attendre d'elle qu'elle s'encombre de formules du genre Chef ou Patron.

« Je présume que tu es encore en train d'assembler des tables ?

— Ouais ! » S'il était possible d'exprimer avec un mot aussi court le reproche, la lassitude, la froideur et un prodigieux agacement à être dérangée pendant l'exécution d'une tâche de la plus haute importance, Rose y était indéniablement parvenue.

« J'ai besoin de l'adresse de la belle-mère de Kimmie Lassen. Je sais que tu m'as donné un bout de papier sur lequel elle était inscrite, mais je ne l'ai pas sur moi. Alors donne-la-moi, et surtout sois gentille de m'épargner tes questions et tes commentaires, d'accord ? »

Il s'était arrêté devant la Danske Bank, où de longues files d'hommes et de femmes bien sapés attendaient leur tour. Les jours de paye comme aujourd'hui, c'était un spectacle courant à Tåstrup ou à Brøndby, et là-bas cela n'aurait rien eu de surprenant. Mais qu'est-ce qui pouvait bien pousser des bourgeois de la banlieue chic de Copenhague, habitant Charlottenlund, à faire la queue devant une banque ? C'était à leur personnel de s'occuper de ces tâches prosaïques, non ? Et puis ils avaient la banque en ligne ? Peut-être y avait-il quelque chose qui lui avait échappé dans les mœurs des nantis ? Peut-être que les jours de paye, ils allaient s'acheter des actions avec leur menue monnaie, comme les clodos de Vesterbro s'achetaient des clopes et des bières ?

Chacun son truc après tout, se dit-il. Il se tourna vers un immeuble dont une pharmacie occupait le rez-de-chaussée. Il vit la plaque de l'avocat Bent Krum à l'entrée. Devant la fenêtre du premier étage, une pancarte disait : AVOCAT D'ASSISES. Il valait mieux être habilité à plaider devant une cour d'assises quand on avait des clients comme Pram, Dybbøl-Jensen et Florin.

Carl soupira.

Passer devant cette étude sans s'y arrêter était aussi difficile que de résister à toutes les tentations citées dans la Bible. Il entendait presque le diable ricaner dans son dos. Mais s'il succombait, s'il sonnait à cette porte et demandait à parler à Bent Krum, il aurait la directrice de la PJ au bout du fil en moins de dix minutes. Et ce serait la fin de Carl Mørck et du département V.

Il hésita quelques secondes entre la perspective d'une retraite anticipée et celle de repousser la confrontation à un moment plus propice.

Mieux vaut laisser tomber, se dit-il, tandis que son index menait sa propre vie et appuyait fermement sur le bouton de l'interphone. Merde, personne n'avait le droit de lui interdire de faire son travail. Il devrait interroger Bent Krum à un moment ou un autre, alors pourquoi pas maintenant, puisqu'il était là.

Il secoua la tête et lâcha le bouton. C'était l'histoire de sa vie. Il n'avait jamais permis à quiconque de décider pour lui dans quelque domaine que ce soit.

Une voix féminine assez grave lui demanda de patienter. Quelques instants plus tard, il entendit un bruit de pas dans l'escalier, et une femme apparut derrière la porte vitrée. Elégante, elle portait autour du cou un foulard de créateur et sur les épaules un manteau de fourrure qui ressemblait comme deux gouttes d'eau à celui devant lequel Vigga avait salivé dans la vitrine de Birger Christensen sur Strøget pendant au moins la moitié du temps qu'avait duré leur mariage. De toute façon, Vigga n'aurait jamais su le porter avec autant d'allure. Et s'il le lui avait offert, aujourd'hui il serait probablement réduit en charpie, ou il aurait servi à envelopper les croûtes de ces maudits artistes qui se succédaient dans son lit.

La femme ouvrit la porte et lui décocha un sourire si parfait qu'il avait dû lui coûter une petite fortune.

« Je suis confuse, je m'apprêtais à sortir. Mon mari n'est pas là le jeudi. Peut-être pourriez-vous prendre rendez-vous pour un autre jour ?

— Non, je… » Par réflexe, il plongea la main dans sa poche pour attraper sa carte de police, mais n'y trouva que son mouchoir. Il allait lui dire un truc du genre : « Je mène actuellement une enquête sur des clients de votre mari et je voudrais qu'il réponde à quelques questions de routine, peut-être puis-je revenir dans une heure ou deux, si vous n'y voyez pas d'inconvénient ? Ce ne sera pas long. » Au lieu de ça il dit simplement :

« Il est au golf, peut-être ? »

Elle le regarda avec l'air de ne pas comprendre. « Mon mari ne joue pas au golf, à ma connaissance.

— Je vois. Ecoutez, je suis terriblement désolé de devoir vous dire cela. Mais on nous trompe, l'un et l'autre. Votre mari et ma femme ont malheureusement une liaison. Et j'ai besoin de savoir où j'en suis. » Il prit un air tragique tout en notant à quel point la nouvelle avait bouleversé la pauvre femme.

« Pardonnez-moi », dit-il. « Je n'aurais peut-être pas dû… » Il posa doucement la main sur son bras. « C'était très cruel de ma part, pardon. »

Puis il opéra une retraite vers le trottoir et alla se mêler à la foule des piétons en direction d'Ordrup. Il se sentait légèrement honteux de s'être laissé contaminer par les méthodes impulsives d'Assad. *Cruel de sa part ?* C'était un euphémisme !

Kassandra Lassen habitait rue de l'Eglise et juste en face de l'édifice qui avait donné son nom à la voie. Trois garages, une double volée de marches devant la façade, une maison de gardien en dur, quelques centaines de mètres de mur d'enceinte fraîchement enduits et, enfin, une maison de maître de cinq ou six cents mètres carrés avec plus de laiton sur les portes qu'il n'y en avait sur le *Dannebrog*, le très clinquant navire de la famille royale. Sobre et humble étaient sans doute les deux qualificatifs les moins appropriés pour décrire la bâtisse qu'il avait sous les yeux.

Il vit avec satisfaction du mouvement derrière les vitres du premier étage. C'était son jour de chance.

La domestique semblait épuisée mais elle promit quand même de faire son possible pour convaincre sa maîtresse de se déplacer jusqu'à la porte d'entrée.

Carl comprit très vite pourquoi la femme de chambre avait utilisé le verbe *convaincre*.

Il entendit des cris de protestation venant de ce qui devait être un salon, suivis de l'exclamation : « Un jeune homme, dis-tu ? »

Elle était la caricature de ces demi-mondaines qui ont connu des jours meilleurs et beaucoup d'hommes sur leur parcours. Les années n'avaient pas épargné la jeune femme mince et radieuse qu'il avait vue en photo dans l'article de *Hendes Liv*. Il peut se passer beaucoup de choses en trente ans, cette créature en était la démonstration vivante. Elle portait un kimono japonais qui flottait si librement sur son corps que ses dessous de satin n'avaient de *dessous* que le nom. Ses longs ongles vernis gesticulèrent devant son visage. Elle avait tout de suite compris qu'elle avait affaire à un véritable mâle. Apparemment, elle n'en avait pas encore tout à fait fini avec le sexe fort.

« Entrez, je vous en prie », dit-elle. Son haleine fortement alcoolisée trahissait une consommation quotidienne mais de bonne qualité. Carl aurait parié sur du whisky pur malt. Un vrai connaisseur aurait probablement été capable de déterminer le cru tant les vapeurs étaient concentrées.

Elle lui donna le bras pour le conduire à l'intérieur. Ou plus exactement, elle le mena, en s'agrippant à lui de toutes ses forces, jusqu'à une partie du rez-de-chaussée qu'elle appela *My room*, en anglais dans le texte et en descendant la voix dans les graves.

Elle le fit asseoir en face d'elle dans un fauteuil littéralement collé au sien et qui offrait une vue imprenable sur ses paupières lourdes et ses deux seins plus lourds encore. Une expérience surréaliste.

Son amabilité, ou plutôt l'intérêt qu'elle semblait lui porter, dura jusqu'à ce qu'il annonce le but de sa visite.

« Vous venez me parler de Kimmie ? » Elle porta une main à son opulente poitrine, geste qui signifiait clairement qu'il ferait mieux de s'en aller immédiatement sous peine de la voir défaillir dans la seconde.

Le Florentin qui était en lui lui souffla la réplique suivante.

« Je suis venu pensant qu'on savait se tenir dans une maison comme la vôtre, et que j'y serais bien accueilli quel que soit l'objet de ma visite. » Son interlocutrice resta de marbre.

Il attrapa la carafe de whisky et remplit son verre, espérant que cela la mettrait dans de meilleures dispositions.

« Je ne savais même pas qu'elle était encore vivante », dit-elle, sans la moindre trace d'émotion dans la voix.

« Elle l'est. Elle vit dans la rue, à Copenhague. J'ai une photo d'elle, vous voulez la voir ? »

Elle ferma les yeux et détourna la tête, comme s'il venait de lui coller une merde de chien sous le nez. Elle n'avait même plus de curiosité à l'égard de celle qui jadis avait été sa belle-fille.

« Pouvez-vous me dire comment vous et votre ex-mari avez réagi quand Kimmie et ses amis ont été soupçonnés d'avoir commis ces meurtres en 1987 ? »

Sa main vint à nouveau se poser sur sa gorge. Cette fois pour se donner le temps de réfléchir. Et puis tout à coup, son visage changea d'expression. Le bon sens et le whisky se mirent à agir de concert. « Vous savez, mon ami, nous n'avons pas su grand-chose de cette affaire. Nous voyagions beaucoup à l'époque, vous comprenez ? » Elle se tourna brusquement vers lui et mit un petit moment à retrouver l'équilibre. « Les voyages forment la jeunesse, comme on dit. Mon mari et moi avions quantité d'excellents amis dans le monde entier. Le monde est un endroit merveilleux, vous ne trouvez pas, monsieur… ?

— Mørck, Carl Mørck. » Il hocha brièvement la tête. Il fallait chercher dans un conte des frères Grimm pour trouver un être aussi vil que cette femme. « Je suis de votre avis, madame. » Elle n'avait pas besoin de savoir qu'à part la Costa Brava où Vigga fréquentait les barbouilleurs locaux pendant qu'il grillait sur une plage avec les retraités, Carl n'était jamais allé à plus de neuf cents kilomètres de Valby Bakke.

« Pensez-vous qu'il y avait du vrai dans les accusations qui ont été portées contre Kimmie à l'époque ? » lui demanda-t-il.

Ses commissures s'affaissèrent. Peut-être cherchait-elle à se donner l'air de réfléchir à la question.

« Vous savez, monsieur Mørck, Kimmie était méchante. Elle était violente. Même lorsqu'elle était toute petite. Quand elle était contrariée, elle se mettait tout à coup à battre des bras comme s'ils avaient été des baguettes de tambour. Comme ça. » Elle lui fit une démonstration de ce qu'elle venait de décrire, faisant gicler le pur malt de tous les côtés.

Carl se dit que n'importe quel enfant normal aurait pu avoir ce genre de réaction, surtout avec des parents comme ceux-là.

« Je vois. Et elle n'a pas changé en grandissant ?

— Au contraire, elle est devenue épouvantable. Elle me traitait de tous les noms. Vous n'avez pas idée des horreurs qu'elle pouvait me dire. »

Carl en avait à présent une idée assez précise au contraire.

« C'était une traînée.

— Que voulez-vous dire ? »

Elle contempla les fines veines bleues qui couraient sur le dos de sa main qui tenait le verre. Il n'avait pas remarqué jusque-là à quel point elle était percluse de rhumatismes. Carl regarda le verre de whisky. Un antalgique en valait un autre.

« Après être rentrée de Suisse, elle s'est mise à ramener n'importe qui à la maison et à… pardonnez ma franchise… baiser comme une bête sans fermer la porte de sa chambre, juste sous mon nez. » Elle secoua la tête. « Je vous assure que ce n'est pas facile d'élever une fille comme Kimmie quand on est toute seule, monsieur Mørck. » Elle détourna la tête en un grand mouvement tragique. « Parce que à ce moment-là, Willie, son père, avait depuis longtemps pris ses cliques et ses claques et fichu le camp. » Elle avala une gorgée de whisky. « Et loin de moi l'idée de courir après ce misérable… »

Kassandra ramena son attention vers Carl et lui sourit de ses dents teintées par le vin. « Vous vivez seul, monsieur Mørck ? » Son langage corporel et l'invite sans nuance qu'il contenait étaient dignes des grandes heures du roman-photo.

« Oui, je vis seul », dit-il, relevant le défi. Il la regarda droit dans les yeux et soutint son regard jusqu'à ce qu'elle lève lentement les sourcils et porte son verre bientôt vide à ses lèvres. Seuls ses cils charbonneux et courts papillotaient au-dessus du bord. Il y avait bien longtemps qu'aucun homme ne l'avait regardée de cette façon.

« Vous saviez que Kimmie s'était retrouvée enceinte ? » lui demanda-t-il.

Elle poussa un profond soupir, sembla perdue dans ses pensées l'espace d'un instant, le front barré d'un pli douloureux. Carl comprit que c'était l'évocation de la grossesse plutôt que le souvenir de ses rapports catastrophiques avec sa belle-fille qui l'avait bouleversée. Kassandra n'avait sans doute jamais pu avoir d'enfant.

« Oui », fit-elle enfin sur un ton glacial. « Il faut dire qu'elle l'avait cherché, cette garce.

— Qu'est-il arrivé ensuite ?

— Elle a cherché de l'argent partout, bien sûr.

— Et elle en a trouvé ?

— Pas chez moi en tout cas ! » Elle renonça à flirter avec lui et laissa son visage se décomposer en une expression de profond dégoût. « En revanche, son père lui a donné deux cent cinquante mille couronnes en lui demandant de ne plus jamais le contacter.

— Et vous ? Vous l'avez revue ? »

Elle secoua la tête. Ses yeux disaient : *Et c'est tant mieux.*

« Vous savez qui était le père de l'enfant ?

— Je suppose que c'était ce minable qui avait foutu le feu à la scierie de son père.

— Vous parlez de Bjarne Thøgersen ? Celui qui est en prison pour le double meurtre de Rørvig ?

— Ça doit être ça. Je n'ai pas retenu le nom.

— Ah, vraiment ? » Voilà qui ressemblait à un vilain mensonge. Alcoolique ou pas, ce n'était pas le genre de détail qu'on pouvait oublier. « Kimmie a habité chez vous et ça n'a pas été de tout repos, me disiez-vous ? »

Elle lui jeta un regard incrédule. « Vous ne croyez tout de même pas que je suis restée vivre dans le lupanar qu'était devenue cette maison ? Non, je suis partie m'installer sur la côte.

— Quelle côte ?

— La Costa del Sol, bien entendu, Fuengirola. Une belle terrasse donnant sur le front de mer. Un endroit très agréable. Vous connaissez Fuengirola, monsieur Mørck ? »

Il acquiesça. Il se dit qu'elle avait choisi cet endroit pour soigner ses rhumatismes parce que c'était plutôt une station balnéaire pour petits parvenus éprouvant un mal de vivre, qui avaient un peu trop de squelettes dans leurs placards. Il l'aurait plutôt imaginée à Marbella. Elle semblait avoir encore de la fortune.

« Y a-t-il dans cette maison des objets ayant appartenu à Kimmie ? » demanda-t-il.

Comme par hasard, ce fut à cet instant-là qu'elle décrocha. Subitement indifférente à tout ce qui l'entourait, elle continua à vider gravement son verre. Quand il serait complètement vide, son cerveau le serait également.

« Je pense que Mme Lassen a besoin de se reposer à présent », dit la domestique, restée dans la pièce depuis le début de l'entretien. Elle s'approcha de Kassandra.

« Attendez », dit Carl. Il venait d'avoir une idée.

« Puis-je voir la chambre de Kimmie, s'il vous plaît ? Je crois savoir que rien n'a bougé de place dans cette maison depuis son départ ? »

C'était un tir dans le brouillard. Le style de question que les ténors de la politique ont toujours sous le coude dans la rubrique *On ne sait jamais* et qui débute toujours par la formule *Je crois savoir*.

Une bonne façon de s'aventurer en terre inconnue.

Carl laissa quelques minutes à la femme de chambre pour installer Kassandra Lassen dans son lit d'apparat et en profita pour examiner les lieux. Comment un enfant aurait-il pu être heureux dans cet endroit ? Il n'y avait pas le moindre recoin où se cacher. Trop de bibelots, trop de vases chinois et japonais. Le moindre geste brusque devait donner lieu à une déclaration de sinistre avec un montant de dommage à six zéros au minimum. L'atmosphère était sinistre et elle devait l'avoir toujours été. Cette maison avait dû être une véritable prison pour la petite Kimmie.

« En fait », dit la jeune femme en l'accompagnant au deuxième étage, « Kassandra se contente d'occuper la maison à titre gratuit. En réalité elle appartient à la fille. Là-haut, rien n'a bougé depuis qu'elle est partie. »

Kassandra était donc hébergée par Kimmie. Si cette dernière décidait de revenir à la civilisation, c'est Kassandra qui allait se retrouver à la rue. Quelle ironie du destin ! La riche héritière qui vivait comme une clocharde pendant que la pauvre belle-mère se vautrait dans le luxe. C'est pour cela bien sûr que Kassandra fréquentait Fuengirola et pas Marbella. Elle ne pouvait pas faire autrement.

« Ce n'est pas rangé, je vous préviens », dit la domestique en ouvrant la porte. « C'est volontaire. Kassandra ne veut pas que la fille rentre et l'accuse d'avoir fouillé dans ses affaires. Elle a raison, je trouve. »

Ils étaient arrivés en haut du grand escalier recouvert d'un tapis rouge et Carl se demandait où on trouvait encore du personnel aussi loyal et dévoué de nos jours. Elle n'avait même pas d'accent.

« Vous avez connu Kimmie ?

— Bien sûr que non ! Est-ce que j'ai l'air de travailler là depuis 1995 ? » Elle éclata de rire.

Carl se dit que cela ne l'aurait pas surpris, vu sa tête.

C'était un appartement en soi. Il s'était attendu à trouver plusieurs pièces, mais il fut surpris par cette parfaite imitation d'un loft sous les toits du quartier Latin à Paris. Tout y était, y compris le balcon haussmannien en fer forgé. Les vitres à croisillons des chiens-assis percés dans la toiture mansardée étaient sales évidemment, mais l'ensemble était charmant. Si la femme de chambre considérait que cette chambre était en désordre, elle tournerait de l'œil en voyant celle de Jesper.

Il y avait un petit tas de linge sale dans un coin, et rien d'autre. Aucun papier traînant sur le bureau, ni sur la table basse où était posé un poste de télévision. Rien ne permettait de deviner qu'une jeune fille avait vécu dans cet endroit.

« Vous pouvez jeter un coup d'œil, monsieur Mørck, mais si vous permettez, je voudrais voir votre carte de police d'abord. C'est l'usage, n'est-ce pas ? »

Il acquiesça et fouilla dans ses poches. Et merde ! Une petite grosse qui voulait faire du zèle ! Pas de chance. Il finit par trouver une carte de visite qui devait traîner dans sa veste depuis une éternité. « Je suis désolé, j'ai dû laisser mon badge à l'hôtel de police. Vous comprenez, je suis à la tête de mon service, ce qui fait que je n'ai pas souvent l'occasion d'aller sur le terrain. Mais voilà une carte de visite. Comme ça vous saurez qui je suis au moins. »

Elle contrôla le numéro de téléphone et l'adresse, puis elle examina la carte comme si elle était experte en contrefaçon. « Je vous demande une seconde », dit-elle en décrochant un combiné Bang Olufsen qui se trouvait sur le bureau.

Elle se présenta sous le nom de Charlotte Nielsen et demanda à la personne qui répondit si elle connaissait un inspecteur Carl Mørck. Elle dut patienter quelques secondes pendant qu'on transférait son appel.

Elle posa la même question à son nouvel interlocuteur, puis demanda à quoi ressemblait le dénommé Carl Mørck.

Elle jeta un coup d'œil dans sa direction et se mit à rire. Finalement elle raccrocha le téléphone, sans se départir de son sourire.

Il ne voyait pas ce qu'il y avait de drôle ? Dix contre un que c'était Rose à l'autre bout de la ligne.

Elle ne lui expliqua pas les raisons de son hilarité et sortit de la pièce, le laissant seul et perplexe dans un appartement vide qui ne lui apprendrait probablement rien.

Il fouilla systématiquement l'appartement d'un bout à l'autre plusieurs fois de suite et la domestique monta à plusieurs reprises pour voir ce qu'il faisait. Elle avait visiblement décidé qu'il était de son devoir de le surveiller. Elle le regardait comme on regarde un moustique affamé posé sur sa main. Mais le moustique ne piqua pas. Carl ne dérangea rien et ne glissa pas le moindre objet dans la poche de sa veste.

Il semblait d'ailleurs qu'il se soit donné du mal en vain. Kimmie avait quitté son domicile rapidement mais en ne laissant rien au hasard. Les choses qu'elle ne souhaitait pas qu'on vît avaient certainement été transportées dans les containers à poubelles qu'il voyait par la fenêtre, au bout de l'allée pavée conduisant à la grille d'entrée.

Même chose pour ses vêtements. Ils étaient empilés en un petit tas sur la chaise à côté de son lit, mais elle n'avait laissé aucun sous-vêtement. Plusieurs paires de chaussures traînaient ici et là, mais pas une paire de chaussettes sales. Elle avait soigneusement emporté ou jeté tout ce qui lui avait paru trop intime. Et c'était justement ce qu'on pouvait conclure de cette perquisition : il n'y avait aucun objet personnel dans cet appartement.

Il n'y avait plus aucune décoration sur les murs non plus, pas le moindre tableau susceptible de révéler les opinions ou au moins les goûts de la personne qui avait vécu dans cet endroit. Il n'y avait pas de brosse à dents dans la petite salle d'eau couverte de marbre. Pas de tampons hygiéniques dans l'armoire à pharmacie ni de cotons-tiges dans la poubelle à côté des W-C. Il n'y avait pas la moindre trace d'excréments dans la cuvette des toilettes, ni de tache de dentifrice dans le lavabo.

Kimmie avait laissé les lieux cliniquement expurgés de toute marque personnelle, si bien qu'on pouvait à peine déterminer le sexe de la personne qui les avait habités, à plus forte raison s'il s'agissait d'une chanteuse soprano du Sud-Jutland, d'un membre de l'Armée du Salut ou d'une fille de famille branchée des beaux quartiers.

Il remua les draps pour avoir une idée de son parfum, leva le sous-main du bureau pour vérifier si par hasard elle aurait oublié quelque chose en dessous.

Il regarda dans la corbeille à papiers, au fond des tiroirs de la kitchenette, à l'intérieur des placards. En vain.

« Il va bientôt faire nuit », fit remarquer la femme de chambre, une façon habile de lui dire qu'il était temps pour lui d'aller jouer au fin limier ailleurs.

« Est-ce qu'il y a un grenier quelque part avec une trappe d'accès qui se trouverait ailleurs que dans cette pièce ? » demanda-t-il, une lueur d'espoir dans les yeux.

« Non, désolée, vous avez tout vu. »

Carl leva les yeux vers le plafond. OK ! Pas de grenier alors.

« Je vais faire encore un petit tour », dit-il.

Il souleva tous les tapis à la recherche d'une lame de parquet enlevée puis remise en place. Il déplaça les flacons d'épices dans la cuisine pour voir s'il n'y aurait pas une cavité sous l'étagère. Il remua les coussins des canapés et des fauteuils et fouilla le fond de la penderie. Rien nulle part.

Il secoua la tête, se moquant de lui-même. Pourquoi y aurait-il eu quelque chose ?

Il referma la porte de l'appartement derrière lui et resta un instant sur le palier, d'une part pour l'inspecter – mais là non plus il ne vit rien d'intéressant – et d'autre part pour prendre le temps de se débarrasser de la sensation irritante qu'il passait à côté de quelque chose.

Son portable sonna et le tira de ses réflexions.

« C'est Marcus ! Pourquoi n'es-tu pas à ton bureau, Carl ? Et pourquoi le département V est-il dans cet état ? Il y a je ne sais combien de tables en pièces détachées dans le couloir. Et dans ton bureau, il y a des Post-it jaunes collés absolument partout. Où es-tu en ce moment ? Tu as oublié la visite des Norvégiens demain, ou quoi ?

— Merde ! » dit-il un peu trop fort. Effectivement, il avait complètement oublié ce détail.

« Très bien », entendit-il à l'autre bout de la ligne. Il connaissait les *très bien* de Marcus Jacobsen et savait qu'ils n'auguraient rien de bon.

« J'arrive au bureau, là », dit-il en regardant sa montre qui marquait seize heures passées.

« Maintenant ? Ça ne sert à rien de venir maintenant. Laisse tomber. » Au ton qu'avait pris son supérieur, Carl comprit que ce n'était pas la peine de discuter. « Je m'occuperai moi-même de cette visite demain, et je ne les emmènerai pas voir ton capharnaüm en sous-sol.

— Ils arrivent à quelle heure déjà ?

— A dix heures, mais je t'ai dit que cela ne te concernait plus. Je prends le relais, Carl, et tu te contentes de rester en stand-by au cas où ils auraient des questions à te poser. »

Carl regarda bêtement son téléphone pendant quelques secondes, après que Marcus lui eut raccroché au nez. Jusqu'à cet instant, il se fichait complètement de ces connards de bouffeurs de haddock, mais à présent c'était différent. Il était hors de question que le chef de la Criminelle décide de reprendre les choses en main de sa propre initiative.

Il lâcha quelques jurons tout en levant les yeux vers le puits de lumière qui surplombait l'impressionnant escalier en colimaçon. Le soleil était encore haut dans le ciel. Sa journée de travail était normalement terminée mais il n'avait aucune envie de rentrer chez lui.

Il n'était pas d'humeur à retourner sagement au bercail pour mettre les pieds sous la table et se goinfrer avec les bons petits plats mijotés de Morten.

Soudain un nuage passa devant le soleil et modifia l'éclairage du cadre de la fenêtre du toit. Une ride plissa le front de Carl.

Dans les maisons datant de cette époque, les encadrements de velux avaient en moyenne trente centimètres d'épaisseur. Ici il était beaucoup plus épais, il devait en faire près de cinquante. Ce qui pouvait vouloir dire qu'on avait modifié l'isolation du plafond dans un deuxième temps.

Il remarqua alors une petite fissure entre le rampant et le plafond. En suivant le trajet de la fissure tout autour du palier, il parvint à l'endroit où elle commençait. La toiture s'était légèrement affaissée avec le temps et il apparaissait clairement que l'isolation actuelle n'existait pas dans la construction d'origine. A un moment donné, on avait ajouté près de vingt centimètres de faux plafond avec des plaques de Placoplatre. L'enduit et la peinture avaient été exécutés à la perfection, mais chacun sait qu'au fil des années, les joints finissent par se fendre.

Il retourna dans l'appartement, s'approcha du mur extérieur et inspecta soigneusement le rampant. On retrouvait les mêmes fissures à l'endroit où le plafond entamait son inclinaison, mais aucune ouverture visible.

Il devait y avoir un espace creux mais aucun moyen d'y accéder pour y dissimuler un objet. Pas depuis l'intérieur de la pièce en tout cas.

Il répéta cette pensée à voix haute. « Pas depuis l'intérieur de la pièce en tout cas ! » Il ouvrit la porte-fenêtre et sortit sur la pittoresque terrasse à la française, agrippée à la pente du toit couvert de tuiles en terre cuite.

« Rappelle-toi que ça ne date pas d'hier », se dit-il tout bas en regardant les rangées de tuiles les unes après les autres. Le balcon donnait au nord, et la mousse, nourrie par des années d'eau de pluie chargée en nutriments, avait formé un tapis si uniforme sur la plus grande partie de la toiture qu'elle ressemblait à un décor de théâtre. Il se tourna vers les rangs de tuiles qui se trouvaient à gauche de la porte-fenêtre et vit tout de suite la différence.

Les tuiles étaient posées de façon régulière, et là aussi la mousse avait poussé. Mais juste à l'endroit où la balustre venait se fixer à la charpente, une tuile était légèrement déplacée. Il s'agissait de tuiles plates superposées, maintenues aux linteaux par un ergot censé les empêcher de glisser. Or, la tuile en question avait un peu glissé. Comme si elle avait perdu l'ergot de terre cuite supposé la maintenir en place et qu'elle avait juste été posée en équilibre sur les autres.

Il la souleva sans difficulté.

Carl prit une grande goulée d'air. Les soirées devenaient plus fraîches.

Il éprouvait dans tout son corps cette sensation unique qu'on n'a que lorsqu'on est sur le point de faire une découverte exceptionnelle. Howard Carter avait dû ressentir ça en perçant une minuscule ouverture dans la porte d'une chambre mortuaire et en se retrouvant au beau milieu du tombeau de Toutankhamon. Devant ses yeux, dans une cavité creusée dans la laine de verre, juste sous la tuile, il découvrit une boîte en fer, de la taille d'une boîte à chaussures et enveloppée dans du plastique transparent.

Son cœur se mit à battre plus vite. Il appela la femme de chambre.

« Regardez là-dedans, s'il vous plaît. »

Elle s'approcha à contrecœur et se pencha au-dessus des tuiles. « Il y a une boîte. C'est quoi ?

— Je n'en sais rien, mais vous pouvez maintenant témoigner que vous l'avez vue, n'est-ce pas ? »

Elle lui jeta un regard vexé. « Vous allez m'accuser de ne pas voir clair maintenant ? »

Il orienta son mobile vers la cavité et prit plusieurs photos qu'il lui montra.

« Nous sommes bien d'accord : j'ai pris ces photos devant vous et elles représentent le trou qu'il y a dans cette toiture ? »

Elle mit les mains sur ses hanches. Il valait mieux qu'il change de méthode ou il risquait de la braquer.

« Je vais sortir cette boîte de sa cachette et l'emporter à l'hôtel de police. » Ce n'était pas une question, mais une affirmation. Il ne voulait pas qu'elle se sente obligée de réveiller Kassandra Lassen, ce qui compliquerait inutilement la situation.

Il la regarda partir, secouant la tête de droite à gauche pour marquer sa désapprobation. Apparemment, l'idée qu'elle se faisait d'un inspecteur de la brigade criminelle venait d'en prendre un coup.

Il envisagea un instant d'appeler la police scientifique, mais y renonça en visualisant quelques kilomètres de cordon de sécurité et des hommes en combinaison blanche dans tous les sens. Ils étaient débordés de toute façon, et Carl était pressé. Tant pis.

Il mit ses gants, sortit délicatement la boîte, et remit la tuile en place. Il apporta la boîte à l'intérieur, la posa sur la table, enleva le plastique et l'ouvrit sans difficulté. Le tout sans y penser, dans un mouvement parfaitement fluide.

A l'intérieur, il trouva un nounours. A peine plus grand qu'une boîte d'allumettes. D'une couleur pâle, jaunâtre, il avait le visage et les bras complètement pelés. Peut-être avait-il été jadis le meilleur et le seul ami de Kimmie. Ou peut-être le doudou de quelqu'un d'autre ? Il souleva la feuille de papier journal qui se trouvait en dessous de l'ours en peluche. C'était la première page du *Berlingske Tidende* du 29 septembre 1995. Le jour où elle était allée vivre avec Bjarne Thøgersen. A part cela rien d'intéressant. Une longue liste d'offres d'emploi.

Il continua à fouiller dans la boîte, dans l'espoir de découvrir un journal intime ou des lettres personnelles, remplies d'indices sur un passé enfoui, mais tout ce qu'il trouva fut une pile de pochettes en plastique comme celles dans lesquelles on range les timbres ou les recettes de cuisine. Instinctivement, il sortit de la poche intérieure de sa veste une paire de gants de coton, qu'il enfila à la place de ses gants de cuir, et il sortit tous les petits sacs en plastique du fond de la boîte en métal.

Pourquoi avoir caché tout cela aussi soigneusement ? se demanda-t-il. Le contenu des deux dernières pochettes lui donna la réponse.

« Nom de Dieu ! » s'exclama-t-il à haute voix.

Elles contenaient deux cartes de Trivial Pursuit, chacune dans sa pochette.

Après deux minutes d'intense réflexion, il nota l'ordre dans lequel les sachets avaient été rangés.

Puis il les observa attentivement un par un.

L'un contenait une montre d'homme, l'autre une boucle d'oreille, le troisième un objet qui ressemblait à un élastique et dans le dernier il y avait un mouchoir.

Quatre pochettes en plastique en plus des deux qui contenaient les cartes de Trivial Pursuit.

Six sachets en tout.

22

Ditlev monta quatre à quatre les escaliers menant au service de chirurgie plastique.

« Où est-il ? » cria-t-il à une infirmière sans ralentir son allure, et suivant la direction qu'elle lui indiquait d'un simple geste.

Frank Helmond était allongé là, tout seul et à jeun, prêt à subir sa deuxième intervention.

Il n'accorda pas à Ditlev le regard déférent que celui-ci avait l'habitude de voir chez ses malades.

Fascinant, se dit Ditlev, fixant le visage emmailloté et le corps allongé sous le drap vert. *Cet imbécile se permet de me regarder avec insolence, alors que c'est moi qui l'ai mis en charpie et rafistolé ensuite ?*

Ils avaient tout discuté jusqu'au moindre détail. Ils avaient habilement fait disparaître les très nombreuses cicatrices qui lacéraient la figure de Helmond, et en avaient profité pour lui faire un léger lifting du visage, du cou et de la poitrine. Maintenant Ditlev allait lui offrir une liposuccion et une chirurgie plastique réalisées par des professionnels de haut niveau. Sachant qu'il lui offrait en prime sa propre femme et une partie de sa fortune, il estimait pouvoir attendre de Helmond,

sinon de la gratitude, au moins qu'il respecte ses enga-
gements et fasse preuve d'un peu d'humilité.

Mais Helmond n'avait pas respecté sa partie du
contrat. Il avait parlé et, dans son service, certaines
infirmières ne savaient plus que penser. Ditlev allait
maintenant devoir négocier avec ces infirmières.

Car même si le patient était dans un état second, les
mots avaient été prononcés et entendus. *C'est Ditlev
Pram et Ulrik Dybbøl-Jensen qui m'ont fait ça.*

C'est ce qu'il avait dit.

Ditlev alla droit au but :

« Est-ce que tu sais à quel point il est facile de tuer
quelqu'un sous anesthésie, sans jamais se faire
prendre ? » demanda-t-il. « Ah, tu l'ignorais ? On ne
va pas tarder à te préparer pour ton intervention
d'aujourd'hui, Frank. J'espère que les anesthésistes ne
se tromperont pas dans les doses. Je les paye pour faire
leur travail correctement, n'est-ce pas ? » Il tendit un
index menaçant en direction de Helmond : « A partir
de maintenant je te conseille vivement de respecter
notre accord et de fermer ta gueule. Sinon, tes organes
risquent fort d'être dispersés dans divers corps plus
jeunes et plus méritants que toi. Ce serait dommage,
non ? »

Ditlev tapota le tuyau du goutte-à-goutte qui avait
déjà été mis en place. « Je ne suis pas rancunier,
Frank, alors ne le sois pas non plus, d'accord ? »

Il poussa brutalement le lit métallique et sortit de la
chambre. S'il décidait d'ignorer cet avertissement, ce
minable savait ce qui l'attendait.

Il claqua si fort la porte de la chambre qu'un bran-
cardier vint vérifier l'état de Helmond quand le patron
eut le dos tourné.

Ditlev se dirigea tout droit vers la blanchisserie. Il avait besoin d'un peu plus qu'une démonstration verbale de pouvoir pour se débarrasser de la rage que Helmond avait déclenchée en lui.

Il n'avait pas encore goûté à sa toute dernière recrue, une fille originaire de Mandanao, où on risquait de se faire couper la tête si on se trompait de partenaire sexuelle. Il l'avait déjà jaugée avec gourmandise. Elle était exactement comme il les aimait. Avec le regard fuyant et une conscience aiguë de sa propre insignifiance. Ces qualités réunies dans un corps qui était à son entière disposition allumaient en lui une flamme qu'il allait s'empresser d'éteindre.

« Je maîtrise la situation avec Helmond », déclara-t-il un peu plus tard dans la journée. Ulrik, assis au volant, hocha la tête d'un air satisfait et extrêmement soulagé.

Ditlev regardait le paysage et la forêt qui se profilait à l'horizon. Il commençait à se détendre. Cette semaine mouvementée s'était finalement plutôt bien terminée.

« Et en ce qui concerne la police ? » s'inquiéta Ulrik.

« Tout va bien. Ils ont enlevé l'affaire à ce Carl Mørck. »

Ils s'arrêtèrent à plus de cinquante mètres de la grille qui fermait la propriété de Torsten et levèrent leurs visages en direction des caméras de contrôle. Dans dix secondes, au bout de l'allée de sapins, au moment où ils atteindraient le portail, il s'ouvrirait devant eux.

Quand ils furent arrivés dans la cour, Ditlev composa le numéro de Torsten sur son téléphone portable. « Tu es où ? » lui demanda-t-il.

« Contourne le bâtiment de reproduction et gare-toi. Je suis dans la ménagerie.

— Il est dans la ménagerie », répéta-t-il à Ulrik, sentant déjà l'excitation monter. C'était la partie la plus intense de leur petit rituel, et de loin celle que Torsten préférait.

Ils avaient souvent vu leur ami évoluer parmi ses mannequins cabine à moitié dénudés. Ils l'avaient vu baigné dans la lumière des projecteurs sous les vivats du gratin de la société. Mais ils ne l'avaient jamais vu plus heureux qu'au milieu de sa ménagerie juste avant une partie de chasse.

La prochaine était programmée un jour ouvré. La date exacte n'avait pas été fixée mais ce serait dans le courant de celle qui venait. Cette fois l'équipe serait composée uniquement de chasseurs qui auraient le droit de tirer une proie très spéciale. Des chasseurs habitués aux expériences particulières, qui avaient gagné des prix en nature lors de précédentes chasses. Des hommes fiables et qui leur ressemblaient.

Ulrik garait la Rover quand Torsten sortit d'un hangar, vêtu d'un tablier de caoutchouc couvert de sang.

« Bienvenue », dit-il avec un grand sourire. Le sourire qu'il avait lorsqu'il venait de tuer.

Le bâtiment avait été agrandi depuis la dernière fois. Il était plus long et plus lumineux grâce à d'innombrables ouvertures vitrées. Une équipe de quarante ouvriers venant de Lettonie et de Bulgarie avait travaillé à ces améliorations, et le domaine de Dueholt commençait à ressembler à la demeure que Torsten avait déjà l'ambition de se faire construire quinze ans auparavant, à l'âge de vingt-quatre ans, après avoir gagné ses premiers millions.

La ménagerie contenait au moins cinq cents cages et autant d'animaux qui vivaient sous la lumière froide des halogènes.

Un enfant aurait trouvé ce lieu plus exotique que n'importe quel parc zoologique. Un adulte normalement sensible au bien-être des bêtes aurait été terriblement choqué.

« Regardez, c'est un varan de Komodo. »

Il avait l'air aussi heureux qu'un homme secoué par un violent orgasme, et Ditlev comprenait ce qu'il ressentait. Dangereux et protégé, le reptile était loin d'être un gibier traditionnel.

« Je crois qu'on va le lâcher dans la propriété de Saxenholdt un jour où il y aura de la neige. Les bois sont à peu près propres chez lui et ces bestioles sont incroyablement habiles pour se dissimuler. Qu'en dites-vous ?

— Il paraît que leur morsure est une des plus venimeuses au monde », fit remarquer Ditlev.

« Oui, il y a intérêt à tirer avant que leur mâchoire ne se referme sur vous. »

Torsten fut soudain secoué d'une sorte de frisson. C'était un bel animal de chasse qu'il leur avait trouvé là. Ils se demandèrent comment il se l'était procuré.

« Et la prochaine fois ce sera quoi ? » demanda Ulrik, curieux.

Torsten écarta les bras et les laissa retomber le long de son corps. Ce qui signifiait qu'il avait déjà son idée, mais qu'il leur laissait le soin de deviner.

« On a le choix, là-bas », dit-il, montrant une zone qui se trouvait au bout de l'énorme mur de cages où étaient enfermées des petites bêtes avec des yeux immenses.

Le local était d'une propreté clinique. Tous ces animaux avec leurs kilomètres de boyaux et le volume d'excréments qui devait nécessairement en sortir ne parvenaient pas à empuantir le hangar. Ce miracle était accompli par l'armée d'employés très bronzés que Torsten avait à son service. Il logeait trois familles de Somaliens sur sa propriété, qui passaient le balai, nettoyaient la poussière et évacuaient le fumier à plein temps, mais restaient invisibles quand Torsten Florin avait de la visite. Les gens sont si bavards.

La dernière rangée était composée de six grandes cages dans lesquelles on distinguait six silhouettes recroquevillées.

Ditlev sourit en regardant à l'intérieur des deux premières. Le chimpanzé était de belle taille et regardait d'un air agressif le dingo sauvage qui tremblait dans la cage voisine, la queue entre les jambes, sa gueule dégoulinant de bave, ouverte sur des dents pointues.

L'imagination de Torsten était décidément sans limites ! Il transgressait les lois du tolérable. Si la Société protectrice des animaux venait jeter un coup d'œil chez lui, il irait en prison, et serait condamné à payer des amendes astronomiques. Son empire s'écroulerait du jour au lendemain. Les femmes qui se pavanaient dans leur manteau de fourrure seraient les premières à s'offusquer de voir un chimpanzé à moitié mort de peur devant un chien sauvage, ou condamné à fuir en hurlant les fusils des hommes dans une forêt de feuillus danoise.

Les quatre dernières cages contenaient des animaux plus ordinaires. Un dogue danois, un gros bouc, un blaireau et un renard. Les trois premiers étaient couchés dans la paille et les regardaient comme s'ils avaient déjà accepté leur sort. Le renard tremblait dans un angle de sa prison.

« Je suis sûr que vous vous demandez ce que c'est que tout cela ? Je vais vous expliquer. » Torsten enfouit les mains dans les poches de son tablier et désigna le danois d'un geste du menton : « Ce chien a un pedigree qui remonte à cent ans. Il m'a coûté la bagatelle de deux cent mille couronnes, mais j'ai décidé de l'empêcher de continuer à répandre ses gènes disgracieux parce que je déteste ses yeux tristes et son strabisme. »

Bien entendu, Ulrik trouva la remarque désopilante.

« Quant à celui-là, ce n'est pas n'importe quel bouc. » Il montrait la deuxième cage. « Vous vous rappelez sans doute à quel point j'admire Rudolf Sand, avocat à la cour, qui a répertorié tous ses trophées sur une période de presque soixante-cinq ans. C'était un tireur exceptionnel. » Il hocha la tête pour lui-même et donna quelques petits coups sur les barreaux de la cage. L'animal recula, baissa la tête et le menaça de ses cornes. « Sand a abattu dans sa vie cinquante-trois mille deux cent soixante-seize pièces de gibier très exactement. Le trophée dont il était le plus fier était un bouc comme celui-ci. Il s'agit d'un bouc à cornes torsadées plus connu sous le nom de bouquetin du Pakistan ou encore markhor du Pakistan. Sand a chassé le markhor dans les montagnes d'Afghanistan pendant vingt ans avant de tuer un énorme vieux mâle au bout de cent vingt-cinq jours d'une chasse acharnée. Vous pourrez aller voir sur le net le récit de son exploit. Une lecture édifiante, croyez-moi. C'était un chasseur hors pair.

— Et ça, c'est un véritable markhor ? » Le sourire d'Ulrik brillait d'excitation.

Torsten buvait du petit-lait. « *Yes sir,* et il pèse à peine quelques kilos de moins que celui de Rudolf Sand. Deux et demi pour être exact. Une bête superbe. C'est l'avantage d'avoir des relations en Afghanistan. Vive la guerre. »

Ils éclatèrent de rire et se tournèrent vers le blaireau.

« Il y a des années qu'il gîte dans la partie sud de ma propriété. Malheureusement pour lui, il y a quelques jours de cela, il s'est un peu trop approché de l'un de mes pièges. J'ai un compte personnel à régler avec ce troll, figurez-vous. »

Ce n'était donc pas celui-là qui serait l'animal de chasse, en conclut Ditlev. Torsten lui réglerait son compte lui-même un jour ou l'autre.

« Et enfin nous avons notre ami Rouky, que voilà. Je vous laisse deviner ce qu'il a de particulier. »

Ils observèrent longuement le renard qui tremblait toujours. Il semblait effrayé mais gardait quand même la tête immobile et tournée vers eux, au moins jusqu'à ce qu'Ulrik donne un violent coup de pied dans les barreaux de sa cage.

L'animal bondit si vite qu'il eut le temps de planter ses crocs dans le bout de la botte d'Ulrik. Il sursauta et Ditlev également. Alors ils virent la bave qui coulait de sa gueule, les yeux fous et sentirent l'odeur de mort qui sortait de sa bouche.

« Nom de Dieu, Torsten, c'est monstrueux ! C'est lui, n'est-ce pas ? C'est lui que nous allons chasser la prochaine fois, je me trompe ? Tu vas lâcher dans la nature un renard enragé ? » Il se mit à ricaner doucement et Ditlev, enchanté, lui dit : « Tu as réussi à capturer un animal qui connaît la forêt par cœur et qui en plus est atteint de la rage. Je meurs d'impatience de t'entendre annoncer ça à l'équipe. Tu es incroyable, Torsten. Je me demande pourquoi on n'a pas pensé à ça plus tôt ? »

Torsten et ses deux amis éclatèrent d'un rire bruyant, et tout le hangar se mit à vibrer des grincements des chaînes et des gémissements des bêtes qui se réfugiaient dans l'angle le plus reculé de leur prison.

« Heureusement que tu as des bottes solides, mon petit Ulrik », dit Torsten en regardant l'empreinte de la mâchoire du renard, qu'on distinguait clairement sur la pointe des Wolverine sur mesure d'Ulrik. « Sinon, on était bon pour les urgences à Hillerød, et je ne sais pas ce qu'on leur aurait raconté ! Ah ! autre chose », ajouta-t-il en les conduisant vers la partie la mieux éclairée du hangar. « Regardez ça ! »

Il leur montrait le nouveau stand de tir qu'il avait fait construire au bout du bâtiment. Il s'agissait d'un couloir cylindrique d'environ deux mètres de haut et cinquante mètres de long jalonné de mètre en mètre. Torsten y avait fait installer trois cibles. Une pour le tir à l'arc, une pour le tir au fusil et une dernière, équipée d'un réservoir blindé, pour les armes lourdes.

Torsten leur fit remarquer les quarante centimètres d'isolation sur les murs. Seule une chauve-souris aurait été capable d'entendre de l'extérieur un coup de feu tiré dans cet endroit.

« J'ai fait installer des ventilateurs partout autour du cylindre pour simuler plusieurs forces de vent. » Il appuya sur un bouton. « Avec un vent de cette force-là, il faut corriger son tir à l'arc de deux à trois pour cent, il n'y a qu'à lire le tableau qui est là. » Il désignait un écran d'ordinateur miniature fixé au mur. « On peut programmer n'importe quelle arme et toutes les vitesses de vent sur ce clavier. » Il entra dans le tunnel. « Mais surtout il faut apprendre à sentir l'air sur sa peau. Nous ne pouvons pas trimballer tout ce matériel à Gribskov, n'est-ce pas ? »

Ulrik pénétra dans le tube à son tour. Ses cheveux épais ne bougèrent pas d'un centimètre. Le cuir chevelu de Torsten constituait un bien meilleur indicateur, évidemment.

« Alors voilà », poursuivit Torsten. « Nous allons lâcher un renard enragé dans la forêt. Il est incroyablement agressif et les rabatteurs seront équipés de cuissardes renforcées jusqu'à l'aine. » Il joignit le geste à la parole. « En revanche, nous, les chasseurs, serons totalement exposés. Je m'assurerai évidemment d'emporter une trousse de premiers secours contenant un sérum, mais il faut savoir que les plaies que ce renard est capable d'infliger dans sa fureur peuvent suffire à tuer un homme. S'il parvient à déchirer une artère fémorale, c'est terminé.

— Quand as-tu l'intention d'expliquer ça aux autres ? » demanda Ulrik avec une intonation presque gourmande.

« Juste avant le départ, mais attendez, je n'ai pas fini. Regardez ça maintenant. »

Il sortit une arme cachée derrière un ballot de paille. Ditlev apprécia en connaisseur. Il s'agissait d'une arbalète équipée d'un viseur point rouge. Une arme tout à fait illégale depuis la nouvelle législation mise en place au Danemark en 1989, mais fabuleusement mortelle et merveilleuse à utiliser. Si on en avait la possibilité évidemment. En plus on ne disposait que d'un seul coup, à cause du temps nécessaire pour recharger. Ce serait une chasse dangereuse et pleine d'inconnues. Le *nec plus ultra*.

« Elle s'appelle la Relayer Y25. Il s'agit du nouveau modèle édité par Excalibur pour son jubilé. Ils n'en ont produit que mille, en plus des deux que vous voyez là. Il n'y a rien de mieux sur le marché. » Il tira une deuxième arbalète de sa cachette et leur en tendit une à chacun.

Ditlev tint la sienne à bout de bras. Elle était d'une légèreté surprenante.

« Nous les avons fait entrer au Danemark en pièces détachées. Chaque morceau a été expédié dans un paquet à part. J'ai cru qu'une des pièces s'était perdue dans le courrier mais elle vient d'arriver hier. Il y a un an que je l'attends. » Torsten rit. « Merveilleux, non ? »

Ulrik pinça une corde. Elle avait le son d'une harpe. Une sonorité claire et aiguë.

« Elle est supposée avoir une puissance de 200 livres, mais à mon avis elle a plus que ça. Avec un carreau 2 219, un gros cochon à quatre-vingts mètres n'a pas l'ombre d'une chance. Je vais vous montrer. »

Torsten prit une des arbalètes, posa le cric au sol et y glissa le pied. Il opéra une traction vers le haut pour bander le câble et verrouilla le dispositif. Il n'en était pas à son coup d'essai.

Il sortit un trait du carquois fixé sous l'arbalète et le mit délicatement en place en un long geste doux et fluide, sans aucune commune mesure avec la force explosive avec laquelle il l'envoya quelques secondes plus tard à quarante mètres de distance.

Ils ne furent pas surpris que Torsten tire dans le mille, mais ils furent impressionnés par la grande courbe que décrivit la flèche avant d'atteindre la cible, de la traverser de part en part et de disparaître de l'autre côté.

« Quand vous tirerez sur le renard, assurez-vous d'être placés au-dessus de lui pour ne pas tuer un rabatteur avec le carreau qui le traversera obligatoirement, à moins de l'atteindre au milieu de l'omoplate. Et ça c'est une très mauvaise idée parce qu'il n'en mourrait pas et continuerait à courir. »

Il leur tendit un morceau de papier.

« C'est l'adresse d'un lien sur le net sur lequel vous pourrez étudier le montage et l'utilisation de cette arbalète. Je vous conseille vivement de regarder avec attention toutes les vidéos qui se trouvent sur le site. »

Ditlev lut l'adresse :

http://www.excaliburcrossbow.com/demo/listnings.php?category-id=47

« Pourquoi ? » demanda Ditlev.

« Parce que c'est vous qui gagnerez au tirage au sort. »

23

De retour dans la cave, Carl découvrit qu'une seule et unique table avait été assemblée. A genoux au pied du meuble, armée d'un cruciforme, Rose jurait abondamment. *Joli cul*, se dit Carl en l'enjambant sans un mot. Jetant un coup d'œil inquiet sur le plateau du meuble branlant, il y vit une bonne vingtaine de Post-it jaunes sur lesquels il reconnut l'écriture caractéristique d'Assad. Cinq d'entre eux lui signalaient des appels de Marcus Jacobsen. Il froissa ceux-là et les jeta. Il empila les autres en un paquet collant qu'il fourra dans la poche arrière de son pantalon.

Il passa la tête dans le confessionnal qui servait de bureau à son assistant et vit le tapis de prière par terre et le fauteuil vide.

« Il est où ? » demanda-t-il à Rose.

Elle ne daigna pas lui répondre mais tendit l'index vers un point derrière lui.

Il se retourna et trouva Assad installé tranquillement dans son bureau, les pieds au milieu des piles de documents qui jonchaient sa table de travail, apparemment très absorbé par ce qu'il était en train de lire, et tout à fait indifférent à ce qui l'entourait. Il hochait la tête au rythme d'une musique non identifiée en provenance du casque audio qu'il avait sur la tête. Une tasse de thé fumant était posée sur le tas de dossiers que Carl avait baptisé *Affaires de première catégorie,* c'est-à-dire celles pour lesquelles on n'avait pas trouvé de coupable. Le tableau était charmant et évoquait le dur labeur.

« On peut savoir ce que tu fabriques ? » dit-il, si fort qu'Assad, telle une marionnette désarticulée, se mit à remuer bras et jambes, ce qui eut pour effet de disperser les feuilles qu'il tenait entre les mains et de renverser le thé bouillant sur la table, menaçant de déliquescence une bonne partie des documents qui s'y trouvaient.

Mortifié, il se mit à éponger les dégâts avec la manche de son pull-over. Il fallut que Carl pose une main rassurante sur son épaule pour que l'expression traquée de son visage laisse place à son fameux sourire railleur qui disait à la fois : « Je suis désolé » et : « J'ai plein de trucs à vous raconter. » Il retira enfin ses écouteurs.

« Excusez-moi d'être assis dans votre bureau, Chef. Mais elle fait tellement de bruit que dans le mien je n'arrivais pas à me concentrer. »

Il désigna du pouce le couloir où Rose déversait des jurons en un flux aussi constant que celui des diverses délicatesses qui dégoulinaient à l'intérieur des tonnes de conduites apparentes qui passaient sur les murs du sous-sol.

« Tu ne voudrais pas l'aider à assembler ces tables, s'il te plaît, Assad ? »

Son assistant posa un doigt sur ses lèvres charnues pour lui intimer le silence. « Elle veut y arriver toute seule. Je lui ai déjà proposé un coup de main.

— Tu veux bien venir une minute, Rose », cria Carl, jetant par terre dans un coin le tas de documents le plus détrempé.

Elle se planta devant eux, les yeux noirs de rage et le poing si serré autour du manche du tournevis que les jointures de ses doigts étaient livides.

« Je te donne dix minutes pour installer tes deux nouvelles chaises dans ce bureau ! Assad, tu l'aides à les déballer. »

Ils étaient assis devant lui comme deux bons élèves, l'air attentif. Les chaises n'étaient pas mal, même si leurs pieds en métal peints en vert n'étaient pas vraiment à son goût. Encore une chose à laquelle il allait devoir s'habituer.

Il leur parla de sa découverte dans la maison d'Ordrup et posa la boîte en fer sur la table devant eux.

Rose ne réagit pas mais Assad ouvrit des yeux si ronds qu'ils semblaient vouloir lui sortir de la tête.

« Si on trouve des empreintes sur ces cartes de Trivial Pursuit et qu'elles concordent avec celles de l'une ou l'autre des victimes de Rørvig, je suis prêt à parier que tous les objets contenus dans cette boîte portent des empreintes de gens qui ont été confrontés à des épisodes violents », dit-il, et il marqua un temps, attendant que l'expression de ses deux interlocuteurs lui indique qu'ils avaient compris ce qu'il venait de dire.

Il disposa l'ours en peluche et les six pochettes plastique en ligne devant eux. Un mouchoir, une montre, une boucle d'oreille et les deux pochettes contenant chacune une carte de Trivial Pursuit.

« Qu'il est mignon ! » minauda Rose en regardant le nounours. Pas étonnant de sa part.

« Pouvez-vous me dire ce qu'il y a de plus remarquable parmi ces objets ?

— Il y a deux poches différentes contenant des cartes de Trivial Pursuit », répondit Rose sans hésiter. Elle suivait quand même, alors ? Il n'aurait pas cru.

« Exact, Rose. Ce qui signifie ?

— Ce qui signifie probablement que chaque poche concerne un individu et pas un événement », dit Assad. « Sinon, on aurait sûrement mis les deux cartes dans la même pochette ! Deux personnes ont été assassinées à Rørvig, donc il y a deux pochettes. » Il écarta les bras et son visage se fendit en un grand sourire. « Une pochette par individu assassiné.

— Absolument », dit Carl. Il n'avait plus aucun doute sur les capacités de déduction d'Assad.

Rose joignit les mains et les porta lentement jusqu'à sa bouche. Elle seule aurait pu dire si son geste exprimait la compréhension, le choc ou les deux à la fois.

« Vous voulez dire qu'il pourrait être question de six meurtres ? » demanda-t-elle.

« Six meurtres ! Absolument ! » s'écria-t-il. Ils étaient enfin sur la même longueur d'onde.

Rose regarda à nouveau le petit ours en peluche. Pour une raison ou pour une autre, elle ne parvenait pas à voir quel rapport il avait avec le reste. Il est vrai que cela n'avait rien d'évident.

« Ce petit joujou-là n'a peut-être rien à voir, vu qu'il n'a pas été rangé dans une poche plastique. »

Ils restèrent quelques instants silencieux tous les trois à le contempler.

292

« On ne peut évidemment pas affirmer que tous ces objets sont liés à un meurtre, mais cela reste une possibilité. Donne-moi la liste de Johan Jacobsen, s'il te plaît, Assad », dit-il en tendant la main. « Elle est sur le panneau d'affichage derrière toi. »

Il posa la liste sur la table de façon à ce qu'ils puissent la voir tous les deux et attira leur attention sur les vingt événements que Johan Jacobsen avait cru bon de relever.

« Rien ne prouve que ces agressions aient quoi que ce soit à voir avec les meurtres de Rørvig. Elles ne sont peut-être même pas liées les unes aux autres. Nous devons trouver un lien entre l'un de ces objets et une de ces affaires. Pour ça, il faut que nous les reprenions toutes depuis le début. Il nous suffit de trouver une autre agression à laquelle nous pouvons connecter la bande du pensionnat. Une seule, et c'est gagné. Qu'est-ce que tu en penses, Rose, tu veux t'en occuper ? »

Elle baissa les mains et le regarda d'un air peu avenant. « Vous avez vraiment le chic pour envoyer des signaux contradictoires, Carl. Vous êtes tout le temps entre *On a rien à se dire* et *On fait une super-équipe*. Un jour il faut assembler des tables, le lendemain il faut laisser tomber. Je fais quoi, moi ? Dans dix minutes ça va encore changer, de toute façon.

— Euh, attends une seconde, il y a un truc que tu n'as pas compris. Tu dois assembler ces putains de tables, maintenant que tu les as commandées.

— Je trouve ça carrément nul que vous soyez deux mecs et que ce soit moi qui sois obligée de me coltiner le boulot. »

Là, Assad réagit : « Je t'ai proposé mon aide, je te signale !

— J'en ai marre, je n'arrête pas de me faire mal avec tous ces bouts de ferraille ! Je me pince, je me cogne, c'est l'enfer !

— Tu les as voulues, tu les montes. Et il faut que ce soit terminé d'ici demain. On a un groupe de Norvégiens qui vient nous voir. Tu as oublié ? »

Elle recula comme s'il avait mauvaise haleine. « Et voilà, ça recommence. Une délégation norvégienne ! Et bien sûr, je suis supposée être au courant. Une visite ici ? Dans cette foire à la brocante ? Sans parler du choc qu'ils vont avoir en entrant dans le cagibi d'Assad !

— Alors, fais quelque chose pour y remédier, Rose.

— Ben voyons ! Parce que c'est moi qui dois faire ça aussi ? Ça commence à faire un peu beaucoup, vous ne trouvez pas ? Je suppose que vous comptez sur nous pour bosser toute la nuit ? »

Il réfléchit à cette dernière suggestion. Ce n'était pas une mauvaise idée.

« Non, quand même pas, mais ce serait bien si vous embauchiez tous les deux à cinq heures demain matin », répondit-il.

« A cinq heures ! Alors là, je suis sur le cul ! Non mais, franchement, ça va pas bien dans votre tête ? » s'exclama-t-elle tandis que Carl se demandait auprès de qui il allait se renseigner au commissariat du centre-ville pour comprendre comment ils avaient réussi à supporter cette emmerdeuse plus d'une semaine.

« Ecoute, Rose », essaya Assad, diplomate. « C'est juste parce qu'on commence à bien avancer sur cette affaire, alors. »

Elle bondit. « Assad, tu fais chier ! Qui t'a demandé de venir gâcher une bonne engueulade. Et puis arrête de coller des *alors* à tout bout de champ. Je t'ai entendu parler au téléphone, tu t'en sors très bien sans ça. »

Elle se tourna vers Carl à nouveau : « Je vais vous dire ce qu'on va faire. Lui », dit-elle en montrant Assad du doigt, « il va assembler ces fichues tables. Pendant ce temps-là, moi, je m'occupe du reste. Et demain, j'arriverai à cinq heures et demie parce qu'il n'y a pas de bus plus tôt. » Elle prit le nounours sur la table et le fourra dans la poche de poitrine de Carl.

« Quant à celui-là, vous allez vous débrouiller tout seul pour trouver son propriétaire, d'accord ? »

Assad et Carl avaient tous les deux la tête baissée quand elle sortit en trombe du bureau.

« On a vraiment commencé à s'occuper de cette affaire, alors ? » Assad eut l'air de se demander si son *alors* était justifié dans ce contexte.

« Non, pas encore, on verra ça demain. » Carl sortit la liasse de Post-it de sa poche arrière. « Tu n'as pas chômé, apparemment ? Tu as trouvé quelqu'un au pensionnat qu'on va pouvoir interroger ? C'est qui ?

— J'étais en train de m'en occuper quand vous êtes arrivé, alors. » Il se pencha sur la table et prit quelques photocopies tirées d'un ancien journal de l'école.

« J'ai appelé la pension, mais ils n'ont pas eu l'air ravis quand je leur ai dit que je cherchais quelqu'un avec qui je pourrais parler de Kimmie et des autres. C'était surtout l'histoire des meurtres qui les ennuyait. Je crois qu'ils ont voulu renvoyer Pram et Dybbøl-Jensen et aussi Wolf et Florin quand on a enquêté sur eux, au moment des meurtres. » Il secoua la tête. « Ça n'a pas donné grand-chose. Mais après j'ai eu l'idée de chercher un copain de classe de celui qui s'est tué en tombant dans la piscine de Bellahøj. Et puis j'ai aussi trouvé un professeur qui travaillait dans l'établissement quand la bande y était. Peut-être qu'il voudra bien nous parler, vu qu'il n'y est pas resté très longtemps. »

Il était presque huit heures du soir et Carl contemplait le lit vide de Hardy à la clinique du dos.

Il happa la première personne habillée en blanc qui passa devant lui. « Où est-il ? » Il craignait le pire.

« Vous êtes de la famille ?

— Oui », répondit-il, fort de son expérience en la matière.

— M. Henningsen souffre de complications. Il a de l'eau dans les poumons. Nous l'avons transféré dans un service où nous pourrons mieux nous occuper de lui. » L'infirmière désigna une porte qui portait l'inscription SOINS INTENSIFS. « Ne restez pas trop longtemps », ajouta-t-elle. « Il est très fatigué. »

Voyant Hardy allongé là, Carl ne pouvait plus douter du fait que son état avait empiré. Le respirateur artificiel tournait pleins gaz. A moitié assis dans son lit, torse nu, les bras posés au-dessus de la couverture, il avait le visage presque entièrement caché par un masque, un tuyau dans le nez, un goutte-à-goutte et Dieu sait combien de moniteurs autour de lui.

Ses yeux étaient ouverts, mais il était trop las pour lui rendre son sourire.

« Salut, vieux », dit Carl en posant délicatement la main sur son bras. Hardy ne sentait rien mais tout de même. « Qu'est-ce qui t'arrive ? Il paraît que tu as de l'eau dans les poumons ? »

Hardy répondit quelque chose mais sa voix se perdit dans son masque et dans le ronronnement des appareils. Carl approcha son oreille de la bouche de son ami. « Répète, s'il te plaît.

— J'ai du suc gastrique dans les poumons », annonça une voix d'outre-tombe.

Beurk ! se dit Carl en pressant le bras paralysé de Hardy. Puis à voix haute : « Tu vas guérir, Hardy, tu m'entends ?

— La zone sensible sur mon avant-bras s'est étendue », répondit-il en chuchotant. « Quelquefois c'est douloureux comme une brûlure, mais je ne l'ai dit à personne. »

Carl savait pourquoi Hardy gardait le secret sur cette amélioration de son état et ça ne lui plaisait pas. Il savait que Hardy espérait retrouver assez de mobilité dans un de ses bras pour attraper les ciseaux à pansements et s'ouvrir la jugulaire. Du coup, il avait un peu de mal à partager son enthousiasme.

« J'ai un problème, Hardy, et j'ai besoin que tu m'aides. » Carl tira une chaise jusqu'au lit pour s'asseoir. « Tu connais Lars Bjørn bien mieux que moi puisque vous avez commencé votre carrière ensemble à Roskilde. Peut-être pourrais-tu m'expliquer ce qui se passe dans mon service ? »

Il lui exposa brièvement la façon dont il avait tout à coup été freiné dans son enquête. Il lui dit que Bak pensait que c'était Lars Bjørn qui lui avait mis des bâtons dans les roues avec l'aval de la directrice de la PJ.

« Ils m'ont même pris ma carte de police », dit-il pour conclure.

Hardy regardait le plafond. S'il avait été dans son état normal, il aurait allumé une cigarette.

« Lars Bjørn porte toujours une cravate bleu marine, n'est-ce pas ? » demanda-t-il péniblement au bout d'un moment.

Carl ferma les yeux. Oui, effectivement. Lars Bjørn ne sortait jamais sans cravate, et elle était bien bleu marine.

Hardy essaya de tousser, mais le bruit qui sortit de sa poitrine ressemblait plutôt à celui que fait une bouilloire sur le feu quand presque toute l'eau s'est évaporée.

« Lars Bjørn est un ancien élève du pensionnat, Carl », murmura-t-il d'une voix faible. « Il y a quatre petites coquilles Saint-Jacques sur sa cravate. C'est sa cravate d'uniforme scolaire. »

Carl digéra l'information. Il y avait eu une histoire de viol au pensionnat quelques années plus tôt et le scandale avait failli détruire la réputation de l'école du jour au lendemain. L'affaire sur laquelle il travaillait actuellement l'anéantirait.

Merde alors ! Lars Bjørn venait de ce cours privé, lui aussi. Quel rôle jouait-il dans cette histoire ? Voulait-il simplement protéger la réputation de son école, être le gardien de son éthique, ou y avait-il une autre raison ? On dit qu'un ancien interne reste éternellement fidèle à son école.

Il hocha lentement la tête. Bien sûr. Ce n'était pas plus compliqué que cela.

« OK, Hardy », dit-il en pianotant sur le drap. « Tu es génial, tout simplement génial. D'ailleurs je n'en ai jamais douté ! » Il caressa la tête de son ancien équipier. Ses cheveux avaient une texture humide et semblaient sans vie.

« Tu n'es pas fâché contre moi, Carl ? » dit la voix à l'intérieur du masque.

« Et pourquoi serais-je fâché contre toi ?

— Tu sais bien, l'affaire du pistolet à clous. Et les trucs que j'ai dits à la psychologue.

— Hardy, bon Dieu ! Dès que tu seras sorti d'ici, nous allons reprendre l'enquête tous les deux, d'accord ? Je comprends très bien que tu aies toutes sortes d'idées bizarres sur cette affaire pendant que tu es coincé ici. C'est tout à fait normal.

— Mes idées n'ont rien de bizarre, Carl. Il y a quelque chose de pas clair dans cette histoire. Et plus j'y pense, plus je crois qu'Anker avait quelque chose à cacher.

— On résoudra l'énigme ensemble le temps venu, OK, mon vieux ? »

Hardy resta un long moment sans rien dire, laissant le respirateur faire son boulot, et Carl attendit, regardant sa cage thoracique monter et descendre.

« Tu veux bien me rendre un service ? » dit enfin Hardy, rompant le silence.

Carl se recula sur sa chaise. C'était l'instant qu'il redoutait le plus quand il venait rendre visite à son camarade. Chaque fois, il lui demandait de l'aider à mettre fin à ses jours. L'euthanasie, un joli mot savant, le meurtre par compassion, un concept plein d'humanité. Mais dans tous les cas une idée qui faisait froid dans le dos.

Carl ne craignait pas la sanction qui s'ensuivrait. Il n'avait pas de problème de conscience, il ne pouvait pas s'y résoudre, voilà tout.

« Non, Hardy, ne me demande pas ça. Plus jamais. Ne crois pas que je n'y aie pas réfléchi. Je suis désolé, vieux frère. J'en suis incapable.

— Non, Carl, c'est autre chose. » Il passa la langue sur ses lèvres desséchées, comme pour aider le message à les franchir : « Je voudrais venir vivre chez toi. »

Le silence qui s'installa ensuite fut atroce. Carl était tétanisé. Les mots restaient coincés dans sa gorge.

« Je me suis dit que le gars qui habite chez toi pourrait s'occuper de moi, non ? »

Son désespoir avait le tranchant d'une lame.

Carl secoua imperceptiblement la tête. Morten Holland infirmier ? A domicile ? Dans sa maison ? Impossible.

« L'Etat est très généreux avec les gardes-malades. Je me suis renseigné. On peut même demander la visite d'une infirmière jusqu'à plusieurs fois par jour. Ce n'est pas un problème. Il n'y a pas de quoi avoir peur, Carl. »

Carl n'osa pas le regarder dans les yeux. « Tu sais, Hardy, chez moi, ce n'est pas du tout adapté. C'est tout petit. En plus, Morten habite dans la cave, ce qui est tout à fait interdit.

— Je pourrais être couché dans le salon, Carl. » Sa voix était rauque à présent. On aurait dit qu'il faisait un effort surhumain pour ne pas pleurer, mais c'était peut-être simplement dû à son état général. « Tu as un grand salon, n'est-ce pas, Carl ? Tu n'auras qu'à m'installer dans un coin. Personne n'a besoin d'être au courant pour Morten et le fait qu'il habite dans la cave. Il y a trois chambres au premier si je me rappelle bien ? Il n'y aura qu'à mettre un lit dans une chambre en haut, ce qui ne l'empêchera pas de continuer à dormir au sous-sol. » Ce géant était en train de le supplier. Incroyable comme un homme peut être grand et tout petit à la fois.

« Ecoute, Hardy… » Carl ne savait pas quoi dire. Il ne pouvait pas imaginer sérieusement ce grand lit d'hôpital et tout cet appareillage dans son salon. Les difficultés qui en découleraient feraient nécessairement exploser le fragile équilibre de son foyer. Morten s'en irait. Jesper deviendrait odieux et passerait son temps à se plaindre. Quand bien même il l'aurait voulu, en théorie en tout cas, ce n'était pas envisageable.

« Tu es beaucoup trop malade, Hardy. Si seulement tu l'étais un peu moins. » Il fit une longue pause, espérant que Hardy viendrait à son secours, mais il se tut. « Attendons de voir si tu retrouves encore un peu de sensibilité, et on en reparle, d'accord ? »

Il regarda son ami fermer lentement les yeux. L'espoir déçu avait éteint l'étincelle de vie en lui.

Attendons de voir.

Comme s'il pouvait faire autrement.

Carl n'était pas venu travailler aussi tôt le matin depuis ses débuts dans la police criminelle. Bien qu'on soit vendredi, il avait parfois roulé plusieurs kilomètres d'affilée sans rencontrer de bouchon sur l'autoroute de Hillerød. Dans le garage de l'hôtel de police, des fonctionnaires mal réveillés claquaient mollement la portière de leur voiture. Dans le poste de garde flottait une odeur de café. Les gens prenaient leur temps.

Une bonne surprise l'attendait au sous-sol. Plusieurs tables réglées à une confortable hauteur de coude meublaient le couloir d'accueil du département V. Des centaines de documents avaient été soigneusement empilés en petits tas, selon un système de rangement qui allait probablement susciter quelques discussions orageuses par la suite. Trois panneaux d'affichage couverts de coupures de journaux concernant l'affaire étaient suspendus au mur. Sur la dernière table, recroquevillé dans la position du fœtus, Assad dormait du sommeil du juste sur son petit tapis de prière richement ornementé.

Depuis le fond du couloir où se trouvait le bureau de Rose, il entendit une version très personnelle et sifflée à tue-tête de l'*Aria* de Jean-Sébastien Bach couvrant l'enregistrement initial à peine audible. L'ensemble aurait pu passer pour un concert d'orgue contemporain.

Dix minutes plus tard, ses deux collaborateurs étaient assis en face de lui, une tasse de thé brûlant à la main, dans ce qui avait jadis été son bureau et qu'il reconnaissait à peine à présent.

Rose le regarda enlever sa veste et la suspendre au dossier de son fauteuil. « Jolie chemise, Carl », dit-elle. « Je vois que tu as pensé à récupérer le nounours, bien vu ! » ajouta-t-elle en désignant la protubérance qu'il avait sur la poitrine.

Il acquiesça. Il l'avait mis là pour penser à faire muter Rose dans un autre service qui n'avait rien demandé aussitôt que l'occasion se présenterait.

« Alors, Chef ? » s'enquit Assad avec un geste circulaire dans le bureau où le regard n'était plus arrêté par le moindre obstacle. La pièce aurait enchanté un adepte du feng shui. Des lignes pures et un sol nu.

« Johan est venu nous donner un coup de main. Il a repris le travail hier », expliqua Rose. « Après tout, c'est lui qui a déclenché tout ça. »

Carl fit un effort pour rendre son sourire plus aimable. Il était assez satisfait en réalité. Bien qu'un peu abasourdi.

Quatre heures plus tard, ils étaient tous assis à leurs bureaux respectifs, prêts à accueillir la délégation norvégienne. Chacun connaissait son rôle. Ils avaient parcouru ensemble la liste des agressions et vérifié que les empreintes sur les cartes de Trivial Pursuit correspondaient bien à la victime Søren Jørgensen, et, bien que légèrement plus effacées, à sa sœur Lisbet. A présent ils devaient découvrir qui avait ramassé les cartes sur les lieux du crime. Si c'était Bjarne Thøgersen, pourquoi ces cartes se trouvaient-elles maintenant dans la boîte secrète de Kimmie à Ordrup ? Et s'ils découvraient qu'il y avait d'autres personnes que le coupable présumé dans la maison au moment du double assassinat, cette information serait en totale contradiction avec la version retenue par la cour lors du procès.

L'euphorie générale avait même atteint Rose qui, dans son bureau, travaillait avec acharnement à éclaircir les circonstances de la mort de Kristian Wolf au lieu d'assassiner Bach. Assad, quant à lui, cherchait activement la trace de K. Jeppesen, le professeur qui avait brièvement enseigné la littérature danoise à Kimmie et ses camarades.

Il y avait encore du boulot avant l'arrivée des Norvégiens.

A dix heures vingt, Carl comprit qu'il ne servait plus à rien d'attendre.

« Ils ne descendront pas si je ne vais pas les chercher », lança-t-il en attrapant son dossier.

Il gravit quatre à quatre les marches de pierre du grand escalier de la rotonde.

« Ils sont là-dedans ? » demanda-t-il au passage à deux collègues à l'air aussi soucieux que si on leur avait demandé de dénouer le nœud du roi Gordias[1]. Ils hochèrent la tête.

Il y avait au moins quinze personnes dans le réfectoire. Le chef de la Criminelle, Lars Bjørn, Lis et son bloc-notes, plusieurs jeunes loups engoncés dans des costumes mal coupés, qui devaient venir du ministère de la Justice, et enfin cinq types portant des tenues bariolées et qui, contrairement à tous les autres, l'accueillirent avec un grand sourire. Un bon point pour les envahisseurs venus d'Oslo.

« Tiens, tiens, mais voilà Carl Mørck en personne, quelle bonne surprise ! » s'exclama le chef de la Criminelle avec un sourire hypocrite.

Carl serra la main de tout le monde, y compris celle de Lis, et se présenta aux Norvégiens de façon très intelligible. Lui en revanche ne comprenait pas un mot de ce qu'ils disaient.

« Dans un petit moment, nous irons visiter les bas-fonds de cette grande maison », annonça Carl en évitant le regard noir que lui lançait Lars Bjørn. « Mais avant tout, j'aimerais vous faire part de la façon dont je conçois mon rôle à la tête du tout nouveau département V. »

---

1. Mythologie : le roi Gordias, père de Midas, façonna un nœud réputé indénouable afin de protéger son royaume.

Il prit place devant le grand tableau blanc sur lequel ses collègues avaient apparemment commencé leur exposé. « D'abord, est-ce que tout le monde comprend ce que je dis ? »

Il prit note de leurs hochements de tête enthousiastes et remarqua au passage les quatre coquilles Saint-Jacques sur la cravate bleu marine de Lars Bjørn.

Pendant une vingtaine de minutes, il fit aux Norvégiens un compte rendu de l'affaire Merete Lynggaard, qu'ils semblaient d'ailleurs bien connaître, à en croire les mimiques dont ils ponctuèrent son récit, et il conclut brièvement en parlant de l'enquête en cours.

Les types du Ministère eurent l'air surpris. Ils n'en avaient visiblement jamais entendu parler.

Carl se tourna vers Marcus Jacobsen et poursuivit :

« Nous avons rassemblé plusieurs preuves irréfutables démontrant qu'un membre au moins de la bande connue sous le nom de *bande du pensionnat*, la dénommée Kimmie Lassen, a été directement ou indirectement mêlé aux meurtres de Rørvig. » Il décrivit dans quelles circonstances ces preuves avaient été trouvées, précisant qu'un témoin fiable avait assisté à la récupération de la boîte. Le regard de Lars Bjørn s'assombrissait de minute en minute.

« Bjarne Thøgersen a pu lui confier cette boîte métallique avant d'être incarcéré puisqu'ils vivaient ensemble », suggéra judicieusement le chef de la brigade criminelle. Cette possibilité avait été évoquée au cours des discussions qu'ils avaient eues au département V avec Assad et Rose.

« C'est possible mais peu probable. Regardez la date du journal. Elle correspond au jour où, selon Bjarne, Kimmie est venue s'installer chez lui. Je pense au contraire que Kirsten-Marie Lassen a rangé dans cette boîte des objets compromettants et qu'elle l'a soigneusement cachée ensuite de manière à ce que personne ne la trouve. Mais il peut y avoir d'autres explications. Nous espérons retrouver Kimmie Lassen afin de l'interroger au plus vite à ce sujet. Et pour ce faire, nous aimerions lancer un avis de recherche national et souhaiterions deux hommes supplémentaires pour surveiller le secteur de la gare centrale de Copenhague et pour filer Tine la toxicomane ainsi que ces messieurs Pram, Dybbøl-Jensen et Florin. » En prononçant la fin de sa phrase, il fusilla Lars Bjørn du regard, avant de se tourner vers les Norvégiens : « Il s'agit de trois anciens élèves pensionnaires d'une école privée célèbre, qui furent suspectés jadis dans le dossier que nous avons réouvert. Ces hommes, bien connus au Danemark, sont aujourd'hui des citoyens respectables, évoluant dans les milieux les plus élevés de notre société », leur expliqua-t-il.

Le chef de la Criminelle commençait lui aussi à froncer le sourcil.

« Vous avez sans doute pu constater, au cours de l'admirable travail que vous faites avec la Kripos[1], que ce genre de trouvaille providentielle permet parfois de faire la lumière sur tout un tas d'autres crimes jamais élucidés à leur époque, et même pris pour de simples accidents dans certains cas », dit Carl en s'adressant

---

1. Une section de la police criminelle fondée en 1959 en Norvège.

aux Norvégiens qui éclusaient du café comme s'ils venaient de faire un voyage en avion de soixante heures sans boire ni manger, en provenance d'un pays privé de café depuis l'invasion allemande.

L'un d'eux leva la main pour lui poser une question avec son accent chantant. Carl dut lui faire répéter plusieurs fois, jusqu'à ce que l'un des fonctionnaires vienne à son secours :

« L'inspecteur Trønne voudrait savoir s'il a été établi une liste de crimes qui pourraient être liés aux meurtres de Rørvig », traduisit-il.

Carl le remercia d'un signe de tête courtois. Comment diable était-il parvenu à extraire une question sensée de ce gazouillis ?

Il sortit de son dossier la liste de Johan Jacobsen et la fixa au tableau blanc. « Le chef de la brigade criminelle a participé à cette première phase de l'enquête préliminaire. » Il jeta un coup d'œil plein de gratitude à Marcus, qui, bien que souriant poliment aux gens qui se trouvaient autour de lui, avait l'air totalement dépassé par les événements.

« Il faut savoir que notre chef de brigade a eu la gentillesse de mettre à la disposition du département V un employé civil, membre du personnel administratif et logistique, un Calog, comme on dit dans notre jargon. Je suis bien conscient que c'est grâce à des collaborateurs comme Marcus et ses hommes et à un excellent travail d'équipe que j'avance aussi rapidement dans mes enquêtes. Il ne faut pas oublier qu'il n'y a que deux semaines que nous nous occupons de cette affaire, qui remonte à une vingtaine d'années. Marcus, encore une fois, je tiens à te dire merci. »

Il leva un verre imaginaire à la santé de Marcus, bien conscient que les représailles ne tarderaient pas.

Malgré toutes les ruses que Lars Bjørn avait trouvées pour boycotter le département V, Carl Mørck n'eut aucune difficulté à faire descendre les Norvégiens à la cave.

Le fonctionnaire de service se mit en quatre pour lui permettre de profiter des commentaires de ses homologues étrangers. Ils dirent leur admiration pour la sobriété des Danois, leur remarquable économie de personnel et de moyens et la façon dont ils faisaient passer le résultat avant tout. Ce compte rendu ne manquerait pas d'en agacer quelques-uns s'il parvenait aux oreilles de ceux d'en haut.

« Il y a un type qui me suit partout et qui n'arrête pas de me poser des questions auxquelles je ne comprends rien. Tu parles norvégien, toi ? » glissa-t-il à l'oreille de Rose pendant qu'Assad chantait les louanges de la police danoise et de sa politique d'intégration, tout en donnant un aperçu de son travail d'esclave avec des phrases étonnamment claires et concises.

Rose prit la parole en survolant un certain nombre d'affaires qu'elle avait classées dans la nuit dans le norvégien le plus limpide et compréhensible que Carl ait jamais entendu : « Voici comment nous procédons… »

Quoi qu'il lui en coûtât, force lui fut d'admettre qu'ils s'étaient tous les deux très bien débrouillés.

Dans le bureau de Carl, ils eurent droit à une visite guidée du tremplin d'Holmenkollen par une journée ensoleillée, projetée sur l'écran plat en l'honneur de leurs invités. Assad s'était procuré à la librairie voisine, dix minutes avant leur arrivée, un DVD montrant les hauts lieux touristiques de la belle ville d'Oslo. Tout le monde était ému aux larmes. Le ministre de la Justice allait jubiler quand ils seraient tous réunis pour déjeuner dans une heure.

Un Norvégien, qui se présenta de façon inintelligible et qui devait être le chef de la délégation, invita Carl à Oslo et fit un discours chaleureux sur la fraternité de leurs deux peuples. Et s'il ne parvenait pas à convaincre Carl de venir en Norvège, il allait au moins se joindre à eux pour déjeuner, n'est-ce pas ? Mais peut-être n'avait-il pas de temps pour cela non plus ? Alors qu'il accepte au moins une sincère poignée de main, amplement méritée.

Après leur départ, Carl regarda ses deux assistants avec ce qui l'espace d'un instant aurait pu passer pour de la reconnaissance et de l'amitié. Pas uniquement pour leur efficacité en présence des Norvégiens, mais parce que grâce à eux il allait sans doute être convoqué au deuxième étage pour finir de s'expliquer et très certainement récupérer sa carte de police. Et si on lui rendait cette carte, sa mise à pied deviendrait de l'histoire ancienne avant même d'avoir été en vigueur. Et si cette suspension n'avait plus lieu d'être, alors il n'avait plus besoin non plus d'une thérapie, et au lieu de voir Mona Ibsen à son cabinet, il irait dîner avec elle ainsi qu'il était convenu. Et s'ils dînaient ensemble, alors qui sait ce qui arriverait.

Il était sur le point de leur dire une ou deux choses aimables, voire de leur faire quelques compliments en prenant garde de ne pas gonfler leur ego outre mesure, et en tout cas de ne pas leur promettre qu'aujourd'hui, exceptionnellement, ils seraient autorisés à partir une heure plus tôt… quand le téléphone sonna et réduisit toutes ces bonnes intentions à néant.

L'appel faisait suite à un message qu'Assad avait laissé au lycée de Rødovre et il provenait d'un professeur répondant au nom de Klavs Jeppesen.

Il était d'accord pour rencontrer Carl, et il avait effectivement travaillé au pensionnat dans les années quatre-vingt. Il se rappelait très bien cette époque.

Et il n'en avait pas gardé de bons souvenirs.

24

Elle trouva Tine recroquevillée sous l'escalier d'un immeuble de Dybbølsgade, non loin de la place Enghave. Elle était sale, contusionnée et en pleine crise de manque. Elle se cachait là depuis plus de vingt-quatre heures et, à en croire les clodos de la place, refusait de bouger.

Elle s'était réfugiée dans le coin le plus reculé. Dans l'obscurité presque totale.

Elle sursauta quand Kimmie vint la rejoindre.

« Oh, mon Dieu, c'est toi, Kimmie chérie », s'écria-t-elle avec soulagement en se jetant dans ses bras. « Salut, Kimmie. Oh, ma chérie, bonjour. C'est vraiment toi. Tu es la seule personne que j'avais envie de voir. » Elle tremblait comme une feuille, elle claquait des dents.

« Qu'est-ce qui t'est arrivé ? » lui demanda Kimmie. « Pourquoi est-ce que tu te caches ici ? Et pourquoi est-ce que tu es dans cet état ? » Elle caressa doucement la joue tuméfiée de son amie. « Qui est-ce qui t'a frappée, Tine ?

— Tu as eu mon message, hein, Kimmie ? » Elle s'écarta légèrement et la regarda avec ses yeux jaunes et injectés de sang.

« Oui. Merci, Tine.

— Tu vas me donner les mille couronnes, alors ? »

Kimmie hocha la tête et essuya la sueur qui coulait sur le front de son amie. Son visage était horriblement meurtri. L'un de ses yeux était presque entièrement fermé, sa bouche tordue. Elle avait des hématomes et des bleus partout.

« Il ne faut plus que tu ailles dans les endroits où tu vas d'habitude, Kimmie. » Elle croisa les bras pour tenter de calmer ses tremblements. N'y parvint pas.

« Ces types sont venus chez moi. C'était dur. Mais maintenant je vais rester là et ça va aller, hein, Kimmie ? »

Elle allait lui demander de tout lui raconter dans le moindre détail, quand la porte de l'immeuble grinça. C'était un locataire qui rentrait, et, à en juger par les cliquetis, le sac de supermarché qu'il tenait à la main contenait son ravitaillement en bière. Il avait l'air d'habiter le quartier depuis longtemps. Ses avant-bras étaient couverts de tatouages.

« Vous ne pouvez pas rester là », leur dit-il d'un ton rogue. « Cassez-vous, pouffiasses. »

Kimmie se redressa.

« Je trouve que tu devrais rentrer chez toi et nous laisser tranquilles », dit-elle en se campant devant lui.

« Sinon ? » lui répondit-il. Il avait posé le sac par terre entre ses pieds.

« Sinon je te pète la gueule. »

Il était visiblement ravi de l'apprendre. « Ouaouh, mais c'est que la salope a de la repartie. Tu sais ce que je te propose ? Tu fous le camp avec ta pute toxico répugnante ou tu viens faire un petit tour chez moi. Qu'est-ce que tu en dis ? Et d'ailleurs, après tout, elle n'a qu'à rester là, cette truie, et pourrir sur place. Toi, tu montes avec moi. »

Il essaya de la tripoter mais elle donna un premier coup de poing dans son énorme ventre qui fit un bruit de pâte à pain. Avant qu'il ait eu le temps de réagir, elle le frappa une deuxième fois et son visage étonné se tordit de douleur. Toute la cage d'escalier vibra comme sous l'effet d'un coup de tonnerre quand il s'écroula par terre, gémissant, le front contre les carreaux froid, tandis que Kimmie reprenait sa place auprès de Tine.

« Qui est passé chez toi ? Des hommes, mais qui ? D'où venaient-ils ?

— Ceux qui te cherchent dans la gare m'ont tabassée parce que je ne voulais rien dire sur toi, Kimmie. » Elle essaya de sourire, mais n'y parvint pas, tant la partie gauche de son visage était enflée. Elle remonta les genoux sous son menton. « Je m'en fous, je vais rester ici. Je les emmerde.

— Qui ça, les flics ?

— Non, pas eux ! Le keuf, là, il était plutôt cool. Non, je veux dire ces connards qui essayent de te retrouver parce qu'on les a payés pour ça. Il faut que tu fasses gaffe. »

Elle attrapa le bras décharné de Tine. « Ils t'ont frappée ! Tu leur as dit quelque chose ? Essaye de te rappeler !

— Ecoute, Kimmie, j'ai besoin d'un fix, OK ?

— Tu vas les avoir tes mille balles, Tine. Je te l'ai promis. Est-ce que tu leur as parlé de moi ?

— J'ose pas aller dans la rue, là. Il va falloir que tu m'apportes la came, hein, Kimmie ? Et puis aussi un

313

Cocio[1] et des clopes. Et puis deux, trois canettes de bière aussi, d'accord ?

— Oui, je m'en occupe. Allez, Tine, sois gentille, réponds-moi. Qu'est-ce que tu leur as dit ?

— Tu veux pas aller me chercher les trucs d'abord ? »

Kimmie regarda Tine attentivement. De toute évidence, elle était terrifiée à l'idée que Kimmie refuse de lui apporter sa dose et tout le reste quand elle lui aurait raconté ce qui s'était passé.

« Allez, accouche, Tine !

— Tu m'avais promis, Kimmie ! » Elles se regardèrent un instant les yeux dans les yeux. « Tu comprends, ils me frappaient. Ils n'arrêtaient pas de me cogner dessus, Kimmie. Alors je leur ai dit qu'on se retrouvait sur le banc toutes les deux de temps en temps, et puis je leur ai dit aussi que je t'avais souvent vue descendre par Ingerslevsgade, et que je pensais que tu devais habiter par là. » Elle regarda Kimmie avec un regard suppliant. « C'est pas par là que t'habites, hein, Kimmie ?

— Tu ne leur as rien dit d'autre ? »

Tine se mit à marmonner. Ses tremblements s'accentuèrent. « Non, ch'te l'promets, Kimmie. Rien d'autre.

— Et après ils sont partis ?

— Oui, mais ils vont p't'être rev'nir, mais je dirai rien d'autre que ça. De toute façon, j'sais rien. »

Elles se regardèrent à nouveau dans la pénombre. Tine voulait que son amie lui fasse confiance, mais la dernière partie de sa phrase avait inquiété Kimmie.

---

1. L'équivalent scandinave du Cacolac.

Elle en savait plus qu'elle n'en disait.

« Il y a autre chose, Tine ? »

La crise de manque faisait tressauter l'une de ses jambes à présent. « Bah, seulement l'histoire du parc d'Enghave. Que tu r'gardes les enfants jouer et tout ça. »

Tine en avait vu et entendu bien plus que Kimmie ne le pensait. Elle était pourtant certaine que Tine racolait uniquement dans Skelbækgade et dans la partie d'Istedgade qui allait de la gare à Gasværksvej. C'était peut-être dans le parc d'Enghave qu'elle taillait des pipes à ses clients. Ce n'étaient pas les buissons qui manquaient en tout cas.

« Et à part ça, Tine ?

— Ch't'en prie, Kimmie. Ch'peux pas m'souv'nir de tout. Ch'pense qu'à me faire un fix là, tu comprends ?

— Bon, mais après, quand tu auras eu ta dose, tu retrouveras la mémoire ? »

Elle lui fit un sourire désolé.

« Oui, je pense.

— Tu te rappelleras dans quelles rues je vais, et où tu m'as vue ? Et à quoi je ressemble ? Tu te souviendras où je fais mes courses ? A quels moments de la journée je sors de chez moi ? Et aussi que je n'aime pas la bière ? Que je fais du lèche-vitrines sur Strøget ? Et que je ne sors jamais de la ville ? C'est tous ces trucs-là qui vont te revenir ? »

Elle sembla soulagée que Kimmie la mette sur la voie. « Oui, c'est ça, Kimmie. C'est tout ça que je n'dirai à personne. »

Kimmie marchait dans Istedgade en redoublant de prudence. La rue était pleine de coins sombres et de cachettes. Personne ne pouvait y marcher tranquillement avec la certitude qu'il n'était pas suivi des yeux par un observateur invisible dix mètres plus loin.

Elle savait maintenant de quoi ils étaient capables. Il y avait sans doute des tas de gens à ses trousses en permanence.

Cette journée marquait un nouveau tournant dans sa vie. Elle était de nouveau à la croisée des chemins. Une fois de plus, elle était parvenue à un moment de son existence où il fallait mettre les compteurs à zéro et recommencer. Rompre avec son passé. Admettre qu'elle avait atteint le point de non-retour.

Vous ne m'attraperez jamais, se dit-elle en hélant un taxi.

« Conduisez-moi à l'angle de Dannebrogsgade.

— Vous plaisantez ? » Le bras basané du chauffeur appuyé au dossier du siège passager se tendit vers la poignée de la porte.

« Descendez », dit-il en ouvrant la portière. « Est-ce que j'ai une tête à prendre une course pour cinq cents mètres ?

— Voilà deux cents couronnes. Pas besoin de démarrer le compteur. »

Le type devint soudain beaucoup plus arrangeant.

Elle descendit à mi-hauteur de Dannebrogsgade et piqua un sprint jusqu'à Letlandsgade. A première vue personne ne la filait. Elle contourna la place Litauen en rasant les murs et retourna à Istedgade, où elle regarda attentivement la devanture du marchand de légumes.

Je peux y être en trois secondes, se dit-elle.

« Tiens, salut, Kimmie. Te revoilà ! » dit le marchand.

« Mahmoud est dans la réserve ? » demanda-t-elle.

Derrière un rideau, Mahmoud et son frère étaient en train de regarder une émission sur une chaîne arabe quelconque. Elles avaient toutes l'air d'avoir été tournées dans le même studio de télévision par le même réalisateur sans imagination.

« Alors ? » dit Mahmoud, qui était le plus petit des deux hommes. « Tu as fait péter les grenades ? Et le pistolet ? Qu'est-ce que tu en penses ? Il est super, non ?

— Je n'en sais rien, je l'ai donné à quelqu'un. Il m'en faut un autre. Mais cette fois je veux qu'il ait un silencieux. Il me faut aussi deux fix d'héroïne. De la bonne. Et quand je dis de la bonne, je parle sérieusement, d'accord ?

— Là, tout de suite ? T'es givrée, ma pauvre. Tu crois que tu peux débarquer comme ça et demander ce genre de trucs. Un silencieux ! Mais est-ce que tu te rends compte de quoi tu parles ? »

Elle sortit une liasse de billets de son pantalon. Elle savait qu'il y avait plus de vingt mille couronnes. « J'attends dans la boutique. Pas plus de vingt minutes, OK ? Ensuite je te promets que tu n'entendras plus parler de moi. Ça marche ? »

Une minute plus tard, la télévision était éteinte et les deux hommes partis.

On lui donna une chaise et le choix entre un Coca et un thé glacé. Elle n'avait envie ni de l'un ni de l'autre.

Au bout d'une demi-heure un troisième type entra, sans doute un cousin ou un frère. Pas du genre à prendre des risques.

« Viens avec moi derrière. On va discuter tous les deux ! » ordonna-t-il.

« J'ai filé au moins vingt mille couronnes aux deux autres. Tu as la marchandise ? »

— Une seconde », dit-il. « Je ne te connais pas, moi, alors sois gentille de lever les bras d'abord. »

Elle fit ce qu'il lui demandait, en le regardant droit dans les yeux pendant qu'il passait les mains sur ses cuisses, entre ses jambes et jusqu'à son entrejambe où il s'attarda quelques secondes. Ensuite ses mains touchèrent son pubis, ses hanches et ses reins pour revenir sur son ventre, sous sa poitrine, en soulevant les seins, qu'elles palpèrent avec la précision que donne l'habitude, pour finir sur son cou et dans ses cheveux. Ensuite il se détendit un peu, fouilla à nouveau dans ses poches et ses vêtements et posa finalement ses deux mains sur sa poitrine.

« Je m'appelle Khalid », dit-il. « Tu es clean, pas de micros. Et tu es sacrément bien balancée. »

Kristian Wolf avait été le premier à voir l'énorme potentiel de Kimmie et à lui dire qu'elle avait un corps de rêve. C'était avant les agressions dans le chemin vicinal, avant qu'elle ne séduise le délégué de classe des terminales, avant le renvoi du professeur de danois. Il l'avait tripotée ici et là et avait vite compris que Kimmie n'aurait aucune peine à transformer ce qui lui aurait peut-être un jour permis de trouver l'Amour avec un grand A en un appétit sexuel débridé.

Il lui suffisait de caresser doucement sa gorge en lui affirmant qu'il était fou d'elle pour avoir droit à des pelles d'anthologie et toutes les autres caresses dont rêve un adolescent de dix-sept ans.

Kristian avait compris que pour faire l'amour avec Kimmie, il ne fallait pas demander la permission. Il fallait se servir.

Il n'avait pas mis longtemps à initier Torsten, Bjarne, Florin et Ditlev à sa technique de choc. Ulrik avait été le seul à ne pas comprendre le mode d'emploi. Respectueux et bien élevé comme il était, il avait commencé par lui faire la cour et du coup, il n'avait jamais pu la sauter.

Kimmie savait ce qu'elle faisait, et elle avait compris aussi qu'elle rendrait Kristian fou de rage en couchant avec des garçons qui ne faisaient pas partie de la bande.

Ses copines l'avaient prévenue qu'il s'était mis à l'espionner.

Ce qui ne l'étonna pas le moins du monde.

Après le scandale, elle s'était installée seule dans un appartement à Næstved et les cinq garçons s'étaient mis à passer pratiquement tous les week-ends chez elle. Le rituel était toujours le même. Ils commençaient par se projeter des films de violence en vidéo, fumaient du shit et parlaient d'agressions passées ou à venir. Quand les vacances arrivaient, au lieu de rentrer chez eux pour retrouver des parents incapables de les aimer, ils montaient tous dans la Mazda rouge vermillon de Kimmie et prenaient la route au hasard, sans destination précise. Dès qu'ils trouvaient un parc ou un petit bois, ils mettaient des gants et des masques et s'attaquaient à la première personne venue. L'âge et le sexe de leurs victimes étaient sans importance.

Si c'était un homme capable de se défendre, Kimmie enlevait son masque et partait en éclaireur, l'imperméable et le corsage largement déboutonnés et les mains gantées posées sur sa poitrine nue. Comment passer son chemin sans s'arrêter devant un tel spectacle ?

Ensuite ils décidaient s'ils avaient affaire à quelqu'un qui saurait se taire ou s'il valait mieux le réduire au silence.

Tine regarda Kimmie avec autant de reconnaissance que si elle venait de lui sauver la vie. « Tu en as trouvé de la bonne, Kimmie ? » Elle alluma une cigarette et trempa son doigt dans la poudre.

« Super », dit-elle, après l'avoir goûtée. Elle jeta un coup d'œil au sachet. « Il y a trois grammes, hein ? »

Kimmie hocha la tête.

« Maintenant dis-moi ce que la police me voulait.

— Rien de spécial. C'était à propos de ta famille. Ça n'avait rien à voir, j't'assure Kimmie.

— Ma famille ? Comment ça ?

— Ils ont dit qu'ton père était malade. Ils savaient que tu ne chercherais pas à le contacter si tu l'apprenais par hasard. J'suis désolée de t'apprendre ça, Kimmie. » Elle essaya de lui attraper le bras, mais elle ne parvint pas à contrôler son geste.

« Mon père ? » Le simple fait de prononcer ce mot lui fit l'effet d'une giclée de poison dans le corps. « Je ne savais même pas s'il vivait encore. Je pensais qu'il était mort depuis longtemps. Et s'il est vivant, j'espère qu'il crèvera bientôt. » Si le gros sac à bière de tout à l'heure avait été encore là, elle lui aurait donné deux coups de pied dans les côtes. Un pour son père et un pour le plaisir.

« Le flic m'a dit de ne pas te le dire. Et voilà, j'te l'ai dit quand même. Excuse-moi, Kimmie. » Elle regardait avec envie le sachet que Kimmie tenait dans la main.

« Tu as dit qu'il s'appelait comment, le flic ?

— J'me rappelle plus, Kimmie. On s'en fout ! J'te l'ai pas écrit dans mon message ?

— Comment tu sais que c'était un flic ?

— J'ai vu sa carte de police, Kimmie. J'lui ai d'mandé d'me la montrer. »

Dans la tête de Kimmie, les voix lui soufflaient ce qu'elle devait croire. Bientôt elle ne pourrait plus se fier qu'à elles. Un flic qui était à sa recherche parce que son père était malade ?. Foutaises. N'importe qui pouvait se procurer une carte de police. Florin et les autres en étaient bien capables.

« Comment t'as fait pour avoir trois grammes pour mille couronnes, Kimmie ? P'têt' qu'elle est pas pure ? Non, bien sûr qu'elle est coupée, j'suis bête. » Elle sourit à Kimmie d'un air suppliant. Ses yeux étaient à moitié clos, son corps maigre tremblait violemment sous l'effet du manque.

Kimmie lui rendit son sourire et lui tendit le Cocio, les chips, les bières, la pochette d'héroïne, une bouteille d'eau et la seringue.

Qu'elle se débrouille.

Elle attendit qu'il fasse nuit noire. Elle parcourut le chemin entre le DGI byen[1] et la grille au pas de course. Elle savait ce qu'elle devait faire mais elle était complètement bouleversée à cette idée.

Elle mit quelques minutes à retirer l'argent liquide et les cartes de crédit de leurs cachettes. Elle posa deux grenades sur le lit et mit la troisième dans son sac.

---

1. Village multiservices au centre de Copenhague offrant piscine, hôtel, Spa, etc.

Elle fit sa valise, n'y mettant que le strict nécessaire, enleva ses posters du mur et de la porte et les posa au-dessus. Enfin elle sortit le petit coffret qui était sous le lit et l'ouvrit.

Le petit linge blanc était devenu brun avec les années et il ne pesait presque rien. Elle prit la bouteille de whisky, la porta à ses lèvres et la vida. Les voix refusaient de se taire.

« Ça va, ça va, j'arrive », dit-elle en posant délicatement le paquet dans la valise et en le recouvrant avec une couverture. Après avoir caressé tendrement son trésor, elle ferma le couvercle.

Elle tira la valise jusqu'à Ingerslevsgade et revint. Elle était prête.

Sur le pas de la porte, elle parcourut longuement le local du regard, afin d'imprimer sur sa rétine le décor d'une étape importante de sa vie.

« Merci pour ton hospitalité », dit-elle, s'écartant à reculons tout en dégoupillant une grenade qu'elle jeta sur le lit à côté de la première.

Quand la bicoque explosa, elle était déjà à l'abri, de l'autre côté de la grille.

Heureusement pour elle, car dans le cas contraire, les pans de murs qui volaient en éclats auraient été son dernier contact avec l'existence.

25

La détonation fut ressentie comme un choc sourd dans les vitres du bureau du chef de la brigade criminelle. Carl et lui échangèrent un regard. Ce bruit-là n'avait rien à voir avec les feux d'artifice allumés par des amateurs impatients de fêter la nouvelle année.

« Merde ! » dit Marcus Jacobsen. « Pourvu qu'il n'y ait pas de morts. »

Bien qu'il fût un homme bon et plein d'empathie pour ses concitoyens, en réalité il s'inquiétait plus de son manque d'effectifs que des éventuelles victimes.

Il se tourna vers Carl à nouveau : « Je te saurais gré de ne pas recommencer le petit numéro que tu nous as fait hier, Carl. Je comprends tes motivations, mais la prochaine fois, sois gentil de venir me voir avant, ça m'évitera de passer pour un con, d'accord ? »

Carl acquiesça, la remarque était légitime. Il lui fit part de ses soupçons concernant Lars Bjørn ; lui dit qu'il avait probablement des raisons personnelles de saboter son enquête. « Tu ne crois pas qu'on devrait lui demander de venir s'expliquer dans ton bureau ? »

Marcus Jacobsen soupira.

Il pensait peut-être que les dés étaient jetés, ou alors il croyait qu'il allait passer au travers. Quoi qu'il en soit, pour la première fois de mémoire d'homme, Lars Bjørn ne portait pas sa cravate habituelle.

Le patron alla droit au but : « J'apprends que tu as été notre interface avec la directrice de la PJ et avec le ministère, dans l'affaire dont Carl s'occupe en ce moment. Tu veux m'expliquer ce qui s'est passé ou tu préfères que nous tirions nos propres conclusions, Carl et moi ? »

Lars Bjørn se frotta le menton pendant un petit moment. Il était militaire de formation. Son parcours était conventionnel et sans tache. Il avait le bon âge. Il avait pris des cours du soir à l'université de Copenhague où il avait bien sûr étudié le droit. Il avait des qualités de gestionnaire, un énorme carnet d'adresses et une bonne connaissance des fondamentaux du métier de policier. Et voilà qu'il commettait cette énorme bourde : mélanger la politique au travail. Court-circuiter un collègue et faire en sorte de le freiner dans une enquête qui en principe ne le regardait pas. Et pour quelle raison ? Par loyauté envers un pensionnat dont il n'était plus élève depuis des lustres ? Au nom d'une vieille amitié ? Quelle excuse allait-il leur donner ? Un mot de travers et il était foutu. Ils en avaient tous conscience.

« Je pensais nous éviter des dépenses inutiles et un échec inéluctable », dit-il enfin, le regrettant aussitôt.

« Tu n'as rien d'autre à dire pour ta défense ? Tu sais que tu risques ta tête quand même ? » Carl vit combien cette idée était désagréable au chef de la brigade. Lars Bjørn et lui formaient une bonne équipe, même si Carl trouvait l'adjoint du patron prodigieusement agaçant.

« Vous avez évidemment remarqué que j'ai changé de cravate. »

Ils hochèrent la tête de concert.

« J'étais effectivement élève de ce pensionnat dans le temps. »

Ça, Carl l'avait compris grâce à Harry…

« Il y a eu un scandale il y deux ans à propos d'un viol. L'école n'avait vraiment pas besoin de se retrouver à nouveau sous le feu des projecteurs à cause de cette vieille histoire. »

Rien de nouveau là non plus.

« J'étais dans la classe du grand frère de Ditlev Pram. Il fait partie du conseil d'administration de l'école aujourd'hui. »

Ah ! Voilà un détail qui avait échappé à la perspicacité de Harry.

« Son beau-frère est chef de cabinet au ministère de la Justice et il s'est révélé être un sparring-partner formidable quand la directrice de la PJ est montée au créneau pendant la réforme. »

Tu parles d'une histoire de tuyau de poêle. Bientôt ils allaient découvrir qu'en fait ils étaient tous les enfants illégitimes d'un riche propriétaire terrien de Fionie !

« J'ai subi des pressions de deux côtés à la fois. Les anciens élèves de l'école sont comme une confrérie, et j'admets avoir commis une erreur, mais je l'ai fait par loyauté. En revanche, je croyais sincèrement que le chef de cabinet parlait au nom du ministre de la Justice et que, de ce fait, je faisais ce qui était juste. Je pensais que le ministère ne souhaitait pas rouvrir ce dossier, en partie parce qu'il impliquait des personnalités importantes qui n'avaient subi aucune condamnation au moment des faits, mais aussi parce que l'affaire avait été jugée et que le coupable avait quasiment fini de purger sa peine. J'ai eu l'impression qu'on voulait surtout éviter de répandre la rumeur qu'il pourrait s'agir d'une erreur judiciaire, ce qui n'a jamais bonne presse. Je ne sais pas pourquoi je ne suis pas allé vérifier ce qu'il en était auprès du ministre lui-même. Lors du déjeuner hier, j'ai pu constater qu'il n'était pas du tout au courant de cette enquête, et n'avait donc en aucun cas pu s'y opposer. Je ne le sais que depuis vingt-quatre heures. »

Marcus Jacobsen hocha la tête. Il était prêt à faire le sale boulot maintenant. « Tu ne m'as pas tenu informé de tout ceci, Lars. Tu t'es contenté de nous dire que la directrice de la PJ exigeait du département V qu'il stoppe son enquête. A la façon dont je vois les choses à présent, il semble que ce soit toi qui aies suggéré à la directrice de la PJ de nous donner cette directive, suite à des informations erronées ou mensongères. Puis-je savoir ce que tu lui as raconté exactement ? Qu'il n'y avait rien à creuser dans cette affaire ? Que Carl Mørck s'en occupait pour s'amuser ?

— Je l'ai rencontrée en compagnie de l'adjoint du chef de cabinet du ministre de la Justice. C'est lui qui lui en a parlé.

— C'est un ancien élève du pensionnat lui aussi ? »

Il acquiesça avec une expression navrée.

« Tu te rends compte que c'est peut-être Pram et les autres membres du groupe qui ont déclenché tout cela ? Le frère de Ditlev Pram qui vient pleurer sur ton épaule ! Le lobbying grossier du chef de cabinet adjoint !

— J'en ai bien conscience. »

Le chef de la Criminelle jeta violemment son stylo sur la table. Il était fou de rage. « Tu es mis à pied sans préavis. Je veux que tu rédiges un rapport que je transmettrai au ministère. Et n'oublie pas de citer le nom de cet adjoint au chef de cabinet. »

Lars Bjørn n'avait jamais eu l'air aussi malheureux. Carl aurait presque eu pitié de lui s'il ne l'avait pas toujours considéré comme un répugnant furoncle.

« Je peux vous faire une proposition, Marcus ? » dit-il.

Une minuscule étincelle d'espoir s'alluma dans le regard de Lars Bjørn. Finalement il y avait une certaine complicité entre eux en dépit de leur haine réciproque.

« Je pense que tu devrais renoncer à suspendre Lars Bjørn de ses fonctions. On a besoin de tout le monde en ce moment. Si on donne suite à cette affaire, ça risque de faire du bruit. La télé, la presse et tout le merdier. On va avoir une horde de journalistes sous nos fenêtres, Marcus. Sans compter que les types sur qui nous enquêtons seront sur leurs gardes. Ce que je voudrais éviter. »

Bjørn hochait la tête inconsciemment à chacune des assertions de Carl. Pauvre garçon.

« Je voudrais que Bjørn travaille avec moi sur cette enquête. Seulement pour encadrer une partie du boulot dans les jours qui viennent. On n'y arrivera pas tout seuls en bas. C'est un gros dossier, Marcus, et je suis sûr qu'on a une piste. Tu imagines ? On met un petit coup de collier maintenant et on élucide toute une série d'autres meurtres dans la foulée. » Il brandit la liste d'agressions de Johan Jacobsen. « Je suis sûr qu'on tient quelque chose, patron », conclut-il en en tapotant le bout de son nez de flic.

Personne n'avait été blessé dans l'explosion de la cabane ferroviaire près d'Ingerslevsgade, mais TV2 News, avec son satané hélicoptère, survolait quand même le site comme si dix-sept factions terroristes avaient revendiqué l'attentat pour prouver leur force de frappe.

Le présentateur télé, visiblement exalté, affichait l'expression blasée d'un grand reporter de guerre. Un journaliste n'aime rien tant que les nouvelles qu'il peut annoncer d'un air grave et préoccupé. Les médias se nourrissent de sensationnel et le personnel de l'hôtel de police était une fois de plus harcelé par la presse.

Carl suivait les événements depuis sa cave, sur le grand écran de son bureau. Il n'était pas fâché que tout cela n'ait rien à voir avec lui.

Rose entra. « Lars Bjørn a mis l'unité de recherche de la police de Copenhague au travail. Je leur ai donné la photo de Kimmie, et Assad leur a transmis toutes les informations qu'il a rassemblées lors de sa filature. Ils cherchent également Tine Karlsen. On peut dire qu'elle est dans l'œil du cyclone, celle-là.

— Pourquoi tu dis ça ?

— Parce que la brigade de recherche se trouve dans Skelbækgade. C'est bien dans cette rue que Tine Karlsen se prostitue, si je ne m'abuse ? »

Il acquiesça et baissa les yeux sur ses notes. La liste de ce qu'il restait à faire semblait interminable. Il fallait avant tout établir l'ordre des priorités et ne pas se perdre en route.

« Voilà tout ce dont j'aimerais que tu t'occupes, Rose. Attaque les choses l'une après l'autre. »

Elle lui prit la liste des mains et lut à haute voix :

1/ Trouver des policiers ayant participé à l'enquête sur les meurtres de Rørvig en 1987. Prendre contact avec le commissariat de Holbæk et avec la brigade mobile d'Artillerivej.

2/ Retrouver un ou plusieurs camarades de classe des membres de la bande du pensionnat. Obtenir des témoignages sur leur comportement de l'époque.

3/ Retourner à l'hôpital de Bispebjerg. Trouver un médecin ou une infirmière qui faisait partie du personnel soignant lors de l'hospitalisation de Kimmie dans le service obstétrique.

4/ Obtenir des détails sur la mort de Kristian Wolf.

Délai : aujourd'hui... Merci !

Il pensait sincèrement que le dernier mot allait suffire à enterrer la hache de guerre entre Rose et lui. Il se trompait.

« Vous auriez dû me dire d'arriver à quatre heures du matin au lieu de cinq heures et demie », dit-elle, cinglante. « Vous êtes vraiment givré. Je croyais que vous veniez de nous dire qu'on pourrait partir une heure plus tôt ce soir ?

— C'est vrai, mais c'était il y a deux heures. »

Elle écarta les bras et les laissa retomber d'un geste d'impuissance. « Oui, et alors ?

— Et alors, la situation a changé depuis. Pourquoi, tu as des trucs à faire ce week-end ?

— Je vous demande pardon ?

— Allons, Rose, je te donne enfin la possibilité de montrer de quoi tu es capable et d'apprendre en quoi consiste une véritable enquête. Console-toi en pensant aux RTT que tu vas pouvoir me demander après ! »

Elle souffla avec mépris. Et il se croyait drôle en plus !

Le téléphone sonna au moment où Assad entrait dans le bureau. C'était le patron.

Dès les premières phrases de son interlocuteur, Carl écumait de rage. « Tu es en train de me dire que tu as essayé de récupérer quatre gars du commissariat de l'aéroport pour nous aider, mais que tu n'y es pas arrivé ! »

Le chef de la Criminelle confirma.

« Ce n'est pas possible que tu ne puisses pas nous donner une équipe pour filer les suspects ! S'ils apprennent que l'enquête continue quand même, où crois-tu que ces messieurs Pram, Florin et Dybbøl Jensen seront demain ? Pas dans le secteur en tout cas. Moi, je parierais plutôt pour le Brésil, tu vois. » Il soupira et secoua la tête. « Je sais bien qu'on n'a pas de vraie preuve de leur culpabilité, putain, Marcus, mais merde ! On a quand même vachement d'indices, non ? »

Après avoir raccroché, Carl resta les yeux rivés au plafond de son bureau à jurer comme un docker de Frederikshavn qu'il avait croisé quand il était en camp avec les scouts en 1975. Baden Powell se serait retourné dans sa tombe.

« Alors, Chef ? Qu'est-ce qu'il a dit, Marcus ? On va avoir du renfort ? » demanda Assad.

« Ce qu'il a dit ? Il a dit qu'ils devaient d'abord s'occuper de l'affaire de Kannikestræde mais que dès qu'ils auraient mis la main sur les coupables, il y aurait des effectifs disponibles. Ah oui, il faut aussi qu'ils découvrent pourquoi ça a pété sur le domaine ferroviaire à Ingerslevsgade. » Carl soupira. Ça allait bientôt devenir une manie. Il y aurait toujours quelque chose de toute façon.

« Tu peux t'asseoir une minute, Assad ? On va voir ce qu'on peut faire de la liste de Johan Jacobsen. »

Il écrivit sur le tableau blanc :

14/06/1987 : Kåre Bruno, élève du pensionnat, chute du plongeoir de dix mètres, décédé.
02/08/1987 : Meurtres de Rørvig.
13/09/1987 : Coups et blessures. Plage de Nyborg. Cinq jeunes gens et une jeune fille. La victime de sexe féminin en état de choc refuse de parler.
08/11/1987 : Deux frères jumeaux, terrain de foot, Tappernøje. Deux doigts sectionnés. Passage à tabac.
24/04/1988 : Un homme et son épouse, Langeland. Disparition. Plusieurs objets ayant appartenu au couple réapparaissent à Rudkøbing.

Quand il eut noté les vingt épisodes, Carl se tourna vers Assad.

« Tu peux me donner le point commun de ces événements, Assad ?

— Ils sont tous arrivés un dimanche.

— C'est bien ce que je pensais. Tu en es sûr ?

— Oui. »

Logique. Bien sûr qu'ils s'étaient produits le dimanche. C'était le seul jour de liberté de la bande, en période scolaire en tout cas. La vie en pension est pleine de contraintes.

« Et il y a moins de deux heures de trajet entre Næstved et tous les endroits où les agressions ont eu lieu, ajouta Assad. Il n'y en a eu aucune dans le Jutland par exemple.

— Tu remarques autre chose, Assad ?

— Entre 1988 et 1992, les victimes ne disparaissent pas.

— Qu'est-ce que tu veux dire par là ?

— Ce que je dis. Ce ne sont que des agressions. Des passages à tabac et ce genre de trucs. On n'a pas retrouvé de cadavres et personne n'a disparu. »

Carl examina longuement la liste. Elle avait été établie par un civil travaillant dans la police, et il était affectivement impliqué dans l'affaire. Comment savoir s'il n'avait pas sélectionné ces faits divers pour étayer son propos ? Des milliers de crimes étaient commis au Danemark chaque année.

« Demande à Johan de venir, Assad », dit Carl en feuilletant le dossier.

En attendant, il allait appeler l'animalerie dans laquelle Kimmie avait travaillé pour essayer d'avoir une meilleure perception de sa personnalité, de ses rêves et de ses aspirations. Il demanderait un rendez-vous pour le lendemain de bonne heure ou à la rigueur plus tard dans la matinée. Dans la soirée, il avait prévu de rencontrer le professeur qu'Assad avait joint au lycée de Rødovre. Le comité baptisé SILØSEP, *SIdste LØrdag i*

SEPtember[1] organisait sa fête annuelle pour les anciens élèves. *Une soirée sous le signe de la convivialité et de la bonne humeur,* avait précisé l'enseignant.

« Johan arrive », dit Assad en se replongeant dans la liste affichée au tableau blanc.

« C'était à l'époque où Kimmie vivait en Suisse », dit-il à voix basse au bout d'un moment.

« Qu'est-ce que tu dis ?

— Entre 1988 et 1992. » Il hocha la tête pour lui-même. « Il n'y a pas eu de meurtre et aucune disparition pendant la période où Kimmie était à l'étranger. Pas sur cette liste en tout cas. »

Johan n'avait pas bonne mine. Il fut un temps où il gambadait dans les étages de l'hôtel de police tel un jeune veau dans de verts pâturages. Maintenant il faisait plutôt penser à un animal en batterie qui n'avait d'autre issue que l'abattoir.

« Tu vois toujours la psychologue, Johan ? » demanda Carl.

Johan acquiesça. « C'est une bonne thérapeute, c'est moi qui ne vais pas bien. »

Carl leva les yeux vers la photo du frère et de la sœur et se dit qu'il n'y avait rien d'étonnant à cela.

« Est-ce que tu peux nous dire comment tu as choisi les agressions que tu as répertoriées sur ta liste, Johan ? » demanda-t-il. « Comment puis-je être sûr qu'il n'y en a pas des centaines d'autres qui devraient s'y trouver et qui n'y sont pas ?

---

1. En danois : DErnier SAmedi de SEptembre, date à laquelle les anciens du lycée de Rødovre se réunissent tous les ans depuis 1968.

— J'ai sélectionné toutes les agressions avec coups et blessures volontaires commises entre 1987 et 1988, le dimanche uniquement, dans un rayon de cent cinquante kilomètres autour de Næstved et qui n'ont pas fait l'objet d'une plainte de la part des victimes. » Il jaugea Carl et Assad du regard. Il tenait beaucoup à ce qu'ils soient à cent pour cent avec lui.

« Ecoutez-moi ! Je me suis beaucoup documenté sur ces écoles privées. Les désirs et les besoins de l'individu y sont complètement méprisés. On maintient les élèves dans un rythme où les devoirs et les leçons passent avant tout, et où tout fonctionne selon des règles immuables, semaine après semaine. On leur inculque discipline et esprit de corps. C'est pour cela que j'ai éliminé tous les crimes commis dans la semaine en période scolaire, et tous ceux qui ont été perpétrés le week-end avant l'heure du petit-déjeuner ou après celle du dîner. Pour résumer : tous les moments où la bande du pensionnat avait autre chose à faire. C'est comme ça que j'ai procédé. Je n'ai retenu que les actes de violence qui ont eu lieu le dimanche après le petit-déjeuner et avant le dîner.

— Tu affirmes que toutes ces agressions ont eu lieu le dimanche en milieu de journée ?

— Oui, c'est ce que je pense.

— Et les coupables ne pouvaient pas s'éloigner de plus de deux cents kilomètres s'ils voulaient avoir le temps de trouver leurs victimes et de les attaquer avant de rentrer au pensionnat.

— Pendant l'année scolaire. L'été, c'était différent. » Il baissa les yeux.

Carl consulta son calendrier perpétuel. « Les meurtres de Rørvig ont eu lieu un dimanche eux aussi.

Tu penses que c'est un hasard ou bien serait-ce une sorte de signature de la bande du pensionnat ? »

Son expression était pleine de tristesse quand il répondit. « Je crois que c'est un hasard. C'était la veille de la rentrée scolaire. Peut-être qu'ils étaient déçus par leurs vacances, je n'en sais rien. C'étaient des dingues. »

Johan admit ensuite que c'était principalement son intuition qui lui avait permis d'établir cette liste. Carl ne doutait pas qu'il en eût. Mais quand il s'agissait d'agir par intuition, il préférait compter sur la sienne. Ils se concentreraient donc pour le moment sur les années qui précédaient le départ de Kimmie pour la Suisse.

Quand Johan fut retourné à ses occupations, Carl passa un certain temps à étudier la liste avant de composer le numéro du commissariat de Nyborg. Il apprit que les jumeaux qui s'étaient fait tabasser sur la plage en 1987 avaient émigré au Canada depuis de nombreuses années. Ils avaient fait un petit héritage et monté un parc de machines agricoles. Son interlocuteur avait la voix et le débit d'un vieillard de quatre-vingts ans. Il n'était d'ailleurs pas certain de ce qu'il avançait et ne parlait que par ouï-dire. Personne au commissariat ne se souvenait de quoi que ce soit sur la vie privée des deux garçons. Ça faisait tout de même un bail !

Carl vérifia ensuite à quelle date le couple de personnes âgées s'était volatilisé sur l'île de Langeland, et survola le dossier concernant cette disparition. Assad l'avait récupéré et posé sur son bureau. Il s'agissait de deux enseignants, originaires de Kiel en

Allemagne. Ils avaient pris le ferry pour Rudkøbing et voyagé au hasard de chambre d'hôte en chambre d'hôte. Ils avaient passé leur dernière nuit à Stoense.

Le rapport de police disait qu'ils avaient été vus à Rudkøbing le jour de leur disparition. On pensait qu'ils avaient voulu faire un peu de bateau à voile dans la baie de Småland et qu'ils s'étaient noyés. Cependant, un témoin disait avoir aperçu le couple à Lindelse Nor le même jour, et on avait vu deux adolescents traîner sur le ponton où était amarré leur dériveur. Il était précisé dans le rapport que les garçons semblaient de bonne famille. Ils ne ressemblaient pas aux jeunes qu'on voyait d'habitude dans le secteur avec leurs casquettes portant le sigle Castrol. Leurs chemises étaient repassées et leurs coupes de cheveux impeccables. Certains prétendaient que c'étaient ces garçons qui étaient partis en mer avec le bateau, et non ses propriétaires. On ne savait pas s'il fallait se fier aux témoignages des gens du cru.

Il est vrai que le rapport mentionnait également divers effets, retrouvés sur la plage de Lindelse Nor, qui au dire de leurs proches pouvaient avoir appartenu aux disparus, sans qu'ils puissent l'affirmer avec certitude.

Carl voyait cette liste pour la première fois : une bouteille thermos vide sans marque, un châle, une paire de socquettes, une boucle d'oreille composée d'une améthyste sertie dans une monture en argent à deux griffes. Aucun système de fermeture particulier, juste un fil d'argent recourbé.

La description du bijou laissait certes à désirer et avait certainement été rédigée par un policier de sexe masculin, mais il ne faisait aucun doute qu'elle correspondait parfaitement à celle d'une autre boucle d'oreille se trouvant actuellement dans une pochette en plastique sur le bureau de l'inspecteur Mørck, en compagnie de plusieurs autres pochettes contenant entre autres deux cartes de Trivial Pursuit.

Carl était encore sous l'effet de la surprise qu'avait suscitée chez lui cette incroyable découverte quand Assad entra dans la pièce avec l'air de quelqu'un qui vient de gagner au Loto.

Il désigna le bracelet en caoutchouc qui se trouvait dans une des pochettes en plastique.

« Je viens d'apprendre que ces bracelets étaient utilisés à la piscine de Bellahøj. Ils permettaient aux nageurs de voir depuis combien de temps ils étaient dans l'eau.

— On en trouve partout des bracelets de ce genre, Assad, même de nos jours.

— C'est possible. Mais quand on a retrouvé Kåre Bruno éclaté sur le carrelage, il ne portait plus le sien. »

26

« Il attend à l'accueil, Chef », dit Assad. « Vous voulez que je reste là pendant que vous l'interrogez ?

— Non, Assad. Tu as autre chose à faire. Tu peux nous apporter deux cafés. Pas trop forts, s'il te plaît. »

Carl consulta rapidement le *Who's Who* pour en savoir un peu plus sur le personnage qu'il s'apprêtait à recevoir. On était samedi et hormis le sifflotement d'Assad, l'hôtel de police était presque désert. Même les canalisations faisaient deux fois moins de bruit qu'à l'ordinaire.

Le visiteur s'appelait Mannfred Sloth. Il avait quarante ans. Il avait été le compagnon de chambre de feu le délégué de classe Kåre Bruno au pensionnat. Baccalauréat en 1987. Service militaire dans la Garde royale. Lieutenant de réserve. HEC, MBA, DG de cinq sociétés avant l'âge de trente-trois ans. Six postes de P-DG, dont l'un à la tête d'une entreprise d'Etat. Sponsor et organisateur de plusieurs expositions d'art moderne portugais. Marié depuis 1994 avec Augustina Pessoa. Ancien consul du Danemark au Portugal puis au Mozambique.

Vu le parcours, Carl ne fut pas surpris qu'il soit également chevalier de la Légion d'honneur et puisse

se prévaloir de plusieurs autres distinctions interna-
tionales.

« Je ne peux vous accorder qu'un quart d'heure »,
dit Mannfred Sloth en lui serrant la main. Il s'assit,
croisa les jambes, posa son manteau de demi-saison
sur la deuxième chaise, remonta légèrement son pantalon afin d'éviter les marques aux genoux. Il n'était
pas difficile de l'imaginer élève d'une école privée.
Beaucoup plus ardu de se le représenter accroupi avec
ses enfants dans un bac à sable.

« Kåre Bruno était mon meilleur ami, et je peux affirmer qu'il n'était pas du genre à fréquenter une piscine
municipale. J'ai été très surpris qu'on l'ait retrouvé à
Bellahøj. C'est un endroit où il est difficile d'éviter la
promiscuité avec n'importe qui », dit-il sans aucun
complexe. « En outre, je ne l'ai jamais vu plonger,
encore moins du haut d'un plongeoir de dix mètres.

— Donc vous ne croyez pas à la thèse de l'accident ?

— Comment pourrait-il s'agir d'un accident ? Kåre
était un garçon intelligent. Pourquoi serait-il allé faire
le pitre là-haut, au risque de tomber et d'y laisser la
vie ?

— Est-ce qu'il aurait pu vouloir se suicider ?

— Se suicider ! Quelle idée ! Nous venions tout
juste de passer le bac. Son père lui avait offert une
Buick Regal Limited pour le féliciter. Le coupé, vous
savez ? »

Carl hocha la tête prudemment. Il n'avait évidemment pas la moindre idée de ce à quoi pouvait ressembler la voiture en question. Il savait que Buick était
une marque d'automobiles, ce qui n'était déjà pas si
mal.

« Il s'apprêtait à partir aux Etats-Unis pour y faire son droit. A Harvard. Pourquoi aurait-il fait une chose aussi stupide ? Ça n'a aucun sens.

— Chagrin d'amour, peut-être ? » suggéra prudemment Carl.

« Bien sûr que non, il n'avait que l'embarras du choix.

— Vous rappelez-vous Kimmie Lassen ? »

Il fit une grimace. Apparemment ce n'était pas son meilleur souvenir.

« Pensez-vous qu'il a souffert de sa rupture avec elle ?

— Souffert ? Il était fou de rage, vous voulez dire. Il n'était pas du genre à supporter de se faire larguer. Qui le serait d'ailleurs ? » Il décocha à Carl un sourire éblouissant de blancheur en passant la main dans ses cheveux discrètement colorés et parfaitement coupés.

« Et vous pensez qu'il avait l'intention de se venger ? »

Mannfred Sloth prit un peu de temps pour répondre, enlevant une poussière imaginaire sur la manche de sa veste. « Ecoutez, je suis venu aujourd'hui parce que je pensais que nous partagions la conviction que mon ami avait été assassiné. Poussé dans le vide. Sinon, vous ne vous seriez pas donné la peine de me contacter vingt ans après, n'est-ce pas ?

— Nous ne pouvons pas en être certains, mais nous avons bien sûr de bonnes raisons de rouvrir le dossier aujourd'hui. Qui aurait pu le pousser selon vous ?

— Aucune idée. Kimmie avait une bande de copains assez particuliers. Ils étaient dans la même classe qu'elle. Ils gravitaient autour d'elle comme des satellites. Elle en faisait ce qu'elle voulait. Elle avait une belle paire de seins. Le pouvoir du bonnet D, vous voyez ce que je veux dire ? » Il éclata d'un rire bref et grivois. Ça ne lui allait pas du tout.

« Vous vous souvenez s'il avait essayé de la récupérer ?

— Non, elle avait déjà démarré une histoire avec un des professeurs. Un petit enseignant de banlieue, un minable qui n'avait pas assez d'éducation pour savoir qu'on ne couche pas avec ses élèves.

— Vous vous rappelez comment il s'appelait ? »

Il secoua la tête. « Il venait d'arriver. Je crois qu'il enseignait le danois à quelques classes. Il n'était pas du genre qu'on remarque si on ne l'a pas comme prof. Attendez, il s'appelait… » Il tendit l'index et la mémoire lui revint tout à coup. « Oui, je me rappelle. Il s'appelait Klavs. Klavs avec un *v*, ça ne s'invente pas ! » Mannfred Sloth souffla à travers ses narines avec mépris rien qu'au souvenir du patronyme.

« Klavs, dites-vous ? Klavs Jeppesen ?

— Oui, c'est ça, je crois, Jeppesen. » Il hocha la tête.

Pincez-moi, je rêve, se dit Carl. Il avait rendez-vous avec Klavs Jeppesen le soir même.

« Tu peux poser le café sur la table, Assad. Merci beaucoup. »

Ils attendirent qu'il ait refermé la porte pour continuer.

« Je suis impressionné », s'exclama l'invité de Carl Mørck avec un sourire en coin. « Vos locaux ne payent pas de mine, mais vous savez tenir votre personnel. » Il rit du même rire gras que tout à l'heure et Carl n'eut aucun mal à s'imaginer comment il se comportait avec les indigènes au Mozambique.

Il goûta le café et apparemment la première gorgée lui suffit.

« Bon, dit-il. Je sais que Kåre avait cette fille dans la peau. Il y en avait pas mal à l'école qui en pinçaient pour elle. Quand elle s'est fait virer et qu'elle est partie habiter à Næstved, il aurait bien aimé l'avoir pour lui tout seul.

— Je ne vois pas le rapport avec le fait qu'il soit mort à Bellahøj ?

— Après la fin des examens, il est allé s'installer chez ses grands-parents. Il y avait déjà vécu par le passé. Ils avaient une maison à Emdrup. Des gens très bien. J'ai souvent été reçu chez eux.

— Les parents de Kåre Bruno étaient à l'étranger ? »

Mannfred Sloth haussa les épaules. Ses enfants étaient sans doute en pension dans la même école privée que leur père jadis. Il fallait bien qu'il ait le temps de vaquer à ses occupations ! Quel con ! Pauvres gosses !

« Savez-vous si l'un des garçons qui faisaient partie de la bande de Kimmie habitait à proximité de la piscine ? »

Son regard sembla traverser Carl de part en part. Il venait de prendre conscience de ce qui se passait réellement ici. Il vit les photos sur le tableau d'affichage. La liste de victimes et le nom de son ami Kåre Bruno tout en haut.

Merde ! se dit Carl, en se retournant pour suivre son regard.

« C'est quoi, ça ? » demanda Mannfred Sloth d'un ton grave et quasi menaçant, le doigt pointé vers la liste de Johan Jacobsen.

« Oh ! Ces affaires n'ont rien à voir les unes avec les autres. Nous avons juste classé nos enquêtes par ordre chronologique », répondit Carl.

Explication stupide, songea-t-il aussitôt. Pourquoi avoir utilisé le tableau blanc alors qu'il aurait suffi de ranger les dossiers sur une étagère ?

Heureusement, Mannfred Sloth ne posa pas d'autre question. Il n'avait jamais eu à s'abaisser à faire ce genre de travail. Il avait du personnel pour cela. Comment aurait-il pu connaître ce type de procédure ?

« Vous ne manquez pas de boulot apparemment ? » dit-il.

Carl écarta les bras, fataliste. « C'est pour cela que je vous demande de répondre à mes questions aussi précisément que possible.

— Quelle était la question déjà ?

— Je vous ai demandé si parmi les copains de Kimmie, il y en avait un qui habitait le quartier de Bellahøj. »

Il acquiesça sans hésiter. « Oui. Kristian Wolf. Ses parents étaient propriétaires d'un bel appartement dans un immeuble de style Bauhaus au bord du lac, il l'avait récupéré en virant son père de l'entreprise. Je ne serais pas surpris si son ex-femme y vivait encore avec son nouveau mari. »

C'est tout ce que Carl put tirer comme informations de l'ancien camarade de Kåre Bruno. Ce n'était déjà pas si mal.

« Rose », appela-t-il dès que les pas de Mannfred Sloth se furent éloignés.

« Que sais-tu sur la mort de Kristian Wolf ? demanda-t-il.

— Eh ! Oh ! On se calme ! » Elle se donna quelques légers coups sur le front avec son carnet de notes. « Vous avez attrapé la maladie d'Alzheimer ou quoi ? Vous m'avez donné quatre trucs à faire, et dans l'ordre de vos priorités, cette question-là était la quatrième. Alors qu'est-ce que vous diriez d'y répondre vous-même ? »

Il ne s'en souvenait pas. « Bon, mais quand penses-tu avoir des renseignements là-dessus ? Tu ne pourrais pas changer l'ordre ? »

Elle mit les mains sur ses hanches, telle une matrone italienne qui s'apprête à réprimander sa progéniture vautrée sur le canapé. Mais soudain elle lui fit un grand sourire. « Ah ! là là ! Je n'arrive jamais à garder mon sérieux quand je vous taquine. » Elle humecta ses doigts et se mit à tourner les pages du bloc à toute vitesse. « Vous croyez que vous pouvez tout maîtriser, hein ? Bien sûr que j'ai commencé par cette question-là. C'était la plus simple ! Alors voilà : Kristian Wolf n'avait que trente ans et il était plein aux as quand il est mort. A l'origine, c'était son père qui avait fondé la compagnie maritime, mais Kristian l'a manipulé, trahi et ruiné. La rumeur dit que Wolf père l'avait bien cherché. Il s'était employé à faire de son fils un être dur et sans scrupules et, en bon élève, Kristian lui avait prouvé qu'il y était parvenu au-delà de ses espérances.

« Richissime et célibataire, le jeune homme a défrayé la chronique en épousant une comtesse, Maria Saxenholdt, benjamine du comte Saxenholdt. Après quatre mois de bonheur, Kristian Wolf a trouvé la mort dans un accident de chasse le 15 septembre 1996.

« Le destin de ce garçon était si incroyable qu'il a fait couler de l'encre pendant des semaines. Il y a eu bien plus d'articles sur la fin tragique de Kristian Wolf que sur l'abribus de la place de la mairie à Copenhague, et presque autant que sur la victoire de Bjarne Riis dans le Tour de France quelques mois auparavant.

« Il est sorti très tôt le matin de sa résidence secondaire dans le Lolland. Il devait se joindre à une partie de chasse une demi-heure plus tard, et ce n'est qu'au bout de deux heures qu'on l'a retrouvé vidé de son sang avec une vilaine plaie à la cuisse. D'après le médecin légiste, il n'a pas mis longtemps à mourir. »

C'était plausible. Carl avait déjà vu un cas de ce genre.

« On s'est demandé comment un tel accident avait pu arriver à un chasseur chevronné comme lui. Mais plusieurs de ses compagnons de chasse ont expliqué que Kristian Wolf préférait garder son arme chargée et prête à tirer à cause d'un ours blanc qu'il avait manqué un jour au Groenland. Ses doigts gelés l'avaient empêché d'enlever la sécurité à temps et il s'était juré que cela ne lui arriverait plus.

« Quoi qu'il en soit, personne n'a compris comment il a pu se tirer dans la cuisse lui-même, mais les enquêteurs sont parvenus à la conclusion qu'il avait dû trébucher dans le sillon d'un labour, et qu'il avait appuyé sur la gâchette en tombant. Diverses reconstitutions ont démontré que si la chose était peu probable, elle n'était pas impossible.

« Son épouse ne s'est pas montrée très affectée par la nouvelle, mais selon la rumeur elle regrettait déjà ce mariage. Après tout, il était beaucoup plus vieux qu'elle et d'un milieu très différent. La fortune dont elle a hérité après sa mort aurait de toute façon suffi à apaiser sa douleur. »

La villa surplombait le lac. On n'en voyait pas beaucoup de cet acabit. C'était le genre de propriété qui faisait généralement grimper le prix de toutes celles qui se trouvaient autour.

Carl l'aurait évaluée à quarante millions de couronnes avant la chute du marché. Aujourd'hui, une maison comme celle-là était devenue pratiquement invendable. Et ceux qui vivaient dedans continuaient sans doute à voter pour le gouvernement qui avait déclenché le marasme. Autant pisser dans un violon qu'essayer de leur expliquer que c'était un cercle vicieux. Cela ne les empêcherait pas de continuer à se vautrer dans une orgie de consommation et de favoriser l'inflation par la même occasion.

Ce n'était pas leur problème.

Le garçon qui ouvrit la porte devait avoir huit ou neuf ans. Il avait le nez rouge, portait une robe de chambre et des chaussons et il devait avoir un gros rhume. Le contraste était saisissant entre ce petit bonhomme et cette entrée immense où industriels et financiers recevaient leurs courtisans depuis des générations.

« Je n'ai le droit d'ouvrir à personne », dit-il d'une voix encombrée par les bulles de morve qui obstruaient ses narines. « Ma mère ne va pas rentrer tout de suite. Elle est à Lyngby.

— Peux-tu l'appeler au téléphone et lui dire que la police voudrait lui parler ?

— La police ? » Il jeta un coup d'œil sceptique à Carl. C'est dans ce genre de situation que la veste en cuir noir de Bak ou du chef de la brigade criminelle aurait fait merveille pour crédibiliser son personnage.

« Tiens, si tu veux, je te montre ma carte de police », dit Carl. « Appelle ta maman et demande-lui si je peux entrer et l'attendre. »

Le garçon lui claqua la porte au nez.

Il resta une demi-heure debout sur le perron à regarder les promeneurs sur l'autre rive du lac. Leurs visages rougis par le froid, leurs bras et leurs pieds en mouvement. On était samedi matin, les rupins de la capitale étaient sortis prendre l'air.

« Vous cherchez quelqu'un ? » demanda la femme en sortant de sa voiture. Elle était sur ses gardes. Un geste de trop et elle jetterait ses courses par terre et piquerait un sprint pour atteindre l'entrée de service.

Carl s'empressa de sortir sa carte de police.

« Carl Mørck, département V. Votre fils ne vous a pas prévenue ?

— Mon fils est malade, il est dans son lit. » Elle eut l'air inquiet tout à coup. « Enfin, j'espère ! »

Ce petit voyou n'avait même pas appelé sa mère.

Carl se présenta à nouveau et on le fit entrer à contrecœur.

« Frederik ! » cria-t-elle en direction de l'étage supérieur. « Je t'ai acheté des saucisses ! » Elle était naturelle et gentille. Très différente de l'idée que Carl se faisait d'une comtesse pur jus.

Le gamin descendit l'escalier, ses pas ralentirent quand il vit Carl dans le hall. La peur instinctive du gendarme et la conscience enfantine de ne pas avoir obéi à un ordre donnèrent à son visage bouffi par les miasmes une expression apeurée. Il n'avait pas très envie d'essuyer une réprimande.

Carl lui fit un clin d'œil. Pas de souci.

« Alors, comme ça tu es au lit, Frederik ? » lui dit-il.

L'enfant hocha lentement la tête. Deux secondes après, il avait disparu avec son hot dog. Il avait intérêt à se faire oublier. Le garçon n'était pas stupide.

Carl alla droit au but.

« Je ne vois pas en quoi je peux vous être utile », lui répondit-elle avec amabilité. « Kristian et moi ne nous connaissions pas beaucoup en réalité. Je ne sais vraiment pas ce qui a pu lui passer par la tête à l'époque.

— Et donc, vous vous êtes remariée ?

— Vous pouvez me tutoyer », dit-elle en souriant. « Oui, j'ai rencontré Andrew l'année où Kristian est mort. Nous avons trois enfants. Frederik, Susanne et Kirsten. »

Des noms tout ce qu'il y avait de plus commun. Carl allait peut-être devoir renoncer à ses préjugés sur les valeurs de la haute société.

« Frederik est l'aîné ?

— Non, le plus jeune. Les jumelles ont onze ans. » Elle répondit à sa question suivante avant qu'il n'ait eu le temps de la poser : « Oui, Kristian est leur père biologique, mais mon nouveau mari s'est toujours conduit avec elles comme si elles étaient ses filles. Elles sont toutes les deux pensionnaires dans une excellente école pour jeunes filles qui se trouve à proximité du domaine de mes beaux-parents dans la région d'Eastbourne. »

Elle avait dit cela le plus tranquillement du monde, spontanément et sans aucune honte. Une jeune femme bien dans sa peau qui n'avait rien à se reprocher. Comment pouvait-on traiter ses enfants de cette façon ?

Les stocker au fin fond de la campagne anglaise, à onze ans, au nom de je ne sais quels sacro-saints principes d'éducation.

Ses a priori sur les fondamentaux de la lutte des classes étaient nettement confortés quand il lui posa la question suivante : « Kristian a-t-il évoqué devant toi une Kirsten-Marie Lassen à l'époque où vous vous êtes mariés ? Kristian la connaissait particulièrement bien, je crois ? Est-ce par hasard que l'une de tes filles porte le même prénom ? Elle se faisait appeler Kimmie. Ils étaient à l'école ensemble. Ça te dit quelque chose ? »

Son visage s'était fermé.

Il lui laissa un peu de temps pour répondre mais elle n'ouvrit pas la bouche.

« OK, qu'est-ce qui vient de se passer, là ? » lui demanda-t-il doucement.

Elle tendit les mains, les paumes vers le haut. « Je n'ai pas envie d'aborder ce sujet, voilà tout. » L'explication était superflue, elle se lisait sur son visage.

« Tu penses qu'il avait une liaison avec elle ? Alors que tu étais enceinte de lui. C'est ça ?

— Je ne sais pas ce qu'il y avait entre eux, et je n'ai pas envie de le savoir. » Elle croisa les bras sur sa poitrine. Dans une seconde elle allait lui demander de s'en aller.

« Elle est devenue SDF, tu sais. Elle vit dans la rue. »

La nouvelle n'eut pas l'air de la réconforter.

« Chaque fois qu'il la rencontrait, Kristian me battait en rentrant. C'est ce que tu veux me faire dire ? Je ne sais pas ce que tu fais ici, mais maintenant j'aimerais bien que tu t'en ailles. »

Et voilà.

« Je suis venu pour enquêter sur un meurtre », dit-il, poussant sa chance.

La réaction ne se fit pas attendre. « Si tu crois que j'ai tué mon mari, tu te trompes. Même si j'en ai eu très envie. » Elle secoua la tête et se perdit dans la contemplation du lac.

« Pourquoi ton mari te battait-il ? C'était un sadique ? Il buvait ?

— Sadique ? » Elle tourna la tête vers le couloir pour s'assurer qu'une petite tête blonde n'allait pas apparaître tout à coup. « C'est un euphémisme ! »

Carl explora attentivement les alentours de la maison avant de monter dans sa voiture. L'impression que lui avait laissée sa conversation avec la veuve de Kristian Wolf l'avait troublé. Petit à petit, révélation après révélation, elle avait dévoilé tout ce qu'un homme de trente ans, grand et fort, pouvait faire subir à une frêle jeune femme de vingt-deux ans. Elle avait décrit comment la lune de miel s'était rapidement transformée en enfer. Les injures et les menaces d'abord. Puis l'escalade. Il avait toujours fait attention de ne pas laisser de marques afin qu'elle puisse porter ses robes du soir et lui faire honneur en société. Il l'avait choisie pour cela et uniquement pour cela.

Kristian Wolf, un homme dont elle était tombée amoureuse en une seconde et qu'elle allait mettre le restant de ses jours à oublier. Lui, ses actes, tout ce qu'il était et tous ceux qu'il fréquentait. Elle voulait tout effacer.

Assis au volant, Carl huma l'air pour s'assurer que la voiture ne sentait pas l'essence. Puis il appela le département V.

« Oui », répondit Assad sans plus de formalités. Carl s'attendait à quelque chose du genre : *Département V, vice-inspecteur Hafez el-Assad à votre écoute.* Mais Assad dit simplement : « Oui ».

« Quand tu décroches, il faudrait que tu te présentes et que tu annonces aux gens qui téléphonent qu'ils sont bien en communication avec le département V », dit-il à Assad sans préambule.

« Salut, Chef ! Rose m'a donné son dictaphone. Il est super. Elle veut vous parler.

— Rose ? Elle est au bureau ? »

Il entendit d'abord sa voix forte qui approchait, puis l'écho de ses bottes qui martelaient le sol sous son pas énergique et enfin elle prit le combiné. « Je vous ai trouvé une ancienne infirmière de Bispebjerg », lui annonça-t-elle sèchement.

« Super, bravo !

— Elle travaille dans une clinique privée maintenant, près d'Arresø », enchaîna-t-elle. Elle lui donna l'adresse. « Elle n'a pas été difficile à dénicher une fois que j'ai eu son nom. Elle a un nom à coucher dehors, il faut dire.

— Et où l'as-tu découvert ?

— A l'hôpital de Bispebjerg, évidemment. J'ai fouillé dans les archives. Elle travaillait au service obstétrique quand Kimmie y était. Je lui ai téléphoné et elle se souvenait très bien de ce qui s'était passé. D'après elle, personne n'aurait été capable de l'oublier. »

Le plus bel hôpital du Danemark. C'était ainsi que Rose avait qualifié l'établissement, citant le site Internet.

Carl contempla les bâtiments blancs comme neige et se rangea à cet avis. Bien que l'automne soit déjà avancé, les pelouses n'avaient rien à envier à celles d'un terrain de golf. L'environnement était grandiose. La famille royale elle-même avait pu admirer les lieux il y avait quelques mois à peine.

Le château de Fredensborg n'avait qu'à bien se tenir.

L'apparence de l'infirmière en chef jurait quelque peu avec le décor. Elle était souriante et aussi imposante qu'un bâtiment de guerre entrant au port. Tout le monde s'effaçait imperceptiblement sur son passage. Cheveux coupés au bol, mollets comme deux troncs d'arbre et une paire de chaussures démesurées qui résonnaient tel un coup de tonnerre à chacun de ses pas, Irmgard Dufner avait mis le cap sur lui.

« *Mister Mørck, I presume !* » dit-elle, hilare, secouant si vigoureusement sa main qu'on aurait dit qu'elle essayait de vider ses poches en même temps.

Sa mémoire avait l'amplitude de son corps. Elle était l'incarnation d'un rêve de policier.

Elle était naguère infirmière dans le service de gynécologie où Kimmie avait été admise à Bispebjerg, et bien qu'elle n'ait pas été de garde quand la patiente avait disparu, les circonstances de cet événement avaient été si particulières et si tragiques qu'à l'en croire, tous ceux qui travaillaient à l'hôpital à cette époque s'en souvenaient encore.

« Quand cette femme est arrivée, elle était si mal en point que nous étions tous persuadés qu'elle perdrait l'enfant. Finalement, elle s'en est plutôt bien tirée. Elle voulait tellement avoir ce bébé. Au bout d'une semaine, nous étions prêts à la laisser sortir. »

Elle fit une grimace. « Mais un matin où je n'étais pas de garde parce que j'assurais les nuits, elle a fait une fausse couche aussi soudaine que violente. Le médecin de garde a pensé qu'elle l'avait provoquée elle-même. En tout cas elle avait d'énormes hématomes sur le bas-ventre. Cela paraissait assez difficile à croire parce qu'elle nous avait donné l'impression d'être heureuse de cette grossesse. Mais on ne peut jamais savoir. La perspective de se retrouver seule avec un enfant provoque parfois chez une femme des sentiments ambivalents.

— Avec quel objet aurait-elle pu se faire ces bleus sur le ventre ? Vous vous en souvenez ?

— On a pensé à une chaise qui se trouvait dans sa chambre. Elle l'aurait portée jusqu'à son lit et se serait donné des coups avec. En tout cas la chaise en question était renversée quand les infirmières de garde sont entrées et qu'elles l'ont trouvée évanouie, le fœtus baignant dans une mare de sang entre ses cuisses. »

Carl se représenta le tableau. Pas joli à voir.

« Le fœtus était assez développé pour qu'on puisse le voir ?

— Oh ! là là ! oui. A dix-huit semaines c'est déjà un vrai petit être humain qui mesure entre quatorze et quinze centimètres.

— Avec des bras et des jambes ?

— Avec tout ce qu'il faut. Les poumons ne sont pas encore très développés, les yeux non plus. Sinon, tout le reste y est.

— Et elle l'avait entre les jambes ?

— Elle avait expulsé l'enfant et le placenta par les voies naturelles, oui.

353

— Vous parlez du placenta. Il n'avait rien d'anormal ? »

Elle hocha la tête. « Effectivement, c'est l'une des choses qu'on se rappelle dans cette affaire. Ça, et le fait qu'elle se soit enfuie avec le petit cadavre. Mes collègues l'avaient mis sous un linge pendant qu'ils arrêtaient l'hémorragie. Ils se sont absentés quelques instants et quand ils sont revenus, la patiente et le fœtus avaient disparu. Le placenta était toujours là. C'est comme ça que les médecins ont pu constater qu'il était fendu. Littéralement déchiré en deux.

— Cela avait-il pu se produire au cours de l'avortement ?

— Ça peut arriver, mais c'est extrêmement rare. Les violences subies par son appareil génital peuvent être mises en cause. Quoi qu'il en soit, après un avortement, il est plus que souhaitable d'opérer un curetage sur la patiente.

— Elle risquait une infection ?

— Oui, en ce temps-là, cela arrivait fréquemment.

— Et si c'était le cas ?

— Alors la patiente mourait.

— Bon. Je suis heureux de vous informer qu'elle a survécu. Elle vit encore aujourd'hui. Je ne dirais pas qu'elle pète la forme, vu qu'elle vit dans la rue. Mais elle est vivante. »

Elle croisa ses mains épaisses sur ses genoux. « C'est triste. Beaucoup de femmes se remettent très mal de ce genre d'expérience.

— Vous voulez dire que le traumatisme de la perte d'un enfant peut être assez profond pour justifier un désir de se mettre en marge de la société ?

354

— Je veux dire que tout peut arriver suite à un événement comme celui-là. Elle ne serait pas la première dans son cas. Certaines femmes deviennent presque folles et ne parviennent jamais à surmonter leur sentiment de culpabilité. »

« Je crois qu'il est temps de faire un point sur cette affaire. Vous êtes d'accord ? » A voir la tête que faisaient Rose et Assad, Carl comprit qu'eux aussi avaient des choses à lui dire. Ils attendraient.

« Nous avons un groupe de jeunes, composé de fortes personnalités, dans le sens où chacun d'entre eux va systématiquement au bout de ce qu'il décide. Cinq garçons avec leurs différences et une fille qui apparaît comme le personnage central de la bande.

« Elle est belle et délurée. Elle a une brève aventure avec un *premier de la classe*, Kåre Bruno, qui décède peu après, fortement aidé, à mon avis, par la bande qui nous intéresse. L'un des objets de la boîte à secrets de Kimmie nous le suggère en tout cas. Le garçon a pu mourir suite à une crise de jalousie, voire à une bagarre. Il peut aussi s'agir d'un vulgaire accident. Le bracelet peut avoir été conservé par Kimmie comme une sorte de trophée. Sa présence dans la boîte métallique ne constitue pas une preuve de culpabilité, même si elle instille le soupçon.

« La bande reste unie, bien que Kimmie quitte le lycée. Directement ou indirectement, le groupe est impliqué dans l'assassinat de deux jeunes, peut-être choisis par hasard à Rørvig. Bjarne Thøgersen a avoué les deux crimes, mais il est vraisemblable qu'il l'a fait pour couvrir un ou plusieurs membres de la bande. Tout laisse à penser qu'une forte somme d'argent lui a été promise en échange de son sacrifice. Il vient d'un milieu relativement modeste, sa relation avec Kimmie était terminée, et cette solution pouvait constituer une issue acceptable à sa situation. Nous savons qu'au moins une personne de la bande est impliquée dans le double meurtre puisque nous avons retrouvé des objets portant les empreintes digitales des victimes dans la cachette de Kimmie.

« Le département V décide de reprendre l'enquête sur cette affaire à cause de soupçons émanant d'une personne privée, convaincue que Thøgersen a été condamné à tort, le plus important dans ce contexte étant peut-être la liste fournie par Johan Jacobsen concernant diverses agressions et disparitions susceptibles d'être imputées à la bande. Nous avons par la suite pu déterminer qu'aucune personne n'a disparu ou été tuée pendant la période où Kimmie se trouvait en Suisse. En revanche, on note plusieurs cas de violences corporelles. La liste de Johan Jacobsen peut être sujette à caution mais sur le fond, son analyse reste plausible.

« La bande a connaissance de mon enquête, j'ignore comment, peut-être par l'intermédiaire d'Aalbæk, et on cherche à y faire obstruction. »

Assad leva le doigt. « Faire obstruction ? C'est ça que vous avez dit ?

— Oui, Assad, on a essayé d'entraver la bonne marche de mon enquête. Tu comprends ? Faire obstruction signifie entraver. Et le fait que quelqu'un essaye de me freiner me prouve que ce quelqu'un a bien plus à perdre que sa réputation. »

Ses deux collaborateurs hochèrent la tête.

« J'ai subi des menaces à mon domicile, dans ma voiture, et plus récemment sur mon lieu de travail. Je pense que les membres de la bande sont à l'origine de ces tentatives d'intimidation. Ils se sont servis d'anciens élèves pour nous faire retirer l'affaire, mais maintenant leur intermédiaire a changé de camp.

— Et nous, on a intérêt à faire profil bas », grommela Rose.

« Absolument. Nous avons les coudées franches pour bosser et il ne faut pas que nos suspects le sachent. En particulier parce que nous pensons que, vu sa situation actuelle, Kimmie devrait pouvoir nous apprendre beaucoup de choses sur les agissements passés de la bande, quand nous l'interrogerons.

— Elle ne nous dira rien, Chef », le coupa Assad. « J'ai vu ça dans ses yeux à la gare, alors. »

Carl fit une moue sceptique. « On verra. Kimmie est sûrement un peu dérangée. Sinon elle ne vivrait pas dans la rue alors qu'elle est propriétaire d'une maison luxueuse à Ordrup. Elle a dû perdre les pédales après cette mystérieuse fausse couche, sans doute provoquée par les violences dont elle semble avoir été victime. » Il s'apprêtait à allumer une cigarette mais fut stoppé par le regard lourd de reproche et de mascara que Rose posa sur ses mains. Il y renonça. « Nous avons également appris que Kristian Wolf avait des pulsions sadiques, et qu'il entretenait probablement une liaison avec Kimmie Lassen. » Il sortit à nouveau le paquet de cigarettes de sa poche. La tyrannie avait assez duré.

« Nous savons à présent qu'un ou plusieurs membres de la bande ont participé à d'autres agressions que celle de Rørvig et ce fait constitue aujourd'hui notre piste la plus importante. Kimmie

Lassen a dissimulé des objets susceptibles de constituer des preuves de culpabilité concernant au moins trois actes de violence ayant entraîné la mort. Trois pochettes supplémentaires contiennent des indices suggérant d'autres actes criminels. Alors, maintenant nous allons essayer de mettre la main sur Kimmie et de garder l'œil sur les faits et gestes des autres. A part ça, on continue l'enquête comme prévu. Vous avez des remarques sur le résumé que je viens de faire ? » dit-il en allumant sa cigarette.

« Je vois que le nounours est toujours dans ta poche ! » fit remarquer Rose, le regard braqué sur la cigarette.

« Et sinon, d'autres commentaires ? »

Ses deux assistants secouèrent la tête.

« Parfait. Alors, Rose, qu'est-ce que tu as pour nous ? »

Elle suivit des yeux la fumée qui venait lentement dans sa direction. Dans un instant elle allait agiter la main. « Pas grand-chose, mais pas mal de trucs quand même.

— Tu peux décoder ?

— A part Claes Thomasen, je n'ai trouvé qu'un seul policier qui ait participé à l'enquête sur le double meurtre. Un certain Hans Bergström. Il appartenait à la brigade mobile à l'époque. Il n'en fait plus partie et il ne veut pas nous parler. » Elle dissipa la fumée d'un geste nerveux.

« Ça n'existe pas les gens qui ne veulent pas parler à la police ! » intervint Assad. « C'est juste parce qu'il est fâché que tu l'aies traité de pauvre merde. » Il la gratifia d'un sourire éclatant quand elle protesta. « Si, sí, Rose, je t'ai entendue.

— J'avais mis la main sur le micro. Il n'a rien entendu. Ce n'est pas ma faute s'il ne veut pas me parler. Il a fait fortune en déposant des brevets, et j'ai aussi découvert autre chose le concernant. » A présent elle clignait des yeux avec ostentation tout en agitant la main.

« Je t'écoute.

— C'est aussi un ancien élève du pensionnat. On n'en tirera rien du tout. »

Carl fit une grimace et ferma les yeux. Le silence peut être une vertu, l'omerta est un vice. Un sacré putain de vice.

« Même chose pour les anciens camarades de classe de la bande. Il n'y en a pas un qui veuille nous parler.

— Pourquoi, tu en as joint beaucoup jusqu'ici ? Ils doivent être dispersés aux quatre vents. Et puis les filles ont dû changer de nom de famille. »

A présent Rose battait frénétiquement l'air devant elle et Assad s'écarta d'un pas pour ne pas prendre sa main dans la figure. « En dehors de ceux qui vivent de l'autre côté de la planète et qui, de ce fait, dorment actuellement du sommeil du juste, je les ai presque tous appelés. D'ailleurs, je ferais aussi bien d'arrêter. Quand ils ouvrent la bouche, c'est pour ne rien dire. Il y en a un seul qui a bien voulu me parler des membres de la bande. »

Cette fois Carl souffla la fumée de sa cigarette sur le côté. « Ah oui ? Et qu'est-ce qu'il a dit ?

— Simplement qu'ils étaient des élèves turbulents et qu'ils menaient les surveillants en bateau. Qu'ils fumaient du hasch dans les bois et derrière les bâtiments de l'école. Il avait plutôt l'air de les trouver cool. Ecoutez, Carl, vous ne pourriez pas nous épargner votre usine à cancer quand on est en réunion ? »

Il avait eu le temps de tirer dix bouffées. Il s'en contenterait.

« Il faudrait qu'on interroge l'un d'entre eux, Chef ! » suggéra Assad. « Mais je suppose que ce n'est pas possible ?

— J'ai bien peur que ça nous pète à la gueule si on fait ça. » Il écrasa sa cigarette dans sa tasse à café, ce qui eut l'air d'agacer Rose prodigieusement. « Non, on va attendre un peu. Mais toi, Assad, tu as découvert quelque chose ? Tu as travaillé sur la liste de Johan Jacobsen. Tu as du nouveau ? »

Assad haussa ses sourcils noirs. Oui, de toute évidence, il en avait. Et il avait décidé de jouir encore un peu du plaisir de garder ses informations pour lui.

« Allez, mon p'tit pain d'épice, accouche ! » lui dit Rose en papillotant de ses cils charbonneux.

Il plongea le nez dans ses notes avec un sourire en coin. « Moi, alors, j'ai retrouvé la femme qui s'est fait agresser à Nyborg le 13 septembre 1987. Elle a cinquante-deux ans et elle s'appelle Grete Sonne. Elle tient une boutique de vêtements dans Vestergade. *Mrs. Kingsize.* C'est le nom du magasin. Je ne l'ai pas interrogée parce que j'ai pensé qu'il valait mieux que nous y allions ensemble. J'ai le rapport de police, mais il n'y a pas beaucoup d'informations sur l'agression. Rien qu'on ne sache déjà, en tout cas. »

Vu l'expression du visage d'Assad, le peu qu'il y avait devait être amplement suffisant.

« La femme avait trente-deux ans quand c'est arrivé. C'était une belle journée d'automne et elle revenait de la plage de Nyborg où elle était allée promener son chien. Le chien s'était échappé et se dirigeait vers un centre pour enfants diabétiques. Elle a couru aussi vite qu'elle a pu pour le rattraper. C'était un petit chien assez hargneux, si j'ai bien compris. Alors elle a vu un groupe de jeunes qui marchait vers elle. Ils tenaient le chien par son collier. Ils étaient cinq ou six. Après, elle ne se souvient plus de rien.

— Putain de merde », commenta Rose. « Ils l'ont tabassée jusqu'à ce qu'elle perde connaissance ?

— Ça doit être ça ! Ou alors elle a préféré perdre la mémoire », dit Carl.

« Exact, elle a été battue violemment. Le rapport dit qu'ils l'ont déshabillée et fouettée. Ils lui ont cassé quatre doigts et quand on l'a retrouvée, son chien gisait mort à côté d'elle. Il y avait des traces de pas partout, mais la plupart des pistes suivies par la police n'ont mené nulle part. Quelqu'un a vu une voiture rouge, de taille moyenne, garée dans le quartier balnéaire, devant une maison en bois marron foncé qui se trouve en première ligne au bord de la plage. » Assad vérifia ses notes. « Au n° 50, voilà, c'est ça. Elle est restée garée là quelques heures. On a aussi plusieurs témoignages d'automobilistes, qui ont aperçu une bande de jeunes qui couraient sur la route aux environs de l'heure où l'agression a eu lieu.

« La police a bien sûr contrôlé la billetterie du ferry et la liste des passagers de la journée mais, comme tout le reste, ça n'a rien donné. »

Il haussa les épaules d'un air désolé, comme s'il avait lui-même participé à l'enquête.

« Grete Sonne est retournée chez elle après quatre mois de traitement au service psychiatrique de l'hôpital universitaire d'Odense et l'affaire a été classée sans suite. Et voilà ! » conclut-il avec un beau sourire.

Carl posa les coudes sur son bureau et reposa la tête dans ses mains. « Très bien, Assad, c'est du bon boulot, mais honnêtement, je ne vois pas ce qu'il y a de si réjouissant ! »

Assad haussa les épaules à nouveau. « Le fait que je sache où elle est, alors, et qu'on puisse y être dans vingt minutes. Les boutiques ne sont pas encore fermées. »

Mrs. Kingsize se trouvait à soixante mètres de Strøget, et le moins qu'on puisse dire, c'est que la boutique ne manquait pas d'ambition. La plus informe des créatures pouvait espérer trouver ici des robes aussi ajustées que seyantes dans les plus nobles des matières : soie, taffetas, il n'y avait qu'à demander.

Grete Sonne était la seule personne normale à évoluer dans ce décor exubérant. Un discret rinçage donnait de la brillance à sa chevelure de vraie rousse et elle portait une tenue élégante et dynamique à la fois.

Elle sembla surprise en les voyant pénétrer dans son magasin. Elle avait eu affaire à bon nombre de travestis et de drag-queens dans sa carrière, mais ni le représentant banal de la gent masculine ni son compagnon rondouillard ne semblaient appartenir à ces deux catégories.

« Nous sommes sur le point de fermer », dit-elle en regardant sa montre, « mais si je peux vous être utile, nous attendrons un petit peu. »

Carl vint se planter entre deux rangées de robes éléphantesques et lui dit qu'ils avaient quelques questions à lui poser et qu'ils attendraient la fermeture, si elle n'y voyait pas d'inconvénient.

Elle regarda la carte de police qu'il lui tendait et son visage devint grave. Chez cette femme, les flash-back devaient se bousculer au portillon à la moindre occasion. « Je vais fermer. » Elle donna quelques instructions à ses deux vendeuses grassouillettes et leur souhaita un bon week-end.

« Je dois faire des achats à Flensborg lundi, alors… » Elle leur sourit vaillamment, mais on sentait que le cœur n'y était pas.

« Excusez-nous de ne pas avoir pris rendez-vous, mais l'affaire est un peu urgente et ça va aller très vite.

— Si vous êtes là pour les cambriolages qui ont eu lieu dans le quartier, vous feriez mieux d'aller voir les commerçants de Lars Bjørnstræde, ils sont davantage concernés », dit-elle tout en sachant pertinemment qu'il s'agissait d'autre chose.

« Écoutez. Nous savons qu'il est très difficile pour vous d'évoquer l'agression dont vous avez été victime il y a vingt ans, et aussi que vous n'avez rien à ajouter à ce que vous avez dit à la police à l'époque. C'est pourquoi nous vous demandons seulement de répondre par oui ou par non aux questions que nous allons vous poser. D'accord ? »

Elle blêmit mais resta ferme sur ses deux jambes.

« Vous pouvez même vous contenter de hocher ou de secouer la tête si vous préférez », poursuivit-il, voyant qu'elle ne répondait pas. Il tourna la tête vers Assad, qui avait déjà sorti calepin et dictaphone.

« Vous n'aviez aucun souvenir de l'agression juste après qu'elle s'est produite. Avez-vous retrouvé la mémoire ? »

Après un temps de réflexion assez court qui leur parut interminable, elle secoua la tête. Assad fit état de cette réponse en chuchotant dans le dictaphone.

« Nous pensons connaître les coupables. Il s'agit de six jeunes élèves d'un cours privé dans le Sjælland. Pouvez-vous nous confirmer qu'ils étaient six, Grete ? »

Elle ne réagit pas à cette question.

« Cinq garçons et une fille d'environ dix-huit ans. Probablement bien habillés. Je vais vous montrer une photo de la jeune fille. »

Il lui tendit la coupure de *Gossip* sur laquelle on voyait Kimmie Lassen devant un café en compagnie de plusieurs garçons de la bande.

« La photo a été prise quelques années plus tard, la mode a un peu changé, mais… » Il observa le visage de Grete Sonne qui ne l'écoutait plus. Elle posait un regard vague sur les jeunes jet-setteurs en train de profiter gaiement de la vie nocturne de Copenhague.

« Je ne me souviens de rien, et je n'ai plus envie de penser à cette histoire », dit-elle enfin d'une voix posée. « J'apprécierais beaucoup que vous me laissiez tranquille. »

Alors Assad s'approcha d'elle. « J'ai vu dans votre dossier fiscal que vous aviez touché une importante somme d'argent à l'automne de l'année 1987. Vous travailliez à l'époque dans une crèmerie à… » Assad consulta ses notes « … Hesselager. Et puis tout à coup vous avez reçu soixante-quinze mille couronnes, je me trompe ? Ensuite vous avez monté votre affaire, d'abord à Odense et puis ici, à Copenhague. »

Carl sentit l'étonnement étirer l'un de ses sourcils vers le haut. Comment diable Assad avait-il eu cette information ? Un samedi ? Et pourquoi ne lui en avait-il pas parlé pendant le trajet en voiture ? Il avait pourtant eu tout le temps nécessaire pour le faire.

« Pouvez-vous nous dire d'où venait cet argent, Grete Sonne ? » demanda Carl, braquant son sourcil levé sur elle.

« Je… » Elle chercha en vain l'explication qu'elle avait donnée jadis, mais les photos de l'hebdomadaire people étaient toujours là et elles court-circuitaient sa pensée.

« Bon Dieu, Assad ! Mais comment as-tu fait pour savoir à propos de cet argent ? » lui demanda Carl quand ils se retrouvèrent tous les deux dans Vester Voldgade. « Tu n'as pas eu accès aux archives des impôts aujourd'hui ?

— Non. Mais j'ai pensé à un vieux dicton que mon grand-père avait inventé. Il disait : Si tu veux savoir ce que ton chameau a volé dans ta cuisine hier, ne lui ouvre pas l'estomac, examine son trou du cul. » Il fit un large sourire.

Carl réfléchit un moment et dit : « Ce qui signifie ?

— Ce qui signifie qu'il ne faut pas chercher midi à quatorze heures ! J'ai seulement regardé sur Google s'il y avait quelqu'un à Nyborg qui s'appelait Sonne.

— Et tu as téléphoné à cette personne pour lui faire lâcher le morceau sur la situation financière de Grete ?

— Mais non, Chef. Vous ne comprenez pas le dicton. Il veut dire qu'il vaut mieux aborder les choses à l'envers, OK ? »

Carl ne voyait toujours pas où il voulait en venir.

« Alors, voilà. J'ai d'abord téléphoné aux voisins des gens qui s'appelaient Sonne. Tout ce que je risquais, c'était de découvrir que ce n'étaient pas les bons Sonne qui habitaient à côté. Ou qu'ils venaient d'emménager et qu'ils ne connaissaient pas leurs voisins. Vous comprenez, Chef !

— Et alors, tu es tombé sur le voisin du Sonne que tu cherchais ?

— Oui. Enfin, pas du premier coup, parce que c'était un immeuble et qu'il y avait cinq autres numéros de téléphone possibles.

— Et alors ?

— Alors, j'ai fini par avoir une Mme Balder au deuxième étage qui m'a raconté qu'elle vivait là depuis quarante ans et qu'elle avait connu Grete quand elle se promenait encore en jupe plussée.

— Plissée, Assad, plissée. Et alors ?

— Et alors, cette brave dame m'a tout raconté. Que la fille avait eu de la chance et qu'un mécène inconnu, habitant la Fionie, avait eu pitié d'elle et lui avait fait cadeau de soixante-quinze mille couronnes. C'était justement la somme dont elle avait besoin pour démarrer la boutique dont elle avait toujours rêvé et Mme Balder avait été drôlement contente pour elle. D'ailleurs tout l'immeuble se réjouissait pour cette pauvre Grete qui avait subi cette terrible agression.

— Super, Assad, c'était bien vu ! »

Et cela projetait sur les choses un éclairage très différent.

Après avoir maltraité leurs victimes, deux possibilités s'offraient à eux. Soit ils tombaient sur quelqu'un de conciliant comme Grete Sonne, qu'ils terrifiaient et il leur suffisait d'acheter son silence à vie ; soit ils avaient affaire à des personnes moins accommodantes et ils ne leur donnaient rien.

Mais ils les faisaient disparaître pour toujours.

27

Carl mâchouillait le morceau de *danish pastry* que Rose avait jeté sur son bureau. Un reportage sur le régime militaire en Birmanie défilait sur le grand écran. Les costumes pourpres des moines avaient le même effet que la cape du torero sur le taureau et du coup, la détresse des soldats danois en Afghanistan passait à l'arrière-plan de l'actualité.

Voilà qui devait bien arranger le Premier ministre.

Carl avait rendez-vous au lycée de Rødovre avec cet ancien prof de la pension qui d'après Mannfred Sloth avait été l'amant de Kimmie.

Comme il arrive parfois à un policier au cours d'une enquête, il était envahi ce matin par une sensation étrange, totalement irrationnelle.

Bien qu'il ait rencontré la propre belle-mère de Kimmie, une femme qui la connaissait depuis qu'elle était toute petite, il n'avait jamais eu l'impression d'être aussi près d'elle qu'en cet instant.

Son regard se perdit dans le vague. Où pouvait-elle être en ce moment ?

Les images sur l'écran changèrent de nature. Pour la vingtième fois, la télévision diffusa celles de l'explosion de la bâtisse sur la voie de chemin de fer à la hauteur d'Ingerslevsgade. Tout le trafic ferroviaire avait été interrompu, plusieurs caténaires pulvérisées. Un peu plus loin sur la voie étaient stationnés deux wagons de réfection des voies appartenant à la Compagnie des chemins de fer. Il avait dû y avoir des dégâts sur les rails également.

L'inspecteur de police chargé de l'affaire apparut à l'écran. Carl monta le son.

« Tout ce que nous savons, c'est que la maison a vraisemblablement servi de refuge à une femme sans abri pendant une période assez longue. Elle a été aperçue par des cheminots travaillant sur la voie à plusieurs reprises ces derniers mois alors qu'elle entrait ou sortait. Nous n'avons trouvé aucune trace d'elle, ni de qui que ce soit d'autre dans les décombres.

— L'explosion est-elle d'origine criminelle ? » demanda la journaliste avec cette expression exagérément grave qui fait du moindre fait divers un drame majeur susceptible de déstabiliser toute une société.

« Je peux juste vous dire que selon les affirmations de la Société nationale des chemins de fer, il n'y avait aucun produit inflammable à l'intérieur de ce bâtiment susceptible de provoquer une explosion, et surtout pas d'une pareille violence. »

La journaliste se tourna vers la caméra. « Des experts artificiers envoyés par l'armée travaillent sur place depuis plusieurs heures. » Elle se retourna à nouveau. « Qu'ont-ils trouvé ? Est-il encore trop tôt pour le dire ?

— Eh bien… Nous ne pouvons pas encore affirmer que leur présence constitue une explication, mais il semblerait qu'on ait trouvé sur les lieux des fragments de grenade du type de celles dont nous équipons nos soldats.

— Quelqu'un a donc fait sauter ce local à l'aide de grenades ? »

Décidément, elle excellait dans l'art de diluer la sauce !

« C'est une possibilité, oui.

— Et cette femme, que sait-on sur elle ?

— Elle traînait dans le quartier depuis longtemps. Elle faisait ses courses au supermarché Aldi, là-haut. » Il pointa l'index vers Ingerslevsgade. « Elle faisait sa toilette là-bas. » Il se tourna de l'autre côté pour montrer le centre DGI. « Nous demandons à quiconque aurait des renseignements sur cette personne de prévenir immédiatement la police. Nous ne disposons pas d'un signalement précis, mais nous pensons qu'il s'agit d'une femme blanche, entre trente-cinq et quarante-cinq ans, d'une taille d'un mètre soixante-dix environ et de corpulence normale. Elle change régulièrement de vêtements, mais son apparence est plutôt négligée, sachant qu'elle vit dans la rue. »

A ce stade du reportage, Carl était scotché à l'écran, un bout de croissant suspendu au coin de sa bouche.

« Il est avec moi », dit Carl en passant sous le cordon de sécurité avec Assad, leur frayant un chemin au milieu des policiers et des artificiers militaires.

Il y avait du monde partout sur les voies et les questions fusaient de tous les côtés. Etait-ce une tentative d'attentat contre un train ? Et si oui, visait-il un convoi en particulier ? Ceux qui étaient passés devant le bâtiment au moment de l'explosion transportaient-ils quelque personnalité ? L'air vibrait de ce genre d'interrogations et de rumeurs et les journalistes avaient des yeux et des oreilles partout.

« Commence de ce côté-là, Assad », dit Carl en lui désignant l'arrière de ce qui restait de la maison. Le sol était couvert de décombres, pans de mur entiers ou briques éclatées. Il y avait des fragments de porte et de charpente, des plaques de Placoplatre et des morceaux de gouttière déchiquetés. Les débris avaient arraché la clôture métallique par endroits et à ces ouvertures providentielles, les paparazzis se tenaient dans les starting-blocks, espérant sans doute que l'on découvrirait un peu de charogne humaine.

« Où peut-on interroger les cheminots qui l'ont vue ? » demanda Carl à l'un de ses collègues. Le policier l'envoya vers un groupe d'ouvriers qui ressemblaient à une brigade d'intervention dans leurs combinaisons fluorescentes.

Dès qu'il leur eut montré sa carte, ils se mirent à parler tous en même temps.

« Oh ! Oh ! Une seconde ! » les interrompit-il. Il désigna l'un d'entre eux : « Vous, là, vous pouvez me la décrire ? »

Le gars buvait du petit-lait. Il débauchait dans une heure. La journée l'avait agréablement sorti de sa routine.

« Je n'ai jamais vu sa figure. Souvent elle était habillée avec une jupe longue et une veste matelassée mais quelquefois elle portait des fringues complètement différentes. »

Son collègue hocha la tête. « Ouais, et dans la rue, elle tirait souvent une valise derrière elle.

— Ah oui ? Une valise comment ? Noire ? Marron ? Sur roulettes ?

— C'est ça, une valise à roulettes. Une grosse valise la plupart du temps, mais pas toujours de la même couleur.

— Exact », dit un autre. « En tout cas, moi je l'ai vue une fois avec une valise verte et une autre fois avec une noire.

— Elle regardait tout le temps autour d'elle comme si elle craignait d'être suivie », ajouta le premier cheminot.

Carl hocha la tête. « C'était sans doute le cas. Comment se fait-il qu'on l'ait laissée habiter là après que vous avez constaté sa présence ? »

L'homme qu'il avait interrogé en premier cracha sur le ballast. « Elle faisait pas d'mal, et le local était désaffecté de toute façon. Vu la manière dont on nous gouverne, c'est pas étonnant qu'il y en ait qui s'en sortent pas. » Il secoua la tête. « Moi j'avais pas envie de cafter en tout cas. Ça m'aurait rapporté quoi ? »

L'autre ajouta : « On en a au moins cinquante, des bicoques comme celle-là, sur la voie, entre ici et Roskilde. Vous vous imaginez combien de personnes on pourrait loger là-dedans ? »

Carl en eut froid dans le dos. Des dizaines de clochards à moitié saouls circulant à leur guise sur les voies, bonjour le chaos !

« Comment faisait-elle pour entrer sur le domaine de la Société des chemins de fer ? »

Ils s'esclaffèrent. « Elle ouvrait la grille. » Ils montrèrent du doigt ce qui avait jadis été une grille d'accès aménagée dans la clôture.

« Je vois. Mais comment se fait-il qu'elle ait eu une clé ? Quelqu'un avait perdu la sienne ? »

Ils haussèrent les épaules jusqu'au bord de leurs casques jaunes et éclatèrent de rire. Tout le groupe d'ouvriers se joignit à eux. Comment voulait-il qu'ils le sachent ? Ils n'étaient pas payés pour surveiller les grilles.

« Autre chose ? » demanda-t-il en les regardant tous à tour de rôle.

« Oui », répondit l'un d'entre eux. « Je pense l'avoir vue à la gare de Dybbølsbro l'autre jour. Il était assez tard et je ramenais cette draisine-là. Elle était en haut, sur le quai, et elle regardait en bas. On aurait dit Moïse en train d'attendre le partage des eaux. J'ai cru un moment qu'elle avait l'intention de se jeter sous un train, mais je m'étais trompé.

— Vous avez vu son visage ?

— Oui, c'est moi qui ai dit à la police quel âge elle pouvait avoir.

— Entre trente-cinq et quarante-cinq ans, c'est ça ?

— C'est ce que j'ai dit, mais en y réfléchissant elle en avait plutôt trente-cinq que quarante-cinq. Elle avait l'air tellement triste. Alors évidemment, on fait tout de suite plus vieux, pas vrai ? »

Carl confirma d'un mouvement de tête et sortit le portrait de Kimmie de la poche intérieure de sa veste. L'encre commençait à s'effacer un peu. Les plis de la feuille étaient plus marqués. « C'est elle ? » demanda-t-il en collant la photo sous le nez du témoin.

« Oui, putain, c'est elle ! » Le cheminot avait l'air vraiment étonné. « Sûr qu'elle était pas aussi belle que ça, mais je suis prêt à parier que c'est la même femme. Je reconnais ses sourcils. Ce n'est pas si souvent que les femmes ont des sourcils aussi fournis. Elle est vachement canon là-dessus ! »

Ils se regroupèrent tous autour de la photo et se mirent à la commenter. Carl tourna la tête vers la maison dévastée.

Kimmie, bon Dieu, qu'est-ce que tu as fait ? se dit-il. Si seulement ils étaient parvenus à la localiser quarante-huit heures plus tôt.

« Je sais qui elle est », dit Carl un instant plus tard à ses collègues qui, bien au chaud dans leurs blousons de cuir, semblaient attendre un type qui leur dirait une phrase de ce genre.

« Appelez le poste de Skelbækgade et dites-leur que la femme qui vivait là s'appelle Kirsten-Marie Lassen, alias Kimmie Lassen. Le service des identifications a déjà son numéro d'identité et pas mal d'autres renseignements sur elle. Si vous apprenez quoi que ce soit de nouveau, c'est moi que vous appelez en premier, OK ? » Il s'apprêtait à partir, mais s'arrêta brusquement. « Ah ! encore une chose. Faites en sorte que les vautours là-bas n'apprennent pas son nom. » Il montrait les journalistes. « Ça foutrait en l'air une enquête en cours. Je compte sur vous pour passer le message, d'accord ? »

Il chercha Assad des yeux. Son assistant était à quatre pattes en train de fouiller les décombres. Carl fut surpris de constater que les artificiers se désintéressaient complètement de lui. Ils devaient déjà avoir leur idée sur ce qui s'était passé et avoir abandonné la piste d'un acte terroriste. Il n'y avait plus qu'à en convaincre les reporters surexcités.

Heureusement que ce n'était pas son rôle.

Carl enjamba ce qui avait naguère été la porte de la maison, une épaisse planche verte couverte de graffitis blancs, puis il se glissa dans la brèche de la clôture pour atteindre la rue. Il n'eut aucun mal à trouver le panneau qui était encore fixé au montant galvanisé de la grille : GUNNEBO, CLÔTURES LØGSTRUP et en dessous plusieurs numéros de téléphone.

Il prit son portable et composa les deux premiers numéros sans succès. Il détestait les week-ends. Comment pouvait-on attendre d'un policier qu'il fasse correctement son travail alors que tous ses concitoyens étaient en train de buller sur leur canapé ?

Il y a forcément quelqu'un dans cette boîte qui sait comment elle s'est procuré cette clé. Je demanderai à Assad de leur téléphoner lundi, se dit-il.

Il allait appeler le petit Syrien pour lui dire qu'ils pliaient bagage. De toute façon, il ne dénicherait rien que les gars de la police scientifique n'aient déjà trouvé. Soudain il entendit un bruit de freinage et vit le chef de la Criminelle bondir d'une voiture alors qu'elle était à peine immobilisée le long du trottoir. Il portait une veste en cuir comme tous les autres, à part que la sienne était un peu plus longue, un peu plus souple et sûrement beaucoup plus chère.

Carl le suivit des yeux en se demandant ce qu'il fichait là.

« Ils n'ont pas trouvé de cadavres », lui lança Carl alors que Marcus Jacobsen saluait de la tête ses collègues de l'autre côté de la barrière défoncée.

« Salut Carl ! Tu as une minute s'il te plaît, je voudrais que tu viennes avec moi », lui dit-il quand il l'eut rejoint. « On a trouvé la droguée que tu cherches. Et elle est très très morte. »

Le spectacle n'avait rien d'inhabituel. Un corps sans vie, recroquevillé sous un escalier, pâle et pitoyable.

Des cheveux emmêlés étalés dans la crasse et les morceaux de papier d'aluminium. Un visage tuméfié par les coups et un corps meurtri par l'existence. Vingt-cinq ans à peine.

Une bouteille de Cocio dont le contenu se déversait sur un sac en plastique blanc.

« Overdose », déclara le médecin en tirant son dictaphone de sa poche. Il faudrait bien sûr une autopsie pour confirmer le diagnostic, mais le légiste connaissait son boulot et la seringue était encore plantée dans une veine maltraitée sur la cheville de la morte.

« Sans doute », dit le chef de la Criminelle. « Mais… »

Carl et lui échangèrent un regard entendu. Marcus se posait la même question que lui. Une overdose, OK. Mais pourquoi ? Et comment cela avait-il pu arriver à une junkie aussi rodée qu'elle.

« Tu es allé la voir dans son appartement, Carl. Rappelle-moi quand c'était, déjà ? »

Carl se tourna vers Assad, qui attendait avec son éternel petit sourire au coin de la bouche, étrangement indifférent à l'atmosphère sinistre qui régnait dans cette cage d'escalier.

« Mardi dernier, Chef. » Il n'avait même plus besoin de vérifier dans son calepin, c'en était effrayant. « Mardi 25 », ajouta-t-il. Il n'allait pas tarder à annoncer qu'ils avaient parlé à Tine entre quinze heures trente-deux et quinze heures cinquante-neuf, ou un truc de ce genre. S'il n'avait jamais eu l'occasion de voir Assad saigner, Carl aurait pensé que le petit homme était en réalité un robot.

« Cela fait déjà quelques jours, alors. Il a pu se passer beaucoup de choses depuis », dit le chef de la brigade criminelle. Il se mit à genoux, pencha la tête de côté et observa attentivement les nombreux bleus que la jeune femme avait sur le visage et sur le cou.

Ces hématomes étaient postérieurs à la visite de Carl.

« Et le passage à tabac qui a laissé ces traces-là n'est pas non plus intervenu juste avant sa mort, nous sommes d'accord ?

— Je dirais environ quarante-huit heures avant », répondit le médecin.

On entendit des pas lourds qui dévalaient l'escalier et un gars de l'ancienne équipe de Bak les rejoignit au rez-de-chaussée, en compagnie d'un individu que personne n'aurait aimé avoir pour gendre.

« Je vous présente Viggo Hansen, qui vient de me raconter une histoire qui devrait vous intéresser. »

Le gros type lança à Assad un regard soupçonneux et l'autre le toisa avec hauteur. « Il est obligé de rester là, lui ? » dit-il carrément, levant la manche de sa chemise pour découvrir ses tatouages, ancre, croix gammée et signe du KKK. Gentil garçon.

En passant devant lui, il bouscula Assad de son gros ventre mou, et Carl se tint sur le qui-vive. Pourvu que son assistant ne réagisse pas à la provocation.

Mais Assad hocha la tête et prit sur lui. Bien fait pour le marin !

« Hier, j'ai vu cette truie avec une autre pute dans son genre. » Il décrivit la donzelle et Carl sortit de sa poche la copie froissée.

« C'était elle ? » demanda-t-il en retenant sa respiration. L'odeur de pisse et de sueur rance était presque aussi forte que les vapeurs d'alcool qui flottaient autour du pochard.

Celui-ci frotta ses paupières répugnantes et à moitié collées de pus et secoua la tête de haut en bas si vigoureusement que ses trois mentons vinrent claquer les uns contre les autres. « Elle était en train de tabasser la pute-junkie. Y a qu'à voir les marques. Mais je m'en suis mêlé et j'ai réussi à la faire décamper. Elle avait une grande gueule, la salope », précisa-t-il, faisant un effort surhumain pour se tenir droit.

Quel con ! Pourquoi mentait-il ?

Un autre flic arriva et chuchota quelque chose à l'oreille du patron.

« Bon », dit Marcus Jacobsen. Il se planta en face du crétin patenté, les mains dans les poches en biais de son pantalon, et le regarda avec l'air du flic qui va sortir les menottes d'un instant à l'autre.

« Tiens, tiens, Viggo Hansen. Il paraît que tu es une vieille connaissance. Mis bout à bout, tu n'aurais pas déjà purgé dix ans de prison pour violences et agressions sexuelles sur des femmes seules ? Donc tu prétends avoir vu cette femme cogner la défunte. Et toi qui connais si bien la police, tu es assez bête pour balancer ce genre d'accusation ? »

Il inspira profondément, sembla chercher à rembobiner le film jusqu'à un moment où il pourrait encore rattraper le coup. Eut l'air d'y être parvenu.

« Allez, dis-nous juste ce qui s'est passé. Tu les as vues en train de bavarder toutes les deux et puis c'est tout. Je me trompe ? Tu as quelque chose à ajouter ? »

Il baissa la tête. Son sentiment d'humiliation était palpable. Peut-être parce que Assad était là. « Non », répondit-il.

« Il était quelle heure ? »

Il haussa les épaules. Il n'avait pas dessaoulé depuis des années et avait perdu la notion du temps.

« Tu n'as pas arrêté de boire depuis le moment où tu les as vues, c'est ça ?

— Ouais, ça fait passer le temps. » Il esquissa un sourire. Une vision peu appétissante.

« Viggo avoue avoir piqué quelques bières qui étaient sous l'escalier », dit l'agent qui était allé le chercher dans son appartement. « Des bières et un paquet de chips. »

Il est vrai que la pauvre Tine n'en aurait plus l'utilité.

Ils lui demandèrent de rester chez lui à la disposition de la police pour le restant de la journée et de ne plus boire. Les autres résidents de l'immeuble n'avaient rien vu et rien entendu.

Bref, Tine Karlsen était morte. Vraisemblablement toute seule. Elle ne manquerait à personne, sauf à un gros rat affamé répondant au nom de Lasso qu'il lui arrivait d'appeler Kimmie. Si la police ne s'était pas intéressée à elle, dès le lendemain elle n'aurait plus été qu'un chiffre dans les statistiques, et tout le monde l'aurait oubliée.

La police scientifique retourna le corps rigidifié et ne découvrit en dessous qu'une tache sombre laissée par son urine.

« Je serais curieux de savoir ce qu'elle savait », grommela Carl.

Marcus hocha la tête. « Oui, et nous avons une raison de plus pour vouloir retrouver Kimmie Lassen. »

La question étant : suffisait-il de le vouloir ?

Carl redéposa Assad sur les lieux de l'explosion et lui demanda de fouiner un peu pour savoir s'il y avait du nouveau de ce côté-là et de rentrer ensuite à l'hôtel de police pour donner un coup de main à Rose si nécessaire.

« Je vais faire un tour à l'animalerie et ensuite je file au lycée de Rødovre », lui cria-t-il alors que son assistant marchait déjà d'un pas décidé vers les artificiers et les agents de la police scientifique, encore nombreux sur le site.

La société anonyme Nautilus Trading émergeait telle une oasis parmi les immeubles d'avant-guerre, dans une de ces rues exiguës, condamnées à accueillir sous peu de nouvelles cages à poules luxueuses et invendables. De grands arbres aux feuilles d'un jaune criard plantés dans des jardinières en chêne massif, des photos de bêtes sauvages sur toute la façade, la boutique était bien plus grande que Carl se l'était imaginée, et elle avait sûrement pris de l'ampleur depuis l'époque où Kimmie y travaillait.

Et elle était évidemment fermée. La torpeur du week-end s'était déjà abattue sur l'imposante bâtisse.

Il en fit le tour et trouva finalement une porte qui n'était pas verrouillée. LIVRAISON, disait l'inscription.

Il l'ouvrit, entra, et il avait à peine avancé d'une dizaine de mètres qu'il se trouva plongé dans une moiteur tropicale qui fit couler la sueur de ses aisselles.

Toutes les vingt secondes il appelait : « Il y a quelqu'un ? » Mais personne ne répondait. Il continua à déambuler entre les rangées d'aquariums, de vivariums et de terrariums et arriva enfin dans un paradis saturé de chants d'oiseaux qui s'élevaient des centaines et des centaines de volières disposées partout dans un hangar aussi grand qu'un supermarché.

379

Il entrait dans le quatrième hangar, apparemment réservé aux mammifères de toutes tailles, quand il vit enfin un représentant de la race humaine, très occupé à récurer une cage assez vaste pour contenir un lion ou deux.

En s'approchant, Carl sentit l'odeur écœurante et douceâtre que dégagent les fauves. C'était peut-être la cage d'un lion, finalement.

« Excusez-moi », dit Carl à mi-voix mais apparemment assez fort pour provoquer un début d'infarctus chez l'homme qui se trouvait derrière les barreaux. Il en perdit son seau et son balai-brosse.

Debout dans une flaque d'eau savonneuse, il resta planté avec ses gants en caoutchouc qui lui montaient jusqu'aux coudes, à regarder Carl comme s'il s'apprêtait à le dévorer.

« Désolé », dit Carl en tendant sa carte de police. « Je m'appelle Carl Mørck, je suis inspecteur de police, j'appartiens au département V. J'aurais dû téléphoner avant de venir, mais comme je passais dans le quartier… »

L'homme devait avoir soixante ou soixante-cinq ans, il avait les cheveux blancs et de profondes rides de rire autour des yeux, sans doute creusées par des années de plaisir à regarder naître toutes sortes de petites boules de poil. En revanche, la présence de Carl n'avait pas du tout l'air de l'enchanter.

« C'est du boulot de nettoyer une cage pareille ! » dit Carl pour détendre l'atmosphère en passant la main sur les barreaux. Ils étaient si brillants qu'on pouvait se voir dedans.

« Faut bien. Elle part demain chez le patron. »

Le vieil homme conduisit Carl dans une pièce atte-
nante où l'odeur des animaux était moins entêtante.
Carl lui expliqua la raison de sa visite.

Il répondit qu'il se rappelait parfaitement Kimmie :
« Elle a passé plus de trois ans ici et a contribué à
monter cette affaire. C'est avec son aide que l'entreprise s'est lancée dans l'export et qu'elle est devenue
aussi une centrale d'achat.

— Une centrale d'achat ?

— Je vous explique. Mettons qu'un fermier soit à
la tête d'un cheptel de quarante lamas ou de dix
autruches, par exemple, et qu'il souhaite s'en débarrasser. C'est à nous qu'il va faire appel. Même chose
si un éleveur de visons décide de se lancer plutôt dans
l'élevage de chinchillas. Nous travaillons aussi avec
les parcs zoologiques les plus modestes. Nous avons
notre propre zoologiste et même un vétérinaire à plein
temps. » Les rides de rire du vieil homme se creusèrent. « Nous sommes les plus importants grossistes
d'Europe du Nord pour la vente d'animaux autorisés.
Nous pouvons vous procurer toutes les bêtes que vous
voulez, qu'il s'agisse d'un chameau ou d'un castor.
Encore une spécificité que nous devons à Kimmie.
Elle était la seule à l'époque à avoir suffisamment de
connaissances pour nous permettre de développer ce
secteur d'activité.

— Elle avait fait des études pour devenir vétérinaire, c'est ça ?

— Oui. Enfin, elle n'avait pas tout à fait terminé.
Mais c'était une bonne commerciale. Elle savait où
trouver les animaux, comment les faire venir, et c'était
elle aussi qui gérait tout le côté administratif.

— Pourquoi a-t-elle arrêté ? »

Il inclina la tête de droite à gauche avec l'air de réfléchir. « Vous savez, c'est un peu loin, tout ça. Ce que je peux vous dire, c'est que les choses ont changé quand Torsten Florin a commencé à se fournir chez nous. Je crois que Kimmie et lui se connaissaient déjà et qu'ils avaient un ami commun. »

Carl jaugea un instant son interlocuteur. Il paraissait digne de confiance. Il avait une bonne mémoire, bien structurée. « Quand vous dites Torsten Florin, vous parlez du grand couturier ?

— Lui-même. C'est un passionné d'animaux. Il est de loin notre meilleur client. » Il recommença à dodeliner de la tête. « Evidemment, aujourd'hui il est beaucoup plus que ça puisqu'il possède la majorité des actions de Nautilus. Mais en ce temps-là, c'était un simple client. Un jeune homme charmant qui avait magnifiquement réussi dans la vie.

— Je vois. Il doit vraiment aimer les bêtes », dit Carl en faisant référence aux innombrables cages qu'il avait vues depuis qu'il était arrivé. « Alors comme ça vous pensez qu'ils s'étaient déjà rencontrés. Qu'est-ce qui vous faisait croire ça ?

— En fait, je n'étais pas là la première fois que Florin est venu. Ils ont dû se voir au moment où il repartait. C'était elle qui tenait la caisse. Mais je crois savoir qu'elle n'a pas été particulièrement contente de le revoir. Je ne suis pas au courant de ce qui s'est passé entre eux après.

— Cet ami commun dont vous me parliez, ce ne serait pas un dénommé Bjarne Thøgersen, par hasard ? »

Il haussa les épaules. Il ne s'en souvenait pas.

« Je vous demande ça parce qu'elle vivait avec ce monsieur depuis un an quand elle a commencé à travailler ici. Je veux dire avec Bjarne Thøgersen.

— Je ne sais pas. C'est possible. Elle ne parlait jamais de sa vie privée.

— Jamais ?

— Jamais. D'ailleurs je ne savais même pas où elle habitait. C'était elle qui s'occupait des feuilles de paye. Désolé, mais je ne peux pas vous renseigner. »

Il s'appuya à une cage, de l'intérieur de laquelle deux minuscules yeux d'un noir profond le regardaient avec une confiance totale. « C'est mon chouchou », dit le vieil homme en sortant de la cage un petit singe pas plus grand qu'un pouce. « Ma main est son arbre », dit-il en levant le bras tandis que le ouistiti s'accrochait de toutes ses forces à deux de ses doigts.

« Pourquoi a-t-elle cessé de travailler chez Nautilus ? Elle vous l'a dit ?

— Je crois simplement qu'elle avait envie d'essayer autre chose. Ça lui a pris comme ça un jour, sans raison particulière. Vous savez ce que c'est, n'est-ce pas ? »

Carl soupira bruyamment et le singe alla se mettre à l'abri derrière les doigts du vieux. Satanées questions et satanée enquête.

Il essaya de jouer au méchant policier : « Je crois que vous savez très bien pourquoi elle a quitté son job, et ça m'arrangerait si vous vouliez bien me le dire. »

L'homme glissa la main à l'intérieur de la cage et laissa le petit singe disparaître tout au fond.

Puis il se tourna vers Carl. Sa tignasse blanche comme neige et sa barbe immaculée ne lui donnaient plus du tout l'air gentil. Au contraire, il sembla brusquement auréolé d'une passion belliqueuse. Les traits de son visage dénonçaient encore sa vulnérabilité, mais ses yeux exprimaient la fureur. « Je crois que vous devriez vous en aller maintenant », dit-il d'un ton glacial. « J'ai essayé de vous aider, et je ne tolérerai pas que vous m'accusiez de vous avoir raconté des mensonges. »

OK, alors, on la joue comme ça, se dit Carl en affichant son sourire le plus perfide.

« Je pensais à quelque chose tout à coup », dit-il. « Il y a combien de temps que cette entreprise n'a pas été contrôlée par les services sanitaires ? Elles ne sont pas un peu proches les unes des autres, toutes ces cages ? Et la ventilation ? Vous êtes sûr qu'elle fonctionne comme il faut ? Quel est le chiffre moyen de mortalité pendant le transport des animaux ? Et combien meurent en captivité ? » Il se mit à inspecter méthodiquement l'intérieur de chacune des cages où des petits corps haletaient de terreur, recroquevillés au fond de leur cellule.

Le vendeur d'animaux souriait à présent de tout son râtelier factice. Visiblement Carl perdait son temps. La société anonyme Nautilus Trading n'avait rien à se reprocher.

« Vous voulez savoir ce qui a poussé Kimmie à donner sa démission ? Vous devriez poser la question à Florin ! Après tout c'est lui le patron. »

28

C'était un samedi soir banal, rien à signaler. Le journal télévisé partageait sa une entre la naissance d'un tapir dans la réserve tropicale de Randers et la menace du porte-parole de la droite d'abolir les régions qu'elle avait elle-même instaurées.

Carl composa un numéro sur son mobile, admirant les reflets changeants de la lumière sur le miroir de l'eau. Dieu merci, il y a encore des choses qu'ils ne pourront jamais nous enlever, se dit-il.

Assad décrocha. « Vous êtes où, Chef ?

— Je viens de traverser le Sjællandsbro et je suis en route pour le lycée de Rødovre. Il y a quelque chose de particulier que je devrais savoir sur ce Klavs Jeppesen ? »

Quand Assad réfléchissait, c'était presque audible. « C'est un *frus*, Chef, je crois que c'est ce qui le caractérise.

— Un *frus* ! C'est quoi, ça ?

— Un frustré, si vous préférez. Quand on l'écoute parler, on dirait qu'il est un peu lent, mais en fait ce sont ses sentiments qui freinent sa liberté d'expression. »

Sa liberté d'expression ! Bientôt, Assad allait se mettre à citer Platon et son char ailé !

« Il sait pourquoi je viens le voir ?

— Oui. Au fait, Rose et moi, on a travaillé sur la liste tout l'après-midi, Chef. On va vous en parler, alors. »

Carl allait lui suggérer de remettre ça à plus tard mais Assad était déjà parti.

Carl aurait préféré ne plus être là non plus quand il entendit la voix stridente de Rose au bout de la ligne.

« Eh oui, toujours fidèles au poste », déclara-t-elle, histoire de le faire culpabiliser un peu.

« On a passé toute la journée sur la liste, et je crois qu'on a mis le doigt sur quelque chose d'intéressant. Vous m'écoutez ? »

Difficile de faire autrement !

« Oui, je t'écoute », dit-il, à deux doigts de rater l'embranchement vers Folehaven.

« Vous vous rappelez ce couple, sur la liste de Johan Jacobsen ? Celui qui avait disparu sur l'île de Langeland. »

Elle le croyait sénile ou quoi ?

« Oui », répondit-il.

« Parfait. Ils arrivaient de Kiel et ils ont disparu. On a trouvé des affaires qui pourraient leur avoir appartenu, à Lindelse Nor, mais ça n'a pas été prouvé. Je me suis occupée de cette info et je l'ai un peu modifiée.

— Qu'est-ce que tu entends par là ?

— J'ai contacté leur fille. Elle vit dans la maison qu'ils avaient à Kiel.

— Alors ?

« — Du calme, Carl. J'ai fait un super-boulot, j'ai quand même le droit de vous faire languir un peu, non ? »

Il espéra qu'elle n'avait pas entendu le gros soupir qui venait de lui échapper.

« Elle s'appelle Gisela Niemüller et en fait elle est assez choquée par la façon dont l'enquête a été menée au Danemark.

— Pourquoi ?

— Vous vous souvenez de la boucle d'oreille ?

— Bon, ça va, Rose. On en a encore parlé ce matin.

— Elle a appelé la police danoise il y a au moins onze ou douze ans pour lui dire qu'elle était certaine d'avoir reconnu la boucle d'oreille de sa mère parmi les objets retrouvés à Lindelse Nor. »

Carl faillit percuter une Peugeot 106 avec quatre adolescents de très bonne humeur à son bord. « Quoi ? » hurla-t-il, en écrasant la pédale du frein.

« Attends une seconde », dit-il en arrêtant sa voiture contre le trottoir. « Elle ne l'a pas reconnue sur le moment, comment a-t-elle fait pour la reconnaître plusieurs années après ?

— A cause d'une réunion de famille à laquelle elle a participé à Albersdorf dans la région du Schleswig-Holstein. On lui a fait voir des photos de ses parents, prises lors d'une précédente fête. Et devinez ce que portait sa mère sur ces photos ? Je vous le donne en mille ! » Une espèce de ronronnement de satisfaction se fit entendre à l'autre bout. « Les fameuses boucles d'oreilles ! »

Carl ferma les yeux et serra le poing. *Yes !* s'exclama-t-il *in petto*. Le pilote d'essai Chuck Jaeger avait dû réagir exactement comme ça la première fois qu'il avait passé le mur du son.

« Eh ben, merde alors ! » Il secoua la tête, incrédule. Voilà qui faisait faire à cette enquête un sacré bond en avant. « Fantastique, Rose. Je suis vraiment content. Tu as pu récupérer la photo de la femme avec ses boucles d'oreilles ?

— Non, mais la fille dit qu'elle l'a envoyée au commissariat de Rudkøbing en 1995. Je les ai eus au bout du fil et il paraît que les archives sont à Svendborg maintenant.

— Elle ne leur a quand même pas envoyé l'original ? » Il pria pour que ce ne fût pas le cas.

« Si. »

Merde ! « Mais elle en a une copie au moins ? Ou le négatif ? Enfin, quelqu'un doit avoir gardé quelque chose ?

— Elle ne le pense pas. C'est pour ça aussi qu'elle était tellement en colère. Elle n'a plus jamais entendu parler d'eux.

— Tu vas appeler Svendborg tout de suite, d'accord ? »

Elle émit un son qu'on aurait pu qualifier de méprisant et répondit : « Vous me sous-estimez, monsieur le vice-commissaire. » Et elle lui raccrocha au nez.

Il rappela au bout de moins de dix secondes.

« Salut, Chef », répondit Assad. « Qu'est-ce que vous lui avez dit ? Elle fait une drôle de tête.

— Laisse tomber, Assad. Dis-lui juste que je suis fier d'elle.

— Tout de suite ?

— Oui. Tout de suite. »

Assad posa brusquement le combiné.

Si par hasard la photo des boucles d'oreilles de la disparue réapparaissait dans les archives de la police de Svendborg et si un expert affirmait que la boucle trouvée sur la plage de Lindelse Nor faisait la paire avec celle que Carl avait exhumée de la boîte secrète de Kimmie, et si ces deux boucles étaient les mêmes que celles de la photo, ils pourraient rouvrir le dossier. Entamer une nouvelle procédure. Putain ! Ils tenaient le bon bout ! L'affaire remontait à vingt ans, et alors ? Florin, Dybbøl-Jensen et Pram allaient devoir repasser à travers le chas de l'aiguille de la justice. Mais d'abord il fallait mettre la main sur Kimmie, puisque c'était chez elle que la boîte métallique avait été trouvée. Plus facile à dire qu'à faire sans doute, et la mort de la toxicomane allait rendre la chose plus difficile encore. Mais il fallait la retrouver, coûte que coûte.

« Allô », dit Assad tout à coup. « Ça lui a fait plaisir. Elle m'a appelé son petit ver de sable. Elle était toute contente. » Il éclata de rire.

Il n'y avait qu'un type comme Assad pour prendre cette insulte évidente pour un compliment.

« Par contre, moi, j'ai de moins bonnes nouvelles à vous annoncer que Rose », dit-il quand il eut fini de rigoler. « Il ne faut plus compter sur la coopération de Bjarne Thøgersen. Alors qu'est-ce qu'on fait maintenant ?

— Tu veux dire qu'il refuse de nous parler, c'est ça ?

— Il a été tout à fait clair.

— Ça ne fait rien, Assad. Dis à Rose qu'il nous faut cette photo. Et demain on prend tous une journée de congé, d'accord ? »

Carl regarda sa montre au moment où il s'engageait dans le boulevard Hendriksholm. Il était en avance, mais c'était peut-être aussi bien. Klavs Jeppesen devait plutôt être du genre à arriver avant l'heure quand on lui donnait rendez-vous.

Le lycée de Rødovre était composé d'une succession de cubes trapus plantés dans l'asphalte. Un chaos de bâtiments enchevêtrés. On lui avait probablement ajouté de nombreuses extensions à l'époque où le baccalauréat s'était démocratisé au sein de la classe ouvrière. Un couloir par-ci, un gymnase par-là, de nouvelles annexes en brique jaune, supposées garantir aux jeunes des quartiers ouest l'accès aux privilèges jusque-là réservés à ceux des quartiers nord de la capitale.

Carl suivit les flèches menant au bal des anciens élèves, et trouva Klavs Jeppesen devant la salle des fêtes, les bras chargés de serviettes en papier et en pleine conversation avec deux ravissantes anciennes élèves. Assez joli garçon mais desservi par sa panoplie d'enseignant modèle, veste en velours côtelé et grosse barbe.

Il congédia son auditoire d'un « A tout à l'heure » plein de sous-entendus et suivit Carl vers la salle des professeurs. En chemin, ils croisèrent d'autres anciens élèves pataugeant dans la nostalgie avec délectation.

« Vous savez ce qui m'amène, je crois ? » demanda Carl. Le professeur lui confirma que son collègue étranger lui avait vaguement expliqué de quoi il retournait.

« Que voulez-vous savoir ? » demanda Klavs, invitant Carl à prendre place dans un des fauteuils design légèrement démodés qui meublaient la pièce.

« Je veux tout savoir sur Kimmie et ses amis.

— Votre assistant m'a dit que vous repreniez la vieille affaire des meurtres de Rørvig. Ça en vaut la peine ? »

Carl acquiesça. « Et nous avons tout lieu de croire qu'un ou plusieurs membres de cette bande ont d'autres crimes à se reprocher. »

Les narines de Jeppesen se dilatèrent, comme s'il manquait d'air tout à coup.

« Des crimes ? ! » Son regard se perdit dans le vide et il ne réagit même pas quand l'une de ses collègues entra dans la pièce.

« C'est bon pour la musique, Klavs ? » lui demanda-t-elle.

Il se tourna vers elle dans un état second et hocha la tête distraitement.

« J'étais follement amoureux de Kimmie », dit-il quand ils furent seuls à nouveau. « J'ai désiré cette femme plus qu'aucune autre. Elle était la synthèse parfaite entre un ange et un démon. Si fine et jeune, douce comme un chaton et dominatrice comme une tigresse.

— Elle avait dix-sept ou dix-huit ans quand votre liaison a commencé. Et elle était votre élève. Est-ce qu'il n'y avait pas là une légère transgression ? »

Il leva les yeux vers Carl en gardant la tête baissée. « Effectivement, et je n'en suis pas fier. Mais c'était plus fort que moi. Je me rappelle la texture de sa peau aujourd'hui encore, vous vous rendez compte ? Et il y a vingt ans de cela !

— Oui, et il y a vingt ans aussi qu'elle et ses amis ont été soupçonnés de meurtres. Quel est votre avis là-dessus ? Vous pensez qu'ils ont pu commettre ces crimes ensemble ? »

Klavs Jeppesen fit une grimace qui tordit la moitié de son visage. « N'importe qui aurait pu tuer ces gamins. Vous ne seriez pas capable de tuer, vous ? Vous l'avez peut-être même déjà fait. » Il détourna la tête et baissa la voix. « J'ai été intrigué par certains événements à l'époque. Avant et après ma relation avec Kimmie. Je me souviens en particulier de ce qui est arrivé à un jeune garçon de l'école. Un petit crétin prétentieux qui n'a eu que ce qu'il méritait, à mon avis. Les circonstances dans lesquelles les choses se sont passées m'ont semblé étranges. Tout à coup, il a voulu quitter l'école. Il avait raconté qu'il était tombé dans la forêt, mais je sais reconnaître des traces de coups quand j'en vois.

— Quel rapport avec Kimmie et ses amis ?

— J'ignore si cela avait un lien avec eux, ce que je sais, c'est que Kristian Wolf a pris des nouvelles du gamin tous les jours après son départ : Où était-il ? Comment allait-il ? Reviendrait-il à l'école ?

— Il était peut-être simplement inquiet ? »

Klavs Jeppesen regarda Carl droit dans les yeux. Ce type était professeur de lycée. Il côtoyait des élèves tous les jours, depuis des années. Des parents confiants remettaient entre ses mains l'avenir de leurs chérubins. Lui arrivait-il de faire cette tête-là quand il les recevait dans son bureau ? Si c'était le cas, ils devaient s'enfuir en courant avec leurs rejetons. Carl n'avait pas souvent eu l'occasion de voir un visage enlaidi à ce point par la soif de vengeance, la haine et le mépris de la race humaine.

« Kristian Wolf ne s'intéressait qu'à lui-même », dit-il avec dégoût. « Il était capable de tout, croyez-moi. En revanche, il était terrifié à l'idée de devoir assumer ses actes, à mon avis. Et c'est pour ça qu'il tenait à s'assurer que le gamin était parti pour de bon.

— Vous pouvez me donner des exemples ? » dit Carl.

« Je suis sûr que c'est lui qui a été à l'origine de cette bande. Il était le Mal personnifié, et il a eu vite fait de répandre son venin. C'est lui qui nous a dénoncés, Kimmie et moi. C'est à cause de lui si j'ai dû quitter l'école et si elle a été renvoyée. C'est lui qui la jetait dans les bras des garçons à qui il voulait nuire. Et dès qu'elle les avait pris dans ses filets, il l'éloignait d'eux. Elle était sa marionnette, et il tirait les ficelles.

— Vous saviez qu'il était mort ? Victime d'un accident de chasse, apparemment ?

— Je sais. Mais si vous pensez que je m'en réjouis, vous faites erreur. Je trouve qu'il s'en est tiré à bon compte. »

Ils entendirent des éclats de rire dans le couloir et Klavs Jeppesen sembla revenir à lui. Mais rapidement la colère déforma à nouveau ses traits et le replongea dans son réquisitoire : « Ils ont tabassé le gamin dans le bois, et il a dû quitter l'école. Vous n'avez qu'à le lui demander. Vous le connaissez peut-être. Il s'appelle Kyle Basset. Il vit en Espagne à présent. Vous n'aurez aucun mal à le trouver. Il possède une des plus grosses sociétés de travaux publics du pays, KB Construcciones SA » Il hochait la tête pendant que Carl inscrivait le nom sur son bloc-notes. « Et ils ont tué Kåre Bruno aussi. Vous pouvez me faire confiance », dit-il enfin.

« L'idée nous a effleurés, mais qu'est-ce qui vous fait croire cela ?

— Kåre est venu me voir après que j'ai été renvoyé. Nous étions rivaux, nous sommes devenus alliés. Lui et moi contre Wolf et le reste de la bande. Il m'a avoué qu'il avait peur de Wolf. Ils se connaissaient déjà avant de fréquenter la même école. Il habitait dans le même quartier que ses grands-parents, et Kristian passait son temps à le terroriser. »

Klavs Jeppesen hochait la tête pour lui-même. « Je ne sais pas grand-chose, mais j'en sais suffisamment. Wolf menaçait Kåre Bruno. C'est un fait. Et il est mort.

— Je trouve au contraire que vous avez l'air de savoir beaucoup de choses. Pourtant vous n'étiez plus en relation avec Kimmie au moment de la mort de Kåre Bruno et du double meurtre de Rørvig ?

— C'est vrai, mais j'ai vu comment les autres élèves rasaient les murs à l'école quand ils croisaient quelqu'un de la bande. Je sais ce qu'ils leur faisaient quand ils étaient ensemble. Ils ne s'en prenaient jamais à ceux de leur propre classe, car la solidarité est la première chose qu'on apprend dans cette école. Ils frappaient toujours à l'extérieur. Mais je n'ai aucun doute sur le fait que c'est eux qui ont maltraité ce garçon.

— Comment pouvez-vous en être si certain ?

— Kimmie a passé plusieurs nuits chez moi, pendant les week-ends. Elle avait un sommeil agité, comme si quelque chose la minait de l'intérieur. Elle parlait en dormant, et je l'ai entendue dire son nom : Kyle !

— Elle semblait choquée ? Tourmentée par un remords peut-être ? »

Klavs Jeppesen eut un rire bref, sarcastique. « Kimmie tourmentée par le remords ? Vous ne la connaissez pas. Kimmie est incapable de ce genre de sentiment. »

Carl se demanda s'il allait lui montrer l'ours en peluche, mais fut distrait par les glouglous des machines à café posées sur le buffet. S'ils avaient l'intention de les laisser allumées jusqu'à la fin de la soirée, il n'y aurait plus que du charbon au fond des verseurs.

« On pourrait peut-être boire un petit café ? » suggéra-t-il. Il espérait qu'un peu de caféine lui ferait oublier les cent heures qu'il venait de passer sans ingurgiter un repas digne de ce nom.

« Pas pour moi », dit Jeppesen, levant la main en un geste de défense.

« Est-ce que Kimmie était méchante ? » demanda Carl, le dos tourné, se versant un café en inhalant son parfum à pleins poumons.

Sa question resta sans réponse.

Il se retourna, la tasse au bord des lèvres, l'odorat en prise directe avec les rayons généreux qui avaient brillé au-dessus du champ d'un agriculteur colombien. Le fauteuil de Klavs Jeppesen était vide. L'audience était terminée.

29

Elle avait fait le circuit entre le planétarium et Vodroffsvej dans les deux sens, en longeant le lac par dix chemins différents. Montant les marches, les redescendant, prenant les sentiers qui menaient du lac à Gammel Kongevej et à Vodroffsvej. Dans un sens et dans l'autre, en prenant garde d'éviter l'arrêt de bus du passage du Théâtre, où elle était certaine que les hommes l'attendaient.

De temps en temps, elle s'asseyait sur la terrasse du planétarium, dos à la baie vitrée, les yeux fixés sur la fontaine au milieu du lac où se reflétait la lumière du soleil. Les gens autour d'elle trouvaient cela joli, Kimmie quant à elle n'en avait rien à faire. Il y avait des années qu'elle ne perdait plus son temps avec ce genre de futilités. Tout ce qu'elle voulait, c'était repérer ceux qui avaient bousillé Tine. Elle voulait voir qui était à ses trousses. Voir qui ces sales porcs avaient embauché pour faire leur boulot dégueulasse.

Elle ne doutait pas une seule seconde qu'ils reviendraient. C'était ce que Tine craignait et elle avait raison. S'ils avaient décidé de mettre la main sur Kimmie, ils n'abandonneraient pas.

Tine les avait menés jusqu'à elle, et Tine n'était plus là.

Elle s'était éloignée très vite quand la maison avait explosé. Un groupe d'enfants l'avait vue au moment où elle passait en courant devant la piscine municipale, mais personne d'autre. Elle avait contourné le pâté de maisons et, aussitôt arrivée dans Kvægtorvsgade, elle avait retiré son manteau et l'avait rapidement fourré dans la valise. Puis elle avait enfilé une veste en daim et noué un foulard noir autour de ses cheveux.

Dix minutes plus tard, elle se présentait devant le guichet reluisant de l'hôtel Ansgar sur Colbjørnsensgade, et elle tendait à la réception le passeport portugais qu'elle avait trouvé deux ans plus tôt dans une valise volée. La photo n'était pas très ressemblante mais elle remontait à six ans, et qui peut se vanter de ne pas changer un petit peu en six ans ?

« *Do you speak English, Mrs Teixeira ?* » avait demandé le gentil réceptionniste. La suite n'avait été que routine.

Elle était restée un peu moins d'une heure dans le patio de l'hôtel sous les parasols chauffants en buvant un verre ou deux. Il fallait que le personnel de l'hôtel la remarque.

Ensuite elle avait dormi pendant vingt heures avec sous l'oreiller un pistolet et sur la rétine des images de son amie Tine tremblant comme une feuille.

C'est ainsi qu'avait commencé sa nouvelle tranche de vie et c'est de là qu'elle était partie à pied vers le planétarium où elle avait enfin trouvé ce qu'elle cherchait, au bout de huit heures d'attente.

L'homme était mince, et même maigre. Son visage était tour à tour orienté vers la fenêtre de Tine au cinquième étage et vers l'entrée de l'immeuble, passage du Théâtre.

« Tu risques d'attendre un moment, connard », murmura Kimmie, assise sur son banc devant le planétarium dans Gammel Kongevej.

Vers vingt-trois heures, on vint le relayer. Son remplaçant était visiblement inférieur à lui dans la hiérarchie. Cela se voyait à la façon dont il s'approchait du premier. Comme un chien qui voudrait aller à la gamelle mais qui renifle un peu pour s'assurer qu'il ne va pas se faire mordre.

C'est pour ça que c'était lui qui faisait la planque de nuit le samedi. C'est pour ça aussi que Kimmie décida de filer son collègue.

Elle suivit le grand échalas à distance et monta dans le même bus que lui à l'instant où les portes se refermaient.

Ce n'est que là qu'elle remarqua dans quel état était son visage. Il avait la lèvre éclatée, une plaie suturée au-dessus d'un sourcil et plusieurs ecchymoses à la naissance des cheveux entre l'oreille et le cou, comme s'il s'était teint au henné et mal lavé la peau ensuite.

Il regardait par la fenêtre quand elle grimpa à bord. Assis sur une banquette, il observait le trottoir, espérant sans doute voir sa proie apparaître dans son champ de vision au dernier moment. Il ne commença à se détendre qu'en arrivant à Peter Bangs Vej.

Elle se fit la réflexion qu'il avait fini sa journée et qu'il n'était pas pressé. Personne ne l'attendait à la maison. Cela se voyait à sa façon de se tenir. A sa lassitude. S'il avait eu chez lui une petite fille, ou un chiot, ou un salon accueillant avec quelqu'un pour lui prendre la main, l'écouter rire ou soupirer, il aurait respiré plus profondément, plus librement. Mais il n'y avait rien qui lui donnât envie de rentrer plus vite.

Elle connaissait ce sentiment.

Il descendit à Damhuskro. Il arrivait tard et il savait ce que cela signifiait. La plupart des couples s'étaient déjà formés et quittaient l'établissement pour consommer leur *one night stand*[1]. Il se débarrassa de son manteau, et entra dans la boîte de nuit. Elle voyait bien qu'il n'attendait pas grand-chose de cette soirée. Comment aurait-il pu espérer quoi que ce soit avec la tête qu'il avait ? Il commanda une pression et s'installa au bar, laissant son regard survoler les tables, au cas où une femme, n'importe laquelle, daignerait regarder dans sa direction.

Elle enleva son foulard et sa veste en daim et pria la préposée au vestiaire de prendre grand soin de son sac à main. Puis elle entra, pleine d'assurance, les épaules bien dégagées, les seins en avant, indiquant à tous ceux qui avaient encore les yeux en face des trous qu'elle était disponible. Sur la scène, un orchestre bas de gamme et trop bruyant accompagnait les danseurs qui en étaient encore à faire connaissance en se palpant maladroitement. Sur l'immense piste de danse, sous le plafond orné de sa boule à facettes, personne n'avait l'air d'avoir trouvé chaussure à son pied. Elle sentit les regards braqués sur elle, et l'onde d'excita-

---

1. En anglais dans le texte : rencontre sexuelle d'un soir.

tion qui se propageait de table en table et de tabouret en tabouret le long du bar.

Elle était moins maquillée que les autres femmes, et elle n'avait pas non plus leur culotte de cheval.

Elle se demanda s'il allait la reconnaître. Son regard glissa lentement d'un visage suppliant à l'autre pour s'arrêter enfin sur l'homme maigre. Comme tous les autres, il était dans les starting-blocks, prêt à bondir au moindre signe d'encouragement. Il s'accouda nonchalamment au zinc et se redressa imperceptiblement. D'un regard de professionnel, il évalua si elle avait rendez-vous avec quelqu'un ou si elle était sur le marché.

Il inspira une seule fois à fond quand soudain elle lui sourit, à mi-chemin entre la porte et l'endroit où il était assis. Il n'arrivait pas à y croire, mais bon Dieu ce qu'il en avait envie !

Moins de deux minutes plus tard elle était sur la piste de danse en compagnie d'un dragueur dégoulinant de transpiration, dansant sur le même rythme calme que les autres couples.

Mais le grand échalas avait pris acte des regards qu'elle lui avait envoyés et savait qu'elle avait fait son choix. Il se tenait plus droit, ajustait sa cravate et tentait de rendre son visage émacié et contusionné aussi attrayant que possible, dans l'éclairage tamisé par la fumée de cigarette.

Il s'approcha d'elle entre deux danses et lui prit le bras. Puis il lui agrippa la taille et la serra un peu. Elle sentit combien ses gestes étaient malhabiles. Son cœur battait incroyablement fort contre son épaule. Une proie facile.

« Voilà, c'est là que j'habite », dit-il en la faisant entrer dans son appartement dont la baie vitrée offrait une vue peu excitante sur la gare de Rødovre, quelques parkings et un faisceau de rues tristes.

Dans le hall, il lui avait montré son nom sur la rangée de boîtes à lettres fixées au mur à côté des portes d'ascenseur peintes en mauve : il s'appelait Finn Aalbæk. Il lui avait précisé que l'immeuble était sûr, même s'il était question de le démolir bientôt. Il lui avait pris la main pour la conduire le long de la coursive extérieure du cinquième étage, tel un preux chevalier guidant sa dulcinée sur un pont suspendu au-dessus d'un fleuve déchaîné. Il se tenait collé à elle, sans doute pour éviter qu'elle ne change d'avis tout à coup et décide de s'enfuir. Dans son imagination, fortement stimulée par sa jubilation intérieure et une confiance en lui toute neuve, il se voyait déjà sous la couette, les mains très occupées et le sexe au garde-à-vous.

Il l'invita à admirer le paysage depuis le balcon tandis qu'il débarrassait la table basse, allumait les lampes à lave, mettait un CD sur la chaîne stéréo et dévissait en un tour de main le bouchon de la bouteille de gin.

Elle se fit la réflexion que c'était la première fois en dix ans qu'elle se trouvait en tête à tête avec un homme dans un appartement.

« Qu'est-ce qui t'est arrivé ? » lui demanda-t-elle en posant la main sur son visage.

Il haussa ses sourcils dégarnis en une expression qu'il avait dû étudier longuement devant sa glace en pensant qu'elle lui donnait du charme. Il se trompait.

« Oh, ça, ce n'est rien du tout. Je suis tombé sur des types un peu chauds pendant le service. Mais ils ne l'ont pas emporté au paradis. » Il la gratifia d'un sourire canaille. Quel cinéma ! Ce type mentait comme il respirait.

« Tu fais quoi dans la vie, Finn ? » lui demanda-t-elle enfin.

« Je suis détective privé », répondit-il avec une intonation qui donna à l'adjectif *privé* une connotation répugnante d'indiscrétion glauque et de voyeurisme malsain au lieu de l'accent de mystère et de danger qu'il avait sans doute voulu y mettre.

Elle vit la bouteille dans sa main et sentit sa gorge se serrer. Du calme, Kimmie, lui chuchotèrent les voix, contrôle-toi.

« Je te sers un gin-tonic ? » proposa-t-il.

Elle secoua la tête. « Tu n'as pas du whisky plutôt ? »

Il eut l'air surpris, mais pas mécontent. Une femme qui buvait du whisky devait avoir du répondant.

« Eh ben, dis donc, tu avais soif », dit-il quand elle eut vidé son premier verre cul sec. Il lui en versa un autre et s'en servit un également pour ne pas être en reste.

Quand elle en fut à son quatrième, elle vit qu'il était saoul et qu'il ne tenait plus la cadence.

Elle avait encore toute sa tête et lui demanda sur quoi il travaillait en ce moment. Moins timide qu'en arrivant, il l'entraîna vers le canapé. Il lui fit un sourire un peu figé, glissant la main sous sa jupe et remontant le long de sa cuisse.

« Je suis à la recherche d'une femme qui pourrait faire beaucoup de mal à de nombreuses personnes », répondit-il.

402

« Passionnant. C'est une sorte d'espionne indus-
trielle, ou une call-girl, ou quelque chose comme
ça ? » demanda-t-elle en s'emparant de sa main hésitante pour la poser résolument à l'intérieur de ses
cuisses afin de lui faire comprendre à quel point elle
était fascinée par ce qu'il lui racontait.

« Elle est tout cela à la fois », dit-il en lui écartant
les jambes.

Elle regarda sa bouche et sut qu'elle allait vomir s'il
essayait de l'embrasser.

« Et qui est-elle vraiment ? » demanda-t-elle.

« Je ne peux pas te le dire, chérie. Secret professionnel, tu comprends ? »

Chérie, il avait dit chérie ! Elle eut encore cette sensation de nausée.

« Mais qui te demande de faire ce genre de travail ? » Elle le laissa monter plus haut. Elle sentait son
souffle chaud et alcoolisé dans son cou.

« Des gens très haut placés », chuchota-t-il, comme
si leur rang social allait déteindre sur lui et le rendre
plus séduisant.

« On s'en reboit un petit ? » suggéra-t-elle quand
elle sentit sa main se poser sur son sexe.

Il s'écarta légèrement et lui fit un sourire en coin,
soulevant la lèvre du côté où son visage était le plus
tuméfié. Il avait visiblement un plan. Il voulait la faire
boire et continuerait à la servir jusqu'à ce qu'elle soit
complètement ivre et soumise.

S'il ne tenait qu'à lui, elle pouvait aussi bien tomber
dans le coma. Il se fichait complètement de savoir ce
qu'elle ressentait. Il s'agissait juste d'une partie de
jambes en l'air.

« On ne va pas pouvoir le faire ce soir », lui dit-elle, observant la ligne de sa bouche dont les commissures tombèrent d'un seul coup. « J'ai mes règles, mais c'est partie remise, d'accord ? »

C'était évidemment un mensonge. Elle aurait bien aimé que ce soit la vérité. Il y avait onze ans maintenant qu'elle n'avait plus saigné. Les douleurs qu'elle avait dans le ventre n'étaient même plus liées à son cycle. Elles exprimaient seulement sa colère devant ses rêves brisés.

Elle avait fait une fausse couche et failli en mourir. Depuis elle était stérile.

Sa vie aurait été différente sans cela.

Elle caressa doucement avec l'index le sourcil éclaté de l'homme, mais cela ne suffit pas à juguler la haine qu'elle sentait monter en elle.

Elle lisait dans ses pensées. Il était en train de se dire qu'il aurait mieux fait de ne pas ramener cette conne chez lui, et qu'elle n'allait pas s'en tirer comme ça. Pourquoi sortir dans une boîte pour célibataires si elle avait ses ragnagnas ?

Kimmie vit ses traits se durcir. Elle prit son sac et se leva, s'approcha de la porte-fenêtre donnant sur le balcon et contempla le triste panorama de maisons mitoyennes et d'immeubles HLM qui s'étendait sous ses yeux. La ville était sombre et endormie. Seule la lumière froide d'un réverbère brillait à quelques rues de là.

« C'est toi qui as tué Tine », dit-elle à voix basse en glissant la main dans son sac. Elle l'entendit s'extirper précipitamment du canapé. Dans une seconde il allait se jeter sur elle. Il avait beaucoup bu mais au fond de lui l'instinct du chasseur venait de s'éveiller.

Elle se retourna tout doucement et sortit son arme munie d'un silencieux.

Il vit le pistolet au moment où il contournait maladroitement la table basse. Il s'immobilisa, sidéré par sa propre imprudence et blessé dans son orgueil professionnel. Il était comique à voir. Elle adorait ce mélange de stupeur et d'angoisse.

« Eh oui », dit-elle. « Tu viens de faire une connerie. Tu viens de ramener du travail à la maison sans le savoir. »

Il baissa la tête et observa son visage. Il réévaluait l'image qu'il s'était faite d'une femme déchue qui vivait dans la rue. Il fouillait désespérément sa mémoire. Comment avait-il pu tomber assez bas pour se laisser tromper par un déguisement et trouver du sex-appeal à une clocharde ?

Allez, disaient les voix dans la tête de Kimmie. *Tue-le. Il travaille pour eux. Vas-y maintenant !*

« Sans toi, mon amie serait encore en vie », dit-elle, sentant l'alcool lui brûler le ventre. Elle tourna les yeux vers la bouteille. Ambrée et à moitié pleine. Encore une petite gorgée et les voix disparaîtraient en même temps que la sensation de brûlure dans son estomac.

« Je n'ai tué personne », dit-il, regardant alternativement le doigt sur la détente et la sécurité de l'arme, espérant la déstabiliser en lui laissant croire qu'elle avait oublié quelque chose.

« Est-ce que tu ne te sens pas un peu comme un rat pris au piège ? » lui demanda-t-elle. La question n'attendait pas de réponse et il n'y répondit pas. Elle avait raison et il avait horreur de l'admettre.

C'était Aalbæk qui avait tabassé Tine. Lui qui l'avait brutalisée au point de la rendre vulnérable. C'était à cause d'Aalbæk que Tine était devenue un danger pour Kimmie. Bien sûr, Kimmie était l'arme, mais Aalbæk était le bras qui avait tenu l'arme. Et pour cela il allait payer.

Lui et ceux qui donnaient les ordres.

« Je sais que Ditlev, Torsten et Ulrik sont les vrais coupables », dit-elle, complètement obsédée par la proximité de la bouteille et de son contenu thérapeutique.

L'une des voix essaya de l'en empêcher, mais elle le fit quand même. Elle tendit la main vers la bouteille et simultanément elle sentit le corps de l'adversaire, d'abord comme une vibration dans l'air puis comme un tas de vêtements et de bras qui se refermaient sur elle.

Il la renversa avec sauvagerie. Elle connaissait la leçon pourtant : *Si tu atteins un homme dans sa virilité, tu t'en feras un ennemi pour la vie.* C'était vrai. Maintenant elle allait payer pour ses regards affamés et les efforts pathétiques qu'il avait déployés pour la ramener chez lui. Elle l'avait vu tendre et vulnérable et il allait se venger.

Il la projeta contre les lames du radiateur et elle sentit l'onde de choc traverser ses cheveux et résonner dans son crâne. Il attrapa une grande statuette en bois massif et lui en assena un coup violent sur la hanche. Il la saisit par les épaules et la retourna pour l'immobiliser à plat ventre. Il l'écrasa contre le sol de toutes ses forces et tordit dans son dos le bras qui tenait l'arme, mais elle ne la lâcha pas.

Il enfonça ses doigts dans son avant-bras de toutes ses forces mais elle était dure au mal et il en fallait plus pour la faire gémir.

« Je vais t'apprendre à m'allumer, sale garce. Tu croyais pouvoir me bluffer », dit-il en lui assenant un coup de poing dans les reins. Cette fois il réussit à lui arracher l'arme et à la jeter dans un angle de la pièce. Il en profita pour passer la main sous sa robe et lui arracher son collant et sa culotte.

« Tu n'as même pas tes règles, connasse ! » hurla-t-il. Il la retourna brutalement et la gifla.

Ils se regardaient droit dans les yeux tandis qu'il la maintenait fermement au sol avec les genoux et lui donnait des coups de poing au hasard. Elle sentait la tension de ses jambes sous le pantalon de polyester usé jusqu'à la corde, la pulsation de ses artères dans les bras qui la cognaient.

Il la cogna jusqu'à ce que ses défenses cèdent et qu'elle cesse de lutter.

« C'est bon, tu as ton compte, salope ? » cria-t-il, brandissant le poing et prêt à recommencer. « Ou alors tu préfères finir dans le même état que ta copine ? Je continue ? »

Elle respirait encore. Et une victime n'avait son compte que lorsqu'elle ne respirait plus.

Kimmie le savait mieux que quiconque.

Kristian était celui qui la connaissait le mieux. Il était le seul à percevoir le moment où l'adrénaline se répandait dans son organisme. Le phénomène chimique la transcendait et faisait partir de son bas-ventre des ondes de désir qui se propageaient dans chaque parcelle de son corps.

Et quand ils regardaient *Orange mécanique* ensemble dans le noir, il lui apprenait jusqu'où pouvait la mener ce désir.

Kristian Wolf avait de l'expérience. Il avait déjà eu des filles. Il savait décrypter leurs envies les plus intimes. Il avait la clé de leur ceinture de chasteté mentale. Et sans qu'elle sache comment cela s'était produit, elle se retrouvait nue sous les regards lubriques des gars de la bande, dans la lumière stroboscopique des images effrayantes de Stanley Kubrick. Il leur avait appris, à elle et aux autres, que la jouissance avait plusieurs visages, et aussi que la violence et le plaisir pouvaient aller de pair.

Sans Kristian, elle n'aurait jamais appris à se servir de son corps comme d'un appât. Juste pour le plaisir de la chasse. En revanche il n'avait pas compris que cela lui donnait aussi le pouvoir de contrôler sa propre vie, pour la première fois. Peut-être pas au début, mais elle avait vite compris la leçon.

Et à son retour de Suisse, elle maîtrisait cet art à la perfection.

Elle couchait avec n'importe qui. Battait ses amants et les quittait. C'était le programme de ses nuits.

Les journées étaient toutes les mêmes. La cohabitation avec sa glaciale belle-mère. Les animaux à son boulot chez Nautilus Trading. Les rapports avec les clients de la boutique pendant la semaine et les week-ends avec la bande. Et les agressions de temps en temps.

Et puis il y avait eu Bjarne. Il était tombé amoureux d'elle et lui avait ouvert de nouveaux horizons. Il lui avait dit qu'elle valait mieux que ce qu'elle était. Avec lui elle était devenue une vraie personne. Un être humain capable de donner, et pas seulement de recevoir. Donner à son compagnon et donner à son entourage aussi. Il lui avait fait comprendre qu'elle n'était pas responsable de ses actes et que son père était un salaud. Il l'avait mise en garde contre Kristian. Il lui avait fait croire que le passé était le passé et qu'elle pouvait tourner la page.

Aalbæk vit qu'elle s'était résignée et tenta maladroitement de détacher la ceinture de son pantalon. Elle eut un sourire fugitif. Il devait penser que c'était parce qu'elle aimait que les choses se passent de cette façon. Qu'elle était plus compliquée qu'il n'y paraissait. Que prendre des coups faisait partie de ses fantasmes.

En fait Kimmie souriait parce qu'elle savait que l'homme était désormais à sa merci. Elle souriait parce qu'il était en train de sortir son sexe. Elle souriait parce que, avec sa cuisse, elle sentait que le type bandait mou.

« Couche-toi sur moi, détends-toi, on va le faire », chuchota-t-elle en le regardant dans les yeux. « Le pistolet était un faux. Je voulais juste te faire peur. Tu avais deviné, non ? » Elle entrouvrit les lèvres pour les rendre plus pulpeuses. « Tu vas prendre ton pied avec moi », ajouta-t-elle en se frottant contre lui.

« Je crois aussi », dit-il, plongeant un regard torve dans son décolleté.

« Tu es fort et très sexy. » Elle roula des épaules contre le torse de l'homme et sentit qu'il desserrait assez les jambes pour qu'elle puisse dégager un bras et lui prendre la main pour la conduire vers son entrejambe. Il se détendit tout à fait et elle put lui saisir la queue avec son autre main.

« Promets-moi de ne pas raconter ça à Pram et aux autres, d'accord ? » dit-elle tout en le branlant si adroitement qu'il en eut le souffle coupé.

S'il y avait une chose à leur cacher, c'était bien celle-là.

Il valait mieux ne pas les provoquer. Il était bien placé pour le savoir.

Kimmie et Bjarne vivaient ensemble depuis six mois quand Kristian décida soudain que cela avait assez duré.

Elle le comprit un jour où il les avait tous emmenés passer un type à tabac. Ce jour-là tout était allé de travers. Kristian s'était laissé dépasser par les événements et pour ne pas perdre la face, il avait monté les autres contre elle.

Ditlev, Kristian, Torsten, Ulrik et Bjarne. Tous pour un et un pour tous.

Elle était en train de se remémorer tout cela quand elle sentit qu'Aalbæk n'en pouvait plus et commençait à essayer de la prendre de force.

Elle avait horreur de ça et elle en avait besoin en même temps. Rien ne décuplait ses forces comme la haine.

Elle mit toute cette énergie à s'écarter et se retrouva à demi appuyée contre le mur, avec dans son dos la statuette en bois dur avec laquelle il l'avait frappée. Elle reprit rapidement son sexe dans la main. Il n'en fallut pas plus pour le déstabiliser. Elle recommença à le traire jusqu'à ce qu'il soit au bord des larmes.

410

Quand il éjacula sur sa cuisse, il n'arrivait presque plus à respirer. Il s'était laissé si souvent surprendre au cours de cette soirée. Il n'était plus un jeune homme non plus et il y avait longtemps qu'il avait oublié la différence entre la masturbation en solitaire et un rapport avec une femme. Il était complètement bouleversé, en nage. Ses yeux secs fixèrent tout à coup un point au plafond, comme s'il avait eu le pouvoir de lui expliquer comment elle avait réussi à se dégager de son étreinte et à se retrouver face à lui, les jambes écartées et le canon du pistolet braqué sur son bas-ventre secoué par l'orgasme.

« Profite bien surtout de ce que tu ressens à cette minute précise, parce que c'est la dernière fois que ça t'arrive, ordure », dit-elle en se levant, une rigole de sperme dégoulinant le long de sa jambe. Elle se sentait souillée et pleine de mépris.

Comme lorsqu'elle s'estimait trahie par ceux en qui elle avait confiance.

Comme lorsque son père la battait parce qu'elle ne se comportait pas comme il fallait. Que sa belle-mère la giflait et l'insultait dès qu'elle parlait de qui que ce soit avec un peu d'admiration dans la voix. Que sa mère effacée et alcoolique lui écorchait le visage parce qu'elle ne savait plus ni contre qui, ni pourquoi elle devait se défendre. Sa mère qui parlait de bonnes manières, de discrétion et de savoir-vivre. Des notions dont la petite fille avait compris l'importance avant d'en comprendre le sens.

Sans oublier tout ce que Kristian, Torsten et les autres lui avaient fait. Eux qui étaient tout pour elle.

Elle savait mieux que quiconque ce que cela signi-fiait de se sentir souillée, et elle ne pouvait plus s'en passer. Sa vie l'avait conduite à cet état de dépendance. C'était devenu son moteur. Ce qui la poussait à agir.

« Lève-toi », ordonna-t-elle en ouvrant la porte du balcon.

La nuit était calme et il pleuvait. Des cris dans une langue étrangère retentirent dans les barres HLM et leur écho se répercuta dans le paysage de béton.

« Lève-toi, j'ai dit. » Elle agita son arme et vit le visage contusionné d'Aalbæk se fendre en un large sourire.

« Je croyais que c'était un faux ! » dit-il en s'approchant d'elle et en remontant sa braguette.

Elle se retourna, visa rapidement la statue et tira un seul coup. La balle fit un minuscule bruit étouffé en s'enfonçant dans le bois.

Le détective sursauta.

Il recula mais Kimmie agita son arme à nouveau, le poussant vers le balcon.

« Qu'est-ce que tu veux ? » lui demanda-t-il. Son expression était grave et sa main bien agrippée à la rambarde.

Elle regarda en bas. L'obscurité en dessous ressemblait à un trou noir capable d'avaler n'importe quoi. L'homme comprit et se mit à trembler.

« Je veux tout savoir », dit-elle en se reculant dans l'ombre du mur. Et il se mit à parler. Il raconta tout, lentement mais chronologiquement. Il lui fit un compte rendu exhaustif. Tant pis pour le secret professionnel. Il n'avait rien à cacher après tout. Ce n'était qu'un travail comme un autre. Et là, l'enjeu était autrement plus grave.

Kimmie pensait à ses anciens amis, Ditlev, Torsten et Ulrik, tandis qu'Aalbæk tentait de sauver sa peau. Les puissants vivent de l'impuissance des faibles, dit-on. Mais leur propre impuissance les gouverne parfois. L'histoire du monde est truffée d'exemples qui le prouvent.

Quand l'homme eut fini son exposé, elle lui dit froidement :

« Maintenant, tu as deux options. Tu sautes ou je te tue. Il y a cinq étages. Si tu décides de sauter, tu peux t'en sortir, à condition d'atterrir dans les buissons. Ça doit être à ça qu'ils servent, j'imagine ? »

Il secoua la tête. C'était un cauchemar. Il avait peine à croire à ce qui était en train de lui arriver.

Il rassembla son courage pour lui faire un timide sourire.

« Je ne crois pas qu'il y ait de buissons en bas. Juste du béton et un peu d'herbe.

— Tu ne t'attends tout de même pas à ce que j'aie pitié de toi ? Personne n'a eu pitié de Tine, que je sache ? »

Il ne répondit pas. Il était absolument immobile, le front barré de rides. Il essayait de se convaincre qu'elle ne parlait pas sérieusement. Cette femme venait de faire l'amour avec lui quand même. Enfin, si on pouvait appeler ça faire l'amour.

« Saute ou je te tire une balle dans les couilles. Et ça, je peux t'assurer qu'on n'y survit pas. »

Il fit un pas en avant et suivit d'un regard horrifié le mouvement descendant du canon de l'arme et la crispation des doigts sur la détente.

S'il n'avait pas eu une telle dose d'alcool dans le sang, cela se serait sans doute terminé par un coup de feu.

En l'occurrence, il préféra se jeter dans le vide, en gardant une main accrochée à la rambarde. Il aurait peut-être pu atterrir à l'étage en dessous si elle n'avait pas brisé ses phalanges avec la crosse du pistolet.

Il toucha l'herbe avec un bruit mat et sans pousser un cri.

Elle retourna dans l'appartement où elle jeta un bref coup d'œil à la silhouette vandalisée de la statuette qui ricanait au milieu du tapis. Elle lui rendit son sourire, se baissa et ramassa la douille qu'elle mit dans son sac.

Une heure plus tard elle claquait la porte d'entrée derrière elle. Elle avait pris le temps d'enlever ses empreintes sur les verres et la bouteille et d'effacer toute trace de son passage. Elle avait appuyé la statue en bois contre le radiateur, et lui avait noué un torchon autour de la taille, ce qui la faisait ressembler à un patron de restaurant en train d'attendre ses prochains clients.

30

Le vacarme venant du salon, une cacophonie de roulements, de craquements et d'explosions, faisait penser à un troupeau d'éléphants qui auraient décidé de vandaliser son mobilier Ikea déjà très éprouvé.

Jesper devait faire une fête, pour changer.

Carl se frotta les tympans et se prépara mentalement à l'engueuler.

Quand il ouvrit la porte, le bruit était assourdissant. Et, contre toute attente, il trouva Morten et Jesper tranquillement assis dans la pénombre, chacun à un bout du canapé en train de regarder la télévision.

« Qu'est-ce qui se passe ici, putain ? » s'exclamat-il, déstabilisé par l'incohérence entre le volume de décibels et le vide de la pièce.

« Home cinéma », déclara Morten avec une certaine fierté, après avoir baissé légèrement le son avec la télécommande.

Jesper montra à Carl la série de haut-parleurs qui se cachaient derrière les fauteuils et la bibliothèque. *Cool, non ?* disait son regard.

C'en était fini de la tranquillité dans la maison Mørck.

Ils lui tendirent une bière tiède et essayèrent de lui remonter le moral en lui expliquant qu'il s'agissait d'un cadeau offert par les parents d'un ami de Morten, qui n'en avaient pas l'utilité.

Des gens sensés.

Carl décida de se venger.

« J'avais un truc à te dire, Morten ! Hardy a demandé si tu serais d'accord pour le garder ici à la maison, contre rémunération, bien entendu. J'avais prévu d'installer son lit là où tu as posé le gros caisson de basse, là. On n'aura qu'à le planquer derrière le lit, et en plus ce sera pratique pour poser la poche à urine. »

Il but une gorgée de bière en se réjouissant de voir l'effet de cette nouvelle sur leurs cerveaux embrumés du samedi soir.

« Rémunération ? » répéta Morten.

« Hardy va vivre *ici* ? » demanda Jesper en faisant une tête de six pieds de long. « Je m'en fous. Si je ne réussis pas à me dégoter une chambre d'étudiant sur Gammel Amtsvej, j'irai habiter chez maman dans son chalet au jardin familial. »

C'était trop beau pour être vrai.

« Combien tu crois que ça rapporterait ? » reprit Morten.

Ses maux de tête reprirent Carl de plus belle.

Il se réveilla deux heures et demie plus tard et vit l'écran de l'autoradio électronique indiquer : DIMANCHE 01 : 39 : 09. Dans sa tête défilaient des images de boucles d'oreilles en améthyste et en argent, et des noms : Kyle Basset, Kåre Bruno et Klavs Jeppesen.

Dans la chambre de Jesper, le groupe de gangsta rap New York devait s'être reformé, et Carl eut l'impression d'avoir subi une injection massive de virus de la grippe. Il avait les muqueuses desséchées, se sentant du sable sous les paupières et son corps lui faisait l'effet de peser une tonne.

Il fit un effort surhumain pour sortir de son lit et se demanda si une douche brûlante parviendrait à effacer une partie des symptômes.

Il alluma la radio. Le journaliste de la chaîne info annonçait qu'une autre femme avait été retrouvée dans un container à ordures, battue à mort ou presque. Cette fois, c'était dans Store Søndervoldstræde, mais tous les détails de l'agression concordaient avec celle de Store Kannikestræde.

Etrange coïncidence que les noms des deux rues commencent par *Store* et finissent par *stræde*, se dit-il. Il se demanda s'il y avait d'autres rues dans le premier district qui avaient cette particularité.

Bref, Carl était réveillé au moment où Lars Bjørn l'appela. « Je crois que tu devrais sauter dans tes vêtements et venir me rejoindre à Rødovre », lui dit-il.

Carl fouilla dans sa tête à toute allure pour trouver une réponse du genre : Rødovre est en dehors de notre juridiction… ou bien : Je souffre d'une maladie très contagieuse… mais Lars Bjørn le devança et lui annonça que le détective privé Finn Aalbæk venait d'être retrouvé mort sur la pelouse cinq étages en dessous de son balcon.

« De tête il n'a pas trop changé, mais il a rapetissé d'au moins cinquante centimètres. Il a dû atterrir sur ses pieds. Sa colonne vertébrale lui est rentrée dans la boîte crânienne », expliqua-t-il.

Bizarrement, cette précision agit sur la migraine de Carl. En tout cas, il n'y pensa plus.

Carl retrouva Lars Bjørn à l'angle de la barre HLM devant un graffiti à taille humaine tagué sur le pignon de l'immeuble et qui disait : *Kill your mother and fuck your dog*. Il n'était pas de bonne humeur.

On voyait à la tête de Bjørn qu'il n'avait rien à foutre à l'ouest de Valby Bakke et qu'il n'était venu que pour faire amende honorable.

« Qu'est-ce qui t'amène dans ces contrées éloignées, Lars ? » lui demanda Carl, les yeux tournés vers Avedøre Havnevej, où de la lumière brillait encore aux fenêtres des bâtiments à un étage qu'on apercevait à cent mètres de là, derrière une rangée d'arbres à moitié dégarnis. La fête des anciens du lycée de Rødovre n'était pas terminée.

La situation avait quelque chose d'irréel. Il y avait six heures à peine, il était en train de discuter là-bas avec Klavs Jeppesen et maintenant Aalbæk gisait mort de l'autre côté de la route. Que se passait-il au juste ?

Bjørn le regardait d'un air sombre. « Tu te souviens sûrement qu'une plainte pour voies de fait sur le mort ici présent a été très récemment déposée à l'encontre d'un de nos fidèles collaborateurs. C'est pourquoi Marcus et moi-même nous sommes dit que nous ferions mieux de venir sur place tenter de comprendre ce qui a pu lui arriver. Mais toi, Carl, tu as peut-être une idée ? »

En voilà un ton ! Bien peu adapté à cette froide nuit de septembre !

« Si vous l'aviez fait suivre, comme je vous l'avais conseillé, on en saurait un peu plus, tu ne crois pas ? » grogna Carl en essayant de déterminer où se trouvaient le haut et le bas de l'objet planté dans l'herbe à dix mètres de lui.

418

« Ce sont les clowns que tu vois là-bas qui l'ont trouvé », dit Bjørn. Il montrait un groupe de jeunes immigrés en joggings à rayures et de filles danoises pâlottes en jeans ultra-serrés près d'une haie. « Ils étaient probablement venus flirter dans la cour de récréation de la crèche ou de l'école maternelle, enfin je ne sais pas ce que c'est que cet établissement. Bref, ils ne sont jamais arrivés jusque-là. »

« Ça s'est passé à quelle heure d'après vous ? » demanda-t-il au légiste qui était déjà en train de remballer son matériel.

« Il ne fait pas très chaud ce soir, mais l'immeuble l'abritait du vent, alors disons qu'il est là depuis deux heures, deux heures et demie », répondit-il avec le regard las de quelqu'un qui rêve de retourner sous sa couette et de se coller contre le postérieur chaud de sa femme.

Carl se tourna vers Bjørn : « Figure-toi que je me trouvais au lycée de Rødovre que tu vois là-bas aux alentours de dix-neuf heures. J'interrogeais un ancien fiancé de Kimmie. C'est le fait du hasard, mais je voudrais que tu écrives dans ton rapport que je te l'ai signalé spontanément. »

Bjørn sortit les mains de ses poches et remonta le col de sa veste en cuir. « Tiens ! Tiens ! » Il regarda Carl droit dans les yeux. « Est-ce que tu es déjà allé chez lui ?

— Non, je te jure que je n'y ai jamais mis les pieds.

— Tu en es certain ? »

C'est du délire, songea Carl, sentant la migraine remonter en force.

« C'est du délire », dit-il, faute de trouver mieux à dire. « Franchement, c'est n'importe quoi. Vous êtes entrés dans l'appartement ?

« — Les gars du commissariat de Glostrup et Samir y sont en ce moment même.

— Samir ?

— Samir Ghazi en personne, le gars qui va remplacer Bak. Il nous vient du commissariat de Rødovre. »

Samir Ghazi ? Assad allait avoir un copain avec qui partager ses loukoums.

« Vous avez trouvé une lettre de suicide ? » demanda Carl après avoir serré la lourde pogne que tout policier du Sjælland avec quelques mois d'ancienneté était capable d'identifier les yeux fermés comme celle du commissaire Antonsen. Sa poigné de fer vous changeait un homme pour la vie en quelques secondes. Carl s'était juré qu'un jour il lui conseillerait de desserrer le vérin.

« Une lettre ? Non, pas de lettre. Et je veux bien que tu me mettes un coup de pied au cul si personne n'a aidé ce gars à faire le grand saut.

— Qu'est-ce qui te fait dire ça ?

— Il n'y a quasiment pas d'empreintes de doigts dans ce studio. Même pas sur la poignée de porte de la baie vitrée, ni sur les verres rangés dans le placard de la cuisine, ni sur le coin de la table basse. Par contre, on a des super-empreintes sur la rambarde du balcon, vraisemblablement celles d'Aalbæk. Mais je ne vois pas pourquoi il s'est accroché comme ça s'il avait l'intention de mettre fin à ses jours !

— Il a peut-être regretté au dernier moment ? Il ne serait pas le premier ! »

Antonsen gloussa. C'était une manie qu'il avait chaque fois qu'il parlait à un enquêteur venant d'un

autre district. Une espèce de condescendance sympathique.

« Il y a du sang sur la rambarde. Pas beaucoup, juste
une petite trace. Et je serais prêt à parier qu'il y aura
des traces de coups sur ses phalanges quand on ira
examiner le cadavre tout à l'heure. Non, tu peux me
croire, il y a un truc qui ne colle pas dans cette histoire
de défenestration. »

Il envoya deux techniciens de la police scientifique
dans la salle de bains et alla chercher un beau garçon
basané qu'il présenta à Carl et à Lars :

« Un de mes meilleurs hommes, et vous osez me le
piquer ! Regardez-moi dans les yeux. Vous êtes fiers
de vous ? »

« Samir », se présenta l'homme en question en tendant la main à Lars Bjørn. Ils ne s'étaient jamais rencontrés.

« Vous aurez affaire à moi si vous ne le traitez pas
correctement », dit Antonsen en donnant une solide
tape sur l'épaule du dénommé Samir.

« Carl Mørck », dit Carl avec une poignée de main
qui n'avait rien à envier à celle du commissaire.

« Lui-même ! » confirma Antonsen en réponse au
regard interrogateur de Samir. « L'homme qui a résolu
l'affaire Merete Lynggaard et aussi celui qui aurait
soi-disant cassé la figure à Aalbæk. » Il s'esclaffa. « Si
j'ai bien compris, vous n'aimiez pas beaucoup Finn
Aalbæk, là-bas dans l'Ouest !

— Commissaire ! Ces éclats de bois sur le tapis
n'ont pas l'air d'être là depuis très longtemps », dit un
technicien en montrant de minuscules échardes sur la
moquette devant la porte-fenêtre. « Elles sont posées
au-dessus de la poussière. » Il se mit à genoux dans sa

combinaison blanche pour les regarder de plus près. Vraiment bizarres, ces techniciens de la police scientifique, mais forts, très forts ! On ne pouvait pas leur enlever ça.

« Elles pourraient venir d'une batte de base-ball ou quelque chose comme ça ? » demanda Samir.

Carl jeta un regard circulaire à la pièce et ne remarqua rien de spécial en dehors d'une grosse statue en bois, appuyée à la baie vitrée, avec un torchon autour de la taille. Elle représentait un Oliver Hardy très ressemblant avec chapeau melon et tout. Son copain Laurel était planté dans un coin, beaucoup moins en situation. Ça paraissait bizarre de les voir ainsi séparés.

Il s'accroupit, détacha le torchon et inclina légèrement la statue vers l'avant. Bonne pioche.

« Je vous laisse la retourner vous-même, mais il semblerait que notre ami Hardy ait quelques problèmes de dos. »

Tout le monde se rassembla autour de la sculpture et vint évaluer la taille du trou qu'avait fait la balle et à quelle profondeur elle avait creusé le bois.

« Calibre relativement petit. Le projectile n'a même pas traversé. Il est encore à l'intérieur », dit Antonsen. Le technicien approuva de la tête.

Carl était du même avis. Sans doute un calibre 22. Ce qui ne l'empêchait pas d'être mortel si tel était le but recherché.

« Les voisins ont entendu quelque chose ? Des cris ou un coup de feu ? » demanda Carl en reniflant le trou.

Ils secouèrent tous la tête.

Etrange. Mais finalement pas si étrange que cela. L'immeuble était vétuste et quasiment vide. Il n'y avait pas plus de deux appartements habités à cet étage. Et probablement personne dans les appartements situés au-dessus et en dessous. Les jours de l'immeuble aux balcons rouges étaient comptés. S'il ne s'écroulait pas dès la prochaine tempête.

« On sent encore la poudre », dit Carl en relevant la tête. « Le coup a dû être tiré à une distance d'un mètre ou deux, à mon avis. Et ça s'est passé cette nuit. Vous êtes d'accord ?

— Absolument », confirma le technicien.

Carl sortit sur le balcon et regarda dans le vide. Sacrée chute.

Il observa les petits immeubles voisins illuminés comme des arbres de Noël. Il y avait des gens à toutes les fenêtres. Les badauds ne dorment jamais.

Son téléphone sonna.

Elle ne se présenta pas, ce n'était pas la peine.

« Vous n'allez pas me croire, Carl », dit Rose. « L'équipe de nuit, ici, à Svendborg a retrouvé la boucle d'oreille. L'agent qui était de garde savait exactement où chercher. Incroyable, non ? »

Il regarda sa montre. Ce qui était incroyable, c'était qu'elle se permette de l'appeler à une heure pareille.

« Vous ne dormiez pas au moins ? » demanda-t-elle. Sans attendre sa réponse, elle enchaîna : « Je retourne au bureau. Ils m'envoient une photo.

— Ça ne peut pas attendre qu'il fasse jour, voire jusqu'à lundi ? » Sa tête lui faisait un mal de chien.

« Vous avez une idée de qui a pu le forcer à se jeter dans le vide ? » demanda Antonsen quand il vit que Carl avait raccroché.

Il secoua la tête. Il pouvait s'agir de n'importe quel type à qui Aalbæk avait pourri la vie en fourrant son nez partout. Ou de quelqu'un qui trouvait qu'il en

423

savait trop. Mais ça pouvait aussi être quelqu'un de la bande. Carl avait plusieurs idées mais aucune qu'il ait envie de divulguer pour l'instant.

« Vous avez perquisitionné sur son lieu de travail ? » demanda-t-il. « Epluché les dossiers de ses clients, son agenda, les messages de son répondeur, ses e-mails ?

— On a envoyé des gars là-bas. Ils n'ont trouvé qu'un vieux local désert et une boîte à lettres. »

Carl fronça les sourcils et regarda autour de lui. Il s'approcha d'un bureau posé contre le mur du fond, prit une des cartes de visite d'Aalbæk à côté du sous-main, et composa le numéro de l'agence de détectives.

Trois secondes plus tard, un téléphone mobile sonna dans l'entrée.

« Eh bien, voilà, maintenant nous savons où se trouve son bureau », déclara Carl. « Il est ici. »

Cela ne sautait pas aux yeux. Il n'y avait pas le moindre dossier suspendu, pas un seul classeur rempli de factures acquittées. Rien du tout. Juste un ou deux bouquins en provenance d'un club du livre, quelques bibelots et des dizaines de CD de Helmut Loti et autres crooners du même acabit.

« Fouillez cet appartement de fond en comble », dit Antonsen. Ce serait vite fait !

Il n'était pas couché depuis plus de trois minutes, complètement terrassé par les symptômes d'une grippe carabinée, que Rose l'appelait à nouveau. Cette fois, elle était vraiment très excitée.

« C'est la bonne boucle d'oreille, Carl ! La même que celle qu'on a retrouvée à Lindelse Nor. Maintenant on peut relier avec certitude la boucle dans la pochette de Kimmie aux deux personnes disparues à Langeland, ce n'est pas fabuleux ? ! »

C'était fabuleux, en effet, mais vu son débit, il avait du mal à en placer une.

« Et ce n'est pas tout, Carl. J'ai eu des réponses à mes e-mails de samedi. Vous allez pouvoir interroger Kyle Basset, c'est super, non ? »

Carl rentra la tête dans les épaules et s'enfonça dans son oreiller. Kyle Basset ? Le gamin à qui ils avaient fait des misères à l'école. Oui, c'était super... vraiment super.

« Il peut vous rencontrer demain après-midi. On a de la chance, d'habitude il n'est pas au bureau le week-end, mais bon, là, il se trouve qu'il y sera dimanche après le déjeuner. Il vous attend à quatorze heures, ce qui fait que vous pourrez attraper l'avion de seize heures vingt pour rentrer. »

Son torse se décolla du matelas comme mû par un ressort. « L'avion ! Mais qu'est-ce que tu racontes, Rose, bon Dieu !

— Eh bien, parce qu'il est à Madrid. Vous savez bien que Kyle Basset vit et travaille à Madrid. »

Carl ouvrit des yeux comme des soucoupes. « Madrid ! Je peux t'affirmer que je ne mettrai pas les pieds à Madrid ! Tu n'as qu'à y aller toi-même.

— Mais j'ai déjà réservé le billet, Carl. Vous êtes enregistré sur un vol de la compagnie SAS à dix heures vingt. Je vous retrouverai à l'aéroport une heure et demie avant. Le billet est à *votre* nom.

— Nonnonnon, je ne vais nulle part. » Il déglutit pour tenter d'avaler la grosse boule qui s'était formée dans sa gorge. « Et surtout pas en avion !

— C'est pas vrai, Carl ! Vous avez peur de l'avion ? ! » Elle éclata de rire. Le genre de rire qui ferme la porte à tout mensonge plausible.

Eh oui, il était phobique. Enfin, il supposait qu'il l'était en tout cas, car la seule fois où il avait pris l'avion, pour se rendre à une soirée à Aalborg, il avait été tellement pétrifié d'angoisse que Vigga avait failli se faire un tour de reins à force de le traîner derrière elle. Quinze jours plus tard, il s'agrippait encore à elle dans son sommeil. Il n'avait plus personne à qui s'agripper à présent.

« Je n'ai pas de passeport, Rose, et je n'irai pas. Tu annules ce billet. »

Elle riait toujours. Quel calvaire ! Migraine, peur panique et les trilles de rire de son assistante dans son conduit auditif, le cocktail était insupportable.

« J'ai déjà résolu la question du passeport avec la douane », dit-elle. « Ils vous donneront un passeport provisoire demain, sur place. Et ne vous inquiétez pas, Carl, je vous apporterai un décontractant. Soyez au terminal n° 3 une heure et demie avant le départ. Vous avez un métro direct, et vous n'avez pas besoin de votre brosse à dents. Par contre n'oubliez pas la carte de crédit, OK ? »

Elle raccrocha et laissa Carl tout seul dans le noir, incapable de se rappeler à quel moment sa vie était devenue un enfer.

31

« Vous n'avez qu'à en avaler deux ». Joignant le geste à la parole, elle lui avait fourré deux minuscules pilules dans la bouche et deux autres étaient allées rejoindre le nounours dans sa poche de poitrine, en prévision du voyage de retour.

Il avait cherché en vain dans le hall des départs un représentant de l'ordre susceptible d'avoir quelque chose à lui reprocher. Tenue inadéquate, délit de sale gueule, n'importe quoi qui puisse lui éviter de prendre cet horrible escalier roulant vers une fin certaine.

Elle lui avait remis un plan de route minutieusement détaillé, l'adresse de l'entreprise de Kyle Basset, un dictaphone, et lui avait recommandé d'attendre d'être à bord de l'avion de retour avant de prendre les deux autres comprimés. D'ailleurs elle lui avait dit tellement de choses qu'il en aurait oublié la moitié dans moins de quatre minutes. Comment aurait-il pu retenir quoi que ce soit alors qu'il n'avait pas dormi de la nuit et que le bas de son ventre était en train de se tordre sous l'effet d'une diarrhée imminente ?

« Ils risquent de vous endormir un peu », avait-elle dit pour finir. « Mais je peux vous garantir qu'ils sont efficaces. Avec ça vous n'aurez peur de rien. Vous pouvez même vous crasher, ça ne vous fera ni chaud ni froid. »

Il eut le temps de la voir poser la main sur sa bouche d'un air affolé comme pour ravaler sa dernière phrase avant que l'escalier roulant ne l'emporte, son passeport provisoire et sa carte d'embarquement dans la main.

L'avion n'avait pas encore décollé que Carl transpirait déjà à grosses gouttes, sentait sa chemise se coller à son dos et ses pieds moites glisser dans ses chaussures. Les pilules commençaient malgré tout à faire leur effet, mais son cœur battait si fort qu'il craignit de mourir d'un infarctus.

« Vous vous sentez bien ? » lui demanda prudemment sa voisine en lui tendant la main.

Il eut l'impression d'être resté en apnée pendant tout le temps qu'il fallut pour monter à dix mille mètres d'altitude, à écouter attentivement les tremblements, les grincements et les martèlements inexplicables de la carlingue.

Il ouvrit le ventilateur et le referma. Recula le dossier de son siège. Vérifia que le gilet de sauvetage se trouvait à sa place, et dit non merci à l'hôtesse chaque fois qu'elle s'approchait de lui.

Et puis il s'endormit brusquement.

« Regardez, on voit Paris », dit la dame assise à côté de lui, beaucoup, beaucoup plus tard. Il ouvrit les yeux et retrouva le cauchemar, la fatigue, les crampes dans les articulations à cause de la grippe, tandis qu'un bras tendu devant son visage désignait des ombres que sa propriétaire identifiait comme étant la tour Eiffel et l'Arc de triomphe.

Carl hochait la tête et s'en foutait complètement. Si cela n'avait tenu qu'à lui, Paris aurait pu disparaître de la carte. Il voulait seulement descendre.

Sa voisine s'en aperçut et lui prit la main. Il la tenait encore quand il se réveilla à nouveau au moment où le train d'atterrissage touchait la piste à l'aéroport de Barajas.

« Vous étiez drôlement sonné », lui dit-elle en lui indiquant la direction pour aller prendre le métro.

Il posa la main sur le talisman dans sa poche de poitrine et contrôla ensuite si son portefeuille se trouvait toujours dans la poche intérieure de sa veste. Il se demanda avec lassitude si la carte Visa fonctionnait dans un endroit aussi reculé de la planète.

« C'est très simple », dit-elle. « Vous achetez la carte de transport ici, ensuite vous prenez l'escalator pour descendre. Vous allez jusqu'à Nuevos Ministerios, où vous changerez pour prendre la ligne 6 jusqu'à Cuatro Caminos, puis la 2 jusqu'à Opera et enfin la 5 pendant une seule station. Et vous serez arrivé à Callao. L'endroit où vous avez rendez-vous se trouve à moins de cent mètres de la station de métro. »

Carl chercha désespérément des yeux un banc sur lequel il pourrait s'écrouler et reposer ses jambes et son cerveau.

« Je vais vous accompagner, je vais quasiment au même endroit. J'ai vu dans quel état vous étiez dans l'avion », dit une voix aimable dans un danois parfait. Carl se retourna et se trouva face à face avec un homme qui était sans conteste d'origine asiatique. « Je m'appelle Vincent », ajouta-t-il en commençant à marcher, tirant derrière lui son bagage à main à roulettes.

Ce n'était pas exactement comme ça que Carl s'était imaginé son dimanche de repos quand il avait plongé sous sa couette dix heures plus tôt.

Après un voyage en métro sans encombre, dans un état à moitié comateux, il émergea du labyrinthe des couloirs de la station Callao et contempla les immeubles de Gran Via, aussi immenses que des icebergs. Si on lui avait demandé de décrire ces réalisations colossales, les *ismes* qui lui seraient venus à l'esprit auraient été : fonctionnalisme, néo-impressionnisme et classicisme. Il était complètement dépaysé. Tout était différent : les bruits, les odeurs, la chaleur et cette foule d'individus aux cheveux bruns, visiblement affairés. Il ne se sentit des points communs qu'avec un seul d'entre eux. Un mendiant presque totalement édenté, assis sur le trottoir, avec devant lui toute une série de couvercles en plastique de toutes les couleurs appelant l'obole. Il y avait des pièces et des billets dans chacun des couvercles. Dans toutes les devises possibles. Carl ne comprenait pas grand-chose, mais les yeux du mendiant brillaient d'humour. *Faites votre choix*, disait son regard.

Les touristes le trouvaient amusant, l'un d'entre eux sortit même son appareil et lui demanda s'il pouvait le photographier. L'homme exposa ses gencives en un large sourire et sortit une pancarte qui disait :

PHOTOS = 180 €.

Et ça marchait. Pas seulement sur les passants mais aussi sur l'âme fanée de Carl et ses zygomatiques pétrifiés. Il fut heureux et étonné de son propre éclat de rire. Jamais il n'avait été confronté à un tel degré d'autodérision. Le clochard lui tendit même sa carte de visite sur laquelle on pouvait lire l'adresse de son site Internet : www.lazybeggars.com. Carl secoua la tête et mit la main à la poche, lui qui avait horreur des gens qui mendiaient dans la rue.

Puis il revint brutalement à la réalité et décida sur-le-champ qu'il allait dès son retour foutre à la porte à coups de pied au cul une certaine collaboratrice du département V.

A cause d'elle, il se retrouvait à Pétaouchnok dans un pays qu'il ne connaissait pas, bourré de médicaments qui faisaient tourner son cerveau à vide. Toutes ses articulations étaient douloureuses sous l'effet des anticorps. Et ses poches étaient vides. Il s'était toujours un peu moqué des touristes imprudents dont il entendait les mésaventures et voilà que c'était à lui que cela arrivait, lui, l'inspecteur de police qui se méfiait de tout le monde et voyait des voleurs partout. Comment avait-il pu être aussi bête ? Et il fallait que cela arrive un dimanche en plus.

En résumé : il n'avait plus de portefeuille et plus un sou. Le prix à payer à Madrid pour une vingtaine de minutes de promiscuité dans un métro bondé. On lui avait pris sa carte de crédit, son passeport provisoire, son permis de conduire, quelques billets de cinquante, sa carte de transport, sa liste de numéros de téléphone, sa carte d'assuré social et son billet de retour.

Sa situation pouvait difficilement être pire.

Chez KB Construcciones S.A., on lui offrit un café dans un bureau inutilisé et on le laissa faire un petit somme, le front collé à une baie vitrée poussiéreuse.

Un quart d'heure auparavant, il s'était vu barrer la route par un concierge zélé dans le hall d'entrée de l'immeuble du 31 Gran Via. Ce dernier, en l'absence de documents prouvant son identité, avait refusé de vérifier s'il avait effectivement rendez-vous. La loghorrée du cerbère était totalement incompréhensible. Finalement Carl lui avait hurlé *Rødgrød med fløde*[1] à la figure une bonne dizaine de fois, d'un air furieux.

Il avait trouvé le sésame.

« Kyle Basset », dit une voix qui semblait venir de très loin, tirant Carl de sa courte sieste.

Carl ouvrit les yeux avec hésitation. Sa tête et son corps étaient si douloureux qu'il se serait cru au purgatoire.

On lui servit un deuxième café quand Basset et lui furent installés devant les grandes fenêtres à croisillons du bureau de l'expatrié. Il distinguait à peu près clairement son interlocuteur, un trentenaire qui avait visiblement une haute opinion de lui-même, conscient de sa fortune et de l'étendue de son pouvoir.

« Votre collaboratrice m'a informé de la raison de votre visite », dit Basset. « Vous enquêtez sur une série de crimes qui pourraient éventuellement être imputés à la bande d'individus qui m'a agressé à l'époque où nous étions au pensionnat ensemble. C'est bien ça ? »

Son danois était teinté d'accent étranger. Carl regarda la pièce dans laquelle ils se trouvaient. C'était un bureau gigantesque. Dans la rue, on voyait les gens

---

1. Dessert danois à base de fruits rouges au nom réputé imprononçable pour un étranger.

entrer et sortir de boutiques telles que *Sfera* et *Lefties*. Depuis le temps qu'il vivait ici, on se demandait même comment Basset avait fait pour ne pas oublier totalement le danois.

« Il est possible qu'il s'agisse d'une série de crimes, mais nous n'en avons pas encore la preuve. » Carl prit une gorgée de café. Il était fort. Tout le contraire de ce qu'il fallait à ses entrailles en pleine révolution. « Vous dites qu'ils vous ont agressé. Pourquoi n'êtes-vous pas venu témoigner lors de leur procès, dans ce cas ? »

Il ricana. « Je m'étais plaint d'eux bien avant le procès. A qui de droit.

— C'est-à-dire ?

— A mon père. Dans leur jeunesse, le père de Kimmie et lui étaient en classe ensemble au pensionnat.

— Et ça vous a avancé à quoi ? »

Il haussa les épaules et ouvrit un étui à cigarettes en argent gravé. Ça existait encore ces trucs-là ? Il proposa une cigarette à Carl. « Vous êtes pressé ?

— Mon avion décolle à seize heures vingt. »

Il consulta sa montre. « Aïe ! Alors nous n'avons pas beaucoup de temps. Vous prendrez un taxi pour aller à l'aéroport, je suppose ? »

Carl inhala une grande bouffée de fumée qui lui fit du bien. « J'ai un léger problème », dit-il un peu penaud.

Il raconta ses malheurs. Le vol dans le métro. La disparition de sa carte de crédit, de son passeport et de son billet d'avion.

Kyle Basset appuya sur l'interphone. Il transmit sèchement ses ordres. Carl le trouva méprisant.

« Je vais être bref. » Basset préféra regarder l'immeuble blanc de l'autre côté de la rue en parlant. Une légère réminiscence de sa souffrance passée traversa peut-être son regard. Ce n'était pas facile à voir tant il paraissait dur et implacable.

« Mon père et le père de Kimmie se sont mis d'accord. La punition serait infligée en temps voulu. Ça ne me dérangeait pas d'attendre. Je connaissais bien le père de Kirsten-Marie, Willie K. Lassen, je le connais encore, d'ailleurs. Il a un appartement à deux minutes du mien à Monaco, et je peux vous affirmer que c'est un homme qui ne fait pas de cadeaux. On ne plaisante pas avec lui. Enfin, surtout quand il était plus jeune. Maintenant, il est à l'article de la mort. » Basset sourit en disant cela. Drôle de moment pour sourire.

Carl pinça les lèvres. Le père de Kimmie était donc réellement malade, comme il l'avait déclaré à Tine. Etrange. La réalité et la fiction ont parfois tendance à se confondre. Il avait déjà eu l'occasion de le constater au cours de sa vie.

« Pourquoi parlez-vous toujours de Kimmie ? Et les autres alors ? Ulrik Dybbøl-Jensen, Bjarne Thøgersen, Kristian Wolf, Ditlev Pram, Torsten Florin ? Ils y étaient aussi, non ? »

Basset croisa les mains, laissant sa cigarette pendre au coin de sa bouche. « Vous croyez peut-être qu'ils m'ont choisi sciemment comme victime ce jour-là ?

— Je n'en sais rien, je ne suis pas au courant des détails de cette histoire.

— Eh bien, je vais vous en parler alors. Ils sont tombés sur moi par hasard, j'en suis convaincu. La tournure qu'ont pris les événements et les blessures que j'ai subies étaient également le fait du hasard. » Il mit une main sur sa poitrine et se pencha légèrement en avant. « J'ai eu trois côtes et une clavicule cassées. J'ai pissé du sang pendant plusieurs jours. Ils auraient aussi bien pu me tuer. C'est également un hasard si je suis encore vivant, je peux vous l'affirmer.

— Je vois. Mais qu'est-ce que vous essayez de me dire exactement ? Tout cela ne m'explique pas pourquoi vous vouliez seulement vous venger de Kimmie Lassen ?

— Vous savez, Mørck, j'ai appris quelque chose le jour où ces salauds m'ont cassé la gueule. D'ailleurs, d'une certaine manière je leur en suis reconnaissant. » Il martela la table à chaque mot de la phrase qui suivit. « J'ai appris que lorsqu'une occasion se présente à vous, il faut la saisir. Qu'elle soit le fait du hasard ou pas. Et il ne faut s'encombrer ni de scrupules, ni de justice. C'est la base même de la réussite dans le monde des affaires. On doit garder ses armes affûtées et ne pas hésiter à s'en servir. Faire feu de tout bois. Et moi, en l'occurrence, j'avais un moyen de pression sur le père de Kimmie. »

Carl respira profondément. Le langage de ce type avait de quoi choquer le p'tit gars de la campagne qu'il était. Il prit un air très concentré. « Excusez-moi, mais je ne suis pas certain de bien comprendre. »

Basset secoua la tête. Il ne s'attendait pas à ce qu'un flic comprenne ce qu'il disait. Ils vivaient sur deux planètes différentes.

« Je dis juste que l'occasion fait le larron. J'avais un moyen de me venger de Kimmie, ce serait donc elle qui paierait pour les autres.

— Et les autres, vous vous en fichiez ? »

Il haussa les épaules. « Si j'en avais eu la possibilité, je me serais vengé d'eux également. Mais l'occasion ne s'est pas présentée. Nous n'avons pas les mêmes terrains de chasse, si j'ose m'exprimer ainsi.

— Mais cela ne veut pas dire que Kimmie était plus coupable que les autres ? A votre avis qui était le leader de la bande ?

— Kristian Wolf, sans aucun doute. Mais si je devais me trouver au milieu d'une arène en compagnie de tous ces fauves ensemble, c'est de Kimmie que je me méfierais le plus.

— Pourquoi ?

— Au départ, elle était assez passive. C'était surtout Florin, Pram et Kristian Wolf qui me tabassaient. Mais quand ils ont arrêté, probablement parce qu'ils ont eu peur en voyant que je saignais de l'oreille, Kimmie a commencé. »

Ses narines se dilatèrent, comme s'il sentait encore sa présence dans la pièce. « Ils l'avaient chauffée à blanc, vous comprenez ? En particulier Kristian Wolf. Lui et Pram l'ont tripotée, et quand elle a été assez excitée, ils l'ont poussée vers moi. » Il serra les poings. « D'abord elle m'a bousculé un peu et puis elle s'est déchaînée. Quand elle a vu que j'avais vraiment mal, ses yeux se sont écarquillés et elle s'est mise à respirer très fort et à me cogner de plus belle. C'est elle qui m'a donné un coup de pied dans les testicules. Avec ses bottes pointues. »

Il écrasa sa cigarette dans un cendrier qui ressemblait à s'y méprendre à la statue de bronze de la toiture d'en face. Son visage semblait ridé tout à coup. Carl s'en apercevait pour la première fois dans la lumière forte de l'après-midi. Il était bien jeune pour avoir des traits aussi marqués.

« Si Wolf n'était pas intervenu, elle m'aurait battu à mort, j'en suis sûr.

— Et les autres pendant ce temps-là ?

— Les autres ? » Il hocha la tête. « Ils avaient envie de recommencer, je crois. Ils étaient comme le public d'une corrida. Et croyez-moi, je sais de quoi je parle. »

La secrétaire qui avait apporté le café à Carl entra dans le bureau. Pimpante et élégamment vêtue d'un tailleur sombre comme ses cheveux et ses sourcils. Elle tenait dans la main une petite enveloppe qu'elle tendit à Carl : « *Now you have some euros and a boarding pass for your trip home*[1] », dit-elle en lui souriant gentiment.

Puis elle se tourna vers son patron et lui remit une lettre qu'il parcourut en quelques secondes. La colère que déclencha cette lecture rappela à Carl l'expression hallucinée que Basset disait avoir vue sur le visage de Kimmie quand elle avait été sur le point de le tuer.

Il déchira la feuille en morceaux et insulta copieusement la secrétaire. Il avait l'air fou de rage. Sa figure était plus ridée que jamais. La violence de sa réaction faisait trembler la jeune femme qui regardait par terre comme si elle avait honte. Ce n'était pas beau à voir.

Quand elle eut refermé la porte derrière elle, Basset sourit à Carl comme s'il ne s'était rien passé. « Ne vous occupez pas d'elle », dit-il. « C'est juste une petite employée sans cervelle. Alors, vous allez vous débrouiller pour rentrer au Danemark maintenant ? »

---

1. En anglais dans le texte : « Voici quelques euros et votre carte d'embarquement pour le voyage de retour. »

Il acquiesça sans mot dire, essayant en vain de se montrer reconnaissant. Kyle Basset était devenu exactement comme ceux qui l'avaient tyrannisé jadis. Un homme sans empathie. Il venait de le prouver à l'instant. Qu'ils aillent se faire foutre, lui et ses semblables.

« Et la punition ? » demanda Carl enfin. « La punition de Kimmie ? Ça a été quoi finalement ? »

Il ricana. « Le hasard fait bien les choses. Elle avait fait une fausse couche et elle était très mal en point. Elle est allée demander une consultation à son père.

— Et il a refusé de l'aider, je présume. » Il s'imagina la jeune fille, au bout du rouleau, comprenant qu'elle ne pouvait même pas compter sur l'aide de sa propre famille. Etait-ce déjà l'expression de ce manque d'amour qu'on lisait dans les yeux de l'enfant coincée entre son père et sa belle-mère sur la photo publiée naguère par le journal *Gossip* ?

« C'était pathétique, d'après ce qu'on m'a raconté. Son père était descendu à l'hôtel d'Angleterre. C'était toujours là qu'il habitait quand il rentrait au Danemark. Elle a débarqué à la réception de l'hôtel, comme ça, sans prévenir. A quoi est-ce qu'elle s'attendait, franchement ?

— Il l'a fait expulser ?

— Et la tête la première, encore ! » Il éclata de rire. « Mais avant, il l'a laissée ramper par terre sur le tapis du hall pour ramasser des billets de mille couronnes qu'il lui avait jetés. Au moins, elle n'était pas venue pour rien ! Mais ensuite ça a été *Goodbye and farewell for good*[1].

----

1. En anglais dans le texte : « Adieu et ne reviens jamais. »

— Elle est propriétaire de la maison d'Ordrup, n'est-ce pas ? Pourquoi n'est-elle pas allée là-bas ? Vous avez une idée ?

— Elle y est allée, et elle a eu le même accueil. » Basset sourit. Tout cela ne lui faisait ni chaud ni froid. « Bon, Mørck, je ne veux pas vous chasser, mais si vous voulez que je vous en dise plus, il va falloir prendre un autre avion. Il faut enregistrer de bonne heure dans ce pays, et pour l'avion de seize heures vingt, vous avez tout juste le temps. »

Carl commença à se sentir mal. L'angoisse montait en lui et le simple fait d'imaginer les vibrations de l'appareil polluait son système nerveux comme un poison. Il pensa aux comprimés dans sa poche de poitrine, sortit l'ours en peluche et extirpa les deux minuscules comprimés du fond de sa poche.

Il posa le nounours sur le coin de la table et fit descendre le médicament avec une gorgée de café.

Par-dessus le bord de la tasse il contemplait un capharnaüm de papiers, de stylos, de calculatrices et de cendriers débordant de mégots et, en arrière-plan, les poings serrés et les jointures blanches de rage de Kyle Basset. En regardant ses yeux, Carl vit tout ce que Basset avait dû combattre en lui-même pour obéir aujourd'hui à cette loi qui veut que l'homme soit un loup pour l'homme.

Il avait les yeux fixés sur un minuscule et innocent ourson grassouillet et il s'était laissé submerger par un tsunami de sentiments longuement refoulés.

Il s'écroula dans son fauteuil.

« Vous avez déjà vu cet ours en peluche ? » demanda Carl, la voix altérée par les deux comprimés qui étaient restés coincés quelque part entre sa glotte et ses cordes vocales.

Kyle Basset hocha lentement la tête. Puis la colère qui lui servait de béquille la plupart du temps anima son regard à nouveau.

« Oui, Kimmie le portait toujours autour de son poignet à l'école. Je ne sais pas pourquoi. Il avait un ruban rouge autour du cou et c'est avec ça qu'elle l'attachait à son bras. »

L'espace d'une seconde Carl crut qu'il allait se mettre à pleurer, mais de nouveau les traits de Basset se durcirent et l'homme capable de broyer une petite employée de bureau à mains nues reparut devant lui.

« Oh oui, je m'en souviens très bien. Il pendait à son poignet pendant qu'elle me battait à mort. Où avez-vous trouvé ce truc-là, nom de Dieu ! »

32

Il était presque dix heures le dimanche matin quand elle se réveilla dans sa chambre de l'hôtel Ansgar. La télévision était encore allumée et diffusait une retransmission des nouvelles de TV2 News. Malgré les moyens mis en œuvre, on n'avait pas encore trouvé d'explication à l'explosion qui s'était produite près de la station Dybbølsbro, et la nouvelle ne faisait plus la une. Il fut question des Américains qui tiraient sur les insurgés de Bagdad, de la candidature de Kasparov au poste de président, et surtout du mystérieux décès d'un locataire de l'immeuble rouge et branlant d'une cité HLM à Rødovre.

Il s'agissait vraisemblablement d'un meurtre, et d'après le porte-parole de la police, plusieurs éléments corroboraient cette hypothèse. En particulier le fait que la victime s'était agrippée à la rambarde du balcon et qu'on l'avait frappée sur les phalanges avec un objet contondant, sans doute un pistolet qui avait également servi à tirer sur une statue en bois qui se trouvait dans l'appartement. La police se montrait avare d'informations et n'avait aucun suspect pour le moment.

Officiellement, du moins.

Elle serra son petit baluchon contre elle.

« Maintenant ils savent, Mille. Les garçons savent que je suis à leurs trousses. » Elle essaya de sourire. « Tu crois qu'ils sont ensemble en ce moment ? Tu crois que Torsten, Ulrik et Ditlev sont en train de se demander ce qu'ils vont faire pour échapper à maman ? Tu crois qu'ils ont peur ? »

Elle berça doucement le petit linceul. « Moi, je crois qu'ils ont très peur à cause de tout ce qu'ils nous ont fait. Tu n'es pas de mon avis ? Et tu sais quoi, Mille ? Ils ont raison d'avoir peur. »

Le caméraman avait essayé de zoomer pour avoir un gros plan des ambulanciers en train de charger le cadavre sur un brancard, mais il manquait de lumière.

« Tu sais, Mille ? Je regrette de leur avoir parlé de la boîte métallique. J'ai eu tort. » Elle s'essuya les yeux. Pourquoi fallait-il toujours qu'elle pleure ?

« Je n'aurais jamais dû leur dire. Pourquoi est-ce que j'ai fait ça ? »

Elle était allée vivre avec Bjarne Thøgersen, et en faisant cela elle savait qu'elle commettait un crime de lèse-majesté. Quand elle avait envie de baiser, il était établi qu'elle devait le faire en cachette ou en présence de toute la bande, c'était la loi édictée par Torsten. Et voilà qu'elle avait enfreint la règle d'or. Non seulement elle avait choisi l'un d'entre eux, mais en plus elle avait pris celui qui était tout en bas de la hiérarchie.

Ce n'était pas du tout dans l'ordre des choses.

Bjarne ! avait hurlé Kristian Wolf. *Qu'est-ce que tu vas foutre avec ce minable ?* Il voulait que rien ne change. Qu'ils continuent à tabasser des gens tous ensemble, et que Kimmie soit à leur disposition et ne se donne à personne d'autre.

Et pourtant, malgré les menaces et les pressions que Kristian faisait peser sur elle, Kimmie n'avait pas cédé. Elle avait choisi Bjarne et abandonné les autres aux souvenirs qu'elle leur avait laissés.

Pendant un temps ils avaient gardé leurs habitudes. Ils se retrouvaient un dimanche sur quatre en moyenne, sniffaient de la cocaïne et regardaient un film de violence. Ensuite ils partaient, soit avec le gros 4 × 4 de Torsten, soit avec celui de Kristian, pour trouver des gens qu'ils agressaient. Parfois ils passaient un accord avec les victimes et leur donnaient de l'argent pour compenser la douleur et l'humiliation subies, et parfois ils se contentaient de les assommer par-derrière en gardant l'anonymat. De temps en temps, ils décidaient que la victime ne devait pas rester en vie mais disparaître, comme cette fois où ils avaient trouvé ce vieil homme en train de pêcher tout seul au bord du lac d'Esrum.

C'était ce qu'ils préféraient. Quand toutes les conditions étaient réunies et qu'ils pouvaient aller jusqu'au bout. Quand chacun avait la possibilité de jouer sa partition jusqu'à la dernière note.

Au lac d'Esrum, les choses avaient mal tourné.

Kimmie avait remarqué que Kristian était particulièrement tendu. Il l'était toujours, mais cette fois, elle avait vu son visage s'assombrir et se fermer, ses lèvres se serrer et ses paupières tomber. Il intériorisait sa colère et elle avait remarqué à quel point il était resté passif et silencieux à observer leurs gestes quand ils avaient jeté le vieil homme à l'eau. Kimmie avait vu son regard aussi quand sa robe mouillée s'était collée à son corps.

« Baise-la, maintenant, Ulrik », avait-il ordonné tout à coup alors qu'elle s'était accroupie au milieu des roseaux, les genoux écartés, sa robe d'été dégoulinante, pour regarder le cadavre qui coulait au fond du lac. Ulrik l'avait fixée, les yeux brillants d'excitation et de peur de ne pas parvenir à bander. Avant son départ en Suisse, il avait souvent dû renoncer à la pénétrer, et laissé les autres la prendre à sa place. Comme si la violence et le sexe combinés lui convenaient mal. Contrairement à eux, lui avait besoin de faire redescendre la tension avant une nouvelle montée d'adrénaline.

« Allez, Ulrik », l'encourageaient-ils, tandis que Bjarne leur hurlait d'arrêter. Ditlev et Kristian l'avaient empoigné et immobilisé.

Elle avait vu Ulrik baisser son pantalon, et elle avait aussi eu le temps de remarquer que, pour une fois, il semblait parfaitement en condition. Elle ne vit pas Torsten qui se jetait sur elle par-derrière et la plaquait au sol.

Si Bjarne n'avait pas gueulé comme un putois et réussi à se libérer de leur emprise, ce qui avait fait débander Ulrik, ils l'auraient violée à deux devant une armée de joncs au garde-à-vous.

Après cet épisode, Kristian s'était mis à lui rendre visite régulièrement. Il se fichait complètement de ce qu'en pensait Bjarne, et aussi de l'avis des autres garçons de la bande. Du moment qu'il pouvait l'avoir pour lui, il était satisfait.

Le comportement de Bjarne changea. Quand Kimmie et lui étaient en tête à tête il semblait ailleurs. Il ne répondait plus à ses caresses et il était rarement là quand elle rentrait. Il se mit à vivre au-dessus de ses moyens et à passer des coups de fil quand il la croyait endormie.

Kristian la poursuivait de ses ardeurs partout où elle allait. A l'animalerie Nautilus, sur le chemin du travail aller et retour, chez Bjarne dès que ce dernier s'absentait, en général parce que les autres l'avaient attiré dans un bon plan.

Mais Kimmie se moquait de lui. Elle osait ridiculiser Kristian Wolf, le traiter d'amoureux transi et l'accuser d'avoir perdu le sens des réalités.

Elle finit par le pousser à bout. Elle sut que c'était arrivé le jour où elle vit son regard rempli de haine et de rage impuissante.

Mais Kimmie n'avait pas peur de lui. Quel mal aurait-il pu lui faire que d'autres ne lui avaient pas fait bien avant ?

Ils choisirent la nuit où la comète Hyakutake fut parfaitement visible au Danemark, dans un ciel constellé d'étoiles. Torsten avait offert un télescope à Bjarne, et Ditlev lui avait prêté son bateau. Il était supposé passer la soirée tout seul à boire des bières et à se prendre pour le roi Carotte pendant que Kristian, Ditlev, Torsten et Ulrik pénétreraient dans l'appartement.

Elle ne sut jamais comment ils s'étaient procuré la clé, mais tout à coup ils furent tous là avec leurs pupilles minuscules et leurs narines irritées d'avoir trop sniffé de cocaïne. Ils lui sautèrent dessus sans un mot, la plaquèrent contre un mur et arrachèrent juste assez de vêtements pour accéder aux parties de son anatomie dont ils avaient besoin.

Ils ne lui arrachèrent pas un cri. Elle savait que cela les exciterait encore plus. Elle avait si souvent observé leur comportement quand, tous ensemble, ils s'en prenaient à d'autres.

Les garçons n'aimaient pas les jérémiades. Et Kimmie non plus.

Ils la jetèrent sur la table basse sans enlever ce qui s'y trouvait, et le viol collectif commença. Ulrik se mit à califourchon sur son ventre et attrapa ses cuisses avec ses deux grosses pognes pour lui écarter les jambes. Elle lui martela le dos avec les poings, mais sa surcharge pondérale et son degré d'ébriété le rendaient insensible aux coups. Et puis, à quoi bon ? Ulrik aimait ça. Les coups, les humiliations, la force. La transgression sous toutes ses formes. Il n'avait aucun tabou. Il avait expérimenté tous les fétichismes. Et pourtant, il était le seul de la bande à avoir des problèmes d'érection.

Kristian se mit en position entre ses cuisses et la pilonna avec un sourire satisfait, jusqu'à lui faire sortir les yeux des orbites. Ditlev passa en deuxième et éjacula très vite, comme à l'accoutumée, avec cette drôle de convulsion qu'il avait toujours au moment de jouir. Torsten vint ensuite.

C'est pendant que le petit homme maigre s'escrimait dans son ventre que Bjarne apparut à la porte. Elle avait les yeux braqués sur lui pendant qu'il prenait la mesure de son infériorité et que la puissance de la bande lui brisait la nuque. Elle le supplia de s'en aller mais il resta.

Et quand Torsten se retira d'elle, ils poussèrent tous un hurlement de victoire en voyant Bjarne prendre le relais.

Elle vit alors dans le visage apoplectique et fermé de son compagnon à quoi son existence l'avait réduite.

Ce fut à cet instant que Kimmie se résigna, ferma les yeux et se laissa sombrer.

La dernière chose qu'elle entendit avant de s'échapper dans le brouillard protecteur de son subconscient fut le rire collégial qui éclata quand Ulrik tenta une dernière fois sa chance et échoua.

Ce fut la dernière fois qu'elle les vit tous réunis.

« Mon petit trésor ! Tu vas voir ce que maman t'a apporté. »

Elle déroula le linge qui enveloppait le petit être et regarda son enfant avec dans les yeux toute la tendresse du monde. Quelle merveilleuse créature de Dieu ! Ces ravissants doigts de pied et de main, ces ongles minuscules.

Elle caressa la petite main du bout de l'index. « Tu trouves que maman est un peu fiévreuse ? Oui, tu as raison, maman a très chaud. » Elle rit. « Tu sais bien que maman a toujours très chaud quand elle est stressée. »

Elle regarda par la fenêtre. On était le dernier jour de septembre. C'était ce jour-là qu'elle avait emménagé avec Bjarne, douze ans plus tôt. Si ce n'est qu'à l'époque, il ne pleuvait pas.

Dans son souvenir.

Après l'avoir violée, ils l'avaient abandonnée sur la table basse et s'étaient assis en cercle sur le tapis pour sniffer de la coke jusqu'à perdre conscience. Ils avaient ri à s'en rendre malades, et Kristian avait donné de grandes gifles sur ses cuisses nues. Sans doute sa façon à lui de s'excuser.

« Allez, Kimmie, fais pas la gueule ! On est entre nous.

— C'est la dernière fois ! » siffla-t-elle entre ses dents. « La dernière fois, vous m'entendez ? »

Elle voyait bien qu'ils ne la croyaient pas. Persuadés qu'elle ne pouvait pas se passer d'eux. Qu'elle reviendrait à de meilleurs sentiments tôt ou tard. En Suisse, elle s'était débrouillée sans la bande, et elle savait qu'elle le pourrait à nouveau.

Elle mit du temps à se lever. Son vagin la brûlait, les ligaments de ses hanches étaient distendus, sa nuque la faisait souffrir, et l'humiliation lui donnait envie de vomir.

Kassandra chargea encore la barque par l'accueil qu'elle lui fit dans la maison d'Ordrup : *Décidément, ma pauvre Kimmie, quoi que tu fasses, tu le fais de travers !* lui avait-elle dit.

Quelques jours plus tard, elle apprit que Torsten Florin avait acheté son lieu de travail, la SA Nautilus Trading, et qu'elle était virée. L'un des employés, qui se prétendait son ami, lui remit un chèque pour solde de tout compte, et précisa que c'était Torsten Florin en personne qui avait décidé des licenciements, et que si elle avait quelque chose à dire, c'était à lui qu'elle devait s'adresser.

A la banque, où elle alla déposer le chèque, elle découvrit que Bjarne avait vidé et clôturé leur compte commun.

Elle était acculée et c'était ce qu'ils voulaient.

Pendant les mois qui suivirent, elle vécut enfermée dans sa chambre à Ordrup. Elle descendait dans la cuisine la nuit pour se nourrir et elle dormait le jour. Allongée sur son lit dans la position du fœtus, les jambes repliées sous elle et une main crispée sur sa peluche fétiche. Souvent la voix aiguë de sa belle-mère venait lui hurler des choses derrière la porte, mais Kimmie était devenue sourde au monde extérieur.

Car Kimmie ne devait rien à personne, et Kimmie attendait un enfant.

« Tu ne peux pas savoir comme j'étais contente quand j'ai su que tu arrivais », dit-elle en souriant à son enfant. « J'étais sûre que tu étais une fille, et je savais comment j'allais t'appeler. Mille. Ça a tout de suite été ton nom. C'est drôle, non ? »

Elle joua un peu avec elle puis elle l'enveloppa à nouveau dans ses langes. Comme un petit Jésus dans son linceul.

« J'avais tellement hâte de te voir. Je nous imaginais vivant toutes les deux chez nous, une vie tout à fait normale. J'aurais trouvé un travail tout de suite après ta naissance, et je serais allée te chercher à la crèche, et après on serait restées tout le temps ensemble. »

Elle prit un sac de voyage, le posa sur le lit et enfouit l'un des oreillers appartenant à l'hôtel dans le fond du sac. Cela faisait un joli petit nid douillet et chaud.

« Toi et moi, on aurait vécu dans la maison et Kassandra serait partie ailleurs. »

Kristian Wolf l'appela régulièrement au cours des semaines qui précédèrent son mariage avec Maria

Saxenholdt. L'idée de s'engager le perturbait autant que le fait que Kimmie refuse de le voir.

Ce fut un été solitaire mais heureux pour Kimmie, qui reprenait peu à peu le contrôle de son existence. Elle commençait à oublier toutes les affreuses choses qu'ils avaient commises. Désormais elle allait avoir la responsabilité d'une autre personne.

Le passé était le passé.

Elle ne comprit son erreur que le jour où elle vit soudain Ditlev Pram et Torsten Florin en train de l'attendre tranquillement dans le salon de Kassandra. Elle vit leurs regards et se rappela tout à coup à quel point ils pouvaient devenir dangereux.

« Regarde, Kimmie, ce sont tes vieux amis qui viennent te rendre visite », gazouilla Kassandra dans sa robe d'été complètement transparente. Quand ils l'expulsèrent de son domaine, *My room*, comme elle l'appelait, elle prit un air outragé, mais il est vrai que ce qui allait se passer maintenant ne la regardait pas.

« Je ne sais pas ce que vous venez faire ici, mais je vais vous demander de vous en aller », dit Kimmie, sachant pertinemment que cette entrée en matière ne faisait qu'ouvrir les hostilités dans un combat qui était loin d'être gagné.

« Tu en sais beaucoup trop, Kimmie », lui dit Torsten. « Nous ne pouvons pas te laisser dans la nature. Qui sait ce que tu pourrais inventer ?

— Qu'est-ce que vous croyez ? Que je vais me suicider en laissant une lettre pleine de révélations gênantes ? »

Ditlev hocha la tête. « Eventuellement. Mais il y a un tas d'autres choses que nous te croyons capable de faire.

— Tu m'en diras tant.

— Tais-toi », coupa Torsten Florin en faisant un pas vers elle.

S'ils la touchaient encore, elle leur fracasserait sur la tête l'un des lourds vases chinois qui trônaient dans les angles du salon.

« On préfère pouvoir te surveiller, tu comprends. Et tu sais bien que tu ne peux pas te passer de nous, Kimmie », poursuivit-il.

Elle sourit, ironique. « Tu sais que tu vas bientôt être papa, Torsten. Ou toi, Ditlev. » Elle n'avait pas eu l'intention de le leur dire, mais leur réaction contrite en valait la peine. « Pourquoi voudrais-je rester avec vous ? » Elle posa une main sur son ventre.

« Vous croyez vraiment que ce serait bon pour mon enfant ? Je ne crois pas. »

Elle savait ce qu'ils pensaient quand ils échangèrent un regard. Ils avaient des enfants tous les deux, et plusieurs divorces et autres scandales à leur actif. Un de plus ou de moins ne changerait pas grand-chose. Ce qui les ennuyait, c'était qu'elle leur tienne tête.

« Tu dois te débarrasser de ce gosse », lâcha Ditlev avec une dureté inattendue.

Débarrasser. Quand elle entendit ce verbe dans la bouche de Ditlev, elle sut que son enfant était en danger de mort.

Elle leva une main vers eux comme pour les tenir à distance.

« Je vous conseille de me laisser tranquille, et c'est pour votre bien que je dis ça, vous me suivez ? Je ne veux plus entendre parler de vous, OK ? »

Elle vit avec satisfaction que la force de sa détermination les avait déstabilisés.

« Si vous insistez, je tiens à vous prévenir que j'ai en ma possession une boîte dont le contenu peut détruire votre existence à tous. Cette boîte est mon assurance-vie. Je vous garantis que s'il m'arrive quelque chose, elle apparaîtra au grand jour. » C'était un mensonge. La boîte en question existait vraiment et elle l'avait mise en lieu sûr, mais elle n'avait jamais eu l'intention de la montrer à quiconque. Elle y avait juste rassemblé ses trophées. Un objet pour chaque vie qu'ils avaient prise. Comme les scalps pour les Indiens. Les oreilles et la queue du taureau pour les toreros. Comme les cœurs que les Incas arrachaient à leurs victimes.

« Qu'est-ce que c'est que cette histoire de boîte ? » demanda Torsten, son petit visage de fouine soudain plissé de rides.

« J'ai ramassé des choses sur les lieux des crimes. Tout ce que nous avons fait sera révélé si quelqu'un met la main sur le contenu de cette boîte en ferraille, et je vous jure que si vous me faites du mal ou si vous touchez à un cheveu de mon enfant, vous irez tous moisir en prison. »

Ditlev la croyait, elle le vit à la tête qu'il faisait. Torsten était sceptique.

« Cite-moi un objet », dit-il.

« Une des deux boucles d'oreilles de la femme de Langeland, le bracelet en caoutchouc de Kåre Bruno. Vous vous rappelez quand Kristian l'a attrapé pour le jeter dans le vide ? Vous vous le rappelez peut-être aussi en train de se marrer devant la piscine de Bellahøj avec le bracelet à la main. Je crois qu'il rigolerait moins s'il savait que ce bracelet se trouve maintenant en compagnie de deux cartes de Trivial Pursuit ramassées à Rørvig. Qu'en pensez-vous ? »

Torsten Florin détourna le regard, comme s'il voulait s'assurer que personne n'avait entendu ce qu'elle venait de dire.

« Tu as raison, Kimmie », dit-il. « Il rigolerait beaucoup moins. »

Kristian vint lui rendre visite une nuit où Kassandra avait bu plus que de raison et s'était écroulée depuis plusieurs heures.

Il se tint debout à côté de son lit et lui parla d'une voix si claire et si lente que chacun de ses mots restait aujourd'hui encore gravé au plus profond de son esprit.

« Dis-moi où se trouve cette boîte, Kimmie, ou je te tue. »

Il la battit avec toute la brutalité dont il était capable, et ne s'arrêta que lorsqu'il ne sentit plus les muscles de ses bras. Il la frappa au bas-ventre et à l'aine, il frappa sa poitrine jusqu'à lui briser les côtes, mais malgré la douleur, elle refusa de lui révéler l'endroit où la boîte était cachée.

Enfin il s'en alla, complètement défoulé et convaincu d'avoir rempli sa mission. Persuadé aussi que la fameuse boîte pleine de preuves n'avait jamais existé.

Quand Kimmie revint à elle après son évanouissement, elle appela elle-même l'ambulance.

33

Elle avait le ventre vide mais elle n'avait pas faim. On était dimanche après-midi, et elle était encore à l'hôtel. Elle venait de rêver que tout dans sa vie allait bientôt trouver une cohérence. Cet espoir la rassasiait mieux que n'importe quel repas.

Elle se tourna vers le sac de voyage posé à côté d'elle, avec son petit paquet à l'intérieur.

« Aujourd'hui je vais te faire un cadeau, ma petite chérie. J'y ai longuement réfléchi. Je vais te donner l'objet que j'ai le plus aimé de toute ma vie. Je vais t'offrir mon ours en peluche », dit-elle. « J'y ai beaucoup réfléchi, c'est décidé, à partir d'aujourd'hui, il sera à toi. Tu es contente ? »

Elle sentait les voix tapies à l'arrière de sa tête et prêtes à se déchaîner si elle baissait la garde. Elle posa la main sur le petit corps dans le sac et s'apaisa immédiatement.

« Oui, mon trésor, maman est calme à présent. Très calme. Aujourd'hui personne ne va nous faire de mal. »

Quand elle avait été admise à l'hôpital avec une grave hémorragie génitale, le personnel de Bispebjerg avait insisté pour savoir comment elle s'était mise dans un état pareil. L'un des médecins lui avait proposé d'appeler la police, mais elle l'en avait dissuadé. Elle leur avait raconté qu'elle était tombée du haut d'un grand escalier très raide. Elle souffrait de baisses de tension depuis quelques jours et par malchance, elle avait eu un vertige sur la dernière marche. Elle leur assura que personne n'en voulait à sa vie. D'ailleurs, actuellement, elle vivait seule dans une maison avec sa belle-mère. C'était juste un stupide et terrible accident.

Le lendemain, l'infirmière de garde lui avait dit qu'elle allait garder son enfant. Elle sut que ce n'était pas vrai quand on lui transmit les amitiés de ses anciens camarades de pension.

Le quatrième jour de son hospitalisation, Bjarne était venu la voir dans sa chambre individuelle. Ce n'était pas par hasard s'ils l'avaient envoyé comme garçon de courses. D'abord, contrairement aux autres, il n'était pas connu. Ensuite, il n'était pas du genre à tourner autour du pot, mensonge et rhétorique n'avaient aucune prise sur lui.

« Tu prétends que tu as gardé des preuves contre nous, Kimmie, c'est vrai ? »

Elle ne répondit pas. Se contenta de regarder par la fenêtre les grands bâtiments prétentieux et décatis.

« Kristian te demande de lui pardonner. Il propose de te faire transférer dans une clinique privée. L'enfant va bien, n'est-ce pas ? »

Elle lui avait envoyé un regard furibond et il avait baissé les yeux. Il savait qu'il n'avait aucun droit de demander des nouvelles de ce bébé.

« Tu diras à Kristian que c'était la dernière fois qu'il me touchait ou qu'il s'approchait de moi ou de qui que ce soit qui ait à voir avec moi, d'accord ?

— Kimmie, tu le connais. Tu ne te débarrasseras pas de lui comme ça. Il dit que tu n'as pas d'avocat à qui tu aurais pu confier des révélations sur nous. Et il a changé d'avis à propos de ce que tu as dit. Il pense que tu as effectivement une boîte contenant des objets susceptibles de nous compromettre. Il dit que c'est tout à fait ton genre. Il a ri en disant ça. » Bjarne avait continué maladroitement à tenter de l'amadouer en imitant, assez mal d'ailleurs, le ricanement de Kristian. Mais Kimmie ne s'y laissa pas prendre. Kristian ne riait que lorsqu'il se sentait menacé.

« Il se demande à qui tu aurais pu t'adresser puisque tu n'as pas d'avocat. Tu n'as pas d'autres amis que nous, Kimmie. Tu le sais et nous le savons. » Il lui toucha la main, mais elle la retira brusquement. « Je te conseille de nous dire où tu as rangé cette boîte. Elle est chez toi, Kimmie ? »

Elle le regarda droit dans les yeux : « Tu me prends pour une conne ? »

Elle avait répondu assez vite pour le faire tomber dans le panneau.

« Dis seulement à Kristian que s'il me laisse tranquille, vous pourrez même continuer comme avant, je m'en fous complètement. Je suis enceinte, Bjarne ! Vous n'avez pas compris encore ? Mon enfant et moi sommes autant en danger que vous si quelqu'un venait à trouver cette boîte et ce qu'elle contient. Je vous l'ai dit, je ne m'en servirai qu'en cas de force majeure. Si je dois abattre mes cartes. »

Elle n'aurait jamais dû choisir ces mots-là.

Abattre ses cartes. S'il y avait une chose que Kristian craignait, c'était bien ça.

Après la visite de Bjarne, elle perdit le sommeil. Elle passa toutes ses nuits les yeux grands ouverts et la main sur le cordon pour appeler de l'aide.

Il arriva en blouse blanche, la nuit du 2 août.

Elle s'était assoupie quelques secondes, quand elle sentit sa main qui la bâillonnait et son genou qui lui écrasait la poitrine. Il lui dit franchement ses intentions :

« Qui sait où tu vas disparaître, quand tu sortiras d'ici ? On te surveille, bien sûr, mais on ne sait jamais. Si tu veux vivre, dis-moi où tu as caché cette boîte, Kimmie. »

Elle ne répondit pas.

Il lui donna un coup violent dans le bas-ventre. Comme elle ne répondait toujours pas, il continua à frapper et frapper encore pour déclencher les contractions. Ses jambes s'agitaient convulsivement.

Il l'aurait tuée si la chaise à côté du lit n'était pas tombée, faisant un vacarme de tous les diables dans la pièce silencieuse, si les phares d'une ambulance à l'extérieur n'avaient pas jeté sur son faciès cruel un soudain coup de projecteur, si elle n'était pas tombée en état de choc, s'il n'avait pas cru qu'elle était déjà morte.

Elle ne prévint pas l'hôtel de son départ. Elle laissa sa valise, ne prit que le sac de voyage avec son précieux petit paquet et leurs trois bricoles à l'intérieur, et parcourut à pied les quelques mètres qui la séparaient de la gare. Il était presque deux heures de l'après-midi. A présent elle voulait aller chercher la peluche qu'elle avait promise à Mille. Et terminer le boulot.

C'était une belle journée d'automne et le train était bondé d'élèves de classes primaires accompagnés de leurs professeurs. Ils étaient peut-être allés visiter un musée, ou alors ils se rendaient au jardin d'acclimatation pour prendre l'air une heure ou deux. Les écoliers rentreraient chez leurs papas et leurs mamans ce soir avec les joues rouges et la tête pleine de feuilles mortes et d'histoires de daims courant en liberté sur la prairie d'Hermitagen.

Quand Mille et elle seraient enfin ensemble pour de vrai, ce serait encore plus beau que ça. Là-haut au paradis, dans le pays merveilleux où elles pourraient se voir et se sourire pour l'éternité.

Ainsi soit-il.

Elle hocha la tête pour elle-même et jeta un long regard au-dessus de la caserne de Svanemøllen, dans la direction où se trouvait l'hôpital de Bispebjerg.

Il y avait onze ans, elle s'était levée et avait pris le petit bébé allongé sous un carré de coton sur la table en inox au pied de son lit d'hôpital. Ils ne l'avaient laissée seule qu'un court instant. Une femme accouchait dans une chambre voisine, et il y avait eu des complications.

Elle était sortie de son lit, s'était habillée et avait enveloppé l'enfant dans un lange. Une heure plus tard elle subissait l'humiliation de se faire renvoyer comme un chien par son père dans le hall de l'hôtel d'Angleterre et elle prenait le même chemin que celui d'aujourd'hui pour se rendre à Ordrup.

Elle avait conscience à l'époque qu'elle ne pourrait pas rester chez elle. Elle savait que les garçons viendraient la chercher et qu'ils la tueraient.

Mais elle savait aussi qu'elle avait besoin d'aide et que c'était urgent. La douleur dans son ventre était terrible et elle avait peur.

Il fallait que Kassandra lui donne de l'argent. Il fallait que Kassandra, pour une fois dans sa vie, lui donne ce dont elle avait besoin.

Ce jour-là, elle avait compris que les gens dont le prénom commençait par un K lui portaient malheur.

Kassandra lui avait royalement donné deux mille couronnes. Douze mille couronnes, c'était tout ce qu'elle avait réussi à obtenir de Kassandra et Willy K. Lassen, son soi-disant père. Et il lui en fallait bien plus que ça.

Chassée de sa propre maison, debout sur le trottoir avec son petit paquet serré contre elle, la serviette hygiénique entre ses cuisses ne parvenant pas à contenir tout le sang qui s'écoulait d'elle, elle jura qu'un jour tous ceux qui lui avaient fait du mal et tous ceux qui s'étaient servis d'elle allaient payer.

D'abord Kristian et ensuite Bjarne. Puis ce serait au tour de Torsten et de Ditlev, Ulrik, Kassandra et enfin son père.

Elle était à nouveau devant la propriété de Kirkevej, pour la première fois depuis des années, et rien n'avait changé. Les cloches qu'on entendait en haut de la colline appelaient les bourgeois bien-pensants des beaux quartiers à l'assemblée dominicale, et les maisons se dressaient le long des trottoirs dans leur splendeur insolente. Quant au chemin qui menait à la quiétude du foyer, il était toujours impraticable.

Lorsque Kassandra ouvrit la porte, Kimmie reconnut son visage lifté et la réaction qu'elle avait toujours quand elle se trouvait en présence de sa belle-fille.

Elle ne savait plus exactement à quel moment elles avaient commencé à se détester. Cela datait vraisemblablement du temps où sa conception approximative de l'éducation poussait sa belle-mère à l'enfermer dans des placards obscurs et à lui jeter à la figure des injures dont la petite Kimmie ne comprenait pas le quart. Que Kassandra fût également maltraitée dans cette sinistre maison était une autre histoire. Cela pouvait à la rigueur lui valoir des circonstances atténuantes, mais certainement pas le pardon. Kassandra était un monstre.

« Tu n'entreras pas », lui cracha-t-elle en repoussant la porte de toutes ses forces. Comme le jour de l'avortement. Exactement comme ce jour maudit où Kimmie était venue frapper à cette porte, brisée et misérable, plongée dans le plus profond désespoir, avec son bébé mort dans les bras.

Cette fois-là on lui avait dit d'aller au diable, et effectivement elle avait vu le diable en face, dans l'enfer qu'avait été sa vie depuis lors. Malgré l'état lamentable dans lequel Kristian et sa fausse couche l'avaient mise, elle avait dû errer, pliée en deux, pendant des jours, sans que personne lui vienne en aide ou daigne s'approcher d'elle.

Les gens ne voyaient que ses lèvres gercées et ses cheveux emmêlés. Ils reculaient à la vue du paquet répugnant qu'elle avait dans les bras et de ses mains maculées de sang séché. Ils ne voyaient pas la femme qui souffrait et délirait de fièvre. Ils ne voyaient pas qu'elle était juste un être humain au bord de l'abîme.

Elle avait pensé alors que Dieu lui infligeait cette pénitence pour la punir de ses crimes.

Il fallut une toxicomane de Vesterbro pour lui sauver la vie. Tine en avait vu d'autres et elle fut la seule à faire abstraction de l'odeur pestilentielle qui se dégageait du petit linceul qu'elle se refusait à lâcher et de la salive séchée au coin de ses lèvres. Elle emmena Kimmie dans un taudis au fond d'une ruelle du port dans les quartiers sud où vivait un autre drogué qui avait été médecin dans une autre vie.

Les médicaments qu'il lui donna et le curetage qu'il lui fit stoppèrent l'infection et arrêtèrent les saignements. Elle ne saigna plus jamais.

La semaine suivante, qui coïncida à peu près avec le moment où le petit paquet cessa de puer, Kimmie était parée pour sa nouvelle vie, dans la rue.

Le reste était de l'histoire ancienne.

En entrant dans le salon imprégné du lourd parfum de Kassandra, où les fantômes sur les murs semblaient se moquer d'elle, Kimmie eut la sensation que le temps s'était arrêté au milieu d'un cauchemar.

Kassandra porta sa cigarette à ses lèvres, dont le rouge avait déjà été effacé par les dizaines d'autres qu'elle avait fumées depuis son réveil. Sa main tremblait un peu, mais ses yeux suivaient attentivement Kimmie, qui posa son sac de voyage sur le sol. Kassandra se sentait visiblement mal à l'aise. Ses yeux se troublaient. Elle ne s'attendait pas à cette visite.

« Qu'est-ce que tu viens faire ici ? » demanda-t-elle. Les mêmes mots qu'il y avait onze ans.

« Tu aimerais rester vivre ici, Kassandra ? » lui répondit Kimmie.

Elle leva les yeux au plafond, immobile, réfléchissant, les bras ballants, la fumée bleuâtre de sa cigarette dansant dans ses cheveux gris.

« C'est pour ça que tu es venue ? Pour me jeter dehors ? C'est ça ? »

C'était assez jouissif de voir sa belle-mère lutter pour garder son calme. Cette femme qui aurait dû arracher une petite fille malheureuse au souvenir d'une mère peu aimante. Cette méprisable créature égocentrique, profondément complexée, qui avait détruit la vie de Kimmie par son incapacité à lui montrer la moindre tendresse, la plus petite marque d'attention. Cette femme qui avait instillé en Kimmie suffisamment de haine d'elle-même pour faire d'elle ce qu'elle était aujourd'hui. Cette femme enfin qui ne lui avait transmis que méfiance, haine, indifférence et incapacité à montrer de l'empathie.

« J'ai deux questions à te poser, Kassandra, et je te conseille d'y répondre très vite.

— Et après tu t'en iras ? » Elle alla chercher la carafe de porto qu'elle était probablement en train de vider avant l'arrivée de Kimmie, s'en versa un grand verre et but une gorgée avec d'infinies précautions.

« Je ne te promets rien », répondit Kimmie.

« Que veux-tu savoir ? » Kassandra prit une bouffée de sa cigarette, qu'elle fit descendre si loin dans ses poumons qu'aucune fumée ne ressortit quand elle expira.

« Où est ma mère ? »

Elle leva les yeux au plafond avec une grimace. « Dieu du ciel ! C'est ça, ta question ? » Elle ramena brusquement le regard vers Kimmie. « Elle est morte, voyons. Il y a trente ans déjà, la pauvre. On ne te l'a jamais dit ? » Son exclamation se voulait étonnée. Puis elle renonça à jouer la comédie. Son visage devint dur et sans pitié. « Ton père lui donnait de l'argent, et elle buvait. Il y a autre chose que tu voulais savoir ? C'est incroyable qu'on ne t'ait pas raconté ça. Mais maintenant que tu le sais, tu dois être contente, non ? »

Contente ! L'adjectif frappa Kimmie comme une gifle. *Contente !*

« Et papa ? Tu as de ses nouvelles ? Tu sais où il est ? »

Kassandra savait pertinemment que cette question viendrait après la première, mais elle ne put retenir une grimace de dégoût. Le mot *papa* avait suffi à lui donner la nausée. Elle haïssait Willy K. Lassen.

« Je ne vois pas en quoi cela t'intéresse. Je croyais que si cela ne tenait qu'à toi, il pouvait aller brûler en enfer, non ? Ou alors tu veux juste t'assurer que c'est effectivement ce qu'il est en train de faire, alors j'ai une bonne nouvelle à t'annoncer, petite idiote. Ton père est effectivement très mal en point.

— Il est malade ? » demanda-t-elle. Finalement, ce flic dont Tine lui avait parlé avait peut-être dit la vérité.

« Malade ? » Kassandra écrasa sa cigarette et tendit les bras, remuant les mains en écartant ses doigts aux ongles dédoublés. « Il se consume lentement avec le cancer dans tous les os de son corps. Je ne lui ai pas parlé, mais je sais par ouï-dire qu'il est en train de mourir dans d'atroces souffrances. » Elle souffla dans le vide, comme si c'était le diable lui-même qu'elle expulsait de ses entrailles. « Il ne passera pas l'année et tu m'en vois ravie. Je suppose que cela ne te surprend pas ! »

Elle rajusta sa robe d'un geste insouciant et leva son verre.

Ainsi, il ne resterait plus que Kimmie, Kassandra et la petite. Deux K maudits et un ange.

Kimmie prit le sac par terre et le posa sur la table à côté de la carafe de porto.

« C'est toi qui as fait entrer Kristian quand j'étais dans la chambre là-haut, et que j'attendais mon petit bout qui est là, n'est-ce pas ? »

Kassandra suivit des yeux la main de Kimmie qui entrouvrait le sac.

« Juste ciel ! Tu ne vas pas me dire que tu te promènes avec cette horreur ? » Elle vit à l'expression de Kimmie qu'elle ne s'était pas trompée. « Tu es complètement malade, Kimmie. Débarrasse-moi de ça !

— Pourquoi as-tu fait entrer Kristian ? Pourquoi l'as-tu laissé monter dans ma chambre, Kassandra ? Tu savais pourtant que j'étais enceinte et que je voulais avoir la paix.

— Je ne vois pas pourquoi ! D'ailleurs, je n'en avais rien à faire, de toi et de ton bâtard !

— Alors, tu es restée tranquillement assise dans le salon pendant qu'il me battait à mort. Tu devais l'entendre pourtant. Je suis sûre que tu sais combien de fois il m'a frappée. Pourquoi n'as-tu pas appelé la police ?

— Parce que tu l'avais mérité. »

Tu l'avais mérité ! Les voix se mirent à hurler dans la tête de Kimmie.

Les coups, les placards obscurs, le mépris, les injustices. Tout cela faisait un vacarme infernal dans la tête de Kimmie et maintenant il fallait que ça s'arrête.

Elle bondit d'un seul coup et attrapa Kassandra par son chignon. Elle tira sa tête en arrière et versa le reste du porto dans sa gorge. Kassandra écarquilla les yeux, affolée, et se mit à tousser quand le liquide coula dans sa trachée.

Kimmie mit la main sur sa bouche, maintenant sa tête en arrière. La toux s'amplifia et les mouvements de déglutition s'accélérèrent sous l'effet de la panique.

Kassandra saisit son avant-bras pour se dégager mais une vieille dame qui ne bouge jamais de chez elle a bien moins de force qu'une femme qui vit dans la rue. Son regard s'emplit de terreur, tandis que les spasmes qui secouaient son estomac provoquaient une remontée de sucs gastriques qui amplifièrent le désastre.

Quelques inspirations rapides et inutiles par le nez ne firent qu'aggraver la panique qui secouait le corps de Kassandra. Elle gigotait de tous ses membres pour essayer de se libérer, mais Kimmie tenait bon et lui interdisait tout accès à l'oxygène. Kassandra se mit à suffoquer, sa cage thoracique vibra convulsivement et ses gémissements se perdirent dans un gargouillis à peine audible.

Bientôt elle ne bougea plus.

Kimmie la laissa choir à l'endroit même de son ultime combat et laissa le verre de porto brisé, la table déplacée sur le tapis et la coulée de vomi qui s'échappait de ses lèvres réécrire le scénario de sa mort.

Kassandra Lassen avait bien profité des joies de l'existence et les joies de l'existence l'avaient tuée.

Accident, diraient certains. Prévisible, ajouteraient d'autres.

L'un de ses compagnons de chasse avait dit très exactement ces mots-là aux journalistes quand on avait retrouvé Kristian Wolf, l'artère fémorale perforée par une balle, dans sa propriété du Lolland. Un accident, oui, mais prévisible. Kristian avait toujours été si imprudent avec les armes à feu. Cela devait arriver un jour ou l'autre, avait affirmé l'ami en question.

Alors que ce n'était pas un accident.

Kristian avait pris le pouvoir sur Kimmie dès le premier jour où il avait posé le regard sur elle. Il avait utilisé son corps et les avait entraînés, elle et les autres, dans son jeu. Il la jetait dans les bras des hommes de son choix et la reprenait ensuite. Il avait obtenu d'elle qu'elle attire Kåre Bruno à Bellahøj par des promesses de réconciliation. Il l'avait excitée jusqu'à qu'elle lui hurle à lui, Kristian, de pousser le garçon du plongeoir. Il avait organisé la tournante chez Bjarne qui l'avait mise enceinte, il l'avait battue une première fois, et puis une deuxième pour s'assurer que son enfant ne survivrait pas. Il avait à plusieurs reprises changé le cours de sa vie, et chaque fois elle était tombée plus bas que la fois précédente.

Après les six premières semaines passées dans la rue, elle avait vu sa photo en première page d'un quotidien du matin. Il était souriant, l'article disait qu'il venait de remporter de gros marchés, et qu'il partait se reposer dans sa propriété du Lolland. « Aucun gibier sur mon territoire de chasse ne devra se sentir à l'abri de la précision de mon tir », déclarait-il au journaliste.

C'est ce jour-là qu'elle avait volé sa première valise. Elle s'était faite belle, elle avait pris le train, elle était descendue à Søllested et avait parcouru à pied, à la nuit tombante, les cinq derniers kilomètres qui la séparaient de la propriété.

Elle avait passé la nuit dans les buissons, entendu Kristian gueuler à l'intérieur de la maison, jusqu'à ce que sa femme aille se réfugier au premier étage. Après quelques heures de sommeil sur le canapé du salon, il avait éprouvé le besoin de trouver un exutoire à son mal-être et à ses frustrations en allant massacrer quelques faisans ou toute autre créature vivante qui commettrait l'imprudence de se trouver dans son champ de tir.

La nuit avait été glaciale, mais Kimmie n'avait pas souffert du froid. A la pensée du sang de Kristian, qui bientôt serait versé en rémission de ses péchés, elle se sentait comme en plein été. Emplie de sève et d'exaltation.

Elle savait depuis l'époque où ils étaient ensemble au pensionnat que Kristian, troublé sans doute dans son sommeil par la noirceur de sa conscience, se levait toujours avant tout le monde. Et aussi que c'était toujours lui qui allait faire le pied, c'est-à-dire repérer les traces du gibier, une heure ou deux avant le début de la chasse, afin d'optimiser l'efficacité des rabatteurs et des tireurs. Plusieurs années après l'avoir tué, elle se remémorait encore le sentiment qui l'avait traversée au moment où elle avait vu Kristian Wolf passer sous le porche du pavillon de chasse et se diriger vers la plaine. Il était déjà vêtu des pieds à la tête de ce que les gens du monde considèrent comme la panoplie du chasseur. Propre comme un sou neuf, très élégant dans ses bottes à lacets impeccablement cirées. Assassin d'opérette.

Elle l'avait suivi à distance, à l'abri des haies coupe-vent, à petits pas précipités, s'inquiétant par moments des bruissements de l'herbe et des craquements de branches sous ses pieds. S'il la voyait, il n'hésiterait pas à tirer. Ensuite il parlerait d'accident, d'erreur. Il dirait qu'il l'avait prise pour un sanglier ou un chevreuil.

Mais Kristian ne l'entendit pas. Pas avant qu'elle ne bondisse sur lui et lui enfonce son couteau dans les parties génitales.

Il était tombé en avant, s'était recroquevillé, les yeux écarquillés, conscient que le visage qu'il voyait au-dessus de lui était le dernier qu'il aurait l'occasion de contempler.

Elle lui avait pris la carabine des mains et l'avait regardé se vider de son sang. Il n'y en eut pas pour longtemps.

Quand ce fut fini, elle le retourna, rentra les mains dans ses manches et essuya la crosse de la carabine qu'elle mit ensuite entre les mains du cadavre. Elle posa le canon sur ses parties et pressa son doigt à lui sur la gâchette.

L'enquête conclut à un accident de chasse et on imputa le décès à l'artère sectionnée et à l'hémorragie qui s'était ensuivie. Ce fut l'accident le plus médiatisé de l'année.

Tandis que Kimmie se sentait soulagée d'un grand poids, Ditlev, Torsten, Ulrik et Bjarne étaient, eux, dans leurs petits souliers. Elle avait disparu de la circulation et ils savaient tous que Kristian n'était pas homme à perdre la vie d'une façon aussi stupide.

Sa mort fut qualifiée d'inexplicable.

Les membres de la bande n'étaient pas de cet avis.

C'est à cette époque que Bjarne était allé se dénoncer.

Il devait se dire qu'il était le prochain sur la liste. Ou alors il avait passé un marché avec les autres. Peu importait.

Kimmie avait suivi l'affaire dans les journaux. Elle avait appris que Bjarne avait endossé la responsabilité des meurtres de Rørvig. Elle avait réfléchi à ce que cela signifiait pour elle et décidé de faire une croix sur le passé.

Elle téléphona à Ditlev Pram et lui dit que si lui et les autres voulaient vivre en paix, ils allaient devoir lui verser une certaine somme d'argent.

Les termes du contrat furent définis et tous respectèrent leur promesse.

Ils savaient où était leur intérêt. Le passé avait fini par les rattraper mais ils avaient eu droit à quelques années d'impunité.

Elle contempla le corps sans vie de Kassandra et s'étonna de ne pas en tirer plus de satisfaction.

C'est parce que tu n'as pas encore fini ! lui souffla une voix dans sa tête. *On ne s'arrête pas à mi-chemin du Paradis,* dit une autre voix.

La troisième voix ne dit rien.

Elle se secoua, sortit le petit paquet de son sac et gravit lentement les marches, racontant à sa fille comment elle jouait dans cet escalier quand elle était petite et comment elle glissait à califourchon sur la rampe lorsque personne ne la surveillait. Elle lui chanta aussi la chanson qu'elle fredonnait en boucle quand Kassandra et son père n'étaient pas là pour l'entendre.

Souvenirs d'enfance.

« Tu vas rester là sagement pendant que maman ira chercher ton nounours, mon trésor », dit-elle en posant la momie sur un oreiller.

Sa chambre était telle qu'elle l'avait laissée. Elle se souvint des mois qu'elle avait passés ici pendant que son ventre s'arrondissait. Elle savait qu'elle entrait dans cette pièce pour la dernière fois.

Elle ouvrit la porte donnant sur le balcon et avança à tâtons dans la pénombre du crépuscule, jusqu'à la tuile descellée. Voilà, c'était celle-là, exactement à l'endroit qu'elle se rappelait. Elle ôta la tuile avec une facilité déconcertante. Comme si elle ouvrait une porte aux gonds fraîchement huilés. Elle eut soudain un terrible pressentiment et son sang se glaça. Quand elle glissa la main dans le trou et qu'elle constata qu'il était vide, la sensation de froid se mua en vagues de chaleur. Elle inspecta fébrilement les tuiles autour de celle qu'elle venait d'enlever, mais elle savait bien que c'était inutile.

C'était la bonne tuile. Le bon emplacement. Et la boîte n'y était plus.

Tous les K répugnants de son existence défilèrent devant ses yeux tandis que les voix à l'intérieur de sa tête hurlaient d'un rire hystérique. Kyle, Willy K., Kassandra, Kåre, Kristian, Klavs et tous les autres. Lequel d'entre eux était revenu pour lui voler son trésor ? Etait-ce l'un de ceux qu'elle voulait détruire avec les preuves contenues dans la boîte en fer ? Etait-ce l'un des survivants ? Ditlev, Ulrik, Torsten ? Comment avaient-ils fait pour trouver sa cachette ?

Elle tremblait. Les voix se mêlaient pour n'en faire plus qu'une. Une grosse veine battait sur le dos de sa main.

Il y avait des années que ce n'était pas arrivé. Les voix étaient tombées d'accord.

Ils devaient mourir tous les trois.

Elle s'allongea, épuisée, sur le lit à côté du petit cadavre, submergée par le passé, les humiliations, l'asservissement. Elle se souvint des premières fois où son père l'avait frappée. De la bouche écarlate de sa mère, de son haleine qui puait l'alcool. Des ongles acérés qui se plantaient dans la chair de ses bras, des mains qui la pinçaient ou arrachaient ses jolis cheveux.

Quand elle avait trop mal, elle allait se cacher, ses mains tremblantes crispées autour du petit ours en peluche. Recroquevillée dans un coin sombre, elle lui parlait, se confiait à lui et il la comprenait. C'était un tout petit ours mais il savait dire les mots qu'elle avait envie d'entendre.

Ne t'en fais pas, Kimmie. Ils sont méchants. Un jour ils s'en iront. Ils disparaîtront et tu ne les verras plus.

Quand elle fut un peu plus grande, l'ours en peluche lui dit qu'ils n'avaient pas le droit de la frapper. Que si quelqu'un devait frapper, c'était elle. Il lui apprit qu'elle ne devait plus se laisser faire.

Son petit ours n'était plus là. Et avec lui le souvenir des rares instants de bonheur qu'elle avait eus dans sa jeunesse.

Elle se tourna vers le petit paquet, le caressa doucement et, bouleversée de n'avoir pu tenir sa promesse, elle chuchota :

« Je suis désolée, mon petit ange, tu n'auras pas ton nounours. »

34

Comme toujours, Ulrik était le mieux informé. Il est vrai qu'il n'avait pas passé tout son week-end à s'entraîner au maniement de l'arbalète. Ils étaient différents, et ils l'avaient toujours été. Ulrik préférait ne pas se compliquer la vie, dans la mesure du possible.

Quand son téléphone portable sonna, Ditlev était en train de tirer des flèches sur une cible qu'il avait installée sur la plage au bord du détroit de l'Øresund. Au début, ses traits passaient à côté et s'en allaient ricocher sur la surface de l'eau avant de disparaître, mais depuis deux jours chaque trait tiré atteignait le point qu'il visait. On était lundi. Il venait justement de mettre quatre flèches en croix au milieu de la cible, quand la voix affolée d'Ulrik vint gâcher son plaisir :

« Kimmie a tué Aalbæk », dit-il. « Je viens de l'entendre aux infos. Je suis sûre que c'est elle. »

En l'espace d'une seconde, Ditlev saisit toute la funeste portée de cette nouvelle.

Il écouta, tendu, le récit sommaire et pourtant confus que lui fit Ulrik de la chute fatale d'Aalbæk.

A la façon dont les médias avaient commenté les informations sibyllines de la police, il y avait tout lieu de penser qu'elle ne croyait pas à un suicide. Ce qui signifiait en langage plus clair qu'il pouvait s'agir d'un meurtre.

La situation était grave.

« Il faut qu'on se voie, tous les trois, tu comprends ? » chuchota Ulrik comme si Kimmie était déjà à portée de voix. « Si on n'est pas ensemble, elle va nous éliminer l'un après l'autre. »

Ditlev regarda l'arme qui pendait au bout de son poignet par sa lanière de cuir. Ulrik avait raison. Il fallait prendre la situation en main.

« OK », dit-il. « Pour l'instant, on fait comme on a dit. On se retrouve chez Torsten demain matin pour la partie de chasse, et demain après-midi on fait le point. N'oublie pas que ce n'est que la deuxième fois qu'elle passe à l'acte en plus de dix ans. Fais-moi confiance, Ulrik, on a le temps. »

Il regarda le détroit et peu à peu l'image devint floue. Il ne servait à rien de se voiler la face. Désormais c'était elle ou eux.

« Ecoute-moi, Ulrik », dit-il. « Je vais appeler Torsten et le mettre au courant. Pendant ce temps-là tu passes quelques coups de fil pour en savoir un peu plus. Appelle la belle-mère de Kimmie et dis-lui ce qui s'est passé, d'accord ? Essaie d'avoir des renseignements. N'importe lesquels, n'importe où. »

Il ajouta avant de raccrocher : « Et surtout, Ulrik, ne sors pas de chez toi avant demain matin. Tu m'as compris ? »

Il n'eut pas le temps de remettre le mobile dans sa poche qu'il sonnait de nouveau.

« C'est Herbert », dit une voix sans chaleur.

Le grand frère de Ditlev ne l'appelait jamais. A l'époque des meurtres de Rørvig, Herbert avait su la vérité dès qu'il avait croisé le regard de son petit frère mais il s'était tu. Il n'avait fait part de ses soupçons à personne, et il ne s'était jamais mêlé de cette histoire, se contentant de prendre ses distances. De toute façon, les deux frères ne s'aimaient pas beaucoup. Dans la famille Pram, on n'était pas particulièrement enclin aux effusions sentimentales.

Et pourtant, Herbert s'était montré à la hauteur de la situation, jadis. Sans doute à cause de sa peur du scandale, un sentiment qui, chez lui, dominait tous les autres. L'angoisse de voir tout ce qu'il représentait traîné dans la fange lui avait scellé les lèvres.

C'est pour cela que Ditlev avait fait appel à lui quand il avait fallu stopper l'enquête du département V.

C'était à ce sujet que Herbert lui téléphonait.

« J'appelle pour te dire que le département V a repris l'enquête. Je ne peux pas t'en dire plus, parce que mon informateur à l'hôtel de police s'est fait griller, mais en tout cas Carl Mørck est au courant que j'ai essayé de lui mettre des bâtons dans les roues. Je suis désolé, Ditlev, mais il va falloir faire profil bas. »

Ditlev sentit la panique monter.

Il joignit Torsten Florin au moment où le prince de la mode sortait de sa place de parking chez Brand Nation. Il venait d'apprendre la mort d'Aalbæk et, à l'instar d'Ulrik et de Ditlev, il était persuadé que c'était l'œuvre de Kimmie. En revanche, il ignorait que Carl Mørck et son département V avaient remis la main à la pâte.

« Bref, on est dans la merde », résuma-t-il.

« Tu veux annuler la partie de chasse ? » demanda Ditlev.

Le long silence qui suivit était éloquent.

« Non, c'est hors de question ! Si on ne le tue pas, ce renard va crever sans notre aide », dit enfin Torsten. Ditlev songea qu'il avait dû passer tout le week-end à prendre son pied en regardant souffrir le renard enragé. « Tu l'aurais vu ce matin », dit Torsten, « il était fou furieux. » Il marqua un temps et ajouta : « Laisse-moi réfléchir. »

Ditlev connaissait Torsten par cœur. En ce moment, sa passion de tuer luttait contre sa raison. Torsten savait que c'était la raison et non la passion qui lui avait permis de réussir dans sa vie professionnelle et de bâtir l'empire qu'il dirigeait depuis vingt ans. Dans un instant, il allait se mettre à prier. C'était encore une autre facette de son personnage. Quand il ne parvenait pas à résoudre un problème tout seul, il y avait toujours un Dieu quelconque pour lui venir en aide.

Ditlev ficha les écouteurs de son portable dans ses oreilles, mit le téléphone dans sa poche, sortit un nouveau trait de son carquois, arma l'arbalète et visa l'un des piliers de l'ancien ponton. Un goéland venait tout juste de se poser dessus pour nettoyer les embruns qui collaient ses plumes. Ditlev calcula la distance et la direction du vent et relâcha la corde aussi délicatement que s'il avait caressé la joue d'un bébé du bout de son doigt.

L'oiseau ne souffrit pas, ne se rendit compte de rien. Il tomba simplement et son corps transpercé de part en part flotta dans l'eau peu profonde pendant que Torsten marmonnait sa prière dans l'oreille de Ditlev.

Transcendé par ce tir parfait, celui-ci prit la direction des opérations.

« On passe à l'action, Torsten », commanda-t-il. « Ce soir, tu vas réunir tous tes Somaliens et tu vas leur dire de guetter Kimmie. Dis-leur d'être vigilants, Torsten. Montre-leur une photo d'elle. Promets-leur une super-récompense s'ils la capturent.

— D'accord, c'est une bonne idée. Et les autres ? Qu'est-ce qu'on en fait ? On ne peut pas avoir Krum et tous ces connards dans les pattes sur le terrain.

— Bien sûr que si ! Plus on est de monde, mieux c'est. Si elle s'approche de nous, il faut qu'on ait un maximum de témoins quand on va lui tirer dessus avec les arbalètes. »

Ditlev effleura l'arme et jeta un coup d'œil vers la petite tache blanche que les vagues commençaient à submerger.

« Kimmie sera la bienvenue parmi nous », dit-il tout doucement. « Nous nous sommes bien compris, Torsten ? »

Il n'entendit pas la réponse parce que au même moment la secrétaire l'appelait depuis la terrasse du pavillon Caracas. Apparemment, pour autant qu'il pouvait en juger de cette distance, elle agitait la main près de son oreille.

« Je crois que quelqu'un cherche à me joindre, Torsten. Je raccroche. A demain matin, alors ? Fais attention à toi. »

Ils raccrochèrent simultanément, et une seconde plus tard le téléphone de Ditlev sonnait une fois de plus.

476

« Vous avez encore désactivé la fonction *signal d'appel*, Ditlev ? »

C'était son assistante. Elle était toujours sur la terrasse de l'hôpital mais elle ne gigotait plus.

« Ce serait bien que vous la remettiez, sinon je ne peux pas vous prévenir quand il y a une urgence. En fait, c'est un peu la panique ici. Il y a un type qui met son nez partout en prétendant qu'il s'appelle Carl Mørck et qu'il est vice-commissaire de police. Qu'est-ce que vous voulez qu'on fasse de lui, Ditlev ? Vous voulez lui parler ou pas ? Il ne nous a pas montré de mandat et je ne crois pas qu'il en ait un. »

Ditlev sentit les embruns sur son visage. Mais il ne sentait absolument rien d'autre. Vingt ans s'étaient écoulés depuis la première agression, et pendant toutes ces années il avait puisé toute son énergie dans la tension diffuse et l'inquiétude latente qui l'habitaient en permanence.

En ce moment, il n'éprouvait rien. Et cette absence de sensation n'était pas bon signe.

« Non », répondit-il. « Dites-lui que je suis en voyage. »

Le cadavre du goéland venait de disparaître dans les vagues presque noires.

« Dites-lui que je suis en déplacement, fichez-le dehors et qu'il aille au diable. »

35

Carl avait l'impression d'avoir attaqué sa semaine environ dix minutes après être allé se coucher.

Il s'était senti patraque toute la journée du dimanche. Il avait dormi comme une souche pendant le voyage du retour et les hôtesses peu aimables avaient eu toutes les peines du monde à le réveiller au moment de l'atterrissage. En réalité, elles avaient presque été obligées de le porter hors de l'avion, où le personnel au sol avait pris le relais pour le conduire au poste de secours en voiturette électrique.

« Combien de comprimés avez-vous pris ? » lui avaient-ils demandé. Mais il s'était déjà rendormi et n'avait pas pu leur répondre.

Paradoxalement, il s'était réveillé au moment où il aurait enfin pu aller se coucher.

« T'étais où, aujourd'hui ? » lui demanda Morten Holland en le voyant débarquer, titubant comme un zombie, dans la cuisine. Carl s'était retrouvé avec un martini à la main en moins de temps qu'il n'en faut pour dire *non merci*. Du coup il avait mis quelques heures à retrouver le chemin de son lit.

« Tu devrais te trouver une fiancée », avait philosophé Morten vers quatre heures du matin, heure à laquelle Jesper les avait rejoints et l'avait gratifié lui aussi de divers conseils sur les femmes et l'amour.

Quand Carl prit conscience qu'il était debout, à quatre heures du matin, en train d'écouter les conseils amoureux d'un punk de canapé âgé de seize ans et d'un homosexuel qui n'avait pas encore fait son coming out, il comprit que certains médicaments devaient être consommés à petites doses. S'il continuait comme ça, il finirait par aller pleurer sur l'épaule de Vigga, la maman de Jesper. Il l'entendait déjà : *Qu'est-ce qui t'arrive, Carl ? Tu déprimes ? Tu sais quoi ? Tu devrais essayer la* Rhodiola rosea*. C'est bon pour plein de choses.*

En arrivant à l'hôtel de police, il croisa Lars Bjørn, qui n'avait pas bonne mine non plus.

« C'est cette fichue affaire d'agressions dans les containers de poubelles », lui dit-il, en guise d'explication.

Ils saluèrent le policier en faction dans l'« aquarium » de la réception et marchèrent côte à côte sous les arcades.

« Je suppose que vous avez fait le rapprochement entre Store Kannikestræde et Store Søndervoldstræde. Vous faites surveiller les autres rues ?

— Absolument, nous patrouillons régulièrement dans Store Strandstræde et Store Kirkestræde. Nous avons mis des femmes policiers en civil sur place, pour appâter l'agresseur. D'ailleurs j'en profite pour te dire que nous ne pouvons ajouter personne sur ton affaire en ce moment, mais tu l'avais compris. »

Carl acquiesça. Pour l'instant il s'en foutait royalement. Si la sensation de manquer de sommeil, d'être complètement vaseux et d'avoir deux neurones en état de marche était ce qu'on appelait le *jetlag*, décidément la notion de *voyage de rêve* lui échappait. Voyager était pour lui un pur cauchemar.

Rose vint à sa rencontre dans le couloir du sous-sol avec aux lèvres un sourire qu'il avait bien l'intention de lui faire bouffer sous peu. « Alors, c'était comment Madrid ? » lui demanda-t-elle. « Vous avez eu le temps de danser le flamenco ? »

Il préféra ne pas lui répondre.

« Allez, Carl, racontez-nous ce que vous avez vu ! »

Il braqua un regard épuisé sur elle. « Si l'on fait abstraction de la tour Eiffel dans le brouillard et de l'intérieur de mes paupières, je n'ai rien vu du tout. »

Elle ouvrit la bouche pour lui poser une autre question. Visiblement elle n'avait rien compris.

« Rose, écoute-moi bien. Si tu me fais encore un coup de ce genre, tu pourras te considérer comme une ancienne collaboratrice du département V. »

Il la poussa de son chemin et piqua droit sur son fauteuil de bureau. Le siège qui lui tendait les bras lui sembla plus attrayant que jamais. Quatre ou cinq heures de sieste les pieds sur le bureau, et il serait un homme neuf.

« Qu'est-ce qui se passe, alors ? » claironna la voix d'Assad, au moment où Carl plongeait dans les bras de Morphée.

Il haussa les épaules. Rien de particulier. Juste qu'il était en train de tomber en miettes. Ils n'avaient pas les yeux en face des trous ou quoi ?

« Rose est très triste. Vous lui avez parlé méchamment, Chef. »

Il faillit se mettre en colère, quand il remarqua la liasse de documents qu'Assad tenait sous le bras.

« Tu as quelque chose pour moi ? » lui demanda-t-il avec lassitude.

Assad s'assit sur l'une des monstruosités métalliques de Rose. « On n'a pas encore retrouvé Kimmie Lassen. Elle est recherchée partout, c'est juste une question de temps.

— Il y a du nouveau sur l'explosion ? Ils ont trouvé des indices ?

— Rien du tout. Je crois qu'ils n'ont pas fini. » Il posa ses papiers sur ses genoux et se mit à les feuilleter. « J'ai parlé à un homme qui travaille chez Løgstrup, Hegn. Il a été très gentil. Il a dû interroger tout le personnel de la société pour trouver quelqu'un qui était au courant à propos de la clé de la grille.

— Très bien », dit Carl, sans ouvrir les yeux.

« Une personne de chez eux a envoyé un serrurier à Ingerslevsgade pour aider une femme du ministère des Transports qui avait besoin d'un double de la clé de la grille.

— Tu as pu avoir une description de cette femme, Assad ? Je suppose qu'il s'agissait de Kimmie Lassen ?

— Non, personne ne se souvenait du nom du serrurier, alors je n'ai pas eu de signalement. J'ai transmis tout ça aux gars d'en haut. Je me suis dit qu'ils seraient peut-être contents de savoir qui avait accès à la maison qui a explosé.

— Parfait, Assad. Alors on laisse tomber.

— On laisse tomber quoi, alors ?

— Je veux dire, on abandonne cette piste-là, Assad. Maintenant, j'ai besoin que tu fasses un dossier sur les trois membres de la bande qui ne sont pas en cabane. Ditlev, Ulrik et Torsten. Débrouille-toi pour en savoir le maximum. Impôts, créations d'entreprises, lieu de résidence, statut marital, etc. Essaye de réunir tous ces renseignements sans qu'ils le sachent.

— Je commence par qui, alors ? J'ai beaucoup d'éléments sur eux déjà.

— C'est du bon travail, Assad. Et sinon, on a autre chose à se dire ?

— Le département des homicides là-haut a trouvé beaucoup de communications avec Ditlev Pram sur le mobile d'Aalbæk. »

Tu parles d'un scoop.

« C'est bien, Assad. Comme ça on est sûrs qu'il y a un rapport entre eux et l'affaire qui nous intéresse. Quand on ira voir Pram, on aura une entrée en matière.

— Une entrée où ça ? »

Carl ouvrit les yeux et vit le regard perplexe d'Assad. C'était tout de même un peu compliqué parfois. Ce serait peut-être une bonne idée de l'envoyer prendre quelques cours de danois. D'un autre côté, il risquait de se mettre à parler comme un fonctionnaire.

« J'ai aussi eu des nouvelles de Klavs Jeppesen », dit Assad, voyant que Carl n'avait pas relevé sa question.

« Parfait, Assad. » Il se demanda combien de fois il avait complimenté Assad, ces dernières dix minutes. Il ne faudrait pas non plus qu'il prenne la grosse tête. « Et il va bien ?

— Non, il est à l'hôpital. »

Carl se redressa. Aïe !

Assad fit le geste de se trancher le poignet. « Vous voyez ce que je veux dire.

— Merde ! Pourquoi il a fait ça ? Il va s'en sortir ?

— Oui. Je suis passé le voir hier.

— Très bien, Assad. Et alors ?

— Alors, rien de spécial. Juste un homme sans os vertébraux. »

Sans os vertébraux, décidément, ces cours de danois ne seraient pas superflus.

« Il m'a dit qu'il avait failli le faire déjà plusieurs fois ces dernières années. »

Carl secoua la tête. Aucune femme ne l'avait jamais mis dans cet état-là, lui… malheureusement.

« Il avait autre chose à te dire ?

— Je ne sais pas, je me suis fait virer par les infirmières. »

Carl eut un petit sourire ironique. Assad devait commencer à s'habituer.

L'expression du visage de son assistant changea. « J'ai vu un nouveau au deuxième étage tout à l'heure. Je crois qu'il est irakien. Vous savez ce qu'il fait ici ?

— Oui, il remplace Bak. Il vient de Rødovre. Je l'ai rencontré samedi dans la tour HLM d'Aalbæk. Tu ne le connais pas ? Il s'appelle Samir. J'ai oublié son nom de famille. »

Assad leva la tête imperceptiblement. Ses grosses lèvres s'ouvrirent légèrement et un faisceau de fines rides se dessina autour de ses yeux. On ne pouvait pas appeler cela un sourire. L'espace d'un instant, il eut l'air complètement ailleurs.

« Je vois », dit-il à voix basse en hochant la tête deux, trois fois de suite. « Il remplace Bak, alors. Donc il va rester ?

— Oui, je présume. Ça te pose un problème ? »

Aussi soudainement que lorsque le soleil réapparaît derrière un nuage, la figure d'Assad s'illumina. Il regarda Carl droit dans les yeux avec son air le plus jovial et dit : « Il faut vous réconcilier avec Rose, Chef. Elle travaille très dur et elle est vraiment… gentille. Vous savez comment elle m'a appelé ce matin ? »

Il n'allait probablement pas tarder à le savoir.

« Elle m'a appelé son Bédouin préféré. C'est pas gentil ça, alors ? » Sa figure se fendit en un large sourire ravi.

Ce type n'avait aucun sens de l'ironie.

Carl mit son téléphone à recharger et consulta le tableau blanc. L'étape suivante était de prendre contact avec un ou plusieurs membres de la bande. Il faudrait qu'il emmène Assad pour avoir un témoin si l'un d'entre eux se montrait bavard.

Et puis il n'avait pas encore interrogé leur avocat.

Il se frotta le menton et se mordit la joue. Quel con il avait été de faire ce numéro à la femme de Krum ! Aller lui faire croire que son mari avait une aventure avec sa femme à lui ! Cela n'allait pas l'inciter à lui accorder un rendez-vous.

Il lut le numéro de l'avocat sur le tableau blanc et le composa.

« Agnete Krum », lui répondit-on.

Il s'éclaircit la gorge et prit une petite voix flûtée. Parfois, quand on est connu, il vaut mieux ne pas être reconnu.

« Puis-je parler à Bent Krum ?

— Non », répondit-elle. « Il n'habite plus ici. Si vous voulez le joindre, il faudra l'appeler sur son portable. » Elle lui donna le numéro d'une voix triste.

Il le composa et écouta le message du répondeur dans lequel l'avocat expliquait qu'il était en train de s'occuper de son voilier et serait joignable à ce même numéro le lendemain entre neuf heures et dix heures.

« Et puis quoi encore ? » marmonna Carl en rappelant la femme. « Le bateau se trouve dans la marina de Rungsted », l'informa-t-elle.

Ben voyons !

« Assad, on sort ! » cria-t-il en direction du cagibi de son assistant. « Je passe un dernier coup de fil et on y va, OK ? »

Il appela son ancien collègue et concurrent du commissariat de *Station City*, Brandur Isaksen, un type moitié groenlandais, moitié féringien, et résolument arctique, tant dans sa personnalité que dans son comportement. On l'avait surnommé le Glaçon de Halmtorvet.

« Qu'est-ce que tu me veux ? » dit-il quand il eut Carl en ligne.

« Je voudrais des informations sur une dénommée Rose Knudsen. Je me suis laissé dire qu'elle avait eu quelques soucis à l'époque où elle était chez vous. Tu peux m'en dire un peu plus ? »

Carl s'attendait à tout sauf à une explosion d'hilarité.

« C'est toi qui en as hérité ? » dit Isaksen. Ce rire avait vraiment quelque chose d'inquiétant quand on connaissait l'individu. L'entendre rigoler était à peu près aussi inhabituel que de l'entendre dire quelque chose de gentil.

« Je te la fais courte. Elle est rentrée en marche arrière dans les véhicules privés de trois gars du commissariat. Elle a posé une bouteille thermos qui fuyait sur les notes manuscrites du patron juste avant la réunion hebdomadaire. Elle menait toutes les secrétaires à la baguette. Elle se mêlait du boulot des enquêteurs et les harcelait à longueur de journée et enfin, si j'ai bien compris, elle a baisé avec deux inspecteurs le jour du repas de Noël. » A entendre comment il s'esclaffait à l'autre bout de la ligne, Carl se dit qu'il devait au moins être tombé de sa chaise. « Alors, c'est toi qui l'as récupérée, Carl ? Eh ben, ma poule, si tu veux un bon conseil : évite de la faire boire. »

Carl soupira. « C'est tout ? » demanda-t-il.

« Oui, à part qu'elle a une sœur jumelle, enfin pas une vraie jumelle, mais en tout cas presque aussi cinglée qu'elle.

— Et alors ?

— Si un jour tu l'entends appeler sa sœur du bureau, écoute leur conversation et tu vas savoir ce que c'est que deux bonnes femmes qui papotent. Donc, pour résumer, elle est maladroite, ingérable dans le boulot et la plupart du temps elle fait carrément preuve de mauvaise volonté. »

Bref, rien qu'il ne sache déjà, hormis le problème d'alcool.

Après avoir raccroché, Carl resta un long moment à regarder dans le vide, tendant l'oreille pour essayer d'entendre ce qui se passait dans le bureau de Rose.

Finalement, il se rendit dans le couloir, sur la pointe des pieds. C'était bien ça, elle était en train de parler au téléphone.

Il se posta juste devant sa porte, de profil afin de ne pas perdre une miette de la conversation.

« Oui », disait Rose. « On ne peut pas faire autrement. Ah ça, c'est sûr. Ah oui, vraiment ? OK, c'est génial », et autre babil sans intérêt.

Carl entra et la regarda avec sévérité. On ne sait jamais, cela la déstabiliserait peut-être un tout petit peu.

Elle mit deux longues minutes à raccrocher. L'autorité glissait sur elle comme l'eau sur les plumes d'un canard.

« Ça va, tu ne t'ennuies pas ? C'était sympa, ta petite conversation entre amis ? » lui demanda-t-il, mielleux. Autant pisser dans un violon. L'idiote n'en avait rien à foutre.

« Entre amis ? » dit-elle, inspirant profondément. « Oui, si on veut. C'était le chef de cabinet du ministre de l'Intérieur. Il appelait pour dire qu'ils ont reçu un mail de la police criminelle d'Oslo, qui couvre le département V d'éloges et trouve que le travail que nous accomplissons est ce qui s'est fait de plus intéressant dans l'histoire de la criminologie en Europe du Nord depuis vingt-cinq ans. Et à part ça, on se demande là-bas au ministère pourquoi vous refusez le poste de commissaire de police. »

Carl déglutit péniblement. Ils n'allaient pas recommencer avec ces conneries ? Il était hors de question qu'il retourne sur les bancs de l'école. Même Marcus avait cessé d'aborder le sujet avec lui.

« Et qu'est-ce que tu as répondu ?

— J'ai préféré changer de sujet. Que vouliez-vous que je réponde ? »

Good girl, pensa-t-il.

« Dis-moi Rose », reprit-il, au prix d'un gros effort. Il n'était pas facile de faire des excuses quand on venait d'un quartier sensible comme Brønderslev. « J'ai été un peu désagréable tout à l'heure. Je suis désolé. Ce voyage à Madrid n'était pas si mal que ça. Quand j'y pense, c'était même plutôt sympa. Par exemple, j'ai vu un mendiant édenté, je me suis fait voler toutes mes cartes de crédit et j'ai dû tenir la main moite d'une parfaite inconnue pendant deux mille kilomètres. Je te demande juste de me briefer un peu avant, la prochaine fois, d'accord ? »

Elle sourit.

« Ah, une dernière chose, Rose. Est-ce toi qui as parlé au téléphone à la femme de chambre de Kassandra Lassen ? Je n'avais pas ma carte de police, si tu te souviens bien, et elle a appelé pour vérifier que j'étais bien la personne que je prétendais être.

— Oui, c'est moi.

— Elle t'a demandé de me décrire. Cela t'ennuierait de me répéter ce que tu lui as dit ? »

Deux fossettes mutines se creusèrent dans ses joues.

« Oh, rien de spécial, j'ai seulement dit que si le type en question portait une ceinture marron, des grosses tatanes avachies taille quarante-cinq et qu'il ne ressemblait à rien, il y avait de grandes chances que ce soit vous. Et que si en plus elle voyait une zone légèrement dégarnie sur le haut de son crâne, qui avait la forme d'une paire de fesses, il n'y avait plus le moindre doute. »

Elle est vraiment sans pitié, se dit-il en se passant involontairement la main dans les cheveux.

Ils trouvèrent Bent Krum au bout du ponton n°11, assis confortablement dans un fauteuil, à l'arrière d'un yacht à moteur qui devait coûter bien plus que ne pesait l'avocat financièrement.

Un garçon très serviable, interrogé devant le restaurant thaï en front de mer, leur avait expliqué qu'il s'agissait d'un Princess V42.

Maître Krum n'eut pas l'air fou de joie de voir monter à bord de son paradis blanc un représentant de l'ordre, suivi d'un échantillon à moitié chauve et très bronzé du *Danemark terre d'accueil*.

Carl ne lui laissa pas le temps de brandir ses arguments légaux pour les chasser.

« J'ai parlé à Valdemar Florin, dit-il en guise de préambule. Il m'a renvoyé vers vous. Il semblait croire que vous étiez la personne la mieux placée pour plaider la cause de la famille. Vous auriez cinq minutes à nous accorder ? »

Bent Krum remonta ses lunettes de soleil sur son front. Il aurait aussi bien pu les y mettre dès le départ, vu que le soleil brillait surtout par son absence. « D'accord, mais cinq, et pas une de plus. Ma femme m'attend. »

Carl fit un grand sourire qui voulait dire : *Ah, vraiment ?* En vieux briscard qu'il était, Bent Krum le comprit instantanément. Ça lui apprendrait à se méfier la prochaine fois qu'il voudrait leur mentir.

« Valdemar Florin et vous-même étiez présents en 1986 quand la bande du pensionnat a été amenée au commissariat de Holbæk parce qu'on soupçonnait ses membres d'avoir commis les meurtres de Rørvig. Il a suggéré en ma présence qu'un ou deux de ces jeunes gens s'étaient distingués des autres lors de cette audition. Il pense que vous êtes plus apte que lui à approfondir cette question. Pouvez-vous me dire ce qu'il entendait par là ? »

L'avocat était pâle. Ce n'était pas une question de pigmentation. Il avait plutôt l'air exsangue. Il devait être usé par toutes les ignominies qu'il lui avait fallu couvrir depuis qu'il faisait ce métier. Carl avait souvent observé ce phénomène. Personne au monde n'a aussi mauvaise mine qu'un flic qui a accumulé les échecs, à part un avocat qui a accumulé les victoires.

« Se distinguer ? Je ne vois pas ce que vous voulez dire. Ils se distinguaient tous, chacun à leur manière. Des jeunes gens très capables. Leur réussite professionnelle l'a prouvé par la suite, n'est ce pas ?

— Ouais », dit Carl. « Je ne suis pas sûr d'être bon juge en la matière. Mais entre le gars qui se met un coup de carabine dans les roubignolles, celui qui gagne sa vie en bourrant les femmes de botox et de silicone, le troisième qui fait défiler des gamines anorexiques pendant que les gens se rincent l'œil, un quatrième qui purge perpète, le cinquième dont la spécialité est de permettre à des riches de gagner du fric sur le dos de petits épargnants mal informés, et la dernière qui est dans la rue depuis maintenant douze ans, en fait, je ne sais pas quoi en penser.

— Je vous conseille de ne pas dire ce genre de choses en public », répliqua Krum, déjà prêt à lui faire un procès en diffamation.

« Vous avez absolument raison, et c'est bien pour cela que je le dis ici. » Il écarta les bras, englobant l'environnement de teck, de gelcoat impeccablement poli et de chrome étincelant. Peut-on imaginer un endroit plus privé que celui-ci ? » dit-il en souriant. On aurait presque pu prendre ça pour un compliment.

« Et Kimmie Lassen ? » poursuivit Carl. « Est-ce qu'elle ne se distinguait pas un peu ? J'avais l'impression qu'elle était un personnage assez central dans le fonctionnement de cette bande. Mon petit doigt me dit que Florin, Dybbøl-Jensen et Pram avaient tout intérêt à ce qu'elle disparaisse de la circulation. »

Le visage de Bent Krum se fendit d'un rictus pas très flatteur. « Je vous signale qu'elle a déjà disparu. Et de son plein gré, qui plus est ! »

Carl se tourna vers son assistant. « Tu as noté ça, Assad ? »

Il leva son crayon en l'air en signe d'assentiment.

« Merci », dit Carl. « Ce sera tout. »

Ils se levèrent.

« Pardon ? » s'exclama Krum. « Il a noté quoi ? Il s'est passé quoi là ?

— Oh, rien ! Vous avez juste avoué que la bande avait intérêt à ce que Kimmie disparaisse.

— Certainement pas.

— Il n'a pas dit ça, Assad ? »

Le petit homme secoua énergiquement la tête. Le moins qu'on puisse dire, c'est qu'il était loyal.

« Nous disposons de toutes sortes d'indices qui nous poussent à croire que c'est la bande du pensionnat qui a tué les deux jeunes à Rørvig. Et je ne parle pas juste de Bjarne Thøgersen, là. Je pense donc que nous sommes appelés à nous revoir, mon cher Maître. Nous allons vous faire rencontrer tout un tas de gens. Vous avez entendu parler de certains d'entre eux, d'autres vous sont totalement inconnus. Ils sont tous très intéressants et ils ont une excellente mémoire. Juste à titre d'exemple, je citerais Mannfred Sloth, un ami de Kåre Bruno. »

Krum ne réagit pas.

« Je pense aussi à un ancien professeur de l'école privée, Klavs Jeppesen. Sans parler de Kyle Basset, que j'ai vu hier à Madrid. »

Krum s'anima. « Une seconde ! » dit-il, agrippant Carl par le bras. Carl n'eut qu'à tourner les yeux vers la main de Krum pour qu'il le lâche instantanément.

« Cher Maître, nous savons l'intérêt personnel que vous avez à ce que nos amis se portent bien et qu'il ne leur arrive rien de fâcheux. Nous savons par exemple que vous êtes président du bureau à la clinique privée Caracas. C'est peut-être même ce poste à lui seul qui vous permet de vivre dans un environnement aussi plaisant. » Carl désigna d'un geste circulaire le détroit et les luxueux restaurants du front de mer.

Dans quelques instants Bent Krum allait frénétiquement chercher à joindre tous les membres de la bande.

Ils seraient bien mûrs quand Carl leur fondrait dessus, et il n'aurait plus qu'à les cueillir.

Assad et Carl entrèrent dans la clinique Caracas comme s'ils voulaient visiter les lieux avant de se décider pour une petite séance de liposuccion. La réceptionniste tenta de les intercepter, mais Carl continua à avancer d'un pas déterminé vers ce qui ressemblait à des bureaux.

« Où est Ditlev Pram ? » demanda-t-il à une secrétaire quand il eut enfin trouvé une porte avec une plaque indiquant : DITLEV PRAM, P-DG.

Elle s'était déjà emparée de son téléphone pour appeler la sécurité quand il lui présenta sa carte de police, accompagnée d'un sourire que même sa propre mère, à qui on ne faisait pas prendre des vessies pour des lanternes, aurait trouvé irrésistible. « Nous sommes désolés de débarquer ainsi à l'improviste, mais nous devons absolument parler à Ditlev Pram. Pourriez-vous l'appeler s'il vous plaît ? Cela nous serait agréable et je suis persuadé qu'il sera heureux de nous recevoir. »

Elle n'était pas née de la dernière pluie.

« Je regrette mais M. Pram est en déplacement aujourd'hui », dit-elle avec autorité. « Je peux peut-être vous fixer un rendez-vous… Que diriez-vous du 22 octobre à quatorze heures quinze ? »

Zut, ils ne parleraient pas à Pram aujourd'hui.

« Je vous remercie, nous le rappellerons », dit Carl en traînant Assad derrière lui.

Elle allait évidemment prévenir son patron de leur visite aussitôt qu'ils auraient le dos tourné. Elle était déjà sortie sur la terrasse pour téléphoner. Excellente secrétaire.

« On nous a dit d'aller là-bas », annonça Carl à la réceptionniste en désignant l'aile du bâtiment où se trouvaient les chambres.

Les patients les regardèrent passer avec intérêt et ils les saluèrent tous de la tête avec courtoisie.

Quand ils eurent passé les salles d'opération, ils s'arrêtèrent un instant pour voir si Pram arrivait. Ils longèrent ensuite quelques chambres individuelles où ils entendirent un fond sonore de musique classique. Enfin ils parvinrent dans le bâtiment des agents de propreté, vêtus d'uniformes à l'hygiène discutable.

Ils saluèrent ensuite le personnel des cuisines et arrivèrent enfin à la blanchisserie, où quelques femmes au type asiatique les suivirent des yeux d'un air effrayé.

Carl était prêt à parier que ces femmes auraient disparu de cet endroit moins d'une heure plus tard, si Pram apprenait qu'ils étaient venus jusque-là.

Assad sembla perdu dans ses réflexions pendant presque tout le trajet du retour. En arrivant à Klampenborg, il se tourna vers Carl et lui dit : « Où iriez-vous si vous étiez Kimmie Lassen ? »

Carl haussa les épaules. Difficile à dire ! Kimmie n'était pas facile à cerner. Elle semblait aborder l'existence en se fiant exclusivement à son instinct. Elle pouvait être n'importe où.

« Elle n'était pas contente qu'Aalbæk la suive. Elle et les hommes de la bande n'étaient plus comme cul et pantalon ! Vous êtes d'accord, Chef ?

— Cul et chemise, Assad. Cul et chemise.

— Le bureau des homicides dit qu'Aalbæk a passé la soirée de samedi dans une boîte qui s'appelle Damhuskroen. Je vous l'ai dit ?

— Non, mais j'étais au courant.

— Et il est reparti avec une femme, alors.

— Ça, je l'ignorais.

— Ce que je veux dire, Chef, c'est que si c'est elle qui a tué Aalbæk, les autres sont fâchés maintenant. »

C'était un euphémisme.

« Et entre eux, c'est la guerre, alors. »

Carl hocha la tête d'un air las. Ces dernières journées commençaient à peser, sur son moral et sur son corps. La pédale d'accélérateur lui parut soudain incroyablement dure sous le pied.

« Vous ne pensez pas qu'elle voudra retourner dans la maison où vous avez trouvé la boîte, pour se servir des preuves qu'elle a cachées à l'intérieur ? »

Carl acquiesça lentement. C'était une possibilité, en effet. Il en entrevoyait une autre, et c'était de se garer sur le côté pour faire un petit somme.

« Si on y allait, Chef ? » proposa Assad.

La maison était fermée et plongée dans l'obscurité. Ils sonnèrent à la porte plusieurs fois, trouvèrent le numéro de téléphone et le composèrent. Ils l'entendaient sonner à l'intérieur mais personne ne décrochait. Ils étaient venus pour rien. Carl voulut repartir. Après tout, les vieilles dames avaient elles aussi le droit d'avoir une vie privée.

« Allez, on y va. Je te laisse conduire. Je vais faire un petit somme. »

Rose était en train de ranger ses affaires pour s'en aller quand ils arrivèrent au bureau. Elle déclara qu'elle avait envie de rentrer chez elle et qu'ils ne la reverraient que le surlendemain. Elle était fatiguée, elle avait travaillé dur vendredi soir, samedi et une partie de la journée de dimanche. Elle avait largement justifié son salaire.

Carl se dit qu'elle lui enlevait les mots de la bouche.

« Au fait », dit-elle, « j'ai eu quelqu'un de l'université de Berne, en Suisse, qui a retrouvé le dossier de Kimmie. »

C'était le dernier point de la liste. Si elle a travaillé dans l'ordre chronologique, elle a fait tout ce que je lui ai demandé, se dit Carl, épaté.

« C'était une bonne élève. D'après la personne que j'ai eue au bout du fil, c'était une fille sérieuse et sans histoires. A part qu'elle a perdu son petit ami dans un accident de ski, il semble que son séjour là-bas se soit déroulé sans événement particulier.

— Un accident de ski ?

— Oui, ça s'est produit dans des conditions un peu bizarres. D'ailleurs il leur arrive encore aujourd'hui

495

d'en parler de temps en temps. Son copain était un bon skieur qui connaissait bien la montagne. Pas le genre à aller faire du hors-piste dans les rochers si la neige n'était pas bonne. »

Carl hocha la tête. Un sport dangereux, le ski.

Il croisa Mona Ibsen dans la cour de l'hôtel de police. Elle avait son grand sac en bandoulière et ce regard qui disait *non merci* avant qu'on lui ait demandé quoi que ce soit.

« J'envisage très sérieusement de ramener Hardy chez moi », dit-il d'une voix posée. « Mais je crains de manquer de recul pour évaluer les conséquences psychologiques que cela pourrait avoir sur lui et sur nous, à la maison. »

Il attendit sa réaction d'un air apparemment indifférent. Pour une fois, il avait eu une idée de génie. En effet, lorsqu'il lui proposa d'aller manger un bout afin qu'ils puissent discuter de l'influence d'une telle décision sur toutes les parties en présence, elle lui répondit par l'affirmative.

« Pourquoi pas ? » dit-elle en lui décochant l'un de ces sourires qui le mettaient toujours K-O debout. « De toute façon, j'avais un petit creux. »

Carl n'en croyait pas ses oreilles. Il ne savait plus quoi dire. Il soutint son regard, tout en se demandant s'il serait à la hauteur.

Ils avaient passé une heure à table, et Mona Ibsen commençait à se dégeler un peu quand soudain il fut submergé par une telle vague de soulagement et de bien-être qu'il s'endormit comme une masse, la tête artistiquement posée au milieu de son assiette entre le steak et les brocolis.

36

Le lundi matin les voix s'étaient tues.

Kimmie se réveilla lentement et regarda autour d'elle, désorientée, la tête vide, couchée dans le lit de sa chambre de jeune fille. L'espace d'un instant, elle crut qu'elle avait encore treize ans et qu'elle avait eu une panne de réveil. Combien de fois avait-elle été jetée dehors, le ventre vide, poursuivie jusque dans la rue par les cris et les reproches de son père et de Kassandra ! Combien de journées avait-elle passées sur les bancs de l'école d'Ordrup, les entrailles tordues par la faim, à penser à n'importe quoi pourvu que cela lui permette d'échapper à la réalité ?

Tout à coup le souvenir des événements de la veille lui revint et elle revit les yeux morts et exorbités de Kassandra.

Alors elle se mit à chanter la berceuse de son enfance.

Quand elle fut habillée, elle prit le petit paquet et descendit au rez-de-chaussée. Elle jeta un rapide coup d'œil vers le salon où gisait le corps de Kassandra et continua jusqu'à la cuisine où elle chuchota à sa petite fille diverses possibilités de menus pour le petit-déjeuner.

Le téléphone sonna.

Elle haussa légèrement les épaules et souleva le combiné avec une petite hésitation. « Oui », dit-elle d'une voix affectée et rauque. « Kassandra Lassen à l'appareil. A qui ai-je l'honneur ? »

Elle reconnut tout de suite la voix d'Ulrik.

« Excusez-moi de vous déranger, c'est Ulrik Dybbøl-Jensen à l'appareil, vous vous souvenez peut-être de moi ? Voilà. Nous avons de bonnes raisons de croire que Kimmie va venir vous voir. Si c'est le cas, nous vous conseillons vivement d'être très prudente, et surtout de nous prévenir dans les plus brefs délais. »

Kimmie regarda par la fenêtre de la cuisine. S'ils arrivaient par là, ils ne pourraient pas la voir tant qu'elle resterait cachée derrière la porte. Kassandra était équipée en couteaux de cuisine haut de gamme. Ils taillaient aussi bien dans le dur que dans le tendre.

« Si elle vient, il va falloir faire très attention à vous, madame Lassen. Surtout ne la contrariez pas. Faites-la entrer et essayez de la retenir. Et appelez-nous, afin que nous puissions venir à votre aide en cas de problème. » Il rit doucement, sans doute pour se convaincre lui-même que sa proposition tenait la route. Il savait aussi bien qu'elle que personne au monde ne pourrait sauver Kassandra Lassen si Kimmie avait décidé de s'en prendre à elle.

Ulrik lui dicta trois numéros de portable qu'elle connaissait par cœur. Celui de Ditlev, celui de Torsten et le sien.

« Mille mercis de m'avoir prévenue », dit-elle, et le plus drôle était qu'elle le pensait sincèrement. « Mais puis-je vous demander où vous vous trouvez ? Pour le cas où j'aurais besoin de vous ici rapidement ! Est-ce qu'il ne vaut pas mieux que j'appelle la police, si je me sens en danger ? »

Elle s'imaginait la tête d'Ulrik. Seul un krach boursier à Wall Street aurait pu donner à sa figure une expression plus affolée. La police ! Quel vilain mot !

« La police, non… ce n'est pas une bonne idée », dit-il. « De nos jours, elle met souvent plus d'une heure à arriver, vous savez. Et encore, si elle juge bon de se déplacer. Les temps changent, madame Lassen. »

Il émit un grognement de mépris censé la convaincre de l'inefficacité des forces de l'ordre. « Nous ne sommes pas loin, madame Lassen. Aujourd'hui nous sommes sur nos lieux de travail respectifs et demain nous serons à Ejlstrup, chez Torsten Florin. Nous allons chasser dans la partie des bois de Gribskov qui se trouve sur sa propriété. Nous garderons nos portables allumés. Vous pouvez nous appeler à n'importe quel moment, et nous arriverons bien avant la police. »

Il avait dit à Ejlstrup, chez Florin. Elle savait exactement où c'était. Et ils seraient tous les trois ensemble. C'était parfait.

Elle avait donc tout son temps.

Elle n'avait pas entendu qu'on ouvrait la porte d'entrée. Une voix de femme cria :

« Bonjour, Kassandra, c'est moi, il est l'heure de se lever. » Le timbre puissant fit vibrer les vitres et sursauter Kimmie.

Quatre portes donnaient dans le hall d'entrée. L'une sur la cuisine, l'autre sur les toilettes où Kimmie se trouvait en ce moment, une troisième sur la salle à manger et sur *My room* où se trouvait le corps rigidifié de Kassandra. La dernière porte conduisait à la cave.

Si cette femme tenait à la vie, elle choisirait tout sauf la porte de la salle à manger et du salon.

« Salut », répondit Kimmie, en remontant sa petite culotte.

Les pas s'arrêtèrent devant la porte des toilettes et quand elle l'ouvrit, Kimmie tomba nez à nez avec deux yeux écarquillés.

Elle ne la connaissait pas. Si l'on en jugeait par la blouse bleue et le tablier qu'elle était en train de nouer, il devait s'agir d'une aide à domicile ou d'une femme de ménage.

« Bonjour. Je m'appelle Kirsten-Marie Lassen, je suis la fille de Kassandra », dit-elle en tendant la main. « Kassandra est souffrante, et nous avons dû la faire hospitaliser, malheureusement. Nous n'avons pas besoin de vous aujourd'hui, je vous remercie. »

Elles se serrèrent la main. Celle de l'employée de maison était hésitante.

Visiblement elle avait déjà entendu parler de Kimmie. Sa poignée de main fut brève et son regard était méfiant. « Charlotte Nielsen », répondit-elle froidement en regardant vers le séjour par-dessus l'épaule de Kimmie.

« Je pense que maman rentrera mercredi ou jeudi, je vous rappellerai dès qu'elle sera là. Je garde la maison en attendant », dit Kimmie, sentant le mot *maman* lui brûler les lèvres. Elle ne l'avait jamais utilisé pour désigner Kassandra mais, en l'occurrence, il lui avait semblé indispensable.

« Il y a un peu de désordre », dit l'auxiliaire de vie, en remarquant le manteau de Kimmie qui traînait sur un fauteuil Louis XVI dans l'entrée. « Je vais quand même faire un petit tour. De toute façon, j'avais prévu d'être là toute la journée. »

Kimmie alla se placer devant la porte de la salle à manger. « C'est gentil à vous, mais ce n'est pas la peine. » Elle posa une main sur l'épaule de la femme et la poussa vers le portemanteau.

L'employée ne dit pas au revoir et partit avec un air suspicieux.

Il est grand temps que je me débarrasse de la vieille peau, se dit Kimmie, hésitant entre l'enterrer dans le jardin et la découper en morceaux. Si elle ou Kassandra avait eu une voiture, elle connaissait un lac au nord du Sjælland qui devait pouvoir contenir un cadavre de plus.

Soudain, elle eut une illumination. Les voix étaient revenues et lui rappelèrent quel jour on était.

Pourquoi te compliquer la vie ? lui dirent-elles. *Demain, c'est le grand jour de réconciliation.*

Elle montait au premier quand elle entendit un bruit de carreau cassé provenant de *My room*.

En quelques secondes, elle fut dans le salon, où elle constata sans émotion aucune que la femme de ménage avait décidé de finir allongée à côté de Kassandra, avec sur son visage la même expression d'étonnement figée pour l'éternité.

La barre de fer que la femme avait utilisée pour briser la vitre fendit l'air à deux centimètres de sa tête. « Tu l'as tuée, espèce de folle. Tu l'as tuée », hurlat-elle, les larmes aux yeux.

Comment cette salope de Kassandra avait-elle pu susciter chez cette femme un tel dévouement ? Cela paraissait incroyable.

Kimmie se rapprocha de la cheminée et des vases chinois. « Ah ! tu as envie de te battre ? dit-elle. Je ne demande que ça, tu sais ? »

La détermination et la violence marchent ensemble. Kimmie était bien placée pour le savoir. C'étaient deux aspects de l'existence qu'elle maîtrisait à la perfection.

Elle s'empara d'une statuette en cuivre de style Art déco et la soupesa. Habilement projetée, la statue avec ses bras tendus était capable de tuer n'importe qui. Un crâne est bien moins dur qu'on le croit.

Elle visa, lança, et fut surprise de voir son adversaire détourner le projectile avec sa barre de fer.

La statue alla se planter profondément dans le mur, et Kimmie se replia vers la porte dans l'intention de récupérer son arme qu'elle avait laissée au premier étage, sécurité déverrouillée, prête à tirer. Cette idiote téméraire, en osant la défier, avait choisi sa destinée.

La femme ne la suivit pas. Kimmie entendit le bruit de ses pas sur les débris de la vitre cassée, mais rien d'autre.

Elle retourna à la porte du salon sur la pointe des pieds et regarda à travers la fente. La femme était à genoux devant le corps sans vie de Kassandra.

« Qu'est-ce qu'elle t'a fait, cette ordure ? » chuchotait-elle. Kimmie eut l'impression qu'elle pleurait.

Elle fronça les sourcils. Durant toutes ces années où elle et les garçons avaient infligé les pires souffrances à leurs victimes, elle n'avait jamais vu personne avoir du chagrin. Elle avait vu des êtres choqués, horrifiés, mais la douce expression d'une peine véritable était un sentiment qu'elle n'avait perçu qu'en elle-même.

Kimmie poussa la porte pour mieux observer la scène, la femme entendit un grincement et releva brusquement la tête.

Presque dans la même seconde, elle bondit sur Kimmie, le bras levé et la barre à la main. Kimmie lui claqua la porte au nez. Le cœur et l'esprit troublés, elle se précipita dans l'escalier pour atteindre la chambre où se trouvait son pistolet. Ça suffisait comme ça. Elle n'avait plus envie de la tuer mais il fallait au moins qu'elle l'attache et qu'elle la neutralise. Non, elle ne la tuerait pas.

Elle approchait de la dernière marche. Charlotte Nielsen courait derrière en hurlant. Soudain elle lui jeta la barre de fer dans les jambes et Kimmie s'affala sur le palier, la tête la première.

Elle se releva très vite, mais c'était trop tard. La jeune femme, forte et trapue, s'était déjà jetée sur elle et pressait la barre de fer contre sa gorge.

« Kassandra parlait souvent de toi », dit-elle. « Elle t'appelait le monstre. Tu crois que ça m'a fait plaisir de te voir tout à coup dans le vestibule ? Que j'ai imaginé une seconde que tu venais avec de bonnes intentions ? »

Elle glissa la main dans sa blouse et en sortit un vieux Nokia tout rayé. « Il y a un flic qui te cherche. Il s'appelle Carl Mørck. Tu étais au courant ? J'ai son numéro dans mon répertoire. Tu ne penses pas qu'on devrait l'appeler ? Il serait sûrement content de te parler. »

Kimmie secoua la tête. Prit un air outragé. « Je te jure que ce n'est pas moi qui ai tué Kassandra. On était en train de discuter et elle s'est étranglée en buvant son porto. C'était un accident. Un terrible accident.

503

— Ben voyons ! »

La femme était debout, son pied écrasant la cage thoracique de Kimmie et le bout de la barre de fer appuyé contre sa trachée, tout en cherchant le numéro de Mørck dans son portable. Kimmie crut qu'elle allait l'embrocher.

« Tu n'as pas dû faire grand-chose pour la sauver, sale truie ! Les flics vont sûrement trouver ton histoire très distrayante, mais je doute qu'ils te croient. Tu pues le mensonge, ma vieille. » Elle souffla par le nez, méprisante : « "Elle a été hospitalisée"… mon cul. Tu aurais vu ta gueule quand tu disais ça ! »

Elle trouva le numéro du policier mais au moment où elle activait la touche d'appel, Kimmie lui donna deux grands coups de pied dans l'aine. Les yeux exorbités et la bouche grande ouverte, la femme dut relâcher sa pression sur la barre de fer. Elle se plia en deux comme si sa colonne vertébrale venait de se casser par le milieu.

Le mobile bipait les chiffres du numéro de téléphone de Carl Mørck. Kimmie envoya une violente ruade dans le mollet de la robuste jeune femme et jeta le mobile contre le mur, où il se brisa en morceaux. Elle arracha à son adversaire la barre de fer qu'elle n'avait plus la force de tenir.

Il avait fallu moins de cinq secondes à Kimmie pour rétablir la situation.

Elle reprit son souffle pendant que la femme essayait de se relever en la regardant d'un air furibond.

« Je ne te ferai pas de mal », lui dit Kimmie. « Je vais simplement t'attacher à une chaise. Ne t'inquiète pas. »

La femme secoua la tête et chercha un point d'appui sur la rampe d'escalier derrière son dos. Ses yeux brillaient. Elle ne s'avouait pas vaincue.

Elle bondit toutes griffes dehors à la gorge de Kimmie et enfonça si fort ses ongles que la peau se déchira. Kimmie recula contre le mur, levant un genou en guise de bouclier entre elle et son adversaire. Cela lui donna tout juste le ressort nécessaire pour repousser la furie qui se retrouva couchée sur la rambarde à cinq mètres au-dessus du sol en marbre de l'entrée.

Kimmie lui cria d'arrêter le combat mais elle ne voulait rien savoir. Alors Kimmie lui assena un coup de tête si violent qu'il l'assomma elle aussi. Quand elle reprit ses esprits, trente-six chandelles brillaient devant ses yeux.

Elle s'appuya à la balustrade.

Le cadavre de l'employée de maison gisait au rez-de-chaussée, sur le dos, les bras en croix et les pieds posés l'un sur l'autre, telle une crucifiée.

Elle descendit la rejoindre et passa une dizaine de minutes assise dans le fauteuil brodé du vestibule, à contempler le corps sans vie. C'était la première fois qu'elle voyait, dans un être mort par sa faute, ce qu'il était en réalité. Un individu qui avait jusque-là disposé de son libre arbitre et du droit de vivre sa vie. Elle s'étonnait de n'avoir jamais perçu les choses de cette façon avant. Et elle n'aimait pas du tout ça. Ses voix intérieures lui reprochèrent d'avoir ce genre de pensées.

La sonnerie de la porte l'interrompit dans ses réflexions. Elle entendit quelqu'un parler à l'extérieur. Elle reconnut deux voix d'hommes. Ils semblaient impatients et secouaient la poignée. Un instant plus tard le téléphone sonna.

S'ils font le tour de la maison, ils verront la baie vitrée cassée, se dit-elle. *Va chercher ce pistolet, Kimmie !*

Elle gravit l'escalier à pas de loup, trouva l'arme et s'installa sur le palier, le canon braqué sur la porte d'entrée. Si ces hommes entraient, ils ne ressortiraient pas.

Ils s'en allèrent. Elle vit à quoi ils ressemblaient au moment où ils rejoignaient leur voiture.

Un homme de grande taille qui marchait à grandes enjambées et un petit bonhomme basané qui courait pour se maintenir à sa hauteur.

37

Carl était encore mortifié en repensant à l'issue lamentable de sa soirée de la veille et à Mona Ibsen écroulée de rire devant un Carl stupéfait et barbouillé de rondelles d'oignon frit. C'était aussi gênant que d'avoir la diarrhée quand on se trouve pour la première fois chez une fille qu'on a l'intention de séduire.

Comment allait-il rattraper un désastre pareil ? se demandait-il en allumant sa cigarette matinale.

Il valait mieux qu'il se concentre sur son travail ! Il serait en mesure aujourd'hui de fournir les derniers éléments qui allaient permettre au juge d'instruction de rédiger un mandat d'amener. Avec la boucle d'oreille de Lindelse Nor et le contenu de la boîte métallique, il avait déjà un os à ronger. En plus, maintenant, il avait la preuve qu'Aalbæk avait été en relation avec les membres de la bande du pensionnat. Carl se fichait du prétexte invoqué. L'important était qu'ils soient convoqués pour un interrogatoire en règle. Quand ils seraient assis en face de lui, dans son bureau, il y en avait bien un qui cracherait le morceau.

S'il parvenait à les faire inculper pour le double meurtre de Rørvig, il ne serait pas difficile ensuite de leur faire avouer d'autres délits, voire d'autres assassinats.

Il avait hâte d'être en tête à tête avec eux. Hâte de leur poser les questions qui les feraient paniquer, et celles enfin qui les feraient craquer. Mais en attendant la garde à vue, il allait devoir les affronter sur leur propre terrain.

Le problème était de trouver le maillon le plus faible de la chaîne. Lequel allait-il attaquer en premier ? Bjarne Thøgersen, semblait-il de prime abord, mais ses années de détention lui avaient appris à se taire, et il était déjà derrière les barreaux. Il n'avait aucune raison de leur en dire plus à propos d'un crime pour lequel il avait déjà été condamné. Pour obtenir quelque chose de lui, il faudrait qu'il puisse fournir des preuves irréfutables qu'il avait participé à d'autres meurtres que ceux pour lesquels on l'avait déjà jugé.

Non, décidément, il n'allait pas commencer par Thøgersen. Mais qui alors ? Torsten Florin, Ulrik Dybbøl-Jensen ou Ditlev Pram ? Lequel des trois était le plus vulnérable ?

Pour répondre à cette question, il aurait fallu qu'il les ait rencontrés, mais quelque chose lui disait qu'il aurait du mal. Le fait qu'ils se soient cassé le nez la veille en essayant de voir Pram en disait long. Car Ditlev Pram avait évidemment appris instantanément que la police était venue à la clinique. Peut-être était-il présent, peut-être pas. Mais quoi qu'il en soit, il savait que Carl et Assad étaient venus.

Et il s'était maintenu à distance.

Pour interroger ces hommes-là, Carl allait devoir les attraper au saut du lit. Et c'est pour cela qu'Assad et lui s'étaient levés si tôt ce matin.

Carl avait décidé de commencer par Torsten Florin. Il n'avait pas fait ce choix au hasard. Florin paraissait le plus fragile, sans doute à cause de son allure mince et de sa profession peu virile. Les interviews qu'il donnait à la presse, son goût pour la mode, lui conféraient une personnalité moins masculine. Il était différent.

Carl avait rendez-vous dans deux minutes avec Assad sur la place Trianglen, et une demi-heure plus tard, si tout allait bien, ils seraient arrivés à Ejlstrup, où ils feraient à Torsten Florin la désagréable surprise de le rejoindre pour le petit-déjeuner.

« J'ai trié les renseignements sur tous les membres de la bande du pensionnat. Voici le dossier de Torsten Florin, alors », annonça Assad une fois installé dans la voiture. Carl était au volant et ils roulaient sur Lyngbyvej. Assad sortit une chemise cartonnée de sa serviette.

« Sa maison ressemble à une forteresse. Il y a un grand portail métallique à l'entrée du chemin qui mène à la ferme. Il paraît qu'il fait entrer les voitures une par une quand il organise une fête chez lui. J'ai vérifié, et c'est la vérité. »

Carl tourna rapidement la tête vers la photo que lui montrait Assad. Ils roulaient maintenant sur la route sinueuse et étroite qui traversait la forêt de Gribskov et il devait se concentrer sur sa conduite.

« Regardez, Chef. On voit bien à quoi ça ressemble sur cette photo aérienne. La ferme de Florin se trouve ici. A part le bâtiment ancien où il habite et le chalet en bois qui est là – il tapota un point sur la carte –, tout le reste, y compris le grand hangar et les petites maisons qui sont derrière, a été construit après 1992. »

Il est vrai que cela paraissait bizarre.

« La propriété se trouve en plein milieu de la forêt de Gribskov, non ? Comment a-t-il fait pour obtenir les permis de construire pour tout ça ? » commenta Carl.

« En fait les constructions ne sont pas dans la forêt même. Entre Gribskov et son bois à lui il y a une zone où les arbres ont été abattus... vous savez, une sorte de pare-feu. C'est comme ça que ça s'appelle, alors, Chef ?

— Un pare-feu, oui.

— On le voit bien sur la photo. Regardez. L'étroite ligne marron, là. En plus il a mis une clôture tout autour de son domaine. Il a enfermé les points d'eau, les collines, tout.

— Quelle drôle d'idée ! Il a peur des paparazzis ou quoi ?

— Non, c'est pour la chasse.

— Ah oui, je comprends, c'est pour que le gibier ne parte pas dans le communal, je vois le genre. » Dans le Vendsyssel, la région d'où Carl était originaire, on n'aimait pas les gens qui faisaient ce genre de choses. Apparemment, dans le Sjælland, c'était monnaie courante.

Le paysage autour d'eux commençait à se dégager. Ils traversèrent quelques clairières puis arrivèrent dans une zone où les champs s'étendaient à perte de vue, et où les maïs n'avaient pas encore été coupés.

« Tu vois cette espèce de chalet suisse, Assad ? » Il désignait une petite bâtisse sur leur droite. « Juste derrière on aperçoit la gare de Kagerup. Un jour, on a trouvé là-bas une petite fille qui avait disparu et qu'on avait crue morte. Elle s'était cachée dans la scierie du village, sous prétexte qu'elle avait peur d'un chien que son père avait ramené à la maison. »

Carl secoua la tête en se remémorant l'histoire. Est-ce que c'était vraiment à cause du chien que l'enfant s'était enfuie ? En le racontant, il trouva soudain que ça sonnait faux.

« Il faut tourner ici, Chef », dit Assad en montrant du doigt la pancarte qui indiquait la direction de Mårum. « Ensuite il faut tourner à droite en haut de la côte. La grille d'entrée est à deux cents mètres après le virage. Je lui téléphone pour le prévenir, alors ? »

Carl secoua la tête. Il n'allait pas laisser Torsten jouer les filles de l'air comme Pram l'avait fait la veille.

Dire que Torsten Florin avait soigneusement clôturé sa propriété était en dessous de la vérité. Un énorme bloc de granit posé à côté d'un imposant portail en fer forgé portait l'inscription *Dueholt* en lettres dorées.

Carl se pencha sur l'interphone, fixé à un barreau à hauteur d'homme. « Je suis le vice-commissaire Carl Mørck », annonça-t-il. « Je me suis entretenu hier avec maître Krum. Nous aimerions poser quelques questions à Torsten Florin. Ce ne sera pas long. »

Ils attendirent au moins deux minutes avant de voir la grille s'ouvrir lentement.

Derrière une haie vive s'étendait un vaste paysage de lacs et de prairies étonnamment grasses pour la saison. Plus bas étaient plantés quelques bosquets ici et là jusqu'à la lisière de la gigantesque forêt de Gribskov avec ses chênes centenaires. A cette époque de l'année ils avaient perdu presque toutes leurs feuilles.

Torsten Florin possédait un nombre d'hectares impressionnant. Au prix du foncier dans ce secteur, songea Carl, il y en avait pour plusieurs millions de couronnes.

Son évaluation monta encore d'un cran quand il vit apparaître la ferme construite à la lisière de la forêt. La maison de maître de Dueholt était une merveille d'architecture ancienne rénovée, avec ses corniches et sa toiture en tuiles laquées noires. Plusieurs vérandas avaient été ajoutées à la construction d'origine et s'ouvraient aux quatre points cardinaux. Le jardin et la cour étaient si bien entretenus qu'ils auraient fait pâlir d'envie les jardiniers de la famille royale eux-mêmes.

La maison était flanquée d'une grange en bois peinte d'une belle teinte sang-de-bœuf et sûrement classée patrimoine national. En tout cas, elle devait avoir au moins deux cents ans de plus que le reste des bâtiments. Elle offrait un contraste saisissant avec l'énorme hangar qui s'élevait juste derrière. Enorme, et très beau en fait. Il était tout en verre et en métal chromé et rappela à Carl l'Orangerie de Madrid, qu'il avait vue sur un poster à l'aéroport.

Le Crystal Palace façon Ejlstrup.

Et puis il y avait toutes ces jolies petites maisons posées en grappe avec jardinets et vérandas, entourées de potagers visiblement cultivés. On y voyait encore des poireaux et des choux. Un vrai petit village.

Carl trouvait l'endroit incroyable.

« Que c'est beau ! » dit Assad.

Ils ne virent personne jusqu'à ce que son altesse Torsten Florin en personne vienne leur ouvrir.

Carl lui tendit la main et se présenta mais Florin regardait fixement Assad et se tenait tel un monolithe en granit, protégeant l'entrée de sa demeure.

Derrière lui, au milieu d'un hall décoré d'innombrables tableaux et de lustres à pampilles, s'élevait un escalier majestueux. Un décor assez bling-bling pour un homme dont le métier était de promouvoir l'élégance.

« Nous aimerions vous parler de certains événements auxquels serait liée Kimmie Lassen. Peut-être pourriez-vous nous aider ?

— De quels événements s'agit-il ?

— Entre autres du meurtre de Finn Aalbæk qui a eu lieu samedi soir. Nous avons connaissance de plusieurs entretiens téléphoniques entre Ditlev Pram et Finn Aalbæk. Nous savons qu'Aalbæk était à la recherche de Kimmie. Est-ce l'un d'entre vous qui lui a demandé de la retrouver ? Et si oui, pour quelle raison ?

— J'ai souvent entendu citer le nom ces derniers jours, mais je ne connais pas ce M. Aalbæk. Si Ditlev a parlé à Finn Aalbæk au téléphone, vous devriez peut-être vous adresser à lui. Au revoir, messieurs. »

Carl mit le pied dans la porte. « Excusez-moi. Il y a également deux cas non élucidés, l'un à Langeland, l'autre à Bellahøj, qui semblent tous deux nous ramener à Kimmie. A vrai dire, nous pensons avoir affaire à trois homicides. »

Torsten Florin cligna des yeux deux ou trois fois mais son visage resta de marbre. « J'ai peur de ne vous être d'aucune utilité. Adressez-vous à Kimmie Lassen.

— Savez-vous où nous pouvons la trouver ? »

Torsten Florin secoua la tête. Carl avait vu beaucoup d'expressions étranges dans sa vie, mais il était incapable de déchiffrer celle-ci.

« Vous en êtes sûr ? » demanda-t-il.

« Absolument. Je n'ai pas vu Kirsten-Marie depuis 1996.

— Nous disposons d'un certain nombre de preuves qui nous permettent d'affirmer qu'elle est liée d'une façon ou d'une autre aux événements en question.

— C'est ce que m'a dit mon avocat. Mais ni lui ni moi ne savons de quoi vous parlez. Et maintenant, je vais vous prier de vous en aller. J'ai une journée chargée. Essayez de penser à apporter un mandat, si vous revenez un jour. »

Le sourire ironique du styliste donna envie à Carl de lui poser quelques questions supplémentaires. Au lieu de répondre, Florin s'écarta, et trois grands Noirs qui devaient se tenir cachés derrière la porte se matérialisèrent tout à coup.

Deux minutes plus tard, Carl et Assad étaient dans leur voiture. On les avait menacés de juges et de médias, et de toutes les flammes de l'enfer.

Si Carl avait eu la naïveté de croire que Torsten Florin était un faible, il était désormais prêt à réviser son jugement.

38

Le matin de la chasse au renard, Torsten Florin se réveilla comme à son habitude au son de la musique classique et des pas légers de la jeune négresse aux seins nus et aux bras tendus portant le plateau en argent sur lequel était servi son petit-déjeuner. Le sourire de la jeune femme était crispé et factice mais Florin s'en fichait. Il n'avait que faire de son affection ou de son dévouement. Il avait besoin d'une vie ordonnée et, tant qu'on respectait le protocole, il était satisfait. Il y avait dix ans maintenant qu'il avait pris cette habitude et il n'avait pas l'intention de changer quoi que ce soit à ce rituel matinal. Certains nantis mettaient en scène leur personnage public. Torsten orchestrait sa vie privée pour survivre au quotidien.

Il prit la serviette de table blanche. La huma avec délice, la posa sur sa poitrine et approcha l'assiette contenant quatre cœurs de poulet, convaincu qu'il dépérirait si on le privait un jour de ces délicats organes fraîchement prélevés sur leurs propriétaires.

Il engloutit le premier cœur en une bouchée et pria pour le succès de cette partie de chasse. Puis il dégusta les trois cœurs suivants et la servante utilisa une serviette à l'odeur de camphre pour essuyer son visage et ses mains avec des gestes habiles.

Ensuite il les congédia, elle et son mari qui chaque nuit veillait sur son sommeil, et alla à sa fenêtre afin de jouir des tendres rayons du soleil qui se levait au-dessus de la forêt. Dans deux heures la partie de chasse allait commencer. A neuf heures toute l'équipe serait rassemblée et prête à partir. Pour une fois ils n'allaient pas traquer l'animal dès l'aube. Ce renard était bien trop rusé et fou pour cela. Il fallait le pour-chasser en plein jour.

Il s'imagina le combat entre rage et instinct de sur-vie qui allait se livrer dans sa tête quand il le mettrait en liberté.

En pensée, il le vit se tapir au sol et attendre patiem-ment que les rabatteurs approchent. Une morsure à l'aine, et Torsten ne donnait pas cher de la vie du malheureux qui serait passé trop près de la bête malade.

Mais Torsten connaissait bien ses Somaliens. Ils sauraient rester à distance. Il était plus inquiet pour les autres. Enfin, *inquiet* n'était pas le mot juste car la plupart d'entre eux étaient des chasseurs chevronnés qui avaient souvent participé à ses jeux mortels et ado-raient vivre dangereusement. Ils comptaient parmi les hommes les plus influents et les plus importants du royaume. Leurs pensées étaient plus élevées et leurs ambitions plus grandes que celles du commun des mortels. Et c'est pour cela qu'ils avaient été invités. Ils avaient la trempe nécessaire pour être là aujourd'hui. Non, il ne se faisait aucun souci pour eux. Son inquié-tude venait d'ailleurs. C'était plutôt une sorte d'agita-tion.

La journée aurait été parfaite sans Kimmie et ce satané policier qui était allé voir Bent Krum pour lui parler de vieilles histoires enterrées depuis longtemps. Pourquoi revenir sur les agressions de Langeland, de Kåre Bruno ou de Kyle Basset ! C'était de l'histoire ancienne.

Deux heures plus tard, il s'en fichait complètement.

D'ailleurs il ne voyait pas comment ce minable inspecteur, qui s'était tout à coup présenté sur le pas de sa porte sans s'être fait annoncer, pouvait savoir quoi que ce soit.

Torsten était dans sa ménagerie de verre, au milieu d'un vacarme assourdissant de cris et de grognements, et il observait le renard, fasciné. Il avait demandé à ses Somaliens de déplacer la cage. La folie se lisait dans les yeux de l'animal et il se jetait sans cesse contre les barreaux pour les mâcher comme s'ils avaient été faits de chair vivante. La vue de ses dents, souillées par les bactéries qui étaient en train de le tuer à petit feu, lui envoyait des décharges de plaisir dans le bas du dos.

Alors merde à la police, merde à Kimmie et à tous ces minus ! Aujourd'hui cet animal serait lâché parmi eux et ils allaient marcher jusqu'à la frontière du royaume d'Hadès. Tout le reste lui paraissait futile et dénué d'importance.

« Dans quelques minutes tu vas aller à la rencontre de ton destin, Rox le renard », dit-il en frappant un barreau avec son poing.

Il regarda autour de lui dans le hangar gigantesque. Il adorait se trouver au milieu de ces centaines de cages remplies d'animaux de toutes sortes. Il venait d'en recevoir une nouvelle, en provenance de Nautilus. A l'intérieur, une hyène au dos rond le regardait de ses yeux furieux. Elle irait prendre la place du renard dans le coin du hangar parmi les autres proies très spéciales. Il avait de quoi fournir en gibier leurs parties de chasse jusqu'à Noël. Une gestion parfaite.

Il entendit les voitures arriver dans la cour et se tourna vers l'entrée de la ménagerie, le sourire aux lèvres.

Ulrik et Ditlev étaient là, ponctuels, comme toujours. La politesse des rois.

Dix minutes plus tard, ils se trouvaient tous les trois dans le tunnel de tir, le regard attentif et l'arbalète au bout du bras. Encore sous le coup de la conversation qu'ils venaient d'avoir à propos de Kimmie, Ulrik était d'une humeur de chien. Ils ignoraient où elle se trouvait en ce moment, et cette incertitude, ajoutée aux lignes de coke qu'il avait probablement sniffées avant de venir, le mettait dans un état d'excitation terrible. Ditlev quant à lui avait l'esprit parfaitement clair, et le regard particulièrement vif. L'arbalète semblait un prolongement organique de son propre bras.

« J'ai très bien dormi, merci. Ils peuvent tous venir, Kimmie et les autres, je les attends de pied ferme et je suis en pleine forme », répondit-il quand Torsten lui demanda comment il avait passé la nuit.

« Tant mieux », dit Torsten. Il avait décidé de ne pas gâcher la bonne humeur de ses camarades de chasse en leur parlant de la visite de l'inspecteur Mørck et de sa fâcheuse tendance à remuer le passé. Il leur en toucherait un mot après la séance de tir. « Je suis content de savoir que tu as la pêche. Tu vas en avoir besoin. »

39

Ils étaient restés quelques minutes garés au bord de la route pour récapituler l'entretien qu'ils venaient d'avoir avec Torsten Florin. Assad voulait y retourner pour lui révéler ce qu'ils avaient trouvé dans la boîte de Kimmie. Il pensait que l'information ferait crever sa belle assurance comme un ballon de baudruche, mais Carl tenait absolument à ne se servir de cette boîte et de son contenu que lorsque les suspects seraient en garde à vue.

Assad trépignait. Apparemment, la patience n'était pas une vertu aussi répandue qu'on le prétendait dans les régions désertiques où il avait usé ses sandales d'enfant.

Tout à coup, Carl vit arriver deux véhicules roulant à une allure qui dépassait largement la vitesse autorisée sur une route de campagne. Il s'agissait de 4 × 4 aux vitres fumées, l'un de ces modèles qui font baver les adolescents attardés sur les pages glacées des magazines spécialisés.

« Ben, merde alors ! » s'exclama-t-il quand le premier les eut dépassés. Il redémarra la voiture et suivit le deuxième.

Lorsqu'ils arrivèrent à l'intersection de la propriété de Florin, Carl roulait à peine vingt mètres derrière.

« Je suis sûr d'avoir aperçu Ditlev Pram dans la voiture de tête. Tu as eu le temps de voir qui conduisait l'autre, Assad ? » demanda-t-il à son assistant quand les deux véhicules se furent engagés sur le chemin menant à Dueholt.

« Non, mais j'ai relevé les numéros des plaques d'immatriculation. Je les contrôle tout de suite. »

Carl se frotta la figure. C'était trop beau pour être vrai. S'ils étaient tous réunis chez Torsten Florin, ce serait le moment ou jamais de les interroger ensemble.

D'un autre côté, à quoi cela l'avancerait-il ?

Assad ne mit que quelques secondes à obtenir l'identité des propriétaires des véhicules auprès du service des cartes grises de la préfecture.

« La première voiture est enregistrée au nom d'une Mme Thelma Pram », annonça-t-il.

Bingo !

« Et la deuxième appartient à la société UDJ Analyses boursières. »

Et rebingo !

« Tout le monde est là », dit Carl en regardant sa montre. Il n'était pas encore huit heures du matin. Qu'est-ce qu'ils venaient faire ?

« On devrait rester pour les surveiller, Chef.

— Qu'est-ce que tu veux dire par là ?

— Ben, on pourrait entrer dans la propriété et voir ce qu'ils fabriquent. »

Carl secoua la tête. Il allait parfois un peu vite en besogne, ce garçon.

« Tu as entendu ce qu'a dit Florin, il nous faut un mandat si on veut y retourner et on ne l'obtiendra pas sur les bases de ce qu'il y a officiellement dans ce dossier.

— Mais quand on en saura un peu plus, on aura un mandat, c'est ça ?

— C'est ça, mais ce n'est pas en fouinant chez Torsten Florin qu'on en saura plus. Rien ne justifierait notre présence chez lui, Assad. On n'a tout simplement pas le droit d'entrer.

— Et si c'étaient eux qui avaient tué Aalbæk pour faire disparaître des traces ?

— Quelles traces ? La filature n'est pas un délit !

— Je sais. Mais supposons qu'Aalbæk ait trouvé Kimmie, et qu'ils la retiennent prisonnière à l'intérieur de cette ferme. C'est une possibilité, non ? Je sais que vous aimez bien ce mot-là : possibilité. Maintenant qu'Aalbæk est mort, s'ils l'ont attrapée, ils sont les seuls à savoir où elle est. Et je vous rappelle qu'elle est votre principal témoin, Chef ! »

Carl voyait bien qu'il avait encore des arguments dans sa manche, et il attendit.

« Et si jamais ils décidaient de la tuer aujourd'hui ? Il faut qu'on entre là-dedans, alors ! »

Il n'avait pas tort, et en même temps…

Ils laissèrent la voiture devant l'ancienne gare de Duemose, traversèrent à pied la voie ferrée et prirent les chemins forestiers jusqu'au pare-feu. De cet endroit, ils avaient une vue dégagée sur les marais et sur une partie du bois privé de Torsten Florin. Sa parcelle était fournie et dense. Tout à fait en arrière-plan, on pouvait distinguer la grille d'accès et ils n'avaient nullement l'intention de s'y rendre. Ils avaient remarqué en entrant les nombreuses caméras de surveillance.

La cour de ferme où étaient garés les deux 4 × 4 semblait une meilleure option. Une fois arrivés là, ils décideraient dans quelle direction aller.

« Je crois qu'il y a des caméras partout le long du pare-feu, Chef », fit remarquer Assad, « il va falloir passer par là si on veut traverser. »

Il montra à Carl une zone de marécages où la clôture était si enfoncée qu'on ne la voyait presque plus. C'était le seul endroit où ils avaient une chance de passer sans être vus.

A la guerre comme à la guerre.

Ils durent ensuite attendre couchés par terre dans leurs pantalons trempés et boueux, l'œil aux aguets, avant que les trois compères ne se montrent dans la cour. Derrière eux marchaient deux hommes minces à la peau noire qui portaient des armes ressemblant à des arcs. Malgré leurs voix un peu étouffées, en partie absorbées par la distance et par une légère brise glacée qui venait de se lever, la conversation des trois hommes portait presque jusqu'à la haie derrière laquelle Carl et Assad s'étaient dissimulés.

Ils disparurent à l'intérieur du bâtiment principal tandis que les Noirs se dirigeaient vers les petites maisons rouges.

Dix minutes plus tard un groupe important d'hommes noirs en sortirent et pénétrèrent à leur tour dans le grand hangar. Ils revinrent quelques minutes plus tard avec une cage qu'ils chargèrent dans un pick-up. Ils s'installèrent dans la cabine et sur le plateau arrière, et le pick-up s'engagea dans la forêt.

« C'est maintenant ou jamais », dit Carl en entraînant un Assad légèrement récalcitrant le long de la haie jusqu'aux petites maisons. Il y avait des gens à l'intérieur qui parlaient dans une langue inconnue. Un bébé pleurait et des enfants plus grands se chamaillaient. Comme dans un vrai village.

Ils se faufilèrent le long de la première maison et remarquèrent sur la porte un panneau sur lequel étaient inscrits plusieurs noms exotiques.

« Là-bas aussi, regardez, Chef », chuchota Assad en désignant la porte de la maison suivante. « Vous pensez qu'il a des esclaves ? »

Aussi incroyable que cela puisse paraître, on était en droit de le penser. Torsten Florin avait tout simplement bâti un village africain au beau milieu de sa propriété, dans le genre des baraques qu'on trouvait sur les terres des grands domaines du sud des Etats-Unis avant la guerre de Sécession.

Ils entendirent un chien aboyer.

« Vous croyez qu'il a des chiens en liberté ? » chuchota Assad, inquiet, comme s'ils avaient pu le sentir.

Carl regarda son compagnon avec une expression qui se voulait rassurante. S'il y avait une chose qu'il avait apprise dans les labours du Vendsyssel, c'est qu'à moins de se trouver nez à nez avec dix chiens d'attaque déchaînés, l'homme était toujours le plus fort. Un bon coup de pied administré au bon endroit suffisait en général à régler le problème. Le plus pénible étant les hurlements que poussaient les chiens en s'enfuyant.

Ils traversèrent ventre à terre la zone dégagée qui se trouvait devant l'entrée de la cour et virent qu'ils pouvaient atteindre facilement l'arrière de la maison.

Vingt secondes plus tard, ils collaient leur front contre de grandes fenêtres à petits carreaux derrière lesquelles il ne se passait rien. La pièce ressemblait à un bureau classique avec des meubles en acajou. Les murs étaient couverts de trophées de chasse. Bref, rien d'intéressant.

Ils se retournèrent. S'il y avait quelqu'un dans les parages, il valait mieux qu'ils le repèrent avant d'être repérés.

« Vous avez vu ça ? » dit Assad à voix basse en désignant une espèce de gros cylindre métallique qui sortait du grand hangar jusqu'à atteindre la forêt. Il devait faire au moins quarante mètres de long.

Carl se demanda quelle pouvait être sa fonction.

« Venez, on va voir ce que c'est », dit Assad.

Carl aurait aimé immortaliser la tête que fit Assad quand il entra dans la ménagerie. Carl était aussi surpris que lui. Si l'animalerie Nautilus avait de quoi choquer un ami des bêtes, cet endroit était dix fois pire. Il contenait des dizaines et des dizaines de cages pleines d'animaux terrorisés. Des peaux sanglantes de différentes tailles séchaient le long des murs. Il y avait toutes sortes d'espèces enfermées, du hamster au veau, en passant par les chiens de combat aux babines écumantes. C'était sans doute eux qu'ils avaient entendus tout à l'heure. On voyait aussi des diables de Tasmanie et des visons feulant de colère. Des animaux familiers ou exotiques, stockés les uns au-dessus des autres dans une grande pagaille.

Pourtant l'endroit n'évoquait en rien l'arche de Noé, bien au contraire. On comprenait tout de suite que ce hangar était la dernière demeure de ceux qui arrivaient là.

Carl reconnut la grande cage qu'il avait vue chez Nautilus. Elle était posée au sol et contenait une hyène ricanante. Dans un angle un grand singe hurlait. Un phacochère grognait et un bélier blatérait désespérément.

« Vous croyez que Kimmie pourrait être là-dedans, alors, Chef ? » demanda Assad, avançant dans la halle.

Carl survola les cages du regard. La plupart étaient trop petites pour contenir un être humain.

« Ou là-dedans ? » dit Assad en montrant une série de congélateurs qui ronronnaient au bord d'une travée. Il alla ouvrir le premier.

« Beurk ! » s'exclama-t-il en frissonnant de dégoût.

Carl jeta un coup d'œil dans le bac du congélateur où il croisa les regards pétrifiés d'un tas d'animaux écorchés.

« C'est pareil dans les autres », dit Assad en ouvrant tous les bacs.

« Ils doivent s'en servir pour nourrir les animaux », dit Carl en regardant l'hyène. Dans cet endroit sordide la viande devait disparaître dans la gueule d'un animal affamé en un éclair. L'idée avait quelque chose d'effrayant.

Au bout de cinq minutes, ils s'étaient assurés que ni les cages ni les congélateurs ne renfermaient un être humain.

« Regardez ça, Chef », dit Assad en désignant le cylindre qu'ils avaient vu de l'extérieur. « C'est un champ de tir. »

Effectivement, c'en était un, et il était extraordinairement élaboré, avec propulseurs d'air et autres gadgets.

« Je ne crois pas que tu devrais y aller », dit Carl quand il vit Assad s'enfoncer dans le tube et se diriger vers les cibles. Si quelqu'un vient, tu ne pourras pas te cacher. »

Assad ne l'entendit pas, il avait vu quelque chose.

« Et ça, c'est quoi, Chef ? » cria-t-il quand il fut arrivé près des cibles.

Carl regarda par-dessus son épaule, ne vit rien d'alarmant et alla le rejoindre.

« C'est une flèche ou quoi ? » lui demanda son équipier en désignant une tige de métal fichée en plein centre de la cible.

« Oui, un genre de flèche. Un trait en fait. Ce sont les flèches qu'on utilise pour tirer avec une arbalète. »

Assad le regarda, l'air éberlué. « Je n'ai pas compris ce que vous avez dit. Une arme à lettre ? »

Carl soupira. « Une ar-ba-lè-te est un arc qu'on tend à l'aide d'un mécanisme particulier. C'est une arme extrêmement puissante.

— Je vois ça. Et très précise aussi.

— Oui, très précise. »

Ils entendirent un bruit derrière eux et comprirent qu'ils étaient pris au piège.

Au bout du tunnel, Torsten les observait, les jambes légèrement écartées. Ulrik Dybbøl-Jensen et Ditlev Pram étaient là aussi. Pram avait épaulé et armé son arbalète et il ne faisait aucun doute qu'il allait tirer.

Trop facile ! eut le temps de penser Carl avant de hurler à Assad : « Derrière les cibles ! Vite ! »

D'un geste fluide, il sortit son arme et la pointa sur les trois hommes à l'instant où Ditlev Pram tirait.

Il entendit Assad se jeter derrière la cible tandis que le trait lui traversait l'épaule et l'obligeait à lâcher son pistolet.

Bizarrement il n'avait pas mal. Il constata simplement qu'il avait été projeté presque un mètre en arrière et qu'il était empalé sur la cible dans son dos. Seules les plumes de la flèche dépassaient de la plaie sanguinolente.

« Messieurs », dit Florin, « pourquoi nous poussez-vous à de telles extrémités ? Qu'allons-nous faire de vous à présent ? »

Carl essaya de calmer les battements de son cœur. On lui avait enlevé la flèche et pulvérisé dans la plaie un produit qui avait failli le faire tourner de l'œil mais qui avait à peu près stoppé l'hémorragie.

La situation était critique. Pram, Florin et Dybbøl-Jensen serraient les dents.

Assad râlait, furieux de la brutalité avec laquelle ils les avaient ramenés dans le hangar, forcés à s'asseoir et ligotés à une cage.

« Vous ne savez pas alors ce que vous risquez en traitant de cette façon des policiers dans l'exercice de leurs fonctions ? » criait-il.

Carl lui donna un coup de pied discret. Cela le calma un instant.

« C'est très simple », analysa Carl, sentant chacun de ses mots comme une onde de choc dans sa poitrine. « Vous nous laissez partir maintenant. Nous ne sommes jamais venus et nous n'avons rien vu. Et on verra bien ce qui se passera ensuite. Vous n'avez rien à gagner à nous menacer ou à nous garder prisonniers.

— Ah oui, vraiment ? » C'était Ditlev Pram. Il tenait toujours l'arbalète braquée sur eux. Si seulement il avait pu la pointer dans une autre direction. « Nous ne sommes pas stupides. Nous savons que vous nous suspectez de meurtres. Vous en avez mentionné plusieurs. Vous avez pris contact avec notre avocat. Vous avez trouvé un lien entre Aalbæk et moi. Vous croyez savoir toutes sortes de choses sur nous, et puis soudain vous arrivez à la conclusion que vous détenez je ne sais quelle vérité. » Il se rapprocha et vint coller le bout de ses bottes en cuir contre les pieds de Carl. « Mais il faut que vous sachiez que nous ne sommes pas seuls. Si vous réussissez à convaincre trop de gens de ce que vous croyez être la vérité, des milliers d'autres perdront leur travail. Vous voyez que ce n'est pas si simple, monsieur Mørck. »

Il montra le contenu du hangar d'un geste ample. « D'énormes fortunes seront séquestrées. Et personne ne souhaite que cela arrive. C'est pourquoi, comme mon ami Torsten, je me demande ce que nous allons faire de vous.

— Il faut qu'ils disparaissent sans laisser de trace », suggéra l'imposant Ulrik Dybbøl-Jensen. Ses pupilles étaient dilatées et sa voix tremblait. Mais ses intentions étaient claires. Carl sentit que Torsten Florin réfléchissait et qu'il n'était pas certain que ce soit la bonne solution.

« Que diriez-vous si nous vous libérions en vous donnant à chacun un million de couronnes. Vous laissez tomber l'affaire et nous vous versons l'argent. Tout simplement ? »

La seule réponse possible était oui, bien entendu. La solution alternative étant infiniment moins plaisante.

Carl tourna la tête vers Assad qui hochait la tête énergiquement. Un garçon intelligent décidément.

« Et vous, Carl Mørck ? Serez-vous aussi conciliant que Mustapha ? » dit Florin.

Carl le fusilla du regard.

« Quelque chose me dit que cela vous paraît insuffisant. Alors je vais doubler la mise. J'achète votre silence pour deux millions. Deux millions chacun. Dans la plus parfaite discrétion, bien entendu. Nous sommes d'accord ? » dit Torsten Florin.

Ils hochèrent la tête tous les deux.

« Il y a juste un détail que je voudrais éclaircir. Répondez-moi franchement. Si vous mentez, je le saurai et il n'y aura plus d'arrangement. C'est compris ? »

La question n'attendait pas de réponse.

« Pourquoi m'avez-vous parlé d'un couple à Langeland ce matin ? Kåre Bruno, je veux bien, mais ce couple ? Je ne vois pas ce qu'il a à voir avec nous.

— Parce que nous avons mené une enquête approfondie », dit Carl. « Nous avons un gars à l'hôtel de police qui travaille sur ce genre de dossiers depuis des années.

— Mais cette histoire ne nous concerne pas », s'obstina Florin.

« Vous m'avez demandé de vous répondre franchement. Je vous réponds que nous avons mené une enquête approfondie », répéta Carl. « Type d'agression, lieu et moment du crime, *modus operandi*. Tout colle. »

C'est alors que la bande du pensionnat révéla sa vraie nature.

« Répondez », hurla Ditlev Pram, en cognant la plaie de Carl avec le corps de l'arbalète.

Sa gorge se contracta si fort sous l'effet de la douleur que ce dernier ne cria même pas. Et Pram frappa encore, et encore et encore.

« Répondez ! Pourquoi nous mettez-vous en cause dans l'affaire du couple de Langeland ? » vociférait-il.

Assad, voyant qu'il allait continuer à frapper, l'arrêta en hurlant :

« Kimmie avait une des boucles d'oreilles. La même que celle qu'on a retrouvée dans leurs affaires. Elle l'a gardée dans une boîte avec d'autres objets qu'elle avait ramassés sur les lieux de vos crimes. Vous le savez déjà, ça. »

Si Carl avait eu encore un peu de force, il aurait dit à Assad de fermer sa gueule.

Mais le mal était fait.

Ils le lurent tous les deux en même temps sur le visage de Torsten Florin. La seule chose que ces hommes craignaient était devenue réalité. Il y avait des preuves contre eux. D'authentiques preuves.

« Je présume que d'autres collègues à vous connaissent l'existence de cette boîte ? Où se trouve-t-elle ? »

Carl ne répondit pas. Il repérait les lieux.

Il y avait dix mètres entre la cage contre laquelle ils étaient assis et la porte du hangar. Et au moins cinquante ensuite pour arriver au petit bois. Après, il suffisait de courir un kilomètre au milieu des arbres pour atteindre l'immense forêt de Gribskov. Il n'y avait pas de meilleur endroit pour se cacher. C'était juste beaucoup trop loin et il n'y avait rien à sa portée qui puisse faire office d'arme. Deux hommes armés d'arbalètes se tenaient au-dessus de lui. Quelle solution leur restait-il ?

Aucune.

« Il faut s'en débarrasser tout de suite et effacer toutes les traces », marmonna Ulrik Dybbøl-Jensen. « Vous ne vous rendez pas compte. On ne peut pas leur faire confiance. Ils ne sont pas comme les autres. On ne peut pas acheter leur silence. »

Florin et Pram se tournèrent lentement vers lui. Pas très malin de dire ça, disaient leurs regards.

Pendant que les trois complices discutaient de leur sort, Assad et Carl entamèrent leur propre conversation muette. Assad exprimait ses regrets et Carl lui pardonnait. Qu'est-ce que cela changeait qu'Assad ait trop parlé, au moment où trois types totalement dénués de scrupules étaient en train de se demander comment ils allaient les tuer ?

« OK, on fait comme ça. Mais on n'a pas beaucoup de temps. Les autres arrivent dans cinq minutes », dit Florin.

Pram et Dybbøl-Jensen se jetèrent sur Carl pendant que Florin tenait les deux prisonniers en joue avec son arbalète. Il semblait épaté par leur efficacité.

Ils collèrent un morceau de chatterton sur la bouche de Carl et lui lièrent les mains dans le dos. Ils tirèrent sa tête vers l'arrière et lui mirent de l'adhésif sur les yeux également. Il se débattit un peu et eut le temps d'ouvrir ses paupières d'un millimètre. C'est ainsi qu'il put voir avec quelle violence Assad leur résistait, à coups de pied et de poing, envoyant l'un des deux à terre. Carl vit qu'il s'agissait d'Ulrik Dybbøl-Jensen. Il avait été mis hors de combat par un coup de karaté sur la carotide. Florin se débarrassa de l'arbalète pour courir à la rescousse de Pram. Tandis que les deux hommes parvenaient péniblement à immobiliser Assad,

Carl se leva et courut vers le rai de lumière venant de l'entrée du hangar.

Amoché comme il l'était, il ne serait d'aucune aide à Assad dans une bagarre. Il ne pourrait le secourir qu'en allant chercher de l'aide.

Il les entendit crier qu'il n'irait pas loin. Que les boys de la ferme l'attraperaient et le ramèneraient. Pour subir le même sort qu'Assad. Dans la cage de l'hyène.

« Tu n'es pas impatient de faire la connaissance de l'hyène, Mørck ? » lui crièrent-ils.

Ils sont dingues, se dit Carl pendant qu'il courait à l'aveugle, essayant de s'orienter à travers la minuscule fente du chatterton.

Soudain, il entendit les voitures arriver. De nombreuses voitures.

Si les gens qui conduisaient ces voitures étaient comme ceux qu'il venait de quitter dans le hangar, il pouvait dire adieu à l'existence.

40

Peu après le départ du train, quand le roulement du wagon fut devenu monotone, les voix envahirent la tête de Kimmie. Elles n'étaient pas bruyantes, juste obstinées et impérieuses. Elle avait l'habitude.

C'était un train électrique. Très différent du vieux train à vapeur rouge qu'elle avait pris avec Bjarne la dernière fois qu'ils étaient allés à Gribskov ensemble, des années plus tôt. Beaucoup de choses avaient changé depuis.

C'était une époque débridée. Ils avaient bu et pris de la cocaïne, ils avaient ri, parlé trop fort et fait n'importe quoi, jusqu'à leur arrivée dans la propriété que Torsten venait d'acquérir. Forêt, marais, lacs et champs. L'endroit rêvé pour un chasseur. Il fallait juste empêcher le gibier de partir dans le communal, à part ça c'était parfait.

Bjarne et elle s'étaient moqués de lui. Ils trouvaient follement amusant de le voir crapahuter le plus sérieusement du monde dans ses bottes de caoutchouc à lacets. Mais Torsten s'en fichait. C'était sa forêt, et il avait droit de vie et de mort sur tous les animaux qui gambadaient en liberté sur ses terres.

Pendant quelques heures, ils avaient massacré des chevreuils et des faisans, et même un raton laveur que Kimmie lui avait rapporté de Nautilus. Un geste qu'il avait apprécié. Ensuite, conformément au rituel, ils avaient regardé *Orange mécanique* dans la salle de projection privée de Torsten. Une journée sans événement particulier, un peu comateuse à cause de toute la drogue et de tout l'alcool qu'ils avaient consommés. Le soir venu, ils n'avaient même plus assez d'énergie pour aller chercher de nouvelles victimes humaines.

Ce fut la première et la dernière fois qu'elle se rendit là-bas. Les voix prenaient un malin plaisir à lui rappeler chaque détail de cette journée.

Ils seront là tous les trois, tu comprends, Kimmie ? C'est aujourd'hui ou jamais ! répétaient-elles comme une litanie.

Elle s'assura que les autres passagers ne la regardaient pas et glissa la main dans le sac de voyage. Elle toucha la grenade, le pistolet, le silencieux, le sac à bandoulière et son petit paquet bien-aimé. Ce sac en toile contenait tout ce dont elle avait besoin.

A la gare de Duemose, elle s'assit sur un banc, attendant que les autres passagers matinaux aient été récupérés par celui ou celle qui venait les chercher, ou soient partis sur leurs vélos rangés sous un abri peint en rouge.

Un seul automobiliste lui demanda si elle voulait qu'il la dépose quelque part, mais elle se contenta de lui sourire. Un sourire pouvait servir à ça aussi.

Quand il n'y eut plus personne sur le quai et que la route communale fut aussi déserte qu'avant l'arrivée du train, elle se dirigea vers le bout du quai, sauta sur

les rails et continua son chemin en suivant la voie ferrée qui longeait les premiers arbres. Elle ne s'arrêta
que lorsqu'elle trouva un endroit sûr pour y cacher le
sac de voyage.

Elle sortit sa besace, qu'elle mit en bandoulière, y
rangea tout ce dont elle avait besoin et rentra le bas de
son jean dans ses chaussettes.

Avant de partir elle ouvrit le sac en toile et dit au
petit corps desséché : « Maman revient te chercher,
mon trésor. N'aie pas peur. » Les voix lui ordonnèrent
de se dépêcher.

Elle trouva son chemin sans difficulté. Il lui suffit
de faire quelques pas sur la route, de dépasser une
petite usine et elle se retrouva dans les sentes forestières qu'elle savait mener à la partie la plus reculée
du terrain de Torsten.

Malgré l'impatience des voix dans sa tête, elle ne se
pressait pas, levant la tête afin d'admirer les dernières
taches de couleur dans les arbres, respirant profondément pour transformer en souvenir olfactif l'émotion
de cet instant et les ocres de l'automne.

Il y avait des années qu'elle ne s'était pas offert ce
plaisir. Une éternité.

Le pare-feu lui sembla plus large que dans son souvenir. Elle s'allongea à la lisière de la forêt, pour
observer la clôture qui séparait les bois de Torsten de
ceux de la commune. Elle avait appris au cours des
années passées dans les rues de Copenhague qu'une
caméra de surveillance peut être minuscule. Elle inspecta les branches, les grillages et prit son temps pour
les repérer toutes. Là où elle se trouvait, il y avait
quatre caméras. Deux fixes et deux qui balayaient la

zone en permanence, couvrant un angle de 180°. L'une des caméras fixes était orientée droit sur elle.

Elle recula pour se mettre à l'abri des broussailles et évalua la situation.

L'allée pare-feu était d'une largeur d'environ neuf ou dix mètres. L'herbe était parfaitement tondue à une hauteur d'à peu près vingt centimètres. Il n'y avait aucun moyen de traverser sans se mettre à découvert. Elle regarda à droite puis à gauche. C'était pareil partout. En fait, il n'y avait qu'un seul moyen de traverser le pare-feu, et ce n'était pas au ras du sol.

Il fallait passer d'un arbre à l'autre, avancer de branche en branche.

Elle réfléchit. Le chêne qui se trouvait de son côté de l'allée était légèrement plus haut que le hêtre qui était en face. Le premier avait de grosses branches qui s'étendaient à cinq ou six mètres au-dessus de l'allée. L'autre était plus frêle et ses branches plus fragiles. Sauter du grand arbre au plus petit représenterait un bond de deux mètres de haut. Elle allait devoir en même temps se projeter en avant afin de se rapprocher du tronc. Dans le cas contraire, elle atterrirait au bout des branches qui risquaient de céder sous son poids.

Kimmie n'avait jamais été très forte pour grimper aux arbres. Sa mère lui interdisait de jouer dehors, craignant qu'elle salisse ses vêtements, et quand sa mère avait disparu, son envie de jouer s'était volatilisée également.

Le grand chêne était magnifique. Ses nombreuses branches s'élançaient presque à l'horizontale, solides, basses et couvertes d'une écorce épaisse. Kimmie fut surprise de voir avec quelle facilité elle réussit à y monter.

C'était une sensation formidable. « Il faudra que tu essayes ça un jour, Mille », dit-elle en s'élevant petit à petit.

Elle ne commença à se poser des questions qu'une fois arrivée en haut. La distance jusqu'au sol lui parut tout à coup impressionnante et la perspective d'un saut jusqu'aux branches lisses du hêtre terriblement aléatoire. Allait-elle réussir ? Vu du sol, cela paraissait facile, mais pas vu d'ici. Si elle tombait, elle était fichue. Elle se briserait les os, ils la repéreraient avec leurs caméras de surveillance. Ils la feraient prisonnière et elle serait à leur merci. Elle les connaissait. Non seulement elle n'accomplirait pas sa vengeance, mais ils ne lui feraient pas de cadeau.

Elle passa un petit moment perchée dans l'arbre à essayer de visualiser le saut qu'elle devait réaliser. Puis elle se mit debout avec précaution, les bras en arrière, s'accrochant aux branches.

En sautant, elle savait déjà qu'elle avait pris trop d'élan. Elle le sentit dans son corps pendant qu'elle était suspendue dans le vide et elle vit le tronc en dessous d'elle approcher beaucoup trop vite. Elle entendit l'un de ses doigts se casser au moment où elle essayait d'éviter le choc frontal avec le hêtre, mais ses réflexes prirent le relais de sa volonté. Si elle avait un doigt HS, les neuf autres fonctionnaient encore. Elle s'inquiéterait de la douleur plus tard. Pour l'instant, il fallait éviter de tomber. En regardant vers le bas, elle constata que les hêtres ont beaucoup moins de branches basses que les chênes.

Elle descendit aussi loin qu'elle put, puis elle se pendit à la dernière branche et évalua la distance jusqu'au sol à environ trois ou quatre mètres. Elle resta là un moment, son doigt fracturé lui donnant l'impression de ne plus faire partie d'elle. Enfin, elle lâcha la branche à laquelle elle s'agrippait pour se jeter contre le tronc qu'elle enlaça derechef afin de se laisser glisser jusqu'en bas, lacérant et piquant d'échardes ses bras et son cou.

Elle observa le doigt tordu et le remit en place d'un coup sec. Des ondes de douleur se propagèrent dans son corps. Mais Kimmie ne poussa pas un cri. Elle l'aurait arraché si cela s'était avéré nécessaire.

Elle épongea le sang sur son cou et s'enfonça dans l'ombre des arbres, cette fois, elle se trouvait du bon côté de la clôture.

Elle avait remarqué lors de sa dernière visite que c'était un bois aux essences variées. Quelques bosquets de conifères, des clairières plantées de jeunes feuillus, d'immenses parcelles de bouleaux sauvages, des haies d'aubépine, des hêtres et des chênes disséminés.

Le sous-bois dégageait une forte odeur de feuilles en putréfaction. Quand on a passé quinze ans sur le bitume, on devient sensible à ce genre d'odeurs.

A présent ses voix lui disaient de foncer et d'en finir. Elles lui rappelaient que la confrontation devait avoir lieu à ses conditions. Mais Kimmie ne les écoutait pas. Elle avait tout son temps, et elle le savait. Quand Torsten, Ulrik et Ditlev pratiquaient leurs jeux macabres, ils ne s'arrêtaient pas avant d'en avoir assez. Et ils n'en avaient jamais assez.

« Je vais longer le bois et le pare-feu », dit-elle tout haut, pour imposer sa volonté aux voix dans sa tête.

538

« C'est plus long, mais on arrive aussi à la ferme en passant par-là. »

C'est parce qu'elle avait fait ce choix qu'elle vit les hommes à la peau noire qui attendaient, face au bois, pour ça aussi qu'elle vit la cage contenant l'animal enragé. Grâce également à cette décision qu'elle remarqua les jambières que ces hommes portaient et qui leur remontaient jusqu'à l'entrejambe.

Et c'est pour toutes ces raisons qu'elle décida finalement de s'enfoncer à nouveau dans le bois et d'attendre la suite des événements.

Quelques instants plus tard, elle entendit les premiers cris et, à peine cinq minutes après, les premiers coups de feu.

41

Il courait, la nuque raide et, devant ses pieds, une vision stroboscopique du sol avec ses feuilles mortes et ses branches traîtresses. Au départ, il entendait les protestations furieuses d'Assad, mais au bout d'un moment il n'y eut plus que le silence.

Il ralentit l'allure, essaya de se débarrasser du ruban adhésif dans son dos. Il avait les muqueuses desséchées à force de respirer en pointillé. Sa nuque était douloureuse.

Il fallait qu'il enlève le chatterton de ses yeux. Avant toute chose. Dans un instant, ils allaient accourir de partout et se ruer sur lui. Les chasseurs venant de la ferme et les rabatteurs de Dieu sait où. Il fit un tour sur lui-même et ne vit que des troncs d'arbres à perte de vue. Il courut encore quelques secondes, jusqu'à ce que son front heurte une branche basse qui le projeta en arrière.

« Merde ! » râla-t-il. « Fait chier ! »

Il parvint tant bien que mal à se relever et se mit en quête d'une branche cassée à hauteur d'homme. Quand il l'eut trouvée, il s'approcha de l'arbre jusqu'à insérer la tige sous l'adhésif à la hauteur de ses narines, et se baissa très doucement. L'adhésif se resserra dans sa nuque mais resta collé sur ses yeux. Il adhérait trop fort à ses paupières.

Il réessaya en tâchant de garder les yeux fermés, mais il sentit que ses paupières accompagnaient le mouvement et faisaient sortir ses yeux de leurs orbites.

« Merde, merde, et remerde ! » jura-t-il en remuant la tête de part et d'autre, égratignant sa paupière avec la branche cassée.

Alors il entendit les premiers cris des rabatteurs. Encore plus proches de lui qu'il ne le craignait, une centaine de mètres tout au plus. La distance était difficile à évaluer au milieu des arbres. Il leva la tête et se dégagea de la branche. A présent, il parvenait à voir presque normalement, mais d'un seul œil.

La forêt était dense. Il avait du mal à déterminer de quelle direction venait la lumière du soleil et, à vrai dire, il avait complètement perdu le sens de l'orientation. Cette simple constatation lui fit admettre que les jours de Carl Mørck étaient probablement comptés.

Il entendit les coups de fusil au moment où il arrivait à la première clairière. Les rabatteurs étaient si près qu'il dut se jeter au sol et ramper au lieu de marcher. Il espérait que le pare-feu était droit devant lui. S'il parvenait à atteindre les sentes cavalières qui traversaient la forêt communale, il ne serait plus qu'à huit cents mètres, à vol d'oiseau, de l'endroit où Assad et lui avaient garé la voiture. Il n'avait plus qu'à prier pour être dans la bonne direction.

Il vit des oiseaux qui s'envolaient au-dessus des arbres et entendit des mouvements dans les broussailles. Les rabatteurs criaient et tapaient deux morceaux de bois l'un contre l'autre pour faire fuir le gibier devant eux.

S'ils ont des chiens, ils me trouveront, se dit-il en regardant un tas de feuilles que le vent avait amoncelées au creux d'une grosse branche fourchue tombée au sol.

Quand les premiers chevreuils bondirent, il sursauta et se jeta instinctivement en boule sous les feuilles.

Maintenant, tu respires calmement et le plus lentement possible, se dit-il, dissimulé par le monticule à l'odeur d'humus. Pourvu que Torsten n'ait pas équipé ses rabatteurs de téléphones mobiles avec lesquels ils seraient informés que l'équipe de chasse poursuivait actuellement un policier en cavale qui ne devait s'échapper sous aucun prétexte. Pourvu qu'il n'ait pas fait ça ! Mais un homme comme Torsten pouvait-il avoir oublié de prendre une précaution aussi élémentaire ? Sûrement pas ! Bien sûr que les rabatteurs savaient exactement de quelle nature était le gibier qu'ils poussaient vers les fusils.

Il sentit que sa plaie s'était rouverte. Le sang s'écoulait et collait la chemise à sa peau. S'ils avaient des chiens, ils le sentiraient. Et s'il restait trop longtemps ici, il saignerait à mort.

Comment ferait-il pour venir en aide à Assad s'il ne se sortait pas rapidement de ce pétrin ? Et si, contre toute attente, il survivait et qu'Assad mourait, il ne se le pardonnerait pas. Il avait déjà perdu un coéquipier parce qu'il n'avait pas pris les bonnes décisions au bon moment. C'était un fait, et il fallait regarder la vérité en face.

Il respira profondément. Cela ne devait en aucun cas se reproduire. Même si pour l'éviter il devait brûler en enfer. Même s'il devait risquer la prison. Même s'il devait y laisser la vie.

Il secoua les feuilles qui lui recouvraient la tête. Il entendit un chuintement. Le son s'amplifia et il identifia une respiration puis un faible jappement. Il sentit son cœur s'accélérer et la douleur battre dans son épaule. Si c'était un chien, il était foutu.

Plus loin, il percevait le pas décidé des rabatteurs. Ils riaient et criaient. Ils faisaient ce qu'on attendait d'eux.

Puis les sons aigus et les fouissements de l'animal cessèrent et Carl sentit qu'il était près de lui et l'observait.

Il dégagea encore quelques feuilles pour mieux voir et se trouva nez à nez avec le museau pointu d'un renard. Ses yeux étaient injectés de sang, la bave moussait aux coins de sa gueule. Il haletait comme un animal malade et son corps tremblait de froid.

Il grogna quand Carl bougea. Grogna encore, bien qu'il restât immobile et retînt sa respiration. Il montra les dents en un rictus dément et s'approcha de lui la tête au ras du sol.

Tout à coup il se pétrifia. Sentant vraisemblablement un danger, il regarda derrière lui. Il se tourna à nouveau vers Carl et soudain, comme s'il avait été doué de la capacité de réfléchir, il vint se glisser contre lui, se couchant à ses pieds, creusant le tas de feuilles avec son nez plein de glaires.

Et il attendit là, sans bouger, le souffle court. Totalement dissimulé sous les feuilles. Exactement comme lui.

Un vol de perdreaux vint se poser dans un rai de lumière à quelques mètres d'eux. Quand les oiseaux reprirent leur envol, effrayés par le vacarme des rabatteurs, plusieurs coups de feu retentirent. A chaque détonation, Carl sursautait, et il était traversé de sueurs froides tandis qu'à ses pieds l'animal tremblait.

Il vit les chiens ramasser les oiseaux abattus et peu après les chasseurs eux-mêmes, simples silhouettes sur un fond de taillis.

Ils devaient être neuf ou dix. Tous chaussés de bottes à lacets, tous en knickers. Quand ils s'approchèrent, il reconnut plusieurs d'entre eux parce qu'ils faisaient partie du gratin, de la haute société. *Est-ce que je devrais sortir de ma cachette ?* se demanda-t-il l'espace d'une seconde, avant de voir que Torsten Florin et ses deux amis marchaient juste derrière l'homme de tête. Pram et Dybbøl-Jensen étaient armés d'une arbalète chacun et prêts à tirer. S'ils l'apercevaient, ils le tueraient sans sommation. Ils s'arrangeraient pour faire passer cela pour un accident. Ils feraient en sorte d'impliquer tous les membres de l'équipe de chasse dans l'histoire. La solidarité était forte entre ces gens-là. Ils le débarrasseraient de ses rubans adhésifs et parleraient de flèche perdue.

Carl commençait à haleter autant que le renard. Qu'était-il arrivé à Assad ? Qu'allait-il lui arriver à lui ?

Mais alors que les hommes se trouvaient à quelques mètres du tas de feuilles, alors que les chiens commençaient à s'exciter, le renard couché à ses pieds, qui respirait à présent assez fort pour qu'on puisse l'entendre, bondit brusquement et vint refermer ses mâchoires sur l'entrejambe du premier chasseur, mordant et déchiquetant sa chair en y mettant toute la rage qui l'habitait. Les cris du jeune homme étaient atroces.

Il hurlait à la mort, suppliant qu'on lui vienne en aide. Les dents des chiens claquaient autour du renard mais il leur tenait tête, toutes dents dehors, pissant jambes écartées. Quand Pram épaula, il détala pour sauver sa peau.

Carl n'entendit pas le trait siffler en fendant l'air mais il entendit le hurlement du renard quand il l'atteignit, et aussi ses faibles jappements pendant son agonie.

Les chiens flairèrent l'urine du renard et l'un d'entre eux vint plonger son nez dans les feuilles, à l'endroit où l'animal s'était couché. Son flair ne lui révéla pas la présence de Carl.

Dieu bénisse ce renard et sa pisse, se dit Carl, tandis que les chiens allaient rejoindre leurs maîtres. L'homme blessé était allongé par terre, ses deux jambes semblaient tétanisées et il hurlait toujours. Ses compagnons, penchés sur lui, lui prodiguaient les premiers soins, déchirant leurs écharpes pour lui faire un garrot. Enfin ils le mirent debout.

« Joli coup ! » dit Torsten Florin à Ditlev quand il rejoignit le groupe de chasseurs, un couteau ensanglanté dans une main et la queue du renard dans l'autre. Florin se tourna vers ses invités :

« Je suis désolé, mes amis, mais la chasse est terminée. Je vous confie Saxenholdt. Tâchez de le conduire à l'hôpital le plus rapidement possible ! Je vais appeler les rabatteurs pour qu'ils le transportent jusqu'à vos voitures. Demandez aux médecins de lui faire une injection contre la rage, on ne sait jamais ! Et gardez le doigt bien appuyé sur son artère fémorale, sinon il risque d'y passer. »

Il cria quelque chose d'incompréhensible en direction du rideau d'arbres, et un troupeau d'hommes de couleur sortit de l'ombre. Il expédia quatre d'entre eux avec les chasseurs et ordonna aux quatre autres de rester. Deux d'entre eux portaient des fusils de chasse de petit calibre, identiques au sien.

Quand l'équipe de chasse se fut éloignée en compagnie de leur camarade pleurant de douleur, les trois copains de classe et les quatre Noirs se mirent en cercle.

« Nous n'avons pas beaucoup de temps, OK ? » dit Florin. « Ce flic est dans la force de l'âge, et il ne faut pas le sous-estimer.

— Qu'est-ce qu'on en fait une fois qu'on l'a trouvé ? » demanda Dybbøl-Jensen.

« Vous faites ce que vous feriez s'il était un renard enragé. »

Il resta un long moment sans bouger, tous les sens en éveil. Lorsqu'il fut certain que tous s'étaient éloignés vers le fond de la forêt, il considéra que la voie était libre en direction de la ferme. Sauf si les quatre Noirs qui avaient transporté le blessé revenaient.

Maintenant, il va falloir courir ! se dit-il en dépliant son corps ankylosé. Il ploya la nuque afin que son œil à peu près dégagé lui permette de s'orienter dans l'épais sous-bois.

Les pensées défilaient dans sa tête tandis que les ronces s'agrippaient à ses vêtements et que le sang dégoulinait de son épaule blessée. *Je vais trouver un couteau quelque part dans le hangar pour enlever ce chatterton. Assad est peut-être encore vivant.*

Il avait froid. Ses mains liées dans son dos étaient devenues insensibles. Il se demanda s'il avait déjà perdu trop de sang pour s'en tirer vivant.

Il entendit plusieurs 4 × 4 qui mettaient les gaz et s'éloignaient. Il ne devait plus être très loin de la maison.

Au moment où cette pensée lui traversait la tête, il sentit une flèche passer si près qu'il perçut le courant d'air à côté de sa tempe. Elle alla se ficher si profondément dans un tronc d'arbre que personne ne parviendrait jamais à l'enlever de là.

Il tourna la tête mais ne vit rien. Où étaient-ils ? Il entendit un coup de feu et un bruit d'écorce arrachée juste à côté de lui.

Les cris des rabatteurs avaient repris. *Cours, cours, cours ! Surtout ne tombe pas !* disait une voix dans sa tête. *Derrière ce buisson ! Et maintenant derrière celui-là. Evite de te retrouver dans leur ligne de mire. Et maintenant ? Où vais-je me cacher ?*

Il savait que bientôt ils l'auraient rattrapé. Il savait qu'il aurait droit à une mort lente et douloureuse. C'était comme ça qu'ils prenaient leur pied, ces salauds.

Son cœur cognait si fort dans sa poitrine qu'il l'entendait.

Il traversa un gué. Sentit ses pieds qui s'enfonçaient dans la glaise, devenir lourds, les muscles de ses jambes lui faisaient mal. *Cours, continue à courir !*

Il aperçut une clairière sur sa droite. C'était sûrement par là qu'ils étaient arrivés tout à l'heure, Assad et lui, puisqu'il venait de repasser le cours d'eau. Maintenant, il devait aller vers la droite. Monter la colline et tourner à droite. Il n'était plus très loin.

Ils tirèrent à nouveau, plus loin de lui cette fois. Tout à coup il fut dans la cour de la ferme. Il était seul, son cœur battait à se rompre et dix pas à peine le séparaient de la porte du hangar.

Il en avait parcouru cinq quand la flèche vint ricocher à sa gauche. Elle ne l'avait pas manqué par hasard. Elle avait juste été envoyée en guise d'avertissement. On lui faisait simplement savoir que s'il faisait un pas de plus, une autre flèche suivrait.

C'est là que son instinct de survie l'abandonna. Il s'arrêta et attendit qu'ils se jettent sur lui, résigné à mourir sur les pavés de cette magnifique cour de ferme.

Il inspira profondément et effectua une lente rotation à 180° pour se trouver nez à nez avec ses trois bourreaux et quatre rabatteurs entourés d'une horde de petits enfants noirs au regard curieux. Tous se tenaient immobiles et silencieux.

« C'est bon, vous pouvez partir », ordonna Florin. Les Africains s'en allèrent, poussant le troupeau d'enfants devant eux.

Il ne restait plus que Carl et les trois hommes. Ils étaient en nage et lui souriaient d'un air mauvais. La queue du renard pendait mollement à l'arbalète de Ditlev Pram.

La chasse était terminée.

42

Il marchait devant eux, les yeux au sol. A l'intérieur du hangar la lumière était vive, et il n'avait nulle envie de voir ce qui restait d'Assad sous cet éclairage impitoyable. Il préférait ne pas savoir comment la mâchoire puissante d'une hyène pouvait broyer le corps d'un être humain.

D'ailleurs, il n'avait plus envie de voir quoi que ce soit. Ils pouvaient faire de lui ce qu'ils voulaient, et si possible avant de lui infliger la vision de ce qu'ils avaient fait à son ami.

L'un des trois éclata de rire. Un grand rire qui venait du ventre et qui se communiqua aux deux autres. Ce fou rire macabre força Carl à fermer les paupières aussi fort que le lui permettait le chatterton sur ses yeux.

Comment pouvait-on se réjouir ainsi de la souffrance et de la mort de son prochain ? Comment ces hommes en étaient-ils arrivés à un tel degré de démence ?

Soudain il entendit proférer en arabe ce qu'il identifia comme une bordée d'injures. Une longue série de sons gutturaux et désagréables à l'oreille qui le remplirent à tel point d'allégresse qu'il en oublia un instant la gravité de la situation et ouvrit les yeux.

Assad était vivant.

Il ne comprit pas d'où provenait la voix. Il ne voyait que les barreaux brillants de la cage, et l'hyène à l'intérieur qui leur jetait un regard fourbe. Et puis, en tendant le cou autant que l'adhésif le lui permettait, il découvrit Assad, suspendu comme un singe au sommet de la cage, le regard furieux, les bras et le visage lacérés.

Carl remarqua alors la vilaine boiterie de l'hyène. On aurait dit qu'elle avait les deux pattes arrière brisées. La bête gémissait chaque fois qu'elle essayait de bouger. Le rire des hommes s'éteignit.

« Bande d'ordures, alors », leur hurla Assad.

Carl faillit sourire sous son bâillon. Cet homme restait fidèle à lui-même jusqu'au seuil du trépas.

« Tu vas tomber, tôt ou tard, et l'hyène ne te fera pas de cadeau », vociféra Florin. Ses yeux brillaient de colère en découvrant ce qu'Assad avait fait du plus beau spécimen de sa ménagerie. Mais ce salopard avait raison, Assad ne resterait pas indéfiniment accroché là-haut.

Ditlev Pram réfléchit à haute voix : « Cet orang-outang perché là-haut me semble assez sauvage. S'il tombe sur le dos de cet animal, dans l'état où il l'a mis, j'ai peur qu'il lui fasse mal.

— Tant pis pour elle ! De toute façon, elle m'a déçu », répliqua Florin.

« Qu'est-ce qu'on va faire d'eux ? » Ulrik Dybbøl-Jensen se mêlait à la conversation toujours excité mais moins que tout à l'heure. Plus fragile. Typique du cocaïnomane en phase de descente.

550

Carl se tourna vers lui. S'il avait pu parler, il lui aurait conseillé de convaincre les autres de les relâcher. Il lui aurait dit qu'il était à la fois inutile, absurde et dangereux de les tuer. Que Rose mettrait toutes les brigades de Copenhague à leur recherche s'ils ne se pointaient pas au bureau demain matin. Qu'on perquisitionnerait chez Florin et qu'on y trouverait obligatoirement quelque indice. Qu'ils avaient intérêt à les laisser filer et à disparaître tous les trois aussi loin que possible, de l'autre côté de la planète, et à ne plus jamais revenir. Que c'était leur seule issue.

Mais Carl ne pouvait pas parler. L'adhésif était beaucoup trop collé. Et puis, de toute façon, Dybbøl ne l'aurait pas écouté, et ses compagnons encore moins. Torsten Florin ne reculerait devant rien pour effacer les traces de son crime. Même s'il devait mettre le feu à son domaine. Carl en était désormais convaincu.

« Nous allons jeter celui-là dans la cage avec l'autre. Je me fous de ce qui arrivera », dit Florin tranquillement. « Nous viendrons voir ce soir où ils en sont, et si ce n'est pas terminé, nous enfermerons d'autres bêtes dans cette cage avec eux. Ce n'est pas le choix qui manque. »

Carl se réveilla enfin de sa torpeur. Il se mit à donner des coups de pied dans tous les sens. Il ne les laisserait pas agir sans rien faire. Pas une deuxième fois.

« Qu'est-ce qui t'arrive, Carl Mørck ? Ça ne va pas comme tu veux ? »

Ditlev Pram se posta devant lui en évitant sans difficulté ses coups de pied désordonnés. Il leva son arbalète et visa le seul œil qui voyait quelque chose.

« Reste tranquille », lui ordonna-t-il.

Carl voulut ignorer l'ordre, donner encore des coups de pied. Pour en finir plus vite. Mais il n'en avait plus le courage. Ditlev Pram s'approcha, saisit un coin de l'adhésif qu'il avait sur les yeux et tira brusquement.

Il crut qu'il lui avait arraché les paupières. Que ses yeux pendaient hors de ses orbites. La lumière vint frapper sa rétine d'un seul coup et l'aveugla.

Et puis il vit ses bourreaux, les bras écartés comme s'ils voulaient l'embrasser, et des yeux qui lui disaient qu'il était sur le point de mener son ultime combat.

Malgré le sang qu'il avait perdu, malgré sa fatigue, il les frappa avec les pieds, encore et encore, et leur cria de derrière son bâillon qu'ils étaient des monstres et qu'ils n'échapperaient pas à leur destin.

Et pendant qu'il hurlait sa menace inaudible, une silhouette passa devant lui. Florin l'avait vue aussi. Ils entendirent ensuite un bruit de claquement dans le fond du hangar. Des chats passèrent ventre à terre et coururent vers la lumière qui entrait par la porte. Des ratons laveurs suivirent les chats. Puis ce fut le tour des hermines, des visons et des furets, tandis que des oiseaux battaient des ailes entre les solives en aluminium, piquant droit sur la verrière du plafond.

« Qu'est-ce que c'est que ce bordel ! » s'écria Torsten Florin, pendant qu'Ulrik Dybbøl-Jensen suivait des yeux la course folle d'un cochon vietnamien zigzaguant entre les cages sur ses petites jambes. L'attitude de Ditlev Pram changea brutalement, son regard se fit attentif tandis qu'il ramassait lentement l'arbalète qu'il avait posée par terre.

Carl recula. Au fond du hangar, le vacarme des animaux recouvrant la liberté s'amplifiait de minute en minute.

Il entendit Assad qui riait, toujours perché au sommet de sa cage. Il entendit les trois hommes qui juraient, il entendit des grognements et des aboiements, des sifflements et des battements d'ailes.

Mais il n'entendit pas la femme. Pas avant qu'elle ne se matérialise devant eux.

Tout à coup elle était là, avec son jean coincé dans ses chaussettes et son pistolet armé d'un silencieux pointé devant elle dans une main, tandis que son autre main, bizarrement crispée, agrippait un morceau de viande surgelée.

Elle était parfaite, debout avec son sac en bandoulière, belle avec son visage paisible et ses yeux brillants.

Quand ils la virent, les trois hommes se turent. C'était comme s'ils ne voyaient même plus les animaux qui continuaient de cavaler dans tous les sens sous le hangar. Ils étaient comme pétrifiés. Pas par son arme, ni par sa frêle personne, mais par ce qu'elle incarnait. L'évidence. Le nègre en face du Ku Kux Klan. Le libre penseur devant un tribunal de l'Inquisition.

« Bonjour », dit-elle, les saluant de la tête l'un après l'autre. « Jette ça par terre, Ditlev », dit-elle en désignant l'arbalète. Elle leur ordonna de reculer d'un pas.

« Kimmie », s'écria Ulrik Dybbøl-Jensen. Il y avait de la tendresse et de la peur dans sa voix. Peut-être plus de tendresse que de peur.

Elle sourit en voyant deux belles loutres renifler les jambes des hommes qu'elle tenait en joue avant de courir vers la liberté.

« A partir d'aujourd'hui nous allons tous être libres ! Est-ce que ce n'est pas une journée merveilleuse ? » dit-elle. « Toi ! » enchaîna-t-elle, s'adressant à Carl. « Envoie-moi cette sangle, là. » Elle lui montrait une lanière en cuir à moitié cachée sous la cage de l'hyène.

« Allez, viens, petite », chuchota-t-elle en direction de la cage, où l'animal blessé respirait péniblement. A aucun moment elle ne lâcha les trois hommes des yeux. « Allez, ma belle, viens voir ce que j'ai à manger pour toi. »

Elle posa la viande juste à l'entrée de la cage et attendit patiemment que la faim de la bête lui fasse oublier sa peur. Quand elle s'approcha, Kimmie ramassa le lasso et le passa à travers les barreaux, de façon que la boucle se trouve autour du morceau de viande.

L'hyène mit longtemps à se décider, décontenancée par tous ces gens qui la regardaient et encore plus par leur silence.

Lorsque enfin elle baissa la tête vers la viande et que Kimmie resserra la lanière pour la capturer, Ditlev Pram se mit à courir vers la porte et les deux autres poussèrent un cri.

Elle leva son arme et Pram tomba face contre terre en hurlant tandis que dans le même temps Kimmie fixait d'une seule main le lasso à un barreau de la cage et que l'hyène secouait la tête dans tous les sens pour essayer de se libérer.

« Lève-toi, Ditlev », dit-elle tout doucement. Lorsqu'elle comprit qu'il en était incapable, elle conduisit les deux autres jusqu'à lui pour qu'ils le ramènent au centre du hangar.

Carl avait déjà vu un coup de feu stopper net un homme en pleine course, mais il avait rarement vu un tir aussi précis que celui-là. Elle lui avait transpercé la hanche.

Ditlev Pram était très pâle mais il ne disait pas un mot. C'était comme s'ils avaient été tous les quatre au milieu d'un rituel auquel ils ne pouvaient pas se soustraire. Une cérémonie silencieuse.

« Ouvre la cage, Torsten. »

Elle s'adressa ensuite à Assad : « C'est toi qui m'as vue à la gare centrale. Je te reconnais. Tu peux descendre maintenant si tu veux. »

« *El Hamdou Lillah !* s'exclama Assad en extirpant ses orteils et ses doigts du grillage auquel il se tenait. Quand il atterrit sur le sol, il ne put ni marcher ni rester debout. Tous ses membres étaient engourdis et devaient l'être depuis un certain temps.

« Aide-le à sortir, Torsten », dit Kimmie. Elle suivit attentivement chacun des gestes de Florin, jusqu'à ce qu'Assad soit allongé sur le sol du hangar.

« Et maintenant, vous rentrez tous les trois dans cette cage », dit-elle calmement à ses anciens amis.

« Je t'en prie, Kimmie, pas moi », chuchota Ulrik. « Je ne t'ai jamais fait de mal, moi, souviens-toi ! »

Il tenta en vain d'en appeler à sa clémence : son air piteux ne suscita pas en elle la moindre réaction.

« Allez, dépêche-toi », dit-elle simplement.

« Tu ferais mieux de nous tuer », dit Florin, tandis qu'elle aidait Ditlev Pram à rentrer dans la cage. « Aucun d'entre nous ne survivra à la prison.

— Je sais, Torsten. La cause est entendue. »

Pram et Florin se taisaient, Dybbøl-Jensen pleurnichait : « Vous ne vous rendez pas compte qu'elle va nous tuer ? »

Quand la porte de la cage se referma avec un bruit sec, elle sourit, se pencha en arrière et lança le pistolet aussi loin qu'elle put au fond du hangar.

Il résonna contre la paroi. Métal contre métal.

Carl regarda Assad qui se frottait les articulations. Hormis le sang qui coulait toujours d'une plaie à sa main, et quelques griffures sur son visage, il était indemne. Il revenait de loin.

Ditlev, Torsten et Ulrik se mirent soudain à lui parler tous en même temps.

« Saute-lui dessus, toi », dit l'un d'eux à Assad.

« Il ne faut pas lui faire confiance », ajouta Florin.

Kimmie était imperturbable. Elle les regardait, comme un vieux film oublié qu'on a ressorti d'un fond de tiroir et qu'on se projette sans trop savoir pourquoi.

Elle vint vers Carl et arracha l'adhésif qu'il avait sur la bouche. « Je sais qui tu es », lui dit-elle. Rien d'autre.

« Moi aussi, je sais qui tu es », répondit Carl simplement, heureux de pouvoir enfin respirer librement.

Florin colla son visage contre les barreaux. « Si vous ne faites pas quelque chose tout de suite, les poulets, dans cinq minutes, elle sera la seule à être encore en vie dans ce hangar, vous le savez, ça ? » Il regarda Assad et Carl dans les yeux, l'un après l'autre. « Kimmie n'est pas comme nous, vous comprenez ? C'est elle la tueuse, pas nous. Il est exact que nous avons agressé des gens, que nous les avons tabassés jusqu'à leur faire perdre connaissance, mais il n'y a que Kimmie qui ait tué, vous comprenez ce que je vous dis ? »

Carl sourit et secoua la tête. Florin était de la race des survivants. Même acculé, il cherchait une issue. Pour lui, tant qu'il y avait de la vie, il y avait de l'espoir. Il continuerait à se battre jusqu'au trépas et ne s'encombrait pas de scrupules. N'était-ce pas lui qui avait eu l'idée de donner Assad en pâture à l'hyène ?

Carl regarda Kimmie. Il s'attendait à voir un sourire sur son visage, mais pas ce rictus froid et satisfait. Elle les écoutait, elle était là et ailleurs à la fois.

« Mais oui, regardez-la. Elle n'essaye même pas de nier ? Elle est totalement dépourvue d'affects ! Regardez son doigt. Il est cassé. Est-ce qu'elle se plaint ? Non, elle se fout de tout. Y compris de notre mort à tous », dit Ditlev, affalé au fond de la cage, le poing enfoncé dans son horrible blessure.

Carl se remémora les horreurs dont la bande s'était rendue coupable. Les choses s'étaient-elles vraiment passées comme ça ? Ou essayaient-ils simplement de sauver leur peau ?

Florin reprit la parole. Il n'était plus le chef à présent. Il ne menait plus la danse. Il était juste Torsten Florin.

« C'était Kristian Wolf qui donnait les ordres. Lui qui désignait les victimes. Ensuite on leur tapait dessus jusqu'à ce qu'on en ait marre. Pendant ce temps-là, cette satanée bonne femme nous regardait tranquillement sans rien faire, attendant son tour. Sauf à de rares occasions où elle a participé au tabassage. » Florin fit une pause. On aurait dit qu'il se repassait le film. « Mais vous pouvez me croire, c'était chaque fois elle qui les tuait. A part le jour où Kristian s'est engueulé avec Kåre, son ancien fiancé. C'est la seule fois, je crois, où ce n'est pas elle qui a donné le coup fatal. La plupart du temps, on lui fatiguait la victime, comme les picadors dans une arène, et c'était elle qui donnait l'estocade. Elle seule. Et elle adorait ça.

— Mon Dieu », gémit Ulrik Dybbøl-Jensen. « Je vous en supplie. Faites quelque chose ! Je vous jure que Torsten dit la vérité ! »

La situation semblait figée, mais soudain l'atmosphère changea radicalement. Carl pressentit que quelque chose allait se passer. Il vit Kimmie ouvrir la sacoche qu'elle portait sur l'épaule, mais ligoté et affaibli comme il l'était, il était impuissant. Il vit les trois hommes retenir leur respiration. Il vit Assad lutter pour se mettre à genoux. Il semblait avoir deviné ce qui était en train de se passer.

Il vit enfin que Kimmie avait trouvé ce qu'elle cherchait. Elle sortit du sac une grenade qu'elle dégoupilla sans lâcher la sécurité.

« Toi, tu n'as rien fait, ma belle », dit-elle en regardant l'hyène droit dans les yeux. « Mais tu sais bien que tu ne survivrais pas, avec les pattes arrière dans cet état. »

Elle regarda Carl et Assad, tandis qu'Ulrik Dybbøl-Jensen hurlait qu'il était innocent mais qu'il purgerait sa peine si on l'aidait à sortir de là.

« Si vous tenez à la vie, je vous conseille de vous tirer maintenant ! »

Carl protesta pour la forme mais s'éloigna quand même, les mains toujours attachées dans le dos et le pouls à cent soixante. « Viens, Assad », dit-il. Son coéquipier ne se le fit pas dire deux fois et rampa en crabe vers la sortie.

Quand elle jugea qu'ils étaient assez loin, elle plongea la main qui tenait la grenade dans le sac, lâcha la goupille et jeta le sac à travers les barreaux jusqu'à l'angle le plus reculé de la cage. Dans le même mouvement elle sauta en arrière tandis que Florin se précipitait sur le sac. Il n'avait pas eu le temps de le repasser à travers les barreaux quand il explosa et déclencha une cacophonie de hurlements d'animaux terrorisés qui se mêlaient au bruit de la déflagration.

L'onde de choc propulsa Carl et Assad contre une rangée de petites cages qui dégringolèrent sur eux, leur servant de bouclier et de parapluie lorsque des milliers de morceaux de verre se mirent à pleuvoir sur leurs têtes.

Quand les débris eurent fini de tomber et qu'on n'entendit plus que les cris des bêtes, Carl sentit la main d'Assad qui cherchait à toucher sa jambe au milieu du désordre des cages démantelées.

Il s'assura que Carl allait bien avant de lui dire qu'il allait bien aussi. Puis il lui enleva l'adhésif qui lui liait toujours les poignets.

Le spectacle était atroce. A l'endroit où se trouvait encore la cage de l'hyène, des morceaux de métal et de corps étaient dispersés de tous les côtés. Un torse ici, un bras ou une jambe là. Des regards vides dans des visages sans cou.

Il avait vu beaucoup de choses immondes dans sa vie de policier mais aucune n'aurait pu rivaliser avec l'horreur du tableau qu'il avait sous les yeux. En général, lorsqu'il arrivait sur une scène de crime avec les techniciens de la police scientifique, le sang s'était déjà arrêté de couler. Il n'y avait plus que des corps sans vie.

Ici, le passage de vie à trépas était encore tangible.

« Où est-elle ? » demanda Carl à Assad, détournant les yeux de ce qui, il y a quelques secondes à peine, était encore une cage en inox avec trois hommes dedans. Les techniciens allaient avoir du boulot pour trier tout ça.

« Je ne sais pas », répondit Assad. « Elle ne doit pas être très loin. »

Il aida Carl à se relever. Ses bras étaient comme deux excroissances inertes sans rapport avec le reste de sa personne. Seule son épaule paraissait encore vivante et lui envoyait des signaux de douleur.

« Sortons d'ici », dit-il, entraînant son ami vers la cour.

Kimmie y était déjà. Elle les attendait. Ses cheveux étaient emmêlés et pleins de poussière, et son regard si insondable qu'il devait contenir toute la peine et tout le chagrin du monde.

Carl dit aux Somaliens qu'ils pouvaient s'en aller, qu'ils n'avaient rien à voir avec tout cela et qu'ils ne risquaient pas d'être inquiétés. Il leur demanda de s'occuper des animaux et de tous les remettre en liberté. Et puis d'éteindre l'incendie aussi. Les femmes serreraient les enfants contre elles et les hommes regardaient fixement le hangar, d'où une inquiétante fumée noire montait à présent à travers le toit de verre brisé.

Brusquement, l'un d'entre eux cria un ordre et tous se mirent au travail.

Kimmie suivit Carl et Assad de son plein gré. Ce fut même elle qui leur montra le chemin jusqu'au pare-feu, elle qui leur expliqua comment faire pivoter les crochets pour ouvrir le grillage. Elle aussi qui, sans rien dire, les guida dans les sombres allées forestières qui menaient à la gare.

« Faites de moi ce que vous voulez. Je m'en fiche. Je suis déjà morte, de toute façon. Je sais ce que j'ai fait. Il faut juste que j'aille récupérer mon sac de voyage que j'ai caché dans un buisson là-bas. J'ai tout raconté par écrit. Tout ce que je me rappelle. »

Carl essayait de suivre sa cadence. Il lui parla de la boîte qu'il avait trouvée et de la douloureuse incertitude des familles des victimes, qui durait depuis des années. Il lui dit que ce cahier allait leur permettre de commencer enfin leur travail de deuil.

Elle s'était renfermée quand il avait parlé de la peine de ceux qu'elle avait privés d'un être cher et de la douleur qui était la leur parce qu'ils n'avaient jamais su qui avait tué leur enfant ou ce qu'étaient devenus leurs parents. Tous ces gens que Kimmie ne connaissait pas. Ces victimes collatérales dont elle avait détruit l'existence sans le savoir.

Il avait l'impression qu'elle ne l'écoutait pas. Elle marchait devant, les bras pendant mollement le long de son corps, son doigt cassé pointant à la perpendiculaire. La mort de ses trois amis avait sonné le glas de sa propre vie. Elle l'avait dit elle-même, d'ailleurs : *Je suis déjà morte.*

Carl savait qu'elle ne survivrait pas longtemps en prison.

Ils arrivèrent à la voie ferrée. La gare était encore à une centaine de mètres. A cet endroit la voie filait droit à travers la forêt suivant une ligne qui aurait pu être tracée au cordeau.

« Je vais vous montrer où j'ai caché le sac de voyage », dit-elle en se dirigeant vers un buisson à la lisière du bois.

« N'y touchez pas, je vais le chercher », dit Assad en la rattrapant.

Il prit le sac de toile et marcha le long des rails, le tenant à bout de bras comme si un explosif caché à l'intérieur risquait de lui sauter au visage.

Sacré Assad !

Quand ils furent arrivés au pied du perron, il tira la fermeture Eclair et retourna le sac malgré le cri de Kimmie.

Il y avait effectivement un cahier. Carl le feuilleta rapidement. Il était rempli de noms, de lieux et de dates ainsi que d'aveux circonstanciés des agressions commises.

C'était impressionnant.

Assad avait ramassé un petit paquet qui était tombé au sol. Il déroula le lange. Kimmie pleurait en cachant son visage dans ses mains.

Assad faillit fondre en larmes quand il en dévoila le contenu.

Enveloppé dans le tissu, ils découvrirent un tout petit être humain momifié aux yeux vides. Il avait le visage noir et les doigts figés. Il était habillé avec les plus petits vêtements de poupée qu'on pût imaginer.

Kimmie se précipita vers le petit cadavre et ils ne firent rien pour l'empêcher de le prendre et de le serrer contre elle.

« Mille, Mille, mon petit trésor. Tout va bien maintenant. Maman est là. Maman ne te laissera plus jamais », pleurait Kimmie. « On ne va plus jamais se quitter. Je t'offrirai un petit ours en peluche, et on jouera avec tous les jours, toi et moi. »

Carl n'avait jamais vu de près le rapport fusionnel qui peut unir une mère à son enfant quand elle le prend dans ses bras dès sa naissance. Mais il en avait toujours rêvé.

En regardant cette femme, il fut envahi par un profond sentiment de manque. Ce qu'il voyait lui serrait le cœur et l'aidait à comprendre. Il leva son bras blessé jusqu'à sa poche de poitrine, en sortit l'ourson qu'il avait trouvé dans la boîte métallique de Kimmie et le lui tendit.

Elle ne dit rien. Elle regarda le petit jouet, immobile, étonnée. Elle ouvrit la bouche, lentement, inclina la tête sur le côté. Ses lèvres se crispèrent comme si elle allait recommencer à pleurer, puis elle sourit et pleura et sourit encore.

Assad se tenait à côté d'elle, étrangement désarmé et l'âme à nu. Ses sourcils étaient froncés, et de tout son être émanait un calme inhabituel.

Elle tendit prudemment la main vers son petit fétiche. A l'instant où sa main entra en contact avec la peluche, elle se détendit complètement, inspira profondément et leva son visage vers le ciel.

Carl essuya son nez qui s'était mis à couler, et détourna les yeux pour ne pas céder aux larmes. Il regarda vers le perron où un groupe de voyageurs attendaient le train, et vers la petite gare, derrière laquelle était garée sa voiture de fonction. Quand il tourna la tête à nouveau, le train approchait, venant de l'autre direction.

Il regarda Kimmie. Elle était paisible et serrait son enfant et son nounours dans ses bras.

« Voilà », dit-elle avec un soupir qui semblait libérer dix années de tension. « Les voix se sont tues. » Elle eut un petit rire tandis que les larmes coulaient sur ses joues. « Elles sont parties. Je ne les entends plus. » Elle semblait si sereine que Carl en fut surpris.

« Ma petite Mille chérie. Il n'y a plus que toi et moi maintenant. Je n'arrive pas à y croire. » Elle était heureuse, tout simplement, et son bonheur s'exprima par quelques pas de danse, juste une façon de décoller les pieds du sol parce qu'elle se sentait soulagée.

Quand le train fut à dix mètres, Carl la vit faire un pas de côté jusqu'à la bordure du quai.

Assad cria à l'instant où Carl levait les yeux et croisait ceux de Kimmie, dans lesquels il lut de la gratitude et l'expression d'une âme en paix.

« Juste toi et moi, ma petite fille adorée », dit-elle en tendant le bras sur le côté.

La seconde suivante, elle n'était plus là.

Il n'y avait plus que le hurlement strident du train.

Épilogue

Les colonnes de gyrophares bleus illuminaient le crépuscule depuis le passage à niveau jusqu'à la propriété, tout le long de la départementale. Le paysage tout entier était baigné dans cette lumière et dans le bruit des sirènes de pompiers et des véhicules de police. On voyait des insignes de policiers partout, il y avait des ambulances et une horde de journalistes, des caméras et des badauds. Diverses cellules de crise improvisées prenaient en charge les voyageurs traumatisés. Sur la voie, la police scientifique et les pompiers se marchaient sur les pieds. Tout le monde gênait le travail de tout le monde.

Carl était groggy mais sa plaie à l'épaule ne saignait plus. Les médecins urgentistes s'en étaient occupés. Il était sous le choc et avait la gorge serrée.

Assis sur le banc devant la cabane qui faisait office de gare à la station Duemose, il feuilletait le cahier d'écolière de Kimmie. Un récit sans pitié et sans concession qui faisait état des agissements de la bande. L'agression des deux jeunes gens à Rørvig. Le hasard qui avait fait que cela tombe sur eux. La façon dont ils avaient humilié le garçon et dont ils l'avaient déshabillé après l'avoir tué. Les jumeaux à qui ils avaient sectionné plusieurs doigts. Le couple disparu en mer. Bruno et Kyle Basset. Des animaux, des humains. L'engrenage : tout était consigné dans ces pages. Même le fait que c'était Kimmie qui tuait. Ses méthodes variaient, mais elle excellait dans l'art de tuer. Il avait du mal à comprendre que c'était la même personne qui leur avait sauvé la vie. Celle qui gisait à présent sous ce train avec son bébé dans les bras.

Carl alluma une cigarette et acheva sa lecture. Les dernières pages parlaient de ses remords. Elle ne regrettait pas d'avoir fait sauter Aalbæk de son balcon. Elle s'en voulait pour l'overdose de Tine. Il y avait de la tendresse derrière les mots qu'elle avait choisis. Il y avait une empathie et une compréhension qu'on ne retrouvait dans aucun de ses crimes. Des mots comme *au revoir* ou encore *la toute dernière fois où Tine a été heureuse.*

Il y avait dans ce cahier de quoi rendre fous les médias et faire tomber les cours de la Bourse, quand les noms des coupables seraient dévoilés.

« Assad, rapporte ce cahier au bureau tout de suite, et fais-en plusieurs copies ! OK ? »

Assad acquiesça. Le dénouement allait être intense mais bref. Sans autre coupable que celui qui était déjà en prison, il allait principalement être question d'informer les infortunées familles des victimes et de répartir équitablement les énormes dommages et intérêts que Pram, Dybbøl-Jensen et Florin allaient devoir leur verser à titre posthume.

Carl serra Assad dans ses bras et congédia le psychologue de la cellule de crise qui voulait s'occuper de lui.

Quand il jugerait le moment opportun, il irait voir son propre psy.

« Je vais à Roskilde, toi, tu rentres avec les techniciens, d'accord ? A demain, Assad. On parlera de tout ça plus tard, tu veux bien ? »

Assad hocha la tête à nouveau. Il semblait avoir déjà digéré toute cette histoire.

Entre eux, tout allait bien, en tout cas.

La maison sur Fasanvej à Roskilde était plongée dans l'obscurité. Les stores étaient baissés et on n'entendait pas un bruit à l'intérieur. La radio dans la voiture diffusa un reportage sur le violent épisode survenu à Ejlstrup. Puis il fut question de l'arrestation d'un dentiste soupçonné d'être derrière l'affaire des containers en centre-ville. Il avait eu la mauvaise idée de s'attaquer à une femme policier habillée en civil, sur Nikolaj Plads, à deux pas de Kirkestæde. Il croyait vraiment qu'il pourrait s'en tirer comme ça, cet imbécile ?

Carl regarda sa montre puis la maison sans lumière. Il savait que les personnes âgées se couchent tôt, mais il n'était que dix-neuf heures trente.

Il lut les noms de Jens-Arnold & Yvette Larsen ainsi que celui de Martha Jørgensen sur la plaque fixée à la porte. Il sonna.

Il avait encore le doigt sur le bouton de la sonnette quand la vieille dame raffinée vint ouvrir, resserrant les pans d'un joli kimono sur son corps mince, pour se protéger du froid.

« Que puis-je faire pour vous ? » dit-elle, l'air surpris. Carl l'avait visiblement tirée du sommeil.

« Pardonnez-moi de vous déranger, madame Larsen. Je m'appelle Carl Mørck, je ne sais pas si vous vous souvenez de moi, je suis policier et j'étais venu vous rendre visite il y a quelque temps. »

Elle sourit. « Mais oui, bien sûr », dit-elle. « Je me souviens de vous.

— Est-ce que Martha est là ? J'ai une bonne nouvelle à lui annoncer. Nous avons retrouvé les meurtriers de ses enfants. La justice a triomphé, si j'ose m'exprimer ainsi.

— Oh, mon Dieu ! », dit-elle en posant la main sur son cœur. « Quel dommage ! » Elle sourit à nouveau, mais son sourire était triste et un peu honteux aussi.

« J'aurais dû téléphoner, je suis vraiment confuse. Cela vous aurait évité de faire toute cette route. Martha est décédée. Elle est morte le soir où vous êtes venus, vous et votre collègue. Ce n'était pas votre faute, bien sûr. C'est juste qu'elle n'en pouvait plus, vous comprenez ? »

Elle mit la main sur celles de Carl. « Mais merci beaucoup, vraiment. Je suis sûre que cela lui aurait fait très plaisir. »

Il resta un long moment dans sa voiture à contempler le fjord de Roskilde. Les lumières de la ville se reflétaient très loin dans l'eau sombre. En d'autres circonstances, le spectacle l'aurait calmé. Mais ce soir-là, c'était peine perdue.

Il faut faire les choses pendant qu'il en est encore temps. La phrase tournait en boucle dans sa tête. Faire les choses pendant qu'il en était encore temps, parce que après il était trop tard.

A peine quelques semaines plus tôt, Martha aurait pu s'en aller en sachant que les bourreaux de ses enfants étaient morts. Elle aurait aimé le savoir. Et Carl aurait aimé le lui dire. Ils auraient été en paix l'un et l'autre.

Il faut faire les choses pendant qu'il en est encore temps.

Il regarda sa montre et prit son téléphone. Attendit de longues secondes avant de composer le numéro.

« La clinique du dos », dit une voix au bout de la ligne. Il entendait la télévision allumée en arrière-plan, distingua les mots : Ejlstrup, Dueholt, Duemose et opération intensive de sauvetage d'animaux.

Avant demain matin, tout le pays serait au courant.

« Carl Mørck à l'appareil, dit-il. Je suis un ami de Hardy Henningsen. Pouvez-vous lui dire que je viendrai le voir demain ?

— Pas de problème, mais pour l'instant il dort.

— Alors, dites-le-lui aussitôt qu'il se réveillera s'il vous plaît. »

Il se mordilla les lèvres nerveusement, son regard se perdit à nouveau sur l'étendue d'eau devant lui. Il n'avait jamais pris une décision aussi grave de toute sa vie.

Et le doute lui faisait l'effet d'un poignard enfoncé dans l'estomac.

Il inspira profondément et composa un autre numéro. Les secondes qui s'écoulèrent avant que Mona Ibsen ne décroche lui parurent durer un siècle.

« Salut, Mona, c'est Carl », dit-il. « Désolé pour la dernière fois.

— Tout va bien. » Elle paraissait sincère. « Je sais ce qui s'est passé aujourd'hui, Carl. Toutes les chaînes de télé diffusent l'info en boucle. J'ai vu des photos de toi. Des tas de photos. Tu es gravement blessé ? Les journalistes disent tous que tu es blessé. Où es-tu en ce moment ?

— Je suis au bord du fjord à Roskilde, dans ma voiture. »

Elle ne dit rien. Elle essayait probablement d'évaluer l'ampleur de la crise.

« Ça va ? » lui demanda-t-elle finalement.

— Non, dit-il. Non, ça ne va pas du tout.

— J'arrive. Tu ne bouges pas, Carl. Tu restes où tu es. Tu regardes l'eau et tu te calmes. Je serai là très vite. Dis-moi exactement où tu te trouves, Carl. Je te rejoins. »

Il soupira. Elle était tellement gentille.

« Laisse tomber. » Il s'autorisa un petit rire. « Ça va aller, je t'assure, ne t'inquiète pas. Il y a juste un truc dont je dois absolument discuter avec toi. C'est une chose que je ne maîtrise pas du tout, je crois. Si on pouvait se voir chez moi, ce serait vraiment super. »

Il avait tout prévu. Neutralisé Jesper en lui donnant de l'argent et l'ordre d'aller le dépenser à la pizzeria Roma et au cinéma d'Allerød. Une somme pour qu'il invite quelqu'un. Et même suffisante pour aller manger un kebab après le film. Il avait appelé le vidéoclub et demandé à Morten de descendre directement au sous-sol quand il rentrerait du boulot.

Il avait fait du café et mis de l'eau à bouillir pour le thé, à tout hasard. La table basse et le canapé n'avaient jamais été aussi impeccables.

Elle s'assit à côté de lui dans le canapé, les mains jointes sur ses genoux. Elle le regarda intensément.

Elle écouta chacun de ses mots avec attention, et quand il s'arrêta de parler, elle hocha la tête, semblant réfléchir à ce qu'il venait de dire. Elle n'ouvrit pas la bouche avant qu'il ait complètement terminé.

« Tu envisages de prendre Hardy chez toi pour t'occuper de lui et tu as peur », résuma-t-elle, dodelinant de la tête. « Tu sais quoi, Carl ? »

Il eut l'impression de se mettre à bouger au ralenti. Il eut la sensation de secouer la tête pendant une éternité. Ses poumons semblaient travailler comme des soufflets perforés. « Tu sais quoi, Carl ? » dit-elle une deuxième fois, et, sans savoir ce qu'elle allait dire, il savait surtout qu'il n'avait aucune envie de l'entendre. Il voulait qu'elle reste à jamais assise là, face à lui, la question au bord de ces lèvres qu'il aurait donné sa vie pour baiser. Car lorsqu'elle serait allée au bout de sa phrase, il resterait trop peu de temps avant que son parfum ne soit plus qu'un souvenir et ses yeux magnifiques un rêve qu'il aurait cru faire.

« Non-je-ne-sais-pas », ânonna-t-il.

Elle posa une main sur la sienne. « Tu es merveilleux », dit-elle en approchant sa bouche si près que leurs haleines se mélangèrent.

« Elle est merveilleuse », fut la dernière pensée qui lui traversa l'esprit quand son portable sonna et qu'elle insista pour qu'il décroche.

« C'est Vigga ! » minauda la femme qui l'avait laissé tomber comme une vieille chaussette. « Jesper m'a appelée. Il dit qu'il veut revenir vivre avec moi », dit-elle, tandis que Carl sentait se disloquer en lui l'incroyable sensation d'approcher le nirvana. « Ce n'est pas possible, Carl. Il ne peut pas venir chez moi, c'est hors de question. Il faut qu'on en parle. J'arrive. On se voit dans vingt minutes. »

Il voulut protester mais Vigga avait déjà raccroché.

Carl croisa le regard plein de promesses de Mona et lui fit un sourire désolé.

L'histoire de sa vie.

REMERCIEMENTS

Mes chaleureux remerciements à Hanne Adler Olsen pour ses encouragements quotidiens et pour ses lumières. Merci aussi à Elsebeth Wæhrens, Freddy Milton, Eddie Kiran, Hanne Petersen, Micha Schmalstieg et Henning Kure pour leurs commentaires pertinents et nécessaires, ainsi qu'à Jens Wæhrens pour ses conseils et à Anne C. Andersen pour ses bras de pieuvre et son regard d'aigle. Je remercie également Gitte et Peter Q. Rannes et le Centre danois de Hald pour les écrivains et les traducteurs de m'avoir offert leur hospitalité au moment où il y avait le feu au lac, et à Poul G. Exner pour son intransigeance. Merci encore à Karlo Andersen qui m'a fait partager ses connaissances, en particulier sur le sujet de la chasse, sans oublier le commissaire de police Leif Christensen qui m'a généreusement fait profiter de son expérience et m'a suggéré de nombreuses corrections en matière de jargon policier.

Merci à vous, mes merveilleux lecteurs, qui avez visité mon site www.jussiadlerolsen.com et m'avez donné envie de continuer.

Le Livre de Poche s'engage pour
l'environnement en réduisant
l'empreinte carbone de ses livres.
Celle de cet exemplaire est de :

550 g éq. CO₂

PAPIER À BASE DE
FIBRES CERTIFIÉES

Rendez-vous sur
www.livredepoche-durable.fr

Composition réalisée par NORD COMPO

———————

Achevé d'imprimer en décembre 2013, en France sur Presse Offset par
Maury Imprimeur – 45330 Malesherbes
N° d'imprimeur : 186055
Dépôt légal 1ʳᵉ publication : janvier 2014
LIBRAIRIE GÉNÉRALE FRANÇAISE – 31, rue de Fleurus – 75278 Paris Cedex 06

31/7903/3